JENNIFER CRUSIE
BOB MAYER

Von allen guten Geistern geküsst

Buch

Die junge Restauratorin Mab Brannigan wird von ihrem Onkel, dem Besitzer eines etwas heruntergekommenen Vergnügungsparks, gebeten, den Karussells und Figuren in *Dreamland* zu altem Glanz zu verhelfen. Mit Feuereifer macht sie sich ans Werk, um dem zauberhaften Park wieder Leben einzuhauchen. Doch schon bald merkt sie, dass in *Dreamland* mehr Leben und Zauber steckt, als ihr lieb ist: Denn neben Karussellpferden und Schießbudenfiguren bevölkert auch eine Gruppe von Dämonen das Areal. Als dann auch noch der unverschämt charmante und gut aussehende Joe auftaucht, weiß die sonst so vorwitzige Mab nicht mehr, wo ihr der Kopf steht – und um ihr Herz ist es auch nicht viel besser bestellt. Ehe sie es sich versieht, fahren nicht nur Mabs Gefühle Achterbahn, sondern sie steckt auch mitten im größten Abenteuer ihres Lebens. Denn je näher sie ihm kommt, umso mehr beschleicht Mab das Gefühl, dass Joe etwas vor ihr verbirgt ...

Autoren

Jennifer Crusie gehört in Amerika zu den erfolgreichsten Autorinnen romantischer Komödien. Die New-York-Times-Bestsellerautorin begeistert auch in Deutschland seit langem mit ihren Romanen Leser und Kritiker gleichermaßen. Jennifer Crusie unterrichtet Literatur an der Ohio State University.

Bob Mayer gehörte früher den Green Berets, einer Spezialeinheit des US-Militärs, an. Heute ist er erfolgreicher Bestsellerautor. Er hat 32 Romane unter seinem eigenen Namen und eine Vielzahl anderer Bücher unter verschiedenen Pseudonymen veröffentlicht.

Von Jennifer Crusie außerdem bei Goldmann lieferbar:

Ohne Kuss ins Bett. Roman (47495)
Liebe und andere Zufälle/Heiße Liebe zum Dessert. Zwei Romane in einem Band (13456)
Die Naschkatzen/Verliebt in eine Diebin. Zwei Romane in einem Band (46447)

Zusammen mit Bob Mayer
Klappe, Liebling. Roman (47607)

Jennifer Crusie
Bob Mayer

Von allen guten Geistern geküsst

Roman

Übersetzt
von Eva Kornbichler

GOLDMANN

Die Originalausgabe erschien 2010
unter dem Titel »Wild Ride«
bei St. Martin's Press, New York

Verlagsgruppe Random House FSC-DEU-0100
Das FSC®-zertifizierte Papier *München Super* für dieses Buch
liefert Arctic Paper Mochenwangen GmbH.

1. Auflage
Deutsche Erstveröffentlichung August 2012
Copyright © der Originalausgabe 2010
by Argh Ink LLC. and Robert J. Mayer
Copyright © der deutschsprachigen Ausgabe 2012
by Wilhelm Goldmann Verlag, München,
in der Verlagsgruppe Random House GmbH
Dieses Werk wurde vermittelt durch die Literarische Agentur
Thomas Schlück GmbH, 30827 Garbsen.
Umschlaggestaltung: UNO Werbeagentur, München
Redaktion: Ilse Wagner
MR · Herstellung: Str.
Satz: omnisatz GmbH, Berlin
Druck und Bindung: GGP Media GmbH, Pößneck
Printed in Germany
ISBN: 978-3-442-47687-9

www.goldmann-verlag.de

Für Calliope Jinx,
die Jenny die Augen für die
Bedeutsamkeit des Großmutterdaseins öffnete,

und

Bobs Sohn Corey Cavanaugh (1986–2007)
»Alles könnte auch ganz anders sein, nichts muss so sein«.

Kapitel 1

Zwanzig Minuten vor Mitternacht saß Mary Alice Brannigan auf dem Dach eines Karussells des Vergnügungsparks *Dreamland* und betrachtete ihr Werk im Lichtschein der kleinen Lampe an ihrem gelben Schutzhelm.

Es war ihr gut gelungen.

FunFun, der rothaarige hölzerne Clown, der mit gekreuzten Beinen neben ihr auf der Spitze des Daches saß, war komplett restauriert und erstrahlte wieder in altem Glanz. Von allen Clowns hier im Park, einschließlich der mit *Fun*-Clownköpfen gekrönten Abfallbehälter und des zweieinhalb Meter großen eisernen *Fun*-Clowns am Eingang von *Dreamland*, war ihr dieser der liebste: Er strahlte überwältigende Fröhlichkeit aus, hatte mit einer gelb behandschuhten Hand seinen blau-grün gestreiften Mantel zur Seite geschoben, um stolz seine orangefarben und gold karierte Weste zu zeigen, und streckte die andere Hand über den Kopf in die Höhe; einst hatte er darin eine goldene Panflöte gehalten, doch er hatte sie schon vor langer Zeit verloren.

»Keine Angst, mein Guter«, meinte sie beruhigend, »ich habe deine Flöte hier.« Dabei klopfte sie mit der Hand auf ihre Arbeitstasche.

Er grinste schief auf sie hinab, oder zumindest auf den Boden. Als ein Luftzug mit all der beißenden Kälte einer Ohio-Oktobernacht sie traf, schlang Mary Alice Brannigan, kurz Mab genannt, ihren formlosen Malerkittel aus Leinen enger um sich und ließ den Blick über ihren Park schweifen. Nun ja, es war nicht ihr Park, aber sie hatte ihn schön restauriert, selbst wenn er jetzt für Halloween wegen der Zellophantüten, die um alle Laternen gewickelt waren, in diesem scheußlichen Orange schimmerte und die blattlosen Baumäste in der gruseligen Beleuchtung wie knochige Hände wirkten. Monatelang hatte sie recherchiert und geplant, Studenten bei Hilfsarbeiten angeleitet und die entscheidenden Detailarbeiten mit eigener Hand ausgeführt, und nun war es geschafft: Sie hatte *Dreamland* wieder in ein wahres Schmuckstück verwandelt.

Wenn ihre Mutter sie jetzt hätte sehen können, hätte sie der Schlag getroffen.

Ich hab's wirklich endlich geschafft, dachte Mab zufrieden. Da musste sie erst neununddreißig Jahre alt werden, aber nun war sie nicht nur im Park, nein, sie hatte ihn sogar gerettet. *Sobald ich mit dem Wahrsager-Automat fertig bin, ist dieser Park wieder so, wie er ursprünglich einmal war. Und ich gehöre auch hierher, ich habe seine Seele gerettet.*

Und das Schönste dabei war, das alles in einer friedvollen Nacht betrachten zu können, ohne irgendwelche ...

»Sind Sie da oben, Mab?«, schrie Glenda von unten.

... Leute in der Nähe, die einen dabei störten.

»Machen Sie Schluss damit, was immer Sie da auch tun, und kommen Sie runter«, rief Glenda, und der ermunternde Ton in ihrer Stimme klang ebenso metallen-platinhell wie ihr Haar, und ebenso echt. »Wir begleiten Sie zurück zum *Dream Cream*, damit Sie ins Bett kommen. Sie brauchen Ihren Schlaf, Schätzchen.«

Mab knirschte mit den Zähnen. Kaum erlaubte sie sich einmal einen Augenblick, um ihr Werk zu bewundern, schon tauchte wieder jemand auf und schrie sie an.

Sie zog ihre Arbeitstasche näher zu sich heran und nahm die Panflöte heraus, sorgsam darauf achtend, dass sie keines der fünf kleinen Rohre zerkratzte, die zu einem Stück zusammengegossen waren. Dann fischte sie eine Tube Schnellkleber aus der Tasche und erhob sich vorsichtig. Sie streckte sich, um die Panflöte in *FunFuns* leerer Hand festzukleben, und legte dabei den Kopf in den Nacken, damit der Lichtstrahl ihrer Stirnlampe die Hand traf.

Ein kleiner schwarzer Rabe kam herangeflattert und landete auf dem Kopf des Clowns.

»Hau ab, Frankie«, flüsterte sie dem Vogel zu und versuchte sachte, ihn zu verscheuchen, ohne dabei die Flöte oder den Klebstoff fallen zu lassen oder selbst ins Leere zu stürzen. Frankie war zwar klein geraten, aber er besaß scharfe Krallen und einen mörderischen Schnabel, vor dem sie einen gesunden Respekt hatte.

Frankie flatterte auf und ließ sich dann auf der emporgestreckten Hand des Clowns nieder; dabei krächzte er Mab an, und es klang rau wie ein Reibeisen, mit dem man über eine rostige Eisenstange scheuerte.

Aschenputtel hatte Rotkehlchen, die ihr das Haar ordneten, dachte Mab. *Ich dagegen habe einen Raben, der meine Arbeit sabotiert.*

Mab hörte von unten die heisere Stimme von Glendas Freundin Delpha wie ein Echo von Frankies Gekrächze: »Sie ist da oben, Glenda. Frankie weiß es.«

»Ich weiß es auch«, erwiderte Glenda und rief dann lauter: »Ich meine es ernst, Mab, hören Sie *sofort* auf damit, was immer Sie auch da oben machen.«

Mab beugte sich vor, die Tube Klebstoff in der einen Hand, die Panflöte in der anderen, und blickte Frankie direkt in die Augen.

»Diese Flöte gehört in diese Hand, du Vogel«, erklärte sie ihm todernst. »Stell dich nicht zwischen mich und meine Arbeit.«

Eine Minute lang erwiderte Frankie ihren Blick mit ruhigem, aufgeweckt blitzendem Auge, dann krächzte er wieder, ein Klang, der über Mabs Rückgrat raspelte, und flatterte davon.

»Na also.« Mab hielt die Flöte mit der Seite, an der sich ein abgebrochener Metallstift befand, bereit, reckte sich, drückte eine großzügige Menge Klebstoff in das Loch in *FunFuns* Handfläche und versenkte dann den Metallstift darin. Sie hielt die Flöte eine Minute lang unbeweglich fest, wobei sie die drängenden Rufe von unten, sofort herabzukommen, ignorierte. Schließlich rüttelte sie ein wenig an der Flöte, um zu prüfen, ob sie festsaß.

Es gab ein scharfes Klicken, als wäre der Metallstift irgendwo eingerastet ...

Was, zum Teufel, war das?, fragte sie sich.

»Also bitte, wenn Sie's nicht anders wollen«, rief Glenda jetzt unfreundlich, »dann komme ich rauf.«

Mit ihren fünfundsechzig Jahren war Glenda wahrscheinlich besser in Form als Mab mit neununddreißig, aber es war dunkel, und Glenda nahm nach sechs Uhr abends gern einen bis drei Cocktails zur Brust, und wenn sie auch oft lästig war, wollte Mab doch nicht, dass sie zu Tode kam, daher ...

»Augenblick!« Mab schraubte die Kappe auf die Klebstofftube, schob sie zurück in die Malertasche und begann, über das türkis-blau gestreifte Karusselldach hinunterzukriechen, wobei sie sich zur Sicherheit an dem goldfarbenen Spannseil festhielt.

Der Lichtstrahl von Mabs Stirnlampe fiel auf Glenda, die unten auf dem gepflasterten Gehweg stand, eine Hand in die Hüfte gestemmt, mit der anderen eine Zigarette schwenkend. Ihr drahtiges weißes Haar schimmerte über ihrem pinkfarbenen Angorapullover. Neben ihr blickte die alte, kleine Delpha mit ihren schwarzen Augen unter zusammengezogenen Brauen hinauf, das unwahrscheinlich schwarze Haar zu beiden Seiten des eingefallenen Gesichts wie aufgemalt am Schädel klebend; der Rest von ihr verschwand schier unter ihrem dunkelblauen Schal, der mit der dunklen Nacht verschmolz.

Frankie kam herabgeflattert und setzte sich auf Delphas Schulter.

Wie der Todesvogel, dachte Mab. »Glenda, ich bin fast fertig ...«

»Fertig?« Glenda lächelte zu ihr auf und wirkte aus irgendeinem Grund angespannt. »Aber Süße, Sie sollten da oben gar nichts tun ...«

Eine Gestalt stolperte aus der Dunkelheit heran und rempelte Glenda an, Glenda stieß gegen Delpha, Delpha taumelte zurück, wobei Frankie seinen Halt verlor, und Frankie stürzte sich auf den Angreifer, der aufschrie und blindlings nach ihm schlug.

Frankie flatterte in die Höhe und setzte sich neben Mab auf die Kante des Karusselldachs, und der Mann blickte auf.

Mab sah braunes Haar, Triefaugen und ein unrasiertes Gesicht über einem orangefarbenen Bengalenhemd. Suffkopf Dave, einer der Stammgäste im Bier-Pavillon, der den Park spätestens bei Torschluss vor einer Dreiviertelstunde hätte verlassen sollen. Wahrscheinlich war er zum Pinkeln zwischen die Bäume geschwankt und hatte sich dann verirrt. Wieder einmal.

»Wasssndass?« Suffkopf Dave blinzelte zu ihr hinauf, und Mab wurde klar, dass er sie nur als ein großes, helles Licht am dunklen Himmel wahrnahm.

»Hier ist Gott, Dave. Geh nach Hause, werde nüchtern, besorg dir einen Job, und saufe dich nie mehr zu. Sonst fährst du zur Hölle.«

Suffkopf Dave sackte das Kinn herab, wodurch er noch dämlicher wirkte als sonst.

»Geh nach Hause, Dave, der Park ist schon geschlossen«,

ermahnte Glenda ihn und blickte wieder zu Mab hinauf. »Ich muss mit Ihnen reden. Hören Sie auf, und kommen Sie runter.«

Suffkopf Dave glotzte sie an. »Du redes' mi' Goott?« Wieder blinzelte er in die Höhe, dann dämmerte ihm etwas. »Das 's nich' Gott. Bis' du das, Rotkopf?«

»Nein«, log Mab.

»Na guut«, murmelte Suffkopf Dave und taumelte davon.

»Kommen Sie, Mab, dann begleiten wir Sie zum *Dream Cream*«, rief Glenda. »Es ist zu gefährlich für Sie, allein hier herumzuwandern.«

»Ich wandere seit Monaten allein in diesem Park herum, und jetzt sagen Sie mir plötzlich, es wäre zu gefährlich?«

»Na ja, Dave ist hier.«

»Mit Suffkopf Dave werde ich doch mit links fertig.«

»Jetzt wird es hier gefährlich.« Glenda wedelte vage mit ihrer Zigarette herum. »Es ist ... Oktober.«

»Ach ja. Der gefährliche Monat.« Mab schüttelte den Kopf, und der Lichtstrahl ihrer Stirnlampe schwankte wie besoffen umher. Dann kroch sie wieder über das gestreifte Metalldach in die Höhe. Die Parkleute waren eben verschroben, das war alles. Das kam wohl davon, dass sie immer hier lebten. Wenn man rund um die Uhr in *Dreamland* lebte, wurde man ein bisschen plemplem.

»Mab, kommen Sie jetzt sofort da runter!«

»Komme schon!«

Sie verschloss ihre Arbeitstasche, kroch zur anderen Seite des Karussells hinüber, wo die Leiter stand, und stieg langsam hinab, bis sie auf dem Kopfsteinpflaster stand, das die meisten Wege des Parks bedeckte.

Morgen würde sie bei Tageslicht herkommen und den Holz-*FunFun* des Karussells in all seiner Pracht betrachten, und dann war der Wahrsager-Automat an der Reihe ...

Etwas Hartes traf sie mit Wucht, und sie verlor ihren Schutzhelm, als sie stürzte und sich den Kopf anschlug. »Autsch!«, schrie sie, packte ihren Helm und setzte ihn wieder auf, damit das Lampenlicht den Blödmann beleuchtete, der sie umgerannt hatte. »Verdammt, Dave ...«

Riesige türkisfarbene Augen glühten unter eisernen orangeroten Locken auf sie herab. Über ihr ragte ein steifer, türkis gestreifter Mantel in die Höhe, und Metall knirschte protestierend, als es gebeugt wurde. Dann schloss das Ding langsam seine orangeroten Lippen und brummte »Mmmm«, öffnete sie metallknirschend wieder, um »Aaab« von sich zu geben, und das Grinsen wurde breiter und spaltete seine Metallwangen, während das Ding ihr seine gelb behandschuhte Hand entgegenstreckte, um ihr aufzuhelfen.

»*FunFun?*«, stieß Mab schwach hervor.

Das Ding nickte langsam und mit einem metallenen Knirschen.

Mab schrie auf.

Ethan John Wayne starrte über den Damm auf das verschlossene Eisentor, das Eingangstor zu *Dreamland*, während sein Taxi brummend in der Dunkelheit verschwand. Irgendetwas fehlte da auf der anderen Seite des Tores, aber er war schon so lange nicht mehr zu Hause gewesen, dass er sich nicht mehr erinnern konnte, was das war. Nun ja, sie hatten wohl manches umgestellt. In zwanzig Jahren konnte sich vieles ändern.

Er rieb sich über die Brust und fühlte dabei die Narbe, unter der die Taliban-Kugel steckte und auf sein Herz drückte. *Dreamland* war ein ebenso guter Ort, um zu sterben, wie irgendein anderer, und hier hatte er Familie, das bedeutete doch wohl etwas. Was, das wusste er selbst nicht so genau.

Er ließ seinen Rucksack zu Boden gleiten, zog einen ledernen Flachmann hervor und nahm einen kräftigen Schluck. Er steckte die Flasche wieder weg und straffte die Schultern, um sich auf den Weg in den Park zu machen. Nicht gerade ein anheimelndes Zuhause, dachte er, aber wenigstens friedlich, keine Menschen, die ...

Da gellte ein Schrei durch die Nacht. Er kam von irgendwo innerhalb des Parks. Ethan warf sich die Weste über, riss die 45er aus dem Rucksack und sprintete zum Eingangstor. Mit einem Sprung ging er das gut drei Meter hohe gusseiserne Tor an, griff nach einer Querstange direkt unter der Spitze, suchte mit strampelnden Füßen nach einem Halt und stürzte rücklings zu Boden.

Fluchend kam er auf die Beine und begann, am Tor hinaufzuklettern, während er gegen die Nebel der Trunkenheit ankämpfte. *Einsatz planen, Sir.* Er schob die Pistole in seine kugelsichere Weste, um beide Hände frei zu haben. Es dauerte länger, dieses verdammte Ding zu überwinden, als es sollte, und als er auf der obersten Stange saß, schwankte er und wäre beinahe gefallen; aber dann kletterte er abwärts und sprang den letzten Meter zum Boden, wobei er beinahe in die Golfkarren getaumelt wäre, die da in einer sauberen Reihe geparkt waren. Er zog das Schießeisen und rannte den Hauptweg entlang bis zum Karussell, wo er drei Gestalten beieinanderstehen sah.

Abrupt bremste er seinen Lauf, als er unter ihnen seine Mutter erkannte, die einen Arm um eine Frau gelegt hatte, die in einem unförmigen, langen, mit Farbspritzern befleckten Kittel steckte, einen gelben Schutzhelm auf dem Kopf.

»Was ist denn passiert?«, erkundigte er sich.

Seine Mutter blickte sich um, und da strahlte ihr Gesicht vor Freude. »Ethan!«, rief sie, stürzte auf ihn zu und umarmte ihn so kräftig, dass er kaum noch Luft bekam. »Was ist denn das?«, fragte sie, wich ein wenig zurück und klopfte mit den Knöcheln gegen seine Brust und gegen die Schutzweste, was ihn

vor Schmerz ächzen ließ, denn sie klopfte direkt auf die Kugel.
»Ach, ist ja auch egal, Hauptsache, du bist wieder zu Hause!«

Sie schlang erneut die Arme um ihn, und Ethan tätschelte ihr den Rücken und erblickte dabei über ihre Schulter hinweg Delpha, die ihn anstarrte, und Frankie auf ihrer Schulter, der ebenfalls starrte. »Also bist du endlich zurück«, stellte Delpha fest. Ihre dünnen Lippen verzogen sich zu einem flüchtigen Lächeln, das sofort wieder verschwand, aber bei ihr hatte das ebenso viel Bedeutung wie Glendas Bärenumarmung.

»Jawohl«, erwiderte Ethan. Aus den Augenwinkeln sah er den alten Gus vom hinteren Teil des Parks heranhumpeln.

»Wurde auch Zeit, dass du nach Hause kommst«, knurrte Gus mit überlauter Stimme, aber er schlug Ethan trotzdem kameradschaftlich auf die Schulter. »Gut, dass du wieder hier bist, Junge. Gerade rechtzeitig.«

Wofür?, fragte sich Ethan.

Glenda hob ihr tränenbenetztes Gesicht. »Wie lange kannst du denn bleiben? Bitte bleib lange.«

»Ich bin aus der Army raus. Ich bleibe hier«, antwortete Ethan, und Glenda blickte verständnislos drein, entschied aber offensichtlich, einem geschenkten Sohn nicht ins Maul zu schauen, denn sie ließ ihn los und klopfte ihm wieder auf die Brust.

»Ach, wie froh ich bin.« Tränen stiegen ihr in die Augen. »Ich bin so froh. Wir haben sogar einen Job für dich! Du kannst Gus beim Sicherheitsdienst helfen!«

»Ich will keinen Job, Mom. Ich will einfach nur etwas Ruhe und Frieden.« Er blickte sich um. »Wer hat denn gerade geschrien?«

»Das war ich«, erklärte die Frau in dem Kittel. »Tut mir leid, eigentlich bin ich nicht hysterisch. Aber mich hat gerade ein Clown niedergestreckt.« Sie hob eine Hand an ihren Hinterkopf. »Hab mir den Kopf angeschlagen.«

»Jemand hat Sie geschlagen?«, fragte Ethan und empfand so etwas wie Zorn. »Wo ist er?«

»Nein, nein, es ist in mich hineingerannt ...« Sie verstummte und nahm ihren Helm wieder ab. »Ich glaube, ich blute.«

»Wohin ist er verschwunden?«, wollte Ethan wissen, und die Frau meinte: »Ich weiß nicht«, gleichzeitig mit Glenda, die ihn beschwor: »Lass es sein, Ethan.«

Ethan wollte etwas sagen, doch da warf ihm seine Mutter einen ihrer berühmten Keine-Widerworte-Blicke zu.

»Sie hat sich den Kopf angeschlagen und den Clown *halluziniert*«, erklärte Glenda laut und deutlich. Dann wandte sie sich der Frau im Kittel zu. »Das haben Sie *halluziniert*.«

Die Frau blinzelte und stimmte dann zu: »Ja, das war es wohl.«

»Na gut«, meinte Ethan und streckte die Hand nach ihr aus. »Lassen Sie mich nach Ihrem Kopf sehen.«

Sie wich einen Schritt zurück. »Nein, das will ich nicht.«

»Mab, Ethan war beim Militär«, erklärte Glenda stolz. »Ethan, das ist Mab, sie restauriert unseren Park.«

»Ich kenne mich in Erster Hilfe aus«, meinte Ethan, bemüht, diese Angelegenheit zu erledigen, bevor er vor Erschöpfung und Alkohol zusammenbrach.

»Trotzdem nein, lieber nicht.«

Ethan ging um die Frau herum, um ihren Hinterkopf zu sehen. Sie hatte dickes Haar, eine rotbraune, wirre Masse – die aussah, als hätte sie sich das Haar mit einem Messer geschnitten –, aber er konnte nicht allzu viel Blut entdecken, deswegen war es wahrscheinlich nur ein Kratzer, aber keine Schädelverletzung, denn dann hätte sie geblutet wie ein Schwein. Schädelverletzungen waren schlimm, die Blutungen waren kaum zu stoppen. Und wenn die Kugel den Schädelknochen traf ... Ethan schloss eine Sekunde lang die Augen.

»Was tun Sie da?«, erkundigte sich die Frau.

»Es sieht nicht schlimm aus, nicht viel passiert. Wer hat Sie geschlagen?«

»Ein *FunFun* hat mich umgerannt.« Sie warf einen Blick hinauf auf das Karusselldach. »Ich habe da oben an dem *FunFun* gearbeitet, aber der ist ja noch da, und außerdem ist er aus Holz. Der, der in mich hineingerannt ist, war ein großer, einer mit Metallüberzug so wie der beim Eingangstor. Haben Sie ihn dort gesehen, als Sie hereinkamen?«

»Nein«, antwortete Ethan und wusste jetzt, was er dort vermisst hatte. Die verdammte Clownstatue.

»Dann war es wahrscheinlich der. Obwohl das natürlich verrückt klingt. Aber ich bin nicht verrückt.«

»Hm«, machte Ethan und blickte seine Mutter an, die zwar bei Verstand, aber ziemlich besorgt wirkte.

»Ich habe ihr noch gesagt, sie soll vom Dach runterkommen«, stieß Glenda hervor. »Ich habe ihr *gesagt*, sie soll aufhören zu arbeiten.«

Ethan sah sie an, als sei sie verrückt geworden, aber da packte Gus ihn am Arm und lenkte ihn ab. »Komm mit, ich zeig dir, wie man die Drachenbahn bedient. Jetzt, wo du endlich ganz hierbleibst, kannst du das übernehmen.«

»Sehen Sie«, wandte sich Glenda an Mab und tätschelte ihr den Arm, »alles wieder in Ordnung. Gus lässt die Drachenbahn zu Mitternacht laufen, ganz wie immer. Alles ist ganz normal. Keine großen eisernen … äh … Roboterclowns.«

»Roboterclowns?«, fragte die Frau ausdruckslos. »Gibt es im Park Roboterclowns?«

»Nein, nein.« Wieder tätschelte Glenda sie.

Tätscheln war das Hauptkommunikationsmittel seiner Mutter, dachte Ethan. Tätscheln und ein umfangreiches Repertoire an Blicken.

»Ich werde Sie zum *Dream Cream* hinüberbegleiten«, fuhr Glenda entschlossen fort. »Wir werden das Blut abwaschen, eine Tasse Tee für Sie zubereiten, und dann sind Sie wieder so gut wie neu.«

Sie warf Delpha einen Blick zu, und Delpha nickte und verschwand dann in der Dunkelheit.

Glenda wandte sich lächelnd Ethan zu. »Und du, junger Mann, du kommst zu meinem Wohnwagen, sobald du mit Gus fertig bist. Morgen werde ich Hanks alten Wohnwagen für dich sauber machen und in Ordnung bringen. Dann hast du einen eigenen.« Ihre Augen wurden wieder feucht. »Ich bin so glücklich, dass du wieder zu Hause bist, Ethan.«

»Na klar«, erwiderte Ethan. »Aber mach keinen Wohnwagen für mich sauber, ich schlafe lieber im Wald. Bist du sicher, dass du nachts hier herumgehen kannst? Wenn jemand im Park lauert ...«

»Alles in Ordnung«, versicherte seine Mutter fest, und er dachte: *Sie weiß, wer das war.* »Ich bin so froh, dass du zurück bist«, setzte sie hinzu.

»Ich auch, Mom«, log er und nahm sich vor, aus Glenda herauszubekommen, was, zum Teufel, hier vor sich ging.

Sobald sie das Karussell hinter sich ließen, erschien Ethan der Park düsterer, als er ihn in Erinnerung hatte. Dann sah er, dass das an den orangefarbenen Zellophantüten lag, mit denen die Straßenlaternen umwickelt waren. Offensichtlich standen die *Screamland*-Wochenenden des Parks bevor, deswegen lagen auch überall Skelette herum, und ...

Ein Geist flog ihm ins Gesicht, mit leeren Augenhöhlen und aufgerissenem Mund, und beinahe hätte er sein Schießeisen gezogen, da wurde die Gestalt durch die Mechanik, an der sie befestigt war, wieder in den Baum neben ihnen zurückgezogen. Kein Geist, sondern nur ein Totenkopf, mit etwas weißem Stoff umkleidet, der wie Nebel wirkte, aber wahrscheinlich dünnes Mullgewebe war.

»*Herrje*«, kommentierte er, und Gus nickte zustimmend.

»Mab weiß, wie man Geister macht«, sagte Gus, und Ethan dachte: *Ich weiß auch, wie man Geister macht*, und er lockerte seinen Griff um die Pistole.

Er betrachtete prüfend den Zaun und entdeckte die rot leuchtende Quelle des Infrarotstrahls, der den Geist ausgelöst hatte. Die gleiche Vorrichtung, wie er sie von Afghanistan kannte, wo sie Minen ausgelöst hatte. Es lief ihm kalt den Rücken hinunter.

»Mabs Onkel hat ihr den Job besorgt«, fuhr Gus fort, während sie den Hauptweg entlang zur Rückseite des Parks gingen. »Glenda hatte erst ihre Zweifel, denn ihr Onkel ist Ray Brannigan, und du kennst doch die Brannigans. Aber als Mab erst mal hier war, war alles gut. Arbeitet wirklich sehr fleißig.«

»Die Brannigans?«, wiederholte Ethan fragend und hielt die Augen offen nach weiteren Trickgeistern zwischen all den Skeletten und Riesenspinnen, was bei seinem Alkoholpegel gar nicht so einfach war.

»Na ja, diese Verrückten, die immer erreichen wollten, dass wir schließen müssen.«

Ethan machte ein paar Stolperschritte und stieß gegen den Zaun, und erneut flog ein Geist auf ihn zu. Er schlug ihn zur Seite, während der Mechanismus ihn wieder zwischen die Bäume zurückzog. »Wenn ich schon mal nach Hause komme, musste das ausgerechnet in der *Screamland*-Saison sein?«

»Was?« Gus legte den Kopf schief.

»Ich musste genau zur *Screamland*-Zeit nach Hause kommen!«, wiederholte Ethan lauter.

»Na klar musstest du«, sagte Gus. »Für Halloween ist 'ne große Party geplant, bis dahin ist der Park fertig restauriert. Freitag in 'ner Woche haben wir das Fernsehen hier, damit's groß in den Nachrichten kommt, dann haben wir hier 'ne Masse Besucher.« Es klang stolz.

»Großartig«, kommentierte Ethan mit normaler Stimme und bemerkte, dass Gus es nicht hörte. Nun ja, er war alt geworden, und es konnte nicht gut für die Ohren sein, tagtäglich die Drachen-Achterbahn zu bedienen.

Zum Glück würde der Park nach Halloween geschlossen werden und bis zum Frühling geschlossen bleiben. Zwei Wochenenden voller kreischender Menschen und Geister in Mulltüchern würde er aushalten können, wenn er die Zeit, die ihm danach noch blieb, zurückgezogen und in Ruhe verbringen konnte.

Sie kamen an der Ruderbootanlegestelle vorbei. In den Schatten da draußen bewegte sich eine Gestalt, und Ethans Hand zuckte wieder zu seiner Waffe.

»Das ist Young Fred«, erklärte Gus.

Ethan entspannte sich. »Verwandt mit Old Fred?«

»Enkel. Old Fred is' vor ungefähr sieben Jahren gestorben, und Young Fred hat übernommen. Er war erst fünfzehn Jahre alt, aber er hat's angepackt.« Gus rief mit lauter Stimme zu dem Jungen auf dem Anlegesteg hinüber: »Was machst du hier draußen?«

Young Fred hob die Schultern und kam näher. »Hab von oben den Krawall gehört. Alles in Ordnung?«

»Mab ist runtergefallen«, antwortete Gus. »Wir gehen jetzt, um den Drachen fahren zu lassen.« Er wies mit einem Daumen auf Ethan. »Das hier ist Ethan, Glendas Sohn.«

Bei diesen Worten kam Young Fred bis zum Anfang des Anlegestegs heran. »Ich hab von Ihnen gehört«, sagte er, Bewunderung in der Stimme, zu Ethan. »Großer Held beim Militär. SEAL bei der *Navy*.«

»*Special Forces*«, berichtigte Ethan und fasste eine Abneigung gegen Young Fred.

»Hä?«, machte Young Fred.

»*Green Berets*«, fügte Ethan erklärend hinzu.

»Und was treiben Sie hier, Mann?« Young Fred überging den Hinweis. »Sie haben's doch geschafft, hier wegzukommen. Warum kommen Sie überhaupt wieder zurück?«

»Er ist wiedergekommen, weil das hier sein Zuhause ist«, mischte Gus sich verärgert ein. »Wir müssen weiter. Und du, ab mit dir, rauf in die Falle.«

Young Fred bedachte Ethan mit einem letzten ungläubigen Blick und ging dann zum Bootshaus zurück.

»Er wohnt da oben«, erklärte Gus. »Passt auf alles hier herum auf. Guter Junge.« Er klang so, als ob er seine Zweifel hätte.

Ethan blickte über den Anlegesteg hinweg zu dem großen Wachturm hinüber, der in der Mitte des Ruderbootsees dunkel in die Höhe ragte. Die Zugbrücke, die normalerweise auf das Ende des Anlegestegs abgesenkt war, war jetzt in die Höhe gezogen, und in dem Restaurant im Erdgeschoss des Turms waren keinerlei Lampen eingeschaltet, was ihm ungewöhnlich erschien, wenn ihn die Erinnerung nicht trog. Sein Gedächtnis war allerdings durch allzu viel Schnapskonsum leicht getrübt.

Sie kamen an dem stark ramponierten Wahrsager-Automaten vorbei – *Deine Zukunft für einen Penny!* –, der, wie er früh herausgefunden hatte, kompletter Humbug war, dann an Delphas zeltförmigem Stand mit dem Schild *Delphas Orakel: Die Wahrsagerin von Dreamland*, dem Zelt, in dessen Rückseite er ein Loch gebohrt hatte, um zu lauschen, wenn Delpha Wahrheiten verkündete, die keineswegs Humbug waren. Dann kamen sie zu dem Doppel-Riesenrad, wo er seinen ersten Kuss gestohlen hatte, und zu dem Piratenschiff mit dem Dutzend lustiger Kunststoffpiraten, die wie neu aussahen – Zeugnisse der Kunstfertigkeit dieser Brannigan-Frau, denn die Piraten waren seit jenem glorreichen Nachmittag, an dem er sie als Zwölfjähriger mit seinem Holzschwert vernichtend geschlagen und sich selbst zum König der Piraten erklärt hatte, in ziemlich schlechter Verfassung gewesen. Dann kamen die Spiele – Carls »Hau den Lukas« war noch immer da – und die Stände, an denen es viele leckere Sachen zu essen gab ... sollte er nie mehr einen Pfannkuchen bekommen, dann wäre er zu früh gestorben ... und schließlich die Stützen und Schienen der Drachen-Achterbahn mit dem massiven hölzernen Drachentunnel, der sich über dem höchsten Bahnbogen wölbte und die Wägelchen bei ihrem letzten großen Aufstieg verschluckte. Und dann noch die über zwei Meter hohe eiserne orange angestrichene Ringerstatue vor dem »Teste-deine-Kraft«-Kasten neben dem Eingang zur Achterbahn, die jetzt geflickt und frisch gestrichen besser aussah als neu. Das Ganze war fantastisch, nur an dem neu gestrichenen Drachentunnel ganz oben fehlte das Auge, das schon verloren gegangen war, seit Ethan sich zurückerinnern konnte.

Gus stieg die Stufen zu der hölzernen Einstiegsplattform hinauf und betrat den kleinen Stand, von dem aus die Fahrt gesteuert wurde. Er legte einen Schalter um, und Tausende von kleinen grünen Glühbirnen, die die Strecke der Achterbahn säumten, wurden hell.

Beleuchtet wirkte die Drachen-Achterbahn kleiner, als Ethan sie von früher in Erinnerung hatte, von damals, als er sich aus Glendas Wohnwagen fortgeschlichen hatte, um den Drachen um Mitternacht fliegen zu sehen; als Gus ihm Geschichten über Dämonen im Park erzählt hatte und ihn mitzählen ließ, wie oft die Wägelchen am Ende ihrer Fahrt ratterten, wenn sie am Drachenschweif ankamen. Fünf bedeutete, dass der Park sicher war, daran erinnerte er sich. Alle Dämonen hinter Schloss und Riegel. Gus hatte den Dämonen sogar Namen gegeben. *Tura*, die wie eine Meerjungfrau aussah – Ethan hatte in der Fantasie von ihr geschwärmt. *Fufluns*, der Spaß-Dämon. An zwei weitere konnte er sich nicht mehr erinnern. Und dann *Kharos*, der Teufel.

Direkt ein Wunder, dass er nie unter Alpträumen gelitten hatte. Zumindest nicht in der Kindheit.

Die frisch gestrichenen blauen und grünen Wägelchen waren zur Fahrt bereit, ihre Drachenschuppen glänzten in der grünen Beleuchtung der Schienen. Ethan stand neben Gus auf der Plattform, da zog Gus seine Taschenuhr hervor und öffnete den Deckel.

»Jetzt wird es Zeit.« Gus ließ die Uhr zuschnappen, steckte sie wieder in seine Westentasche, betrat den Bedienungsstand und drückte auf die Knöpfe.

Die Wägelchen setzten sich in Bewegung, fuhren in die erste Kurve, glänzten im Licht der Glühbirnchen, während sie die Steigung über dem Turmsee hinaufkletterten, und die gesamte Tragkonstruktion bebte, als wollte sie jeden Augenblick in Stücke brechen; dann sausten die Wägelchen abwärts durch die Kurven. Ethan sah stumm zu, bis sie schließlich langsam die Steigung zur letzten Schleife emporknarrten, zum Drachentunnel, der sich mindestens dreißig Meter hoch in die Luft schwang. Und die Holzstützen, die die Schienenbahn trugen, zitterten und ächzten protestierend. Die Drachenbahn würde keine Rekorde brechen, was die Höhe betraf. Oder die Länge. Oder die Sicherheit, dachte Ethan, der in schreckerfüllter Faszination dem Ächzen und Quietschen der Wägelchen lauschte, die klangen, als würden sie jeden Augenblick zusammenbrechen. Vielleicht sollte man die Bahn nicht öfter als unbedingt nötig in Betrieb nehmen.

»Gus? Vielleicht ...«

Gus winkte ab, ging zum Ende der Plattform und öffnete die Sperrkette, die den Gang für das Servicepersonal verschloss. Er betrat den Gang und beugte sich dann vor und drückte sein rechtes Ohr auf eine der Schienen.

»Herrje, Gus, das ist gefährlich«, rief Ethan, aber der alte Mann hörte ihn nicht, er konzentrierte sich ganz auf die Vibrationen der Bahn. Ethan ging zu ihm und hielt sich bereit, Gus rasch zurückzureißen, falls er von dem Drachen überrascht werden sollte.

Die Drachenbahn fuhr durch den Tunnel und donnerte dann hinab und in die beginnende Korkenzieher-Abfahrt, die den Namen »Drachenschweif« trug. Die Wägelchen krachten auf den Schienen vorwärts und rückwärts gegeneinander, rauschten dann, unten angekommen, durch flaches Wasser und auf die letzte lange Gerade, die wieder zur Plattform führte. Als der Drache angerast kam, erhob Gus sich, und im Licht des Bedienungsstandes war sein Gesicht grimmig.

»Was ist denn los?«, fragte Ethan und fürchtete, dass der alte Mann vielleicht einen Herzanfall bekam.

»Nur viermal Rattern.« Gus eilte in den Bedienungsstand zurück, und Ethan folgte ihm dichtauf.

Der Drache kam die Plattform entlang, und Gus zog den Hebelschalter und stoppte die Bahn. Die Sicherungsstangen, die die Passagiere vor dem Herausfallen bewahren sollten, gingen automatisch hoch. Er betätigte weitere Schalter, schaltete damit den Antrieb ab und die Tausende von Glühbirnen aus, sodass die Lichtreflexe im Wasser erloschen und der See in lebloses Dunkel getaucht wurde. Der Park versank in Dunkelheit, nur die Straßenlaternen warfen durch ihre Zellophantüten hier und da orangefarbene Lichtkegel.

Ethan legte Gus die Hand auf die Schulter. »Komm«, meinte er. »Lass uns zu den Wohnwagen zurückgehen …«

Plötzlich hielt er alarmiert inne.

Neunzehn Jahre Militärdienst bei den *Special Forces* und drei Jahre Kampferfahrung: Keine noch so große Menge Alkohol im Blut konnte seine scharfen Instinkte dämpfen. Ethan fummelte unter seiner Weste herum und zog schließlich die Pistole hervor. Er zwinkerte, um klarer zu sehen, suchte das Gelände vor sich und hinter sich ab, und die Mündung seines

Schießeisens bewegte sich mit seinen Blicken mit, während er versuchte, die dunklen Schatten zu durchdringen. Er packte Gus' Arm. »*Komm* jetzt«, befahl er und bemerkte, dass Gus stirnrunzelnd auf seine Brust blickte.

Er blickte an sich herab und sah den kleinen roten Laserpunkt auf seiner Brust.

Oh verdammt, dachte er, und dann traf ihn die Kugel.

Kapitel 2

Mab hatte sich von Glenda zum *Dream Cream* führen und auf einen der pinkfarbenen Barhocker an der Theke setzen lassen. Eigentlich wäre sie am liebsten durch die Tür nach hinten verschwunden, die kleine Treppe hinauf zu Cindys Wohnung und in ihr Bett – Alleinsein und Ruhe –, aber ihr war schwindelig, und ihr Kopf schmerzte, und sie hatte irgendwo gelesen, dass man bei einer Gehirnerschütterung nicht einschlafen sollte. Außerdem musste sie herausfinden, was sie da getroffen hatte. Sollten sich die verdammten Kinder von der nahe gelegenen Schule einen Spaß mit der Statue am Eingangstor erlaubt haben, auf deren Wiederherstellung sie so viel Zeit und Mühe verwendet hatte, dann würden Köpfe rollen.

Vorsichtig betastete sie ihren Hinterkopf. Es tat weh.

»Ich bringe Ihnen ein kaltes Tuch«, meinte Glenda. »Sie sehen etwas … elend aus.«

»Vielen Dank.« Mab ließ ihren Kopf sinken. Die Thekenoberfläche hatte ein Muster mit pinkfarbenen Wirbeln, deswegen wandte sie den Blick ab und versuchte, sich auf die Spiegelwand dahinter zu konzentrieren, auf die Glasregale mit den Eisschalen und Milchshake-Gläsern und auf die schwarze Schiefertafel, auf die Cindy ihre jeweiligen speziellen Eiscreme-Geschmacksrichtungen des Tages schrieb.

Glenda klappte eine in die Theke integrierte Klappe hoch und ging zur anderen Seite. Sie nahm ein sauberes Handtuch aus der Schublade, hielt es unter fließendes, kaltes Wasser, wrang es aus und ging damit zu Mab zurück.

»Halten Sie still«, befahl sie und drückte es gegen Mabs Hinterkopf, wo es einen Augenblick lang einen stechenden Schmerz verursachte und dann einfach guttat.

»Das tut gut«, sagte Mab zu Glenda. Im nächsten Augenblick wurde die Tür geöffnet, und sie hörte die Stimme ihres Onkels Ray: »Was, zum Teufel, ist denn hier passiert?«

»Sie hat sich den Kopf angeschlagen«, antwortete Glenda knapp. Sie wechselte wieder zur anderen Seite der Theke, besah sich das blutige Handtuch und warf es in den Abfalleimer.

Ray setzte sich auf den Barhocker neben Mab, und sein in die Jahre gekommener, muskulöser Körper war ihr unangenehm nahe. »Bist du in Ordnung?«

»Wird schon wieder.« Erneut betastete Mab ihren Hinterkopf und sah dann ihre Hand an. Kein Blut. Das war schon besser.

»Was tun Sie hier?«, fragte Glenda Ray. »Es ist nach Mitternacht.«

»Hab lange gearbeitet, wie alle hier«, erwiderte Ray in einem Versuch zu scherzen, aber das lag ihm nicht. Er machte eine Kopfbewegung zur Rückseite des Ladens, wo er einen kleinen Camper stehen hatte, den er als Büro benutzte. »Ein paar Aktenordner auf den neuesten Stand gebracht.« Er wandte sich samt seinem bemühten Lächeln Mab zu. »Wie fleißig du bist, Mary Alice. Ich hab's ja gesagt, dass sie großartig ist, oder, Glenda?«

Glenda nickte Mab zu. »Ich mache Ihnen eine Tasse Tee«, meinte sie und begann, den Wasserkessel zu füllen.

»Lass mich deine Augen ansehen«, forderte Ray Mab auf, und sie wandte sich ihm zu und sah ihn an, während er sich zu ihr vorneigte, groß und selbstsicher und teuer gekleidet in dem Burberry-Mantel mit dem kleinen schwarz-goldenen Ranger-Abzeichen, das er sich wie ein Designer-Etikett an den Aufschlag geheftet hatte.

Er legte ihr die Hand unters Kinn, was ihr verhasst war, und betrachtete sie prüfend, und sie bemerkte, dass sein breites, gut aussehendes Gesicht vom Alter langsam aufgedunsen wurde. Er sollte den Leuten lieber nicht zu nahe kommen, befand sie. Aus der Entfernung sah er besser aus.

Er nickte. »Sieht ganz in Ordnung aus. Pupillen nicht vergrößert. Was ist passiert?«

»Ein Clown hat mich umgerannt.« Mab wich vor seiner Hand zurück. In ihrem Kopf pochte der Schmerz. »Könnte ich ein Aspirin kriegen, Glenda?«

»Sicher doch.«

Glenda verschwand im hinteren Teil des Ladens, und Ray lehnte sich zurück.

»Bald geht's dir wieder besser. Bist du so weit, mit dem Wahrsager-Automaten anzufangen?«

»Ja«, antwortete Mab, und da öffnete sich die Tür, und Delpha kam mit ihrem Vogel herein.

»Hier, bitte sehr.« Glenda reichte Mab die Aspirintablette, und Delpha setzte sich neben sie, Frankie auf ihrer Schulter.

»Genau, wie wir vermutet haben«, sagte sie zu Glenda. »Er ist weg.«

Mab betrachtete die Menschen um sich herum: Glenda, deren platinblondes Haar sich sträubte, ihre blauen Augen voller Anspannung; Ray, dessen Haifischaugen sie aus seinem langsam aus den Fugen gehenden Gesicht heraus anstarrten; und Delpha, die Frankie auf der Schulter trug und mit ihren tief liegenden Augen fast ebenso totenkopfähnlich wirkte wie die in Mullgewebe gehüllten Geister im Park. Sie alle erschienen Mab merkwürdig, als täten sie nur so, als wäre alles in Ordnung. Frankie wirkte von ihnen allen noch am normalsten.

»Also, wer war nun dieser Clown, der dich zu Boden geschlagen hat?«, erkundigte sich Ray und versuchte, jovial zu lächeln, doch seine Anspannung war offensichtlich.

»Ich glaube, es war der *FunFun* vom Eingangstor«, erklärte Mab, und Rays Lächeln erlosch.

»Der *FunFun* vom Eingangstor? Ich dachte, du meinst mit Clown einen Kerl ...«

»Das hat sie nur *halluziniert*«, mischte Glenda sich ein und starrte ihn an. »Sie hat sich den Kopf angeschlagen und diesen *FunFun* halluziniert ...«

»Ach ja, zum Teufel, sie hat ihn *halluziniert*«, stimmte Ray zu. »Clowns aus Eisen rennen ja auch nicht herum, das wäre verrückt.«

Es klang merkwürdig, so als versuchte er verzweifelt, es nicht merkwürdig klingen zu lassen.

»Merkwürdig«, sagte Mab laut.

»Was?«, fragte Ray, und seine Augenbrauen zogen sich zusammen.

»Ich bin mit dem Karussell fertig«, erklärte Mab, um ihn auf andere Gedanken zu bringen.

»Ah, gratuliere«, erwiderte Ray. »Dann kannst du ja jetzt mit dem Wahrsager-Automaten anfangen.«

»Das habe ich vor«, sagte Mab. »Könntest du jetzt verschwinden?«

»So spricht man nicht mit seinem Chef«, meinte Ray, und seine Jovialität schwand.

Mab schüttelte den Kopf und bedauerte es sofort, denn ihr Kopf pochte umso stärker. »Du bist nicht mein Chef. Ich bin mein Chef. Ich habe in diesem Park hervorragende Arbeit geleistet, und morgen, wenn meine Kopfschmerzen vorbei sind, werde ich mit dem Wahrsager-Automaten anfangen, und der wird genauso fantastisch wie alles andere, und dann wirst du sagen: ›Vielen Dank, Mary Alice‹, und dann werde ich mich meinem nächsten Auftrag widmen, wo ich auch wieder mein eigener Chef bin und wo ich auch wieder hervorragende Arbeit leisten werde.« Sie dachte an den eisenummantelten *Fun-*

Fun vom Eingangstor, an die schönen glatten Streifen auf seiner Jacke, das Glitzern, das sie in seine türkisen Augen gemalt hatte, den Glanz der mehrfachen Lasuren auf seiner Weste. Sollte ihn jemand beschädigt haben ...

»Du hast ja eine interessante Einstellung zum Angestelltendasein«, meinte Ray mit Schärfe in der Stimme.

»Ich habe eine interessante Einstellung zu allem.« Mab wandte sich von ihm ab und nickte Glenda zu, die nervös mit einer Zigarette auf die Zigarettenpackung klopfte. »Jetzt geht's mir wieder besser, ich werde rauf und ins Bett gehen. Gehen Sie nur, und kümmern Sie sich um Ihren Sohn.«

»Ich gehe gleich zu Ethan. Aber Sie setzen sich erst mal und trinken etwas Tee«, meinte Glenda, aber dabei blickte sie zur Tür.

»Ethan?« Ray wandte sich zu Glenda um. »Ist er hier?«

»Ist heute Abend angekommen.« Glenda zündete ihre Zigarette an. »Hat seinen Abschied von der Army genommen.«

»Das hätten Sie mir sagen sollen«, sagte Ray. »Warum ist er denn hierhergekommen?«

Glenda inhalierte und blies den Rauch von Mab weg. »Er – ist – gerade – erst – angekommen.«

Mab rutschte vom Barhocker, machte einen Bogen um Ray und setzte sich ans Ende der Theke, um durch die beschlagenen Fenster auf den leeren, dunklen Weg hinauszublicken. Es war zu dunkel, um bis zum Eingangstor sehen zu können, wo der *FunFun* hätte stehen müssen, aber sie sah ihn noch vor sich, wie er ausgesehen hatte, als er sie niedergestoßen hatte, überlebensgroß, und er hatte ihren Namen gesagt. »Wisst ihr, als der Clown zu mir sprach, brach die Metallschicht an seinen Wangen. Das ist ein schlimmer Schaden, nicht einfach zu beheben. Gut, dass es nur eine Halluzination war.« In der spiegelnden Fensterscheibe sah sie Glendas Gesichtsausdruck, eindeutig schockiert.

»Er hat Ihren Namen gesagt?«, fragte Glenda.

»Der Clown hat zu dir gesprochen?«, fragte Ray.

Sie drehte sich auf ihrem Hocker zu ihnen herum. »Das habe ich halluziniert. Er sagte: ›Mab‹, und das Metall auf seinem Gesicht splitterte, ich sah das Holz darunter« – der Gedanke daran machte sie krank –, »und dann streckte er mir die Hand entgegen, um mir aufzuhelfen, und ich hörte noch mehr Metall bersten, und dann schrie ich, und er rannte weg.«

»Pure Halluzination«, stellte Ray sofort fest. »Das ist nie passiert. Schlag dir das aus dem Kopf.«

Glenda starrte ihn an. »Wenn sie darüber reden will, dann soll sie das tun. Sie machen sie wütend.«

»Ich bin nicht wütend. Ich werde nicht wütend. Nur wenn da jemand herumrennt und meine Arbeit kaputtmacht, dann könnte ich wütend werden.« Mab blickte sie der Reihe nach an, aber niemand schenkte ihr Aufmerksamkeit. Ray schaute Glenda finster an, Glenda nahm einen tiefen Zug von ihrer Zigarette und starrte Ray an, Delpha schüttelte den Kopf, und auf ihrer Schulter trat Frankie von einem Fuß auf den anderen. »Irgendwas habe ich da nicht mitgekriegt, oder?«, erkundigte sich Mab.

»Nichts«, erwiderte Glenda, und es klang endgültig. Der Wasserkessel begann zu pfeifen, sie legte ihre Zigarette auf den Rand des Spülbeckens und nahm den Kessel hoch, sodass das unangenehme Kreischen abbrach.

Ray erhob sich. »Dieser Mangel an Sicherheit im Park gefällt mir nicht«, sagte er zu Glenda. »Da dringt jemand ein, schleicht durch den Park, schlägt Leute zu Boden. Wir hatten eine Abmachung. Ich zahle für die Restaurierungsarbeiten, und Sie leiten den Betrieb. Wenn Sie dazu nicht in der Lage sind, dann muss ich das übernehmen.«

»Nur über meine Leiche«, entgegnete Glenda.

Ray erstarrte, und Mab erkannte, wie groß er wirklich war,

so drohend vor Glenda aufgebaut, die selbst kein Zwerg war. »Wenn Sie es so haben wollen«, erwiderte er mit ungutem Lächeln, und Glenda tat einen Schritt vor und fixierte ihn mit gefährlicher Entschlossenheit.

Was soll das, zum Teufel?, fragte sich Mab. »Hey«, rief sie, und die beiden fuhren zu ihr herum. »Ich weiß nicht, was hier vorgeht, aber lasst das gefälligst sein.«

Ray blickte Glenda wieder an und sagte mit sanfter Stimme: »Kommen Sie mir nicht in die Quere, Glenda. Sie haben keine Ahnung, wie mächtig ich wirklich bin.«

Dann wandte er sich ab, ging an Delpha vorbei und durch die Hintertür hinaus, und einen Augenblick später krachte die Außentür ins Schloss.

»Tja, und du hast keine Ahnung, wie mächtig *ich* bin, du Armleuchter«, murmelte Glenda zur Hintertür, dann wandte sie sich wieder zu Mab um und fragte: »Und wie wäre es jetzt mit einer Tasse Tee?«

Irgendetwas lag hier im Argen, da war sich Mab sicher, aber ihr brummte der Kopf, und sie war sehr müde, und sie hatte für einen Abend genug an Unwirklichem erlebt.

»Wunderbar«, antwortete sie und setzte sich an ihren alten Platz an der Theke.

Ethan stürzte rückwärts zu Boden, wobei die alte Kugel in seiner Brust brannte. Mühsam hob er den Kopf und schnappte nach Luft.

Der Schütze, ganz in Schwarz gekleidet, mit Maske und Nachtsichtgerät auf dem Kopf, beobachtete ihn einen Augenblick lang, dann sprintete er in Richtung Vorderseite des Parks davon. Ethan wollte die Pistole heben und feuern, aber der Schmerz in seiner Brust war zu stark. Er ließ den Kopf zurückfallen und schloss die Augen, vom Schmerz überwältigt, und wartete darauf, zu sterben.

Als der Schmerz nach einer Weile nachließ und er noch immer atmete, öffnete er die Augen und sah Gus, der sich besorgt über ihn beugte. »Bist du okay?«

»Wer war das?«, stieß Ethan mühsam hervor.

»Keine Ahnung.«

»Passiert das hier öfter?«

»Noch nie«, erwiderte Gus und half Ethan dabei, sich aufzusetzen.

»Großartig.« Ethan atmete vorsichtig ein. Der Schmerz war noch immer stark, aber auszuhalten.

»Wir haben andere Probleme«, erklärte Gus. »Nur viermal Rattern. Das heißt, ein Dämon ist weg.« Und kopfschüttelnd: »Wenn wir Glück haben, ist's nur *Fufluns*, nicht *Selvans* oder gar dieser Teufel *Kharos*.«

Ethan rieb sich über die Brust, noch immer nach Atem ringend. »Gus, vergiss die Dämonengeschichten. Wir haben hier im Park jemanden mit einem Gewehr …«

»Geschichten?«, fragte Gus beleidigt. »Wir haben hier 'n Dämon, der frei rumrennt.« Er schüttelte den Kopf. »Hätte ich mir eigentlich denken sollen, als Mab niedergerannt wurde.«

Gus glaubte an die Dämonen. Ethan schloss die Augen. Er war zu lange fort gewesen. Gus schien mehr verloren zu haben als nur sein Gehör, und Glenda hatte sich wahrscheinlich ganz allein darum bemüht, den Laden zusammenzuhalten. Dieser plötzliche Impuls, nach Hause zurückzukehren, war vielleicht gar nicht so dumm gewesen.

Auch wenn es dazu geführt hatte, dass er wieder niedergeschossen wurde.

»Wir müssen die Bullen rufen«, meinte Ethan und versuchte, aus eigener Kraft aufzustehen.

»Keine Bullen«, entgegnete Gus. »Bullen kommen nicht gegen Dämonen an.«

»Vergiss die Dämonen.« Ethan hielt sich an Gus' Schulter

fest und kam auf die Füße. »Wir haben einen wild gewordenen ... *autsch*.« Er zuckte zusammen und legte sich eine Hand auf die Brust. »Verflucht noch mal.«

»Wir sollten lieber zur Erste-Hilfe-Station fahren«, meinte Gus und versuchte, Ethan zu stützen.

»Die Kugel ist nicht durch meine kugelsichere Weste durch«, beruhigte Ethan ihn.

»Trotzdem.« Gus schlang den Arm um Ethan. »Du weißt doch, wie Glenda ist.«

Ethan hatte zu starke Schmerzen, um zu streiten. Er nickte nur und begann, auf den alten Mann gestützt, den Hauptweg hinunterzuhumpeln.

»Bin froh, dass du wieder zu Hause bist«, murmelte Gus. »Gerade rechtzeitig.«

»Klar«, erwiderte Ethan und humpelte weiter.

Glenda stellte einen Becher mit heißem Wasser vor Mab hin und tauchte einen Beutel Pfefferminztee hinein. »Damit geht's Ihnen gleich wieder besser, Schätzchen.«

Mab zog den Becher zu sich heran. »Tut mir leid wegen Ray. Der ist manchmal ein bisschen gruselig.«

Glenda nickte. »Was gesellschaftliche Tugenden betrifft, könnte Ihre Familie ein wenig Nachhilfe gebrauchen.«

Mab rührte in ihrem Tee und dachte an ihre Großmutter, die besondere Kräfte gegen das Böse besessen und für die Nachbarn Exorzismus betrieben hatte, und an ihre Mutter, die jedes Jahr bei Halloween mit ihrem Protestschild mit der Aufschrift »Da steckt der Teufel drin!« vor *Dreamland* gestanden und verlangt hatte, den Park zu schließen. Sie hatte zumindest erreicht, dass Mab, um eine Verabredung oder einen Freund zu ergattern, in eine andere Stadt fahren musste. Und nun hatte ihr Onkel versprochen, den Park auf Vordermann zu bringen, und hatte sich damit trotz seines nicht vorhandenen Charmes und seiner Familie voller Verrückter zum Bürgermeister wählen lassen. »Wir haben keine gesellschaftlichen Tugenden. Danke für den Tee.«

Glenda beugte sich über die Theke. »Hat der Clown denn noch irgendwas gesagt?«

»Äh, nein.« Mab blies über ihren heißen Tee und blickte Glenda abwartend an, was als Nächstes kommen würde.

Glenda nickte unverbindlich. »Haben seine Augen ... geblitzt oder geleuchtet oder ... so was?«

»Natürlich nicht. Die sind türkis gemalt. Ich habe sie türkis gemalt. Ich mag ja vielleicht halluzinieren, aber das habe ich mit Sorgfalt gemacht.«

»Natürlich haben Sie das.« Glenda warf Delpha einen hilfesuchenden Blick zu.

Delpha nickte.

»Also«, fuhr Glenda fort, »war da nichts ... Seltsames an ihm?«

»Es war ein Roboterclown. Das war für meinen Geschmack seltsam genug.«

»Natürlich war es das.« Glenda tätschelte ihre Hand. »Machen Sie sich keine Sorgen. Wir werden die Statue morgen schon finden. Wenn sie beschädigt ist, gehen Sie einfach noch mal drüber, dann ist sie so gut wie neu.«

Mab blickte sie ungläubig an. Drübergehen? Diese Weste war *lackiert*, in zehn Schichten, um ihr diese Tiefe zu verleihen. Sie hatte Schatten in die Falten der Weste gemalt, einzelne Haare in diesen roten Locken betont, winzige silberne Pünktchen in die Augen gemalt, um sie funkeln zu lassen ...

Einfach noch mal drübergehen?

Sie nahm ihren Teebecher und glitt von dem Barhocker, bevor Glenda noch irgendwas Dämliches sagen konnte. »Vielen Dank für den Tee und die Erste Hilfe, aber ich muss jetzt zu Bett gehen ...«

Delpha richtete sich plötzlich auf und sagte: »Ethan ist verletzt«, und Glenda drückte ihre Zigarette im Spülbecken aus und eilte zur Vordertür.

»Woher wissen Sie das?«, fragte Mab, aber Delpha war schon hinter Glenda durch die Tür verschwunden.

Mab ging zur Tür und sah, dass Gus Ethan stützte, während sie vom Drachen zurückgeschwankt kamen. Dabei wirkte Ethan eher betrunken als verletzt. Glenda legte ihre Arme um die beiden, und sie bewegten sich zu der bonbonfarbenen Erste-Hilfe-Station hinüber, die sich gegenüber dem *Dream Cream* befand. So ineinander verschlungen wirkten sie wie eine Familie, zwar eine seltsame Familie, aber immerhin, liebevoll und hilfreich. Sogar Frankie, der über ihnen flog, kurvte wie Lassie um sie herum.

Die einzige Familie, die Mab geblieben war, war wohl Ray, aber wenigstens war der normal.

Mehr oder weniger.

Aber wozu brauchte sie überhaupt eine Familie.

Es war inzwischen nach Mitternacht, und ihr Kopf schmerzte, und Ethan hatte seine Familie, die sich um ihn kümmerte, also verschloss sie die Vordertür, schaltete die Lampen aus und nahm ihre Arbeitstasche mit hinauf. Morgen würde sie herausfinden, was mit dem *FunFun* vom Eingangstor geschehen war, und falls irgendetwas mit ihm nicht stimmte, dann gnade Gott demjenigen, der ihre Arbeit sabotiert hatte.

Das sollte besser wirklich eine Halluzination gewesen sein, dachte sie und ging zu Bett.

Kharos hatte vor sich hingedöst, davon geträumt, wie er den Park und die Welt eroberte, als ihn ein Aufwallen von Macht weckte.

Einer hatte sich befreit.

Er konzentrierte sich auf die Suche nach dem Bösewicht,

dem einen von vieren, der ihm nicht gehorchte, aber er wusste bereits, dass es nur einer von zweien sein konnte. *Vanth* war immer gehorsam, und *Selvans* würde ohne seinen Befehl keinen Schritt tun, aber …

Wieder ein Aufwallen von Macht, ein weiterer Unberührbarer frei, nun waren es zwei, *Fufluns* und *Tura*. Wie sehr sie seinem Plan schaden konnten!

Ray kam heran, setzte sich neben die Teufelsstatue und zündete sich eine Zigarre an. Dann klopfte er auf das Metall und rief: »Hey.«

Wäre *Kharos* frei gewesen, hätte er ihn zerquetscht wie eine Fliege.

»Die Sache mit der guten und der schlechten Neuigkeit«, begann Ray, lehnte sich zurück und paffte ein paarmal. »*Fufluns* ist draußen.«

WIE IST ER HERAUSGEKOMMEN?

Ray nahm die Zigarre aus dem Mund. »Mab hat den Schlüssel hineingesteckt, und als ich nach der Urne sehen wollte, war die Statue fort. Die College-Schüler klauen diese verdammte Statue immer wieder, deswegen schätze ich, dass seine Urne zerbrochen war, und so konnte *Fufluns* raus und ab durch die Mitte.«

FINDE IHN, UND BRING IHN ZU MIR.

»Wie denn?«, fragte Ray.

ER WIRD IN IRGENDJEMANDEN HINEINSCHLÜPFEN. UND SICH DANN BETRINKEN UND HINTER DEN FRAUEN HERJAGEN.

»Das macht hier im Park doch jeder. Wodurch unterscheidet er sich von anderen?«

Kharos schäumte vor Wut. Am liebsten hätte er Rays Kopf wie eine Melone zerschmettert. Aber er konnte nicht. Ray besaß Macht und Wissen. Und er war außerhalb des Gefängnisses, in dem *Kharos* gefangen war, sodass *Kharos* nicht an ihn herankonnte.

Obwohl …

Fufluns' und *Turas* Flucht hatten *Kharos* gestärkt. Er spannte sich in dem Gefängnis seiner Urne an, konzentrierte seine geistige Kraft auf Ray und packte ihn in Gedanken am Hinterkopf.

Ein Haarbüschel fiel herab.

Ray kratzte sich abwesend am Kopf und sprach dann weiter. »Nicht dass ich etwa Zeit dazu hätte, auf Dämonenjagd zu gehen. Ich bin der *Bürgermeister*, wie du weißt. Ich habe anderes zu tun, als mich nur um dich zu kümmern.«

WURM, dachte *Kharos*. In zwei Wochen würde er Rays Kopf wie eine Melone zerschmettern.

»Zum Beispiel steht die Halloween-Woche vor der Tür, die ist sehr beliebt …«

GEH DORTHIN, WO DIE LEUTE LACHEN. BERÜHRE DEN, DER IM MITTELPUNKT DER AUFMERKSAMKEIT STEHT, MIT EISEN. WENN ER VOR SCHMERZ ZUCKT, SAGE: KHAROS BEFIEHLT DIR ZU KOMMEN.«

»Ach, weißt du«, meinte Ray, »vielleicht überstürzen wir das Ganze ein bisschen. Wir müssen es ja nicht jetzt sofort machen. Ein Jahr länger würde nicht …«

NEIN, widersprach *Kharos*. DU HAST SCHON ZU VIEL ZEIT VERSCHWENDET. VIERZIG JAHRE.

»Hey, die ersten zwanzig waren für mich, so hatten wir's abgemacht.« Ray kaute finster auf seiner Zigarre. »Ich hätte mir fünfzig Jahre ausbedingen sollen. Wenn man fünfzehn ist, klingt fünfunddreißig schon uralt.«

DU HAST DIR VIERZIG JAHRE ZEIT GELASSEN.

»Ja, aber die letzten zwanzig Jahre habe ich für dich gearbeitet, Geld für deinen großen Plan aufgehäuft.«

DAS HAT ZU LANGE GEDAUERT.

»Hey, die Finanzmärkte sind eben voller Fallstricke, trotz deiner Spürnase. Ich habe mein Bestes getan.« Ray blickte griesgrämig drein. »Und dann musste ich wieder in dieses Hinterwäldlerkaff zurück.«

SCHLUSS DAMIT. DU MUSST JETZT FÜR MICH ARBEITEN.

»Na ja, ich meine ja nur. Wenn du mir noch ein oder zwei Jahre Zeit lässt oder vielleicht fünf, dann besitze ich die ganze Stadt und den Park, dann brauchen wir hier nicht mehr so herumzuschleichen. Nur noch ein bisschen mehr Zeit ...«

DU STRAPAZIERST MEINE GEDULD.

»Augenblick. Ich habe auch eine gute Nachricht.« Er legte die Zigarre auf der Bank ab, griff unter den langen Mantel und zog eine hölzerne Urne hervor. »Ich habe *Tura*. Eine von zwei Entflohenen, das ist doch gar nicht so schlecht.«

DER BEHÄLTER IST LEER.

Ray betrachtete das Holzgefäß in seiner Hand. »Aber der Deckel ist drauf. Ich schwöre, ich habe ihn nicht geöffnet.«

FUFLUNS HAT SIE BEFREIT.

»Aber ich habe den Schlüssel nicht gedreht, um die Statue zu öffnen. Ich habe Mab gesagt, sie soll den Flötenschlüssel hineinstecken, damit ich *Fufluns'* Urne aus seiner Statue holen konnte, während sie oben auf dem Dach war. Sie hat nichts gemerkt.« Er wandte den Blick ab und runzelte nachdenklich die Stirn. »Sie muss den Taubenschlüssel gefunden haben und ihn selbstständig im Liebestunnel an seinen Platz gesteckt haben.« Er schüttelte den Kopf. »Das war nicht meine Schuld ...«

BRINGE TURAS URNE ZURÜCK. SUCHE FUFLUNS. ER WIRD SICH UM TURA KÜMMERN.

»Na gut, obwohl ich immer noch finde, dass es klüger wäre, noch fünf oder zehn Jahre zu warten.« Ray erhob sich. »Ach ja, noch etwas: Glendas Sohn ist nach Hause gekommen. Ethan. Hat gerade den Dienst bei den *Green Berets* quittiert.«

DAS IST BEDEUTUNGSLOS FÜR MICH. SUCHE FUFLUNS.

»Also gut. Ich verschiebe meine eigene Arbeit, um dir zu

helfen. Aber ich kann nicht jedes Mal alles stehen und liegen lassen, wenn mit deinem Plan etwas schiefgeht. Ich habe lange gebraucht, um den Ruf der Brannigans zu reparieren, und die Leute akzeptieren mich jetzt, aber wenn ich Mist baue, dann habe ich sie sofort wieder am Hals.«

Das konnte *Kharos* gut verstehen. Er hatte selbst vierzig Jahre lang damit gerechnet, dass Ray Mist baute, aber der war schlauer gewesen als erwartet. Was immer noch nicht besonders schlau war.

»Sobald mir die Stadt und der Park erst mal gehören«, fuhr Ray fort, »habe ich die alle auch in der Tasche. Aber bis dahin muss ich mich hier abrackern.«

DIR WIRD DER PARK BALD GEHÖREN.

»Kann's gar nicht abwarten.« Ray wandte sich um und marschierte paffend den Hauptweg hinunter.

Kharos blickte ihm nach und dachte dabei: ICH KANN'S AUCH KAUM NOCH ABWARTEN. Er versuchte, wieder in seinen Traum von all den hoffnungslosen Seelen, die direkt zu ihm nach *Dreamland* kommen würden, zurückzukehren, aber es war jetzt zu viel Macht in ihm geweckt worden. Zweitausendfünfhundert Jahre waren eine lange Zeit, um darauf warten zu müssen, wieder zu herrschen, aber nun würde bald der Zeitpunkt gekommen sein, an dem er sein Gefängnis verlassen, seine Gefängniswächter zerstören und sich all das nehmen würde, was sein war …

Noch zwei Wochen …

Kapitel 3

Als Mab zum Frühstücken ins *Dream Cream* hinunterkam, war Cindy bereits am Werk. Sie trug ihr pink-weiß gestreiftes DC-T-Shirt und eine türkis-blau gestreifte Schürze, und mit ihrem kurzen, lockigen schwarzen Haar wirkte sie wie ein eifriger Pudel, als sie die fünf Gäste, die sich an einem Alltagsdonnerstagmorgen eingestellt hatten, mit einem strahlenden Lächeln begrüßte: eine Mutter mit zwei kleinen Kindern an dem Tisch neben der Musikbox; ein hellblonder Mann mit schwarz geränderter Brille, die Gläser dick wie das Glas einer Coca-Cola-Flasche, der seinen grünen Filzhut neben sich auf den Tisch gelegt hatte, Weizenwaffeln und Eiscreme aß und dabei die Zeitung las, und ein jüngerer Bursche mit gut geformten Schultern am Ende der Theke, der ungläubig auf seine Schüssel mit Waffeln und Eiscreme starrte. Die meisten Gäste zeigten genau diesen Blick, nachdem sie Cindys Eiscreme zum ersten Mal gekostet hatten, und so kümmerte Mab sich nicht weiter um ihn, sondern nahm in der Mitte der Theke Platz.

»Hey.« Cindy stieß den Deckel einer der Waffelmaschinen in die Höhe, als das Lämpchen zu blinken begann, nahm zwei Waffeln heraus und ließ sie auf einen Teller fallen. Sie öffnete das Tiefkühlfach, schöpfte blassgelbe Eiscreme auf die eine Waffel und knallte die andere obendrauf. Dann legte sie Gabel und Löffel daneben und stellte den Teller vor Mab hin. »Habe ich gestern Abend was versäumt? Heute Morgen habe ich ein blutiges Handtuch im Abfalleimer gefunden. Hast du jemanden abgemurkst?«

»Nein.« Mab ergriff die Gabel. »Ich bin niedergeschlagen worden.«

»Geht's dir wieder gut?«, fragte Cindy besorgt.

»Ja. Ich fange jetzt gleich mit dem Wahrsager-Automaten an.« Mab schnitt ein Stück von der mit Eiscreme gefüllten Waffel ab und biss hinein, und die kalte, sahnige Creme mit irgendeinem reinen, frischen Aroma verschmolz mit dem heißen, knusprigen, nach Butter schmeckenden selbstgemachten Weizenvollkorngebäck. Nicht Walnuss diesmal. »Zitrone?«, erkundigte sie sich.

»Zitronenbalsam, gepoppte Leinsamen und Passionsfrucht.« Cindy stellte die Eiscreme zurück ins Tiefkühlfach. »Ich nenne es ›Bald-sind-die-Kinder-wieder-in-der-Schule-Zitroneneis‹, weil es so schön beruhigt. Als letzte Woche der Park durchgehend geöffnet war, waren alle Mütter ganz scharf darauf, deswegen biete ich es weiterhin an, auch wenn die Kinder schon wieder zur Schule gehen.« Sie wies mit dem Kinn auf die Mutter mit den zwei kleinen Kindern. »Der hab ich gerade eine Doppelportion serviert. Zwei Kinder unter vier? Und der Kerl mit dem Hut wollte auch ein doppeltes. Ich vermute, der kommt immer hierher, um seiner Frau zu entfliehen, er kriegt dauernd üble Anrufe von einer Ursula. Wer der Neue da hinten ist, weiß ich nicht, irgendwie kommt er mir bekannt vor. Aber das kriege ich noch heraus, bevor er verschwindet.«

»Ja, bestimmt«, meinte Mab, amüsiert von der Begeisterung, mit der Cindy Informationen über Menschen sammelte. Sie selbst fand Gegenstände, die man reparieren oder bemalen konnte, viel interessanter als Menschen. Und um vieles ungefährlicher.

Sofern sie nicht lebendig wurden und einen niederrannten.

Mab löffelte mehr gelbe Eiscreme in sich hinein. Sie begann, sich besser zu fühlen.

»Also«, meinte Cindy, »wer hat dich niedergeschlagen? Denn, wer immer es war, der kriegt hier lebenslang kein Eis mehr.«

»Ein großer metallener Roboterclown«, antwortete Mab mit vollem Mund. »Aber das habe ich nur halluziniert.«

»Du hast dir den Kopf angeschlagen und einen Roboterclown halluziniert? Und wie kam es denn, dass du dir den Kopf angeschlagen hast?«

»Der Roboterclown hat mich umgerannt.«

Cindy betrachtete sie mit gerunzelten Brauen. »Das ist ja wie die Sache mit der Henne und dem Ei.«

»Ist mir egal«, erwiderte Mab. »Ich fange heute mit der Arbeit an dem Wahrsager-Automaten an.« Sie dachte darüber nach, während Cindy ging, um dem Kerl mit dem Hut und der dicken Brille Kaffee nachzuschenken. Restauriert würde der Automat wunderschön aussehen. Sie musste ihn sich nur zuerst sorgfältig ansehen, damit sie alles richtig machte. Da kam Cindy zurück, und Mab erklärte: »Ich werde zuerst alle vier Seiten abschleifen.«

»An dem Roboterclown?«, fragte Cindy.

»An dem Wahrsager-Automaten. Vergiss den Roboterclown.«

»Ich will aber den Roboterclown nicht vergessen. Der Roboterclown ist aufregend.«

»Nur weil er nicht dich umgerannt hat.«

Cindy schüttelte den Kopf. »Machst du Witze? Das ist doch eine fantastische Geschichte. Da kann man erzählen: ›Ich bin von einem Roboterclown umgerannt worden.‹ Aber so kann ich nur sagen: ›Meine Mitbewohnerin ist von einem Roboterclown umgerannt worden.‹ Das ist längst nicht das Gleiche.« Sie überlegte einen Augenblick. »Tja, ich bin jetzt zweiunddreißig und noch nie von einem Roboterclown umgerannt worden. Bisher war mir das ja egal, aber jetzt ...«

Mab legte die Gabel hin. »Weißt du, was seltsam war?«

»Der Roboterclown.«

»Noch etwas: Glenda war gar nicht überrascht, als ich es erzählte. Sie fragte mich danach aus, als wäre es Wirklichkeit gewesen.«

»Hast du sie gefragt, warum?«

»Sie hat mir dauernd eingeredet, dass es eine Halluzination war. Was es natürlich auch war. Aber wenn nicht, dann könnte ich schwören, dass sie wusste, was es wirklich war.«

»Aha.« Cindy runzelte angestrengt nachdenkend die Stirn. »Ich erinnere mich nicht an irgendwelche Parklegenden über Roboterclowns.«

»Gibt es denn Parklegenden?«, wunderte sich Mab. »Ich habe über diesen Park recherchiert und bin nicht auf Legenden gestoßen.« Sie überlegte. »Natürlich habe ich nach Fotos gesucht.«

»Ach, natürlich haben wir Parklegenden. Wie zum Beispiel vom Teufelsflug, wo es spukt. Und wenn du hier deinen Liebsten betrügst, dann stirbst du an einem Herzanfall mit einem Kainsmal auf deiner Brust. Und wenn du einen Penny in den Ruderbootsee wirfst, erfüllt sich dein Herzenswunsch.«

Mab blinzelte. »Letzteres scheint mir ein bisschen arg schlapp.«

»Und funktioniert auch nicht.« Cindy blickte sich kurz um und beugte sich dann über die Theke zu Mab vor. »Aber manches funktioniert hier. Zum Beispiel kann Delpha dir wirklich die Zukunft vorhersagen.«

»Nicht meine, das kann sie nicht«, erwiderte Mab und grub wieder in ihrem Waffeleis. »Seit ich hier bin, hat sie's auf mich abgesehen, aber ich gehe nicht in dieses Zelt. War schon schlimm genug, da drinnen alles neu zu streichen. Dauernd hat sie mich betrachtet, als ob sie etwas sähe, wovon ich nichts wusste.«

»Sie ist bereit, dir die Zukunft vorherzusagen, und du willst nicht?« Cindy wich ein wenig zurück. »Bist du verrückt? Ich würde alles dafür geben, dass sie mir meine sagt.«

»Dann geh doch hin.« Mab schaufelte sich Eis in den Mund.

»Ich hab's ja versucht. Aber sie will nicht. Sie sagt, ich wäre ein von Natur aus glücklicher Mensch und sollte keine Scherze mit dem Schicksal treiben.«

»Ach.« Mab kaute etwas langsamer, während sie darüber nachdachte. »Warum ist sie dann so scharf darauf, mich in ihr Zelt zu kriegen? Ich bin auch von Natur aus glücklich.«

Cindy warf ihr einen Blick zu, der besagte: wie bitte?

»Doch, das bin ich«, bekräftigte Mab. »Ich liebe meine Arbeit.«

»Das ist auch alles, was du tust«, meinte Cindy. »Du machst nicht mal Pause, um an dem Roboterclown zu riechen.«

Mab zog eine Grimasse des Ekels. »Bäh.«

»Tja, der war nicht gut. Aber im Ernst, all diese tollen Sachen um dich herum, an denen du deine Freude haben könntest, aber du tust nichts als arbeiten. Weißt du, das ist jetzt wahrscheinlich die längste Unterhaltung, die wir beide je hatten, und dabei wohnst du schon seit neun Monaten bei mir.«

»Ich habe auch nichts wirklich Interessantes zu sagen«, meinte Mab, »außer über meine Arbeit. Das ist eine tolle Sache.«

Cindy blickte skeptisch drein.

»Und ich komme nicht gut mit Menschen aus«, versuchte Mab, sich zu entschuldigen. »Es liegt nicht an dir. Ich bin ganz allgemein darauf gekommen, dass es besser für mich ist, den Mund zu halten und zu arbeiten, als ... Du weißt schon.«

»Mit Leuten zu reden?«, erkundigte sich Cindy erschrocken.

»Die Menschen sind ...« *Pein.* »... seltsam«, fuhr Mab fort. »Arbeit, da fühle ich mich sicher. Weißt du, was ich großartig finde? Dass ich heute damit anfangen kann, den Wahrsager-Automaten zu restaurieren. Ich glaube, der wird fantastisch.« Sie schob sich wieder Waffel und Eiscreme in den Mund. »Ich habe ein großartiges Leben.«

»Deine Arbeit ist großartig«, meinte Cindy, und ihre Fröhlichkeit schwand dahin. Jemand anderes hätte verärgert reagiert. »Du hast kein Leben.«

»Hey hey«, protestierte Mab.

»Tut mir leid«, lenkte Cindy ein. »Das muss ich gerade sagen. Ich lebe auch für meine Eiscreme.« Sie kaute einen Augenblick lang nachdenklich auf der Lippe. »Was willst du denn jetzt unternehmen?«

»Weswegen?«

»Na, wegen dem *Roboterclown*«, betonte Cindy. »Du bist jetzt Teil einer neuen Legende.«

»Nicht, wenn ich es niemandem erzähle.« Mab spießte den letzten Happen Waffeleis auf. »Glenda schien das Ganze lieber unter den Teppich kehren zu wollen.«

»Glenda kriegt, was sie will. Ich glaube, sie kann …« Cindy hielt inne.

»Was?«, erkundigte sich Mab.

»Ach, nichts«, erwiderte Cindy. »Du würdest mir sowieso nicht glauben. Weißt du, du musst die Türen in deinem Leben öffnen, sonst lebst du gar nicht.«

»Ich würde einen Roboterclown, den ich halluziniert habe, nicht gerade als eine Tür im Leben sehen.« Mab dachte nach. »Ich weiß nicht, was ich überhaupt als Tür im Leben sehen würde.«

Cindy beugte sich vor und flüsterte: »Da sitzt eine am Ende der Theke.«

Mab wandte sich um. Der Bursche kam ihr irgendwie bekannt vor, aber sie wusste nicht, woher. Und an ihn hätte sie sich erinnert. Nicht gerade hübsch, aber … schmale Nase, spitzes Kinn, kräftige Hand, die nach dem Kaffeebecher griff ...

Eine gelb behandschuhte Hand, die sich ihr entgegenstreckte ...

Nein, das nicht. Das war eine Halluzination.

Dieser Bursche war keine Halluzination. Er sah, dass sie ihn betrachtete, und grinste schief, und um seine Augenwinkel bildeten sich Fältchen, während er sie anblickte, und sie dachte *Hallo*.

»Alles in Ordnung?«, fragte Cindy, und Mab riss ihren Blick von ihm los.

»Klar. Ich erlebe nur gerade verrückte vierundzwanzig Stunden. Wenn ich mich wieder an meine Arbeit mache, ist das vorbei.«

Die Tür ging auf, und Ashley Willhoite kam herein. Sie gehörte zu den wenigen, die Mab als Stammgäste erkannte, vor allem, weil es schier unmöglich schien, ihr aus dem Weg zu gehen, denn die hübsche, sonnige Ashley war sich sicher, dass jeder gern mit ihr sprach.

Wie das wohl sein mag?, fragte sich Mab, während Ashley sich auf den nächsten Barhocker sinken ließ.

Cindy begrüßte sie: »Hallo, Ashley! Frühstück?«

»Ahornsirup auf Waffel, bitte.« Ashley lächelte Mab an, während Cindy das Tiefkühlfach öffnete und den Behälter mit Ahornsirup-Eis herausholte. »Hallo, Mab. Hast du schon gehört, dass Ethan Wayne wieder hier ist? In der Highschool bin ich oft vor seinem Foto in dem Schaukasten mit den Fußball-Trophäen gestanden. Und jetzt ist er wirklich wieder hier.« Sie strahlte sie beide an. »Heute Abend werde ich meine Wunschträume wahr machen. Wisst ihr, genau wie Katie Holmes, die immer für Tom Cruise schwärmte und ihn dann heiratete?«

Mab blickte Ashley perplex an bei dem Gedanken, dass man hinter einem Kerl her sein konnte, den man nur von einer Fotografie kannte. Was, wenn sich herausstellte, dass er todlangweilig war? Oder ein Serienmörder? Oder einer von denen, die am nächsten Morgen noch ewig herumlungerten, wenn man eigentlich arbeiten wollte?

Ashley bemerkte, dass Mab sie mit zusammengezogenen Brauen betrachtete. »Du gehst nicht mit ihm oder so was, oder?« Dann begutachtete sie Mabs fleckigen Malerkittel und ihren gelben Schutzhelm auf der Theke. »Nein, tust du nicht.« Sie wurde wieder fröhlich. »Ich kann's gar nicht abwarten, ihm zu begegnen.«

Cindy stellte Ashleys Frühstück vor sie hin, und Mab glitt vom Hocker und ging zum Fenster an der Vorderseite. Ashley rutschte mit ihrer Eisschüssel zum Ende der Theke und setzte sich neben den Neuen, während Mab den Hals reckte, um den Hauptweg entlang bis zum Eingangstor blicken zu können. »Ach herrje.«

»Was?«, erkundigte sich Cindy und stellte sich neben sie.

»Der *FunFun* vom Eingangstor ist verschwunden.«

»Tatsächlich«, bestätigte Cindy, die ebenfalls hinblickte. »Also ist das der Roboterclown, der dich niedergeschlagen hat. Der Bastard.«

»Tja«, meinte Mab. »Ich habe eine ganze Woche damit zugebracht, ihn wunderschön zu machen, und dann macht er mich platt.«

»Wie undankbar«, sagte jemand hinter ihnen, und Mab drehte sich um und sah, dass der Bursche vom Ende der Theke Ashley allein gelassen hatte, um ebenfalls aus dem Fenster zu blicken.

Aus der Nähe fand Mab, dass er aussah wie Suffkopf Dave. Suffkopf Dave, wenn er geduscht und sich rasiert hätte und womöglich einen guten Job hätte und ein blau gestreiftes Hemd trüge anstatt des Bengalenhemdes, aber immer noch …

»Dave?«

»Ich habe nur Spaß gemacht. Es war eine Halluzination. Ich hatte mir den Kopf angeschlagen.« *Ich bin nicht verrückt.*

»Eine Schande.«

»Ist schon wieder in Ordnung.«

»Nein, eine Schande, dass es nur eine Halluzination war. Wie viele Leute werden denn schon von einem Roboterclown umgerannt?«

»Nicht allzu viele«, vermutete Mab.

»Das wäre mal ein Erlebnis«, fuhr Joe fort. »Anstatt immer nur Alltagsleben.«

»Genau«, stimmte Cindy zu.

Mab blickte sie stirnrunzelnd an. »Ich mag Alltagsleben.«

»Aber man behält das Alltagsleben nicht in Erinnerung«, meinte Joe und lächelte sie warm an. »Am Ende Ihres Lebens werden Sie sich nicht an all die alltäglichen Tage erinnern, sondern daran, dass Sie von einem Roboterclown umgerannt wurden.«

»Ich wurde nicht von einem Roboterclown umgerannt.«

»Sind Sie sicher?«, fragte Joe, und Mab blickte ihn an und sah seine Augen vor Erregung leuchten, und sie dachte: *Nein, aber ich schwöre, dich finde ich umwerfend.*

»Mir gefällt die Art, wie Sie denken«, stellte Cindy fest.

»Mir nicht«, versetzte Mab.

Joe blickte Mab lächelnd in die Augen, als kenne er sie, und breitete dann die Arme aus. »Akzeptieren Sie diese Erfahrung, meine Liebe. Schließen Sie sie in Ihre Arme.«

Mab bemerkte, dass sie den Atem anhielt, was absurd war. Sie atmete tief ein und versuchte, wieder Sauerstoff ins Gehirn zu pumpen. Vielleicht war es das »In-die-Arme-Schließen«, zusammen mit den Schmetterlingen. *Ich könnte die Erfahrung in meine Arme schließen, wenn du diese Erfahrung wärst.*

Sie ergriff ihre Arbeitstasche, bevor die Schmetterlinge die Oberhand gewannen. »Ich habe eine Verabredung.«

»Mit wem denn?«, fragte Cindy.

»Mit dem Wahrsager-Automaten«, erwiderte Mab und ging zur Tür hinaus, ohne sich noch einmal nach Joe oder sonst jemandem umzusehen.

Ethan erwachte spät und mit einem schrecklichen Kater. Er roch Zigarettenrauch und hatte ein Gefühl, als stünde jemand auf seiner Brust; die alte Kugel in ihm schmerzte.

Er öffnete die Augen einen Spalt weit und erspähte ein silbriges, gerilltes, gebogenes Blechdach über sich; die Rillen glänzten im Sonnenlicht, das durch ein kleines, mit Bastvorhängen gesäumtes Fenster hinter ihm hereinflutete. Viele Jahre lang hatte er beim Aufwachen dieses silbrige Dach, dieses Fensterchen und diese Vorhänge erblickt, aber das war schon lange her.

Er schloss die Augen, stellte einen Fuß auf den Boden, um Halt zu finden, und setzte sich dann vorsichtig auf der U-förmig umlaufenden Sitzbank in dem alten *Airstream*-Wohnwagen seiner Mutter auf, wobei er die Wolldecke um sich schlang. Er rieb sich über das Gesicht, fühlte Bartstoppeln und öffnete dann die Augen. Im nächsten Augenblick schrak er zurück, denn Delpha hockte auf der anderen Seite des Tisches auf der Sitzbank und starrte ihn an, den Raben auf der Schulter, dessen schwarze Knopfaugen sich in seine bohrten.

»Jesses, Delpha.«

Die alte Frau lächelte, und Ethan erwartete fast, dass in ihrem faltigen Gesicht Risse wie im Eis der Antarktis entstehen würden. »Gut, dass du wieder da bist.« Das Lächeln verschwand so schnell wieder, dass er fast glaubte, er hätte es sich nur eingebildet. Jeder hier benahm sich eigenartig.

Sie legte ein abgegriffenes Päckchen Karten auf den Tisch. »Mischen und abheben«, befahl sie, und normalerweise hätte er sich geweigert, aber seine Brust schmerzte, und Delpha sah aus, als könnte sie ihn umblasen. Verdammt, an diesem Morgen könnte jeder ihn umblasen.

Er nahm die Karten, mischte, zuckte bei dem Knall, mit dem er sie auf den Tisch warf, zusammen und hob dann ab. Delpha legte die Karten wieder zu einem Stapel zusammen und drehte die oberste um. »Ja.«

Die Karte war alt und abgewetzt, aber er erkannte einen König auf einem Thron, der ein großes Schwert hielt. Ethan las blinzelnd die Schrift darunter: König der Schwerter.

Glenda kam mit qualmender Zigarette in der Hand vom hinteren Teil des Wohnwagens herein. »Wie fühlst du dich, mein Junge? Das war ja ein lausiges Willkommen gestern.«

Delpha sprach: »Der König der Schwerter«, und tippte auf die Karte. »Endlich ist er gekommen.«

Glendas Lächeln verschwand. »Oh. Delpha, ich glaube nicht ...«

Delpha schob die Karte in das Päckchen zurück und ließ die Karten in der Tasche ihres Umhangs verschwinden. Sie blickte Ethan an. »Du bist krank.«

Echt, kein Scheiß, dachte Ethan.

»Aber du wirst dich erholen«, fuhr Delpha mit dieser Stimme fort, der er jahrelang im Orakelzelt gelauscht hatte. Sie erhob sich und ermahnte Glenda: »Du musst es ihm sagen.« Dann nickte sie Ethan grüßend zu und ging.

Frankie flog hinter ihr her. Ohne grüßend zu nicken.

»Was sollst du mir sagen?«, erkundigte sich Ethan, als die Tür sich hinter ihnen geschlossen hatte.

Glenda lächelte ihn verkrampft an. »Ich bin so froh, dass du wieder zu Hause bist. Gus braucht dich für die abendlichen Sicherheitskontrollen. Du kannst Hanks oder Old Freds Wohnwagen haben, die sind beide leer ...«

»Ich will keinen Job und keinen Wohnwagen, Mom.« Ethan bemühte sich, höflich zu bleiben. »Ich kriege eine Invalidenrente vom Staat, und ich kann draußen im Wald schlafen. Ich will einfach meine Ruhe.«

Glenda drückte ihren Zigarettenstummel aus. »Was für eine Invalidität?«

»Ach, dies und das«, antwortete Ethan vage.

»Delpha hat gesagt, du seiest krank.«

Ethan fühlte die Zeitbombe in seiner Brust. Er wechselte das Thema. »Weißt du, Gus könnte ...«

»Ich mache mir Sorgen um dich«, unterbrach Glenda ihn rücksichtslos.

»Und ich mache mir Sorgen um euch alle«, erwiderte Ethan. »Du rauchst wie ein Schlot, Delpha sieht schon halb tot aus, und Gus quatscht was von entflohenen Dämonen.«

Glenda erhob sich. »Also gut. Dann erzähle deiner Mutter eben nichts, damit sie sich weiter Sorgen macht.« Sie ging zum Kühlschrank und begann, darin zu wühlen.

Na wunderbar. Er blickte sich in dem sauberen alten silbrigen *Airstream*-Wohnwagen um – die Bastvorhänge, die ausgeblichene rote Sitzbank, das allgemeine Flair einer Einrichtung aus den Dreißigerjahren – und sah seine eigene Zukunft. Nicht dass er eine Zukunft hätte.

Er wechselte seine Sitzhaltung, und in seiner Brust tobte es. Was immer ihn getroffen hatte, es überraschte ihn, dass es ihm die alte Kugel nicht ins Herz getrieben hatte. Er hob die kugelsichere Weste auf und entdeckte in der Vorderseite steckend ein abgeflachtes, rundes Metall mit Widerhaken, ungefähr so groß wie ein Armband. Noch nie hatte er ein solches Geschoss gesehen, aber zumindest bewies es, dass das gestern kein böser Traum gewesen war. Das und der Schmerz in seiner Brust. Auch sein Hintern tat weh, und er überlegte einen Augenblick, bis er sich erinnerte, wie er bei dem Versuch, über das Eingangstor zu klettern, auf den Hintern gefallen war.

»Hey, mein Rucksack ...«, begann er, aber Glenda, die gerade die Kühlschranktür mit einem Hüftschwung schloss, kam ihm zuvor.

»Gus hat ihn gefunden, als er heute Morgen das Tor aufschloss. Da auf dem Boden unter dem Fenster.«

Ethan wandte sich wieder der Weste zu und zog das runde Stück Metall heraus. Eine Art Gewehrkugel? Der Aufschlag war stark gewesen, aber auch wieder nicht zu stark. Er hatte das Gefühl, wenn er die Weste nicht getragen hätte, hätte er viel stärkere Schmerzen in der Brust, wäre aber nicht tot. Das Geschoss hätte ihm nur die Haut aufgerissen und wäre gemein zum Herausholen gewesen, aber nicht tödlich.

Er drehte das Metallstück um. Es war zu dunkel und auch nicht schwer genug für Stahl oder Blei. Er hob es ins Sonnenlicht und betrachtete es aus zusammengekniffenen Augen. Die kleinen Widerhaken hatten sich durch den Aufschlag an der Weste abgeflacht.

Irgendetwas Übles ging hier vor. »Hattet ihr in letzter Zeit Probleme mit Fremden hier im Park?«

»Nein.« Glenda arbeitete an der Spüle. »Aber wir brauchen mehr Sicherheitsdienst. Seit wir den Park wieder in Gang gebracht haben, kommen viel mehr Leute hierher, und Gus schafft das nicht mehr allein jeden Abend.«

»Was ist mit Gus los?«, fragte Ethan. »Er redet von Dämonen. Das ist nicht gut.«

»Mit Gus ist gar nichts los.«

»Er hört nichts mehr.«

»Er hört schon noch, nur nicht mehr gut. Sprich auf seiner linken Seite, da hört er besser.« Sie kam mit einer Schüssel, einer Flasche Milch und einer großen orangefarbenen Pappkartonschachtel zum Tisch.

Ethan blinzelte. »Cornflakes?«

»Du magst doch Cornflakes«, erwiderte Glenda. »Dein Lieblingsfrühstück.«

Vor zwanzig Jahren. »Äh, vielen Dank.« Er legte das seltsame Geschoss auf den Tisch, nahm die Cornflakes-Packung, wobei er nachsah, ob nicht Mark Spitz noch darauf abgebildet war – Glenda hob immer alles auf –, und schüttete sich dann eine reichliche Portion in die Schüssel. Sein Magen knurrte gefährlich, als er Milch darübergoss. Ihm wurde bewusst, dass sie schon in die Stadt gestürmt sein musste, bevor er aufgewacht war, um all das einzukaufen, und plötzlich musste er kräftig blinzeln. »Das ist lieb von dir, Mom.«

Glenda fuhr mit einer Hand über sein kurz geschorenes Haar, setzte sich dann ans andere Ende der Sitzbank und zündete sich eine Zigarette an. »Für dich tu ich alles.« Sie nahm einen tiefen Zug. »Also, wer hat auf dich geschossen?«

Ethan nahm sich zusammen. »Keine Ahnung. Aber wenn hier im Park Leute mit Schießeisen herumrennen, sollten wir die Polizei rufen.«

»Keine Polizei.«

»Mom, wenn noch jemand angeschossen wird ...«

»Nein.« Glenda betrachtete ihre Zigarette. »Wir brauchen einfach einen besseren Sicherheitsdienst. Tagsüber haben wir ein paar Männer dafür, aber für die nächtlichen Kontrollen brauchen wir einen Partner für Gus. Er will niemand, sagt, er kann es selbst schaffen.« Sie lächelte Ethan an. »Aber wenn er dich hätte, wäre er glücklich.«

Ethan schloss die Augen. Er wusste, dass sie ihn brauchten, hatte es seit gestern Abend gewusst. Nun saß er in der Falle.

»Sei doch nicht so, Ethan. Das ist doch keine schwere Aufgabe. Unser größtes Problem sind die College-Schüler. Die klettern rein und klauen den *FunFun* am Eingangstor. Den hätten wir aus massivem Eisen machen sollen, damit sich die kleinen Dreckskerle einen Bruch heben.«

»Ich bin aber nicht von einem Schüler angeschossen worden.« Die Erinnerung kam langsam und bruchstückhaft zurück. Der rote Punkt, von einer Laserzielvorrichtung. Nachtsichtgerät über einer Maske. Spezialkugel aus einer Spezialwaffe. Schalldämpfer. Ein Profi. Was, zum Teufel, hatte ein Profi hier zu suchen? Dann wurde ihm klar, dass er ebenfalls ein Profi war, und er war hier.

Glenda seufzte, als sie Rauch ausstieß, und Ethan empfand bei ihrem Anblick, so erschöpft, wie sie war, dumpfes Schuldbewusstsein. Es passte gut zu seinem dumpfen Kater, und so senkte er den Kopf und starrte auf seine matschig gewordenen Cornflakes und versuchte, das dumpfe Pochen zu verdrängen. Der Schlamassel in seiner Schüssel half seinem Magen auch nicht gerade, sich zu beruhigen. Schlamassel allüberall.

Er erhob sich, schlang die Decke fester um sich und schwankte an Glenda vorbei den kurzen Gang entlang und in das Badezimmer im hinteren Ende. Der Wohnwagen war viel kleiner, als er ihn in Erinnerung hatte. Über dem Duschvorhang hingen seine khakifarbene Hose und sein schwarzer Rollkragenpullover, noch leicht feucht. Er zog sie an, wobei er mit den Ellbogen gegen die pinkfarbenen Wände stieß, und versuchte, froh zu sein, dass er wieder zu Hause war.

Er griff nach seinen Stiefeln, öffnete die Tür und betrachtete seine Mutter. Sie wirkte so alt wie eine Million Jahre.

Glenda zog ein letztes Mal an ihrer Zigarette, dann drückte sie sie aus. »Wir brauchen dich wirklich, Ethan.«

Ethan gab es auf. »Ich weiß. Ich werde Gus beim Sicherheitsdienst helfen.« *Und ich werde herausfinden, wer auf mich geschossen hat.*

Glenda nickte, noch immer angespannt. »Danke. Wir bezahlen dich natürlich. Wir kriegen wieder Geld rein, jetzt, wo der Park instand gesetzt ist. Halloween müsste dieses Jahr wirklich gut laufen. Wir kommen wieder auf die Beine.« Es klang, als spräche sie mehr zu sich selbst als zu Ethan.

Er zog seine kugelsichere Weste an und prüfte seine Mark-

23, die abgewandelte Spezialkampfpistole, um sicherzugehen, dass eine Kugel in der Kammer war. Eigentlich gefährlich und für Amateure nicht empfehlenswert, aber er war kein Amateur.

»Bevor du gehst ...«, begann Glenda. »Setz dich, Ethan, ich muss dir etwas sagen. Eigentlich wollte ich damit warten, bis du dich wieder eingewöhnt hast, aber die Zeit läuft uns davon, und ...« Sie wirkte beunruhigt. »Bitte, setz dich einfach.«

Ach, verdammt. Er setzte sich und wappnete sich gegen das, was kommen würde.

»Erinnerst du dich noch, dass wir, als du noch ein kleiner Junge warst, hier immer unsere Treffen hatten? Gus und Delpha und ich und Old Fred und Hank?«

»Ja«, antwortete Ethan. »Hat mir sehr leidgetan zu hören, dass Hank gestorben ist. Ich weiß, dass ihr euch nahestandet.«

»Nein, eigentlich nicht«, widersprach Glenda. »Er war betrunken. So ist er gestorben. Ist mit dem Auto gegen einen Baum gefahren.« Sie blickte Ethan scharf an. »Am neunundzwanzigsten Juli.«

Ethan richtete sich auf. Der neunundzwanzigste Juli war der Tag des Gefechts. Der neunundzwanzigste Juli war der Tag, an dem er sich die Kugel eingefangen hatte.

»Am neunundzwanzigsten Juli ist dir etwas passiert, nicht?«, forschte Glenda.

»Ich hab's überlebt«, erwiderte Ethan mit rauer Stimme. »Worauf willst du hinaus?«

Glendas Gesicht war plötzlich besorgt. »Was meinst du damit, du hast's überlebt? Warst du in Gefahr?«

»Wir sind droben in den Bergen angegriffen worden. Alle anderen meines Teams sind dabei draufgegangen.« Er schluckte. »Ich will nicht darüber reden.«

Glenda holte tief Luft. »Na, dann danke ich Gott, dass Hank gegen den Baum gefahren ist.«

»Mom ...«

»Ethan, wir fünf waren nicht Freunde, wir waren die *Guardia*.«

»Ein Club?«, fragte Ethan gleichgültig.

»Ein Team.« Glenda lächelte ihn an. »Es ist ein gutes Team, Ethan, wir tun etwas Gutes ...«

»Etwas Wohltätiges?«

»Nein«, entgegnete Glenda. »Dämonen bewachen.«

Ach du lieber Gott, auch sie hat den Verstand verloren. Schuldbewusstsein quälte ihn. Er hätte viel früher wieder nach Hause zurückkehren sollen. Es war zu viel für sie ...

»*Dreamland* ist eine Verwahrungsstätte für Dämonen«, fuhr Glenda fort. »Ein Gefängnis für fünf der stärksten Dämonen in der Geschichte der Erde. Die Unberührbaren. Sie können nicht getötet werden, deswegen müssen sie eingekerkert bleiben. Hier. Sie sind in alten Urnen, in hölzernen Gefäßen gefangen, die in fünf Statuen hier im Park eingeschlossen sind, und wir wachen über sie.« Sie hielt inne. »Ich weiß, das ist wahrscheinlich schwer zu glauben ...«

»Hast du ... dir vielleicht mal den Kopf angeschlagen?«, fragte Ethan vorsichtig. Er hatte das bei Kämpfen erlebt. Kopfverletzungen konnten alle möglichen Folgen haben.

»Nein, Ethan«, entgegnete Glenda geduldig. »Dies ist Realität.«

»Nimmst du regelmäßig irgendwelche Tabletten?«

»*Ethan.*«

Er erhob sich. »Sieh mal, wenn du und Gus das haben wollt, diesen ... Club ...«

»Es ist kein Club, Ethan«, entgegnete Glenda todernst. »Dem kann man nicht beitreten, sondern man wird berufen, und die Kräfte gehen auf einen über. Diese Kräfte haben dich gerettet, als alle deine Männer starben. Du bist der Jäger ...«

»Nein, das war es nicht, was geschehen ist«, widersprach Ethan, wandte sich ab und verließ den Wohnwagen.

Kapitel 4

Die Luft draußen war frisch, was Ethan guttat, als er den Pfad hinunterging, weg von den Wohnwagen.

Er wusste nicht, warum er am Leben geblieben war, aber irgendeine verdammte mystische Macht hatte nichts damit zu tun. Seine Mutter würde die Katastrophe, die um ihn herum geschehen war, der Tod von fünf tapferen Männern, nicht in ihre Fantastereien einbauen. Nie und nimmer.

Aber sie brauchte seine Hilfe; da lief jemand mit einem Schießeisen im Park herum, und er würde sich darum kümmern. Er blieb stehen, öffnete seinen Rucksack und wühlte das Hüfthalfter hervor, das er sich nach Maß hatte anfertigen lassen, bevor er zum ersten Mal in den Krieg gezogen war. Mit der Lässigkeit langjähriger Übung ließ er die Mark-23 in das Halfter gleiten. Die Pistole ruhte bequem auf seinem Oberschenkel, direkt vor seiner Hand. Dann folgte er weiter dem schmalen Pfad, der zum Hauptweg führte; er kniff die Augen im hellen Sonnenlicht zusammen und war froh, dass kein Mensch in der Nähe war.

»Sind Sie Ethan Wayne?«, flötete eine Stimme rechts von ihm.

Ethan fuhr zusammen und entspannte sich dann wieder, als er eine hübsche Blondine mit großen Augen auf einem der Picknicktische vor dem leeren Bier-Pavillon sitzen sah. Sie trug eine ausgeblichene blau-grüne Parkersburg-Jacke und darunter einen kurzen Rock, der lange, schlanke Beine enthüllte. Ihr blondes Haar war zu einem reizenden, flauschigen

Etwas an ihrem Hinterkopf zusammengesteckt, und ihr Lächeln blendete ihn fast.

Eigentlich war er um der Ruhe und Einsamkeit willen nach Hause gekommen, aber er würde das nicht so eng sehen. Zumindest nicht, solange sie nicht begann, von Dämonen zu faseln, oder ihn aufforderte, ihrem Club beizutreten.

»Ich habe schon von Ihnen gehört«, sagte das Mädchen und glitt vom Tisch herab. »Sie waren so was wie der beste *Quarterback* überhaupt. Ihr Bild hängt immer noch in der Highschool.«

Ethan zog eine Grimasse. »Das ist schon lange her.«

Es schien sie nicht weiter zu kümmern. »Ihr Bild war wirklich nett.« Sie kam näher. »Aber so in natura gefallen Sie mir noch besser. Ich heiße Ashley Willhoite. Mein Onkel war in Ihrem Team, und er hat mir alles von Ihnen erzählt.« Ihre Augen wurden noch größer, als sie den zerfetzten Kreis in der Jacke über der kugelsicheren Weste entdeckte. Sie kam noch näher und legte ihre Hand darauf. »Was ist denn hier passiert?«

»Jemand hat gestern Abend auf mich geschossen.« *Brillant*, dachte er, kaum hatte er es gesagt, aber er war nun mal nicht an fremde Frauen gewöhnt, die ihm eine Hand auf die Brust legten.

Ashley trat dicht an ihn heran. »Geschossen! Sind Sie in Ordnung?«

Ethan nickte. »Die Weste hat's aufgefangen.«

»Die Weste?«

»Kugelsichere Weste.«

Sie presste ihre Hand stärker gegen seine Brust. »Sie Armer! So ein Glück, dass Sie nicht verletzt wurden.«

»Ach was. Wenn der Schütze etwas getaugt hätte, hätte er mir zwei Kugeln zwischen die Augen verpasst, also ...« Er hielt inne und bemerkte Ashleys bestürzten Blick. *Muss noch an meinen Konversationskünsten arbeiten.*

Er grinste auf sie hinunter, und sie fühlte sich plötzlich atemlos. »Das passiert mir immer wieder.« Er streckte ihr die Hand hin. »Ich bin Daves Cousin, Joe. Dave ist für ein paar Wochen verreist, und ich hüte sozusagen sein Haus für ihn.«

»Ach, Dave hat ein Haus?« Mab blickte hinunter auf seine ausgestreckte Hand und nahm sie. Sie versuchte, ruhig zu bleiben, aber es war etwas an ihm, das sie verwirrte, abgesehen von seinem warmen, festen Griff und der Tatsache, dass er ihre Hand einen Augenblick zu lange festhielt. Sie hätte schwören mögen, dass er Suffkopf Dave war, nur wirkte er auch einfühlsam und nüchtern und attraktiv. Und warmherzig. Und glücklich. Und nahe. Das alles fühlte sich für sie richtig gut an. Sie fühlte Schmetterlinge im Bauch. Das letzte Mal, dass sie Schmetterlinge gefühlt hatte, war schon eine ganze Weile her. Sie hatte sie verbannt, weil nie etwas Gutes dabei herauskam und nur ihre Arbeit darunter litt, aber jetzt waren sie wieder da.

Er war eindeutig nicht Suffkopf Dave.

»Sie sind also Daves Cousin«, meinte Cindy. »Willkommen in *Dreamland*. Sie sollten den Bier-Pavillon meiden und einfach hier bei mir bleiben, hier sind Sie sicher vor Roboterclowns.« Sie lächelte ihn an und zeigte ein Grübchen.

»Roboterclowns?«, wiederholte er lachend zu Cindy gewandt.

»Mab ist gestern Abend einem begegnet.«

Und da war sie wieder, die verrückte Brannigan, wie in den ersten siebzehn Jahren ihres Lebens. So viel zu den Schmetterlingen. Nun ja, die Arbeit wartete sowieso auf sie.

»Erzählen Sie mir mehr«, bat Joe.

»Tragischerweise ist das nicht meine Geschichte«, erklärte Cindy, »sondern Mabs.«

Er wandte sich wieder zu Mab um, und ihr Herz klopfte schneller, als er wiederholte: »Ein Roboterclown?«

»Sie sollten mit mir ins *Dream Cream* zum Frühstücken gehen.« Ashley neigte sich ihm zu, und ihre großen braunen Augen blickten in seine. »Cindy macht diese wunderbaren Dinger aus Waffeln und Ahornsirup-Eis, und sie ...«

»Ich muss mich im Park umsehen«, erwiderte Ethan, aber er wich nicht zurück. »Beweise finden. Den Heckenschützen aufspüren.« Er wusste kaum, was er da brabbelte.

Ihre großen braunen Augen blinzelten ihm zu. »Sind Sie sicher?«

»Na ja ...« Die Cornflakes lagen ihm schwer im Magen, vielleicht würde ein warmes Frühstück helfen. »Ach, was soll's.«

»Super.« Sie hakte sich bei ihm unter und zog ihn in Richtung der Vorderseite des Parks.

Ethan bemühte sich, ihre Nähe nicht zu sehr zu genießen. Er konzentrierte sich auf den Teufelsflug, den höchsten Punkt im Park, wo eine schwarze, eiffelturmartige Konstruktion stand, von der sich oben fünf Arme ausstreckten, an denen fünf zerfetzte Fallschirme hingen; das Ganze war nach all den Jahren immer noch eingezäunt und sah ziemlich übel aus. Er hätte gedacht, dass dies eines der ersten Dinge war, die restauriert werden müssten. Die über zwei Meter hohe eiserne Teufelsstatue vor dem Zaun allerdings war in makellosem Zustand, rot und tückisch schielend und hässlich wie die Sünde.

Ashley drängte sich an ihn, fuhr mit seinem Arm über ihre Brust. »Wie lange bleiben Sie hier?«

»Bis zu meinem Tod«, antwortete Ethan und wich ihr nicht aus.

»Das ist gut.«

Sie gingen an den orange angestrichenen OK-Corral-Buden vorbei – dem Schießstand, dem Saloon für Schnell-Zieher und dem Lassowurf-Stand, alle mit hölzernen Cowboys bevölkert – und kamen dann um eine Biegung herum zu der nächsten Bahn, dem Liebestunnel, ein riesiger Klumpen rosafarbenen Betons gegenüber dem Wachturm im See.

»Damit sollten wir einmal fahren«, meinte Ashley.

Ethan hatte aus seiner Schulzeit noch einige süße Erinnerungen an den Liebestunnel. Vielleicht konnte er ihnen ja ein paar neue hinzufügen.

Als Nächstes schielte ihn die Wurmbahn an, die mit ihrem hässlichen roten Gesicht und den hervorquellenden Augen ein weiterer Höhepunkt des Parks war, und danach deutete die zwei Meter hohe, vollbusige, blau-grüne Meerjungfraustatue auf die »Kleine-Meerjungfrau-Kreuzfahrt«, deren Tunnel blau und türkis gestrichen und mit Flaggen aus aller Welt oder zumindest aus den zwölf Ländern der Kreuzfahrt versehen war.

Ashley konnte der Statue durchaus das Wasser reichen.

»Wissen Sie ...«, begann Ethan, als sie an ihr vorbeigingen, aber dann fühlte er, wie sie erstarrte.

»Was ist denn los?«

Ashley schüttelte wild den Kopf, schauderte und bebte einige Sekunden lang, dann zog sie plötzlich ihre Hand von seinem Arm zurück und betrachtete ihn mit geneigtem Kopf von oben bis unten, sah ihm mit steinernem Blick in die Augen, und ihre Augen waren in der hellen Vormittagssonne fast schwarz.

»Alles in Ordnung?«, fragte Ethan.

Wortlos wandte sie sich um und ging den Weg, den sie gekommen waren, zurück, als wäre Ethan gar nicht vorhanden. Ihre Hüften schwangen hin und her, und der Rock flog ihr um die langen, kräftigen Beine.

»Na großartig«, murmelte Ethan. Er musste wirklich noch an seinen Konversationskünsten arbeiten.

Er schüttelte den Kopf und eilte zurück zur Drachen-Achterbahn, um nach Hinweisen auf seinen Heckenschützen zu suchen.

Mab ging durch den Park und genoss dabei all die Farben und Zeugnisse hoher Handwerkskunst. Die Vergnügungsbahnen standen wie Kunstwerke im Sonnenlicht, umrahmt von den schmiedeeisernen Zäunen, deren speerartige Stangen mit vergoldeten Spitzen überall im Park glitzerten. Selbst die Skelette und Geister und Riesenspinnen, die sie für die bevorstehenden *Screamland*-Wochenenden überall angebracht hatte, waren schön gemacht. Und das Ganze wirkte noch viel besser, wenn nicht überall Leute herumwimmelten, einfach nur viele schöne Dinge ...

Der Kerl vom Dream Cream würde hier gut aussehen, dachte sie und runzelte dann die Stirn über sich selbst. Es war sinnlos, sich an Menschen zu hängen, und in zwei Wochen würde sie sowieso abreisen, und so attraktiv war er auch wieder nicht ...

Nun ja, das war gelogen. Er war höchst attraktiv, aber wichtiger noch, er war ... was? Mab dachte an ihre Unterhaltung mit ihm und erkannte, dass er ständig gelächelt hatte. Ein glücklicher Mensch. Auch Cindy hatte die ganze Zeit gelächelt, was bei ihr nicht ungewöhnlich war, aber trotzdem, es schien, als hätte er ihr noch mehr Frohsinn beschert.

Sie waren im Augenblick sicher dabei, sich näher kennenzulernen.

An die Arbeit.

Der Wahrsager-Automat wirkte, als sie ihn erreichte, gar nicht fröhlich: Der fast zwei Meter hohe und etwa achtzig Zentimeter breite Metallkasten war aus Gusseisen wie die meisten Dinge hier im Park und hatte an drei Seiten trübe gewordene Glasfenster und ein spitz zulaufendes Dach mit metallenen Bögen und eisernen Quasten. Der Metallkasten war dunkel, ein schwerer, gegossener Metallkörper mit Wellenmustern, an vielen Stellen angerostet, die Farbe zum größten Teil abgeblättert.

»Na gut«, murmelte Mab, »dann wollen wir dich mal wieder schön machen.«

Sie nahm ihren Helm ab, stellte die Arbeitstasche auf den Boden und holte Reinigungscreme und ein paar alte T-Shirts heraus. Sie begann, die Dreckkruste an der Oberfläche zu beseitigen, und bewegte sich dabei langsam um den Kasten herum. Dann rieb sie mit Glasreiniger die Fensterscheiben ab, was aber nichts half. Offensichtlich hing der Schmutz vor allem an den Innenseiten zwischen ihr und der kleinen Wahrsagerstatue da drinnen. Sie machte sich zunächst mit Stahlwolle an die Tiefenreinigung der Metallteile und zog den entstehenden Roststaub mit einem Magneten ab. Als sie mit dieser Arbeit fertig war, stand die Sonne schon hoch am Himmel, und ihre Arme schmerzten, doch sie entnahm ihrer Tasche eine Rolle dünnes Papier und klebte Stücke davon auf die gusseisernen Seitenteile des Kastens. Dann nahm sie ein dickes Stück Fettstift und begann mit äußerster Sorgfalt, damit über jeden Quadratzentimeter des Papiers zu rubbeln, wobei sie beobachtete, wie in dem Relief die wunderschön gegossenen Wellen wieder erschienen. Als sie zur vierten und am stärksten beschädigten Seite, der Vorderseite des Kastens, kam, tauchte ein anderes Muster auf. Mit zusammengekniffenen Augen betrachtete sie die bearbeiteten Stellen und erkannte, dass da ein Name stand. *V ... a ... n ... Vanth? Vanth*, die Wahrsagerin?

Sie zog sich an dem festgerosteten Hebel an der Vorderseite in die Höhe, um auf das Gesicht hinter der trüben Glasscheibe zu spähen. »*Vanth?*«, murmelte sie und stützte sich im Aufstehen schwer auf den Hebel, und plötzlich gab er nach, und sie wäre fast gestürzt. Sie hörte das metallene Knirschen von ungeölten Zahnrädern in dem Automaten, und eine vergilbte Karte fiel in ein Auffangschälchen.

»Ich habe doch gar keinen Penny eingeworfen«, protestierte sie.

Die Statue im Inneren verharrte reglos hinter dem trüben Fenster, also nahm sie die Karte und las.

Dir stehen große Abenteuer bevor.

»Gut zu wissen«, erklärte sie der Statue, erleichtert über die Allerweltsbotschaft.

Diese Roboterclowngeschichte hatte sie nervös gemacht.

Sie steckte die Karte in ihre Tasche, damit sie neue Karten genau wie diese drucken konnten. Mit ein bisschen Glück barg der Automat noch eine Menge Karten, dann konnten sie sie einfach kopieren, und sie musste sich für die nächsten zwei Wochen nicht selbst Weissagungen ausdenken. Das wäre gut, denn ihre persönlichen Einsichten beschränkten sich auf: *Eine Arbeit, die es wert ist, getan zu werden, ist es auch wert, sorgfältig und mit Begeisterung getan zu werden*, und *Nimm echte Seide*.

Und vielleicht *Schließen Sie die Erfahrung in Ihre Arme*.

»Ach, hör auf damit«, schalt sie sich selbst. »Du kennst den Kerl nicht einmal.«

»Welchen Kerl?«, ertönte die Stimme ihres Onkels, und als sie um dem Kasten herumblickte, sah sie Ray da stehen, groß und breit und lächelnd, eine Zigarre im Mundwinkel. Das Lächeln war etwa so glaubwürdig wie der Roboterclown.

»Ich hasse das«, erklärte sie. »Hier wie eine Katze im Park herumzuschleichen und die Leute zu erschrecken.«

Er umrundete den Kasten. »Na, das wird aber ein hartes Stück Arbeit.«

»Tja«, meinte Mab. »Und wenn du mich in Ruhe lässt, komme ich auch voran.«

Ray nahm die Zigarre aus dem Mund und stippte die Asche neben Mabs Arbeitstasche zu Boden. »Wollte nur nachsehen, wie sich meine Nichte fühlt. Wir beide sind doch die letzten Brannigans, die es noch gibt, also müssen wir ein bisschen aufeinander aufpassen. Wie geht's deinem Kopf?«

»Gut.« Mab schob die Tasche zur Seite und griff nach ihrem Fettstift. Sie war sich nicht sicher, was ihr Onkel wollte, aber hundertprozentig war es etwas, was für ihn gut war, nicht für sie. »Was willst du?«

»Ich habe gesehen, dass die *FunFun*-Statue fort ist. Die verdammten Bengel vom College müssen sie wieder mal geklaut haben und haben dich damit umgerannt.« Ray war um einen herzlichen Ton bemüht, aber es klang verkrampft.

Mab hasste verkrampftes Getue. Ein weiterer Grund, anderen Menschen aus dem Weg zu gehen. Gefühlsaufwallungen, die ihr den Tag verdarben. »Ich hab keine Jugendlichen gesehen, aber ich habe ja auch halluziniert.«

»Was hast du denn nun gesehen?«

»Den großen Metallclown vom Eingangstor«, antwortete Mab geduldig.

»Aber du hast ihn danach nicht noch mal gesehen, oder?«

»Ray, das war eine Halluzination.«

»Richtig. Richtig.« Er schien erleichtert, als er nun mit der Zigarre auf den Metallkasten wies. »Bin wirklich gespannt, was du aus dem da machst.«

»Tja«, sagte Mab, noch immer misstrauisch.

»Falls du diesen Clown noch mal zu Gesicht kriegst, sagst du es mir, ja?«

»Es war eine *Halluzination*, Ray.«

»Richtig. Na ja, aber wenn doch, dann sag's mir.« Er winkte ihr zu, steckte die Zigarre wieder in den Mund und eilte über den Hauptweg davon.

»Ich kenne ihn nicht besonders gut«, erzählte sie der düsteren *Vanth* in dem Kasten. »Aber ich glaube, der hat was vor. Meine Mutter hat ihm nie getraut.« Um der Fairness willen setzte sie hinzu: »Allerdings hat sie sowieso niemandem getraut. Mich hat sie immer Dämonenbalg genannt, also, was soll man davon schon halten?«

Die *Vanth* sagte nichts, und Mab ging wieder an die Arbeit. Als sie das Rubbeln auf der letzten Seite beendet hatte, inspizierte sie das Reliefdesign zum ersten Mal genau und erkannte winzige Fischchen, die in die wirbelnden, schalenförmigen Wellen eingearbeitet waren. *Wunderschön*, dachte sie und wandte sich dann der Arbeit zu, die sie sich als Belohnung bis zum Schluss aufgehoben hatte: das Türchen auf der Rückseite zu öffnen, sodass sie die *Vanth* endlich genauer betrachten konnte.

Das Problem war der Schnappriegel. Sie hatte so viel Schmutz abgetragen, wie sie konnte, und den Rost abgekratzt, aber als er sauber war und sie daran zog, bewegte er sich nicht. Er mochte festgerostet sein, aber sie hatte ein Gefühl, als täte sie nicht das Richtige, als gäbe es einen besonderen Trick, den Riegel zu öffnen.

Sie ging um den Kasten herum zur Vorderseite.

»Das schaffe ich schon noch«, erklärte sie der *Vanth* durch das beschmutzte Fensterglas. »Ich werde deinen Kasten aufkriegen und alle Spinnweben und den Schmutz herauswischen und dich wieder schön machen. Versprochen.«

Der Automat surrte, und eine Karte wurde ausgeworfen.

»Okay«, murmelte Mab. »Ich habe aber den Hebel gar nicht angefasst.«

Die Statue im Inneren regte sich nicht.

Mab nahm die Karte.

Benütze den Schlüssel, dann findest du die Antworten auf alles.

»Es gibt einen Schlüssel?«, wunderte Mab sich laut. »Da hinten ist doch gar kein Schloss.«

Dann wurde ihr klar, dass sie mit einem Metallkasten sprach.

Wieder surrte der Kasten, und eine weitere Karte kam heraus:

Du hast den Schlüssel, aber du bist zu blind, um ihn zu sehen.
Also wirklich, dieser Kasten sprach nicht zu ihr. Das waren Standardweissagungen. Na ja, es konnten zumindest Standardweissagungen sein. »Beleidige mich nur nach Herzenslust, ich werde dich trotzdem wieder schön machen.«

Der Automat surrte und warf eine Karte aus:
Vielen Dank.

»Das finde ich gar nicht witzig«, sagte Mab laut und blickte sich um, ob jemand ihr einen Streich spielte.

Nichts. Nur der verlassene, verstaubte Vergnügungspark.

Na, vielleicht war das ja ein Scherz, dass man früher, in den guten alten Zeiten, einen Penny einwarf, um sich die Zukunft wahrsagen zu lassen, und ein »Vielen Dank« bekam, und alles lachte ...

Der Kasten sprach nicht zu ihr, die Karten waren einfach alte Weissagungen.

»Klar, das ist es«, sagte sie sich und ging wieder an die Arbeit, aber sie war trotzdem etwas irritiert.

Ethan stand an der Stelle, an der sich der Heckenschütze befunden hatte, und blickte zur Drachen-Achterbahn hinüber, wobei ihm die große, hässliche orangefarbene Ringerstatue seinen ungefähren Standort von gestern Abend angab. Große Distanz, schwieriger Schusswinkel. Im Dunkeln ein höllisch guter Schuss, selbst mit Laserzielvorrichtung, noch dazu die unsichere Tiefeneinschätzung wegen der Nachtsichtbrille. Er suchte den Boden nach einer Patronenhülse ab, doch vergeblich. Also hatte der Schütze sie entweder aufgesammelt oder eine Kugel benutzt, die nichts zurückließ. Keine Spuren in dem lockeren Kieselboden. Der Mann-in-Schwarz war leichtfüßig oder hatte gelernt, keine Spuren zu hinterlassen. Oder, noch wahrscheinlicher, er war zurückgekommen und hatte alle Spuren beseitigt.

Ethan fühlte jemand hinter sich und drehte sich um, die Hand an der Pistole.

Ein Mann mit großem Brustkorb, der einen gegürteten Trenchcoat trug, kam heranmarschiert, als gehörte ihm der Park. »Ethan Wayne?«

»Ja.«

»Ich bin Ray Brannigan.« Er streckte ihm seine Hand nicht entgegen, deswegen ließ auch Ethan es sein.

Ethan bemerkte eine kleine schwarz-goldene Ranger-Anstecknadel am Mantelaufschlag des Mannes. »Winter oder Sommer?«, fragte er.

Ray nickte. »Sommer. Florida. Einfach höllisch.« Er griff in die Tasche und holte eine große Münze hervor. »Münzen-Check.«

»Ich mache das nicht«, wehrte Ethan ab, aber Ray warf ihm die Münze zu, und er fing sie auf. Es war eine Ranger-Medaille mit Rays Namen darin eingraviert. Sie unterschied sich in Farbe und Gewicht von den Standardmünzen. Ethan warf sie zurück. Die Spielchen mancher Jungs in den Eliteeinheiten, wenn sie andere herausforderten, um von jemandem, der seine Münze nicht bei sich hatte, einen Drink spendiert zu bekommen, hatten ihn nie interessiert.

Seltsamerweise nickte Ray, als hätte Ethan eine Art Test bestanden. Er holte eine Zigarre und ein Feuerzeug hervor, tippte mit der Zigarre ein paarmal auf das Feuerzeug und zündete sie dann an. »Die *FunFun*-Statue vom Eingangstor ist verschwunden. Muss wieder gefunden werden. So schnell wie möglich.«

Ethan erstarrte. Er hatte seit Monaten keine Befehle mehr entgegengenommen. »Ich glaube, Sie haben größere Probleme als eine verschwundene Statue.«

»Suchen Sie die Statue«, bellte Ray, kaute dann auf seiner Zigarre, wandte sich ab und ging davon.

»Arschloch«, murmelte Ethan.

»Lass ihn. Wir müssen die Urne suchen«, raspelte Gus' Stimme hinter ihm.

Ethan drehte sich um. »Die *Urne*?«

»Das Holzgefäß, in dem *Fufluns* gefangen war.« Gus begann, den Hauptweg in Richtung Parkeingang hinunterzugehen, und Ethan folgte ihm, wobei er sich auf der linken Seite des alten Mannes hielt.

»*Fufluns*«, wiederholte Ethan.

»Trickspieler-Dämon«, erklärte Gus. »Ein Unberührbarer. Hab ich dir schon erzählt.«

Schon wieder Dämonen. »Gus, hör mal ...«

»Die Urne war in der *FunFun*-Statue, die Mab umgerannt hat. Wenn wir die Statue finden, haben wir auch die Urne.«

»Gus, ich glaube, du und Glenda, ihr solltet mal zum Arzt«, meinte Ethan.

»Kein Bedarf«, erwiderte Gus.

»Ray will auch, dass ich die Statue suche«, berichtete Ethan.

Darüber dachte Gus nach, dann nickte er. »Hat seine Nichte verletzt. Außerdem ist sie das Erste, was die Leute sehen, wenn sie in den Park kommen.« Er setzte seinen Weg fort, bis sie zum Eingangstor kamen. »Da, siehst du?« Er zeigte auf zwei dunkle, feuchte Flecken in der Form zweier übergroßer Füße auf dem Boden in der Nähe des Tores.

Ethan kniete sich hin und fuhr mit dem Finger die Außenlinie eines der beiden dunklen Flecken nach. Clownfüße. Na großartig. Er blickte nach links und runzelte die Stirn. In dem Staub auf dem Kopfsteinpflaster war ein schwacher Abdruck zu sehen. Er beugte sich darüber. Ein weiterer übergroßer Clownfuß. Und dann noch einer.

»Hier entlang, Gus.« Ethan konnte gar nicht glauben, dass er die Spuren eines Metallclowns verfolgte, aber dann erinnerte er sich an die Kerle, die übergroße Fußattrappen benutzt hatten, um Yetispuren vorzutäuschen. Die verdammten Bengel vom College.

Eigentlich ziemlich schlaue College-Bengel. Sie hatten Clownfußabdrücke hinterlassen, nicht aber ihre eigenen. Genau wie der Heckenschütze.

Das waren keine Bengel vom College gewesen.

Ethan blickte Gus an. »Vielleicht hat der Kerl, der auf mich geschossen hat, den Clown mitgenommen?«

Gus blickte ärgerlich drein. »Niemand hat ihn genommen. Der Dämon war darin gefangen. Und jetzt hat er ihn in *Besitz genommen*. Du hörst mir nicht zu.«

Da es immer mehr danach aussah, als würde die Suche nach dem Clown zu dem Heckenschützen führen, beschloss Ethan, sich im Moment nicht weiter über Fantasie und Wirklichkeit zu streiten. »Na gut. Dann lass uns nach ihm suchen.«

Als Ethan sich darauf konzentrierte, war es nicht mehr schwer, der Spur zu folgen. Sie führte zum Karussell, wo das Gras niedergedrückt war, dann hinter dem Karussell weiter zu der Meerjungfrau-Kreuzfahrt, wo sie an der Wasserlinie mit den schwankenden, kleinen Booten verschwand. Die überlebensgroße, rothaarige Meerjungfrau aus Metall hielt ihre blau-grüne Hand auffordernd ausgestreckt. Nichts an ihr war klein. Vielleicht hatte der *FunFun* aus Metall hier angehalten und versucht, sie mitzunehmen. Ethan hätte es an seiner Stelle versucht; sie war gebaut wie Ashley …

»Er ist im Tunnel«, meinte Gus und versuchte, über den Beckenrand in das kalte Wasser zu steigen.

»Warte mal.« Das fehlte gerade noch, dass Gus sich in seinem Alter eine Lungenentzündung holte. »Lass mich das machen.« Ethan stieg in das Becken und fühlte, wie das kalte Wasser in seine Stiefel drang. »Du wartest hier«, befahl er dem alten Mann und watete in die Dunkelheit des langen Hohlraums hinein, der zwölf Schaubilder verschiedener Länder beherbergte. Er marschierte an den fröhlichen kleinen Französinnen-Puppen vorbei, die, Baskenmützen auf dem Kopf, vor dem Eiffelturm standen, reglos, nun, da der Strom abgeschaltet war. Dann vorbei an den Deutschen in ihren Lederhosen, an den Hawaiianern mit ihren Blumenkränzen, an den Russen, die den Kasatschok tanzten wie immer, wobei ihre Stiefel auf halber Höhe reglos in der Luft hingen.

Es gab keine Clownfußspuren auf dem Personal-Servicepfad der Meerjungfrau-Kreuzfahrt, und die Schiffchen lagen unberührt im Wasser.

Ethan watete zu Gus zurück. »Ich glaube nicht, dass er hier reingegangen ist ...«

»Hinten herum«, befahl Gus und machte sich schon auf den Weg, und Ethan folgte ihm und zog im nächsten Augenblick seine Pistole, als er eine Gestalt in den Schatten hinter der Meerjungfraubahn stehen sah.

Kapitel 5

Gus wies mit dem Finger darauf. »Da ist er ja.« Er stampfte ins Unterholz, und Ethan entspannte sich, als er die *FunFun*-Statue erkannte. Dann stutzte er. Sie sah ... verändert aus. Als sie vor der Statue standen, sah er, warum: Die Arme hingen zu beiden Seiten herab, die metallene Außenseite war aus der Form geraten, die Mundwinkel gesprungen, der Hals schief, an den Schultern große Risse, durch die man das Holz sah ...

»Das wird Mab gar nicht freuen«, meinte Gus und ging zur Rückseite der Statue.

Ethan packte die Statue, um ihr Gewicht zu schätzen. Sie war schwer, jedoch war es nicht unmöglich, sie zu tragen – dünne Metallschicht auf einem Holzkörper –, aber sie war so sperrig, dass sie sich nicht bewegen konnte.

Gus fummelte an der Rückseite herum. »Verdammt.«

Ethan sah nach, was Gus da tat. Er hatte eine Klappe im Rücken der Statue geöffnet, hinter der sich ein Fach mit einem großen hölzernen Gefäß befand, dessen schwerer, geschnitzter Deckel in mehrere Stücke zerbrochen war.

»Wenn der Deckel nicht zerbrochen wäre, wäre er nicht rausgekommen«, erklärte Gus und sammelte die Stücke zusammen.

»Wer?«

»Hab's dir doch *gesagt*. *Fufluns*. Trickspieler-Dämon.« Kopfschüttelnd verstaute Gus die Teile des Deckels in seinen Jackentaschen. »Hat wahrscheinlich jedes Mal einen Riss abgekriegt, wenn die verdammten Collegebälger die Statue geklaut haben. Ist immer wieder da drinnen rumgeschmissen worden. Hätt ich checken müssen. Hätt die Schlüssel holen und alle durchchecken müssen. Hätt …«

Ethan legte eine Hand beruhigend auf Gus' Schulter. Der Alte tat ihm leid, so verteufelt gestraft von seinen eigenen Fantastereien. »Schon gut, schon gut.«

Gus schüttelte den Kopf. »Komm, den müssen wir wieder zum Eingangstor bringen. Mab muss ihn für Halloween wieder instand setzen.«

Ethan betrachtete die zerschlagene Statue. Keine Chance, dieses Ding je wieder instand zu setzen.

»Sicher«, sagte er. »Aber lassen wir ihn erst mal hier und holen einen Schubkarren oder so was.«

Gus nickte. »Gut. Einen Schubkarren. Oder vielleicht ein Golfwägelchen.«

»Geh du zu Glenda, und sage ihr, dass wir die Statue gefunden haben«, schlug Ethan vor. »Ich hole einen Schubkarren.«

»Okay«, willigte Gus ein und machte sich auf den Weg in den hinteren Teil des Parks.

Und dann habe ich ein paar Fragen zu stellen, dachte Ethan. Irgendjemand hier im Park musste doch etwas wissen. Und solange er Gus und seine Mutter außen vor ließ, gab es eine Chance, dass ihm jemand etwas anderes als von Dämonen erzählte.

Nach allem, was er heute Morgen erlebt hatte, wäre das ein Fortschritt.

Der Nachmittag war halb vorüber, als Mab den Metallkasten so weit vorbereitet hatte, dass er grundiert werden konnte. Dabei war sie mehrfach gegen den Hebel gestoßen und hatte einige weise Auskünfte erhalten:

Jemand, der dir nahesteht, birgt ein Geheimnis.
Erst wird es schlimmer, bevor es besser wird.

Günstig einkaufen, teuer verkaufen.
In dem Look hast du keine guten Aussichten.
Aber sie hatte nicht herausgefunden, wie sich der Kasten öffnen ließ, und sie wurde allmählich immer besessener von dem Wunsch, unbedingt hineinzukommen und *Vanths* Gesicht zu sehen.

Sie stand auf, wischte sich die Hände mit einem Lappen sauber und dachte dabei: *Ich weiß, dass du da drin bist und dass du schön bist.* Natürlich war schon allein der bis auf das pure Eisen gereinigte Kasten so wunderschön, dass sie versucht war, ihn so zu lassen, aber das war nicht ihr Auftrag. Ihr Auftrag lautete, ihn wieder in den Originalzustand zu bringen, und auch damit würde er wunderschön werden, mit all den meergrünen Farbtönen …

»Beschäftigt?«, fragte jemand hinter ihr.

»Ja«, erwiderte Mab.

Die Wellen sollten nicht einfach jede mit einem anderen Blau oder Grün gemalt werden, sondern jede musste mehrere Blau- und Grüntöne bekommen. Zuerst würde sie die Grundierung auftragen, und dann …

»Wir haben Ihren Clown gefunden.«

Mab drehte sich um.

Da stand Ethan im Tarnanzug und vollkommen verstaubt. *Scheußliche Farben*, dachte sie.

»Er stand hinter der Meerjungfrau-Kreuzfahrt«, erklärte Ethan. »Ist ziemlich ramponiert. Haben Sie gesehen, wer ihn getragen hat, als er Sie traf?«

»Nein«, antwortete Mab. »Als ich ihn sah, habe ich halluziniert. Haben Sie vor, länger hierzubleiben?«

Ethan blickte sich um. »Nichts los hier im Augenblick.«

Mab runzelte die Stirn. »Wir haben Oktober. Der Park ist wochentags zurzeit nur tagsüber wegen des *Dream Cream* und abends wegen des Bier-Pavillons geöffnet. Es wird nicht einmal Eintritt verlangt. An den Wochenenden kommen mehr Gäste, weil wir den Park als *Screamland* freitags und samstags öffnen ... Wissen Sie das gar nicht?«

»Ich war eine ganze Weile fort«, erwiderte Ethan, und sein ausdrucksloses Gesicht wurde noch ausdrucksloser. »Was ich sagen wollte: Es sind nicht viele Leute hier, die Sie mit einer Clownstatue umrennen könnten.«

»Nicht irgendeine Statue. Es war der *FunFun* vom Eingangstor. Und ich habe ihn nur halluziniert.«

»Die Indizien besagen, dass *er* es war, keine Halluzination.« Er rieb sich die Augen, und sie bemerkte, wie gerötet sie waren. »Ich bin den Fußspuren des Clowns gefolgt, nur ein paar. Fingen beim Tor an, gingen durch den Park und bis zur Rückseite der Meerjungfrau-Kreuzfahrt.«

»Er hat *Fußspuren* hinterlassen?«

»Tja. Haben Sie hier jemals etwas bemerkt, das Ihnen ... merkwürdig vorkam?«

Mab vermied es sorgfältig, den Wahrsager-Automaten anzusehen. »Alles hier ist merkwürdig.«

Als er sie gereizt anblickte, fügte sie hinzu: »Sehen Sie, das ist ein Vergnügungspark. Die haben immer etwas Unwirkliches an sich, weil sie eben nicht Wirklichkeit sind. Young Fred steht in einem Clownkostüm auf der Bühne und erzählt dämliche Witze, über die niemand lachen würde, aber die Leute lachen, weil es ein Vergnügungspark ist. Delpha sagt den Leuten die Zukunft voraus, und die staunen alle, was sie alles weiß, eben weil dies ein Vergnügungspark ist. Alle trinken grauenhaftes Bier und essen widerliches Essen, und sie sind begeistert, weil ...«

»... dies ein Vergnügungspark ist«, vollendete Ethan.

»Obwohl Cindys Eiscreme wirklich fantastisch ist.«

»Sie müssen mir den Park nicht erklären. Ich bin hier aufgewachsen.«

»Ich weiß. Wir haben zusammen unseren Schulabschluss gemacht.«

»Aha«, meinte Ethan, der sich ganz eindeutig nicht an sie erinnerte. Aber das war nicht verwunderlich, denn sie war immer eine Außenseiterin gewesen. »Aha, natürlich.«

»Ich war meistens im Kunstsaal und in der Bibliothek. Wir haben uns nicht gekannt.«

»Verstehe«, erwiderte Ethan. »Und ist das Ihr Beruf, Vergnügungsparks zu reparieren? Oder tun Sie es nur für Ray?«

Die Art, wie er »Ray« sagte, klang in Mabs Ohren abschätzig, als hätte er »Ratte Brannigan« gesagt, und sie stählte sich gegen jegliche etwaige Beleidigung.

»Denn ich könnte mir vorstellen«, fuhr er fort, »wenn Sie hier aufgewachsen sind, ist ein Job in einem Vergnügungspark das Letzte, was Sie wollen. Hatten Sie als Kind nicht irgendwann mal genug davon?«

»Ich war als Kind nie hier im Park«, erwiderte Mab. »Ich durfte nie hierherkommen. Im Sommer habe ich abends die Musik gehört, so nahe wohnten wir damals. Und vom Dachfenster aus konnte ich die Lichter sehen.« Sie schluckte, denn sie empfand wieder die Sehnsucht nach den Lichtern, als wäre es gestern gewesen, und lächelte ihn dann gezwungen an. »Ich war nie im Park, aber ich habe am College meine Abschlussarbeit in Kunstgeschichte über Karnevale und Vergnügungsparks und Zigeunerwagen geschrieben, und meine Doktorarbeit über die Karnevalskunst, also ... nein, ich tue das hier nicht für Ray.«

»Ach«, sagte Ethan. »Dann bedeutet es Ihnen viel, in *Dreamland* zu sein.«

»Nein, es ist einfach ein Job«, log Mab.

»Aha.« Ethan blickte verlegen drein, und Mab hätte gern das Thema gewechselt, aber er blieb beharrlich. »Und was bedeutet es Ihrem Onkel?«

»Wie?«

»Er ist sehr oft hier. Was will er in *Dreamland*?«

»Ich habe keine Ahnung«, antwortete Mab. »Kann ich jetzt wieder an meine Arbeit?«

»Gibt es hier irgendetwas, was er haben will?«, fuhr Ethan ungerührt fort. »Oder kommt er jetzt nur so oft, weil er es als Kind nicht durfte?«

»Als Kind ist er immer hier gewesen«, erwiderte Mab. »Er hatte mit fünfzehn sogar sein ›Bloß-raus-aus-der-Stadt‹-Offenbarungserlebnis hier im Park.«

»Was?«, knurrte Ethan sie an, als hätte sie etwas Unflätiges gesagt.

»Tja, meine Mutter hat mir erzählt, dass Ray einst an einem Halloween-Abend hierherging, und vom nächsten Morgen an tat er alles, was er konnte, um von Parkersburg wegzukommen.« Wobei, dachte Mab, schon die Tatsache, ein Brannigan in Parkersburg zu sein, Grund genug war, alles zu tun, um von Parkersburg wegzukommen.

»Mit fünfzehn Jahren«, wiederholte Ethan nachdenklich. »Was ist denn damals geschehen?«

»Ich weiß es nicht. Drei Jahre später machte er seinen Highschool-Abschluss, und am Tag darauf verschwand er und kam nicht zurück. Deswegen kenne ich ihn kaum.« Daraufhin herrschte Schweigen, und schließlich setzte sie hinzu: »Ich war zwei Jahre alt, als er ging. Wir hatten keinerlei Bindung.«

»Aber jetzt ist er wieder hier.«

»Tja, das ist er. Und jetzt muss ich wieder an meine Arbeit.«

»Haben Sie hier nachts schon mal schwarz gekleidete Männer herumrennen sehen? Bewaffnet?«

»Nein. Aber ich würde sie auch nicht sehen, außer sie rennen mich um. Ich konzentriere mich auf meine Arbeit. Mit der ich jetzt weitermachen müsste.«

»Gestern Abend war jemand mit Hightech-Ausrüstung im Park. Und der hat ...«

»Hightech?« In Mab regte sich Interesse. »Genug Hightech, um eine Eisenstatue in Bewegung zu setzen?«

»... mich niedergeschossen.«

»Denn das würde vielleicht weiterhelfen. Ehrlich gesagt scheint mir die Sache mit der Halluzination an den Haaren herbeigezogen. Denn ich weiß, was ich gesehen habe, und so etwas konnte ich gar nicht gesehen haben, also eine Halluzination. Das passt nicht zu mir. Ich bin nicht hysterisch. Und jetzt haben Sie Fußabdrücke gefunden ... Aber wenn diese Männer in Schwarz Statuen fernsteuern ...« Dann wurden ihr seine letzten Worte bewusst. »Sie wurden niedergeschossen?« Sie betrachtete ihn zweifelnd. »Sieht man Ihnen gar nicht an.«

»Es war eine sehr merkwürdige Kugel.« Ethans Blick fiel auf den Magneten, der auf ihrer Arbeitstasche lag, und er runzelte die Stirn. »Darf ich mir den Magneten kurz ausleihen?«

Sie nahm den Magneten und reichte ihn ihm. »Sie glauben also, dass es ein Hightech-Trick war? Nicht der *FunFun* vom Eingangstor?«

»Doch, es war die Statue vom Tor, wir haben sie hinter der Meerjungfrau-Kreuzfahrt gefunden.« Ethan wühlte in seiner Tasche und brachte etwas zum Vorschein, das wie ein gezahnter Metallring aussah. Als er ihn dem Magneten langsam annäherte, wurde er von dem Magneten schon aus einigen Zentimetern Entfernung angezogen.

»Was ist das?«

»Die Kugel, von der ich getroffen wurde. Aber Kugeln sind normalerweise aus Blei oder Stahl. Nicht aus Eisen.«

»Das ist eine Kugel?«, wunderte sich Mab, dann schüttelte sie den Kopf. »Na, egal, ist mir vollkommen egal. Sie haben also den *FunFun* vom Eingangstor gefunden. Vielen Dank. Jetzt muss ich weiterarbeiten.«

»Also, wen alles haben Sie abends im Park gesehen?«

Mab seufzte. Vielleicht würde sie ihn schneller loswerden, wenn sie kooperierte. »Bis elf Uhr sind alle im Bier-Pavillon, aber sie bewegen sich wie auf einer Ameisenstraße vom Eingang zum Pavillon und zurück, deswegen kann man ihnen leicht aus dem Weg gehen. Nach elf dann nur noch die Leute, die im Park leben.« Als er schweigend wartete, fuhr sie fort: »Glenda, Gus und Delpha hinten in den Wohnwagen. Young Fred in dem Apartment über dem Ruderbootsteg. Cindy und ich in ihrer Wohnung über dem *Dream Cream*.«

»Was ist mit Young Fred?«

Mab zog die Brauen zusammen. Sie hatte wirklich Besseres zu tun. »Was soll mit ihm sein? Er wohnt über dem Ruderbootsteg. Er ist ein ziemlich mieser Komiker. Er behält für Gus das Tor im Auge.« Sie dachte einen Moment über Young Fred nach. »Er ist kein glücklicher Mensch. Ich weiß nicht, was ihn hier hält, es gefällt ihm hier nicht. Nicht so, wie es den anderen hier gefällt.«

Ethan schüttelte den Kopf. »Ich sah ihn gestern Nacht auf dem Anlegesteg, nachdem das mit dem Clown passiert war. Er hat Sie beobachtet.«

»Er beobachtet alles und jeden. Er langweilt sich.«

»Wer von den Leuten hier wäre bereit dazu, den Park zu sabotieren?«

»Keiner«, antwortete Mab. »Glenda und Gus und Delpha leben für diesen Park. Cindy hat die Konzessionen für den Restaurantbetrieb, und sie will für immer hierbleiben. Sie hat mir erzählt, dass sie möchte, dass nach ihrem Tod ihre Asche in den Turmsee gestreut wird, während das Karussell spielt: *What Love Can Do*.«

Als Ethan die Stirn runzelte, fügte sie hinzu: »Das ist ihr Lieblingslied. Aber es wird nicht passieren, denn das Karussell spielt *What Love Can Do* gar nicht.«

»Na gut«, meinte Ethan. »Dann die anderen, die Hilfskräfte, irgendjemand, der einen Groll hegt ...«

»Sie verschwenden meine Zeit. Die ständigen Hilfskräfte, die Leute, die den Park so gut kennen, wie Sie voraussetzen, stammen alle von hier, von Parkersburg, und der Park ist ihre Existenzgrundlage. Mein Onkel wird wahrscheinlich zum Bürgermeister auf Lebenszeit ernannt, weil er ihn restaurieren lässt. Niemand in der Stadt würde etwas tun, um den Park zu torpedieren, denn er ist ihr Leben. Ihr Mann-in-Schwarz, der ist nicht von hier.«

»Wie steht's mit ...«

»Ich weiß sonst nichts«, unterbrach Mab ihn, am Ende ihrer Geduld. »Hören Sie, ich habe bis zu dem langen Halloween-Wochenende nur noch zwei Wochen Zeit, um den Park auf Hochglanz zu bringen, und wenn irgendein Schwachsinniger sich hier wie ein Vandale aufführt, dann wäre ich Ihnen dankbar, wenn Sie ihn finden und stoppen, aber ansonsten weiß ich wirklich nicht, was hier vor sich geht.«

»Na gut«, gab Ethan nach. »Halten Sie die Augen offen. Sagen Sie's mir, wenn Ihnen irgendetwas Merkwürdiges auffällt.«

Mabs Blick ruhte auf dem Wahrsager-Automaten. »Klar.«

Ethan nickte und wollte gehen, wandte sich dann aber noch einmal zu ihr zurück. »Hat irgendjemand Ihnen gegenüber je etwas von Dämonen im Park erwähnt?«

»Nur meine Großmutter, die ihre Exorzistendienste für Geld anbot und deswegen ein Interesse an den Gerüchten hatte, und meine Mutter, die verrückt war.«

Ethan nickte. »Und *Fufluns*? Hat irgendjemand je einen *Fufluns* erwähnt?«

»Nein«, erwiderte Mab stirnrunzelnd. »Meinen Sie *Fun-Fun*?«

»Nein«, gab Ethan zurück. »Danke, dass Sie mir Zeit gewidmet haben.«

Er ging den Hauptweg hinunter zur Rückseite des Parks, und Mab bemühte sich, ihre Gedanken wieder auf ihre Arbeit zu richten.

Dämonen.

Der eiserne Clown hatte »Mab« gesagt, als er ihr die Hand hilfreich entgegenstreckte. Vielleicht hatte in dieser Woche, als sie ihn sich genau angesehen und sich nahe zu ihm vorgebeugt hatte, während sie sein Gesicht in allen Einzelheiten neu malte, etwas in seinem Inneren zurückgestarrt. Sie versuchte, in den Kasten hinein auf *Vanth* zu blicken, aber die Glasscheibe war zu stark getrübt. Vielleicht starrte auch *Vanth* zurück oder mischte gerade ihre Karten neu, um ihr die nächste Botschaft zu schicken. Wie zum Beispiel *Lass die Finger von dem Clown, der gehört mir.*

Na, das wäre wirklich verrückt. *Aber ich bin nicht verrückt.*

Vielleicht sollte sie jemandem erzählen, dass der Automat mit Hilfe von Karten zu ihr sprach. Das könnte sie natürlich auch ganz schön in die Zwickmühle bringen.

»Ich brauche Hilfe«, sagte sie laut vor sich hin.

Der Automat surrte und spuckte eine Karte aus.

Suche den Schlüssel, und öffne die Tür, dann ist Hilfe nahe.

Mab starrte lange darauf. Das konnte eine Weissagung sein. Sie riss einen nicht gerade vom Hocker, aber sie war ... optimistisch. Optimistisch war immer gut.

»Na, dann auf ein Neues«, murmelte sie, wandte sich dem Kanister mit der Grundierung zu und öffnete ihn.

Gegen sechs Uhr dreißig richtete Mab sich auf, wobei sie beide Hände ins Kreuz stemmte. Sie betrachtete den Wahrsager-Automaten im Licht ihrer Stirnlampe. Das Äußere war komplett gereinigt und grundiert und würde am folgenden Tag bereit für den Grundanstrich sein, vorausgesetzt, es regnete nicht und wurde nicht kälter als etwa sieben Grad. Aber sie hatte noch immer keinen Weg gefunden, den Kasten zu öffnen.

»Da muss es einen Weg geben«, erklärte sie *Vanth*.

»Es gibt immer einen Weg«, ertönte eine heitere Stimme hinter ihr, und sie wandte sich um und sah den Kerl aus dem *Dream Cream* im Halbdunkel stehen, größer, als sie ihn in Erinnerung hatte, und lockiger, als sie ihn Erinnerung hatte, aber genauso fröhlich, wie sie ihn in Erinnerung hatte; er hatte die Hände in den Taschen, wirkte entspannt und lächelte sie wieder mit seinem schiefen Lächeln an. »Ich bin Joe. Von heute Morgen im *Dream Cream*, erinnern Sie sich?«

Sie zog ihren Malerkittel enger um sich. »Ja.« Sie wandte sich wieder zu *Vanth* um und rang um Fassung. Nicht etwa, dass er einfach umwerfend gut aussah. Oder wie ein Bodybuilder gebaut war. Oder …

Er kam näher. »Was ist das Problem?«

»Der Riegel.« Mab machte eine Geste zu dem Kasten hin, damit sie Joe nicht ansehen musste, denn ihr Gehirn schien auszuklinken, wenn sie es tat. »Auf der Rückseite, der Riegel, mit dem man die Klappe öffnet. Der ist … merkwürdig.«

»Na, mal sehen«, meinte Joe und ging zur Rückseite des Kastens.

»Der will irgendwie nicht.« Mab ging auf der anderen Seite um den Automaten herum und sah gerade noch, wie er die Klappe ein paar Zentimeter öffnete, wobei er sie mit einem Zipfel seines Hemdes gepackt hatte. »Wie haben Sie das geschafft?«

»Erst drücken, dann hochheben.« Joe zog nochmals an der Klappe, um sie weiter zu öffnen, und Mab hörte, wie das Metall protestierte.

»Einen Augenblick.« Sie ging zu ihrer Arbeitstasche, kam mit einem Schmierölfläschchen zurück und pumpte Öl in die Scharniere. Dann bewegte sie die Klappe sanft vor und zurück, sodass sie sich ein wenig weiter öffnete. »*Ausgezeichnet. Vielen Dank.*«

»Bitte, gern geschehen.«

Sie pumpte nochmals Öl in die Scharniere und schwenkte die Klappe erneut hin und her, wieder ein paar Zentimeter weiter, sodass sie in den Kasten hineinsehen konnte. Staub und Spinnweben und Rost bedeckten die Rückseite der kleinen Eisenstatue der *Vanth* …

Joe kam näher heran, um ebenfalls hineinzusehen, und sie empfand seine Nähe so stark, dass sie nicht mehr an *Vanth* dachte.

»Wäre es nicht besser, wenn Sie das bei Tageslicht sauber machen?«, meinte Joe.

Mab schluckte. »Ich habe meine Stirnlampe. Ich kann es auch jetzt machen. Vielen Dank für Ihre Hilfe. Auf Wiedersehen.«

»Oder Sie könnten zum Abendessen gehen«, fuhr Joe fort, »mit mir.«

Wieder blieb ihr die Luft weg. Es war lächerlich. An der Uni war sie nie so schwach gewesen. Allerdings war sie an der Uni auch nie von Jungs angesprochen worden. Dort hatte es keine Jungs gegeben, die im Entferntesten so waren wie er.

»Jetzt habe ich es endlich offen; ich sollte bei der Arbeit bleiben.«

»Haben Sie mittags etwas gegessen?«, fragte er, ein Lachen in der Stimme.

»Nein. Ich habe gearbeitet.«

»Also haben Sie jetzt seit … was … neun Stunden nichts mehr gegessen?«

»Ja«, gab Mab zu und fühlte plötzlich Hunger. »Könnten Sie mir zeigen, wie Sie diesen Riegel geöffnet haben, damit ich es auch kann?«

»Wenn Sie mit mir zum Abendessen gehen.«

Mab runzelte die Stirn, hin- und hergerissen zwischen Ärger und aufsteigenden Schmetterlingen. »Aber der Kasten ist *jetzt offen.*«

»Hören Sie, Sie müssen irgendwann etwas essen«, meinte Joe vernünftig. »Wenn Sie verhungern, hilft Ihnen das auch nicht bei der Arbeit. Zeigen Sie mir den Weg zum Pavillon, und ich lade Sie ein.« Er grinste sie an. »Dort gibt's doch etwas zu essen, oder?«

»Hotdogs. Aber dieser Kasten ist ...«

»Erst das Abendessen. Danach zeige ich Ihnen, wie man den Riegel öffnet. Und morgen, bei Tageslicht, sehen Sie dann viel besser, was Sie tun.«

»Ich habe die Lampe am Helm«, entgegnete Mab und schob sich den Helm aus der Stirn.

Sein Lächeln wurde breiter, und Mab erinnerte sich an den Morgen im *Dream Cream*. Wie konnte er nur an Cindy vorbei- und zu ihr in ihrem farbbekleckstem Malerkittel und dem gelben Schutzhelm gehen? Welcher Kerl fand so etwas attraktiv? »Was wollen Sie?«

»Ich habe Hunger«, antwortete Joe. »Ich will etwas essen gehen. Mit Ihnen. Jetzt. Sind Sie immer so schwierig?«

»Ja«, gab Mab zurück und überlegte dann. Sie musste wirklich etwas essen. Nun, da sie daran dachte, merkte sie, wie hungrig sie war. Außerdem wurde es schon dunkel, und sie brauchte Tageslicht, um ins Innere des Automaten sehen zu können. Dafür genügte das Licht ihrer Stirnlampe nicht.

Außerdem wollte sie wirklich mit ihm gehen.

»Okay, aber ich bezahle selbst für mich«, erklärte sie.

Joe seufzte. »Na gut. Auf welchem Weg kommen wir zum Pavillon?«

»In beiden Richtungen um den See herum«, erwiderte Mab. »Allerdings ist es rechts herum kürzer.«

»Dann gehen wir links.« Joe schloss die Klappe des Wahrsager-Automaten, nahm Mab dann am Ellbogen und führte sie auf den Hauptweg. Sie versuchte zurückzublicken, aber er mahnte: »Nein, blicken Sie nach vorn, damit Sie sehen, was auf Sie zukommt.«

»Was kommt denn auf mich zu?«, erkundigte Mab sich.

»Ich«, antwortete Joe, und sie gab auf und ließ sich von ihm führen, wohin er wollte.

Ethan fand, dass er in den vergangenen vierundzwanzig Stunden sein Soll bei weitem übererfüllt hatte. Es war nicht sein Job, niedergeschossen zu werden, und auch bei seinem vorigen Job, zu dem es dazugehörte, hatte es ihn nicht gerade begeistert. Und dann waren da Gus und seine Mutter, die anscheinend beide den Verstand verloren hatten. Zum Teufel mit alledem. Er zog seinen Flachmann hervor und nahm einen tiefen Zug.

Er blickte auf, suchte im schwindenden Tageslicht nach der höchsten Stelle im Park: den blinkenden Warnlichtern an der sternförmigen Eisenkonstruktion des Teufelsflugs, die sich direkt dem Bier-Pavillon gegenüber befand und daher einen bequem auszumachenden Leitstern auf seinem Weg zu Bier und Ashley darstellte. Ashley hatte sich am Vormittag sehr merkwürdig benommen, aber das galt schließlich auch für die anderen in *Dreamland*. Er folgte dem Hauptweg um den See herum, in dem sich der Wachturm erhob, wobei er darauf achtete, keinen der Leintuchgeister auszulösen, dann an dem Wurm und dem Liebestunnel und den OK-Corral-Buden vorbei und schließlich zum Teufelsflug und hinauf zum Bier-Pavillon, von dem ihm betrunken grölende Stimmen entgegenschlugen.

Dem Bier-Pavillon hatte die Zeit nicht viel anhaben können. Die langen Holztische, die schon vor der Depression vernarbt und mit Absplitterungen dort gestanden hatten, waren nun um eine offene Feuerstelle herum und vor der frisch gestrichenen Bar aufgestellt. Hinter der Bar befanden sich eine Reihe Fässer, ein Kühlschrank für Coca Cola, ein Hotdog-Grill und ein Pizzaofen sowie ein Mädchen in einer *Dreamland*-Version eines bayrischen Dirndls, das pro Plastikbecher einen Dollar und pro Hotdog zwei Dollar plus allem, was ihr gebirgiges Dekolleté ihr eintrug, kassierte. Der Pavillon war gerammelt voll, alles Stammgäste aus Parkersburg; selbst Ray lehnte an der Bar und beobachtete die Menge.

Gus winkte Ethan von einem der hinteren Tische aus zu, aber Ethan sah sich suchend nach Ashley um und blieb stehen, als er sie dicht neben einem Mann mit beginnender Glatze sitzen sah, den er nicht kannte. Sie wirkte anders, älter, härter, nicht mehr flauschig. Ethan ging dicht an ihrem Tisch vorbei, doch sie ignorierte ihn, obwohl er ihr genügend Zeit gab, ihn zu entdecken, so viel Zeit, dass er den Ehering an der Hand des Kerls sah, die Ashleys Hüfte streichelte. Er kam sich dumm vor, dann empfand er Ärger, dann Traurigkeit, und schließlich fiel er in die Hoffnungslosigkeit zurück, die sein Leben seit Afghanistan und der Kugel, die sein Herz bedrohte, beherrschte.

»Ethan!«, rief Gus, doch Ethan blieb an der Bar stehen, griff sich einen Plastikbecher mit *Ohio's Finest*, was immer das auch sein mochte, und warf zwei Dollarnoten auf den Tisch, eine für das Bier und eine als Trinkgeld, sodass ihm das Dirndl-Mädchen ein Lächeln schenkte, bevor sie den nächsten Gast anlächelte. Ethan blieb neben Ray stehen, der mit irgendwelchen Fremden sein Münzen-Check-Spiel spielte – manche konnten die Armee offensichtlich nicht hinter sich lassen –, und fing seinen Blick ein.

»Hab Ihre Statue gefunden«, knurrte Ethan.

Rays Lächeln erreichte seine Augen nicht. »Großartig.« Er wandte sich wieder dem Münzen-Check und seiner großen, hässlichen Münze zu.

Ethan schlängelte sich nach hinten durch und nahm neben Gus Platz, der das mit einem Nicken zur Kenntnis nahm, die Hängebacken noch trauriger herabhängend als sonst.

Ethans Blick glitt wieder zu Ashley hinüber. Sie lehnte sich jetzt an den Kerl und flüsterte ihm etwas ins Ohr.

»Dämonen«, murmelte Gus.

»Frauen«, knurrte Ethan und trank von seinem Bier.

Mab ging neben Joe den Hauptweg entlang und versuchte, nicht zu hyperventilieren wie ein Teenager bei der ersten Verabredung. Es war so untypisch für sie, sich so überwältigen zu lassen von … nun ja, Gefühlen. *Das kommt vielleicht daher, weil ich mir den Kopf angeschlagen habe …*

»Was ist das?« Joe deutete auf die blau gestreifte Orakelbude aus Holz neben dem Wahrsager-Automaten, die mit Schildern zugepflastert war – *Berufsaussichten, die wahre Liebe, Familie und Freunde* –, und über allem hing ein großes Schild in Gold, auf dem stand: *Delphas Orakel: Die Wahrsagerin von Dreamland.*

»Hier sagt Delpha in der Sommersaison den Leuten ihre Zukunft voraus. Es wurde '72 gebaut, deswegen sieht es so hippiemäßig aus, aber mir gefällt es trotzdem. War gar nicht so schwer zu restaurieren, abgesehen von einem Loch, das irgendein Übeltäter in die Rückseite geschnitten hatte.« Mab wies mit dem Kinn zu der nächsten eisernen Konstruktion auf der linken Seite, an der sie auf dem sich dahinschlängelnden Kopfsteinpflasterweg vorbeikamen. »Das Doppel-Riesenrad stammt von 1926. Ein unglaubliches Stück Handwerkskunst.« Sie nickte nach rechts zu einem schwarzen Schiff hinüber, das halb im Wasser des Turmsees lag, auf dem Deck eine Horde Piratenpuppen aus Kunststoff. »Piratenschiff. Das haben sie in den Fünfzigerjahren gebaut.« Sie blickte mit zusammengezogen Brauen zum Deck hinauf. »Für die Piraten habe ich viel zu viel Zeit gebraucht. Irgendein Idiot hat mit einem Brett oder so etwas auf sie eingedroschen. Die haben schlimm ausgesehen.« Sie zog ihn im Weitergehen in die Mitte des Hauptwegs. »Bleiben Sie weg von den Zäunen, dort sind die Auslöser für die Geister. Die bestehen zwar nur aus Leintuch und Pappmaché, aber man kriegt trotzdem einen höllischen Schreck.« Sie lächelte bei dem Gedanken. »Eine altmodische Art, Geister zu basteln, aber schön.«

»Sie mögen dieses alte Zeug«, stellte Joe fest.

»Ich mag alte Handwerkskunst.« Mab wischte mit einer Handbewegung über die Piratenspiele in ihren kleinen orangefarbenen Gehäusen und deutete auf die Drachen-Achterbahn mit ihrem Einstiegslaufsteg am See zu ihrer Rechten. »Wie zum Beispiel das da. Noch eine Bahn von 1926. Ein wahres Kunstwerk. Ich habe volle drei Wochen gebraucht, nur um den Drachentunnel und die Wagen neu zu streichen. Gus war drei Tage lang beschäftigt, Glühbirnen auszuwechseln.« Sie wies auf den »Teste-deine-Kraft«-Kasten neben der Achterbahn, über dem eine hässliche, orange angestrichene Ringerstatue wachte. »Dann habe ich eine Woche lang an all den Details dieser Ringerstatue gearbeitet. Und dann die schmiedeeisernen Zäune überall im Park. Hat mich Monate gekostet, all die Speerspitzen neu zu vergolden, aber es hat sich gelohnt.«

»Sie lieben diesen Park«, meinte Joe.

»Na ja, ich habe gute Arbeit geleistet und bin natürlich stolz darauf«, wehrte Mab ab. »Ich weiß nicht, ob man einen Park *lieben* kann ...«

»Sie lieben diesen Park wirklich«, beharrte Joe und blieb mitten auf dem Weg stehen.

Mab blickte ihn verwirrt blinzelnd an.

»Na kommen Sie«, forderte Joe sie auf. »Was *empfinden* Sie für all das?«

»Äh ...« Mab blickte sich um, sah Farben und Formen, wunderschön entworfene Maschinerien und solide Konstruktionen, und mehr als das, sie sah ihre gelungene Arbeit, und sie begriff, dass der Park ihr ... »Ich weiß nicht. Es ist ein gutes Gefühl.«

»Ein Glücksgefühl vielleicht?«, erkundigte sich Joe mit einem Lachen in der Stimme.

»Vielleicht«, meinte Mab vorsichtig. Er schüttelte den Kopf, und sie gingen weiter.

Sie gingen unter dem größten Bogen der Achterbahn hindurch, und Mab wies auf drei pinkfarben gestreifte Buden zu ihrer Linken, die jetzt geschlossen, aber mit Schildern behängt waren, auf denen »Pfannkuchen«, »Pommes frites« und »Eistüten« geschrieben stand. »Alles, was hier im Park pink angestrichen ist, sind Essensbuden und werden von Cindy geführt. Alles Orangefarbene sind Spiele, und die werden von verschiedenen Familien aus der Stadt geführt. Sind fest in Familienhand.« Sie machte eine Geste zu einer Bude hin, die mit Teddybären mit fluoreszierendem Fell vollgestopft war, über allem ein riesiger grüner Drachen aus Plüsch, der über einem Ladentisch mit Löchern darin und dahinter aufgereihten Gummihämmern schwebte. »Zum Beispiel das *Whack-a-Mole*-Spiel hier, bei dem man auf Maulwürfe hämmern muss, sobald sie aus den Löchern kommen – schönes Reaktionsspiel –, das wird von Carl Jenkins geführt, weil die Jenkins es von Anfang an hatten, und deswegen nennt ihn jeder Carl *Whack-a-Mole*. Und das hier«, fuhr sie fort, als sie die letzte große Biegung hinter sich ließen und auf eine turmhohe Konstruktion aus stumpfen schwarzen Metallstangen zugingen, »das ist der Teufelsflug.« Sie blickte im schwindenden Dämmerlicht dort hinauf, wo an den Enden der fünf Arme halb zerfetzte schwarze und rote Fallschirme im Wind flatterten und Lichter blinkten, um etwaige Sportflugzeuge zu warnen. »Das ist ein Fallschirm-Karussell, aber Glenda will es nicht in Betrieb nehmen. Mir gefällt das nicht. Es ist, als hätte man eine Leiche im Park. All diese Vergnügungsbahnen und Karussells wurden dazu gebaut, dass man sie fahren lässt.«

»Das haben Sie gar nicht restauriert«, meinte Joe.

»Nein, Glenda wollte es nicht.« Mab wies mit dem Daumen auf die zwei Meter hohe, rotglühende Teufelsstatue vor dem Zaun. »Den da habe ich aber restauriert. Grauenvoll. Hässliche, hässliche Statue. Jede Minute Arbeit daran war schrecklich.« Dann deutete sie den Hang hinter dem Teufelsflug hinauf zu einem weißen, halb offenen Bauwerk mit einer pinkfarbenen Pergola darüber. »Und das da ist der Bier-Pavillon. Wenn es im Herbst kalt wird, hängen sie Leinwandvorhänge vor die Öffnungen, aber in der Mitte ist eine große Feuerstelle, deswegen kann man's da bis Ende Oktober noch aushalten. Danach gibt auch Glenda es auf und schließt bis April.«

Sie gingen den Weg hinauf zur Hauptöffnung des Pavillons, und sie meinte abschließend: »Also, das war die Tour für Sie. Zumindest die linke Hälfte.«

»Und ist hier schon mal etwas Ungewöhnliches passiert?«, fragte Joe und warf einen Blick zurück.

»Das fragen mich in letzter Zeit viele.« Mab sah ihn mit schiefgelegtem Kopf an, und ihr kam ein Gedanke: »Sie sind ein Reporter.«

»Was?«, fragte Joe.

»Sie sind Reporter. Sie sind hier, um sich Insiderwissen über das große Halloween-Spektakel in zwei Wochen zu verschaffen. Deswegen machen Sie mich an und ködern mich mit Abendessen.« Plötzlich ergab alles einen Sinn.

»Ach, weil es nicht sein kann, dass ich Sie einlade, nur weil ich mit Ihnen zusammen sein will?«, erkundigte sich Joe.

»Unwahrscheinlich«, erwiderte Mab. »Ich bin nicht charmant und nicht schön. Ich sehe aus wie eine Tramperin, und nicht die nuttige Version. Was an mir sollte Ihnen gefallen?«

»Sie«, antwortete Joe, und er brachte es heraus, als sei es die Wahrheit.

Sie wünschte sich, es wäre die Wahrheit.

»Klar. Sie sind ein Reporter«, schloss Mab und betrat den Pavillon.

Ethan gefiel es im Bier-Pavillon nicht im Geringsten.

Ashley widmete ihre Aufmerksamkeit halb dem Kahlkopf, mit dem sie schmuste, und halb dem Gastraum, in dem sie jeden abschätzend musterte, als wollte sie ihn für später vormerken. Sie kam ihm ganz anders vor als bei ihrer ersten Begegnung am Picknicktisch, aber er verstand auch nichts von Frauen. Vielleicht hätte er mehr mit ihr sprechen sollen. Er versuchte, sich zu erinnern, was er getan oder gesagt hatte, um diesen Stimmungsumschwung hervorzurufen, aber es war wie ein Blackout. In den Monaten seit dem neunundzwanzigsten Juli hatte er einige Blackouts gehabt, nun ja, vielleicht …

Gus folgte Ethans Blick. »Ashley? Du kannst was Besseres kriegen als so eine.«

»Verdammt, ich kriege nicht mal so eine«, erwiderte Ethan.

Gus wollte etwas sagen, doch da ließ sich eine Frau mit den Worten »Darf ich mich zu Ihnen setzen?« auf der Bank ihnen gegenüber nieder, und Gus blieb der Mund offen stehen. Ethan konnte es ihm nicht übel nehmen. Sie schien in den späten Dreißigern zu sein, grüne Augen, scharf und klar geschnittenes Gesicht, schulterlanges braunes Haar. Sie war schön, und mehr als das, sie war …

»Große Klasse«, stammelte Gus.

»Vielen Dank«, erwiderte sie amüsiert. Sie reichte Gus einen Fünf-Dollar-Schein und sagte: »Ich gebe eine Runde aus …«, und Gus nahm den Schein und ging damit zur Bar, bevor sie ihren Satz beenden konnte.

Sie wandte sich Ethan mit einem Lächeln zu, bei dem ihm schwindlig wurde. Nun ja, er hatte gerade erst einen halben Becher warmes Bier auf leeren Magen plus etliche Schlucke aus dem Flachmann getrunken. Das würde jeden Mann schwindlig machen. Sein Blick glitt zu dem Kragen ihres weißen Hemdes unter der offenen Lederjacke. Ein weißer Spitzensaum lugte darunter hervor. Auch das würde jeden Mann schwindlig machen.

»Master Sergeant Wayne?«, fragte sie.

Ethan blickte ihr scharf ins Gesicht. »Wer will das wissen?«

»Ich bin Weaver«, antwortete sie und streckte ihm ihre Hand hin, schlank und, wie Ethan vermutete, zart.

»Nur Weaver?«, wunderte er sich, aber er ergriff sie. Ihr Griff war warm und fest und keineswegs zart; er fühlte Schwielen.

Sie zog ihre Hand wieder zurück. »Sie sind hier ziemlich bekannt, wissen Sie. Der Held der ganzen Stadt.«

Held. Na klar. Ethan warf einen raschen Blick zu Ashley hinüber. Sie drehte den Kopf und blickte genau in Ethans Richtung und durch ihn hindurch, als wäre er nicht da. »Klar«, erwiderte Ethan harscher als beabsichtigt. »Großer Held.«

»Und was hat Sie nach Hause geführt, mein Held?«, fragte Weaver lächelnd.

»Meine Mutter braucht Hilfe.« Ethan griff nach seinem Plastikbecher und kippte den Rest seines warmen Biers in einem großen Schluck hinunter.

»Glenda.« Weaver nickte. »Wie geht's Glenda?«

Ethan sah sie konzentriert an und überlegte, worauf sie wohl aus war. Wusste sie, dass Glenda langsam den Verstand verlor? »Großartig.«

»Schön für sie.« Wieder lächelte Weaver, und Ethan fühlte sich unwiderstehlich angezogen.

Er hob seinen Plastikbecher an die Lippen, aber er war leer. Nervös knallte er ihn wieder auf den Tisch und fragte mit mehr Schärfe in der Stimme, als er wollte: »Was tun Sie hier?«

Sie schien aus der Fassung gebracht. »Hier mit Ihnen trinken.«

»Na klar, was Besseres können Sie sich gar nicht wünschen.« Er betrachtete sie wieder von oben bis unten und schüttelte den Kopf. »Was wollen Sie hier?«

Sie lehnte sich zurück und verschränkte die Arme vor der Brust, und Ethan fühlte eine leise Enttäuschung.

»Na, ich wollte Sie kennenlernen, Sie Brummbär«, erklärte sie, und ihr Lächeln wurde schwächer, war aber immer noch da.

»Sie sind von den *Special Forces*. Speziell ausgebildet. Und jetzt sind Sie hier in *Dreamland* und tun ... was?«

»Sicherheitsdienst«, erwiderte Ethan.

Ihr Lächeln verschwand. »Sicherheitsdienst? Also bitte.«

Sie beugte sich vor, und Ethan dachte: *Sieh nicht hin*, und sah doch hin.

»Was tun Sie wirklich hier?«, fragte sie. »Sie sind mit einem Auftrag hier, nicht?«

Gus knallte einen Plastikbecher vor ihr auf den Tisch, sodass das Bier überschwappte und sie zurückfuhr, und Ethan nahm seinen Becher dankbar entgegen. Dann stellte Gus das Tablett, das er getragen hatte, mit zwei Bechern darauf für sich selbst vor seinem Sitzplatz ab. »Den letzten Buck hab ich als Trinkgeld dagelassen. Shannon is'n braves Mädchen.«

»Natürlich«, erwiderte Weaver und ergriff ihren Becher. Sie nippte am Bier und verzog das Gesicht. Dann blickte sie auf und sah, dass er sie beobachtete, woraufhin sie einen großen Schluck nahm und den Becher dann auf den Tisch knallte.

Ethan lächelte wider Willen, denn es lag etwas Gutmütiges darin, wie sie das lausige Bier hinunterkippte, zum ersten Mal aus ihrer Deckung kam, seit sie aufgetaucht war, und da grinste sie zurück, und er dachte: *Scheiß auf die Vorsicht. Sollte sie gefährlich werden, dann krieg ich sie in den Griff.* Auch darüber musste er lächeln, und er beugte sich vor, wobei sein Blick auf Mab fiel, die noch immer ihren Schutzhelm trug und mit einem Fremden sprach. Teufel noch mal, vielleicht wurden sie alle heute Nacht noch flachgelegt.

Mab begegnete seinem Blick in dem Moment, in dem Weaver sich umdrehte, um zu sehen, wen er anschaute. Er beobachtete, wie sie sich über den Raum hinweg maßen, so wie Frauen das immer taten, schnell und unauffällig prüfend. Aus dem Augenwinkel bemerkte er außerdem, dass Ashley den Austausch von Blicken zwischen den beiden Frauen beobachtete, während der Glatzkopf an ihrem Hals nagte.

Frauen.

Weaver wandte sich wieder Ethan zu.

»Kommen Sie oft hierher?«, erkundigte er sich, und sie lächelte wieder.

»Und Sie?«, fragte sie zurück. »Hat Ihr Boss nichts dagegen, wenn Sie im Dienst trinken?«

Ethan blickte Gus an. »Hast du was dagegen?«

»Teufel, nein.« Gus trank die Hälfte seines ersten Biers auf dem Tablett und wischte sich über den Mund.

Weavers Lächeln verblasste, und sie blickte verwirrt drein. »Gus ist Ihr Boss?«, fragte sie verwundert.

»Tja. Gus und Glenda. Die sind hart, aber fair.« Er versuchte, sie anzulächeln.

Sie blickte immer noch verwirrt drein. »Ich dachte, Ray Brannigan hat den Park gekauft.«

»Ray hat nich' den ganzen Park«, erklärte Gus zornig. »Nur halb.«

Ethan wandte sich ihm verblüfft zu. »Was? Wie, zum Teufel, hat Ray den halben Park in die Finger gekriegt?«

Gus machte mit seinem Becher eine vage Kreisbewegung. »Es lief nich' so gut. Ray sagt, er würd jedem von uns 'n halben Anteil abkaufen, wenn wir mit dem Geld den Park wieder in Schuss bringen. Also ham wir ihm alle die Hälfte verkauft, nur Young Fred hat ihm sein' ganzen Anteil verkauft, un' deswegen hat Ray jetz' die Hälfte.« Gus kippte den Rest des ersten Biers hinunter und wandte sich dem zweiten zu.

»Die Rechnung stimmt nicht ganz, Gus«, wandte Weaver ein, Ethan aber wollte es nicht in den Kopf, dass seine Mutter zugelassen hatte, dass der halbe Park verkauft wurde.

»So schlimm war es?«, fragte er Gus. »Warum habt ihr mich nicht verständigt?«

»Du kennst doch Glenda«, sagte Gus. »Macht immer gern alles selbst.«

»Quatsch«, versetzte Ethan. Ray als Besitzer von fünfzig Prozent des Parks war eine einleuchtende Erklärung dafür, warum es mit Glenda so sehr bergab ging. Stress konnte jeden zermürben. Das wusste er genau.

Er warf einen Blick zur Bar, aber Ray war fort. Dann erspähte er ihn mitten in einer Gruppe von Leuten, die alle betrunken lachten, nur er nicht. Er hielt wieder seine Eisenmünze in der Hand. Versager.

»Ist schon in Ordnung«, murmelte Gus, der Ethans Blicken gefolgt war. »Er mischt sich kaum ein. Und Mab macht ihre Sache wirklich gut; Park sieht aus wie neu. Wir hatten 'ne gute Sommersaison, viele Leute sind gekommen, um zu sehen, wie alles in Ordnung kommt. Nächstes Jahr geht's uns wieder gut.«

»Mab?«, mischte Weaver sich ein, und Ethan wurde bewusst, dass der Alkohol ihn unvorsichtig machte; sie hatten alles vor fremden Ohren besprochen.

»Mab ist der Rotschopf, den Sie gerade gemustert haben«, erwiderte Ethan mit einer Geste zur Bar.

Weaver wandte sich um, aber Mab und der Fremde waren verschwunden. Sie drehte sich Gus zu. »Ach ja. Ich erinnere mich. Netter Hut. Brannigan hat sich also in den Park eingekauft, aber er mischt sich nicht ein.« Sie sah Ethan an, noch immer lächelnd, aber jetzt mit schmalen Augen. »Und Sie sind nur der Sicherheitsdienst.«

Autsch, dachte Ethan und trank den Rest seines Biers. Er musste noch immer daran denken, wie Ray sich hineingedrängt hatte und wie schlimm das für Glenda gewesen sein musste.

Gus beugte sich zu Weaver vor. »Wer sind Sie, Lady?«

»Ach, ich bin ein großer Fan.« Weaver erhob sich, umrundete den Tisch und setzte sich neben Ethan. Sie warf einen Blick auf sein Hüfthalfter. »Riesiger Schießprügel.«

»Mark-23 SOCOM«, erwiderte Ethan und dachte sich, dass ihr das nichts sagte.

»Darf ich sie mir ansehen?«

Ethan runzelte die Stirn. *Gib niemals deine Waffe aus der Hand*, das war eine Regel, die sie ihm in jedem Training in der Armee eingehämmert hatten. Er zog die Waffe aus dem Halfter, nahm das Magazin heraus, holte die Kugel aus der Kammer und reichte sie ihr.

»Schwer«, kommentierte Weaver, aber sie hielt die Waffe, als sei sie federleicht. Sie wog sie in einer Hand. »Gute Balance.«

Mit einer schnellen Bewegung schob sie die Pistole in das Halfter zurück, bevor Ethan reagieren konnte, und als sie den Halteriemen mit einem Knopfdruck schloss, glitten ihre Finger über Ethans Oberschenkel.

Ethan wusste nicht, was er sagen sollte, doch da stand sie schon auf und blickte auf ihn hinunter, während er ihre hautengen Jeans anstarrte, und zog dann eine Karte aus ihrer Jackentasche und reichte sie ihm. »Wenn irgendetwas ... Aufregendes geschieht, rufen Sie mich an. Ich würde so gern eine spannende *Dreamland*-Story erleben. Oder rufen Sie mich einfach so an. Wir können auch über Ihren Schießprügel diskutieren.«

Ethan warf einen Blick auf die Karte. Sie enthielt nur eine Telefonnummer. Wenigstens habe ich ihre Nummer, dachte er. »Also«, begann er, doch als er aufblickte, sah er, dass sie bereits ging.

Sie sah noch im Davongehen großartig aus.

Ethan wurde bewusst, dass sie eine ungeladene Pistole in sein Halfter gesteckt hatte. »Verdammt.« Sein Leben war eine Katastrophe: Roboterclowns, schwarze Heckenschützen, eine verrückt gewordene Mutter, eine geheimnisvolle, scharfe Frau, die mit Waffen jongliert ...

»Sie könnte ein Dämon sein«, meinte Gus nachdenklich.

Ethan schloss die Augen.

Er hatte den absoluten Tiefpunkt in seinem Leben erreicht.

Kapitel 6

Mab ließ Joe-den-Reporter-mit-Spesenkonto für die Hotdogs bezahlen und erklärte: »Cindy lässt sie von New York einfliegen.« Das Bier schmeckte nicht besonders, aber Mab war so müde und durstig, dass sie ihren ersten Becher trotzdem, bereits während sie auf ihre Hotdogs warteten, hinunterkippte. Sie beobachtete Ethan, wie er sich bemühte, charmant zu einer sehr attraktiven Frau zu sein, aber dann fragte Joe sie, was sie denn tat, wenn sie nicht im Park arbeitete, und es klang so warmherzig und interessiert, und er schien ihr so gerne zuzuhören, dass sie ihm mit dem zweiten Bier in der Hand zu einem Tisch in der Nähe der Feuerstelle folgte und ihm von anderen Dingen erzählte, die sie restauriert hatte, Zirkuswagen, einen alten Medizinwagen und eine Menge Karussellpferdchen für Museumskollektionen ... »Ich mache das schon seit zwanzig Jahren, also bin ich bei so ziemlich allem, was alt ist und Rummelplatzcharakter hat, die richtige Frau.« Und während sie über ihre Arbeit sprach, entspannte sie sich immer mehr, bis sie ihm von den Bildern erzählte, die sie, um sich ein Zubrot zu verdienen, nach der Vorlage schöner, alter Zirkusplakate malte. Sie beschrieb sie, während er an ihren Lippen hing, und erzählte dann von ihren verschiedenen, weiter zurückliegenden Arbeiten, und das Herz wurde ihr leicht, als sie sich an all die schönen Dinge erinnerte. Sie war immer schon sehr zufrieden mit ihrer Arbeit gewesen, aber nun, als sie Joe davon erzählte, machte die Erinnerung sie besonders glücklich.

»Man verdient nicht viel Geld damit«, meinte sie schließlich, denn danach fragten die Leute sie immer. »Aber ich kann meinen Geschäftskram über meine Webseite erledigen, das kostet nicht viel, und ich bekomme dort, wo ich arbeite, immer Unterkunft und Verpflegung. Alles, was ich besitze, passt in zwei Taschen, und so komme ich gut zurecht. Und ich liebe meine Arbeit. Das ist mir wichtig. Was immer auch geschieht, ich habe meine Arbeit.«

»Ich finde Sie faszinierend«, sagte er und hielt dann erstaunt inne. »Was ist?«

Sie zitterte ein wenig. »Normalerweise sagen mir Männer nie, dass ich faszinierend bin«, erwiderte sie verkrampft.

»Hey«, meinte er sanft und legte eine Hand auf ihre, und sie schob sie nicht fort, wie es sonst ihr erster Impuls war. Es fühlte sich einfach gut an.

»Ich war schon immer die abartige Außenseiterin«, erklärte sie ihm. »Als ich hier aufwuchs, war es, weil meine Familie die ›Verrückten Brannigans‹ genannt wurde, und ich dachte noch, wenn ich erst mal von Parkersburg weg bin, wird alles gut, aber dann ging ich an die Kunsthochschule, und ich war *immer noch* die Abartige, also glauben Sie mir, niemand sagt zu mir, dass ich faszinierend bin.«

Sie verstummte, erschrocken darüber, dass sie das gesagt hatte, und zog ihre Hand zurück.

Joe schüttelte den Kopf. »Normal zu sein wird bei Weitem überbewertet. Sie *sind* faszinierend.« Er ergriff ihren geleerten Becher. »Wie wär's mit noch einem Bier?«

»Das wäre gut«, antwortete sie schwach und klammerte sich innerlich an das »faszinierend«, während er ging, um noch Bier und Hotdogs zu holen.

Na gut, er hatte sie faszinierend genannt, aber das war nur, weil er Reporter und hinter einer Geschichte her war. Es konnte nicht …

Vielleicht gefiel sie ihm aber doch. Es *schien* so, als gefiele sie ihm. Der Gedanke war beunruhigend. Ignoriert oder sogar lächerlich gemacht zu werden, damit konnte sie umgehen, aber dass sie einem Mann *gefiel* …

Am anderen Ende des langen Tisches ließen sich zwei Männer nieder, die wie Dick und Doof wirkten. Sie breiteten ihre Bierbecher und Hotdog-Tüten aus, wobei der Dürre mit lautem Gequatsche Mabs nervöse Gedankengänge unterbrach und der Dicke schweigend zu mampfen begann.

»Also, der Standard-Hotdog ist ja gut und schön«, näselte der Dürre. »Aber trotzdem sind's doch die regionalen Varianten, die dir erst den richtigen Kick geben. Wie zum Beispiel die Michigan Dogs. Andererseits, Fleischsauce auf Wurst? Wo liegt da der Witz?«

Drüben an der Bar lächelte Joe Shannon an, die errötete und Grübchen zeigte. Er beugte sich vor, um etwas zu ihr zu sagen – *Wahrscheinlich interviewt er sie*, dachte Mab, *so viel zu »Ob er mich wirklich mag?«* –, und Shannon beugte sich ebenfalls vor.

Nun ja, wer würde sich nicht zu Joe vorbeugen? Er war charmant. Und lustig. Und …

»Ich persönlich«, fuhr der Dürre lauthals fort, »ich bevorzuge Krautsalatsauce oder das gute, alte Sauerkraut, vielleicht noch 'n Klecks Senf, eventuell Ketchup, aber nichts, was dem Dog in die Quere kommt, wenn du verstehst, was ich meine. Weißt du, was ich glaube, Quentin? Ich glaube, die Leute ersticken einen guten Dog einfach in Müll, weil sie *trendig* sein wollen. Das is meine Meinung.«

Joe beugte sich noch weiter vor, um Shannon etwas ins Ohr zu flüstern, und Mab fand, dass der Dürre mit seinen kulinarischen Ergüssen ihr unsäglich auf die Nerven ging.

»Halte dich an das Klassische«, röhrte er gerade. »Das sage ich dir. Also, wenn ich die Wahl habe, dann kann ich jeden

Tag in der Woche 'ne Bratwurst mit Kraut in 'nem Brötchen essen. Das ist mir gut genug.«

»Hamburger«, entgegnete Quentin.

»Na gut«, erwiderte der Dürre.

Halt die Klappe, dachte Mab.

Joe lachte mit Shannon, dann kehrte er zum Tisch zurück, wobei er bei der Musikbox anhielt und *What Love Can Do* wählte.

»Also das ist Cindys Lieblingssong«, meinte er, als er ihr drittes Bier vor sie hingestellt hatte und sich setzte.

»John Hiatt ist hier im Park der Hit«, erklärte Mab und nahm mit gezwungenem Lächeln einen weiteren Hotdog entgegen. »Er ist in beiden Musikboxen, im *Dream Cream* und hier.«

Joe lauschte dem Song. »Nett. Voller Glück.«

Mab lauschte ebenfalls. »Ich versteh's nicht.«

»Was gibt's da nicht zu verstehen?« Joe biss in seinen nächsten Hotdog.

»Na ja, das mit der Liebe, die einem Apfeltorte bringt. Warum soll die Liebe es zustande bringen, Apfeltorte zu besorgen? Ich weiß, es ist eine Metapher, aber ich kapier's nicht. Oder die Stelle, dass Liebe einen dazu bringt, dass man jemanden verliert, von dem man meint, dass man es selbst ist. Das macht doch keinen Sinn.«

»Es bedeutet, dass die Liebe alles verändert«, erklärte Joe. »Heute ist man allein und hungrig, und morgen bekommt man einen Nachtisch.« Er lächelte sie wieder an, mit diesem schiefen, herzerwärmenden Lächeln. »Was möchten Sie zum Nachtisch, Mab?«

Mabs Herz klopfte rascher, obwohl sie sich ziemlich sicher war, dass er Shannon genauso angelächelt hatte, leicht schief und echt und sehr süß. In seinen Augen stand Bewunderung, als er sie anblickte, aber das konnte nicht mit rechten Dingen zugehen, denn sie trug ihren Leinenkittel und den Schutzhelm, und selbst ohne das hatten Männer sie noch nie bewundernd angesehen.

Das kann zu nichts Gutem führen, dachte sie.

Andererseits hatte er ihr drei Hotdogs und vier Becher Bier spendiert und war eindeutig bereit, noch mehr auszuspucken, wenn sie wollte; das waren Punkte für ihn. Und er hatte ihr den Wahrsager-Automaten geöffnet. Und dann die Schmetterlinge in ihrem Bauch, zweifellos von den vier Bechern Bier noch unterstützt.

Andererseits hatte er ihr nicht das Geringste von sich selbst erzählt, und er hatte Shannon etwas ins Ohr geflüstert.

Das waren schon drei Seiten.

»Mab?«

»Ich glaube, ich sollte jetzt kein Bier mehr trinken.«

»Sicher.«

»Die Musikbox schaltete auf den nächsten Song: Brad Paisleys *Alcohol*, und Mab ließ fast ihren Becher fallen, als die Gäste begannen mitzusingen. »Es ist schon halb elf«, stieß sie verblüfft hervor. »Diesen Song spielen sie jeden Abend um halb elf, damit die Leute wissen, dass in einer halben Stunde geschlossen wird. Wir sitzen schon fast vier Stunden lang hier.« Sie versuchte, sich zu erinnern, was sie in diesen vier Stunden getan hatten. Geredet. Nun ja, sie hatte geredet. Von ihm wusste sie noch immer nicht das Geringste, außer dass er ein Barmädchen-Flüsterer war. »Ich habe vier Stunden lang geredet. Sie sind ein sehr höflicher Zuhörer.«

»Danke«, erwiderte Joe. »Sie kennen den Park wirklich gut. Sie müssen auch die Leute hier gut kennen. Haben Sie irgendwelche Gerüchte gehört ...«

»Nein, Gerüchte würde ich nicht hören.« Sie lächelte ihn mit zusammengepressten Lippen an. »Ich bin in Cindys Gästezimmer untergebracht, und sie ist große Klasse, aber ansonsten sehe ich nicht viel von den Leuten. Ich arbeite oft nachts, wenn keine Gäste hier sind, damit ich mich konzentrieren kann. Und einen Tag nach Halloween bin ich wieder weg, es ist also ziemlich sinnlos, Beziehungen anzuknüpfen. Ich bin nur vorübergehend hier. Ich bin immer vorübergehend irgendwo, aber das gefällt mir gerade ...«

»Das stimmt nicht«, widersprach er, »Sie sind unvergesslich.«

Hier stimmt etwas ganz und gar nicht, dachte Mab, aber im nächsten Augenblick stieß ein dicker, glatzköpfiger Kerl gegen Joes Rücken und verschüttete Bier auf sein Hemd.

»Hey«, blökte der Kerl, »'tschuldigung.«

»Kein Problem«, meinte Joe lächelnd. Dann streckte er die Hand aus. »Ich bin Joe.«

»Karl«, erwiderte der Kerl und gestikulierte mit einem Becher Bier in jeder Hand. »Freut mich. Muss aber weiter. Hab da drüben 'ne heiße Kleine, die is' jetz' so weit, glaub ich.« Er gestikulierte zur anderen Seite des Pavillons in Richtung Ashley, die ... anders wirkte, glutäugig, und wie eine Schlampe an einem der Stützpfosten des Pavillons lehnte.

Mab blickte auf Karls linke Hand und den goldenen Ring daran. »Sind Sie nicht verheiratet?«

Karl knurrte sie an. »Wer sind Sie, die Sittenpolizei? Sie können ...«

»Sie gehört zu mir«, mischte Joe sich ein, und als Mab aufblickte, war sein Lächeln wie fortgewischt, die Gesichtszüge hart und der Blick durchbohrend; er sah gefährlich aus.

»Is' mir doch ...« Karl sah Joe an und verstummte. »Ach so, na klar. 'tschuldigung.« Er machte einen weiten Bogen um Joe und marschierte zu Ashley zurück.

Mab sah wieder zu Ashley hinüber und versuchte zu ignorieren, dass es guttat, von Joe beschützt zu werden. »Wissen Sie, Ashley amüsiert sich gern, aber ich hätte nicht gedacht, dass sie mit einem verheirateten Mann herumflirtet. Ich fand sie eigentlich immer nett. Sehr frei natürlich, aber nicht ... gemein.« Sie wandte sich um und sah, dass Joe die Bierbecher und die Hotdog-Papierservietten einsammelte.

»Zeit zu gehen«, meinte er. »Zeigen Sie mir doch noch den Rest vom Park.«

»Kennen Sie Ashley?«, fragte Mab und erhob sich ebenfalls.

»Sie war heute Morgen im *Dream Cream*, nicht?« Joe wandte sich einem der Abfallbehälter neben den Pavillonbögen zu. »Nicht mein Typ.«

Mabs Blick wanderte wieder zu Ashley, die jetzt mit Karl im Clinch war. »Sieht aus, als wäre sie jedermanns Typ.« Sie sah, dass Joe den Abfall weggeworfen hatte und jetzt nach draußen ging. Sie machte einen Schritt, um ihm zu folgen.

»Miss?«, sprach jemand sie von hinten an, und als sie sich umdrehte, sah sie den blonden Mann mit der flaschendicken Brille und dem Filzhut vom *Dream Cream*, der ihr mit einer Hand ihre Arbeitstasche entgegenhielt, als wöge sie gar nichts.

»Vergessen Sie das nicht«, sagte er.

»Vielen Dank.« Sie nahm die Tasche mit beiden Händen entgegen. »Sie haben mir das Leben gerettet.«

Er lächelte sie knapp an und wandte sich dann wieder seinem Bier und seinem Notizbuch zu, das vollkommene Gegenstück zu dem fröhlichen, immer lachenden Joe.

Mab beobachtete ihn einen Augenblick, wie er da so ruhig inmitten des Chaos um ihn herum saß, die kräftigen Schultern unter dem Jackett verborgen, die Hand sicher über die Seite gleitend; er schrieb rasch und zügig in sauberen, kleinen Zeichen auf das Blatt. Seine Konzentration war so vollkommen, seine Bewegungen so zielbewusst, dass es fast erotisch wirkte.

Dann rief Joe von draußen »Mab!«, und sie schüttelte sich,

um den Kopf wieder klarzukriegen, und ging zu Joe hinaus. Dabei dachte sie, dass jemand dem Mann sagen sollte, dass Arbeit nicht alles bedeutete. Viel, aber nicht alles.

Nicht an diesem Abend und in dieser Nacht.

»Das also ist die andere Hälfte des Parks«, sagte Mab, als sie dem Hauptweg in der anderen Richtung weiter folgten.

»Erzählen Sie mir alles über ihn.«

Er war ihr sehr nahe, deswegen versuchte sie, sich durch pausenloses Sprechen von ihm abzulenken. *Du quasselst zu viel*, dachte sie; da legte er seine Hand auf ihren Rücken, und sie redete schneller. »Das hier ist der OK Corral, alles Spiele. Das wurde alles in den Fünfzigern gebaut, und so sieht es auch aus. Und das hier ist der Liebestunnel ...« Er verlangsamte seinen Schritt, als sie an dem hässlichen Klumpen rosafarbenen Stucks vorbeikamen, der reichlich mit Tauben und Muscheln besetzt war; die schmiedeeiserne Brüstung war das einzige Schöne daran. »... das ist eine lange Fahrt im Dunkeln, die es schon von Anfang an gab, aber ich habe keine Fotos von früher gefunden.«

»Fährt sie noch?«

»Nur an den Wochenenden.«

»Gut. Morgen lade ich Sie wieder zu Hotdogs ein, und dann kommen wir hierher.«

»Nein, das tun wir nicht. Meine Mutter hatte einmal ein scheußliches Erlebnis da drin, und das macht mich ... Ich mag es nicht.« Mab begann wieder weiterzugehen. »Das hier ist die Wurm-Fahrt.« Sie wies auf eine gruselige, kleine Berg- und Talbahn für Kinder mit einem grell angestrichenen, mit hervorquellenden Augen grinsenden Wurmkopf, hinter dem die Wägelchen die Ringe des Wurmkörpers darstellten. »Die stammt auch aus den Fünfzigern. Ich weiß nicht, was die sich dabei gedacht haben, einen Wurm neben den Liebestunnel zu ...«

»Ein scheußliches Erlebnis?«, fragte Joe, der zu dem Tunnel zurückblickte.

»Was? Ach so, meine Mutter. Familiengeschichte. Uninteressant.«

»Ich liebe Familiengeschichten«, rief Joe.

Mab seufzte. »Als sie achtzehn war, fuhr sie mit ihrem festen Freund einmal mit der langsamen Abendfahrt, die doppelt so lange dauert wie die Fahrt bei Tage. Und neun Monate später kam ich. Sie sagte, dass irgendetwas über sie gekommen wäre.« Eigentlich hatte ihre Mutter behauptet, sie wäre von einem Dämon besessen gewesen, aber ihre Mutter war eben verrückt.

»Also wurdest du in dem Liebestunnel gezeugt?«

»Tja, bildlich gesprochen wird das jeder, aber nun ja, das wurde ich. Ich habe hier als befruchtetes Ei angefangen, und jetzt bin ich wieder hier, um alles zu reparieren.«

»Also dann fahren wir unbedingt damit«, sagte Joe, aber er ließ sich von ihr vom Tunnel wegziehen.

»Das hier ist das Kettenkarussell, auch alt und wunderschön«, erklärte Mab und zog ihn an einer abgeschrägten Plattform mit muschelförmigen, an Ketten hängenden Sitzen vorbei, »und dann kommt die zweite Fahrt in die Dunkelheit, die ›Meerjungfrau-Kreuzfahrt‹, eine Weltreise.« Sie blieb vor der über zwei Meter hohen blau-grünen Meerjungfrau stehen, für deren Anstrich sie eine Woche gebraucht hatte und die sie jetzt zum ersten Mal an Ashley erinnerte. Der gleiche Vorbau jedenfalls.

»Weltreise?«

»Da drin stehen diese scheußlichen kleinen Puppen, die zwölf verschiedene Länder darstellen. Ich glaube, die Rundfahrt wurde auch in den Fünfzigern gebaut.«

»Na, auf die kann ich verzichten«, meinte Joe und ging weiter, doch vor dem Karussell blieb er stehen.

»Und hier werde ich Sie verlassen«, stellte Mab fest. »Ich wohne da ...« Sie deutete auf das pink gestreifte *Dream Cream* mit den Sprossenfensterchen, das etwa zwanzig Meter entfernt stand. »... also ...«

»Sie haben mir das Karussell noch nicht gezeigt«, meinte Joe und nahm ihre Hand.

Seine Hand umfing die ihre warm, und es fuhr ihr wie ein Schock durch den Körper, aber das Bedürfnis, ihre Hand wegzuziehen, war nicht annähernd so stark wie das Bedürfnis, sie ihm zu lassen.

Er zog sie sanft zum Karussell.

»Na gut«, gab Mab nach und folgte ihm, um seine Hand nicht zu verlieren. »Das ist das Karussell. Sehen Sie?«

»Ich möchte mehr sehen.« Er zog sie in die Schatten und dann auf die Karussellplattform hinauf, weg von dem orangefarbenen Licht des Hauptweges und in die Dunkelheit zwischen den Holzpferdchen.

»Das ist ein Dentzel-Karussell«, erklärte Mab und bemühte sich sehr zu ignorieren, wie dunkel es war und wie nahe er ihr war und wie gut sich das anfühlte. »Das sieht man daran, dass da ein Löwe und ein Tiger in dem äußeren Kreis sind. Es sind vier Reihen mit achtundsechzig handgeschnitzten Tieren aus Lindenholz, achtzehn auf dem äußeren Kreis und fünfzig auf den drei inneren Kreisen, dazu vier Meerjungfrau-Wagen für die Leute, die lieber sitzen und sehen wollen, wie die Welt draußen vorbeidreht.« Sie verstummte, denn er war noch näher gekommen, und sie konnte nicht sprechen, wenn ihr Herz so wild klopfte. Vielleicht würde er sie küssen.

Vielleicht sollte sie ihren Schutzhelm abnehmen.

»Bleiben Sie hier«, bat er und trat von der Plattform hinunter und in die Steuerkabine.

»Das ist bis morgen Abend ausgeschaltet«, rief sie ihm hinterher, aber da gingen plötzlich die Lichter an, und das Karussell begann, sich zu drehen, und die Dampfpfeifenorgel erwärmte sich zu einer vage erkennbaren Melodie.

Joe sprang auf das Karussell.

»Offensichtlich sind Sie ein Mann mit vielen Talenten«, meinte sie und wich einen Schritt zurück, als er auf sie zukam. »Hier sind eintausendvierhundert Glühbirnen installiert, die sich in den geschliffenen Spiegelglasflächen spiegeln, mit denen die Mittelachse verkleidet ist. Und außen am Baldachin sind zwölf bunte *FunFun*-Gesichter und oben auf dem Dach eine wunderschöne *FunFun*-Statue aus Lindenholz, die ich gerade fertig restauriert habe. Das Ganze ist ein wahres Kunstwerk.«

»Ja, das ist es. Suchen Sie sich ein Pferdchen aus.«

Mab blickte sich um, während das Karussell sich drehte und der dunkle Park draußen vorbeiglitt. »Ich fahre nicht auf den Karussells. Ich restauriere sie nur.«

Joe blickte sie mit äußerster Geduld an. »Suchen Sie sich ein Pferdchen aus.«

»Vielleicht den Tiger«, meinte Mab und versuchte, an ihm vorbei zu den feststehenden Karusselltieren des äußeren Kreises zu kommen.

»Der Tiger bewegt sich nicht.« Joe legte ihr beide Hände auf die Hüften. Ihr stockte der Atem. »Wie wär's mit dem blauen hier?«

Sie drehte den Kopf, und er hob sie schwungvoll hinauf in den Damensitz, bevor sie merkte, was er vorhatte. Sie packte die Stange und sah auf ihn hinunter, als das Pferdchen sich hob, und ihm dann in die Augen, als es hinabsank. »Das ist nicht blau. Das ist türkis.«

»Na, immerhin fast getroffen«, erwiderte Joe und kam näher.

»Äh«, machte Mab und erstarrte dann, abgelenkt von der Musik aus der Dampfpfeifenorgel, die sie jetzt erkannte. »Das ist *What Love Can Do*. Ich habe Cindy gesagt, dass das hier nicht drauf ist ...«

»Was ist Ihr Lieblingssong?«

Mabs Kopf begann zu schwirren, vielleicht von dem Drehen des Karussells oder von dem Auf und Ab des Pferdchens oder von Joe. Sie lehnte den Kopf an die Stange und ließ sich von dem Pferd tragen. »Ich kenn mich mit Musik nicht aus. Keine Zeit dafür, zu viel Arbeit.«

»Ich wette, Sie singen bei der Arbeit«, sagte Joe. »Ich wette, Sie singen dieses Lied. Und *Child of the Wild Blue Yonder*. Und ...«

»Woher wissen Sie das?«, rief Mab erschrocken.

Wieder lächelte er sie an, und ihr Kopf schwirrte.

»Ich habe zu viel Bier getrunken«, stellte Mab fest, rutschte vorsichtig von dem Pferdchen und stand dann zwischen ihm und Joe.

Es war ziemlich eng.

»Schön«, meinte Joe, ohne zurückzuweichen, und das Karussell drehte sich, die Lichter glitzerten, vervielfältigt durch die Spiegelverkleidung um die Mittelachse, und die Musik aus der Dampfpfeifenorgel dröhnte lauter, als er sich näher zu ihr beugte.

Er will mich küssen, dachte Mab und bekam kaum noch Luft. *Er will mich wirklich küssen.*

Wenige Millimeter vor ihrem Mund verharrte er und sagte: »Mab?«

»Ja?«

»Du musst deine Augen schließen.«

»Warum?«

»Das machen die Leute, wenn sie sich küssen.«

»Das hab ich nie kapiert«, erwiderte Mab. »Es ist, wie du sagst, ich will sehen, was auf mich zukommt ...«

Da küsste er sie, und sie schloss die Augen, und in ihrem

Kopf schwamm alles vom Alkohol, von dem Karussell, von der Musik und von ihm, der nach Bier und Hotdogs schmeckte und nach etwas anderem, etwas Scharfem und Hellem, etwas *wie sie* ...

Er lächelte an ihrem Mund und küsste dann ihre Wange und ihren Mundwinkel, dann wieder ihren Mund, ganz tief, bis ihr fast die Sinne schwanden, und seine Hand glitt unter ihren Kittel und unter ihr T-Shirt, und die Berührung seiner warmen Hand auf ihrer Haut weckte sie auf.

»Hallo«, stieß sie hervor und packte seine Hand.

»Hallo«, erwiderte er an ihrem Mund. »Lass uns zu dir gehen.«

Mab wich ein wenig zurück. »Einfach so?« *Vielleicht.*

»Wir haben nicht viel Zeit«, erwiderte Joe, und seine Lippen glitten zu ihrem Hals hinab. »Ich bin nach Halloween wieder fort, und du auch, das wird keine dauerhafte, lange Beziehung werden.«

»Stimmt«, gab Mab zu und schloss die Augen. Seine Lippen an ihrem Hals fühlten sich wunderbar an. Und der Gedanke, dass es nichts Dauerhaftes war, gefiel ihr – wie konnte es dann ein großer Fehler sein? –, und sie küsste ihn, all die Wärme und das Licht, sie trank ihn, fühlte, wie ihr Herz tanzte, wie es sie nach ihm verlangte ...

»Na komm schon«, flüsterte er. »Lass dich von mir ins Bett abschleppen.«

Die Dämonen werden dich hinunter in die Hölle schleppen, hatte ihre Mutter gewarnt.

»Willst du mich hinunter in die Hölle schleppen?«, fragte sie, ihr Mund dicht an seinem.

Er sah erschrocken drein. »*Bett*, ich habe *Bett* gesagt. Dich zur Sünde verführen, ja. In die Hölle, nein.«

»Aha.« Mab löste sich aus seinen Armen und rang um Fassung. Ihre Mutter war ein verrücktes Weib gewesen, aber dies hier ging wirklich etwas zu schnell. »Vielen Dank für das Abendessen und das Bier und den Spaziergang, aber ich glaube, ich gehe jetzt lieber allein ins Bett, denn ich muss morgen arbeiten.« Sie wich einen weiteren Schritt zurück, und er folgte ihr nicht, lächelte sie nur an, während sich das Karussell weiterdrehte, und das machte sie ganz unerklärlich und ungewöhnlich glücklich.

»Wie wär's morgen mit Abendessen?«, fragte er, und sie antwortete: »Ja«, ohne auch nur nachzudenken. Dann tat sie einen Schritt rückwärts von der Karussellplattform auf den Boden, wobei sie ein wenig stolperte, als das Karussell sich weiterdrehte, und ihr Fuß stieß gegen etwas, sodass sie wirklich stolperte und auf den Hintern plumpste. Joe rief: »Mab?«. dann trug ihn das Karussell davon.

»Alles in Ordnung«, rief sie und erkannte dann, dass das, worüber sie gefallen war, groß und weich war und ... *Joe!*«

Das Karussell trug ihn wieder heran, und er sprang ab und kam, um ihr auf die Füße zu helfen, während sie sich noch auf die Knie drehte. Sie ließ sich von ihm hochziehen und fummelte dann an ihrem Helm, um die Stirnlampe einzuschalten.

»Was ist denn?«, fragte Joe, und als das Licht anging, sah sie, dass sie über jemanden gefallen war, der da bewusstlos auf dem Kopfsteinpflaster lag, ein dicker, glatzköpfiger Kerl.

»Wieder ein Betrunkener vom Pavillon«, meinte sie, ärgerlich darüber, dass ihr Abend ruiniert war, doch dann drehte Joe ihn um, und sie sah in blicklos starrende Augen über einem aufgerissenen Hemd, und auf der wabbligen Brust einen wellenförmigen schwarzen Fleck.

Mab schrie auf.

»Das ist Karl«, sagte Joe.

Ethan lag allein in seinem Schlafsack in der Dunkelheit, fühlte, wie sich ihm ein Stein in den Rücken bohrte, und blickte durch die blattlosen Äste hinauf zu den roten Warnlichtern, die an den Spitzen des Teufelsflugs blinkten. Er hörte die Stimmen der letzten betrunkenen Gäste aus dem Pavillon, die »Alkohol« grölten, während sie nach Hause torkelten, bevor der Park schloss, aber ansonsten war es friedlich, ein guter Ort, um zu …

Ein Schrei gellte durch die Nacht, und im nächsten Moment war er auf den Beinen und rannte los. Er rannte den Hauptweg hinunter, an der Meerjungfrau-Kreuzfahrt vorbei, und sah vor sich Menschen; ein paar Gaffer und jemanden, der sich über einen Körper am Boden beugte. Daneben richtete sich ein Mann auf und rannte in Richtung des Eingangstores davon.

Ethan kam zum Stehen und erkannte Mab, die gerade mit Wiederbelebung begann, indem sie mit den Händen fachmännisch und rhythmisch den Brustkorb des auf dem Boden Liegenden zusammenpresste. »Was ist passiert?«

»Ich weiß es nicht«, erwiderte Mab atemlos. »Ich bin über ihn gefallen und habe Hilfe gerufen und dann mit Wiederbelebung angefangen.«

Ethan legte eine Hand an den Hals des Mannes. Kein Puls, keine Atmung. »Verdammt.« Er schüttelte den Kopf, um die Nebel zu verscheuchen. »Hören Sie einen Augenblick auf«, befahl er Mab, und sie gehorchte. Er beugte sich über den Mann, hielt ihm die Nase zu und presste die Lippen auf seinen Mund, beatmete ihn zweimal. Dann richtete er sich auf und sagte: »Weiter«, und Mab begann wieder mit den rhythmischen Kompressionen. »Ich brauche Ihr Handy, um die Ambulanz anzurufen.«

»Hab ich schon«, erwiderte Mab. »Joe macht das Tor auf.«

Ethan nickte, beugte sich wieder vor, um zweimal rasch zu beatmen. Als er sich aufrichtete, nahm Mab die rhythmischen Kompressionen wieder auf, und Ethan sah ein flackerndes

Licht näher kommen. Gus mit einer Taschenlampe, Glenda und Delpha hinter sich. Sie drängten sich durch die wachsende Menge betrunkener Gaffer.

»Ambulanz ist alarmiert«, sagte Ethan zu Glenda.

Glendas Stimme schwankte, als sie zu Gus sagte: »Geh zum Tor, und mach es auf.«

»Joe kümmert sich schon darum.« Mab presste weiter, aber es ging ihr die Kraft aus.

»Ich mach weiter«, sagte Ethan, und Mab lehnte sich zurück und überließ es ihm. Ethan verlor sich in dem Rhythmus von Zwei und Dreißig. Er starrte in das Gesicht des Mannes, bis sein bierbenebeltes Gehirn ihn als den Kerl vom Bier-Pavillon erkannte, der, mit dem Ashley sich davongemacht hatte.

Glenda kniete neben Mab nieder, die Lampe in der Hand, und beleuchtete die Brust des Mannes, als Ethan sich nach dem dreißigsten Komprimieren aufrichtete.

»Das wird nichts helfen«, meinte Glenda. »Der ist hinüber.«

Ethan hörte eine Sirene. »Machen Sie weiter«, befahl er Mab und kroch wieder zum Kopf des Mannes. Mab tat wie geheißen, und er hörte sie leise zählen. Dann wurde Blaulicht von den Spiegeln des Karussells in alle Richtungen reflektiert, als die Ambulanz neben der kleinen Gruppe zum Stehen kam. Zwei Sanitätsärzte sprangen heraus und klappten eine fahrbare Tragbahre auf, während Ethan auf die Füße kam und ihnen zusammen mit Mab Platz machte und sich neben seine Mutter und Delpha stellte, die, mit Frankie auf der Schulter, unbeeindruckt von dem Chaos um sie herum, zusah, wie die Ärzte ihr Bestes taten, um einen Mann zu retten, der, wie Ethan wusste, bereits tot war.

»Was, zum Teufel, geht hier vor?«, erklang Rays Stimme hinter ihnen, und Ethan wandte sich um und erblickte Ray, der die Sanitäter finster anblickte, als sei es ihre Schuld, dass da eine Leiche lag. »Was ist passiert? Wer ist das?« Er trat vor und blickte auf Karl hinab, erst auf sein Gesicht, dann auf den schwarzen Fleck auf seiner Brust, und hörte auf zu knurren. »Was ist geschehen?«

»Jemand hatte einen Herzanfall«, erwiderte Mab. »Jemand namens Karl. Das ist alles, was wir wissen.«

»Mit wem war er zusammen?«, fragte Ray, und Glenda sah ihn scharf an.

Die Sanitäter taten, was sie konnten, aber sie kamen bald zu dem Schluss, dass es vergebliche Mühe war. Nach wenigen Minuten hatten sie Karl in die Ambulanz verfrachtet und rauschten davon, eine widerhallende Stille hinterlassend.

Glenda wandte sich den Neugierigen zu. »Hier gibt's nichts zu sehen«, erklärte sie. »Es ist nichts passiert.«

Die Leute sahen sich verwirrt an.

»*Nichts ist hier geschehen*«, wiederholte Glenda, und die Leute begannen, nach Hause zu gehen.

»Eine Tragödie«, sagte Ray ausdruckslos, wandte sich ab und ging davon.

»Was war das für ein Zeichen auf seiner Brust?«, fragte Mab.

Glenda sah Mab in die Augen. »Gehen Sie zum *Dream Cream*, gehen Sie schlafen.« Mab sah sie verwirrt an. Da beugte sich Glenda zu ihr vor und sagte: »*Schlafen.*«

Mab gähnte. »Na gut.« Sie zog ihren hässlichen Malerkittel noch enger um sich und gähnte wieder. »Wenn Joe zurückkommt, sagt ihm, dass ich ins Bett gegangen bin.« Sie sah die anderen der Reihe nach an. »Es tut mir so leid. Ich weiß gar nicht, an wen ich mich damit wenden soll, aber es tut mir wirklich leid.«

»*Gehen Sie schlafen*«, wiederholte Glenda.

Mab nickte und ging davon, und der Lichtstrahl ihrer Stirnlampe schwankte vor ihr her.

Ethan gab nun jede Zurückhaltung auf. »Was, zur Hölle, ist hier los?«

Glenda holte Zigaretten und Feuerzeug hervor. »Er ist von einem Dämon getötet worden.«

»Okay, jetzt reicht's«, erwiderte Ethan. »Das ist nicht witzig ...«

»Ich weiß«, unterbrach Glenda ihn. »Ich habe heute Morgen versucht, es dir zu sagen, aber du wolltest nicht zuhören ...«

»Hör mal, wenn ihr hier unbedingt Gespenster spielen wollt, dann bitte sehr, viel Spaß, aber jetzt ist hier gerade jemand *gestorben* ...«

»Ja, wir wissen, Ethan. *Tura* hat ihn getötet. Ihr Zeichen war auf seiner Brust. Gus wird noch die Drachenbahn zur Kontrolle fahren lassen, aber wir wissen schon jetzt, dass es nur noch dreimal rattern wird.«

»Ja, das sollte ich jetzt tun.« Gus raffte sich auf und machte sich auf den Weg zur Achterbahn.

Ethan sah seine Mutter an und die kleine Delpha, die, älter als Gott, danebenstand und zustimmend nickte. Verrückt geworden. Und Gus, der gegangen war, um dem Rattern der Achterbahn zu lauschen. Verrückt geworden. Sie alle waren verrückt geworden ...

»Wir haben auf unseren neuen Jäger gewartet«, fuhr Glenda fort. »Und jetzt bist du hier. Du wurdest gerufen, Ethan, und du wirst darauf reagieren müssen, denn *Tura* wird wieder töten, wenn wir sie nicht wieder in ihre Urne einschließen.«

»Hast du dich in letzter Zeit einmal untersuchen lassen?«, fragte Ethan und bemühte sich, höflich zu klingen.

Glenda sah so müde aus, wie er sie noch nie gesehen hatte. »Hole Gus, wenn er mit der Drachenbahn fertig ist, und komm zum Wohnwagen. Wir brauchen dich, Ethan.«

Sie wandte sich ab und ging den Hauptweg entlang in Richtung der Wohnwagen, Delpha neben sich und Frankie über ihnen flatternd.

»Wie wahr«, murmelte Ethan und ging, um Gus zu holen.

Als Ethan und Gus Glendas Wohnwagen betraten, saß sie auf der einen Sitzbank neben Delpha und rauchte. Sie musterte ihn mit dem scharfen Blick einer Mutter. »Du hast 'n Kater. In der Kanne ist Kaffee.« Sie sah Gus an. »Dreimal Rattern?«

Niedergeschlagen antwortete Gus: »Ja.«

Ethan goss sich eine Tasse Kaffee ein, der so stark war, dass fast der Löffel darin stehen blieb, und setzte sich auf die andere Sitzbank, ihr gegenüber, während Gus sich neben ihr auf die Bank schob, sodass Delpha zur Querseite herumrutschte.

Die Tür ging auf, und Young Fred kam herein.

Glenda blickte Ethan in die Augen. »Ich werde dir das jetzt noch einmal erklären, und dann fassen wir einen Plan. Also. *Dreamland* ist ein Gefängnis für fünf gefährliche Dämonen, die Unberührbaren: *Kharos*, *Vanth*, *Selvans*, *Tura* und *Fufluns*. Vergiss Rosenkranz, Kerzenlicht und Knoblauch; vergiss Weihwasser oder sonst etwas, was sie wieder in die Hölle zurückjagen kann – das Einzige, was gegen diese Dämonen hilft, ist, sie einzusperren. Aus diesem Grund wurde der Park erbaut. Auf einer Insel in einem Fluss, weil Dämonen fließendes Wasser nicht überqueren können. Wir halten die Unberührbaren hier in den Urnen, ihren Gefängniszellen, gefangen, die in eisernen Statuen eingeschlossen sind, und damit verhindern wir die Hölle auf Erden.«

»Teufel noch mal«, knurrte Ethan ungläubig.

»Sie nähren sich von emotionalem Leid«, fuhr Glenda fort. »Sie verursachen es und stärken sich dann daran. Sie benutzen Menschen wie Vieh, weiden sich an deren Hoffnungslosigkeit und Verzweiflung. Das letzte Mal, als alle fünf entkommen waren, wurde eine ganze Stadt in Italien ausgelöscht; die meisten verschwanden, manche wurden verrückt und ermordeten ihre Nachbarn, andere brachten sich selbst um. Die Unberührbaren zogen zu anderen Städten weiter, bis die *Guardia* sie schließlich wieder einfing. Wir dürfen sie nicht wieder herauslassen.«

»Wann war das?«, fragte Ethan. »Ich meine, gibt es Aufzeichnungen ...«

»1890.« Glenda nickte den anderen zu. »Es gibt fünf Unberührbare und fünf *Guardia*. Die *Guardia* werden darauf eingeschworen, die Dämonen in Schach zu halten und sich gegenseitig zu unterstützen, sie sind einander verbunden bis zum Tod. Young Fred ist der Trickspieler, ich bin die Zauberin, Delpha ist die Seherin, und Gus ist der Wächter. Hank war unser Jäger, bis er mit seinem Auto gegen einen Baum gefahren ist. In diesem Augenblick wurdest du gerufen, Ethan. Du bist jetzt unser Jäger.«

»Wirklich?« Young Fred sah Ethan mit einer Mischung aus Respekt und Mitleid an. »Mein herzliches Beileid, Kumpel.«

Ethan blickte Young Fred mit ungläubig zusammengezogenen Brauen an. Er war ein Klugscheißer, aber er hatte nicht den Eindruck erweckt, verrückt zu sein. »Glaubst du an das Zeug, Junge?«

»Es ist wahr«, erwiderte Young Fred. »Wir sitzen genauso in der Falle wie die Dämonen. Wir hängen hier für immer und ewig fest.«

Ethan nickte. Sie waren alle verrückt geworden. »Also habt ihr hier diesen ... Club«, begann er vorsichtig.

»Die *Guardia*«, verbesserte Glenda. »Zweitausendfünfhundert Jahre lang hielt die *Guardia* die Unberührbaren in Italien unter Verschluss, bis 1925 ein Verräter die fünf Urnen, in denen sie eingeschlossen waren, an einen amerikanischen Kunstsammler verkaufte. Die *Guardia* folgte den Urnen bis hierher und kam gerade rechtzeitig, um den Sammler vor einem der Dämonen zu retten. Der Sammler ließ dann diesen Park an einem Ort der Macht erbauen und übergab ihn der *Guardia*, damit sie dafür sorgt, dass die Welt sicher ist, und seitdem sind wir hier. Wenn einer von uns stirbt, wird ein anderer berufen, seinen Platz einzunehmen. Deswegen bist du nach Hause gekommen. Du wurdest berufen. Am neunundzwanzigsten Juli, als Hank starb.«

Ethan holte tief Luft. Seine Kopfschmerzen wurden stärker.

Glenda ließ ihr Feuerzeug aufschnappen und zog an ihrer Zigarette, bis das Ende rot glühte, dann ließ sie es wieder zuschnappen. »Die Unberührbaren werden an Halloween um Mitternacht ihren Ausbruch starten, in der Nacht vor Allerheiligen, wenn die Grenzen zwischen Erde und Unterwelt unschärfer werden und ihre Macht am stärksten ist. Sollte es allen fünf gelingen, dann gewinnen sie ihre volle Stärke zurück und können ihre wahre Form annehmen, und dann …«

»… sind wir geliefert«, fiel Young Fred ihr ins Wort. »Ich bin dafür, dass wir alle von hier verschwinden.«

Ethan blickte Young Fred finster an. »Warum unterstützt du sie bei diesem Unsinn, Junge?«

»Das ist kein Unsinn, das ist Wirklichkeit.« Er lächelte freudlos. »Willkommen bei der *Guardia*. Das ist ein Lebenslänglich.«

»Es ist eine Berufung«, fuhr Delpha ihn scharf an, und auch Frankie schlug, offensichtlich ärgerlich, mit den Flügeln.

»Klar, und wie viele von deinen über neunzig Jahren hast du als Berufene verbracht?«, wollte Young Fred wissen. »Erinnerst du dich überhaupt noch an ein normales Leben? Ich nämlich schon.«

»Schluss damit«, fuhr Glenda ihn an. »Es sind Dämonen frei im Park, und sie bringen Leute um. Du kannst winseln, wenn der Park wieder sauber und sicher ist.«

Ethan erhob sich. »Willst du mir erzählen, dass Ashley ein Dämon ist und dass sie den Kerl da getötet hat?«

»Nicht Ashley, aber *Tura*, die Ashley besetzt hat«, antwortete Glenda.

»Die Dämonen besetzen Leute«, erläuterte Gus, und es klang, als wäre es die natürlichste Sache der Welt. »Die sind dann besessen. Irgendjemand, der gerade in der Nähe ist. Und wenn keiner da ist, besetzen sie was anderes, zum Beispiel die *FunFun*-Statue. Der Clown ist nach einem von ihnen benannt. *Fufluns*. *FunFun*. Verstehst du?«

»Ah ja, das beweist es natürlich«, meinte Ethan. »Vor allem, weil er aus Eisen ist und du gesagt hast, dass Dämonen kein Eisen berühren können.«

Glenda starrte ihn an, bewahrte aber die Ruhe. »Alle Statuen sind aus Holz, nur die Gefängnisstatuen sind außen mit Eisen beschichtet. Als Mab diese Panflöte in die Hand des Karussellclowns gesteckt hat, wurde dadurch die Rückseite der *FunFun*-Statue beim Eingang geöffnet. Ich wollte sie davon abhalten, aber ich habe es nicht geschafft. Es wäre eigentlich nicht so schlimm gewesen, weil er ja noch in seiner Urne sitzen sollte, aber der Deckel war zerbrochen, weil die Statue so oft herumgestoßen wurde, und so konnte er die Statue übernehmen, sich ein Opfer aussuchen, durch die offene Klappe hinaus- und in irgendjemanden fahren, und dann ging er und ließ *Tura* frei. Das macht er jedes Mal.«

»Warum hat er dann nicht alle rausgelassen?«, fragte Ethan, dem die Geduld ausging. »Damit sie zu fünft loslegen können, die Stadt überfallen und alles niedermachen?«

»Die anderen Schlüssel waren nicht zur Stelle«, antwortete Glenda. »Ich glaube, sie warten auf Halloween.«

Halloween. »Jetzt verstehe ich«, erklärte Ethan wütend. »Das ist eine Art *Show*, die ihr euch für die *Screamland*-Saison ausgedacht habt. Weil dann die *Journalisten* herkommen.

Na, vielen, vielen, verfluchten Dank, dass ihr mich hier so schön verarscht ...«

»Ethan«, rief Glenda ärgerlich, und Young Fred stieß ein »*Hey*« hervor, sodass Ethan ihn ansah.

»Pass auf, Kumpel«, sagte Young Fred und verwandelte sich in Gus. Kein sehr guter Gus, die Grenzlinien verschwammen, aber es war eindeutig nicht mehr Young Fred. Dann verwandelte er sich wieder zurück. »Soll ich mich in jemand anderen verwandeln? Ich nehme Wünsche aus dem Publikum entgegen.«

Das habe ich mir eingebildet, sagte Ethan sich. »Ich bin übermüdet und habe einen Kater. Ich kann meinen Augen nicht mehr trauen.«

»Sicher«, erwiderte Young Fred. »Warum auch glauben, was man sieht? Vor allem, weil es nur eine Illusion war.« Ethan glotzte ihn an, und er fügte hinzu: »Ich verändere mich nicht. Ich erwecke in dir nur den Eindruck, dass ich mich verwandle.«

Ethan sah Glenda an. »Also macht Fred in Impressionen. Welch ein Glück für ihn ...«

Glenda hob ihre linke Hand in die Höhe und spreizte die Finger, und Flammen traten aus jeder Fingerspitze. Sie hielt ihre Zigarette an eine davon und zog, und das Zigarettenende glühte rot auf. Dann inhalierte sie, lehnte sich zurück und schüttelte ihre Finger, und die Flammen erloschen.

»Hölle und Teufel!«, stieß Ethan hervor.

»Illusion«, sagte Glenda und zeigte ihm das Zigarettenende, das unversehrt war. »Ich bin eine Zauberin. Ich kann dich Dinge sehen lassen, die nicht da sind, dich Dinge glauben lassen, die nicht wirklich sind.«

»Nein, das kannst du nicht.« Ethan blickte auf seine Hände. Sie zitterten stark. Verdammter Alkohol. »Das alles sind Tricks, und jetzt ist nicht der richtige Augenblick dafür. Der schwarze Heckenschütze, der auf mich geschossen hat, ist gefährlich. Und ich glaube, diese Frau, die heute Abend hier aufgetaucht ist, Weaver, die ist hinter etwas her. Also, wenn ihr etwas zu verbergen habt, dann nehmt euch vor ihr in Acht. Außerdem verwette ich meinen Fuß, dass Ray einen Plan ausgeheckt hat, der euch nicht gefallen wird, so wie er sich in den Park einkauft. Ihr müsst aufhören, eure Spielchen zu treiben, denn ihr habt echte Probleme mit Menschen, nicht mit Dämonen.«

Glendas Gesicht wurde hart. »Ethan, wir waren wirklich geduldig mit dir, aber ...«

»Nein.« Ethan erhob sich und wandte sich zur Tür.

»Ethan, komm hierher ...«

»Ich werde euch helfen«, versprach er, »aber nicht mit diesem hirnverbrannten Blödsinn.« Damit verließ er den Wohnwagen, ließ sie in ihrem kollektiven Wahnsinn zurück.

Kapitel 7

Ray ließ sich neben *Kharos'* Teufelsstatue nieder, zündete sich eine Zigarre an und sagte: »Deine Meerjungfrau hat gerade jemanden umgebracht.«

Kharos kochte vor Wut. Er hatte oft Anlass, vor Wut zu kochen, seit er in seiner Urne gefangen war, und diese neue Katastrophe heizte seinen Zorn noch an.

»Es ist nicht meine Schuld«, fuhr Ray fort. »Und die *Guardia* sind auch nicht glücklich darüber. Du hättest ihre Gesichter sehen sollen.«

Kharos hörte auf zu kochen. SIND SIE VERZWEIFELT?

»Sie sahen ... müde aus, würde ich sagen. Na, sie sind ja auch schon alt. Gus wird bald achtzig, und Delpha ist schon über neunzig. Sogar Glenda ist schon über sechzig.«

Kharos dachte darüber nach. Sie waren alt, aber auch erfahren, und sie wussten, dass *Fufluns* und *Tura* frei waren. Nun waren sie auf der Hut. Aber nicht mehr kampfeswütig, sondern müde, hatte Ray gesagt. Das hieß, dass sie das Selbstvertrauen verloren, und das war der erste Schritt auf dem Wege zur Verzweiflung.

Ray zog an seiner Zigarre. »Ich konnte *Fufluns* bisher nicht finden. Ich habe so viele Leute wie möglich mit Eisen berührt, aber keiner hat reagiert. Er könnte überall und in jedem stecken. Wer weiß das schon.«

Wenn *Tura* die *Guardia* in Atem hielt, war das gut. Doch es könnte noch besser sein. Noch ein Alptraum mehr bedeutete noch mehr Erschöpfung, Verwirrung, Fehler.

BRING MINIONS HIERHER.

»Was? Ach, herrje.« Ray atmete Rauch aus. »Die mag ich nicht, gemeine kleine Biester; schnattern ständig vor sich hin und stürzen sich in Horden auf alles, was kleiner ist als sie.« Wieder seufzte er. »Woher soll ich sie denn diesmal holen?«

ICH WERDE SIE RUFEN, UND SIE WERDEN ZU DIR KOMMEN. BRING SIE MIT EINEM BOOT ÜBER DEN FLUSS. LASS SIE NICHT INS FLIESSENDE WASSER FASSEN.

Ray nickte. »Weißt du, wenn wir uns etwas mehr Zeit lassen würden, nur ein paar Jahre vielleicht, dann könnten wir ...«

NEIN.

Ray seufzte. »Na gut.« Er erhob sich und ging davon, marschierte über den Hauptweg, als gehörte er ihm allein oder würde ihm zumindest bald gehören.

Kharos vergaß ihn und konzentrierte seine Gedanken auf die alten *Guardia*, die nun bis zur Erschöpfung mit *Tura* und einer Invasion von *Minion*-Dämonen zu kämpfen hatten und dadurch in Hoffnungslosigkeit verfallen würden, und dann würde er entkommen und sie töten. Er konnte ihre Verzweiflung fast schon fühlen. So lange schon, viel zu lange, hatte er keine Nahrung mehr bekommen, viel zu lange hatte er nichts mehr gefühlt.

ABER BALD, sagte er sich selbst und wandte sich wieder seinem Plan zu, die *Guardia* zu vernichten und seinen Platz auf der Erde einzunehmen.

Als Mab zum Frühstück herunterkam, erwartete Cindy sie bereits, die Hände in die Hüften gestemmt. »Gestern Abend war die Ambulanz im Park«, begann sie, als Mab am Tresen Platz nahm.

»Ich weiß.« Mab legte ihren Helm auf der Platte und ihre Tasche auf dem Boden ab und versuchte, trotz einer fast schlaflosen Nacht einigermaßen normal auszusehen.

»Du siehst schrecklich aus«, meinte Cindy. »Was ist denn *passiert?*«

»Ein Kerl namens Karl hatte direkt vor dem Karussell einen Herzanfall und starb.«

»Carl *Whack-a-Mole?*«, fragte Cindy entsetzt.

»Nein«, erwiderte Mab. »Ein fetter Kerl. Mit Glatze. Verheiratet. Hat gestern mit Ashley herumgefummelt.«

»Ach, Karl der Treulose.« Cindy entspannte sich etwas. »Na ja, soll er in Frieden ruhen, der Drecksack. Carl *Whack-a-Mole* ist ein guter Kerl, aber Karl der Treulose ist kein Verlust für uns.«

»Was?« Mab fuhr zurück. Da war ein Mann gestorben, direkt vor ihrer Nase …

»Prügelt Frauen«, stieß Cindy hervor und blickte fast wütend drein. »Schläft mit allem, was Ja sagt, und geht dann nach Hause und verdrischt seine Frau. Der gemeine Schuft.«

»Oh.« Als Mab sich das überlegte, fühlte sie, wie das Gewicht, das auf ihr lastete und sie vom Schlafen abgehalten hatte, etwas leichter wurde. Sie wäre leichter darüber hinweggekommen, hätte sie Karls Leiche nicht vor sich gehabt, mit dem schlimmen Gefühl, versagt zu haben.

»Als ich herausfand, was für Abschaum er war, habe ich ihm keine Eiscreme mehr verkauft«, fuhr Cindy fort. »Da wurde er gemein und versuchte, mich mit Gewalt zu packen.«

»Was?«, rief Mab empört.

»Ich habe ihn mir mit einer Gabel vom Leib gehalten, und Gus hat ihn dann rausgeworfen.«

»Gus?«

»Manchmal ist Gus wirklich auf Zack.« Cindy blickte sie mitfühlend an. »Das muss schrecklich für dich gewesen sein, ihn da tot liegen zu sehen.«

»Das war es«, stimmte Mab zu. »Als ich danach hierherging, war ich so müde, dass ich kaum noch laufen konnte, aber trotzdem konnte ich nicht einschlafen. Ich hätte gleich mit dir reden sollen.«

Sie brach überrascht ab. Sie hatte nie mit jemandem über irgendetwas reden müssen. Sie war immer vollkommen selbstständig und unabhängig ...

Cindy nickte. »Ja, natürlich, du kannst mit mir über alles sprechen. Aber du warst doch hoffentlich nicht allein, als du ihn fandest?«

»Nein, ich war mit ...«

Die Tür ging auf, das Glöckchen bimmelte, und Cindy strahlte an Mab vorbei den Neuankömmling an. »Oh, hallo, und herzlich willkommen.«

Mab wandte sich um, und da war Joe und glitt auf den Barhocker neben ihr, was ihr Herz schneller schlagen ließ. Das schien ihr irgendwie dumm, aber dann beugte er sich zu ihr und küsste sie, und sie erwiderte den Kuss. Wer hätte das nicht getan?

Schließlich löste sie sich aus dem Kuss, um Luft zu holen, und drückte ihre Stirn gegen seine. Besorgt stellte sie fest, wie glücklich sie über sein Erscheinen war, aber als er dann mit einem Finger ihr Haar zurückstrich und sanft fragte: »Geht's dir gut?«, da fühlte sie sich um so vieles besser, dass sie wieder lächelte.

»Es hat sich herausgestellt, dass Karl ein Drecksack war, einer, der seine Frau betrog und verprügelte. Nicht Carl *Whack-a-Mole*. Also ist er für uns kein Verlust.« *Küss mich.*

»Gut zu wissen«, meinte Joe und küsste sie.

Es war das beste Frühstück, das sie seit Jahren bekommen hatte.

Als sie das nächste Mal tief Luft holte, sagte er: »Ich kann nicht bleiben. Ich wollte nur sehen, ob du in Ordnung bist. Als ich gestern zurückkam, war das Tor schon verriegelt. Dabei wollte ich nicht, dass du allein bist.« Er grinste Cindy an.

»Aber dann habe ich mich erinnert, mit wem du zusammenwohnst.«

Cindy erwiderte das Grinsen und errötete.

»Mir geht's gut«, erklärte Mab, gerührt darüber, dass er versucht hatte zurückzukommen.

Er wandte seinen Blick von Cindy wieder Mab zu, als hätte er für einen Augenblick vergessen, dass sie da war, dann legte er eine Hand auf ihren Rücken und rieb ein wenig. Freundlich. Herzlich. »Also, kann ich dich dann für heute Abend zu Hotdogs und Bier überreden?«

Er lächelte sie an, mit diesem wunderbaren schiefen, warmherzigen Lächeln, das sie dahinschmelzen ließ, und hilflos lächelte sie zurück.

»Ja. Ich arbeite an dem Wahrsager-Automaten.«

»Dann werde ich dich dort abholen.« Er küsste sie wieder, und etwas Ungewohntes wallte in ihr auf, *schäumte* in ihr auf, und sie begriff, dass es Glücksgefühl war, nicht Zufriedenheit oder Befriedigung, sondern reines *Glück*. Sie erwiderte seinen Kuss, dann erhob er sich, winkte Cindy zu, holte sich rasch einen letzten Kuss und verschwand.

Mab blinzelte ein paarmal, um die Fassung wiederzuerlangen, und wandte sich dann zu Cindy um, die begeistert dreinblickte. Und neugierig.

»Ich möchte es *ganz genau* erfahren«, bat sie und beugte sich über den Tresen. »Das tut dir *so gut*.«

Mab atmete tief durch, um ihre Eingeweide wieder in Reih und Glied zu bringen. »Er hat mich in den Bier-Pavillon zum Abendessen eingeladen, dann sind wir auf dem Karussell in den Clinch gegangen, und dann bin ich über Karl gestolpert. Karl den Toten, nicht *Whack-a-Mole*-Carl.«

»Hui«, sagte Cindy, »das war vielleicht 'n erstes Date!«

»Ich glaube eigentlich nicht, dass man es ein Date nennen kann«, meinte Mab bemüht gelassen.

»Du bist auf einem Karussell abgeknutscht worden. Das ist ein Date.«

»Aber es hat mit einer toten Leiche geendet«, gab Mab zu bedenken.

»Ja, aber das war nur Karl der Treulose«, meinte Cindy. »Herzanfall, hast du gesagt?«

»Ich glaube ja, aber ...« Sie zögerte, wusste, was kommen würde. »... er hatte dieses wellenförmige Zeichen auf seiner Brust ...«

Cindy richtete sich abrupt auf. »Er hatte *das Zeichen*?« Sie schüttelte staunend den Kopf. »*Mein Gott*, was hast du für ein fantastisches, spannendes Leben.«

»Weil ich über Karl den Toten gefallen bin?«

»Du hast einen Roboterclown erlebt, du hast einen ganz heißen Kerl an der Angel, und jetzt bist du auch noch Teil der Parklegende. Mary Alice Brannigan, das ist *die* Woche deines Lebens.« Cindy strahlte sie an. »Ich würde dir ja ab sofort Eiscreme umsonst geben, aber das kriegst du ja sowieso schon.« Dann wurde sie ernst. »Hm, und wie sieht dieses Zeichen aus?«

»Einfach eine schwarze, wellige Linie.«

»Oh.« Cindy machte ein enttäuschtes Gesicht. »Ich dachte, vielleicht ein Totenkopf oder wenigstens ein großes schwarzes X. Nur eine Wellenlinie ...« Sie zuckte die Schultern.

»An einem toten Kerl«, betonte Mab.

»Okay, dafür gibt's Punkte. Möchtest du Waffeln? Ich habe ein neues Aroma, aber es ist ein Aphrodisiakum, und darüber bist du ja weit hinaus.«

»Worüber hinaus?«, fragte Mab. »Meinst du Joe? Ach, der ist nur ...«

»Versuch's gar nicht erst runterzuspielen«, fiel Cindy ihr ins Wort. »Der schnitzt wahrscheinlich gerade ein Herz mit deinen Initialen in irgendetwas hinein. Ich hoffe für ihn, dass es nichts ist, was du frisch gestrichen hast.«

Mab lachte, und Cindy blickte sie überrascht an.

»Was ist jetzt wieder?«, erkundigte sich Mab.

»Ich habe dich noch nie lachen hören.« Cindy blickte begeistert drein. »Hui. Ich habe Mab Brannigan zum Lachen gebracht.«

»Ich lache schon manchmal«, meinte Mab entrüstet, dann wurde ihr bewusst, dass sie sich nicht mehr an das letzte Mal erinnern konnte. Aber natürlich hatte sie schon gelacht. Manchmal eben. Selten. »Ich bin nicht der ... emotionale Typ. Meine Mutter hat sich immer aufgeregt, wenn ich weinen musste oder wütend wurde, und da habe ich es mir abgewöhnt. Es macht das Leben um vieles einfacher, wenn man nicht auf alles gefühlsmäßig reagiert.«

»Wie, zum Beispiel, auf Joe«, sagte Cindy.

»Na ja.« Mab merkte, dass sie wieder lächelte.

»Ich finde, *Dreamland* tut dir sehr gut«, meinte Cindy selbstgefällig. »Also, Waffeln? Mit *What-Love-Can-Do*-Erdbeereis gefüllt?«

»Was ist denn in ...«, begann Mab und dachte dann: *Ach, was, zum Henker*, und fuhr fort: »Ja. Genau das will ich.«

Cindy ging nach hinten, um die Waffeln vorzubereiten, und Mab zwang ihre Gedanken wieder dorthin, wo sie hingehörten, zurück zum Wahrsager-Automaten. Doch anstatt über Farben nachzudenken, dachte sie jetzt über *Vanth* nach. *Vanth*, das war eine neue Information, ein Name, den sie im Internet nachsehen konnte. Vielleicht gab es da sogar Bilder ...

Cindy kam wieder nach vorn, und Mab fragte: »Hast du noch deinen Laptop unter der Theke?«

»Klar.« Cindy zog ihn hervor und reichte ihn hinüber.

Mab öffnete Cindys Browser und gab *Vanth* ein, klickte auf »Suche« in Wikipedia und las dann laut: »*Vanth* ist ein weiblicher Dämon der etruskischen Unterwelt.«

»Gut zu wissen«, meinte Cindy verständnislos.

»*Vanth* ist der Name auf dem Wahrsager-Automaten«, erklärte Mab und las dann den Rest des Eintrags, während Cindy ihre Waffeln und ihr Aphrodisiakum aufeinanderklatschte. Dann drehte Mab den Laptop herum, sodass Cindy selbst lesen konnte, ergriff den Löffel und kostete von der rosafarbenen Eiscreme, die sie kurzzeitig von Dämonengeschichten ablenkte. »Erdbeeren, Passionsfrucht und …?«

»Honig, Vanille und Zimt«, ergänzte Cindy, während sie mit halb zusammengekniffenen Augen den Artikel überflog. »Vielleicht ist sie ein Orakel. Ach, nein, ist sie nicht. Aber hier steht, sie ist freundlich. Sie hat sogar einen festen Freund. Einen Dämon namens *Kharos*.« Sie verzog das Gesicht.

»Was?«, fragte Mab mit vollem Mund.

»Er ist ein mieser Kerl. Der etruskische Teufel.«

»Ich werde ihr sagen, dass er nichts für sie ist.« Mab schnitt den nächsten Happen ab.

»Du sprichst mit ihr?«

Mab nickte, zog den Laptop mit einer Hand wieder zu sich her und löffelte dabei mit der anderen das Eis. »Sie antwortet. Mit Karten.«

»Mit Karten«, wiederholte Cindy. »Der Automat spricht mit Karten zu dir.«

»Mit alten Weissagungskarten. Wie die hier.« Mab griff in das Seitenfach ihrer Arbeitstasche, wo sie die Karten verstaut hatte, aber sie waren nicht dort. »Ich hatte die Karten hier.« Sie legte die Gabel beiseite und durchsuchte die anderen Fächer, aber es kamen keine Karten zum Vorschein. »Wer hat meine Karten geklaut?«

»Ich habe keine Karten gesehen«, meinte Cindy und versuchte zu verstehen.

Mab ließ die Tasche zu Boden fallen. »Bin ich denn verrückt?«

»Nein, aber hier geht etwas vor.« Cindy lehnte sich gegen die hintere Arbeitsfläche. »Karten, Herzanfälle, Roboterclowns. Vielleicht spuken etruskische Dämonen um uns herum.«

»In der Pampa von Ohio«, erwiderte Mab. »Das glaube ich nicht.« Sie spießte den nächsten Bissen auf und hielt dann inne. »Warte mal. Glendas Sohn hat da was erwähnt ...«

Sie zog den Laptop näher heran und gab *Fufluns* ein, klickte auf »Suche« und las: »In der etruskischen Mythologie war *Fufluns* ein Gott des Glücks und des Wachstums aller Dinge. Später taucht er als Unterweltdämon auf und wurde im Pantheon durch *Bacchus* ersetzt. Spaßvogel. Abgesehen von der Dämonengeschichte.«

»*FunFun?*«

»*Fufluns.*«

Cindy runzelte die Stirn. »Er ist zuerst ein Gott und endet dann als Dämon?«

Mab zuckte die Schultern. »Hier steht: ›durch *Bacchus* ersetzt‹. Das ist bei den Römern der Gott des Weines und des Rausches und überhaupt des Genusses. Vielleicht waren zwei schon zu viele, weswegen *Fufluns* dann in den Keller verbannt wurde.«

»Abgeschoben in die Hölle.« Cindy schüttelte den Kopf. »Armer Kerl.«

Mab schloss den Laptop. »Gräme dich nicht. Es gibt ihn ja nicht in Wirklichkeit. Aber diese ganze etruskische Kiste ...« Sie schüttelte den Kopf. »Das macht mich kirre.«

»Du solltest zu Delpha gehen«, meinte Cindy. »Die weiß alles. Und hat nie unrecht.«

Mab fühlte sich in Versuchung, was verrückt war. Forschend sah sie sich im Gastraum nach Anzeichen von Normalität um. Drüben saßen zwei Mütter mit kleinen Kindern und ein Rentnerpaar, das sich in Aahs und Mmms über ihre Eiscreme erging. Am Tresen hockte, zwei Stühle von ihr entfernt, der Blonde mit der schwarz gerahmten Brille mit den Coke-Flaschen-dicken Brillengläsern, den grünen Filzhut neben sich, und aß Waffeln mit Eis. Wie es wohl wäre, einer von ihnen zu sein, sich nicht mit Karl dem Toten oder etruskischen Dämonen herumschlagen zu müssen?

Abwehrend schüttelte sie den Kopf. »Ich sollte an meine Arbeit gehen.«

»Na, das wird dich wenigstens beruhigen«, meinte Cindy.

»Auf alle Fälle«, stimmte Mab zu und nahm ihre Arbeitstasche.

»Und dann holt Joe dich ab«, fuhr Cindy froh fort. »Du bist eine Frau im Glück.«

»Ja«, stimmte Mab zu und erkannte überrascht, dass sie das wirklich war.

Und wenn jemand ihr all die verrückten Erlebnisse erklären würde, sodass sie sich nicht mehr den Kopf darüber zerbrechen müsste, dann wäre ihr Leben einfach perfekt.

»Delpha, hm?«, meinte sie, an Cindy gewandt.

»Ja, ja«, bekräftigte Cindy. »Genau, Delpha.«

»Also, na gut«, sagte Mab abschließend und eilte zur Tür hinaus.

Sie war schon auf halbem Wege zum Wahrsager-Automaten und zu Delphas Orakelbude, als sie hörte, wie hinter ihr jemand »Miss?« rief.

Sie wandte sich um.

Es war der blonde Typ mit der dicken Brille aus dem *Dream Cream*, der ihr, den Filzhut auf dem Kopf, nachgelaufen kam.

»Sie haben das hier vergessen«, rief er und reichte ihr den gelben Schutzhelm, wobei seine grauen Augen sie durch diese lächerlichen Brillengläser ruhig anblickten.

»Vielen Dank«, erwiderte sie, und er nickte und wandte sich wieder dem *Dream Cream* zu.

Mit gerunzelter Stirn sah sie ihm nach. Aus irgendeinem

Grund hatte sie ihn für älter gehalten, vielleicht wegen des altmodischen Huts oder wegen der dicken Brillengläser, aber er bewegte sich wie ein junger Mann, kraftvoll und elastisch, und seine Gesichtshaut war nicht faltig, seine Augen blickten scharf.

Wie kam er dazu, seine Tage hier im *Dream Cream* zu verbringen?

»Ach, was«, stieß sie dann hervor und ging, um Delpha nach etruskischen Dämonen zu fragen.

Als Mab den Wahrsager-Automaten erreichte, zögerte sie. Delphas Orakelbude war gleich nebenan, aber die Chancen, Delpha an einem Wochentag dort zu finden, waren gering, und …

Sie vernahm ein Krächzen, blickte auf und erspähte Frankie auf der obersten Spitze der zeltförmigen Holzbude.

Offensichtlich war das Orakel tatsächlich zu Hause.

Sie ging hinüber und durch die Öffnung in der schmiedeeisernen Umzäunung. Vor den hölzernen Schiebetüren, die sie angemalt hatte, dass sie wie Falten einer Zeltbahn wirkten, zögerte sie und hob dann die Hand, um anzuklopfen.

»Kommen Sie rein, Mab«, rief Delpha, und Mab blickte ihre erhobene Hand an, zuckte dann die Achseln, öffnete die Schiebetüren und trat ein, wobei Frankie hinter ihr hereinflatterte.

Delpha saß an einem alten Tisch, auf dem ein Haufen Zeug gestapelt war. Frankie landete auf dem Tisch und begann, mit dem Schnabel und mit einer Klaue den Kram durcheinanderzuwerfen. Wahrscheinlich suchte er nach einem Augapfel.

»Tut mir leid«, begann Mab. »Sind Sie beschäftigt? Ich kann später wiederkommen.«

»Nein.« Delpha nahm einen Fächer aus Papier in ihre klauenförmige Hand und ließ ihn dann in den Abfalleimer neben dem Tisch fallen. »Setzen Sie sich.« Sie nahm ihren dunkelblauen Schal, faltete ihn zusammen und legte ihn auf eine Kiste auf der anderen Seite des Tisches. »Sind Sie endlich doch noch gekommen, um mich für Sie die Karten lesen zu lassen?« Sie nahm etwas anderes von dem Haufen und warf es ebenfalls in den Abfalleimer.

»Nein. Ich habe eine Frage.« Mab blickte mit gerunzelter Stirn die Kiste an. »Packen Sie zusammen? Ich dachte, Sie würden nächste Woche auch noch arbeiten.«

»Nächstes Wochenende wird jemand anderer hier sein.« Delpha wies mit dem Kinn auf einen blauen Stuhl, der von Mab passend zum Tisch angestrichen worden war. »Setzen Sie sich.« Sie krümmte einen Finger, und Frankie hörte auf, auf dem Tisch herumzuwüten, und flog stattdessen auf ihre Schulter.

»Jemand anderer?«

Delpha machte eine Geste zu dem Stuhl hin. »Setzen Sie sich. Was für eine Frage haben Sie?«

Mab zögerte und setzte sich dann. »Gestern Abend ist jemand gestorben. Cindy meinte, dass es da eine Legende gäbe, und dann hörte ich …« Sie würde nicht »Dämonen« sagen. Sie beugte sich vor. »Haben wir hier einen Killer im Park? Einen Serienmörder, der nach vierzig Jahren wieder zuschlägt?«

»Nein«, antwortete Delpha.

»Einfach nein? Ist das alles?«

Delpha betrachtete sie einen Augenblick, dann wies sie auf eine geschnitzte Holztruhe, die neben dem Tisch auf dem Boden stand.

Mab wartete ab, und als Delpha weiter nichts sagte, beugte sie sich hinüber und öffnete die Truhe. Darin lagen seidene Beutel in leuchtenden Farben, mit Schnüren verschlossen. Sie nahm einen blau-grünen Beutel heraus und leerte seinen Inhalt auf den Tisch. »Tarotkarten. Delpha, ich möchte wirklich nicht …«

»Sie decken eine Karte auf, ich beantworte eine Frage. Zehn Karten, zehn Fragen.«

»Seit ich im Park arbeite, haben Sie versucht, mich hierherzulocken. Geben Sie's zu.«

»Ja.« Delpha lächelte, und Mab sah überrascht, wie sich ihr Gesicht verwandelte. »Und jetzt sind Sie hier. Mischen Sie die Karten.«

»Na gut.« Mab mischte und wollte Delpha das Päckchen reichen, aber die alte Dame schüttelte den Kopf. »Heben Sie ab«, befahl sie, und Mab gehorchte. »Jetzt drehen Sie die oberste Karte um.«

Mab tat es, und auf der Karte war eine schwarz gekleidete Frau mit blassem Gesicht, die ein Schwert hielt, das fast ebenso groß war wie sie, und über ihrem Kopf schwebte eine Krone. Am unteren Rand stand: *Regina di Spade*, und oben übersetzt: »Pik-Dame«.

»Das ist Ihre Karte«, stellte Delpha fest und blickte sehr zufrieden drein. »Sie sind die Pik-Dame, eine selbstständige, sehr intelligente und starke Frau.« Sie sah Mab eindringlich an. »Ethan ist der Pik-König.«

»Fangen Sie bloß nicht an, uns zu verkuppeln«, warnte Mab.

»Nein, er ist nicht Ihr zukünftiger Lebensgefährte und Gatte. Er ist Ihr Bruder in einem großen und nie endenden Kampf.«

»Bruder, na gut. Das andere, nein. Was geht in diesem Park vor sich?«

»Vieles«, antwortete Delpha. »Nächste Karte.«

»Ach, kommen Sie schon«, protestierte Mab. »Das war nicht fair.«

»Dann stellen Sie genauere Fragen«, meinte Delpha.

Mab dachte nach. »Gut. Fangen wir mit dem Anfang an: Hat mich die *FunFun*-Statue vom Parkeingang vorgestern wirklich umgerannt?«

»Ja«, antwortete Delpha.

Mab nahm es mit einem Nicken zur Kenntnis. »Und wie ist das möglich?«

»Legen Sie die nächste Karte auf Ihre Karte«, verlangte Delpha, und Mab tat es.

Auf dieser Karte war so etwas wie der Wachturm zu sehen, ein großer Turm aus Stein, der gerade zu explodieren schien. Mab sah näher hin. Körper stürzten vom Turm herab.

»Das steht Ihnen bevor«, erklärte Delpha. »Veränderung. Sie wird schwer, aber sie ist gut.«

»Tja, sieht wirklich gut aus. Wie ist es möglich, dass die Statue mich umgerannt hat?«

»Sie war von einem Dämon besessen. Legen Sie die nächste Karte links neben die beiden ersten.«

»Von einem Dämon«, wiederholte Mab, irgendwie nicht überrascht.

»Die nächste Karte«, wiederholte Delpha und legte den Zeigefinger links neben die beiden ersten Karten.

Mab legte die nächste Karte ab, während sie scharf nachdachte. Die Karte zeigte einen Kerl auf einem Pferd im Schnee mit drei Schwertern im Banner, und er sah höllisch deprimiert aus.

»Sie müssen sehr einsam gewesen sein«, meinte Delpha, die die Karte ansah.

»Wann denn? Nein, halt, das ist nicht meine Frage. Also, ein Dämon hat mich mit der Statue niedergeschlagen. Ist das so was wie eine Redensart, ein Kerl, der sozusagen dämonisch böse ist ...«

»*Fufluns*«, sagte Delpha. »Er ist ein Dämon. Die nächste Karte muss unter die anderen.«

Mab drehte die nächste Karte um: ein Mann, der zu einer fernen Stadt hinblickte, fünf Becher zu seinen Füßen. »Also *Fufluns*. Ist er gefährlich?«

»Manchmal«, erwiderte Delpha, die die Karten prüfend betrachtete. »Er trickst, er verführt, lügt und betrügt. Das kann gefährlich sein. Die nächste Karte muss obenauf liegen.«

Mab drehte die nächste Karte um. Sie legte sie auf die ersten beiden Karten, dorthin, wo Delpha mit dem Finger wies. Das Bild zeigte jemanden mit Brille und Hut, in der Hand eine Malerpalette, flankiert von Gemälden zweier nackter Frauen, die Münzen emporhielten. »Aber er tötet nicht, oder? Tricks und Verführung und Lügen, aber kein Tod? Er hat Karl nicht getötet?«

»Sie haben in Ihrer Vergangenheit viel Isolation und Lügen erlebt…« Delpha tippte auf die Karte unter den anderen. »Und jetzt tragen Sie die Einsamkeit mit sich herum, verschließen sich, sind von Ihrem eigenen Däm…«

»Eigentlich«, fiel Mab ihr ins Wort, »geht's mir gut, abgesehen von der Sache mit dem Toten und mit dem Roboterclown.«

»Erfolg«, sprach Delpha und tippte auf die oben liegende Karte. »Sie sehen den Sinn Ihres Lebens in künstlerischer Betätigung. Sie verstecken sich hinter Ihrer Arbeit wie ein kleines Mädchen.«

»Hey«, protestierte Mab.

Delpha machte eine Geste zu den Karten hin, und Mab drehte die nächste um und hielt inne. Es war ein obszönes Bild, ein riesiger, lüstern blickender, nackter Teufel, der drohend über zwei ebenfalls nackten, blauen Menschen schwebte.

Frankie krächzte, und Delpha sagte: »Und hier steht Ihnen ein großes Unglück bevor.«

»Das wusste ich, als ich Karl den Toten sah«, meinte Mab. »Sie haben meine Frage nicht beantwortet. Hat *Fufluns* Karl umgebracht?«

»Nein. Legen Sie die letzten vier Karten rechts in einer Reihe von unten nach oben.«

»Wer war es dann?«

»Eine Karte.«

Mab enthüllte eine in einer grauen, öden Landschaft kauernde Frau, um die herum acht Schwerter in den Boden gerammt waren. »Wer hat Karl den Toten umgebracht?«

»*Tura.*«

Mab drehte die nächste Karte um und legte sie über die letzte: ein Mann vor einem Hochofen, der offensichtlich Geld machte, denn unten waren acht Münzen aufgereiht. »Wer ist *Tura*? Und sagen Sie bloß nicht, dass sie ein etruskischer Dämon ist.«

»Sie ist ein etruskischer Dämon«, antwortete Delpha fast abwesend, da sie die Karten prüfend betrachtete.

Mab drehte die nächste um und hielt wieder inne. Es war das Bild eines Paares, er mit einem lächerlichen Hut, sie mit glattem rötlichem Haar, die sich in die Augen blickten, während hinter ihnen ein Kind mit einem Stöckchen eine Schildkröte anstupste, und über ihnen in der Luft schwebend zehn goldene Becher.

Das bin definitiv nicht ich, dachte sie und fragte: »Wer ist *Vanth*?«

»Ein etruskischer Dämon«, antwortete Delpha. »Drehen Sie die letzte Karte um.«

Mab drehte sie um.

Da saß eine nackte Frau auf einem Felsen und goss Wasser aus einem Krug in einen Fluss. Sie hatte dunkelrotes Haar und wirkte abweisend, aber nicht unglücklich.

»Das ist Ihre Zukunft«, stellte Delpha fest und lehnte sich zufrieden zurück.

»Nackt dasitzen und Wasser in einen Bach gießen?«, wunderte sich Mab. »Na ja, das liegt zumindest im Bereich meiner Fähigkeiten. Aber jetzt genug mit diesem Dämonenzeug. Was, zum Teufel, geht eigentlich in diesem Park vor?«

Delpha blickte sie einen Augenblick ruhig an und nickte dann. »Sie haben mir gezeigt, was ich sehen wollte und musste. Ich werde Ihnen die Wahrheit sagen: Als Sie die Panflöte in die Hand des *FunFun* auf dem Karussell steckten, wurde dadurch die eiserne *FunFun*-Statue am Eingangstor geöffnet, und *Fufluns* entwich. Karl wurde von einem zweiten Dämon getötet, von *Tura*, die in der Meerjungfraustatue gefangen saß. Sie bestraft Untreue.«

»Untreue? Und deswegen hat sie Karl gestern Abend umgebracht?«

Delpha nickte.

»Die Meerjungfrau hat Karl den Toten umgebracht.« Mab rieb sich die Stirn. »Hören Sie, ich glaube nicht an Dämonen. Wäre es möglich, dass irgendein Mensch das alles veranstaltet und die Dämonenlegenden zur Deckung benutzt? Könnte Karl der Tote nicht auch einfach einen Herzanfall gehabt haben? Könnte vielleicht ...«

»Nein«, erwiderte Delpha. »Es sind die Dämonen. Sie fahren in Menschen, verbreiten Hoffnungslosigkeit und Schmerz, brechen ihnen das Herz, vergiften ihre Gedanken und töten sie von innen. Sie ...«

»Nein«, wehrte Mab ab, die die Geduld verlor, »Schluss mit den Fantastereien, das hier ist wirklich geschehen. Wir müssen dem ein Ende setzen, diesen ...«

»Wir tun unser Bestes.« Delpha lehnte sich zurück und sah noch erschöpfter aus als sonst. »Die *Guardia* bekämpft den Dämon. Aber wir sind nur wenige, und wir werden alt. Es müssen neue, junge *Guardia* berufen werden, wenn wir dieses Mal siegen sollen.« Sie blickte Mab fest an. »Junge, starke *Guardia*.«

»Sie haben also eine geheime Dämonenbekämpfungsgesellschaft.« Mab gab es auf. »Großartig. Hören Sie, ich muss die Polizei anrufen oder so.«

»Sie wären eine gute *Guardia*«, meinte Delpha.

»Ich bin überhaupt kein Vereinsmeier«, wehrte Mab ab und überlegte, was sie tun sollte.

Delpha nahm die Karte mit dem Teufel in die Hand. »Es steht Ihnen großes Unglück bevor, und Sie werden Veränderungen hinnehmen und kämpfen müssen. Es wird Dunkelheit herrschen. Der Teufel wird versuchen, Sie zu vernichten, Sie müssen kämpfen, um zu sehen ...«

»Ich muss jetzt gehen.« Mab schob ihren Stuhl zurück, aber Delphas Hand schoss vor und packte ihren Arm, während Frankie seinen Kopf senkte und ihr in die Augen starrte.

»Ihre Stärke liegt darin, wie Sie die Dinge *sehen*. Sie müssen alle Dinge immer mit offenem Herzen und offenem Verstand *ansehen*. Lassen Sie sich nicht von Äußerlichkeiten täuschen. *Sehen Sie die Wahrheit.*«

»Das tue ich sowieso«, erwiderte Mab. »Bei meiner Arbeit muss man das.«

»In den letzten vier Karten steht die Wahrheit«, fuhr Delpha fort, als hätte Mab nichts gesagt. »Die erste zeigt, wie Sie sich selbst sehen, einsam und in der Falle sitzend.«

»Ich finde nicht ...«

»Die zweite zeigt, wie die Leute Sie sehen, wie stolz und erfolgreich Sie mit Ihrer Arbeit sind. Die dritte zeigt Ihre Hoffnungen und Träume ...«

Mab blickte auf das glückliche Paar hinab. *Ich kenne Joe doch noch gar nicht.*

»... in eine Familie eingebunden, nicht mehr allein. Und die letzte ...« Delpha ließ Mabs Arm los und griff nach der Karte. »Die letzte ist Ihre Zukunft, Mary Alice Brannigan. Hoffnung. Ausgeglichenheit. Harmonie und Ruhe nach dem Sturm.«

»Ach.« Mab atmete tief durch. »Na, das hört sich gut an. Keine Dämonen.«

»Aber nur, wenn Sie den Teufel besiegen«, schloss Delpha und ließ die Karte wieder auf den Tisch fallen.

»Na klar, den Teufel besiegen und die Welt retten.« Mab erhob sich.

»Sie haben noch eine Frage«, sagte Delpha. »Eine persönliche Frage. Es geht um einen Mann.«

Joe. »Nein ...«

Delpha nahm die Karte mit dem Paar in die Hand. »Sie möchten wissen, ob er Ihre wahre Liebe ist. Geben Sie mir Ihre Hand.«

Mab zögerte, setzte sich dann wieder und legte ihre rechte Hand in Delphas.

»Die andere«, sagte Delpha, und Mab legte ihre linke Hand in Delphas.

Delpha fuhr mit einem Finger mit perfekt manikürtem Fingernagel, in Königsblau lackiert und mit winzigen goldenen Sternchen besetzt, über Mabs Handfläche. Dann blickte sie Mab in die Augen, bis sich ihr Blick verlor. Nach einer Minute ließ sie Mabs Hand los und lehnte sich zurück. »Ihre wahre Liebe ist hier. Der, den Sie immer lieben werden. Sie haben ihn schon kennengelernt.«

»Aha, so ein Glück«, meinte Mab und bemühte sich, ruhig zu bleiben. »Sonst noch etwas, was ich wissen sollte? Denn ich muss jetzt wirklich ...«

»Sein Name ist Joe.«

Mab versuchte, den Sprung, den ihr Herz tat, zu ignorieren. »Sie machen wohl Witze. Sie können *Namen* sehen?«

»Nein, ich habe Sie den Namen in der Zukunft sagen hören«, erwiderte Delpha. »Sie werden im Sonnenschein vor dem *Dream Cream* stehen und lachen und seinen Namen sagen. Aber er ist nicht das, was Sie glauben.«

»Das sind sie doch nie«, erwiderte Mab und erhob sich wieder. »Also dann vielen Dank ...«

»Sie sind sehr stark«, unterbrach Delpha sie. »Die *Guardia* wird Sie brauchen, um die Dämonen zu besiegen.«

»Ich glaube nicht an Dämonen«, entgegnete Mab.

»Sie werden noch an sie glauben.« Delpha überlegte. »Da war noch was. Ich glaube ...«

Frankie hüpfte von ihrer Schulter auf den Tisch, und sie wühlte in dem Durcheinander von Dingen auf dem Tisch.

»Ich brauche eigentlich nichts«, meinte Mab, und dann hielt Delpha die große Schlaufe eines blau-grünen Bandes mit einem kleinen grünen Stein daran in die Höhe.

»Das werden Sie brauchen«, verkündete Delpha und reichte es ihr.

Mab betrachtete den Stein. Ein gut zwei Zentimeter langes, dunkelgrünes Stück, das vage in der Form eines Kaninchens geschnitten war.

»Das ist ein Häschen aus Malachit«, sagte Delpha.

»Ein Häschen«, wiederholte Mab und bemühte sich um einen fröhlichen Ton.

»Malachit hält das Böse fern.« Delpha nickte. »Das werden Sie noch brauchen. Wenn sie kommt.«

»Sie«, wiederholte Mab verständnislos.

Delpha nickte und wandte sich wieder ihrer Arbeit zu. Mab schob die Schiebetüren zur Seite und ging hinaus.

Die Sonne schien, und diese ganze Die-Dämonen-sind-los-Wahrsagerei sollte ihr eigentlich im hellen Licht betrachtet noch viel lächerlicher vorkommen, vor allem dieser seltsame Malachit-Hase in ihren Händen, mit dem sie angeblich irgendeinen weiblichen Dämon abschrecken sollte, aber ...

Sein Name ist Joe, hatte Delpha gesagt, und das hatte sie so erschreckend glücklich gemacht. Nein verdammt, *Joe* machte sie glücklich. Nun ja, Joe machte jeden Menschen glücklich, das war einfach seine Art, aber ...

Dämonen.

»Das war vollkommene Zeitverschwendung«, sagte sie streng zu sich selbst und ging wieder an ihre Arbeit.

Kapitel 8

Später am Nachmittag, nachdem er sich im Wald ausgiebig seinem Flachmann gewidmet hatte, ging Ethan auf die Suche nach Gus, um ihm zu versichern, dass er ihn bei der Abendkontrolle begleiten würde. Er fand den alten Mann hinter der Meerjungfraustatue.

»Wasmachsu da?«, fragte Ethan. Er merkte, dass er lallte, aber es war ihm egal.

Gus fuhr zurück und stieß mit dem Kopf gegen den Riegel an der Rückseite der Statue. Er ließ eine Serie von Flüchen los, die einem Feldwebel alle Ehre gemacht hätten.

Ethan blickte Gus über die Schulter. Im Inneren der Meerjungfrau stand ein geschnitztes Holzgefäß ähnlich dem in der *FunFun*-Statue. »Was is'n das für Holzzeug?«

»Urnen.« Gus holte vorsichtig die Urne und den Deckel heraus. »Die hier ist heil. Das heißt, wir können *Tura* wieder reinsperren. Aber *Fufluns*« – er schüttelte den Kopf – »die muss Mab wieder reparieren.«

»Wills' du Mab wirklich sagen, sie soll 'n Dämonengefängnis reparieren?«

Gus sah ihn kopfschüttelnd an. »*Dreamland* ist das Gefängnis. Die Urnen sind nur die Einzelzellen.«

»Ach ja, richtig.« Ethan zog seinen Flachmann hervor und setzte ihn an. Dann setzte er ihn wieder ab.

Denn Ashley ging vorbei.

Sie wirkte so scharf und feurig, als gehörte ihr hier alles. Sie verströmte eine solche Aura von Sex, dass die Männer, die gerade die Buden und Stände vorbereiteten, innehielten und ihr nachblickten. Auch sie gehörten ihr. Zum Teufel, auch Ethan gehörte ihr. Er hörte nicht einmal mehr, was Gus sagte.

Gus schlug Ethan mit der Hand auf die Brust, und seine Kugel brannte, obwohl er es diesmal weniger stark fühlte, vielleicht wegen all des Alkohols ...

Gus stellte sich dicht vor Ethan hin. »Du hörst mir gar nicht zu ...«

»Nich-t auf die Brus-t«, protestierte Ethan und bemühte sich, jedes Wort sorgfältig und deutlich auszusprechen. »Und diesen Dämonenquatsch hab' ich satt-tt.«

Er ging davon, leicht stolpernd, und folgte Ashley, obwohl er merkte, dass er schwankte. Ashley war an der Wurmbahn angelangt, als sie plötzlich stehen blieb und sich umdrehte. Ihre Augen bohrten sich in Ethans, und ihr Lächeln ließ ihn innerlich heißlaufen.

»Oh, hallo du da«, sagte sie sanft. Irgendetwas war da mit Ashley gewesen – Ethan zermarterte sich das alkoholbenebelte Gehirn, um sich zu erinnern.

»Hall-llo«, brachte Ethan heraus.

»Du warst schrecklich nett zu dieser Frau im Bier-Pavillon«, meinte sie und kam näher. »Ich habe gesehen, wie sie neben dir saß. Ihr seid eng zusammengesessen.«

»Weaver?« Ethan schüttelte den Kopf, wobei ihm schwindlig wurde.

»Sie hatte ihre Hand auf deinem Bein. Ich hab's gesehen. Du bist mit ihr zusammen, oder? Ich habe gesehen, dass ihr zusammen seid. Sie ist DIE Frau für dich.«

Ethan schüttelte wieder den Kopf. *Autsch, hör auf damit.* »Sie bedeutet mir nichts.« Sein Verstand funktionierte nicht. Kein Blut im Gehirn, zu viel Alkohol, zu viel Ashley.

Ashley lächelte träge und drückte ihn an sich. »Dann lass uns in den Liebestunnel gehen.«

Ethan folgte ihr zu dem Tunnel, wobei er einmal gegen den Zaun torkelte und mühsam einen Fluch unterdrückte, als ihm ein Geist ins Gesicht flog – verfluchte Geister, die waren überall –, und dann zog Ashley ihn zur Einstiegsrampe und stieg in das vorderste Schwanenboot. Er bemühte sich, ebenfalls einzusteigen, stolperte aber und landete mit dem Gesicht in ihrem Schoß. *Langsam*, dachte er und stemmte sich in die Höhe und auf seinen Sitzplatz, wobei die Enge des Boots ihn dicht neben sie zwang.

»Ich glaub nich-t, dass die schon läuft«, meinte er und blickte mit zusammengekniffenen Augen zu dem unbesetzten Kassenhäuschen hinüber, doch dann griff mit einem Klicken der Haken des Unterwasser-Zugkabels, und sie wurden mit einem Ruck vorwärts in das dunkel gähnende Maul des Tunnels gerissen.

Ashleys Arm glitt um Ethans Schulter, und er wünschte sich, in ihr zu versinken, in all der Weichheit, dem Tröstlichen, sich dieser normalen, menschlichen Biologie zu überlassen. Sie erreichten das erste Schaubild, und er sah Adam auf Eva hinabblicken, die ihm einen Apfel anbot.

Nimm ihn nicht, dachte Ethan, aber Ashley drängte sich an ihn und küsste ihn, und da dachte er: *Nimm ihn*. Sie nahm seinen Kopf zwischen ihre Hände und zog ihn zu sich, sodass er ihr direkt in die Augen blickte, während sie an dem Schaubild vorbei in die Schwärze glitten. Wieder küsste sie ihn, diesmal mit leidenschaftlicher Zunge, und er legte eine Hand auf ihre Brust und drückte die volle Rundung, während sie ihre Hand gegen seinen Brustkorb presste. Er zuckte zusammen, aber da glitt ihre Hand bereits tiefer, und er vergaß den Schmerz und überließ sich ihren Händen. Das zweite Schaubild glitt vorüber und dann ein weiteres, und dann sah er aus den Augenwinkeln Antonius und Cleopatra, während Ashleys Hand zwischen seine Schenkel glitt.

Ashley löste ihren Mund von seinem. »Willst du mich?«
»Ja. Oh *jaa*.«

Sie lächelte, und trotz des Nebels von Alkohol und Lust fühlte Ethan, wie sich seine Nackenhaare aufstellten. Im nächsten Augenblick hatte sie seinen Kopf mit überraschender Kraft gepackt, und ihre Augen blitzten blaugrün, sie *glühten* blaugrün.

Ethan erstarrte. Er konnte sich nicht bewegen, er konnte sich nicht aus dem Bann dieser glühenden Augen befreien.

»Du Betrüger«, flüsterte Ashley und legte ihm die Hand auf die Brust. »*Stirb*, du Treuloser.«

Ein blaugrünes Licht floss von ihr in ihn hinein, blaugrüner Nebel erfüllte seine Brust, presste sein Herz zusammen, und der Schmerz von der alten Kugel schnitt mitten durch seine Brust, als sie in ihn fuhr, ihm die Luft nahm, ihr Gelächter in ihm widerhallte.

»Nein«, ächzte er und warf sich zurück, und da erhob sich hinter Cleopatra eine Gestalt in Schwarz und feuerte auf Ashley, die zurückzuckte, kreischend, überallhin blaugrünen Rauch versprühend, in die Höhe schnellte und dabei Ethan freigab und in der Dunkelheit des Tunnels verschwand.

Verfluchte Dämonen, schoss es Ethan durch den Kopf, dann wurde es dunkel um ihn.

Eine Stunde vor Einbruch der Dunkelheit war Mab der Pinselreiniger ausgegangen, und sie eilte zum *Dream Cream*, um Nachschub zu holen. Unterwegs warf sie einen Blick zum Eingangstor und entdeckte, dass die *FunFun*-Statue wieder da war.

Mehr oder weniger.

Sie lief hin, und ihr Entsetzen wurde immer größer, als sie vor der Statue stand. »Um Gottes willen«, rief sie verzweifelt, »was ist denn mit dir passiert?«

Er war so strahlend und wunderschön gewesen, die orange-gold karierte Weste hatte geleuchtet, und wie er mit einer Hand die Flöte begeistert in die Höhe gehoben und mit der anderen einladend auf *Dreamland* gewiesen hatte, sein großer gelber Handschuh wie ein Leitstern …

Nun hingen ihm beide Arme seitlich herab, an den Schultern war das Metall verformt und aufgerissen und entblößte gesplittertes Holz. Die vielfachen Farb- und Lackschichten, die sie aufgetragen hatte, waren an manchen Stellen bis auf das Metall abgeplatzt, Teile seines Mantels waren abgebrochen. Es fehlte ihm ein Finger. Und das Schlimmste war sein einst so schönes Gesicht: Es war verzerrt, zerkratzt, zerstört …

»O nein«, rief sie, den Tränen nahe. »Das kann ich nicht wieder reparieren. Niemand kann das reparieren.«

»Sieht ja ziemlich schlimm aus«, erklang eine Stimme hinter ihr, und als sie sich umdrehte, begegnete sie dem mitfühlenden Blick eines der Collegeschüler, die den Park instand hielten – das türkis-blau gestreifte Hemd verriet es.

»Ziemlich schlimm?«, gab sie zurück. »Jemand hat ihn *dahingemetzelt*.«

Er kam näher, und sie sah seinen Namen auf der Brusttasche aufgestickt: *Sam*. »Vielleicht könnten Sie …«, begann er und schüttelte dann den Kopf. »Nein. Der ist am Ende. Haben Sie einen in Reserve?«

»Na klar«, sagte Mab. »Wir haben immer ein Reservelager von hundert Jahre alten, speziell eisenbeschichteten Statuen. *In Reserve*? Sind Sie verrückt?«

»Entschuldigung«, stieß Sam hastig hervor. »Hab nicht nachgedacht.«

Mab fühlte sich elend. »Nein, nein, ich muss mich entschuldigen. Es war ja nicht Ihr Fehler.«

»Na ja, verständlich, dass Sie auf hundertachtzig sind. Sie haben sich so viel Mühe mit ihm gegeben.«

»Woher wissen Sie das?«

»Na, jeder weiß das.« Sam blickte ihr in die Augen und lächelte schief zu ihr hinunter. »Sie haben den Park gerettet.«

Er hatte braune Augen, nichts Besonderes, aber Mab fühlte Schmetterlinge ...

Schmetterlinge? War sie verrückt geworden? Sie liebte doch Joe ...

Nein, das stimmte nicht.

»Kenne ich Sie?«, fragte sie. »Sie kommen mir irgendwie bekannt vor.«

»Ich habe hier das ganze Jahr über gearbeitet«, erwiderte er und traf sie mit seinem schiefen Grinsen wieder mitten ins Herz.

»Und ich war wohl blind«, seufzte Mab. »Nun ja, schön, Sie endlich doch noch kennenzulernen, Sam.« Sie streckte ihm ihre Hand hin, und er ergriff sie und hielt sie einen Augenblick zu lange fest.

»Nun ja«, sagte sie noch einmal, ein wenig durcheinander. »Wir müssen die Statue von hier wegbringen. Holen Sie bitte Gus oder Young Fred oder Ethan oder« – zweifelnd blickte sie die über zwei Meter hohe Statue an – »am besten alle drei, um sie in den Keller des Wachturms zu bringen.«

»Ich könnte mit anfassen«, erbot sich Sam. »Wir könnten es zusammen machen.«

Er lächelte auf sie hinunter, ein seltsam vertrautes Lächeln, und sie dachte: *Er meint nicht die Statue*, und die Schmetterlinge waren wieder da.

Herrgott, jetzt ließ sie sich schon von Collegeschülern anmachen.

»Ich muss mich um meine Arbeit kümmern«, erklärte sie. »Holen Sie einfach Gus.«

»Na sicher«, meinte Sam. »Ich mach mich sofort auf den Weg. Schönen Tag noch.«

»Danke«, erwiderte Mab und empfand eine leise Enttäuschung, als er davonging.

Mit ihr ging es wirklich steil bergab.

Sie blickte noch einmal den *FunFun* an, der da zerbrochen und irgendwie *gar nicht da war*, nicht so, wie er gewesen war, als sie ihn restaurierte, als allein das Arbeiten an ihm sie schon glücklich gemacht hatte. Vielleicht hatten sie ihn, als sie ihn durch die Mangel drehten, tatsächlich getötet.

»Es tut mir so leid«, murmelte sie und tätschelte ihn ein letztes Mal, bevor sie ihren Weg zum *Dream Cream* fortsetzte.

Zuerst nahm Ethan bewusst die Schmerzen wahr. Überall Schmerzen. Dann kehrte die Erinnerung zurück: Ashleys Augen, aus denen blaugrüne Blitze schossen. Der erstickende blaugrüne Druck in seiner Brust. Der Mann-in-Schwarz, der auf sie schoss. *Dämonen.*

Er befühlte seine Brust, tastete über die Narbe und wunderte sich, dass er noch am Leben war, da *Tura* sein Herz so gewaltig zusammengepresst hatte. Noch seltsamer war es, dass der Schmerz nicht so schlimm war wie sonst. Er hörte Stimmengemurmel, fühlte, dass er weich lag, glänzendes Metall über sich, und wusste, dass er wieder in Glendas Wohnwagen auf der Sitzbank gelandet war. Er öffnete die Augen und wartete, dass die Welt aufhörte, sich um ihn zu drehen. Vergeblich. Er streckte einen Fuß aus, stellte ihn Halt suchend auf den Boden und setzte sich dann langsam auf. Das Gemurmel erstarb.

Glenda, Gus, Delpha und Frankie starrten ihn über den Tisch hinweg an. Young Fred, der neben dem Kühlschrank an der Wand lehnte, prostete ihm mit einer Bierflasche zu.

Glenda beugte sich vor. »Wie geht's dir?«

»Wo ist der Mann-in-Schwarz?«

»Wer?«

Ethan schüttelte den Kopf, was ein Fehler war, denn der Schmerz ließ ihn aufstöhnen. »Der Mann-in-Schwarz, mein Retter. Ashley griff mich an, sie ist ein Dämon. Sie hat versucht, in mich zu fahren ...«

»Ach wirklich?«, schnappte Glenda. »*Und wer hat dir das alles schon gesagt?*«

»Was?« Ethan zuckte zusammen.

»Ich habe versucht, es dir zu sagen, aber du wolltest ja nicht zuhören, und jetzt bist du fast ums Leben gekommen! Ach, ich könnte dich *über's Knie legen*!« Glenda erhob sich und ging zum Kühlschrank.

»Welcher Mann-in-Schwarz?«, fragte Young Fred.

»Dieser Kerl, der sich im Park rumtreibt«, erwiderte Ethan und beobachtete Glenda, die die Kühlschranktür zuknallte. »Er hat auf sie geschossen, und dann war da überall dieser blaugrüne Nebel ...«

»*Tura*«, sagte Delpha. »Wenn *Turas* Geist wirklich aus Ashley entwich, dann wurde sie von Eisen getroffen. Dein Mann-in-Schwarz schießt mit Eisenkugeln.« Sie nickte. »Das gefällt mir.«

Ethan musste an das runde Eisengeschoss in seiner kugelsicheren Weste denken, und da fiel bei ihm plötzlich der Groschen: In jener ersten Nacht hatte der Mann-in-Schwarz ihn für einen Dämon gehalten und deswegen auf ihn geschossen. Und jetzt hatte er auf Ashley geschossen, als ... »Wo ist Ashley?«

»Sie war nicht da.« Glenda schien noch immer fuchsteufelswild. »*Tura* ist noch immer in ihr. Und wir müssen sie sofort suchen und wieder hinter Schloss und Riegel setzen, bevor sie noch jemanden tötet. Ich weiß, du bist verletzt, und du bist *betrunken* ...«

Ethan zuckte zusammen.

»... aber der Park ist voller Menschen, die in Gefahr sind. Wir müssen jetzt sofort los.«

»Ich habe ihre Urne«, verkündete Gus und zog das geschnitzte Holzgefäß aus seiner Manteltasche. »Wir können sie wieder einsperren.«

Ethan sah, dass die Augen des alten Mannes klar blickten, ja sogar vor Kampflust blitzten. »Wie denn das?«

»Aha, na *endlich* hörst du mal zu.« Glenda beugte sich vor. »Dämonen sind flink, aber wenn wir ihnen Gefühle aufzwingen, glühen ihre Augen. Wenn Young Fred seine Gestalt oder seine Stimme verwandelt, regt das den Dämon auf, er wird unachtsam, und seine Augen glühen, und Delpha kann das sehen. Young Fred sagt: *Frustro*, sobald der Dämon reagiert, und Delpha sieht seinen Geist und sagt: *Specto*, was ihn auf der Stelle bannt, und du sagst: *Capio* und übernimmst das Miststück, und ich sage: *Redimio* und fessele ihn, und Gus sagt: *Servo* und steckt ihn wieder in seine Urne, und Deckel drauf, und da kann er dann bis ans Ende aller Tage verrotten.«

»*Capio*«, wiederholte Ethan. »Und was geschieht, wenn ich das sage?«

»Es zwingt den Dämon, in dich zu fahren«, erklärte Glenda. »Aber du hast die Kraft, ihn in dir festzuhalten, ohne zu sterben. Du hast ein starkes Herz, und du kannst den Dämon lange genug festhalten, damit wir ihn wieder einsperren können.«

Lange genug, dass er mir diese Kugel ins Herz treibt.

»Wir schaffen es ohne dich nicht, Ethan.«

Ihre Stimme klang ernst, und Ethan wusste, dass sie die Wahrheit sagte. Da trieb sich ein Dämon herum, der Menschen umbrachte, und wenn er, Ethan, bei dessen Gefangennahme starb, dann würde er wenigstens im Kampf sterben, anstatt herumzusitzen und darauf zu warten, dass das Stückchen Blei ein paar Millimeter weiterwanderte.

»Gut, ich bin dabei«, erklärte Ethan. »Zumindest erfahre ich auf diese Weise, ob ich auch verrückt bin.«

»Du bist nicht verrückt«, fuhr Glenda auf. »Du hast eine *besondere Gabe*.«

Ich Glücklicher, dachte Ethan und erhob sich, um auf Dämonenjagd zu gehen.

Oben im Bier-Pavillon saß Mab vor ihrem zweiten Bier und sagte traurig zu Joe: »Heute war wirklich ein schlimmer Tag.«

»Wie schlimm?«, fragte er, den Mund voller Hotdog.

»Der *FunFun* vom Eingangstor ist *ganz kaputt*. Dann habe ich mit Delpha gesprochen, und danach bin ich mit meiner Arbeit kein Stückchen vorangekommen.« Mab rieb sich die Stirn. »Nichts. Ich konnte nichts vor mir sehen, nichts denken, ich habe nicht mal Karten von dem Automaten gekriegt. Ich konnte nur noch an den *FunFun* denken und daran, was Delpha sagte. Siehst du, deswegen sind Gefühle schlecht. Sie hindern einen am *Arbeiten*.«

»Was hat Delpha denn gesagt?«, fragte Joe, offensichtlich bemüht zu helfen, und ebenso offensichtlich vergeblich.

»Dass da Dämonen im Park wären.«

»Du brauchst noch ein Bier«, meinte Joe und ging, um ihr eines zu holen.

Während er fort war, trank sie den Rest ihres zweiten Biers, in einem Versuch, sich zu betäuben, aber es funktionierte nicht. Sie blickte sich nach Joe um und sah ihn mit Ashley sprechen, wobei er sie anlächelte und sie sich zu ihm neigte. Dann kam er zurück an den Tisch.

Er stellte das Bier vor sie hin, und sie fuhr fort: »Hör mal, ich weiß, dass es verrückt ist, ich glaube auch nicht, dass es Dämonen gibt, aber trotzdem kommt es meiner Arbeit in die Quere. Ich bin *unaufmerksam*. Als du mich abgeholt hast, habe ich sogar vergessen, meinen *Helm* mitzunehmen.« Sie berührte ihren unbedeckten Kopf und kam sich nackt vor. »Ich habe ihn heute schon zum zweiten Mal vergessen. Und ohne Helm habe ich kein *Licht*.«

»Trink«, befahl Joe, und sie gehorchte und erreichte diesen Zen-Zustand, für den sie anscheinend drei Biere brauchte. »Und jetzt hör mir zu«, fuhr er fort. »Du bist so fixiert auf all die Probleme, dass du die Antworten nicht mehr siehst. Sieh das Ganze mit etwas Abstand, dann werden sich die Lösungen schon zeigen.«

»Wenn du mich jetzt noch Dummchen nennst, zieh ich dir mein viertes Bier über den Schädel«, warnte Mab.

»Du hast kein viertes Bier«, erwiderte Joe.

»Ich weiß«, gab Mab zu. »Und das ist traurig.«

Joe ging noch ein Bier holen, während sie das dritte kippte, sich dabei im Pavillon umblickte und überall vertraute Gesichter sah, Leute wie Ray, der den Umstehenden eine Art Münze zeigte, und Carl *Whack-a-Mole*, der sich ernsthaft mit Harold Riesenrad unterhielt, und Dick und Doof, die wieder Hotdogs mampften, wobei der Dürre sich erneut über Würze und Zutaten ereiferte – »Is' mir doch wurscht, ob Salsa sich besser verkauft als Ketchup, jedenfalls is' Ketchup der König aller Würzen, das is' meine Meinung« –, und zwei Tische weiter der Kerl mit der Coke-Flaschen-dicken Brille, der vollkommen konzentriert in seinem Notizbuch schrieb.

Leute, dachte Mab und fand sie irgendwie weniger lästig als gewöhnlich.

Joe kam mit ihrem Bier zurück, und als sie einige Zentimeter davon abgetragen hatte, wiederholte er: »Du musst Abstand zu deinem Problem gewinnen, dich entspannen.«

»Entspannen«, wiederholte Mab. »Ich soll mich entspannen, meinst du.«

»Jawohl«, erwiderte Joe. »Lass uns eine Fahrt durch den Liebestunnel machen.«

Er lächelte sie an, und ihr blieb wieder die Luft weg. Was immer es auch war – Charme, die richtige Chemie, Charisma –, er besaß es haufenweise.

Und sie wollte es, sie wollte sich genauso fühlen, wie er es immer wieder zuwege brachte, wollte Teil dieses warmen Leuchtens sein …

»Okay«, stimmte Mab zu, kippte den Rest ihres Biers und folgte ihm aus dem Pavillon.

Beim Tunnel angekommen warf Ethan einen Blick auf seine Gefährten und fühlte sich nicht besonders zuversichtlich. Eine alte Wahrsagerin, ein junger Komödiant, ein nahezu tauber Achterbahnbetreiber und seine Mutter. Nicht gerade eine »Speerspitze«, wie seine Teams bei Spezialeinsätzen genannt worden waren.

»Da ist Ashley«, erklärte Young Fred, und er klang zum ersten Mal erregt, als er sie draußen in der Warteschlange vor dem Liebestunnel entdeckte.

Action. Ethan fühlte sein eigenes Blut aufwallen. Er spähte zu Ashley hinüber. Sie trug einen Mantel, den sie vorher nicht getragen hatte. *Versteckt ihre Wunde*, dachte er.

»Und ihr Kerl trägt natürlich einen Ehering«, fügte Glenda mit einem Blick auf den Mann hinzu, der eine Hand auf Ashleys Hintern gelegt hatte.

Ethan erspähte Mab und Joe in der Warteschlange vor Ashley und ihrem Kerl, und sie warteten auf das nächste Boot, das gerade den Einstiegssteg entlangfuhr. Genau das, was er brauchte: Zuschauer. »Was jetzt?«

Glenda nickte Young Fred zu. »Du bist dran.«

»Cool, die ist ganz schön heiß.« Young Fred trat in Aktion und schritt an der Warteschlange entlang nach vorn, als wäre er unsichtbar.

Offensichtlich war er das für die Wartenden wirklich.

»Wenn du dran bist, Ethan«, fuhr Glenda fort, »das ist dann, wenn Delpha dir das Glühen des Dämons zeigt, dann sagst du: *Capio!*. Kannst du dir das merken?«

»*Capio*«, wiederholte Ethan, die Augen auf Young Fred gerichtet. »Verstanden.«

Delpha richtete sich auf, und Frankie trippelte auf ihrer Schulter hin und her. »Wenn der Dämon entweichen will, verändern sich seine Augen. Falls es *Tura* ist, glühen sie blaugrün.«

Ethan nickte, noch immer leicht benebelt vom Alkohol. Wäre da nicht dieses blaugrüne Glühen in Ashleys Augen gewesen, bevor er bewusstlos wurde, und gestern der tote Kerl mit dem mysteriösen Zeichen auf der Brust, dann hätte er ihnen einfach gesagt, sie wären alle nicht ganz bei Trost, und hätte sich in den Bier-Pavillon zurückgezogen. Nun holte er den Flachmann heraus und schraubte die Kappe ab, erstarrte aber, als Glenda so leise, dass nur er es hören konnte, mahnte: »*Ethan, wir sind auf Dämonenjagd.*«

Mit einem Seufzer schob Ethan den Flachmann wieder in die Innentasche seiner Kampfweste. Er bemerkte, dass Ashley und ihr Kerl als Nächstes einsteigen würden und dass Young Fred direkt hinter ihnen war. »Wir sollten lieber anfangen.«

»Warte noch«, sagte Glenda und sah zu, wie Young Fred aktiv wurde, sich äußerlich in das Bild des Ashley-Kerls verwandelte und diesen gleichzeitig beiseiteschob. Es geschah so schnell, dass Ethan seinen Augen kaum traute, und dem Kerl ging es ebenso, als er sich protestierend umwandte und sich selbst gegenüberstand, oder was immer er auch wahrnahm, wovor er entsetzt zurücktaumelte. *Young Fred kann sich in alles und jeden verwandeln*, erinnerte sich Ethan.

Ashley und Young-Fred-als-ihr-Kerl nahmen in dem auf Mab und Joe folgenden Boot Platz und verschwanden im Liebestunnel.

»Jetzt«, gab Glenda das Kommando und führte sie hinter den Tunnel und durch die Tür des Wartungspersonals.

Hinter den Schaubildern befanden sich leichte Baumwollnetze, die frisch als Hintergrund angemalt waren und durch die man, zwischen den hell beleuchteten Figuren der Schaubilder hindurch, auf die Fahrstrecke sehen konnte. Als sie hinter Adam und Eva waren, kam der Bug des nächsten Bootes in Sicht, und Ethan erspähte Ashley und Young Fred in enger Umarmung. Sie klebte an ihm, eine Hand hinter seinem Kopf, die andere auf seiner Brust. *Wie, zum Teufel, soll er erkennen, dass sich ihre Augen verändern?*, fragte sich Ethan. Er eilte weiter, rascher als die Boote, und die anderen folgten, bis sie Antonius und Cleopatra erreichten. Dort schlüpfte Ethan durch einen Spalt im Netz und duckte sich hinter der Figur des Antonius, als das nächste Boot um die Kurve kam. Er erkannte Mab und Joe, sie endlich einmal ohne ihren Schutzhelm und er mit dem Mund an ihrem Ohr, sie eng umschlungen haltend und ihr etwas ins Ohr flüsternd. Sie lachte, die Hand an seiner Wange, und küsste ihn, und Ethan dachte: *Das muss Liebe sein*. Er streckte den Kopf weiter vor, um besser zu sehen, wobei er gegen Antonius stieß und ihn gefährlich zum Wackeln brachte. Mab drehte sich bei dem Geräusch um, dann riss sie die Augen auf, als sie ihn erkannte, und Ethan machte ihr ein beruhigendes Zeichen mit erhobenem Daumen. Erschrocken löste sie sich von Joe und reckte den Hals, um zurückzublicken, aber dann umrundete das Boot die nächste Kurve, und sie waren außer Sicht.

Ethan blickte zurück. Das nächste Schwanenboot erschien. Es war Ashley, eine Hand um Young Freds Hinterkopf, die andere an seinem Schritt. Sie küsste ihn, und es war gut, dass sie die Augen geschlossen hielt, denn Freds Äußeres flackerte ständig zwischen seinem wirklichen Gesicht und dem des alten Kerls hin und her. Nun erblickte er Ethan in dem Schaubild und sah enttäuscht drein. Dann sagte er: »Hey«, und Ashley öffnete überrascht die Augen und fuhr erschreckt zurück, denn er hatte sich in Young Fred zurückverwandelt, und ihre Augen begannen blaugrün zu glimmen.

»*Frustro*«, sprach Young Fred traurig, und da blitzten ihre Augen wirklich auf, dämonisch glühend, und Delpha betrat die Szene.

»*Specto!*«, rief Delpha und schleuderte ihre Faust Ashley entgegen, und *Turas* Geist sprang in die Luft, eine blaugrüne Meerjungfrau; da trat Ethan in das Boot und sagte: »Äh, *capio*?«

Bei dem nächsten Schaubild zog Joe Mab mit sich aus dem Boot auf den schmalen Servicepfad neben der Wasserstraße.

»Was machst du denn?«, rief sie, erhitzt von den leidenschaftlichen Umarmungen. »Und was macht Ethan da ...«

»Komm, weiter.« Er zog sie durch den Tunnel, und sie klappte den Mund zu und konzentrierte sich darauf, ihm rasch zu folgen, ohne ins Wasser zu fallen – *Fahrt durch die Dunkelheit*, dachte sie, *da haben sie nicht übertrieben* –, und dann waren sie wieder im Freien, in der orange beleuchteten Nacht, wobei der Hauptweg jetzt von Nebelautomaten in orangefarbene Wolken gehüllt wurde und voller Einheimischer war, die als Untote verkleidet kreischenden Teenagern Plastikgehirne auf Silberplatten anboten. Vom Karussell her klimperte die Musik, und die vielen Lichter der Karussells und Achterbahnen glitzerten grün und gelb gegen den blauschwarzen Nachthimmel. Mab blickte zum Tunnel zurück und stieß hervor: »Was war denn das da drinnen?«

Joe führte sie um die Biegung des Hauptweges bis vor das große Karussell und blieb bei einer der Feuertonnen stehen, die aufgestellt worden waren, um ein wenig Wärme in die herbstliche Abendluft zu bringen. »Ich will dich«, erklärte Joe, und seine Augen glänzten im Widerschein des Feuers.

»Da war Ethan«, beharrte Mab und trat näher. »Ich glaube, da passiert etwas Schlimmes …«

»Überall passiert immer etwas Schlimmes«, entgegnete Joe. »Deswegen sollten wir diese Gelegenheit nutzen. Möchtest du heute Nacht mit mir zusammen sein?« Er sah sie eindringlich an, und sie erkannte, wie sehr es ihn nach ihr verlangte. Ihr stockte der Atem.

»Ja«, antwortete Mab.

»Dann nimm mich mit zu dir«, bat Joe.

Sie führte ihn den Hauptweg hinunter bis zur Rückseite des *Dream Cream*, an Rays Wohnmobilbüro vorbei und die Hintertreppe hinauf bis in ihr Schlafzimmer, mit einem schnellen Abstecher ins Badezimmer, um sich Cindys Kondomschachtel zu schnappen. Als sie die Schlafzimmertür von innen verschloss, stieß Joe einen tiefen Seufzer aus, als hätte er befürchtet, dass ihnen noch jemand in die Quere kommen würde.

Sie schlüpfte aus ihrem Malerkittel, und er nahm sie in die Arme und sagte: »Ich hätte nicht gedacht, dass ich dich jemals ganz für mich allein haben würde.« Da musste sie lachen und erwiderte: »Du hast nur zwei Tage darauf warten müssen«, woraufhin er sagte: »Für mich war es wie zwei Monate«, und sie küsste. Ihr Herz hüpfte wie immer, wenn sie mit ihm zusammen war, und wieder lachte sie vor Glück, weil er bei ihr war.

»Komm her«, forderte er und zog sie mit sich auf das Bett hinunter, und sie rollte sich dicht an ihn heran, wollte ein Teil von ihm sein, und doch …

»Was ist?« Er küsste sie, während er ihr das T-Shirt hochschob, kitzelte ihr dabei den Bauch und brachte sie wieder zum Lachen, dann streifte er ihr die Kleidung ab – sie wollte dabei helfen, aber er bat: »Überlass mir das« – und schlüpfte danach aus seiner. Als er wieder nahe bei ihr war, schob er ihr

Haar zurück und küsste sie, und sie schlang ihre Arme um ihn und fühlte sich vollkommen glücklich, und doch irgendwie ... nicht scharf.

»Lache für mich«, bat er und küsste ihren Hals, was sie erschauern ließ, dann ihre Schulter, wanderte dann mit vielen kitzelnden Küssen über ihren ganzen Körper hinunter, sodass sie wieder lachen musste, und sie überließ sich seinen leichten Händen und Lippen auf ihrem Körper, die routiniert die fehlende Hitze in ihr erzeugten. Sie versuchte, ihn auch zu küssen, ihn zu streicheln, aber er bat: »Nein, überlass alles mir, ich möchte dich glücklich machen«, und da legte sie sich zurück, fühlte sich ein wenig zurückgewiesen, verlor sich aber dann in ihm, bis er wieder zu ihr hinaufkam.

Als sie dann, ganz von Hitze erfüllt, die Augen öffnete, fuhr er ein wenig zurück und starrte sie überrascht an.

»Was?«, fragte sie und versuchte, sich aufzusetzen, schwindlig vor Verlangen nach ihm. »Was ist?«

Er lachte und meinte: »Du bist eine faszinierende Frau, Mary Alice Brannigan«, und drückte sie wieder aufs Bett hinab. »Was ist denn los?«, fragte sie nochmals, aber er erwiderte nur »Nichts« und spreizte ihre Oberschenkel mit den seinen auseinander, sie wölbte sich ihm entgegen, und als er in sie eindrang, ließ sie den Kopf zurückfallen, glücklich lächelnd, denn er fühlte sich so gut an ... Und er flüsterte ihr ins Ohr: »Sag mir, dass du glücklich bist, sag's mir«, und sie antwortete: »Ich bin *glücklich*.« Da bewegte er sich in ihr, bis sie schließlich zum Höhepunkt kam und ihn danach japsend vor Befriedigung und lachend vor Glück an sich gedrückt hielt.

Der blaugrüne Geist zischte wie ein Blitz in Ethan hinein. Das gleiche blaugrüne Licht in seinem Kopf wie vorher, die gleichen Tentakel um sein Herz, doch diesmal kämpfte er nicht dagegen an, sondern packte den Dämon in seinem Inneren. Ashley brach in dem Boot zusammen, von der Besessenheit befreit und bewusstlos, und Ethan hielt einen gewissen Abstand von ihr, hielt das kämpfend sich windende, gallertartige türkise Wesen in seiner Brust wie im Kampfgriff umklammert, wobei dessen wütende Schreie an seinem Verstand zerrten.

Er behielt das Wesen fest im Griff, bis das Kreischen fast unerträglich wurde und er aus dem Boot in Richtung des Notausgangs kroch. Da blickte er auf und sah seine Mutter über sich, und er fühlte ihre Stimme wie Donnerhall in seinem Kopf: »*Redimio!*«

Das Blaugrün explodierte aus ihm heraus, und Glenda fing es auf, fesselte es und steckte es mit Gewalt in die Urne ... und Ethans Kopf war wieder ruhig, und sein Herz war frei.

Gus aber war nicht zur Stelle, denn er kniete neben Delpha, die auf dem Pfad zusammengebrochen war.

»Gus!«, schrie Glenda, aber Ethan erkannte, dass Gus nichts hören konnte.

Glenda knallte den Deckel auf die Urne, aber er versiegelte sich nicht, und als Gus sich schließlich umdrehte und versuchte, ihn zu erreichen, war es schon zu spät: das Blaugrün schlüpfte unter dem Deckelrand hervor, entwich spiralenförmig durch den Tunnel und verschwand in der Finsternis.

»*Delpha*«, stieß Glenda hervor und fiel neben ihr auf die Knie.

»Ich dachte, meine Zeit wäre gekommen«, sagte Delpha mit schwacher Stimme.

»Nein, es ist noch lange nicht so weit«, beschwor Glenda sie und legte einen Arm um sie. »Wir dürfen dich doch nicht verlieren.« Sie blickte mit grimmigem Gesicht den Tunnel entlang hinter *Tura* her.

»*Tura* ...«

»Das nächste Mal kriegen wir sie.« Glenda erhob sich. »Ethan, du wirst Delpha nach Hause tragen müssen.«

»Sicher«, erwiderte Ethan und sah nach Gus, der ebenfalls den Tunnel entlang starrte.

»Es tut mir so leid«, erklärte Gus und wandte sich Glenda zu. »Ich ...«

»*Wir kriegen sie beim nächsten Mal*«, wiederholte Glenda und sah ihn beschwörend an. »Ist schon in Ordnung. Wir werden siegen. Wir sind die *Guardia*.«

Gus schien einen Augenblick wie benommen, dann erwiderte er erleichtert ihr Nicken.

Wir sitzen absolut in der Patsche, dachte Ethan und erhob sich, um Delpha nach Hause zu tragen.

»Das war nicht meine Schuld!« Ray, der vor *Kharos'* Teufelsstatue stand, sprach hastig, als würde das helfen. »Die *Guardia* hat gerade versucht, *Tura* wieder einzufangen, aber sie haben sie nicht gekriegt. Ethan war bei ihnen, und ich glaube, Ethan gehört zu der *Guardia*. Ich glaube, mit ihm ist ihr Jäger endlich aufgetaucht.«

Kharos stieß sämtliche etruskischen Flüche aus, die er kannte. Es dauerte eine Weile, aber danach hatte er sich so weit beruhigt, dass er nachdenken konnte.

Also besaß die *Guardia* nun einen starken Jäger. Aber keinen besonders guten, wenn *Tura* entkommen war.

»Er hat lange gebraucht, um hierherzukommen«, sagte Ray. »Der letzte ist Ende Juli gestorben. Drei Monate. Der ist wohl zu Fuß von ...«

SIND DIE MINIONS ANGEKOMMEN?

»Ja«, antwortete Ray ohne Begeisterung.

SCHICKE SIE AUS, DELPHA UND GUS ZU TÖTEN.

»Gus? Warum?«

SIE SIND DIE GUARDIA MIT DER GRÖSSTEN ERFAHRUNG. UND

IHR TOD WIRD DIE ÜBRIGEN DEMORALISIEREN. *Kharos* lächelte bei dem Gedanken an den Kummer der *Guardia*, an den Geschmack dieses Kummers, der noch viel köstlicher war als bei gewöhnlichem menschlichem Vieh.

»Soll ich sie auch auf Glenda hetzen?«

GLENDA. In seiner Urne wurde es *Kharos* wärmer. Glenda war einst ...

»Wäre doch praktisch«, meinte Ray. »Alle gleich in einem Aufwasch erledigen.«

NEIN, entgegnete *Kharos*. SIE ... SCHWÄCHT DIE ANDEREN MIT IHREM ALTER.

Ray warf ihm einen seltsamen Blick zu, widersprach aber nicht. »Na gut«, sagte er nur. »Ich hetze die *Minions* auf Delpha und Gus. Aber es werden neue *Guardia* kommen, um ihre Plätze einzunehmen.«

DAS IST BEDEUTUNGSLOS. SIE WERDEN NICHT RECHTZEITIG KOMMEN.

»Außer, die *Guardia* organisieren sich und halten Ausschau nach ihnen.«

DAS TUN SIE NICHT. SIE WERDEN TRAUERN, VOR ALLEM GLENDA. UND HERRLICH LEIDEN. In seinem Gefängnis lächelte *Kharos*. Glendas Kummer war etwas Wunderbares, tief und kraftvoll. Selbst nach vierzig Jahren konnte er sich noch an diesen Geschmack erinnern ...

»Also ein Ablenkungsmanöver«, sagte Ray. »Okay. Ich werde ihnen die *Minions* heute Nacht auf den Hals hetzen.«

DANACH KOMMST DU HER UND ERZÄHLST MIR, WIE SIE LEIDEN.

»Äh, klar«, versicherte Ray.

Kharos erwog die Tatsache, dass die *Guardia* nun wieder einen Jäger hatte. LASS DIE MINIONS DEN ALTEN MANN ANGREIFEN, WENN ER DIE DRACHENBAHN KONTROLLIERT. UND DANACH BEFREIE SELVANS.

»Hör mal, ich habe heute schon fast den ganzen Tag drangegeben, um die *Minions* herzuholen, und ich kann mir im Moment nicht noch einen vergeudeten Tag leisten. Ich hab was zu tun. Schließlich bin ich der *Bürgermeister*.«

Kharos sandte Bilder in Rays Kopf, wie seine Investitionen und damit sein Vermögen schrumpften, wie er sein Bürgermeisteramt wegen Amtsmissbrauchs verlor, wie sein Körper sich in die alte hohlbrüstige Jammergestalt zurückverwandelte, ihm das Haar ausfiel …

»Nein«, ächzte Ray, aschfahl im Gesicht. »*Nimm mir das nicht weg.*«

DANN VERGISS NICHT, WER HIER DER HERR IST.

»Ja, gut, ist ja schon gut, aber … tu das bitte nicht wieder.«

Schwer erschüttert erhob sich Ray, machte sich auf den Weg zu den *Minions* und überließ *Kharos* seinen Träumen.

Von den *Guardia*, die die Agonie ihres ewigen Versagens erleiden sollten, als Strafe dafür, dass sie ihn eingesperrt hatten, bis er sie vernichten würde.

Von Glenda, wie sie einst so jung und so lieblich und so besessen gewesen war.

Und von *Vanth*, kraftvoll und warm und ihm vollkommen ergeben.

Wieder draußen und frei sein. *Vanth* berühren, Glenda nehmen, warmes Fleisch in seinen Krallen fühlen, sich davon *nähren*.

Kharos spannte sich gegen sein Gefängnis an, in dem dringenden Bedürfnis, den Narren an den Hals zu fahren, die ihn gefangen genommen hatten, den Narren, die er in zwei Wochen vernichten würde.

HALLOWEEN, dachte er, aber es befriedigte ihn nicht. Es war noch so lange bis dahin.

ZWEI WOCHEN, dachte er, ZWEI WOCHEN.

Mab lag wach und starrte an die Decke, während Joe neben ihr schnarchte. Sie fühlte sich seltsam. Der Sex war wunderbar gewesen, offensichtlich besaß Joe viel Erfahrung, und sie war sogar zum Höhepunkt gekommen, warum also war sie noch wach? Es schien wie chinesisches Essen, bei dem man eine Stunde später wieder Hunger bekam, aber das war es auch nicht, denn sie war gar nicht auf mehr Sex scharf, sie fühlte sich wirklich befriedigt, aber irgendetwas fehlte …

Jemand klopfte unten an die Haustür. Seufzend glitt Mab nackt aus dem Bett. Sie schlüpfte rasch in ihren Malerkittel und in die Jeans und ging nachsehen, was los war.

Ashley stand draußen vor der Tür des *Dream Cream* und sah schrecklich aus.

Mab schloss die Tür auf und fragte: »Was ist denn passiert?«, und Ashley drängte sich herein.

»Es war schrecklich. Jemand hat mich *angeschossen*.« Sie zog ihren Mantel auseinander und blickte auf ihren Magen. Dort war eine ringförmige, blutige Wunde zu sehen, als hätte jemand ihr eine Blechdose mit scharfem Rand in den Bauch gestoßen.

»O Gott, geht das tief?«, fragte Mab und versuchte, das Hemd beiseitezuziehen.

»Nicht sehr«, erwiderte Ashley. »Du hast gerade jemanden bei dir, nicht?«

»Was?«

»Du hattest gerade Sex. Du betrügst den Kerl mit der Brille.«

»Welchen Kerl mit der Brille?« Mab wich einen Schritt zurück. »Wovon redest du?«

»Ich habe dich mit ihm gesehen, er hat dir deine Tasche gebracht«, sagte Ashley und beugte sich vor. »Er beobachtet dich, er achtet auf dich, er ist DER Mann für dich.« Sie legte eine Hand auf Mabs Kittel, über ihrer Brust, und plötzlich war da ein blaugrünes Licht, und Mab fühlte, wie bitterer, überwältigender blaugrüner Nebel in ihr aufwallte. »Du Untreue, du *Betrügerin*.«

Mab taumelte rückwärts gegen einen Tisch, und Ashley stürzte bewusstlos zu Boden. Der blaugrüne Nebel schloss sich wie eine Faust um Mabs Herz und Lunge, presste das Leben aus ihr ...

»Nein«, keuchte sie und nahm den Kampf auf, stemmte ihren Willen gegen den Nebel, bis sie wieder atmen konnte, drängte die Verzweiflung zurück, die ihr befahl aufzugeben, und zwang ihr Herz weiterzuschlagen, bis das bittere Blaugrün in wilde Wut geriet und in ihr zu toben begann. Sie versuchte stolpernd, die Tür zu erreichen, aber das Blaugrün zerrte sie hinab. »Nein«, flüsterte sie atemlos und sank auf die Knie. »Nein, nein, *nein* ...« Sie kämpfte mit aller Kraft, bewahrte innerlich Raum, damit ihr Herz schlagen konnte, damit ihre Lunge atmen konnte ...

Und dann war Joe da, brüllte: »Scher dich zum Teufel, raus aus ihr!«, und das Blaugrün krümmte sich und war im nächsten Augenblick fort. Und als Mab, nach Luft schnappend, auf dem Boden liegen blieb, ließ er sich neben ihr auf die Knie fallen und zog sie in seine Arme.

Auf der anderen Seite des Raums bewegte Ashley sich und setzte sich auf.

»Raus hier!«, herrschte Joe sie drohend an, und Ashley kam auf die Füße, schüttelte ihr Haar aus und lächelte ihn an.

»Bis später«, sagte sie und verließ das *Dream Cream*.

»Das war ein Dämon«, stieß Mab atemlos hervor. »Sie ist in mich gefahren.« Sie bemühte sich, auf die Beine zu kommen. *»Und Ashley ist von ihr besessen.«*

»Ich weiß«, murmelte Joe und hielt sie fest an sich gedrückt.

»Wir müssen Ashley retten«, drängte Mab und versuchte, sich von ihm zu lösen.

»Ashley wird das überstehen«, meinte Joe beruhigend und hielt sie weiter fest, bis sie sich erschöpft in seine Arme sinken ließ. »Der Dämon wird sie wieder verlassen, und sie wird sich an nichts erinnern.«

Mab blickte ihn ungläubig an. »Woher weißt du das?«

»Ich bin ein Dämonenjäger«, erklärte Joe.

Kapitel 9

Eine Stunde, nachdem sie Delpha in ihrem Wohnwagen zurückgelassen hatten, saß Ethan noch immer bei Glenda auf der Sitzbank und lauschte der Geschichte der *Guardia* und ihrer berühmten Jäger. Ihm fielen schon fast die Augen zu vor Müdigkeit, und er hatte einen Drink nötig, aber sie ließ einfach nicht locker. Schließlich zog er einfach seinen Flachmann hervor.

»Nein«, wehrte Glenda ab.

»Nur einen«, meinte Ethan, »das macht mir den Kopf wieder klar.« Wenn er je einen Drink nötig gehabt hatte, dann jetzt.

»Ich habe etwas viel Besseres.« Glenda nahm ihm den Flachmann weg, bevor er reagieren konnte. »Bleib sitzen.«

Sie ging zum Schrank, nahm einen Kaffeebecher heraus, und Ethan stützte seinen Kopf in die Hände. »Tut mir leid, dass wir *Tura* nicht gekriegt haben, Mom.«

»Du hast dich gut geschlagen. Wir sind einfach aus der Übung.« Sie tat irgendetwas in den Becher, füllte mit Wasser auf, rührte um, stellte den Becher in die Mikrowelle und drückte einen Knopf. Dann lehnte sie sich gegen die Arbeitsplatte. »Wir müssen wieder in Form kommen, wir alle. Und du musst das ernst nehmen …«

»Das tue ich«, versicherte Ethan. »Nach der Geschichte heute Abend kannst du jede Wette eingehen, dass ich das ernst nehme. Wir brauchen einen Plan. Wir können nicht einfach so im Park herumlaufen …«

Die Mikrowelle gab ein Klingelsignal von sich. Glenda nahm den Becher heraus.

»... in der Hoffnung, über einen Dämon zu stolpern, damit wir ihn mit lateinischen Brocken bewerfen können.«

»Trink das.« Glenda rührte noch einmal schnell im Uhrzeigersinn um, dann entgegengesetzt, klopfte den Löffel fünfmal am Rand ab und reichte ihm den dampfenden Becher.

Er nahm ihn in die Hände und fühlte die Wärme in seine Haut eindringen.

»Trink«, befahl Glenda.

Ethan hob den Becher an die Lippen. Was immer es war, es duftete verlockend. Er nahm einen großen Schluck und fühlte, wie die Wärme durch seine Kehle und hinab in seinen Magen rann. Im nächsten Augenblick schoss er zur Tür, als die Flüssigkeit sich in ihm aufzubäumen schien und brodelnd wieder hochkam. Er schaffte es bis ins Freie, wo er sich vornüberbeugte und sich so heftig erbrach, dass er glaubte, seine sämtlichen Organe kämen mit herausgeflogen.

Er bemerkte Glenda neben sich, den Becher in der Hand, während er sich langsam wieder aufrichtete. Sie hielt ihn ihm erneut hin. »Trink noch mal.«

»Was ist das für ein Teufelszeug?«, verlangte Ethan zu wissen und starrte seine Mutter vorwurfsvoll an.

»Wir brauchen dich, Ethan. Wir brauchen dich bei vollen Kräften und nüchtern. Und wir haben nicht die Zeit abzuwarten, bis dein Körper das ganze Gift auf normalem Wege ausscheidet. Das hier treibt den Alkohol aus deinem System.« Sie hielt ihm den Becher hin. »Trink.«

Ethan schlug ihr den Becher aus der Hand, sodass er sich auf den Boden ergoss. »Sag mir nicht, was ich tun soll. Nicht wenn bei dir die Cocktailstunde von mittags bis Mitternacht dauert.« Er sah, wie sie zusammenzuckte, und fühlte sich elend. Langsam richtete er sich wieder ganz auf. »Tut mir leid.

Tut mir wirklich leid. Sieh mal, ich bin ja jetzt auf deiner Seite, das mit den Dämonen, das habe ich begriffen. Ich werde einen Plan machen, wir werden die zwei, die jetzt frei sind, wieder einfangen, und dann werde ich alles überprüfen, das Sicherheitssystem, die Bahnen, die Statuen, ich werde jeden Zentimeter überprüfen. Aber wirf mir jetzt nicht vor, betrunken zu sein, nachdem ich fast von etwas umgebracht worden wäre, woran ich nicht mal glaube.«

Glenda kehrte stumm in ihren Wohnwagen zurück, und er folgte ihr und warf sich erschöpft auf die Sitzbank.

»Also«, begann er, darum bemüht, sich zu konzentrieren. »Ich will jetzt keine Vergangenheitsgeschichten mehr hören. Wo ist Ashley?«

»Ich habe Gus und Young Fred schon vor Stunden auf die Suche nach ihr geschickt.« Glenda stellte den Wasserkessel auf den Herd und zündete die Gasflamme darunter an, wobei sie Ethan den Rücken zuwandte. »Es ist schon spät. Alle Besucher sind fort. Keiner mehr da, den *Tura* besetzen könnte. Sie lässt Ashley wahrscheinlich einfach gehen.«

»Ashley ist verletzt«, stellte Ethan fest. »Sie wird sich wundern, wie das passiert ist.«

»Sie wird denken, dass sie einen Blackout hatte«, erwiderte Glenda und ging zum Abspülbecken. »Ashley ist nicht unser Problem.«

»Na gut«, gab Ethan nach, denn er wollte nicht wieder streiten. »Also dann *Tura* und *Fufluns*. Wir haben *Turas* Urne. Und Gus wollte, dass Mab *Fufluns'* Urnendeckel repariert.«

Glenda nickte, ihm noch immer den Rücken zukehrend. »Du kannst ihn ihr morgen bringen. Im Keller des Wachturms ist eine Schablonenform, die ihr dabei von Nutzen sein kann. Geh mit Gus zusammen die Form holen, damit er sich auf den steilen Stufen nicht den Hals bricht.«

»Gut«, willigte Ethan ein. »Schaust du mich irgendwann auch mal wieder an?«

Sie wandte sich zu ihm um, mit grimmigem Gesicht, Tränen in den Augen. »Ich bin jetzt seit vierzig Jahren eine *Guardia*. Ich habe immer in diesem Park gelebt, bin hier Patrouille gegangen, habe die Statuen überprüft, habe *vierzig Jahre lang* dafür gesorgt, dass alles sicher ist. Mir steht es bis oben, aber es ist kein Job, den man kündigen kann. Ich werde bis zu meinem Tod eine *Guardia* sein.«

»Mom …«

»Ich habe alles zusammengehalten, als Delpha und Gus älter wurden, und habe Aufgaben von ihnen übernommen. Ich habe alles zusammengehalten, als Old Fred starb und Young Fred durchdrehte, weil er seinen Dienst übernehmen musste. Ich habe vierzig Jahre lang alles zusammengehalten, als dein Vater starb und dieser betrunkene Sack von Hank berufen wurde, an seine Stelle zu treten. Und dann fuhr er gegen den Baum, und wir hatten gar keinen Jäger mehr, und trotzdem habe ich alles zusammengehalten.«

Ethan schwieg, denn er wusste, dass sie das endlich einmal loswerden musste.

»Und jetzt bist du berufen worden, und wie gehst du damit um? Du beschimpfst mich. Glaubst du, ich wüsste nicht, dass dieser Trank deine Probleme nicht löst? Was auch immer der Grund dafür ist, dass du dich jeden verdammten Abend ins Koma säufst, ein bisschen magischer Tee kann das nicht in Ordnung bringen. Aber es hätte deinen Körper und deinen Geist gereinigt, und dann könnte dir vielleicht der Dienst bei der *Guardia* ein wenig bei dem helfen, was du versuchst, mit dem Trinken wegzuschieben. Ich musste es tun, Ethan, denn als ein Trunkenbold bist du nur eine Last mehr, die ich mitzuschleppen habe, neben Delpha und Gus und Young Fred. Also komm mir nicht damit, dass du glaubst, hier übernehmen zu können. Solange ich nicht sicher bin, dass du nüchtern bist, wenn deine Zeit dazu gekommen ist, kann ich es dir nicht überlassen. Solange du nicht trocken bist oder ich sterbe, solange bin ich als Führerin in der Pflicht.«

»Ich bin nicht betrunken«, wandte Ethan ein und empfand das dringende Bedürfnis nach einem Drink.

Glenda sah ihn müde an. »Was ist mit dir passiert, Ethan? So warst du noch nie.«

Ethan schüttelte abwehrend den Kopf. »Nicht wichtig ...«

»*Doch, das ist es.*« Glenda verschränkte die Arme vor ihrer Brust. »Es ist wichtig, weil du jetzt zur *Guardia* gehörst, und es ist wichtig, weil ich deine Mutter bin. Hör auf, eine Mauer gegen mich aufzubauen. *Was, zum Teufel, ist mit dir passiert?*«

Ethan zögerte. Dann ließ er zum ersten Mal die Deckung fallen. »Wir waren auf Erkundungsmarsch. Ein halbes Team. Sechs Mann. Oben in den Bergen. Wir sollten keine Feindberührung herbeiführen. Aber das hat den Taliban niemand gesagt. Sie attackierten uns aus dem Hinterhalt. Drei von uns waren sofort tot, von einer Maschinengewehrgarbe in Stücke gerissen ... dann, eine Rakete ...« Er holte tief Luft. »Mein Mannschaftsführer ...« Wieder hielt er inne, als sich die Szene vor seinem geistigen Auge abspielte, das Grauen sich wieder auf ihn senkte ... »Mein Mannschaftsführer hatte keine Deckung, wurde angeschossen. Und sie schossen immer weiter auf ihn, in seine Beine, spielten mit ihm. Ich zog meine kugelsichere Weste aus und warf sie über seine Beine.«

»O *Ethan*«, stieß Glenda hervor. »Ich ...«

»Dann wurde ich getroffen. Hier.« Ethan berührte seine Brust über dem Herzen. »Im Feldlazarett bin ich wieder aufgewacht. Ich war der einzige Überlebende, und sie staunten, dass ich überhaupt noch lebte, denn die Kugel steckte nahe am Herzen fest. Die Ärzte sagten, es wäre unmöglich, sie da herauszuholen, ohne mich dabei umzubringen, und dass sie wahrscheinlich weiterwandern würde und ich sterben würde, noch vor Ende des Jahres. Also …«

Glenda war bei seinem Bericht bleich geworden, hatte sich schwer auf die Bank fallen lassen und sah ihn mit Tränen in den Augen an. »Die Kugel steckt noch immer in dir?«

»In meiner Brust. Wo mir jeder einen Schlag darauf versetzt, warum auch immer.« Er griff nach ihrer Hand und streichelte sie. »Es tut nicht weh. Ich weiß einfach nur, dass ich nicht mehr viel Zeit habe. Also sollten wir *Tura* und ihren Kumpel schnell wieder einfangen.«

Glenda schluckte Tränen hinunter und tätschelte seine Hand. »Schon gut. Dein Herz ist stärker als das eines normalen Menschen. Du wirst an dieser Kugel nicht sterben, Ethan. Du bist ein Mitglied der *Guardia*.«

Ethan nickte. Er wusste nicht, ob sie es sagte, um ihn oder sich selbst zu trösten, aber wie auch immer, es war typisch Glenda, und er war dankbar dafür.

Sie wurde wieder geschäftlich. »Aber du hast recht, wir müssen *Tura* möglichst bald einfangen, bevor sie noch jemanden umbringt, und das heißt: vor dem nächsten Wochenende, bevor wir den Liebestunnel wieder öffnen müssen.«

»Okay«, meinte Ethan und kehrte erleichtert wieder zum Organisieren zurück. »Ich kümmere mich darum, dass die Liebestunnelbahn während der Woche nicht laufen kann.«

Der Wasserkessel begann zu pfeifen, und Glenda nahm zwei Tassen heraus, holte zwei Teebeutel aus einer Schachtel, hängte sie in die Tassen und goss heißes Wasser darauf.

»Glaubst du, dass *Tura* wieder in Ashley hineinfährt?«, fragte Ethan, der lieber über die Dämonen im Park sprach als über seinen eigenen.

Glenda zuckte die Achseln. »Es ist ein Risiko für Dämonen, immer den gleichen Wirt zu besetzen, weil der dann irgendwann auf sie abfärbt. Aber wenn Ashleys Körper ihr gefällt, dann ist ihr das eventuell egal.«

Sie trug die Teetassen zum Tisch und stellte eine vor ihn hin. »Kamillentee. Kein Zaubertrank.«

Sie sah aus, als wollte sie wieder über ihn sprechen, deshalb fragte er rasch: »Warum war sie hinter mir her? Ich habe doch niemanden betrogen.« Er dachte nach. »Nein, warte. Sie sagte etwas von wegen, sie hätte mich mit Mab gesehen. Vielleicht dachte sie ...«

»Dämonen denken nicht, Ethan. Sie reagieren triebgesteuert.« Sie blickte ihn bedeutungsvoll an. »Wie viele Menschen auch. Nein, wir müssen die beiden, die frei sind, nur einfangen und einsperren, und alles ist wieder in Ordnung. Ich weiß, wie das läuft.«

»Na gut. Aber dieser schwarze Kampfschütze, der auf mich geschossen hat, der weiß etwas über Dämonen. Der hätte mich in der ersten Nacht töten können, hat's aber nicht getan. Und er hat mich vor *Tura* gerettet. Wenn ich ihn aufstöbern könnte, ihn zur Zusammenarbeit mit uns überreden ...«

»Nur die *Guardia* können die Unberührbaren besiegen«, widersprach Glenda.

»Na, vorhin haben sich die *Guardia* aber nicht mit Ruhm bekleckert«, meinte Ethan.

»Mit deiner Hilfe werden wir wieder stark«, beharrte Glenda.

»Und noch stärker wären wir mit dem Mann-in-Schwarz. Der hat Waffen und Kenntnisse, die wir nicht haben. Wenn er uns helfen kann ...«

»Wir dürfen niemandem trauen als den *Guardia*«, entgegnete Glenda. »Deswegen musst du stark und nüchtern sein ...«

»Also gut.« Ethan fühlte, wie ihm vor Erschöpfung die Augenlider bleischwer wurden. »Besprechen wir das morgen früh.« Er streckte sich auf der Bank aus und schloss die Augen, um nicht weiter behelligt zu werden. Er hörte, wie sie sich erhob, und einen Augenblick später fühlte er, wie sie die Tagesdecke von ihrem Bett über ihn breitete und sanft rings um ihn herum feststopfte.

Nachdem es den Aufständischen in Afghanistan nicht gelungen war, ihn umzubringen, würde es seine Mutter sicher noch schaffen.

Muss die Dämonen wieder einfangen, muss eine Kampfeinheit organisieren ... Er schlief langsam ein, aber seine letzten Gedanken galten dem Mann-in-Schwarz und wie er in Kontakt mit ihm kommen konnte.

Und wie dringend er einen Drink nötig hatte.

Mab wich vor Joe zurück. »Was bist du?«

»Ein Dämonenjäger«, wiederholte Joe. »Mein Hobby.« Er breitete die Arme aus. »Komm zu mir.«

»Warte mal 'ne Sekunde.« Mab zog ihren Kittel enger um sich. »Du hast gewusst, dass da Dämonen im Park waren? *Und hast mir nichts davon gesagt?*«

»Jeder weiß, dass Dämonen im Park sind. Die Legenden darüber werden seit vielen Jahren erzählt.«

»Na klar, *Legenden*. Aber kein wirklicher blaugrüner Nebel, der versucht, dich zu killen.« Mab schlang die Arme enger um sich. »Meine Mutter hat mir immer gesagt, dass Dämonen im Park wären ... herrje, sie hat *jedem* gesagt, dass Dämonen im Park wären. Deswegen galten die Brannigans in Parkersburg immer als Ausgestoßene, deswegen bin ich von zu Hause weg und bis jetzt nie mehr zurückgekommen. Weil meine Mutter verrückt war. Nur dass ich jetzt herausfinde, dass sie doch nicht verrückt war.« Mab überlegte. »Na ja, sie *war* verrückt, aber nicht was die Dämonen betrifft. Die Dämonen sind echt. Da hatte meine Mutter recht. Und das bedeutet, dass alles, was ich über mein Leben hier dachte, über meine Jugend, über ... die *Wirklichkeit*, alles falsch war. Es gibt wirklich Dämonen.« Ihre Brust schmerzte noch immer von der Anstrengung, um Luft zu ringen, ihren Herzschlag zu verteidigen. »*Es gibt wirklich Dämonen. O Gott, o Gott.*«

Joe seufzte und kam näher. »Mit dir ist doch alles in Ordnung, Mab. Herrje, du solltest stolz auf dich sein. Du hast dich gerade erfolgreich gegen einen Dämon gewehrt, der in dich fahren wollte. Wer kann das schon von sich behaupten?«

»Okay«, murmelte Mab. »Okay. Nur um das richtig zu verstehen: Dämonen gibt es wirklich, und du wusstest davon und hast mir nichts gesagt, und, ach ja, ich wäre beinahe draufgegangen. So ein verdammter Mist.« Sie schloss die Augen. »Bist du sicher, dass mit Ashley alles in Ordnung ist?«

»Ja, da bin ich sicher.«

»Weil mit mir nämlich nicht alles in Ordnung ist.«

»Doch, du bist in Ordnung.« Joe zog sie wieder an sich, und sie ließ es geschehen, denn sie brauchte jemanden, um sich anzulehnen. »Du bist sogar bei Bewusstsein geblieben. Den meisten Leuten gelingt das nicht. Sie wachen später wieder auf und glauben, sie hätten einen Blackout gehabt.«

Mab erstarrte. »Dieses Miststück hat versucht, mich abzumurksen.«

Joe zuckte die Achseln. »Oder sie wachen nicht mehr auf.«

»Ist Karl etwa auf diese Weise gestorben?« Mab kam ein Gedanke, und sie schob ihren Kittel auseinander, um ihre Brust zu betrachten. Eine schwache Wellenlinie zeichnete sich über ihrer linken Brust ab. »Verdammt. Lässt sich das abwaschen?«

»Na ja, wir könnten es ja versuchen«, meinte Joe und starrte darauf.

Mab schloss ihren Kittel wieder. »Schon gut, schon gut.

Also, du jagst Dämonen? Hier? Kommen sie hierher? Nach *Dreamland*?«

»Sicher kommen sie her«, erwiderte Joe. »Sie essen Pfannkuchen, fahren mit dem Drachen, besetzen Leute. Warum reden wir nicht später darüber?« Er blickte sich im *Dream Cream* um. »Gibt's hier irgendwas zu essen? Ich bin am Verhungern.« Er erhob sich und ging hinter die Theke. »Willst du auch was?«

Ich will, dass das nicht passiert wäre. Ich will die Zeit um eine Stunde zurückdrehen, als ich noch warm und glücklich im Bett lag. Hätte mir gleich denken können, dass das nicht anhält.

Er öffnete den Gefrierschrank. »Es gibt Schoko und ein rosafarbenes und ein gelbes Eis. Was möchtest du?«

»Das rosa Zeug ist ein Aphrodisiakum, und das gelbe ist ein Antidepressivum.« Sie legte eine Hand auf ihre linke Brust und rieb zornig an dem Zeichen herum.

»Wie wär's, wenn ich von allem etwas nehme?«

»Egal.« *Hör auf mit dem Selbstmitleid*, rief Mab sich zur Ordnung. *Mach lieber einen Plan. Bring das in Ordnung.* »Also gut, das Wichtigste zuerst. Ist im Park jetzt gerade sonst noch jemand in Gefahr?«

»Der Park ist schon geschlossen, deswegen glaube ich: nein.« Joe holte eine Schüssel hervor und stellte sie auf die Arbeitsplatte. »Ich vermute, dass der Dämon inzwischen aufgegeben hat und dass Ashley jetzt schon auf dem Heimweg ist, allerdings sehr müde. Sie wird viele Stunden schlafen und dann munter wieder aufwachen.« Er wühlte in einer Schublade, fand einen Eiscremelöffel und begann, Eiscreme aus den Behältern zu schöpfen.

»Nein«, widersprach Mab. »Sie war verletzt. Da war ein kreisrunder Schnitt an ihrem Bauch. Er ging durch ihr Hemd, und da war Blut.« Sie blickte auf und sah, dass Joe innegehalten hatte und sich zu ihr umdrehte. »Weißt du, was das gewesen sein könnte?«

»Nein«, antwortete er. »*Tura* verletzt niemanden. Das muss jemand anderer getan haben.«

»Es war ein Kreis, ungefähr so groß ...« Sie hob die Hände und formte einen Kreis in der Größe eines Armbandes, und dann fiel ihr wieder etwas ein. »Ethan wurde auch von so etwas getroffen. Das war ein Ring mit Zacken daran, aus Eisen.«

Joe blickte noch beunruhigter drein, während er den Gefrierschrank schloss. Er ließ den Eiscremelöffel ins Spülbecken fallen, steckte zwei Löffel in die Schüssel und ging damit um die Theke herum zu Mab. »Eisen ist etwas, was Dämonen nicht ertragen können. Also, wenn jemand mit etwas aus Eisen auf Ashley geschossen hat ...«

»Dann wollten sie den Dämon erwischen.« Mab ergriff einen der Löffel. »Und das bedeutet, dass noch jemand hier auf Dämonenjagd ist, außer dir und der *Guardia*. Die *Guardia*, das sind die eigentlichen Dämonenjäger im Park.« Sie tauchte ihren Löffel in das Zitroneneis und ließ die kalte, sahnige Eiscreme auf der Zunge schmelzen. Sie begann, sich ein wenig besser zu fühlen. »Wer auch immer geschossen hat, die sind mit Hightech unterwegs.« Wieder überlegte sie. »Warte mal. Hightech-Ausrüstung. Ethan sagte, dass ein Mann-in-Schwarz im Park gewesen wäre. Ich wette, der war es.«

»Mann-in-Schwarz?«

»Tja, so nannte er ihn. Klingt irgendwie nach Geheimdienst ... Dämonenjäger im Dienst der Regierung?« Mab fühlte, wie ihr Sinn für Realität an den Ecken ausfranste. Deprimiert legte sie den Löffel ab. Es war eine Sache, praktisch und gezielt zu recherchieren, aber es war etwas ganz anderes, praktisch und gezielt über *Dämonen* zu recherchieren.

»Also macht die *Guardia* Jagd auf Dämonen«, stellte Joe

fest, »und die Regierung macht Jagd auf Dämonen, und ich mache Jagd auf Dämonen. Da können einem die Dämonen fast leidtun.«

»Bist du *verrückt*? Dieses Miststück hat Karl den Toten umgebracht ...«

»Na, um Karl den Toten ist es wirklich nicht schade.«

»... und ich glaube, dass der andere Mistkerl in der *FunFun*-Statue vom Eingang steckte und mich umgerannt hat. Ethan hat ihn erwähnt, und Delpha auch. *Fufluns*.« Sie runzelte die Stirn. »*Fufluns. FunFun.* Wer immer den Clown *FunFun* genannt hat, wusste Bescheid über den Dämon *Fufluns*.« Sie aß einen Löffel Zitroneneis, denn nun hatte sie es wirklich nötig. »Und das bedeutet, dass diese Dämonen schon hier waren, als der Park 1926 gebaut wurde. Sie waren schon immer hier.«

Joe schob sich Löffel um Löffel Eiscreme in den Mund.

»Ist dir das ganz *egal*?«

»Nein. Aber ich habe es ja schon eine ganze Zeit lang gewusst. Versuche mal von dem rosa Aphrodisiakum-Zeug, das schmeckt wirklich gut.«

»Ich bin nicht in Stimmung für Liebe.«

»Genau deswegen solltest du das rosa Zeug probieren.«

»Also du gehst auf Dämonenjagd«, fuhr Mab fort, nun ganz konzentriert. »Und wie funktioniert das?«

Joe schüttelte den Kopf. »Iss deine Eiscreme. Wir können später über Dämonen reden, wenn du dann noch willst, aber im Augenblick machst du dich nur selbst verrückt damit.«

Mab rieb sich die Stirn. Da ließ er seinen Löffel in die Schüssel fallen und legte einen Arm um sie. Sie lehnte ihren Kopf an seine Schulter und sagte: »Ich will nicht an Dämonen glauben.«

»Ich weiß, Baby.«

»Aber jetzt muss ich.«

»Ich weiß.«

»Meine Welt ist ein totaler Trümmerhaufen.«

»Nein, eigentlich nicht. Es ist nur eine neue Welt. Die alte ist futsch. Du hast noch gar keine Zeit gehabt, die neue in einen Trümmerhaufen zu verwandeln.«

»Mir hat die alte aber gut gefallen«, meinte Mab elend.

»Ach ja?«

»Ja. Ich hatte genug Arbeit, und es war interessant, und ...«

»Du hattest kein *Dreamland*.«

»Ich habe auch jetzt kein *Dreamland*. Nach *Halloween* gehe ich fort.«

»Du hattest mich nicht.«

»Du gehst auch nach *Halloween* fort.«

»Mab«, sprach er betont, und als sie aufblickte, sah sie ihn zum ersten Mal ernst dreinblicken. »Hast du etwas dagegen, glücklich zu sein?«

»Ja«, antwortete sie, »weil es nie von Dauer ist.«

»Na ja, natürlich nicht. Wenn es dauerhaft wäre und du die ganze Zeit glücklich wärst, dann wüsstest du gar nicht, dass du glücklich bist.«

Mab runzelte die Stirn in dem Bemühen, ihm zu folgen.

»Lebe den Augenblick, Baby«, fuhr Joe fort und lächelte sie mit großer Zuneigung an. »Lass dich auf andere ein. Das ist alles, was du hast.«

»In meinem Augenblick gibt es *Dämonen*«, hielt Mab ihm entgegen. »Deswegen würde ich ehrlich gesagt lieber einen Schritt vorwärts tun, meiner Zukunft entgegen.«

»Gute Idee.« Joe legte beide Arme um sie. »Spiele deine Karten richtig aus, dann wirst du wieder besessen. Von mir.« Er küsste sie auf den Hals. »Na komm schon, lächle wieder.«

»Ich muss jemanden anrufen. Delpha. Ich muss ihr sagen, dass hier ein Dämon herumgeistert.« Mab schob seine Arme beiseite, erhob sich und ging hinter die Theke zum Telefon. Sie wählte Delphas Nummer, die auf einer Liste an der Wand stand. Während sie es klingeln ließ, wandte sie sich um, betrachtete Joe und dachte: *Ich habe ihm vertraut, und er hat mich belogen.* Aber hätte sie ihm wirklich geglaubt, wenn er ihr gesagt hätte: »Ich bin ein Dämonenjäger«?

Es klingelte und klingelte, und schließlich hängte Mab ein. »Sie geht nicht ran. Sicher ist sie bei Glenda.« Als sie den Hörer wieder abnahm und wählen wollte, kam Joe um die Theke herum und nahm ihr den Hörer aus der Hand.

»In diesem Park geschieht nichts, was Glenda nicht weiß«, erklärte er. »Sie weiß, dass die Dämonen frei sind. Es ist schon nach Mitternacht. Du kannst morgen früh mit ihr sprechen.«

Aber sie zögerte noch.

»Soll ich gehen?«, fragte er. Sie wollte schon Ja sagen, weil er sie belogen hatte, doch da fügte er hinzu: »Möchtest du heute Nacht allein sein?«, und da antwortete sie: »*Nein.*«

Er legte wieder seine Arme um sie. »Wir kriegen das schon hin. Morgen kannst du mit allen sprechen und ein Treffen organisieren und Nachforschungen betreiben und einen Plan machen. Aber jetzt brauchst du Schlaf. Und jemanden, der auf dich aufpasst und dir wieder ein Lächeln entlockt.«

»Okay«, gab sie nach, denn das klang gut.

»Dann lass uns jetzt ins Bett gehen«, schlug er vor und küsste sie wieder, und sie ließ es zu, und nach einem Augenblick begann sie, seine Küsse zu erwidern.

Ich hätte es ihm nicht geglaubt, wenn er es mir gesagt hätte, dachte sie, *ich hätte es mir wahrscheinlich auch nicht erzählt.*

Vielleicht zählt das nicht als Lüge.

»Na komm schon«, murmelte er, und sie folgte ihm hinauf ins Bett.

Als Mab am nächsten Morgen spät aufwachte, stellte sie erleichtert fest, dass Joe bereits fort war. Sie wollte mit Cindy und Delpha sprechen, nicht mit ihm. Gesunden Menschenverstand und übersinnliche Kräfte, das war es, was sie brauchte, nicht jemanden, der nach einem Dämonenüberfall versuchte, sie zum Lachen zu bringen.

Sie schlüpfte in ihre Kleider und ging hinunter, aber das *Dream Cream* war voller früher Lunch-Gäste, einschließlich Ashley, die jedem erzählte, was für einen unglaublichen Blackout sie am vergangenen Abend gehabt hatte – an zwei Abenden hintereinander, war das zu glauben? – und dass sie nun wirklich mit dem Trinken aufhören müsse. Auch Dick und Doof vom Bier-Pavillon waren da, wobei der Dürre bereits wieder voll in Fahrt war – »Also der beliebteste Eiscremegeschmack is' ja Vanille, dann kommt Schokolade, aber Vanille schlägt Schokolade um Meilen. An dritter Stelle kommt Erdbeere, aber das wird immer mit Butterschmalz gebunden, und was soll das?« –, sowie der Kerl mit den Coke-Flaschen-dicken Brillengläsern, der wieder an der Theke saß, diesmal mit dem Handy am Ohr. Ganz am Ende, neben ihm, war noch ein Hocker frei, auf den er seinen Filzhut gelegt hatte, aber als er Mab herankommen sah, nahm er ihn fort.

»Danke«, sagte sie und setzte sich, wobei sie ihre Arbeitstasche zu Boden gleiten ließ. Hinter ihnen lief der Dürre zur Höchstform auf.

»Aber der Geschmack, der an vierter Stelle kommt, is' ein echter Hammer: Neapolitano, fünf verschiedene Schichten. Ich glaube, das is' für alle, die nich' wissen, was sie wollen, das is' meine Meinung. Halte dich an Vanille, sage ich dir, das is' nie verkehrt. Neunundzwanzig Prozent aller Amerikaner nehmen Vanille, und das is' mir gut genug.«

»Schokolade«, meinte der Dicke.

»Na gut«, erwiderte der Dürre.

Cindy kam die Theke entlang zu Mab und blickte fast ärgerlich drein.

»Diese Kerle treiben mich zum Wahnsinn. Erzähl mir von

gestern Abend, und rede bitte laut, damit du das dünne Gerippe da übertönst.«

»Könnten wir in den Lagerraum gehen?«, bat Mab, die ihre schlimmen Neuigkeiten nicht Dick und Doof oder dem Kerl mit der Brille und dem Hut auf die Nase binden wollte.

»So 'ne tolle Story?« Cindy rief über die Theke hinweg ihrer Aushilfe zu: »Emily, schrei, wenn du mich brauchst.«

Emily blickte mit weit aufgerissenen Augen in die volle Gaststube, und Mab schob sich um den Brillen-Kerl herum und folgte Cindy zum Lagerraum. Als sie sich umwandte, um die Tür hinter sich zu schließen, sah sie, dass der Brillen-Kerl sie durch die dicken Brillengläser hindurch kühl beobachtete.

Ein Dämon?

Jetzt lächelte er sie an, ein kurzes Lächeln, das genauso schnell wieder verschwand, aber trotzdem ein gutes Lächeln, geradeaus und undämonisch ...

»Mab?« Cindy weckte sie aus ihren Gedanken.

Sie schloss die Tür und fragte: »Was weißt du über diesen Kerl mit der dicken Brille?«

»Der kommt jeden Tag. Seine Frau Ursula ruft ihn oft an. Er mag sie nicht.« Cindy stemmte die Hände in die Hüften. »Also, mein Mädchen. Ich habe gesehen, dass meine Kondome weniger geworden sind. Du hast keine Wasserballons gebastelt, oder?«

Mab holte tief Luft. »Ich war von einem Dämon besessen.«

Cindy fuhr zurück. »*Wow*, so gut war er?«

»Nein«, entgegnete Mab. »Na ja, irgendwie schon, aber ...«

Cindy hob die Hände. »Du hast so was wie den *Lotteriehauptgewinn* im Leben gezogen. Roboterclowns und Legenden, die wahr werden, und jetzt auch noch einen Dämon im Bett. Ich dagegen mache schon fünfzehn Jahre lang Eiscreme, und mir ist noch nie so was passiert.«

Mab stutzte. »Fünfzehn Jahre?«

Cindy nickte. »Ich arbeite schon länger als fünfzehn Jahre in *Dreamland*, aber mit achtzehn habe ich angefangen, Eiscreme zu machen. Und in diesen fünfzehn Jahren habe ich nie solche Dinge erlebt wie du in den letzten drei Tagen.«

»Du bist schon fünfzehn Jahre lang hier? Und hast nie etwas von den Dämonen bemerkt?«

»Na ja, einmal habe ich geheiratet und bin nach Columbus gegangen. Aber ich habe nur bei *McDonalds* einen Job gekriegt, und das war nicht das Gleiche. Also bin ich wieder hierher zurückgekehrt. Und vor etwa fünf Jahren hat mir ein schickes Restaurant in Cincinnati angeboten, nur für sie Eiscreme zu machen, also ging ich hin, aber nach zwei Monaten war ich wieder hier. Die mochten meine Eiscreme, aber ich wusste, dass da etwas nicht stimmte. Nur hier gelingt mir wirklich meine beste Eiscreme. Das ist für mich wie das Restaurieren von Vergnügungsparks für dich. Wenn du mal rausgefunden hast, wozu du bestimmt bist, dann musst du das machen.«

»Aha«, machte Mab. »Und hast du das mit dem Dämon überhört?«

»Joe, der dämonische Supermann?«, fragte Cindy.

»Nein, echte Dämonen. Es gibt wirkliche Dämonen im Park.«

Cindy sah sie verwirrt blinzelnd an.

»Sie sind echt. Dämonen. Wirkliche Dämonen. Von einem war ich gestern Abend besessen. Erst war er in Ashley. Sie klopfte hier an die Tür, und ich ließ sie rein, und dann fuhr der Dämon aus ihr heraus und in mich hinein und versuchte, mein Herz und meine Atmung zu lähmen. Die sind echt. Und Joe weiß darüber Bescheid. Er ist hier, um Jagd auf sie zu machen. Und Delpha und Glenda und Gus, die sind *Guardia*, die …«

Cindy zog sich einen Tritthocker heran und sank darauf nieder. »Dämonen.«

»Die sind echt. Ich schwöre, es sind echte Dämonen. Sie fahren in die Leute hinein. Die können in *jedem* stecken. Vielleicht auch in dem Brillen-Kerl an der Theke. In *jedem*.«

Ihre Stimme wurde ein wenig schrill, und Cindy erhob sich und schob ihr den Tritthocker hin.

»Ich bin immer noch ziemlich aufgeregt«, meinte Mab und hockte sich darauf.

»Das kann ich ... tja«, stammelte Cindy. »Dämonen. Okay.«

»Glaubst du mir?«

»Ich glaube, du bist der einzige Mensch, dem ich glauben würde. Mit dir geht die Fantasie nicht durch ... du alberst nicht herum. Wenn du sagst, dass es hier Dämonen gibt, dann gibt's hier Dämonen. *Wow*. Tja, und was jetzt?«

»Ich muss mit Delpha reden.« Mab nickte entschlossen. »Sie hat versucht, mir von ihnen zu erzählen, aber ich wollte nicht zuhören. Jetzt werde ich zuhören.«

»Gut.« Cindy nickte ebenfalls. »Delpha ist gut. Sprich mit ihr. Und merke dir alles gut, und komm dann wieder hierher, um es mir zu erzählen, denn das ist wirklich ...«

»Unglaublich?«

»Aufregend«, meinte Cindy. »Na ja, weißt du, so lange niemand sterben muss, natürlich, oder so was.«

»Karl der Tote«, sagte Mab.

»Sonst niemand«, verbesserte sich Cindy. »Und sieh's mal positiv: Du schläfst mit einem Dämonenjäger.«

»Tja«, meinte Mab.

»Und was hast du daran auszusetzen?«

»Er hat mich angelogen. Na ja, er hat mich nicht angelogen, aber er hat mir nicht gesagt, dass er ein Dämonenjäger ist. Das ist doch ein starkes Stück.«

Cindy runzelte die Stirn. »Ich finde nicht, dass das etwas ist, was man einer Frau erzählt, wenn man sie ins Bett kriegen will.«

Mab bedachte das. »Ein Punkt für dich. Aber ...«
»Hat er gesagt: ›Ich bin kein Dämonenjäger‹?«
»Nein.«
»Hat er gesagt, dass er was anderes wäre?«
»Nein.«
»Und er ist gut im Bett.«
»Ja«, antwortete Mab.
»Also, vielleicht solltest du in dem Fall deine Ansprüche ein bisschen runterschrauben«, meinte Cindy.

Emily klopfte von draußen an die Tür und rief: »Cindy?« mit einer hohen, zittrigen Stimme, die ausdrückte: »Hilfe«, sodass Cindy die Tür öffnete und sich noch einmal kurz zu Mab umdrehte.

»Ich helfe dir, so gut ich kann. Kann man Dämonen mit Eiscreme bekämpfen?«

»Wenn das jemand schafft, dann du«, meinte Mab und folgte ihr zurück in die Gaststube.

Der Kerl mit den Coke-Flaschen-dicken Brillengläsern hatte eine Zeitung aufgeschlagen vor sich, aber er starrte in seinen leeren Kaffeebecher.

»Ich mach das für dich.« Mab holte die Kaffeekanne, und als sie ihm seinen Becher auffüllte, blickte er auf und sagte: »Danke.«

Sie blickte in seine scharfen grauen Augen, die sogar durch diese dicken Brillengläser noch scharf waren, und sie versuchte zu ergründen, ob darin ein Dämon steckte ...

»Stimmt irgendwas nicht?«, erkundigte er sich, und sie merkte, dass sie ihn angestarrt hatte.

»Nein, nein.« Sie stellte die Kaffeekanne zurück. »Tut mir leid. Ich habe nur ...«

Seine Augen waren hinter diesen Brillengläsern wirklich sehr scharf. Solch dicke Gläser sollten nicht so klar sein, sie verzerrten doch immer alles, was dahinter war ...

»Sind das einfach klare Brillengläser?«, fragte sie.

»Nein.« Er hob seinen Kaffeebecher. »Verordnet.«

»Ach.« Sie zögerte, aber er wandte sich wieder seiner Zeitung zu, und so ging sie um den Tresen herum und mit Winken zu Cindy zur Tür, um sich von Delpha ein paar Antworten zu holen.

Ein scharfer, kurzer Pfiff ließ sie sich umdrehen.

Er hielt ihre Arbeitstasche mit einer Hand in die Höhe, ohne den Blick von der Zeitung zu heben, und trank dabei Kaffee.

Sie ging hin und übernahm die Tasche. »Vielen Dank«, sagte sie, und er nickte, den Blick noch immer auf seiner Zeitung, aber sie sah wieder das Grinsen aufblitzen.

Also ist er wahrscheinlich kein Dämon, dachte sie und ging, um Delpha zu suchen.

Mab ließ ihre Arbeitstasche bei dem Wahrsager-Automaten zurück und eilte den Hauptweg hinunter zum hinteren Teil des Parks, wo Delphas Wohnwagen stand. Unterwegs ignorierte sie jeden, außer Sam vom Wartungspersonal, der ihr Winken mit einem höflichen »Hallo« beantwortete, als wären sie sich noch nie begegnet – so viel zu ihren Schmetterlingen –, und Carl *Whack-a-Mole*, der mit ärgerlicher Miene vor seiner Bude stand.

»Was ist denn los?«, fragte sie und verlangsamte ihren Schritt.

»Hier hat letzte Nacht jemand eingebrochen«, erwiderte er mit Abscheu in der Stimme. »Nichts geklaut, aber ein paar Teddybären sind schmutzig. Macht doch gar keinen Sinn.«

»So was passiert immer wieder«, meinte Mab. »Ich muss zu Delpha, aber danach kann ich kommen und Ihnen helfen, wenn …«

»Nöö«, meinte Carl. »Kann den Leuten keine dreckigen

Bären geben. Muss ein paar neue rausholen. Aber trotzdem, vielen Dank.«

»Bitte, gern geschehen«, erwiderte Mab und setzte sich wieder in Marsch, an der Drachenbahn und der hünenhaften orangefarbenen Ringerstatue vorbei, und dann durch den Wald, zwischen Old Freds und Hanks leer stehendem Wohnwagen zur Linken und Gus' und Glendas Wohnwagen zur Rechten den Pfad entlang bis zum Ufer der Insel, wo Delphas alter silbriger *Airstream*-Wohnwagen stand.

Als sie näher kam, sah sie, dass die Tür offen stand, was ihr seltsam vorkam, denn es war kalt.

Zu kalt.

Da stimmt was nicht, dachte Mab, und obwohl die Tür ihr im Weg war, sah sie plötzlich Delpha auf dem Boden liegen, die Augen starr zur Decke gerichtet, die Hände zu Fäusten geballt …

»*Nein, nein, oh nein!*« Mab rannte zum Wohnwagen und riss die Tür weit auf.

Da lag Delpha auf dem Boden, die Augen starr zur Decke gerichtet, die Hände zu Fäusten geballt …

»*Glenda!*«, schrie Mab, wandte sich um und rannte zurück zu Glendas Wohnwagen.

Kapitel 10

Ethan war aufgewacht, fühlte, dass er einen schlimmen Kater hatte, und setzte sich sehr vorsichtig auf, eine Hand auf der Brust, um den Schmerz der Kugel zu besänftigen, der allerdings in den letzten Tagen schwächer geworden zu sein schien, wohl wegen der vielen anderen Schmerzen. In Anbetracht der Schläge, die er in den wenigen Tagen hier bereits eingesteckt hatte, war er dankbar, noch am Leben zu sein.

Dann hörte er Mab schreien und war zur Tür hinaus, bevor Glenda aus ihrem Schlafraum auftauchen konnte.

Er sprang die Stufen hinunter und blickte den Pfad zum Park entlang, da stieß Mab von hinten gegen ihn, zerrte an ihm und weinte: »*Delpha*«, und er schob sie zur Seite und rannte zu Delphas Wohnwagen hinüber.

Sie lag auf dem Boden, doch als er neben ihr kniete, sah er, dass sie tot war, wahrscheinlich schon seit dem Abend zuvor. Wahrscheinlich war sie bereits, kurz nachdem er sie verlassen hatte und zum Wohnwagen seiner Mutter und zu seinem Flachmann gegangen war, gestorben.

Er hätte bei ihr bleiben sollen.

Er berührte sie. Sie war eiskalt, kälter als der Tod, und er blickte auf und sah, dass das Fenster über ihrer Couch offen stand. Es war unwichtig, sie war nicht erfroren, aber trotzdem ging es ihm gegen den Strich, dass sie die ganze Nacht über in der Kälte gelegen hatte …

»Was ist mit ihr?«, fragte Glenda hinter ihm und holte dann scharf Luft. »*Nein.*«

»Es tut mir so leid, Mom«, murmelte Ethan, ohne sich umzudrehen. »Ich hätte bei ihr bleiben sollen.«

»O Gott, *nein*«, stöhnte Glenda und ließ sich neben ihm auf die Knie nieder. »Nicht so. Sie wusste, dass ihre Zeit gekommen war, aber doch nicht so.«

Ethan sah sie mit zusammengezogenen Brauen an, aber sie weinte, nahm Delphas Hand und hielt sie, und er ging hinaus, um herauszufinden, was, zum Teufel, die beste Freundin seiner Mutter umgebracht hatte.

Es mussten wohl Dämonen gewesen sein, aber dies schien irgendwie nicht *Turas* Stil zu sein. Vielleicht war *Fufluns* doch nicht so harmlos, wie sie dachten.

Er ging um den Wohnwagen herum und betrachtete das offene Fenster. Da war die Deichsel, und daneben ein Zigarrenstumpen; und ein alter, halb vergammelter Gartenstuhl war bis unter das Fenster geschleift worden, doch er hatte eine Sitzfläche aus mürben Kunststoffstreifen, die niemals dem Gewicht eines Menschen standgehalten hätten.

Etwas Hellblaues war im Fenster zwischen Rahmen und Holzwand festgeklemmt. Ethan kletterte auf die Deichsel, um es erreichen zu können, und zupfte es aus dem Spalt. Doch er konnte sich nicht vorstellen, was es war: etwas ... Flauschiges.

»Ich muss ein paar Anrufe machen«, erklang Glendas Stimme hinter ihm, und als er sich umwandte, war ihr Gesicht tränenüberströmt, obwohl ihre Stimme fest geklungen hatte.

»Hier ist ein Mensch gewesen«, stellte Ethan fest. »Jemand, der wusste, dass Delpha ihren Wohnwagen hier abseits stehen hatte und dass sie allein war. Jemand, der sich im Park auskennt. Könnte sogar ein anderer *Guardia* gewesen ...«

»Nein«, widersprach Glenda. »Ein *Guardia* kann einem anderen keinen körperlichen Schaden zufügen. Wir sind einander verbunden. Aber es kennen sich auch andere Leute im Park aus. Woher weißt du, dass ein Mensch hier war?«

»Der Zigarrenstumpen«, erwiderte Ethan und wies darauf.
Glenda erstarrte. »Ray.« Dann schüttelte sie den Kopf. »Er hat draußen gewartet. Dämonen haben Delpha getötet. Er hat ... einfach gewartet.«

»Ich werde zu ihm gehen und ihm ein paar Fragen stellen«, erklärte Ethan mit wachsendem Zorn.

»Tu das nicht«, beschwor Glenda ihn und betrachtete den Zigarrenstummel voller Abscheu. »Verrate nicht, dass wir wissen, dass er etwas damit zu tun hat. Wir müssen erst herausfinden, *wie* er damit zu tun hat.«

»Ich kann ihn fragen«, erwiderte Ethan grimmig.

»Nein«, widersprach Glenda. »Wir müssen klug sein. Delpha ...« Ihre Stimme schwankte. »... würde wollen, dass wir klug vorgehen.« Sie schüttelte den Kopf und blinzelte mehrmals. Dann ging sie langsam über den Pfad davon, Mab neben sich, die den Arm um sie legte und sie zu ihrem Wohnwagen begleitete.

Ethan ging wieder zur Wohnwagentür und blickte hinein und auf Delphas Körper, der jetzt mit einer dunkelblauen Decke bedeckt war.

Er hätte sie vergangene Nacht nicht allein lassen sollen. Er hätte bleiben sollen und die Dämonen zum Teufel jagen, und ebenso diesen elenden Wicht Ray, der geraucht hatte, während Delpha Todesqualen litt.

Nun, er konnte seine Fragen auch später stellen. Er ließ sich auf der obersten Stufe nieder, um bei Delpha zu bleiben, bis die Ambulanz kommen würde, um sie abzuholen.

Als Delpha fort war, ging Ethan auf die Suche nach Gus.

Der alte Mann nahm die schlechte Nachricht relativ gefasst auf. Er setzte sich zitternd, nachdem er es gehört hatte, aber er war ruhiger, als Ethan befürchtet hatte.

»Sie war eine tapfere Frau«, murmelte er. »Wusste, dass

ihre Zeit gekommen war. Sie hat's uns gesagt, bevor wir losgingen, um *Tura* einzufangen. Aber als sie danach noch lebte, dachte ich ...«

»Es tut mir so leid, Gus«, erwiderte Ethan.

Gus nahm das mit einem Nicken zur Kenntnis und holte dann tief Luft. »Jetzt müssen wir diese Urne zu Mab zum Reparieren bringen. Im Turm gibt's 'ne Schablonenform dafür, und ...« Tränen glitzerten in seinen Augen. »Ach. Delpha war wirklich eine tapfere Frau.«

Ethan legte dem alten Mann eine Hand auf die Schulter. »Dann lass uns die Dreckskerle kriegen, die sie umgebracht haben.«

»Genau.« Gus zwinkerte seine Tränen fort. »Lass uns gehen und diese Dreckskerle kriegen. Wieder in ihre verdammten Urnen stecken. Das machen wir.« Er erhob sich und strebte den Hauptweg entlang dem vorderen Teil des Parks zu.

Ethan folgte ihm bis zu einer der mit einem Clownkopf gekrönten Abfalltonnen, die hinter dem Karussell stand. Gus stemmte eine Schulter dagegen, und Ethan half ihm, und zusammen schoben sie den Metallbehälter von seinem Stellplatz und gaben damit eine Falltür frei.

Ethan öffnete sie, und da winkte einladend ein kleiner Stab. Gus kletterte hinunter, während Ethan die Mini-Stabtaschenlampe zwischen die Zähne nahm, hinter sich griff und die Falltür über sich schloss.

Er orientierte sich einen Augenblick und erkannte, dass sie in einem der unterirdischen Gänge waren, die unter *Dreamland* angelegt waren und die zu erforschen man ihm als Junge ausdrücklich verboten hatte, weswegen er sie zum größten Teil kannte. Gus verschwand in Richtung Parkmitte in einem abwärtsführenden Gang, der, da war Ethan sich ziemlich sicher, unter den Turmsee und dann nach oben zu einer alten Holztür führte, die in der Mitte einen großen eisernen Griff und ein seltsam geformtes Schlüsselloch darüber hatte. Als sie die Tür erreicht hatten, zog Gus einen großen Ring mit Schlüsseln daran hervor. Er fummelte suchend herum, bis er zu einem kunstvoll mit Ornamenten geschmiedeten Eisenschlüssel kam, den er in das Loch steckte und drehte.

Es quietschte, Gus stolperte, als die Tür plötzlich nachgab, und Ethan fühlte einen kalten, trockenen Lufthauch. Er folgte Gus durch die Tür und hielt die Rechte griffbereit über der Pistole, die in seinem Hüfthalfter steckte.

»Hier ist irgendwo ein Schalter«, murmelte Gus und leuchtete mit seiner Taschenlampe umher.

Ethan schauderte, als der schwankende Lichtstrahl über rostenden, verrottenden Schrott des alten Vergnügungsparks strich, alles übereinandergetürmt in dem riesigen, kreisrunden Steinkeller des Turms. Er war seit mehr als zwanzig Jahren nicht mehr hier gewesen. Ausgeblichene Schilder, zerbrochene Figuren, verrostete Rohre: Glenda warf nie etwas fort. Ethan ließ die Tür hinter sich offen stehen, da er fürchtete, sie würden sie sonst nicht mehr öffnen können.

Gus pflügte durch einen Haufen alten Krimskrams, um die Wand gegenüber zu erreichen, wo eine enge Steintreppe sich zu einer Holztür ein Stockwerk höher emporschraubte. Am Fuß der Treppe angekommen drehte er einen Schalter, und eine Reihe nackter Glühbirnen, die ringsum an den Wänden installiert waren, flackerten auf.

Ethan suchte sich durch den Müll einen Weg bis zur Treppe und stieg hinauf. Die Tür an ihrem oberen Ende war verschlossen.

»Gus, hast du den Schlüssel für diese Tür?«, rief Ethan hinunter. »Falls das Zeug da drinnen ist, hole ich es.«

»Ja, die Urnenform ist da oben. Und die Waffen. Warte 'ne Minute.«

Er begann langsam, die Treppe zu erklimmen, und Ethan

beobachtete ihn nervös. Kein Wunder, dass Glenda nicht wollte, dass er allein hierherkam. Gus holte einen weiteren eisernen Schlüssel hervor, öffnete die Tür und trat hindurch.

Ethan wollte ihm folgen, hielt aber inne, als er von unten etwas hörte. Er wandte sich auf dem Treppenabsatz um und kniete nieder, zog seine Waffe und richtete sie auf die offen stehende Tür. Die Tür hinter ihm schloss sich mit einem Klicken und trennte ihn von Gus.

Unten schlich der Mann-in-Schwarz durch die Tür, in den Händen ein langes, seltsames Gewehr mit einem großen, runden Trommelmagazin. Er trug um den Oberkörper einen schwarzen Körperschild, außerdem eine Kampfbrille und eine Maske über dem Mund. Er blickte sich in dem Raum um und blieb direkt unter Ethan stehen.

Keine Dämonen, sondern etwas Wirkliches, gegen das er kämpfen konnte.

Jetzt hab ich dich, dachte Ethan und sprang aus der Hocke hoch.

Als die Ambulanz mit Delpha davongefahren war, sagte Glenda: »Ich muss mit Ihnen reden«, und führte Mab an Old Freds und Hanks leeren Wohnwagen vorbei den Pfad hinunter bis in Delphas Wohnwagen.

Mab hatte bisher nur zweimal einen echten *Airstream*-Wohnwagen von innen gesehen: Glendas mit dunkelgrünem und gelbem Bast ausgekleideten und Gus' mit Holzverkleidung getarnten Wagen. Delpha aber hatte dem Leben in einem Wohnwagen eine ganz neue Dimension verliehen: Die Wände waren blau gestrichen, mit winzigen goldenen Sternen darin, die Couch war mit purpurfarbenem Samt bezogen und verschwenderisch mit bestickten Samtkissen bestückt, die Tischplatte bestand aus einer mächtigen Malachitplatte mit einem Sprung darin, und zur Krönung des Ganzen waren unter der Decke über dem Wohnbereich Zweige miteinander verflochten, für Frankie natürlich, der jetzt da oben hockte, in einem Nest über dem Durchgang zur Küche, den Delpha mit einem dunkelblauen Perlenvorhang verhängt hatte. Das Ganze wirkte wie ein Serail mit Vogelhaus.

Sie musste sehr gern hier gewohnt haben, dachte Mab und strich mit den Fingern über die Malachitplatte. Selbst mit dem Sprung musste der Tisch noch Tausende wert sein, er war wundervoll gearbeitet und sehr alt, nun ja, auch Delpha war sehr alt gewesen. Vielleicht hatte sie ihn in den Vierzigern in irgendeinem Trödelladen billig erstanden, weil er gesprungen war. Vielleicht …

Ich hätte öfter mit ihr sprechen sollen, dachte Mab mit echtem Bedauern. *Sie wusste so viel, und ich habe sie einfach ignoriert.*

Natürlich, sie ignorierte jedermann. Sie hatte es nicht mit Menschen, sie lebte für ihre Arbeit. Plötzlich sah sie Sinn in dem, was Joe zu ihr gesagt hatte. Lebe den Augenblick, sei glücklich, *lass dich auf andere ein …*

»Nehmen Sie Platz, Mab«, bat Glenda und ließ sich auf der samtbezogenen Couch nieder. Mab setzte sich ihr gegenüber auf einen wunderschön geschnitzten Ebenholzstuhl mit breiter Sitzfläche, entschlossen, diesmal zuzuhören – ja, sich auf jemanden einzulassen, verdammt.

»Es tut mir so leid um Delpha«, sagte sie und beugte sich ein wenig über den schönen Tisch vor. »Ich weiß, dass Sie sich sehr nahestanden. Sie war eine bemerkenswerte Frau …«

»Danke. Ja«, erwiderte Glenda mit rotgeweinten Augen, jedoch ruhig. »Sie hat Ihnen alles hinterlassen.«

Mab blinzelte sie verständnislos an.

»Sie hat ein Testament geschrieben, damit haben wir es schriftlich, falls jemand Ärger machen will, aber das ist nicht zu erwarten.«

Sie hat Ihnen alles hinterlassen. Den Ebenholzstuhl, den Malachittisch, den *Airstream*-Wohnwagen, ein *Zuhause* ...

»Sie hat es mir gestern Abend gesagt, bevor wir losgingen, um *Tura* wieder einzufangen«, fuhr Glenda fort. »Sie sagte, dass sie wollte, dass Sie alles bekommen, also übergebe ich es Ihnen hiermit.«

»Nein, nein«, wehrte Mab ab, die das alles gern gehabt hätte und gleichzeitig wusste, dass es nicht ihres war, dass alles, was sie besaß, in zwei Koffer passte, und das war gut so, keine Bindungen ... »Es sollte alles an Sie gehen«, sagte sie. »Ich habe Delpha ja nicht einmal gekannt. Sie war Ihre beste Freundin.«

»Ich habe alles, was ich brauche. Sie wusste ...«

»Glenda, allein dieser Tisch ist Tausende von Dollar wert ...«

»... dass Sie berufen würden, ihre Nachfolgerin zu sein.«

Wieder blinzelte Mab verständnislos. »Äh ...«

»Sie hatte das alles vorbereitet«, erklärte Glenda. »Sie hat den Wohnwagen aufgeräumt. Die Mülltonnen sind voll, und da auf ihrem Bett steht eine Schachtel mit dem Etikett: ›Mein letzter Wille‹.« Ihr Gesicht verzerrte sich vor Schmerz, aber dann nahm sie sich wieder zusammen. »Sie wusste es. Sie war eine Seherin. Und sie sagte, Sie seien die nächste Seherin.«

Mab wich in dem Stuhl so weit zurück, wie sie konnte. Den Wohnwagen übernehmen, für immer im Park bleiben, von Menschen umgeben ... »Ich kann nicht.«

»Sie müssen.« Nun war Glenda diejenige, die sich vorbeugte. »Wir haben sonst niemanden. Sie hat Ihnen alles hinterlassen, was Sie brauchen, um an ihrer Stelle weiterzumachen. Diesen Wohnwagen mit allem, was darin ist, wie zum Beispiel dieser Malachittisch. Malachit wehrt das Böse ab, wissen Sie.« Traurig blickte sie die Platte an, fuhr mit der Fingerspitze über den Sprung in der Oberfläche. »Dieser Sprung ist neu. Zu viel Böses vergangene Nacht, das abgewehrt werden musste.«

»Vielleicht haben Sie sie nicht richtig verstanden. Delpha hat die Dinge ja oft nicht ganz klar ausgedrückt.«

»Das ist der Fluch des Orakels«, erwiderte Glenda. »Sie empfangen undeutliche Botschaften. Wie zum Beispiel: ›Es wird ein großer Sieg sein‹.«

»Was?«, fragte Mab.

»Dieser berühmte General, der einst das Orakel befragte, wer die Schlacht gewinnen würde, die er schlagen musste, und das Orakel antwortete: ›Es wird ein großer Sieg sein‹, und …«

»Und der General dachte, dass er selbst gemeint wäre, und zog in die Schlacht und bekam fürchterliche Prügel.«

»Sie kennen die Geschichte.«

»Nein, aber das klingt nach etwas, was einer vom Militär tun würde«, meinte Mab und erinnerte sich, dass Ethan Glendas Sohn war. »War nicht böse gemeint.«

Glenda schüttelte den Kopf. »Abgesehen von dem Wohnwagen bekommen Sie Delphas Orakelbude, einen Anteil von zehn Prozent am Park und Frankie.«

Mab blickte zu dem Raben hinauf, der über dem Durchgang zur Küche hockte.

Frankie erwiderte ihren Blick.

»Das glaube ich nicht«, stellte Mab fest.

»Sie brauchen Frankie«, erklärte Glenda. »Sobald Ihre Macht erst ihre volle Stärke entfaltet …«

»Macht?«, stieß Mab beunruhigt hervor.

»Nun ja, natürlich bekommen Sie auch ihre Seherkraft.« Mab blickte verwirrt drein, und Glenda fügte erläuternd hinzu: »Ihre Visionen.« Mab runzelte noch immer die Stirn, deswegen fuhr Glenda fort: »Ach, um Himmels willen, Sie haben doch die Orakelbude gestrichen. Haben Sie das Schild *Wahrsagerin* übersehen?«

»Nein«, erwiderte Mab. »Aber ich habe auch das Schild mit

OK Corral nicht übersehen, und trotzdem weiß ich, dass das keine echten Cowboys sind. Sehen Sie, Glenda ...«

»Sie hatte echte Seherkräfte, und die gehen jetzt auf Sie über. Sie sind nun das Orakel. Und« – Glenda sprach jetzt langsam und eindringlich – »Sie gehören jetzt auch zu der *Guardia*. Die *Guardia* ist ...«

»Eine Handvoll Leute, die Dämonen bekämpfen«, fiel Mab ihr ins Wort. »Trotzdem kann ich nicht.«

Zum ersten Mal, seit Mab den Wohnwagen betreten hatte, war Glenda sprachlos.

»Nehmen Sie's nicht persönlich«, fuhr Mab fort. »Es ist nur, dass ich bei so was nicht gut bin. Wie ich schon Delpha gesagt habe, bin ich kein Vereinsmeier. Ich ... bin nicht gesellig. Deswegen sollte dieses Erbe an irgendjemanden gehen, der bei euch mitmachen ...«

»Sie verstehen nicht«, entgegnete Glenda. »Die *Guardia* ist kein Club. Sie ist auf der Welt die einzige Kampftruppe gegen die schlimmsten Dämonen. Es gibt *wirklich* Dämonen, Mab ...«

»Ich weiß, ich war gestern Abend von einem besessen.« Mab schlang schaudernd die Arme um sich, als sie sich an diesen mörderischen blaugrünen Druck um ihr Herz erinnerte.

»*Tura* hat Sie besetzt?«, fragte Glenda erschrocken.

»Hat versucht, mich umzubringen.« Mab schüttelte wild den Kopf. Ja, das war die Wirklichkeit: Dämonen, die versuchten, einen umzubringen, nicht übernatürliche Kräfte. »Das Miststück warf mir vor, ich würde den Kerl mit der Brille aus dem *Dream Cream* betrügen. Wie sie auf die Idee kam, er und ich hätten mehr als auch nur ein paar höfliche Worte gewechselt, keine Ahnung. Ich weiß nicht mal seinen Namen. Also vorwärts, *Guardia*, sage ich. Aber nicht mit mir.«

»Wir können nicht.« Glenda wirkte jetzt sehr erschüttert.

»Wir müssen zu fünft sein, um sie zu fangen, und Sie weigern sich. Wenn Sie nicht mitmachen, gewinnen die Dämonen.«

Das weckte eine unangenehme Erinnerung an ihre Mutter, die ihr auch mit Dämonen gedroht hatte. »Wieso hört sich das an wie ein Appell des Ministeriums für Heimatschutz?«

»Weil wir das irgendwie sind.« Glenda beugte sich beschwörend vor. »Diese fünf Dämonen sind die Unberührbaren, man kann ihnen nicht durch Exorzismus oder mit einem Pflock ins Herz das Handwerk legen, deswegen bewachen wir sie ...«

»Augenblick mal, *fünf*?«

»*Kharos, Vanth, Selvans, Tura* und *Fufluns.*« Glenda lächelte aufmunternd. »Sie sind in hölzernen Urnen gefangen, die in den fünf eisernen Statuen im Park eingeschlossen sind, und die Schlüssel sind gut versteckt. Wenn sie entwischen, müssen wir sie wieder in ihre Urnen zurückbringen. Sie sind jetzt unsere neue Seherin, also werden Sie sie natürlich sehen. *Kharos* ist ein roter Geist, *Vanth* ist blau, *Selvans* ist orange, *Tura* blaugrün, und *Fufluns* ...«

Mab hob eine Hand. »Okay, warten Sie mal. Ich habe ein Problem damit, ich bin's einfach nicht gewöhnt, an Dämonen zu glauben, obwohl ich es jetzt natürlich muss, und gleich fünf Stück, das klingt übel. Aber warum, in Gottes Namen, bewahren Sie sie alle am gleichen Ort auf?«

Glenda öffnete den Mund und schloss ihn dann wieder.

»Warum haben Sie nicht jeder einen genommen und einzeln in verschiedenen Ozeanen versenkt? Welcher Idiot hat es für eine gute Idee gehalten, sie alle zusammen hierherzubringen und in Parkstatuen einzuschließen, Herrgott noch mal: Und dann die Schlüssel in Achterbahnen zu verstecken? War das ein Verrückter?«

»Möglicherweise«, stimmte Glenda betroffen zu. »Das war vor meiner Zeit. Sie müssen zusammen aufbewahrt werden, weil die *Guardia* zusammen sein müssen, um sie zu bewachen und wieder einzufangen, wenn sie entkommen. Und das muss hier sein, weil an diesem Ort unsere Kräfte am stärksten sind. Und ...«

»Und Sie haben das nie infrage gestellt? Immer akzeptiert, dass Sie hier im Park genauso in der Falle sitzen wie die Dämonen?«

»Wir sitzen nicht in der Falle. So was sagt nur Young Fred. Ihr versteht das beide nicht. Es ist eine *Berufung*.«

»Ich folge der Berufung nicht«, erklärte Mab. »Ich habe den Park restauriert, jetzt gibt's hier nichts mehr für mich zu tun. Ich bin nicht der Mensch, der jemanden jagt. Wenn ihr einen Dämon angestrichen haben wollt, bin ich die Richtige, aber auf die Jagd nach ihnen zu gehen, *ich*? Sehe ich aus wie eine, die sich mit irgendjemandem schlägt? Wissen Sie, ich will einfach *normal* sein. Oder zumindest in der Lage, so zu tun, als wäre ich normal ...«

»Sie müssen der Berufung folgen.« Glenda wirkte leicht erschöpft. »Sie haben keine Wahl ...«

»Ich habe immer eine Wahl.« Mab erhob sich. »Ich weiß es wirklich zu schätzen, dass Delpha mir das alles hinterlassen wollte« – sie blickte sich um – »vor allem dieser wunderschöne *Airstream*-Wohnwagen, der lässt mein Herz wirklich höher schlagen. Und es tut mir ehrlich leid, dass ich nicht mehr Zeit mit ihr verbracht habe, mich mehr mit ihr unterhalten habe. Sie war eine faszinierende Frau. Aber ich kann ihr Erbe nicht annehmen. Ich bin keine Seherin. Ich bin ein *normaler Mensch*.«

»Aber, Mab ...«

»Nein«, wehrte Mab ab. »Vielen Dank, aber ... nein.«

Sie verließ den Wohnwagen und versuchte, sich zu beruhigen, aber als sie auf dem Hauptweg war, fühlte sie, dass sie zitterte. Sie würde sich von niemandem mehr in einen seltsamen, grauenerregenden Zustand versetzen lassen, und niemand würde sie hier mit Dämonengeschwätz in die Falle locken. Ja, es gab tatsächlich Dämonen. Aber sie hatte nichts damit zu tun ...

Sie vernahm ein Krächzen, das rau wie ein Reibeisen klang, und als sie aufblickte, sah sie Frankie über sich fliegen.

Sie blieb stehen und schaute zu ihm auf. »Ja, ja. Nimm's bitte nicht persönlich, aber ...«

Er kurvte hinunter und landete auf ihrer Schulter, wobei er die Krallen in den Leinenstoff ihres Malerkittels grub, gerade tief genug, um Halt zu finden, ohne ihr wehzutun, und sie blickte plötzlich in dunkle, glänzende, kluge, gefährlich blitzende Augen. Für einen langen Augenblick starrten sie sich an, und sie hätte schwören können, dass er sie abschätzend betrachtete.

»Ich glaube nicht ...«, begann sie, da drückte er seinen Kopf an ihre Wange, sein Gefieder weicher als Daunen, und sie schloss die Augen, hörte auf zu zittern und dachte: *Du bist mein.* Und sie vernahm ein Echo: *Du bist mein.*

Sie wollte keinen Vogel, aber dieser Vogel war der ihre.

»Na gut, also ich nehme dich, aber alles andere nicht«, erklärte sie ihm und marschierte dann mit Frankie auf ihrer Schulter weiter zum Wahrsager-Automaten, wobei sie sich fragte, was aus ihrem Leben geworden war und wie, zum Teufel, man einen Raben ernährte.

Der Mann-in-Schwarz versuchte, das Gewehr zu heben, doch es war zu spät; Ethan landete auf seinem Rücken, und sie stürzten zu Boden. Ethan legte einen Unterarm unter das Mundstück der Maske und stieß dem Kerl sein Knie hart in die Rippen, wobei er das Gewehr außer Reichweite schob. Dann zog er sein eigenes Schießeisen und stieß die Mündung gegen das rechte Ohr des schwarzen Mannes.

Das war ein Fehler. Der Mann-in-Schwarz rollte sich herum, stieß zugleich mit einem Unterarm das Schießeisen beiseite und traf Ethan mit der anderen Hand schmerzhaft mitten auf die Brust. Ethan stöhnte, als die Kugel ihn wieder stach, bewegte sich aber mit dem Schlag mit, rollte ab und kam auf die Füße. Er blockte einen Sprungtritt gegen seine Leiste, gefolgt von einem Faustschlag, ab und wich zurück, bis er gegen eine alte Holzfigur stieß. Er täuschte einen Boxhieb gegen den Kopf des Gegners an und schlug gegen dessen Hals. Er traf daneben, denn der Mann-in-Schwarz wich zurück, wobei er einen kurzen Stab aus der Tasche riss und auf die Unterseite drückte. Das Ding verlängerte sich teleskopartig zu einem fast einen Meter langen Schlagstock.

Ethan hielt inne. »Können wir reden?«

Der Kerl stieß mit dem Stock gegen sein Gesicht, und Ethan zuckte zurück.

»So kämpft man nicht mit einem Schlagstock«, begann Ethan erneut. »Ich werde dir zeigen, wie man ihn einsetzt, wenn du …«

Wieder stieß der Mann-in-Schwarz gegen sein Gesicht, und Ethan duckte sich, rollte sich zur Seite, zog dabei seine Pistole und kam mit der Pistole im Anschlag auf die Füße. »Lass ihn fallen.«

Der Mann-in-Schwarz zögerte und ließ ihn dann klappernd zu Boden fallen.

»Danke. Jetzt nimm die Brille und die Maske ab.«

Der Mann-in-Schwarz tat einen Schritt vorwärts. »Sie werden nicht auf mich schießen.« Es war nicht mehr als ein Flüstern.

Ethan zuckte die Schultern. »Vielleicht doch. Ich bin sehr schlecht gelaunt. Alle boxen mich dauernd auf die Brust.«

»Nein, Sie tun's nicht.« Der Mann-in-Schwarz trat noch einen Schritt näher. »So einer sind Sie nicht.«

»Aber sicher doch.« Ethan schoss. Die Kugel grub sich in den Körperschutzschild, und der Mann-in-Schwarz stürzte mit einem überraschten Aufschrei rücklings zu Boden.

Ethan war sofort bei ihm, setzte ein Knie auf ihn, genau dort, wo die Kugel steckte, und riss die schwarze Brille ab.

Er starrte in die leuchtend grünen Augen von Weaver.

»Ach, Mist«, stieß Ethan hervor.

Als sie den Wahrsager-Automaten erreichte, flog Frankie auf und setzte sich auf das spitz zulaufende Dach, und Mab spähte durch die staubige Fensterscheibe hinein, um zu sehen, ob darin ein Dämon frei herumhüpfte. Sie würde nicht der *Guardia* beitreten, sie würde nicht den Rest ihres Lebens einem Haufen verrückter Leute und Dämonen widmen, aber das hieß nicht, dass sie nicht vorsichtig sein musste. Sie konnte vor Schmutz nicht wirklich etwas erkennen, gab es auf und ging um den Kasten herum zur Rückseite. Sie überlegte, was Joe ihr über das Öffnen gesagt hatte. Irgendetwas drücken und anheben ...

Sie legte die Hand auf den Riegel und dachte: *Natürlich, so geht es.* Sie drückte den Riegel nach innen und hob ihn gleichzeitig an, als könnte sie ihm ansehen, wie er funktionierte.

Die Klappe öffnete sich quietschend, die Angeln waren noch locker.

Im Inneren lag dicker Staub wie eine graue Decke auf allem. Die Rückseite der kleinen *Vanth*-Statue wirkte platt, und Mab erkannte unter dem Staub eine Art Schal oder Kopftuch, das ihr vom Kopf herabhing. Sie tastete und fühlte zwei Klammern, die oben an der Statue befestigt waren. Als sie sie öffnete, fiel der Schal herab, und Mab griff gerade noch rechtzeitig zu und schüttelte ihn aus.

Er war himmelblau, madonnenblau, und aus einem so feinen, glatten Gewebe, dass der Staub sich sofort ablöste.

Nochmals schüttelte Mab ihn aus, bewunderte eine Weile, wie schön er war, legte ihn dann sorgsam zusammen und steckte ihn in ihre Arbeitstasche.

»Also dann.« Sie legte die Hände um die Hüfte der *Vanth*-Statue und zog daran, um das Gewicht abzuschätzen, da rollte sie aus dem Kasten und hätte Mab fast zu Boden gestoßen – gerade konnte sie sie noch stoppen. Sie holte ein sauberes, weiches Tuch aus ihrer Tasche und begann, den Staub vom Rücken der Statue zu wischen, wobei sie eine wunderschöne Lackierung freilegte, die vor Sonne und Wetter geschützt in dem besonderen Blau dieser Statue erstrahlte. Mab arbeitete sich bis zur Vorderseite vor, wo sie schließlich den Staub sanft aus dem zart gemalten Gesicht wischte. Als sie fertig war, trat sie ein wenig zurück, um zu betrachten, was sie da vor sich hatte.

Vanth war von heiterer Schönheit, mit dickem kastanienbraunem Haar und großen himmelblauen Augen. Sie hatte die Arme erhoben, die Hände schienen nach etwas zu greifen, und in ihrer Rundlichkeit wirkte sie fast mütterlich. Während Mab sie noch betrachtete, begann die Statue plötzlich, auf sie zuzurollen.

»Holla«, sagte Mab und packte mit beiden Händen *Vanths* Arme. »Immer langsam mit den …« Ihre Stimme erstarb, als sie in diese gemalten blauen Augen blickte. Da war etwas hinter ihnen.

»*Vanth?*«, stieß sie hervor. »Du bist da drinnen, nicht? Hier halten sie dich gefangen. In deiner … Urne … Zelle Dingsbums.« Sie wartete, aber es geschah nichts, außer einer wachsenden Überzeugung in ihr, dass sie recht hatte und dass *Vanth* besser wieder in ihre Kiste zurückkehren sollte. Möglichst bald.

»Warte hier«, sagte sie zu der Statue. »Ich muss deine Bude erst sauber machen. So ein Schweinestall.«

Sie wartete einen Augenblick und trat dann zurück, und die Statue blieb stehen.

»Gut. Gib mir eine halbe Stunde, um die Kiste zu putzen. *Geh ja nicht weg.*«

Sie nahm ihr Reinigungsmittel und noch ein paar Lappen zur Hand und kroch halb in den Kasten hinein, wo sie einen raschen, aber gründlichen Hausputz vornahm. Keine der Anstrichfarben musste ausgebessert werden, da sie alle gut geschützt und gut erhalten waren.

Tja, wenn nun *Vanth* da in ihrer Statue saß, konnte sie daraus entweichen? *Fufluns* hatte seine Statue genommen und war davongerannt, als sie den Schlüssel betätigte, also konnte *Vanth* das sicherlich auch. Nein, Moment mal, *Vanth* konnte nicht heraus, da ihre Statue nicht aufgeschlossen worden war. Auch *Fufluns* war erst ausgebrochen, als sie die Panflöte in die Clownhand gesteckt hatte. Solange sie also nichts irgendwo hineinsteckte … Sie hatte die Fensterscheibe geputzt und wischte nun das Mechanikgehäuse und die Glaskugel, die darauf geklebt war, sauber. Dann kroch sie rückwärts aus dem Kasten und wandte sich zu der *Vanth*-Statue um. »So. Jetzt ist es wieder schön für dich.«

Vanth stand reglos da.

Tja, gut, das bedeutete, dass sie noch immer darin eingeschlossen war.

Mab schob die Statue in den Kasten zurück und fühlte, wie sie in Rillen im Boden rollte, die ihr Halt gaben. Sie holte den blauen Schal aus ihrer Tasche, klammerte ihn wieder an *Vanths* Kopf fest und drapierte ihn dann um ihre Schultern und Arme. Sie schloss die Klappe und verriegelte sie und ging dann um den Kasten herum zur Vorderseite, erneut all diese Schönheit bewundernd: die zarte, kleine Statue, die kunstvoll gestalteten Seiten, die sie bald neu anstreichen würde, das geschwungene Dach mit dem Raben auf der Spitze …

»Was hältst du davon, Frankie?«, rief sie hinauf.

Er trippelte von einem Fuß auf den anderen, nicht gerade glücklich, aber er flog auch nicht davon.

»Ganz deiner Meinung. Keine Panik, aber vorsichtig sein.« Sie trat näher an den Kasten heran und blickte hinein. »Du bist da drin, *Vanth*, nicht wahr?«

Die Mechanik knirschte, und eine Karte landete in dem Auffangschälchen.

Mab griff danach.

HALLO, MAB.

Kapitel 11

Mab schluckte. »Hallo. Du ... äh, du bist wunderschön.«
Wieder eine Karte.

LASS MICH RAUS.

Mab wich einen Schritt zurück, sah die Karten in ihrer Hand an. »Nein. Nein, auf gar keinen Fall, niemals. Du ...« Sie blickte die Karten genauer an. Sie wirkten ... an den Kanten ausgefranst. Je länger sie sie anstarrte, umso undeutlicher wurden sie. Sie lösten sich immer mehr auf und waren plötzlich verschwunden, und Mab blickte auf ihre leeren Hände. »Das waren keine echten Karten«, sagte sie zu *Vanth*. »Das waren nur Illusionen. Du hast mich denken lassen, es wären Karten.« Sie wich noch einen Schritt zurück. »Das gefällt mir nicht. Tu das nie wieder.« Sie wischte sich die Hände aneinander ab, als hätte die Illusion Staub hinterlassen, und fuhr dann fort: »Ich trage jetzt den Grundlackanstrich an deinem Kasten auf. Sitz still.«

Sie öffnete die erste Flasche mit Lackfarbe, die sie gemischt hatte, und betrachtete dabei den grundierten Kasten.

Wie durch Magie sah sie, wo die Farbe hingehörte, wo sie sich mit den anderen beiden Grundfarben mischen sollte, wie der ganze Erststrich angelegt werden musste. Sie wusste nicht nur instinktiv, wo sie welche der Farben auftragen musste, so wie sie es immer gewusst hatte, nein, jetzt konnte sie es wahrhaftig *sehen*.

Seherin, dachte sie. *Delpha hat mir die Macht gegeben, Dinge im Voraus zu sehen.*

Das war eine gute Macht. Wenn sie sie schon seit dem Beginn der Restaurierungsarbeiten im Park besessen hätte, wäre alles viel schneller gegangen.

Dabei waren diese Kräfte wahrscheinlich für anderes vorgesehen. Zum Beispiel ...

Sie stellte die Flasche ab und trat näher an den Kasten heran, blickte in *Vanths* flache, gemalte Augen und dann, mit einiger Anstrengung, dahinter, wo sie zunächst so etwas wie eine schwache blaue Wolke sah, die, als sie sich konzentrierte, zu einer pulsierenden Form im Inneren der Statue wurde.

»Es tut mir leid«, sagte sie. »Du siehst wie ein wirklich netter Dämon aus. Aber ich lasse dich trotzdem nicht frei.«

Das Blau pulsierte stärker, voller Traurigkeit, Ärger und Einsamkeit.

»Es tut mir *wirklich* leid«, erklärte Mab und kehrte zu ihrer Farbe zurück, wobei sie intensiv nachdachte.

Vor ein paar Stunden hatte sie angeboten, Delphas Erbe einem anderen zu geben. Aber jetzt, wenn sie diese Kraft und den *Airstream*-Wohnwagen behalten könnte ...

Frankie krächzte über ihr ...

... und Frankie, ohne dabei einer Dämonenüberwachungstruppe beitreten zu müssen, das wäre wunderbar. Ein eigenes Heim mit einem Tisch, der das Böse magisch fernhielt, ihre eigenen Instinkte auf übernatürliche Weise verstärkte ...

Frankie krächzte über ihr ...

... und ein Vogel, der mit einem lebte und sprach, das klang wirklich gut.

»Ich will einfach nur kein Dämonengefängniswärter sein«, erklärte sie Frankie. »Aber es ist wohl unfair, sich nur die Rosinen herauszupicken und das Unangenehme jemand anderem aufzuhalsen.«

Frankie krächzte wieder. Diesmal klang es wie »Feigling«.

»Wahrscheinlich hast du recht«, meinte sie und begann, den Wahrsager-Automaten zu streichen.

Ethan hatte sich schon gewünscht, Weaver unter sich zu haben, aber nicht so.

»Wer, zum Teufel, sind Sie?«, fragte er.

»Weaver. Wir sind uns schon begegnet, wissen Sie noch?« Sie blickte zu ihm auf, und er fühlte sich wie in diese grünen Augen hineingezogen. »Könnten Sie Ihr Knie von meiner Brust nehmen? Das tut ein bisschen weh.«

Ethan zog sein Knie zurück. »Tut auch irgendwie weh, mit diesem Ding angeschossen zu werden, das Sie da mit sich herumschleppen.«

Weaver stöhnte schmerzlich, als sie sich aufsetzte. »Das D-Gewehr. Hab ich selbst erfunden.«

»D-Gewehr?«

»Dämonengewehr.« Sie knöpfte die schwarze kugelsichere Weste auf, die sie getragen hatte, und zog sie aus. Darunter kam ein dünner Rollkragenpulli zum Vorschein.

Weaver rieb sich durch den Pulli hindurch mit einer Hand die schmerzende Stelle zwischen den Brüsten, und als Ethan hinstarrte, fuhr sie ihn an: »Hören Sie auf zu glotzen. Sie sind doch keine vierzehn mehr. Musste das eigentlich sein, dass Sie auf mich schießen?«

»Musste es sein, dass *Sie* auf *mich* schießen?«

»Ja.«

»Warum?«

Daraufhin herrschte Schweigen.

»Sie hielten mich für einen Dämon, nicht wahr?«, fragte Ethan. »Laufen Sie immer in der Gegend herum und schießen auf Leute, die Ihnen dämonisch vorkommen?«

»Na, bis jetzt hat es funktioniert.« Sie blickte sich in dem Raum um. »Also hier landet der ausrangierte Kram des Vergnügungsparks?«

»Lagerraum«, verbesserte Ethan. »Und wie haben Sie das mit den Dämonen herausgefunden?«

»Wir sind hier unter dem Wachturm, nicht?«

Es gefiel Ethan nicht, ausgefragt zu werden, vor allem, wenn seine eigenen Fragen unbeantwortet blieben. »Wer sind Sie? Und für wen arbeiten Sie? Und woher, zum Teufel, wussten Sie, dass es in *Dreamland* Dämonen gibt?«

Weaver sah ihn aus schmalen Augen an. »Na gut, das ist nur fair.« Sie hob ihren eng anliegenden Rollkragenpulli ein wenig an und enthüllte einen Streifen glatte Haut und eine Platin-Erkennungsplakette, die Ethan nicht kannte.

Ethan blinzelte. »Sie gehören zur Polizei?«

»Ministerium für Heimatschutz. Abteilung einundfünfzig.«

Großartig. Die Regierung. »Fahnden Sie an Flughäfen nach Dämonen?«

»Witzig.« Weaver hob ihre Weste auf, legte sie an und knöpfte sie zu Ethans Enttäuschung wieder zu. »Abteilung einundfünfzig ist eine geheim gehaltene Unterabteilung, die unter anderem die Aufgabe hat herauszufinden, ob Dämonen wirklich existieren, und falls ja, einzuschätzen, wie gefährlich und wie …«

Sie verstummte.

»… nützlich sie sein können«, vollendete Ethan. »Ist tatsächlich jemand in der Regierung verrückt genug zu glauben, dass Dämonen als Waffe eingesetzt werden könnten?«

»Tja, meine Chefin zum Beispiel«, erwiderte Weaver. »Zum Glück glaubt sie nicht an Dämonen, also droht diese Gefahr nicht unmittelbar.«

»Sie glaubt nicht an Dämonen, und sie ist Ihre Chefin?«

Weaver erhob sich, leise stöhnend. »Sie ist Chefin von vielen kleinen Abteilungen, die sich um mysteriöse Dinge kümmern. Ich persönlich glaube, sie hat Mist gebaut und zur Strafe die Abteilung einundfünfzig zugeteilt bekommen. Sie nimmt uns hin und hofft, dass wir etwas finden, was sie wieder nach oben bringt.«

»Und haben Sie das?«

»Bin ich nicht mal mit Fragen dran?«, hielt sie ihm lächelnd entgegen.

»Nein. Was tun Sie hier in *Dreamland*?«

»Wir überprüfen das Ganze nur, essen Pfannkuchen, halten die Augen offen, na ja, die übliche Routine.«

»Wer ist ›wir‹?«

»Abteilung einundfünfzig. Mein Partner und ich. Es ist keine große Abteilung.« Sie begann, stirnrunzelnd im Keller herumzugehen, sich alles genauer anzusehen.

»Und wie groß ist die?«

»Nur mein Partner und ich.«

»Genau wie in *Akte X*.«

»Nur dass wir echt sind und keine Witzchen reißen.«

»Was also tun Sie hier genau?«

»Wir haben ein Zimmer in dieser ekelhaften Pension in der Stadt. Da sitzen Teddybären auf den Betten, und mein Partner mag keine Teddybären ...«

»Was tun Sie in *Dreamland*?«

Weaver hörte auf, in dem Müll herumzustochern, und sah ihn mit zusammengezogenen Brauen an. »Jetzt bin ich mit Fragen dran. Was tun *Sie* hier unten? Hier ist nichts von Interesse. Vor zwei Tagen ist im Park ein Mann umgekommen, und Sie räumen den Keller auf?«

»Gestern Abend im Bier-Pavillon haben Sie Fragen über Ray gestellt. Steht er unter Ihrer Beobachtung? Haben Sie ihn letzte Nacht überwacht?«

Sie verschränkte die Arme. »Anscheinend brauchen wir beide Informationen. Und ich habe schon weit mehr preisgegeben als Sie.« Wieder lächelte sie ihn an, und er dachte: *Spiele deine Karten richtig aus, dann erzähle ich dir alles.*

»Wie wär's mit einem Deal? Ich sage Ihnen genau, was wir hier tun, was wir gefunden haben ... na ja, etwas davon, und

Sie sagen mir, was Sie hier tun, und Sie lassen uns einen Körpercheck an Ihnen machen. Das Übliche. Reflexe, eine kleine Blutprobe ...« Wieder lächelte sie.

Ethan bemühte sich, sich nicht genau vorzustellen, wie Weaver einen Körpercheck an ihm machte. »Wozu? Und wer würde das machen?«

»Mein Partner. Er ist Arzt.«

»Wie praktisch«, sagte Ethan enttäuscht. »Wozu wollen Sie mein Blut?«

Weaver lächelte ihn heiter an. »Ach, nur ein allgemeiner Check. Ich wäre Ihnen wirklich dankbar, wenn Sie uns erlauben würden ...«

»Wie dankbar?«, unterbrach Ethan sie. »Ich könnte nämlich gut ein Dutzend von diesen D-Gewehren gebrauchen. Und wozu ist diese Brille gut?«

»Na, die Brille würde Ihnen wirklich gefallen. Sie würden mir schon allein für die Brille Ihr Blut geben.«

»Nein, würde ich nicht«, entgegnete Ethan. »Welche Funktion hat sie?«

»Sie macht Francium sichtbar«, antwortete Weaver und beobachtete seine Reaktion.

»Francium.«

Sie lächelte, wahrscheinlich weil er auch das nicht kannte. »Francium ist das unstabilste Element im Universum. Das Böse wird von Unstabilem angezogen, und deswegen ist Francium das einzige Materielle, woran es sich binden kann. Und genau daraus bestehen Dämonen: Böses und Francium. Die hier« – sie ließ die Brille vor seiner Nase baumeln – »macht Francium sichtbar, also auch Dämonen. Wenn sich irgendwo Dämonen aufhalten, dann kann man sie mit dieser Brille sehen.«

Ethan nickte. »Gut, dann hätte ich gern auch ein halbes Dutzend von den Brillen. Plus alles, was Sie über Ray wissen. Also, Sie verraten mir alles über Ihren Auftrag und den wirklichen Grund, warum Sie mein Blut wollen, und Sie geben mir die Ausrüstung, und ich lasse Sie dafür einen Körpercheck an mir machen. Wenn Sie das persönlich machen. Hier in *Dreamland*.«

»Das glaube ich weniger«, lehnte Weaver ab.

»Dann dürfen Sie mich auch nicht anstechen«, erwiderte Ethan, und sie lächelte, diesmal mit einem Glitzern in den Augen, und er dachte: *Doch, du darfst.*

»Was macht die denn hier, zum Teufel?«, fragte Gus von oben, und beide drehten sich überrascht zu ihm um. Er hatte über einer Schulter einen staubigen Ledersack hängen, aus dem oben die Spitzen verschiedener Schwerter und Lanzen herausragten.

Weaver winkte ihm zu. »Hallo, Gus. Wie geht's?«

»Das ist Weaver, du hast sie im Pavillon kennengelernt«, erklärte Ethan.

»Ich habe Ihnen ein Bier spendiert«, rief Weaver hinauf.

»Ich erinnere mich.« Gus nickte und kam langsam, den Sack auf seinem Rücken balancierend, die Treppenstufen herunter, und beide sahen ihm mit angehaltenem Atem zu. Zumindest Ethan tat das. Weavers Brust bewegte sich nicht, daher nahm er an …

»Ich hab die Form«, sagte Gus zu Ethan, als er unten angekommen war.

»Welche Form?«, erkundigte sich Weaver.

»Ach, nur ein Hobby von Gus«, erwiderte Ethan.

»Wir bringen sie zu Mab, um die …«

»Gut gemacht, Gus«, fiel Ethan ihm ins Wort und schlug ihm dabei kräftig auf die Schulter, bevor Gus »Urne« sagen konnte. »Du gehst damit zu Mab. Ich habe mit Weaver noch etwas zu verhandeln.«

»Erzählen Sie mir doch mehr über diese Form, Gus«, bat

Weaver und blendete den alten Mann mit ihrem strahlendsten Lächeln.

»Nein«, entgegnete Gus.

Offensichtlich reichte ein spendiertes Bier dafür nicht.

Weaver hob ihr D-Gewehr auf und meinte: »Na gut, also ich werde mich mit meinem Partner beraten und komme dann wieder auf Sie zu. Inzwischen sollten Sie sich Ihre Bedingungen noch mal überlegen. Sie haben hier wirklich ein großes Problem. Und ich kann Ihnen helfen, damit fertigzuwerden.«

»Vielleicht«, erwiderte Ethan. »Also, haben Sie Ray Brannigan vergangene Nacht überwacht?«

Sie zögerte und schüttelte dann den Kopf. »Nein. Mein Partner und ich sind in die Stadt zurückgefahren, als der Park geschlossen wurde. Was ist passiert?«

Sie wartete, und als er nicht antwortete, meinte sie: »Aha. Informationsaustausch als Einbahnstraße. Sagen Sie mir Bescheid, wenn es in beiden Richtungen funktioniert«, und verschwand durch die Tür.

Na, macht nichts, dachte Ethan. Er musste zuerst einiges herausfinden, und sie würde nicht weit sein, denn es gab irgendetwas in *Dreamland*, was sie wollte.

Schade, dass nicht er das war.

»Wie ist die hier reingekommen?«, erkundigte sich Gus.

»Ist uns gefolgt.«

»Gar nicht gut.«

»Deswegen hab ich auf sie geschossen.«

Gus tätschelte ihm den Arm. »Braver Junge.«

Klar, aber ich kann nicht dauernd auf sie schießen, dachte Ethan. Ob es Glenda nun gefiel oder nicht, er würde einen Weg finden müssen, mit Weaver zusammenzuarbeiten.

So eng wie möglich.

Mab war gerade mit dem Erstanstrich an der Vorderseite des Kastens fertig geworden, da krächzte Frankie von seinem Platz auf dem geschwungenen Dach herab. Sie blickte auf und sah, dass Gus den Hauptweg entlang auf sie zukam.

Sie erhob sich, wischte sich die Hände an einem fleckigen Lappen ab, und als Gus sie erreicht hatte, begrüßte sie ihn: »Hallo, Gus, wie geht's Ihnen?«, denn sie wusste, dass er Delpha sehr geschätzt hatte.

»Geht schon.« Er hielt ihr ein paar Stücke aus Holz entgegen. »Hab mich gefragt, ob das noch repariert werden kann.«

Sie nahm eines der Stücke und betrachtete es näher. Es war geschnitzt, aber viel grober als die feinen Wirbellinien an dem Wahrsager-Automaten. »Das ist ein sehr altes Stück, Gus.«

»Ja.« Er hielt ihr die übrigen Stücke hin.

»Sehr, sehr alt«, meinte sie und nahm sie in die Hände. »Etwa …«

»… zweitausendfünfhundert Jahre alt«, half er nach, und ihre Augenbrauen hoben sich.

»So alt?« Sie hockte sich auf das Kopfsteinpflaster und legte die Teile einzeln hin, schob sie hin und her, bis sie zueinanderpassten, und stellte sie sich in Gedanken als räumlichen Körper vor, so wie sie es schon tausendmal zuvor getan hatte …

Die Teile schienen sich unter ihren Augen zu erheben und zusammenzufügen.

»*Huii*«, rief sie und fuhr zurück.

»Was?«, fragte Gus.

»Haben Sie das *gesehen*?«, fragte sie ihn und erkannte dann, dass es für ihn nicht sichtbar gewesen war. »Egal.«

Sie betrachtete den Deckel genauer, während er vor ihr zu schweben schien. Es fehlte ein Stück, nein, als sie auf die andere Seite kroch, sah sie, dass zwei kleine Teile fehlten. »Da fehlen zwei kleine Holzstückchen, eins ist ungefähr dreieckig und das andere mehr rechteckig. Ungefähr einen halben Zentimeter groß. Wenn Sie mir die bringen, setze ich Ihnen das Ganze wieder zusammen.«

»Gut. Und das hier habe ich mitgebracht, es könnte helfen«, erklärte Gus und reichte ihr eine Art Schüssel aus Holz, die Schablonenform.

Sie nahm sie mit einem »Danke« entgegen, zuerst verständnislos, doch da kehrte sich ihre Vision der Holzteile um und setzte sich in die Schüssel, und sie erkannte, dass es eine Schablonenform zur Reparatur des Deckels war. »Vielen Dank, das ist mir eine große Hilfe.«

»Zwei Stücke, ja?«, versicherte sich Gus.

»Ja. Wo haben Sie diese Stücke gefunden?«

»In der *FunFun*-Statue.«

»Ach.« Mab betrachtete erneut die Stücke vor sich. »Dann ist das der Deckel, der ihn in seiner Urne gefangen hält, stimmt's?«

»Stimmt.«

»Na, dann suchen Sie mir schnell diese zwei fehlenden Teile, damit ich ihn reparieren kann und Sie *Fufluns* wieder einsperren können.«

»Nicht ohne dich, Mädel«, erklärte Gus plötzlich, und Mab zuckte zusammen. »Delpha wusste, dass du berufen würdest, sie wusste, dass du unsere neue Seherin sein würdest. Wir brauchen dich.«

Sie erhob sich, legte die Holzstücke in ihre Arbeitstasche, die hölzerne Schablonenform obenauf. »Gus, ich bin keine Kämpferin. Wenn ihr jemanden braucht, um etwas zu reparieren, dann bin ich jederzeit für euch da ...« Sie unterbrach sich, erschrocken, dass sie das gesagt hatte, aber es war die Wahrheit. »Aber alles andere ...« Sie schüttelte den Kopf. »Besorgen Sie mir die fehlenden Teile, dann repariere ich es sofort.«

Er machte ein langes Gesicht. »Hast du den Taubenschlüssel aus dem ›Tunnel der Liebe‹ rausgenommen, Mädel?«

»Den Taubenschlüssel? Nein. Ich habe nirgends eine Taube entfernt. Ich habe eine in den Tunnel zurückgetan, bevor ich dem *FunFun* vom Karussell die Panflöte wieder in die Hand gab, aber ich habe nichts abmontiert.«

»Jemand hat ihn mitgenommen.« Gus schüttelte den Kopf. »Das ist nicht gut. Wenn wir *Tura* wieder in ihre Urne gesteckt haben, können wir sie nicht ohne Schlüssel in der Meerjungfrau-Statue einschließen.« Niedergeschlagen schlurfte er davon, und Mab fühlte sich elend, weil sie ihm nicht versprochen hatte zu helfen.

»Ich werde die Augen nach dieser Taube offen halten«, rief sie hinter ihm her, und er winkte, ohne sich umzudrehen.

»Ich wäre wirklich ein lausig schlechter Dämonenjäger«, murmelte sie leise, trotzdem krächzte Frankie sie vom Dach herunter an.

»Halte du dich da raus«, empfahl sie ihm.

Dann wandte sie sich wieder ihrer Arbeit zu.

Als Mab mit dem Erstanstrich fertig war, wurde es bereits dunkel, aber das machte ihr nichts aus, denn sie wusste auch ohne den Lichtstrahl von ihrem Schutzhelm genau, wo welche Farbe hingehörte, und wahrscheinlich hätte sie es auch ganz ohne Licht noch gesehen. Die visuelle Kraft, die Delpha ihr hinterlassen hatte, war ein unglaubliches, unschätzbares Geschenk. Es hatte nur einen einzigen Haken, dachte sie, nämlich dass es sie womöglich für immer an diesen Ort band …

Frankie krächzte, diesmal mit einer schrillen Note, und sie blickte auf und sah Ray, der von den Pflastersteinen des Hauptwegs abbog und auf sie zukam.

»Mary Alice«, rief Ray ihr zu und lächelte anerkennend, als er neben ihr stand, und das Ende seiner Zigarre glühte in der Dämmerung orange auf. »Jetzt fängt's ja an, direkt wie ein Wahrsager-Automaten auszusehen.«

»Das ist erst der Voranstrich«, entgegnete sie, aber er spähte zu *Vanth* hinein.

»Sehr schön. Ein richtiges Kunstwerk. Warum bist du noch so spät hier draußen?«

»Arbeit.«

Er schüttelte den Kopf. »Du solltest nicht allein hier draußen bleiben. Na komm, ich begleite dich zum *Dream Cream* zurück.«

Er griff nach ihrem Arm, und Frankie krächzte ihn laut an.

»Was, zum Teufel, ist denn das?« Ray nahm die Zigarre aus dem Mund und blickte in die Höhe.

»Das ist mein Vogel«, antwortete Mab. Ray war durchaus fähig, ein Schießeisen zu ziehen und einen Raben abzuknallen, deswegen wollte sie dem gleich einen Riegel vorschieben.

»Ist das nicht Delphas Vogel?«, fragte Ray und sah sie misstrauisch an.

»Ja. Sie hat ihn mir vererbt.«

»Ihn dir vererbt?«

»Sie ist letzte Nacht gestorben. Und ich muss jetzt wieder an meine Arbeit…«

»Sie hat dir ihren Vogel vererbt?«, wiederholte Ray und starrte sie an. »Ich wusste gar nicht, dass ihr euch nahegestanden seid. Hat sie dir sonst noch was vererbt?«

»Alles«, antwortete Mab, der unbehaglich zumute war. »Ich muss jetzt *wirklich* …«

»Hat sie dir etwa ihren Anteil am Park vererbt?«, fragte Ray scharf und trat näher.

»Ja.«

Da lächelte er wieder. »Mary Alice, heute ist dein Glückstag. Ich gebe dir zweihundertfünfzigtausend Dollar für deine zehn Prozent am Park.«

Mab blinzelte vor Verblüffung. Eine Viertel Million für zehn Prozent von *Dreamland*? War er verrückt geworden?

»Bedenke nur, was du mit so viel Geld anstellen könntest.«
Mab war ihm bereits weit voraus. Damit wäre sie frei. Sie könnte das Geld anlegen und von den Zinsen und von ihrer Malerei leben. Sie wäre abgesichert ...

Frankie krächzte über ihr, und sie sah auf und begegnete seinem starren Blick. Dann kurvte er um Mab herum herab, ließ sich auf ihrer Schulter nieder und sah ihr in die Augen.

Nein.

»Ja, ja«, sagte sie zu ihm. »Ich weiß.« Wenn Ray ihr eine Viertel Million für ein Zehntel von *Dreamland* bezahlen wollte, dann war da etwas oberfaul. »Nein, vielen Dank«, wandte sie sich an Ray. »Ich glaube, ich werde meinen Anteil Glenda schenken.«

»Bist du verrückt geworden?«

Frankie krächzte und schlug mit den Flügeln, als Mab vor der plötzlichen Wut in Rays Stimme zurückwich. »Nein absolut nicht. Es ist ihr Park, nicht meiner.«

»Nein, ist es nicht.« Ray trat näher. »Mary Alice, ich denke hier nur an dein Wohl. Schließlich bin ich dein einziger lebender Verwandter.« Er zögerte, dann fügte er hinzu: »Ich habe dir alles vermacht, was ich besitze, weißt du. In meinem Testament. Das wirst du alles erben. Du kannst mir vertrauen.«

»Ich wette, das hört sie nicht zum ersten Mal«, sagte Joe hinter ihm, und als sie sich zu ihm umdrehten, stand er da, eine Einkaufstüte in der einen und zwei Sektflöten in der anderen Hand. Die Stiele der Gläser waren wie knochige Hände geformt, die den oberen Teil hielten.

»Du warst im *Dreamland*-Souvenirladen einkaufen«, bemerkte Mab, die sich noch nicht sicher war, wie sie für einen Lügenbold von Dämonenjäger empfand, aber gleichzeitig froh über sein Erscheinen war, da Ray sich so merkwürdig benahm.

Joe kam grinsend näher. »Dave hat mir Wein und Steaks besorgt, aber die Gläser vergessen, na ja, und diese hier fand ich lustig, also …« Er beugte sich vor und küsste sie.

»Guten Tag«, sagte Ray ohne ein Lächeln, »ich bin Mary Alices Onkel.«

»Angenehm«, erwiderte Joe, ebenfalls ohne zu lächeln.

Ray blickte Joe eine Zeit lang starr an, und Joe erwiderte den Blick, Ray drohend und Joe mit einem Gesichtsausdruck, der besagte »schlechter Scherz«. Dann wandte sich Ray mit einem Nicken an Mab. »Überleg dir mein Angebot. Sei kein Dummkopf.« Er warf Joe einen letzten Zum-Teufel-mit-dir-Blick zu, schob sich die Zigarre wieder in den Mund und marschierte über den Hauptweg davon.

Mab atmete erleichtert aus.

»Was für ein Typ«, meinte Joe abfällig. »Na, also zweiter Versuch: Hallo, du.« Er küsste sie lang und zärtlich, ohne Einsatz der Hände, denn er hatte beide Hände voll.

»Hallo«, erwiderte sie, als sie Luft holen musste. Lügenhafter Dämonenjäger oder nicht, sie war glücklich, dass er da war. Sie spähte in die Einkaufstüte und erkannte eine Flasche Wein neben kleinen Päckchen vom Metzger. »Wein?«

»Ich dachte, wir bleiben heute Abend mal zu Hause«, erklärte Joe. »Und brutzeln uns bei dir was zum Abendessen. Und gehen früh ins Bett …« Er verstummte, als sein Blick auf den Wahrsager-Automaten fiel.

»Ist sie nicht schön?«, hauchte Mab.

»Sehr. Also, was sagst du zu meinen Plänen für den Abend?«, erkundigte sich Joe und hob seine Tüte in die Höhe.

»Oh, ja.« Mab nahm ihm die Gläser mit den Knochenhand-Stielen ab.

Während sie die Gläser in ihrer Arbeitstasche verstaute, blickte Joe wieder *Vanth* an.

»Schau nicht zu scharf hin«, meinte Mab. »Da steckt ein Dämon drinnen. *Vanth*.«

»Bist du sicher?«

Mab nahm ihre Tasche und wandte sich wieder zu *Vanth* um. Sie konnte jetzt mühelos das Blau im Inneren pulsieren sehen. Ohne jede Anstrengung. »Ich bin sicher.« Sie stellte sich vor die Glasscheibe. »Morgen komme ich wieder und fange mit dem letzten Anstrich an der Außenseite deiner Bude an. Du bist wirklich wunderschön. Gute Nacht.«

Die Mechanik surrte und eine Karte schoss heraus.

Vorsicht.

»Vorsicht?«, las Mab verwundert. »Vorsicht wovor? Vor dir?«

Ein weiteres Surren und noch eine Karte:

Er liebt dich, so sehr er kann, aber er kann dich nicht sehr lieben.

Mab stockte der Atem. Sie sah Joe an.

»Was ist denn los?«, fragte er und kam näher, und sie reichte ihm die Karte.

Doch sobald er sie berührte, löste sie sich in Nichts auf.

»Netter Trick«, sagte er zu dem Kasten und wandte sich dann Mab zu. »Fertig?«

»Netter Trick?«, wiederholte sie fragend.

»Na, du hast doch gesagt, da drinnen steckt ein Dämon, oder?«

»Ja«, bestätigte Mab.

»Na ja, also dann: netter Trick, Dämon.« Er sah auf sie hinunter, ausnahmsweise ohne zu lächeln. »Ich sterbe vor Hunger. Bist du fertig?«

»Ja«, antwortete sie und sah *Vanth* nicht an. Sie müsste verrückt sein, von einem Dämon einen Rat anzunehmen. Vor allem, wenn es einen Dämonenjäger betraf.

»Dann lass uns gehen«, bat er, und es klang wieder fröhlicher.

Er legte einen Arm um sie, und Frankie flatterte von ihrer

Schulter auf und flog voraus. Sie gingen den Hauptweg entlang zum *Dream Cream*, und Mab blickte kein einziges Mal zurück.

In dieser Nacht, eine Viertelstunde vor Mitternacht, hockte Ethan in der Steuerkabine des Doppel-Riesenrads, direkt gegenüber der Drachen-Steuerkabine, in der Gus sich aufhielt, und ignorierte, dass er einen Leibwächter hatte.

Ethan machte es sich bequem und dachte über sein Tageswerk nach. Er hatte sich die Waffen angesehen, die Gus in seinem Sack aus dem Hauptturm mitgebracht hatte: alles aus Eisen, ziemlich porös und zerbrechlich, alles dünn und spitz, und alles hatte eine gründliche Reinigung nötig. Das Einzige, was unter all dem Schrott wert war, behalten zu werden, war ein Messer mit langer, dünner Schneide und einem verzierten Handgriff – in der Form eines groben Pfeils –, und Gus hatte ihm auch ans Herz gelegt, es zu behalten. »Das ist das Messer deines Vaters«, hatte er gesagt, als Ethan es in die Hand nahm, »ein gutes Jägermesser.« Und dann mit einem Kopfschütteln: »Hank hat es nie getragen. Hatte keine Lust. Er war meistens betrunken.«

Da hatte Ethan sein rasiermesserscharfes Kampfmesser aus der Scheide seiner Kampfweste gezogen und das Messer seines Vaters an dessen Stelle geschoben. Sie hatten den Park kontrolliert, aber keine Spur von den Unberührbaren entdeckt, und die ganze Zeit über war Ethan in Gus' Nähe geblieben. Glenda saß, nachdem sie alles für Delphas Einäscherung organisiert hatte, sicher wieder zu Hause in ihrem Wohnwagen, Türen und Fenster mit Eisenkreuzen verriegelt, und Young Fred konnte sich selbst verteidigen. Gus aber wurde von Tag zu Tag langsamer und konnte das nicht mehr, und so blieb Ethan immer bei ihm. Keine dämonischen Morde mehr, wenn er es verhindern konnte …

In der Dunkelheit außerhalb der Kabine bewegte sich etwas. Er wich in den Schatten zurück, und als es in die Kabine schlüpfte, packte er es bei der Kehle und zog das Messer seines Vaters.

»Aaaah«, keuchte Weaver.

Er ließ sie los und steckte das Messer wieder ein. »Was, zum Teufel, tun Sie hier?«

Sie massierte sich die Kehle. »Ich hab doch gesagt, dass ich wieder auf Sie zukomme, allerdings hatte ich nicht vor, mich erwürgen zu lassen. Was machen Sie hier? Irgendetwas geht hier vor, oder?«

»Wie haben Sie mich gefunden?«

Sie zögerte. Schließlich gab sie zu: »Ich hab Sie verwanzt.«

»*Was?*«, stieß er wütend hervor. »Wie ...« Aber dann erinnerte er sich daran, wie sie mit leichter Hand sein Schießeisen aus dem Halfter gezogen hatte.

Er zog es heraus und betrachtete prüfend das Halfter, bis er die Wanze fand.

»Also gut, tut mir leid«, erklärte sie, doch es klang nicht danach. Sie hielt in der Dunkelheit etwas in die Höhe, groß und sperrig wie ein Sack. »Aber dafür habe ich Gewehre mitgebracht, Dämonengewehre. Sind wir deswegen hier?«

»Bleiben Sie einfach hinter mir, und tun Sie, was ich Ihnen sage.«

»Klar, so machen wir's.« Sie spähte aus der Kabine. »Gus macht sich bereit, den Drachen fahren zu lassen. Was steht an?«

»Gestern Nacht haben Dämonen Delpha umgebracht. Glenda sitzt sicher in ihrem Wohnwagen, Fenster und Tür mit Eisen verriegelt, aber sie sollen auch Gus nicht erwischen, während er mit dem Drachen beschäftigt ist.«

Sie rückte näher, um besser sehen zu können, und ihre Schulter berührte seine. »Tut mir leid wegen Delpha. Sie hat mir mal die Zukunft vorhergesagt. Sie war richtig gut, fand ich.«

»Ja, war sie.« Ethan dachte einen Augenblick darüber nach. »Was hat sie Ihnen gesagt?«

Weaver schüttelte abwehrend den Kopf. »Also sieht der Plan so aus, dass wir hier auf der Lauer liegen, und wenn Gus von Dämonen angegriffen wird, schießen wir sie ab? Da bin ich dabei. Ich hasse diese gemeinen Biester.« Sie ließ ihren Rucksack von den Schultern gleiten, öffnete ihn und zog ein Dämonengewehr mit Klappschaft hervor. Sie klappte den Schaft aus und reichte Ethan das Gewehr und zwei Munitionsmagazine.

»*Das* ist mal ein Gewehr«, meinte Ethan begeistert, es abschätzend in der Hand wiegend.

»Eine Leihgabe nur für heute Abend«, erklärte Weaver. »Nehmen Sie's als Kostprobe. Ich kann es Ihnen nicht auf Dauer überlassen, denn Ursula würde es früher oder später merken. Na ja, wahrscheinlich eher später.«

»Ursula?«

»Unsere Chefin.«

»Wir müssen nur *Halloween* überstehen«, meinte Ethan. »Was ist mit ...«

Die Drachen-Achterbahn erwachte plötzlich mit allen Lampen zum Leben, und Ethan wandte seinen Blick wieder Gus zu. »Ist Ray Brannigan ein Dämon?«

Sie schüttelte den Kopf. »Nein. Aber er ist ein Arschloch. Ich habe versucht herauszufinden, wie er sein Geld gemacht hat. Tja, er hat bei einigen riskanten Geschäften schnell und hart zugeschlagen, eine Menge Leute über den Tisch gezogen. Scheint Insiderinformationen genutzt zu haben.« Ihre Stimme wurde höher, leicht unsicher. »Die Sache ist die, er scheint keine Beziehungen zu irgendwelchen Insidern zu haben. Er ... *weiß es* einfach.«

Ratternd kam der Drache in Fahrt.

Weaver schwankte in der Dunkelheit neben Ethan, berührte seinen Arm, und er holte tief Luft. Zum ersten Mal seit langer Zeit fühlte er sich wieder lebendig.

»O o«, stöhnte Weaver.

Ethan blickte genauer hin. Etwas Kleines kroch über den Boden, und dann entdeckte er noch eines und noch eines, gedrungene kleine Gestalten, die von der Rückseite der geschlossenen *Whack-a-Mole*-Bude herkamen, über das Kopfsteinpflaster krochen, mindestens ein Dutzend, und es kamen immer mehr nach …

»*Teddybären?*«, wunderte sich Weaver.

»Lachen Sie nicht«, erwiderte Ethan, der den Park prüfend musterte und versuchte abzuschätzen, wie viele es waren. Jetzt vielleicht zwei Dutzend. »In denen stecken Dämonen!«

Weaver blickte starr hinaus, und er hörte sie flüstern: »Ihr Name ist Legion, denn es sind ihrer viele.«

»Was?«, erkundigte er sich.

»Ich hab noch nie so viele zusammen gesehen. Eine ganze Meute von Bösewichtern.« Sie atmete tief durch. »Also gut, machen wir sie fertig.«

Drüben in der Drachenbahn kam Gus aus der Kabine und packte das Geländer über dem Wasserbecken, bereit, sich hinunterzubeugen und sein Ohr auf die Schiene zu drücken …

»Die werden ihn runterstoßen«, rief Ethan, schob Weaver zur Seite und rannte hinüber.

Die kleinen Biester waren schnell. Ethan sah eines auf die Plattform klettern, und er hob das Dämonengewehr und feuerte, wobei der Schalldämpfer das Geräusch verschluckte. Die Eisenkugel traf den Teddybären in den Hintern, er explodierte geräuschlos, und eine Mischung aus billiger Füllung und einer Art purpurner Dämonenschlamm, so dunkel, dass es schon fast Antimaterie war, spritzte auf das Kopfsteinpflaster und zischte dort wie Säure. Weaver gab hinter ihm einen Schuss ab, und ein zweiter Bär explodierte. Ethan feuerte erneut, schredderte einen weiteren Bären und verspritzte noch mehr Schlamm auf dem Fußweg, während Gus sich über das Geländer beugte, blind für den geräuschlosen Kampf hinter seinem Rücken. Ethan traf den nächsten Bären, als der gerade auf das Geländer kletterte, doch im gleichen Moment landete einer auf seiner Schulter. Er blickte in die Höhe und sah vier Bären in dem Baum über sich, und aus ihren Augen leuchtete purpurfarbene, dämonische Bösartigkeit. Er ignorierte den auf seiner Schulter, der versuchte, sich zu seinem Kopf emporzuarbeiten, und feuerte in die Baumkrone, doch ein zweiter Teddybär sprang ihm an die Brust und krallte sich an seiner kugelsicheren Weste fest, um zu seinem Gesicht zu gelangen.

Weaver feuerte noch immer auf die kleinen Monster, die auf Gus zueilten, als ein dritter Bär Ethan an die Beine sprang. Er schoss einen zweiten aus dem Baum, und der Schlamm spritzte, und gleichzeitig sprang ihn ein anderer aus dem Baum an, flog direkt auf sein Gesicht zu. Er feuerte und traf ihn mitten im Sprung, sodass ein Regen von säureartigem Purpur auf seine Arme traf und sich durch seine Jacke fraß, doch den nächsten traf er nicht, und der landete direkt auf seinem Kopf. Ethan ließ das Dämonengewehr fallen, packte den Teddybären mit beiden Händen im Fell und versuchte, ihn wegzureißen, während ihm das Biest seine Pfoten in den Mund stopfte und die anderen beiden mit dämonischen Kräften an ihm zerrten, hohe, zwitschernde Laute von sich gaben und ihn zu Boden rissen.

Weaver zerschoss einen von ihnen, woraufhin die anderen beiden von ihm abließen, aber dann stürzte sich noch einmal ein halbes Dutzend von ihnen auf Ethan statt auf Gus, und ihre Knopfaugen glühten vor purpurnem Hass.

»Schießen Sie sie von mir runter!«, schrie er, und Weaver

tat genau das, indem sie mit raschen, perfekt gezielten Schüssen einen nach dem anderen erledigte. Der Dämonenschlamm spritzte und brannte Löcher in die Pflastersteine.

Als keiner mehr übrig war, lag Ethan auf dem Rücken, starrte in den Nachthimmel empor und spuckte schwer atmend Fetzen von Polyesterfell aus. Das Zeug klebte selbst an dem Schweiß auf seinen Händen, und es wurde ihm klar, dass Delpha auf diese Weise gestorben war.

»Alles okay?«, fragte Weaver, die sich über ihn beugte.

»Ja«, erwiderte Ethan, kam auf die Füße und wischte sich Fellreste von den Händen. Dann ging er hinüber zu Gus, der dem Rattern lauschte. »Gus?«, rief er auf Gus' linker Seite und tippte ihm auf die Schulter.

Gus winkte nur ab und lauschte weiter, und Ethan war beruhigt, dass ihm nichts geschehen war, und kehrte wieder zu Weaver zurück.

»Die sind von dort gekommen«, sagte sie und deutete auf die *Whack-a-Mole*-Bude. Ethan folgte ihr hinüber, und zu zweit öffneten sie die Vorderseite des Standes.

Er war voller unschuldiger Teddybären, die keinerlei Hass ausstrahlten, und ihre Knopfaugen waren einfach nur Knopfaugen.

»Herrje«, stieß Weaver hervor und starrte die Teddybären an. »Ich will nie mehr einen Teddybären sehen.« Sie atmete tief durch. »Noch nie habe ich so viele Dämonen auf einmal gesehen. Und die waren so schnell ...«

»Ja.« Ethan sah sie an. »Was war das für ein Legionen-Zeug, was Sie vorhin sagten?«

Weaver riss ihre Blicke von den Bären los. »Was? Ach so. ›Mein Name ist Legion.‹ Markus, Kapitel fünf, Vers neun. Der Dämon sagt, sein Name ist Legion, denn er ist viele in einem. Diese hier allerdings scheinen nicht mit einem einzigen Kopf zu arbeiten ...«

»Die *Bibel*?«

»Gute Quelle für die Dämonenrecherche«, erwiderte Weaver. »Außerdem war mein Vater Pfarrer.«

»Sie sind eine Pfarrerstochter?«, staunte Ethan.

»Glauben Sie nicht alles, was man Ihnen über Pfarrerstöchter erzählt«, meinte Weaver in etwas leichterem Ton. »Tja.« Sie warf einen Blick zurück auf das Durcheinander von hellen Fellfetzen und dunkelpurpurnem Schlamm. »Heute Nacht haben wir ein gutes Werk getan.«

»Ja, allerdings, vor allem Sie. Meisterhaft geschossen.«

Sie grinste ihn an, und Ethan empfand den überwältigenden Wunsch, ihr ein Geschenk zu machen, um dieses Grinsen zu erhalten, irgendetwas, er blickte sich in dem *Whack-a-Mole*-Stand um – alles außer einem Teddybären. Da schwebte hoch über all den Bären ein riesiger, ausgestopfter Plüschdrache, dessen Schwingen und Brust in dem orangeroten Licht glitzerten. Ethan kletterte über den Ladentisch, streckte sich, nahm ihn herunter, staubte ihn ab und reichte ihn ihr. »Sie haben den ersten Preis gewonnen.«

»Huii.« Weaver nahm ihn und bemühte sich vergeblich, cool zu bleiben. »Ist das ein Friedensangebot?«

»Ja«, erwiderte Ethan, »und ich finde, wir sollten keine Geheimnisse mehr voreinander haben. Bitte sagen Sie mir alles, was Sie über Dämonen wissen. Die Bibelpassagen können Sie weglassen.«

»Die Bibelpassagen sind das Beste.« Sie hielt den großen Drachen mit ausgestreckten Armen von sich weg, um ihn in dem schrecklichen orangeroten Licht besser sehen zu können. »Ich werde ihn *Behemoth* nennen. ›Seine Glieder sind stark wie Kupfer, und seine Knochen sind aus Eisen‹, zitierte sie. Er kann mich vor den Dämonen beschützen.«

»Kupfer?«, wunderte sich Ethan.

»Na ja, da ist etwas Glitzerndes an ihm. Sieht in dieser komischen Beleuchtung wie Kupfer aus. Ich werde ihn anstelle des Teddybären auf das Bett in der Pension setzen. Das ist viel besser.« Sie schob sich den Drachen unter einen Arm und wurde wieder geschäftlich. »Ich muss über diesen Dämonenangriff Bericht erstatten. Das D-Gewehr lasse ich Ihnen über Nacht, damit Sie es sich genau ansehen können, aber wenn Sie es für immer wollen, müssen Sie Blut und Informationen spenden, Freundchen.« Sie zögerte. »Sind Sie und Gus jetzt wieder in Ordnung?«

»Klar«, erwiderte Ethan. »Vielen Dank, dass Sie uns beiden den Arsch gerettet haben.«

»Hab nur meinen Job getan«, erwiderte Weaver und marschierte davon, zur Kabine des Riesenrades, um ihren Rucksack zu holen, den großen Plüschdrachen unter dem Arm.

Ethan sah ihr nach und ging dann zu Gus hinüber. »Lassen wir's für heute Abend gut sein«, begann er und sah dann Gus' Gesichtsausdruck. »Was ist los?«

»Nur zweimal Rattern«, sagte Gus. »Jetzt sind drei Unberührbare draußen.«

Kapitel 12

»Also, was ist so wichtig, dass ich mitten in der Nacht noch mal herkommen muss?«, fragte Glenda, als sie bei der Drachenbahn zu ihnen stieß, und Ethan deutete zum Kopf des Drachen empor, der über dem aufgerissenen Maul zum ersten Mal zwei glitzernde Augen hatte.

»Jemand hat das Auge eingesetzt«, stellte er fest. »Gus sagt, es sei der Schlüssel zu der orangefarbenen Ringerstatue.«

»Ja, das ist *Selvans'* Schlüssel.« Glenda ging zur Rückseite des massiven rostfarbenen Ringers und warf einen Blick durch die offen stehende Klappe ins Innere. »Wo ist die Urne?«

»Gus hat sie, und der Dämon ist nicht mehr drin. Gus ist gegangen, um Young Fred herzuholen. Aber wie sollen wir das hinkriegen ohne Seherin?«

Glenda rieb sich die Stirn. »Na gut, es geht um *Selvans*. Er ist nicht gerade der Hellste, und er bewegt sich langsam, aber er ist sehr stark. Wenn Young Fred ihn erschrecken kann, dann kannst du ihn dir vielleicht schnappen, ohne dass eine Seherin ihn stoppen muss. Aber du musst dich beeilen …«

Sie sprach noch weiter, aber Ethan hörte nicht mehr zu.

Hinter der Drachenbahn bewegte sich etwas und kam langsam hervor.

»Mom«, stieß Ethan warnend hervor und entspannte sich dann. »Ach, nichts. Es ist nur Carl *Whack-a-Mole*.«

Glenda fuhr herum. »Nein, nicht so spät noch, kann er nicht sein.«

Carl schwankte langsam auf sie zu, den riesigen Hammer des »Teste-deine-Kraft«-Kastens in der Hand.

»Ach, verdammter Mist«, entfuhr es Ethan, und er trat schützend vor seine Mutter. Er bemühte sich, rasch zu denken, aber dann erkannte er, dass er Zeit hatte: Carl bewegte sich mit der Geschwindigkeit einer Schnecke.

»*Capio* ihn einfach, wenn Young Fred ihn erschreckt und er nicht auf der Hut ist«, empfahl Glenda, während Carl langsam heranschwankte.

»Klar.« Er war absolut bereit, *Selvans* in sich hineinzuzwingen, nur wusste er nicht, wie er ihn aus Carl herauslocken sollte, da Young Fred noch nicht da war. »Äh, *buuh*«, machte er, als Carl noch näher kam.

Carl schwang daraufhin den riesigen Hammer mit unglaublicher Kraft, und der massive Hammerkopf zischte knapp an Ethans Kopf vorbei.

»Ich dachte, er wäre langsam?«, rief Ethan und stieß Glenda beiseite, als er rasch rückwärts auswich.

»Oh, *momentum*«, rief Glenda, während Carl wie in Zeitlupe in einem Halbkreis dem Schwung des Hammers folgte.

Ethan zog seine Pistole.

»Du darfst Carl nicht erschießen!«, stieß Glenda erschrocken hervor.

Ethan schob das Schießeisen ins Halfter zurück und überlegte, während sie weiter zurückwichen.

Sie waren jetzt neben der Steuerkabine der Drachenbahn. Carl schwang wieder den Hammer, und Ethan wich ihm geduckt aus, sodass der Hammer in die Wand der Kabine krachte. Holzsplitter flogen umher.

»Hey, Carl!«, schrie Young Fred ein Stück hinter Ethan, und Carl schwenkte den Kopf herum, als sei er ihm zu schwer. Als Young Fred ihn erreichte, blickte er wie ein angestochener Bulle zu ihm auf.

Young Fred verwandelte sich in einen mächtigen, drei Meter hohen Teddybären – mit Raubtiergebiss.

Carl schrie auf und zuckte zurück, woraufhin Young Fred schrie: »*Frustro!*« Da brach ein riesiger orangeroter Dämon aus Carl hervor, der bewusstlos zusammenbrach.

Der Dämon wandte sich wie in Zeitlupe zur Flucht, aber Ethan rief: »*Capio!*« und griff nach ihm, sog ihn in sich hinein …

Es war, als würde er von orangerotem Schlamm erfüllt. Die Welt wurde zu einem schlickfarbenen, in Zeitlupe ablaufenden Film. Ethan fühlte ein schweres Gewicht auf seinem Herzen lasten und hörte die Stimme seiner Mutter in gedrosselter Geschwindigkeit: »Re…diiiiii…mmmiiiiii…oooohhhh…«

Im nächsten Augenblick wurde *Selvans* aus ihm heraus und in die Urne gezogen, und die Welt kehrte wieder zur Normalgeschwindigkeit zurück, während Gus den Urnendeckel mit einem Knall schloss und sprach: »*Servo!*«

»Was, zum Teufel, war denn *das*?«, ächzte Ethan, der sich an der zersplitterten Wand der Kabine festhielt, um wieder auf die Füße zu kommen.

»*Selvans*«, antwortete Glenda, »*Kharos'* rechte Hand.«

»*Kharos'* Kettenhund«, verbesserte Gus und bedachte die Urne mit einem wütenden Blick.

»Wer ihn da wohl herausgelassen hat?«, gab Glenda ruhig zu bedenken, als wäre es ein ganz alltägliches Problem. »Mab war es nicht, sie weiß inzwischen Bescheid.«

»*Selvans* selbst war es auch nicht«, meinte Ethan. »Wir sind vorhin von besessenen Teddybären überfallen worden. Mehrere Dutzend Teddybären.«

»Wir?«, fragte Glenda.

»Gus und ich«, antwortete Ethan, der keine Lust hatte, mit seiner Mutter über Weaver zu diskutieren.

Gus ließ sich nicht vom eigentlichen Problem ablenken.

»Es gibt nur fünf Unberührbare, und die würden keine Teddybären besetzen, da sind sie zu stolz dazu. Die gehen nur in Menschen. Sogar *Selvans* würde sich keinen Teddybären aussuchen.« Er hielt inne, als sei ihm ein Gedanke gekommen.

»Was ist?«, drängte Ethan.

»Warte mal«, mischte Glenda sich ein. »Ihr wurdet von besessenen Teddybären überfallen?«

Ethan winkte nur ab und sah Gus eindringlich an.

»Na ja, die Unberührbaren würden nicht in Teddybären gehen«, wiederholte Gus. »Aber diese *Minion*-Dämonen, also die sind wie Viecher, die stürzen sich auf alles. Gemeine kleine Biester. Tückisch und gemein. Man erkennt immer, wenn die jemanden besetzen. Menschen, die von denen besessen sind, benehmen sich wie bösartige Besoffene. Deswegen besetzen sie lieber kleine Sachen und kommen immer in Horden.«

»*Minion*-Dämonen.« Ethan holte tief Luft. »Also gibt's hier im Park mehr als eine Sorte Dämonen?«

»*Minions*«, stieß Glenda grimmig hervor. »Das hat uns gerade noch gefehlt.«

»Die sollten gar nicht hier sein«, meinte Gus. »Der Eisenzaun außen herum soll sie eigentlich draußen halten. Sieht aus wie 'n einfacher Zaun, aber da steckt 'ne Menge Eisen drin. Hab ich 1926 extra machen lassen. Und da is' ja noch der Fluss. Fließendes Wasser hält sie ab. Außer jemand bringt sie mit 'm Boot rüber.« Gus stand unruhig auf. »Wir müssen den Zaun überprüfen ...«

»Morgen«, wehrte Ethan ab. »Wir überprüfen ihn morgen. Geh jetzt lieber in deinen Wohnwagen, und verriegele Tür und Fenster, und sieh zu, dass du etwas schlafen kannst. Morgen kümmern wir uns um das alles.«

Gus nickte und wandte sich dem Pfad zu, der hinter der Drachenbahn zu den Wohnwagen führte. »Ach, herrje«, rief er dann, hielt inne und bückte sich, um Carl *Whack-a-Mole* auf die Wange zu klopfen.

»So ist Delpha umgebracht worden, nicht?«, fragte Glenda leise. »Von *Minion* besessenen Teddybären.«

»Ich glaube, ja«, erwiderte Ethan. »Am Fensterrahmen war ein blauer Fellfetzen eingeklemmt.«

»Das ist alles Teil eines Planes.« Glenda stieß ein Schnauben aus. »*Kharos* hat einen Plan, und irgendjemand hilft ihm, ihn auszuführen.«

»Ray«, vermutete Ethan.

»Was ist passiert?«, fragte Carl *Whack-a-Mole* und versuchte, sich aufzusetzen.

»Ich kümmere mich um ihn«, wandte Glenda sich an Ethan. »Kontrolliere du schnell den Park vom Hauptweg aus. Sieh nach, ob euch auch keiner von den *Minions* entgangen ist.«

»Richtig«, erwiderte Ethan. »Teddybär-Kontrolle.«

Er ließ Glenda und Gus bei Carl zurück und ging eine letzte Patrouille um den Park. Keine Bären. Schließlich ließ er sich in der hellen Außenbeleuchtung des geschlossenen *Dream Cream* nieder und nahm das D-Gewehr auseinander. Er setzte es wieder zusammen, wiederholte den Vorgang mehrmals und bewunderte Weavers Entwurf. Als er die Uhr im *Dream Cream* zweimal schlagen hörte, ging er noch einmal zu den Wohnwagen, um nachzusehen, ob Gus und Glenda sicher eingeschlossen waren, dann zog er sich zu seinem Schlafsack hinter dem Teufelsflug zurück. Er lag allein in der Dunkelheit, fühlte einen Stein, der sich ihm in den Rücken bohrte, und starrte durch die kahlen Äste der Bäume hinauf zu den fünf roten Warnlampen, die an der Spitze des Teufelsflugs blinkten. Seine Gedanken kreisten um sein neues Leben oder vielmehr um das Leben, das ihm geblieben war. Nun ja, das Damoklesschwert schwebte über ihm, aber heute Abend hatte er sich zum ersten Mal wieder lebendig gefühlt, hatte bösartige Teddybären zurückgeschlagen und einen orangefarbenen Dämon überwältigt. Er verspürte nicht einmal das Bedürfnis nach einem Drink. Eigentlich wollte er ...

Zwischen den Bäumen bewegte sich etwas. Er setzte sich auf und packte das D-Gewehr, bereit, dem nächsten angreifenden Teddybären den Arsch aufzureißen.

Da kam Weaver durch ein Gebüsch und trat auf die Lichtung. »Warum schlafen Sie im Wald?«

»Das beruhigt«, erwiderte Ethan und ließ das Gewehr sinken.

»Sie sind ein seltsamer Mensch.« Sie kam näher. »Danke, dass Sie mich nicht erschossen haben. Schon wieder.«

Sie aktivierte eine chemische Leuchtfackel und hängte sie an einen Zweig, dann streifte sie ihre Nachtsichtbrille ab und schüttelte sich in dem schwachen Licht das Haar aus. Aus einer Tasche ihrer Weste zog sie eine kleine schwarze Schachtel. »Ich habe meinen Bericht abgegeben. Ursula war nicht gerade begeistert, dass Sie eines der D-Gewehre haben. Heute Nachmittag war anscheinend die monatliche Inventur. Pech.« Sie öffnete die Schachtel, und eine Nadel glitzerte in dem Licht der Fackel. »Ich werde etwas Blut von Ihnen brauchen, um sie zu besänftigen.«

Ethan seufzte. »Und ich dachte, Sie wären wegen mir gekommen.«

»Bin ich ja. Ich bin wegen Ihnen gekommen, um Ihnen Blut abzunehmen und das D-Gewehr wieder mitzunehmen, damit Ursula aufhört, mich anzublaffen. Setzen Sie sich. Oder legen Sie sich, falls Ihnen beim Blutabzapfen flau wird.«

Blutabzapfen machte ihm nichts aus, aber er legte sich dennoch auf den Rücken.

»Also«, begann sie und kniete sich neben ihn, »welchen Arm?«

»Den hier«, antwortete er, streckte die Hand nach ihr aus,

zog sie zu sich herab und küsste sie, und sie erwiderte seinen Kuss leidenschaftlich, so wie sie alles tat, und das gefiel ihm, denn ihm gefiel alles, was sie tat.

»Was muss ich eigentlich noch tun, um endlich Blut von dir zu kriegen?«, japste sie, als sie sich endlich löste.

Er nahm ihr die Nadel ab und warf sie in die Büsche. »Wie wär's, wenn ich dir das zeige?«, erwiderte er und rollte sich herum, und sie stieß hervor: »Autsch, ein Stein«, und lachte auf, und dann sprachen sie nichts mehr.

Gegen drei Uhr am Nachmittag ließ Ray sich neben der Teufelsstatue nieder, zündete seine Zigarre an und sagte: »Hör zu, es war ein schlimmes Wochenende, und ich will keine Klagen hören.«

DU WIRST KLAGEN, dachte *Kharos*. SOBALD ICH DICH ERST IN DEN FINGERN HABE ...

»Wir haben fast fünfzig Prozent Wirkungsgrad, gar nicht so übel. Die *Minions* haben gestern Nacht Delpha erledigt, allerdings hat sie ihnen einen Kampf geliefert. Ich musste mindestens zehn Minuten draußen vor dem Wohnwagen warten, bis sie endlich fertig mit ihr waren. Das war verdammt kalt, und ...«

WAS IST MIT SELVANS?

»Hör mal«, brauste Ray auf. »Ich hab getan, was du mir gesagt hast. Aber Ethan war da und Glenda und auch noch Gus und Young Fred. Alle. Sie haben *Selvans* gekriegt.«

HABEN DIE MINIONS DEN HÜTER GETÖTET?

»Gus? Äh, nein.«

WARUM NICHT?

»Ethan hat ihn gerettet. Ethan und seine Freundin, die ein Gewehr hat, mit dem man *Minions* kaputtschießen kann. Und das ist der Rest der schlechten Nachrichten. Die *Minion*-Dämonen, die ich hergebracht habe, sind alle futsch. Ich hab keine

Ahnung, wo *Selvans* bei dem Kampf war, wahrscheinlich hat er sich in der Drachenbahn verirrt, aber von den *Minions* sind jetzt nur noch zwei Dutzend purpurne Dämonenschlammpfützen übrig. Was für Zeug ist das eigentlich? Antimaterie?«

Einen Augenblick lang war *Kharos* in Versuchung, Ray zu befehlen, den Schlüssel in die Teufelsstatue zu stecken, damit er heraus und ihn erwürgen konnte. Aber es war noch zu früh dafür, und nun waren die *Guardia* alarmiert …

Immerhin, Delpha war tot. Die *Guardia* würden trauern. Das war gut. Und wenn man ihnen weiter zusetzte und sie jagte, wäre das noch besser.

BRING NOCH MEHR MINIONS HER.

»Hör mal, ich hab dir doch gesagt, dass ich die nicht mag, außerdem bin ich kein Dämonenchauffeur. Ich habe … *hey*!« Ray blickte auf das große Büschel Haar, das ihm in den Schoß gefallen war. »Du hast einen perversen Sinn für Humor.« Er fegte die Haare von seinem Schoß. »Na gut, hab schon verstanden, ich werde sie herbringen.«

SETZE SIE AUF DIE GUARDIA AN.

»Soll ich sie vor dem Gewehr warnen?«

NEIN.

»Also gut. Du willst, dass der Rest der *Guardia* gekillt wird. Kapiert.« Ray erhob sich.

WARTE.

Ray wartete ab.

GLENDA NICHT.

Ray hob die Augenbrauen. »Ist da was zwischen Glenda und dir? Ich muss dir nämlich sagen, dass sie sich in den vierzig Jahren, seit du zum letzten Mal draußen warst, verändert hat.«

LANGSAM VERLIERE ICH DIE GEDULD.

»Ja, ja«, erwiderte Ray. »Ich glaube, du weißt es nicht zu schätzen, was ich für dich tue. Die Risiken, die ich eingehe.

Meine Stellung in dieser Stadt ist noch nicht wirklich stabil. Wenn die rausfinden, dass ich Dämonen einschmuggle, dann bringen sie mich zur Strecke, Bürgermeister hin oder her.«

WISSEN SIE, DASS DÄMONEN HIER SIND?

»Das werden sie, wenn sie mich mit einer Bootsladung *Minions* erwischen.« Er schüttelte den Kopf. »Ich gehe eine Menge Risiken für dich ein, und bist du mir dankbar dafür? Nein.« Er schob sich die Zigarre zwischen die Zähne und marschierte über den Hauptweg davon.

DU WIRST STERBEN, dachte *Kharos*.

Dann dachte er daran, wie die *Guardia* von Horden von *Minions* überrannt würden, wie sich das Höllentor öffnen würde, der Hochgenuss, frische Seelen peinigen zu können … ein Buffet der Verzweiflung, jede wieder anders … und schließlich kehrte er zu seinem Plan zurück, wie er die Schlinge um die *Guardia* immer fester zuziehen würde.

Am nächsten Morgen kam Mab mit Frankie zum Frühstücken herunter, halb versöhnt mit Joe, der ihr das Abendessen zubereitet hatte, sie zum Lachen gebracht und später zum Höhepunkt gebracht hatte. Zumindest daran fand sie nichts auszusetzen. Sie traf Cindy in einer voll besetzten Gaststube und runzelte die Stirn. Wenn das *Dream Cream* an Sonntagen voller Frühstücksgäste war, war das nicht ungewöhnlich, doch an einem Montag im Oktober?

»Was ist denn hier los?«, fragte sie und ging hinter die Theke, um dabei zu helfen, Kaffee auszuschenken und Wechselgeld herauszugeben, während Frankie zur Tür hinausflatterte, um sich sein eigenes Frühstück zu besorgen.

»Ich glaube, das macht das neue Aphrodisiakum-Aroma«, meinte Cindy, die mit Tellern voller Waffeln mit pinkfarbener Eiscreme unterwegs war. »Anscheinend schlägt *What-Love-Can-Do* voll ein.«

»Ja, wirklich.« Mab blickte sich über die Theke hinweg um und sah, dass mit Ausnahme des Kerls mit der dicken Brille lauter Paare dasaßen und pinkfarbene Eiscreme löffelten, einschließlich Dick und Doof, wenn man sie als Paar sehen wollte. Der Dürre hielt heute Vorträge über Eisbecher.

»Weißt du, was meine Meinung is', Quentin? Meiner Meinung nach is' das rote Zeug hier jedem Bananensplit haushoch überlegen. Das is' meine Meinung.« Der Brillen-Kerl saß währenddessen allein an der Theke und hatte wie üblich seine Zeitung vor sich und allen anderen den Rücken zugewandt, aber Mab bemerkte plötzlich, dass er nicht auf die Zeitung, sondern in den Spiegel hinter der Theke blickte. Er beobachtete den Raum.

»Das muss wohl am Zimt liegen«, meinte Cindy, die ihre Gäste betrachtete. »Würdest du der Lady da hinten nachschenken? Und bitte verschütte dabei etwas auf den Schoß dieses dürren Großmauls, der treibt mich zum Wahnsinn.«

Die Mittagszeit war bereits vorbei, als sich der Gastraum allmählich leerte. Mab ergriff ihre Arbeitstasche, winkte Cindy zu und machte sich auf den Weg zum Wahrsager-Automaten, um die letzten Stunden Tageslicht auszunutzen und mit dem Endanstrich zu beginnen, ein reiner Genuss für sie, denn die Farben waren herrlich, und sie sah deutlich vor sich, wohin jede Farbe gehörte.

So entwickelte sie in den nächsten Tagen einen gewissen Rhythmus. Vormittags half sie Cindy beim Servieren der *What-Love-Can-Do*-Eiscreme-Portionen, nachmittags strich sie den Wahrsager-Automaten und unterhielt sich dabei mit Frankie, und die Abende und Nächte verbrachte sie mit Joe beim Abendessen und im Bett. Noch nie hatte sie im Bett so viel gelacht, und je mehr sie lachte, umso glücklicher war Joe. »Du bist wirklich ein Clown«, meinte sie, und er erwiderte: »O ja«, kitzelte sie und brachte sie wieder zum Lachen. Er sprach noch immer nicht über die Dämonenjagd, aber er fragte sie interessiert nach ihrem ganzen Leben aus, ihrer Arbeit, ihren Träumen, und sie fühlte sich geschmeichelt. Und auf beunruhigende Weise durchschaut.

Am Abend zuvor hatte er sie angelächelt, eine der Champagnerflöten mit den Knochenhand-Stielen in der Hand, und gefragt: »Und nach dem Auftrag hier, wohin gehst du dann?«

»Es gibt da ein kleines Museum, für das ich Auftragsarbeiten mache«, erklärte Mab. »Die haben gerade ein Dutzend halb kaputte Karussellpferdchen geschenkt bekommen, die ich für sie instand setzen soll, wenn ich hier fertig bin. Das wird bestimmt nett. Und die Bildergalerie, die mir Bilder abkauft, will noch ein paar mehr von mir, und das finde ich ...«

»Und was ist mit all den Leuten?«

»Was soll mit ihnen sein?«

»Vermisst du sie nicht, wenn du weggehst?«

»Nein«, antwortete Mab. »Ich hab's nicht so sehr mit Menschen.«

»Wirst du Cindy nicht vermissen?«, bohrte Joe nach. »Und Glenda? Und *mich*?«

Da musste Mab an Cindy denken, wie sie sie über ihre Waffeln hinweg anlächelte, und an Glenda, wie sie ihre Zigarette weggeschnipst und Mab ermahnt hatte, einen Mantel anzuziehen, weil es kalt würde, und dann dieser Mensch mit den dicken Brillengläsern und Joe ...

Wenn ich bei der Guardia mitmachen würde, könnte ich mit Frankie in Delphas Airstream-Wohnwagen wohnen, ich könnte Bilder von Dreamland malen und im Park arbeiten und jeden Tag mit Cindy frühstücken und jede Nacht mit Joe verbringen ...

Und sie wäre wieder eine »verrückte Brannigan«, die sich ihr Leben lang mit Dämonen herumschlug; was auch sonst bei ihrer verrückten Familie.

»Ja«, antwortete sie, »euch werde ich vermissen. Aber trotzdem gehe ich.«

Ray hingegen würde sie nicht vermissen. Er war bei ihr vorbeigekommen, um ihr sein Testament zu zeigen. »Siehst du«, begann er und schob ihr die Dokumente hin. »Du bist meine einzige Erbin.« – »Das trägt das Datum von gestern«, wandte Mab ein, und Ray blickte ärgerlich drein und betonte: »Jedenfalls *bist du meine Erbin.*« Dann reichte er ihr ein Blatt Papier. »Und nur um ganz sicherzugehen, solltest du auch ein Testament machen. Ich hab das von meinem Rechtsanwalt aufsetzen lassen.« Mab las. »Da steht, dass ich alles dir hinterlasse«, sagte sie dann. »Ray, ich habe nichts. Willst du zwei Koffer und einen Raben erben?« Dann fiel es ihr wieder ein: ein Zehntel von *Dreamland.* »Nein, das mache ich nicht«, schloss sie und versuchte, ihm die Papiere wieder zurückzugeben, aber er wehrte ab: »Nein, behalte sie, und denk darüber nach«, und marschierte davon, die Zigarre zwischen den Zähnen, nicht direkt wütend, aber fest entschlossen.

»Bei dem blicke ich überhaupt nicht durch«, sagte sie zu Frankie, stopfte die Papiere in ihre Tasche und wandte sich wieder ihrer Arbeit zu.

Dann war da Ethan und seine neue Freundin, die Kampf-Barbie, die ihn wenigstens einigermaßen aufmunterte. Er versuchte immer wieder, Mab zu überreden, zur *Guardia* zu gehen, genau wie Glenda es schon die ganze Woche über versuchte, aber bei ihm kam dabei ein eindeutiges Gewalttrauma zum Ausdruck, was eine nette Abwechslung war. »Wie wär's, wenn ich meine Kraft an Weaver weitergäbe?«, meinte Mab schließlich, als sie am Donnerstagnachmittag zum Wahrsager-Automaten kamen. Im nächsten Augenblick war ihr dieser Gedanke bereits zuwider, doch Weaver erwiderte mit einem Lächeln: »Nein, danke, ich halte mich lieber an meine Ausbildung und an technische Mittel«, und so fühlte Mab sich in ihrer Abneigung bestätigt und beschloss, ihr gar nichts zu geben.

Und schließlich war da noch *Vanth*, die es aufgegeben hatte, Karten auszuspucken, und nun einfach auf telepathischem Wege mit ihr sprach, ihr Fragen über alles Mögliche stellte: ob sich alle Frauen so kleideten wie Mab (»Nein, ich bin ein Original«), ob Mab Kinder hatte (»Nein, und ich will auch keine«), ob Mab auch die übrigen Statuen restauriert hatte (»Ja, aber ich werde keine Schlüssel mehr hineinstecken«), und Dutzende anderer, mehr oder weniger neckischer Dinge. *Vanth* war eindeutig keine, die länger über etwas nachdachte, und sie schien auch kein besonderes Ziel zu haben, aber sie war freundlich und interessierte sich für vieles, und abgesehen von ihrer tagtäglichen Bitte, freigelassen zu werden, war sie eine angenehme Gesellschaft, so eine Art Muttertier, die sich immer wieder einmal zu Wort meldete, um Mab zu ermahnen, sich wärmer anzuziehen oder sich vor Fremden zu hüten.

Trotz all der Unterbrechungen hatte Mab den Wahrsager-Automaten bis Freitagvormittag, dem Tag, an dem die Journalisten erscheinen sollten, bis auf einige wenige Akzente von Silber auf den winzigen Fischchen fertig gestrichen. »Brauchst du Hilfe?«, fragte sie Cindy, als sie mit Frankie zum Frühstücken herunterkam. »Ich bin nämlich fast fertig, und die Zeitungsfritzen …«

Sie brach ab, als sie ein halbes Dutzend Fremder mit Notebooks und Handys im Gastraum erblickte.

»… sind schon da«, vollendete Cindy. »Nicht sehr viele, aber genug. Wir haben nicht viel Betrieb, weil ich *What-Love-Can-Do* aus der Menükarte genommen habe. Dieser Massenandrang hat mich verrückt gemacht. Setz dich, ich bring dir dein Frühstück.«

Mab wählte einen Barhocker am Ende der Theke. Auf dem

vorletzten Hocker saß der Kerl mit der Cola-Flaschen-dicken Brille und las den Sportteil.

»Sie sind wohl ein absoluter Fan von Cindys Eiscreme«, sagte sie zu ihm.

Er wandte ihr den Kopf zu, die Augen scharf hinter den dicken Brillengläsern. »Sie überrascht einen immer wieder.«

»Ja, das ist wahr«, stimmte Mab zu. »Leben Sie hier in der Gegend?«

»Nein«, erwiderte er und wandte sich wieder seiner Zeitung zu.

Okay, dachte sie, und im nächsten Augenblick stand Glenda neben ihr.

»Nein«, wehrte Mab ab. »Gehen Sie mir heute nicht auf die Nerven. Ich bin fast fertig mit dem Park, und ich möchte das heute genießen.«

Glenda stellte einen Pokal aus Bronze direkt vor Mab auf die Theke. Er war etwa dreißig Zentimeter hoch, mit reichen Bronzeapplikationen verziert und hatte zwei sich windende Drachen als Handgriffe und einen Phoenix, der um die glatte, runde Seite herum geformt war. »Der gehört dir.«

»Was ist das?«, fragte Mab, tief beeindruckt von der Schönheit des Stückes, gleichzeitig aber misstrauisch, da die Sache sicher einen Haken hatte.

»Das ist Delpha. Sie hat sich diese Urne schon vor langer Zeit ausgesucht.«

»Delpha.« Mab fuhr ein wenig zurück. »Delphas *Asche*?«

»Nimm sie«, bat Glenda und blickte ihr in die Augen. »Du hast ihre Seherkraft, du sollst auch ihre Asche haben.«

Mab zögerte, da nahm Glenda die Urne und steckte sie in Mabs Arbeitstasche.

Mab blickte Frankie an, der damit einverstanden schien.

»Na gut«, gab sie nach.

»Und jetzt muss ich dich um einen Gefallen bitten«, fuhr

Glenda fort. »Ich muss das Orakelzelt heute Nachmittag wieder öffnen. Wir brauchen für die letzten beiden *Screamland*-Wochen einen Wahrsager. Nur heute und morgen und dann nächsten Freitag und Samstag. Mehr verlange ich nicht.«

Mab sah sie mit gerunzelter Stirn an. »Ich kann nicht die Zukunft weissagen.«

»Das ist nicht schwierig«, erwiderte Glenda. »Die meisten Leute stellen dieselben Fragen. Über Liebe oder Beruf. Die Antworten kannst du dir leicht ausdenken.«

»Das kommt mir nicht fair vor.«

»Du wirst das besser können, als du glaubst«, meinte Glenda. »Wirst du's tun? Für mich? Und für Delpha?« Sie blickte auf die Urne in Mabs Arbeitstasche hinab.

»Also gut«, antwortete Mab, dankbar, dass es nicht darum ging, Dämonen zu killen. Außerdem war sie Delpha etwas schuldig.

»Gut«, stellte Glenda fest, wandte sich ab und ging.

»Ich hätte sie fragen sollen, ob ich die Asche ausstreuen soll«, sagte Mab zu Frankie.

Frankie schüttelte sein Federkleid.

»Ich schätze, das heißt Nein«, vermutete Mab, da kam Cindy auf sie zu.

»Was wollte denn Glenda von dir?«

»Sie will, dass ich über's Wochenende das Orakelzelt aufmache.« Mab blickte Cindy stirnrunzelnd an. »Weißt du, es ist wirklich schwer, ihr etwas abzuschlagen.«

»Erzähle«, forderte Cindy sie auf, aber da öffnete sich die Eingangstür, und zwei Familien mit Kindern strömten zur Theke, und so erwiderte Mab nur: »Später« und rutschte von ihrem Hocker. Sie beugte sich hinunter, um ihre Arbeitstasche zu nehmen, und hielt beim Anblick der Urne inne. Dann wuchtete sie die Arbeitstasche auf den Hocker und ließ den Blick unentschlossen auf der Urne ruhen.

Mit einem Seitenblick auf den Brillen-Kerl neben sich stellte sie fest, dass auch er die Urne betrachtete.

»Hübsche Drachen«, meinte er.

»Ach. Ja.« Mab nickte. »Aber was soll ich damit tun?«

»Haben Sie sie gern gehabt?«

»Sie?«

»Die alte Dame in der Urne.«

»Ja«, antwortete Mab und erkannte, dass es die Wahrheit war. »Ich habe sie nicht lange gekannt, aber ich mochte sie sehr.«

»Dann stellen Sie sie irgendwohin, wo es ihr gefallen würde und wo Sie sie sehen und in Erinnerung behalten können«, empfahl er und wandte sich wieder seiner Zeitung zu.

»Also gut«, sagte Mab zu seinem Profil, hängte sich die Arbeitstasche über die Schulter und machte sich auf den Weg zum Wahrsager-Automaten, um die restlichen winzigen silbernen Fischchen anzumalen, bevor sie um Mittag herum das Orakelzelt öffnen musste. Und damit würde der Park vollständig restauriert sein. Fertig. Und sie wäre auch fertig. Fertig mit *Dreamland*.

Sie hielt inne, denn der Gedanke machte sie nicht glücklich.

Mach es einfach zu Ende, befahl sie sich selbst und verließ mit Frankie und Delpha das *Dream Cream*.

In den vergangenen vier Tagen hatte Ethan versucht, aus den *Guardia* eine echte Kampftruppe zu machen, war aber gescheitert.

Glenda hielt hartnäckig daran fest, alles so zu machen wie immer. Gus hatte *Selvans'* Urne wieder in die rostrote Ringerstatue eingeschlossen, Glenda den Drachenauge-Schlüssel zur Aufbewahrung gegeben, und nun konzentrierte er sich darauf, alles für den großen Tag vorzubereiten, den nächsten Freitag, an dem *Halloween* begann. Er überprüfte die Golfkarren, ob sie auch tadellos funktionierten, da die Zeitungsfritzen nicht gern zu Fuß gingen, wie er betonte, und ließ die Drachen-Achterbahn jeden Abend laufen, wobei nach wie vor zweimal Rattern fehlten. Young Fred stand allem gleichgültig gegenüber, und Mab wollte nichts mit der *Guardia* zu tun haben, was Ethan in seinem Wunsch bestärkte, die Dämonen lieber mit natürlichen, technischen Mitteln einzufangen als mit übernatürlichen. Außerdem hatte er mit Weaver alle Hände voll zu tun, denn sie forderte von ihm tagsüber sein Wissen über Dämonen und nachts seinen Körper, nicht gerade die schlimmste Situation für ihn, wenn auch Carl *Whack-a-Mole* nicht glücklich über den Verlust seines Superdrachens war und von Ethan verlangte, ihm den Preis eines neuen zu bezahlen. Dabei erwähnte er mit keinem Wort, dass er von einem Dämon besessen gewesen war, was Ethan erneut zeigte, dass die Menschen sich später nicht daran erinnerten. Ethan bezahlte zähneknirschend die geforderten fünfundsiebzig Dollar, dachte aber bei sich, dass die Nächte mit Weaver es mehr als wert waren.

Schließlich fragte Carl: »Und wem hast du zwei Dutzend Teddybären geschenkt, du großzügiger Spender?«, und Ethan erwiderte zögernd: »Die waren von *Minion*-Dämonen besessen.« – »Ach, verdammter Mist«, schimpfte Carl. »Hast du sie alle erledigt?« – »Äh, klar«, antwortete Ethan, und Carl schlug ihm auf die Schulter und meinte: »Gut gemacht. Sag Glenda, die *Guardia* schuldet mir ein paar Bären.« Dann ging er wieder an seine Arbeit. Ethan hatte das Gefühl, dass er noch einiges über *Dreamland* lernen musste.

Zusammen mit Weaver blockierte und sicherte er den Liebestunnel: Sie schlangen Ketten um das erste Boot und brachten Bewegungsmelder an, die sämtliche Zugänge überwachten. Sollte *Tura* wieder ein Opfer in den Tunnel locken wollen, würde sie nicht weit kommen, und Ethan würde es sofort erfahren. Außerdem war Weaver in ihren vielen gemeinsamen Stunden in der Dunkelheit mit einigen Informationen rübergekommen, dass Ray Brannigan gesehen worden war, wie er *Minion*-Dämonen über das Wasser und höchstwahrscheinlich in den Park beförderte. »Und ihr habt nicht daran gedacht, ihn zu stoppen?«, fragte Ethan verärgert, und Weaver meinte: »Mein Partner glaubt nicht an das Böse. Er meint, dass alles und jeder gebessert oder zumindest genauer untersucht werden sollte, also habe ich ihm versprochen, dass ich nur beobachte und nicht einschreite, solange keine Menschenleben in Gefahr sind.« – »Das muss ja hart für dich sein, nicht auf Sicht gleich ballern zu dürfen«, spottete Ethan, aber er war ihr trotzdem dankbar für diese Information. Ein Grund mehr, Ray für immer auszuschalten, sobald sie *Halloween* hinter sich gebracht hatten.

Aber das war auch der einzige Lichtblick, fand Ethan, während er mit Weaver am Freitagnachmittag auf Patrouille durch die Tunnels der Bahnen ging, seine Mark-23 in der einen Hand, eine Taschenlampe in der anderen. Gus wollte das eigentlich selbst besorgen, aber Ethan hatte ihn zurückgeschickt, den Park im Freien und im sicheren Sonnenlicht zu beobachten, und hatte ihm versprochen, dass sie auch den Wachturm überprüfen würden.

»Ich hasse es, Patrouille zu gehen«, bemerkte Weaver im Konversationston, während sie sich dem Tor näherten. »Ich weiß, dass es notwendig ist, aber …«

Ethan fühlte, dass etwas vor ihnen war, ließ sich rasch auf ein Knie nieder und zog mit geübter Hand die Pistole, während die Lampe in seiner anderen Hand auf das Tor gerichtet war.

Das Tor wurde aufgestoßen, und ein Pirat aus Plastik rannte auf ihn zu, das Entermesser hoch erhoben, purpurrot glühende Augen, und Ethan feuerte zweimal. Die Kugeln schlugen genau zwischen den rotglühenden Augen ein, wo sie ein einziges schwarzes Loch hinterließen. *Hübsch*, dachte Ethan, aber der Pirat kam weiter direkt auf ihn zu.

Dann blendete ihn fast das Mündungsfeuer, als Weaver ihr D-Gewehr abfeuerte. Ethan blinzelte und sah den Piraten auf den Rücken fallen, das kreisrunde Geschoss in seiner Mitte eingegraben. Die Plastikteile lösten sich in einer Pfütze aus dunklem, leerem Dämonenschlamm, der sich zischend in den Steinboden fraß.

»Da sind noch mehr«, warnte Ethan und erhob sich, denn es kamen keine weiteren aus dem Turm heraus, doch er war sich seines Gefühls sicher.

Im Kellergeschoss des Wachturms bewegte sich etwas.

»In Deckung!«, schrie Ethan und riss seine Pistole hoch. Er feuerte, Weaver ebenfalls, wobei seine Kugeln den heranstürmenden Piraten bremsten und ihre ihn explodieren ließen, woraufhin mehrere Piraten hinter dem ersten kehrtmachten und die Treppe hinaufhasteten. Ethan riss das leere Magazin aus der Mark-23 und stieß ein neues hinein. »Verdammt, beschaffe mir *endlich ein D-Gewehr.*«

»Ja, ja, ja.« Weaver stieg über die Plastikteile und die Schlammpfützen hinweg in das Kellergeschoss des Wachturms und strebte der Treppe zu. »Ursula zählt sie jetzt jeden Tag, und du kennst ja die Bedingungen: Du informierst mich über die Dinge hier und lässt dich von meinem Partner untersuchen.«

Ethan folgte ihr die Treppe hinauf und blieb vor der Tür stehen. Von der anderen Seite war kein Laut zu hören, aber er zweifelte nicht daran, dass hinter der Tür etwas auf sie wartete. Er konnte es direkt fühlen.

Er blickte Weaver an. Er hielt drei Finger in die Höhe und deutete auf die Tür. Sie nickte.

Sie kamen durch die Tür gestürmt.

Ethan duckte sich vor dem Enterhaken, der auf ihn zuflog, und feuerte, so rasch er konnte. Die Pistolenmündung war nur wenige Zentimeter von dem Piraten entfernt. Die großen 45er-Kugeln rissen Fetzen aus dem Plastikpiraten, während der seinen Haken an Ethan vorbei auf Weaver schleuderte, und dann explodierte der Arm – und der ganze Pirat –, als sie feuerte.

Säureartiger purpurner Schlamm bespritzte Ethans kugelsichere Weste und fraß sich hinein, während Weaver unablässig feuerte und zwei weitere Piraten wegpustete, bis die übrigen über die Steinstufen an der Wand davonstoben und dabei zwitschernde Laute von sich gaben, die wahrscheinlich in Dämonensprache bedeuteten: *He, das war nicht ausgemacht.*

Sie schienen das Dämonengewehr nicht erwartet zu haben.

Ethan sah sich prüfend in dem großen Raum um, der einst der alte Speisesaal des Turms gewesen war und noch voller alter Restauranttische und solider Holzstühle stand, doch er konnte keine weiteren Dämonen entdecken.

»Nur drei?«, fragte Weaver enttäuscht.

»Mit den beiden im Tunnel sind es fünf«, rechnete Ethan. »Zwölf Piraten sind es auf dem Piratenschiff, also sind noch sieben da, die du wahrscheinlich jeden Augenblick abballern darfst.«

Sie lud nach.

Sie befanden sich im Erdgeschoss des Turms, auf der Höhe der Zugbrücke. Er blickte sich um und sah die massive Tür aus Holz und Eisen, die einen Gutteil der Außenwand einnahm und, wie er wusste, zum Bootsschuppen mit dem Steg führte, mit der kleineren Tür in der Mitte der Zugbrücke. Es gab keinen anderen Weg hinaus. »Die müssen alle da oben sein«, meinte Ethan und lud nach. »Bist du bereit?«

Weaver nickte.

Sie stiegen die Treppe hinauf, und Ethan blieb oben stehen

und lehnte sich an die Tür, als lauschte er. Und wieder hörte er nichts und fühlte auch nichts auf der anderen Seite.

»Hier sind sie nicht«, stellte er fest. »Die müssen ganz nach oben geflohen sein. Pass aber auf alle Fälle auf.«

Sie öffneten die Tür und betraten, sich gegenseitig deckend, den Raum, aber da war nichts außer der alten Restaurantküche mit staubbedeckten Regalen. Ohne stehen zu bleiben, stieg Ethan die nächste Steintreppe hinauf zum Obergeschoss des Turms, dicht gefolgt von Weaver.

Vor der Tür stoppte er und wich ein wenig zurück.

»Sie sind hinter der Tür.«

»Woher weißt du das? Ich höre nichts.«

»Ich weiß es einfach.«

Mit einem Fußtritt stieß Ethan die Tür auf und begann sofort zu schießen, während die *Minion*-Piraten mit vor Wut glühenden Augen auf ihn eindrangen. Seine Kugeln warfen sie zurück, bremsten ihre Attacke, während Weaver mit dem Dämonengewehr so rasch feuerte, wie sie konnte, aber es waren zu viele, und sie waren zu schnell ...

Ethan bemerkte eine Bewegung von links, fuhr herum und sah den einäugigen Piraten-Käpt'n auf sich zurennen.

»Das ist ihr Anführer, knall ihn ab!«, schrie Ethan Weaver zu und hob seine Pistole erneut, aber bevor er feuern konnte, wandten sich die anderen Piraten dem Kapitän zu, stürzten sich förmlich auf ihn und zwangen ihn zu Boden, wobei sie seinen Plastikmantel zerfetzten. Weaver erledigte sie einen nach dem anderen mit Schnellfeuer, und Dämonenschlamm spritzte nach allen Seiten.

Als auch der letzte nur noch ein wüster Haufen von Plastikfetzen und zischendem Schlamm war, ließ Weaver ihr Gewehr sinken. »Verdammt, was war denn das?«

»Keine Ahnung«, erwiderte Ethan. »Vielleicht haben sie was gegen Rangstufen.«

»Ich habe daran gedacht, so was mal mit Ursula zu machen«, meinte Weaver. »Aber die haben nicht mal von ihm abgelassen, um sich gegen mich zu schützen. Man sollte doch annehmen, dass sie Überlebensinstinkte haben, auch wenn sie das Böse sind.«

»Es sind Dämonen, die denken nicht.«

Ethan sah sich mit prüfenden Blicken um und ignorierte den wabernden Dämonenschlamm, der sich durch die Plastikreste fraß und den Steinboden stumpf werden ließ.

Ein fünfseitiger Holztisch mit fünf Stühlen beherrschte die Mitte des Raums. Steinstufen führten an der Rückwand des Raums nach oben zum Dach, und unter ihnen waren alte Kisten und Schachteln gestapelt. Zu seiner Rechten stand ein großer Schrank und daneben ein Waffengestell voller Lanzen, Speere, Spieße, Schwerter und Streitäxte.

Weaver nahm ein Schwert in die Hand. »Hübsch.«

»Eisen. Also wegen der Waffen sind sie nicht hierhergekommen.« Ethan blickte sich wieder im Raum um. »Haben die auf uns gewartet?«

Weaver ließ das Schwert durch die Luft sausen. »Gut ausbalanciert. Ich mag klassische Waffen. Willst du nicht auch eines nehmen?«

»Ich habe ein Messer«, erwiderte Ethan und eilte zur Tür. Dieser Piratenangriff war kein Zufall gewesen, die *Minions* hatten nicht einfach nur Dampf abgelassen. Sie waren hier im Hinterhalt gelegen, und das hatte etwas zu bedeuten. Er wusste nur nicht, was.

Aber Glenda würde es vielleicht wissen. Oder Ray, wenn er ihn an der Gurgel packte. Irgendjemand würde ihm jetzt ein paar Antworten geben müssen. Sofort.

Der Park füllte sich schon mit Besuchern, als Mab zum Orakelzelt hinübereilte. Die Journalisten hatten sich über das ganze Gelände verteilt und machten Fotos von Menschen in *Halloween*-Kostümen, die kreischend mit den neu gestrichenen Achterbahnen fuhren, begeistert Cindys Eiscreme aus Waffeltüten leckten, über die Parkangestellten lachten, die mit graugrünem Make-up als Untote verkleidet überall ihr Unwesen trieben. Es würde eine wunderbare Werbung für den Park werden, solange niemand versuchte, einen Dämon zu interviewen. Mab öffnete die Gleittüren von Delphas Orakelzelt und ging hinein, und Frankie auf ihrer Schulter gab glucksende Laute von sich vor Freude, wieder hier zu sein.

Er flatterte hinauf zu den Dachsparren, und Mab stellte ihre Tasche auf dem Tisch ab. Sie war darauf vorbereitet gewesen, das Zelt zuerst aufräumen und säubern zu müssen, aber Delpha hatte das offensichtlich bereits getan. Das Einzige, was sie noch vorfand, war die geschnitzte Holzkiste voller Tarotkarten und die Schachtel, die Delpha an dem Tag genommen hatte, als sie Mab die Zukunft weissagte. Mab nahm ihre Tasche, ging zur anderen Seite des Tisches – *Delphas Seite*, dachte sie – und ließ ihre Tasche zu Boden sinken, wobei Delphas Urne einen metallenen Ton von sich gab. Sie überlegte, dann fiel ihr der Rat des Brillen-Kerls im *Dream Cream* ein, und sie stellte die Urne auf den Tisch.

Delphas Schal lag säuberlich zusammengefaltet oben auf der Schachtel, dunkelblauer Chenille mit einzelnen silbernen Fäden und mit aufgenähten silbernen Sternchen an den Enden. Mab überlegte, schlüpfte dann aus ihrem Malerkittel – der würde bei Besuchern kein Vertrauen erwecken – und schlang stattdessen den Schal um sich.

Er war warm, wunderbar warm, wie eine Chenille-Umarmung. Sie probierte einige Methoden aus, ihn um sich zu drapieren, und entschied sich schließlich dafür, ihn sich über Kopf und Schultern zu legen und dann vor der Brust locker zu verknoten, denn so gab er ihr am meisten Wärme. Sie dachte gerade daran, zu einem heißen Tee ins *Dream Cream* zurückzugehen, da kam ein Pärchen durch die offene Tür herein, eine junge Blondine und ihr Freund. Sie kicherte, er verdrehte die Augen gen Himmel.

»Hallo«, begrüßte Mab sie und setzte sich. »Ich bin Mab.« *Ich sehe die Zukunft. Echt.*

»Draußen am Zelt steht aber ›Delpha‹«, entgegnete der junge Mann und hielt seinem Mädchen einen der Stühle hin.

Mab warf einen Blick auf die Urne, die Delpha mit Bronze-Drachen umschloss. »Ja, die ist auch hier.«

»Hör auf, Bill«, bat das Mädchen und gab ihm einen leichten, mahnenden Stoß. »Er ist Reporter«, erklärte sie Mab, »deswegen sieht er alles ein bisschen skeptisch.«

»Aha, Bill«, erwiderte Mab, ein wenig nervös. »Entspannen Sie sich. Also, wie lautet Ihre Frage?«

»Müssen wir eine Frage stellen?«, erkundigte sich Bill, während er sich setzte. »Sehen Sie nicht einfach so unsere Zukunft?«

Machen Sie's nicht noch schwerer, als es schon ist, Bill. »Haben Sie eine Ahnung davon, wie viel Mist in Ihrer Zukunft liegt? Stunden, Tage, Monate, Jahre vollgestopft mit allem möglichen Zeug. Wie lange wollen Sie denn hier sitzen, und wie viel Geld haben Sie dabei?«

»Ich habe eine Frage«, stieß die Blondine hervor.

»Natürlich hast du das, Honey«, meinte Bill und verdrehte erneut die Augen.

Mab blickte zu Frankie hinauf und sah, dass auch er Bill für einen ausgemachten Trottel hielt. »Wissen Sie, Bill, Sie sollten wegen dieses nervösen Augenrollens mal zum Augenarzt gehen. Das wirkt so unhöflich und bevormundend.«

»Tja, tut mir leid«, erwiderte Bill, offensichtlich lügend. »Aber ich glaube nicht an dieses Zeug.«

»Na, da sind wir uns ja schon mal einig. Aber wie auch

immer, Ihre Verlobte glaubt daran, und es ist einfach gemein, sie so herablassend zu behandeln, also hören Sie auf damit.«

»Jawohl«, bekräftigte Honey.

»Sie glauben auch nicht daran?« Bill lachte. »Das ist ja ein guter Witz. Ein Schlager für meinen Artikel.«

»Ich habe nicht daran geglaubt«, erwiderte Mab, »bis ich vom Zauberstab berührt wurde, und jetzt sehe ich einiges mehr. Einen Zehner, bitte.«

»Zehn Dollar?«, fragte Schätzchen, »früher hat das doch immer fünf gekostet.«

»Und Sie waren früher brünett«, entgegnete Mab. »Alles ändert sich.«

»Uii, das können Sie sehen?«

»Jeder kann das sehen«, meinte Bill. »Dein Haaransatz verrät es.« Er nickte Mab zu. »Topp.« Er zog seine Geldbörse hervor und warf einen Zehner auf den Tisch. »Das kriegen Sie, wenn ich glauben kann, dass Sie wirklich in die Zukunft sehen.«

»Es ist nicht immer nur die Zukunft«, erwiderte Mab, die sich an Delphas Aussagen über sie erinnerte. »Manchmal ist es eine tiefere Sicht der Gegenwart. Nicht besonders lustig.«

»Sie müssen noch an Ihren Sprüchen feilen«, meinte Honey. »Die verderben einem die Stimmung.«

»Sie wollen lachen? Dann gehen Sie zu einem Clown«, sagte Mab. »Was ist Ihre Frage?«

Honey strahlte Bill an. »Ich will wissen, ob wir auf immer und ewig glücklich zusammenleben.«

»Und ich will zehn Pfund abnehmen«, knurrte Mab. »Geben Sie mir Ihre Hand.«

Honey streckte ihr die Rechte hin, und Mab erinnerte sich an Delpha und sagte: »Die andere.«

Honey streckte ihr die Linke hin, und Mab nahm sie vorsichtig, unsicher, was oder ob sie etwas sehen würde ...

Zuerst war da gar nichts, und Mab dachte: *Ich wusste, dass das nicht funktioniert*. Dann war da etwas – keine Bilder, keine Stimmen, nur ein Gefühl, Liebe und Sehnsucht und Furcht ... *Schrecken*, dachte sie und versuchte zu fühlen, worum es ging, denn Honey strahlte keine körperliche Angst aus, sondern Einsamkeit, Hilflosigkeit, etwas jenseits des Wunsches nach Liebe, das fast überwältigend war ...

Mab ließ verblüfft ihre Hand sinken. Das Mentale funktionierte. Was sollte sie jetzt damit tun?

»Was ist?«, fragte Honey alarmiert.

»Sie lieben ihn sehr«, stellte Mab fest.

»Ja, das ist wahr«, antwortete Honey.

»Aber Sie haben Angst, dass etwas nicht ganz stimmt, Sie haben schreckliche Angst ...«

»Nein«, stieß Honey hervor, und ihr Lächeln verblasste. »Nein, hab ich nicht, hab ich *nicht* ...«

»Geben Sie mir Ihre Hand, Bill«, forderte Mab, und als er zögerte, fügte sie hinzu: »Sie glauben sowieso nicht an den Quatsch«, da streckte er seine Hand aus.

Mab nahm sie, entschlossen herauszufinden, was Honey unbewusst bereits wusste. Wenn dieser Mistkerl sie ...

Liebe, unerschütterliche Liebe, und Schuldbewusstsein und Angst ...

»Ach herrje«, stieß Mab hervor, »Sie lieben sie auch.«

»Natürlich«, erwiderte Bill, und Honey begann wieder zu lächeln.

»Aber Sie werden ihr wehtun, Sie werden sie verlassen.« Mab blickte Honey voller Mitgefühl an. »Er liebt Sie, so sehr er kann, aber er kann Sie nicht sehr lieben.«

»Was?«, fragte Honey. »*Warum* nicht?«

»Honey, sie rasselt nur mit den Ketten«, beschwor Bill sie und versuchte, seine Hand wegzuziehen.

Das blanke Entsetzen steht ihm in den Augen, dachte sie und fühlte zum ersten Mal ein Wort: *Terror ... nein, das ist es nicht ...* »Terry«, sagte sie, und Bill starrte sie betroffen an. »Terry, kennen Sie einen Terry?«

»Natürlich kennen wir einen Terry«, antwortete Honey. »Das ist Bills bester Freund. Sie spielen jeden Sonntag zusammen Basketball.«

Sie spielen nicht Basketball. »Sie müssen es ihr sagen«, ermahnte Mab ihn. »Das ist nicht fair. Sie liebt Sie so sehr, aber sie fühlt, dass da etwas nicht stimmt, und das macht sie elend.«

Bill sah Honey an, die noch immer verständnislos dreinblickte. »Ich will nicht ...«

»Seien Sie nicht gemein, Bill«, mahnte Mab und ließ seine Hand los. »Man lügt nicht jemanden an, den man liebt. Wenn man jemanden anlügt, dann benutzt man ihn, weil man seine eigenen Bedürfnisse für wichtiger hält als die der anderen.« Sie musste an Joe denken: *Nein, er ist anders.* »Sehen Sie sie doch an, Bill. Sie hat es nicht verdient, belogen zu werden. *Niemand* verdient das.«

»Bill?«, stieß Honey fragend hervor.

Bill erhob sich. »Komm, lass uns gehen.«

Honey erhob sich ebenfalls. »Es ist alles gut. Du liebst mich. Das hat sie gesagt.«

»Wollen Sie Ihr Geld zurück, Bill?«, erkundigte Mab sich.

»Nein«, erwiderte er und verließ das Zelt, und Honey beeilte sich, ihn einzuholen.

Mab blickte zu Frankie hinauf, der auf einem Dachsparren hockte. »Dieser Job ist zum Kotzen.«

Aber ich kann wirklich wahrsagen.

Eine brünette Frau in den Vierzigern kam durch die Öffnung ins Zelt und nahm Platz. »Ich möchte etwas über meinen Geliebten hören.«

»Natürlich wollen Sie das«, meinte Mab. »Das macht einen Zehner.«

Es würde ein langer Tag werden.

Kapitel 13

Ethan führte Weaver zu den Wohnwagen und erklärte: »Hier wohnt meine Mutter.«

Weaver betrachtete mit gerunzelter Stirn die säuberliche Gruppierung der silbrig-metallischen *Airstream*-Wohnwagen, von denen zwei auf der einen Seite des Pfades und zwei auf der anderen standen. »Und wer wohnt in den anderen?«

»Gus neben Glenda. Die anderen haben Old Fred und Hank gehört, aber die sind schon gestorben. Delphas Wagen steht am Ende des Pfades, direkt am Flussufer.«

»Also stehen hier zwei Wohnwagen leer, und du schläfst im Wald?«

»Ich bin gern im Wald – man weiß nie, wer hier auftaucht.« Ethan klopfte an die Tür von Glendas Wohnwagen. Als sie öffnete, begann er: »Weißt du noch, dass du immer wolltest, dass ich ein nettes Mädchen mit nach Hause bringe?«

Glenda blickte an ihm vorbei Weaver an, die, ganz in Schwarz, das Gewehr unter dem Arm, hinter ihm stand.

»Die hier ist kein nettes Mädel«, fuhr Ethan fort. »Das ist Weaver. Der ›Mann-in-Schwarz‹.«

Glenda blickte wieder Weaver an und nickte. »Mab hat es erwähnt.«

Er wandte sich Weaver zu. »Komm rein, und erzähle Glenda alles.«

»Da wird Ursula aber sauer sein«, meinte Weaver.

»Wie viel ist dir denn diese ärztliche Untersuchung an mir wert?«, fragte Ethan.

Weaver presste einen Augenblick die Lippen zusammen, dann stieg sie die Stufen hinauf und drängte sich an Glenda vorbei in den Wohnwagen.

Glenda murmelte: »Also das ist die berühmte Kampf-Barbie. Wie ich höre, hast du ihr Carls Drachen geschenkt.«

»Weaver hat ein Gewehr, mit dem man *Minion*-Dämonen töten kann«, erklärte Ethan ihr. »Und Spezialbrillen, mit denen man sie im Dunklen sehen kann.«

»So was brauchen wir nicht«, entgegnete Glenda. »Wir haben unsere *Kräfte*.«

»Und wenn wir unsere Karten richtig ausspielen, haben wir beides«, erwiderte Ethan und schob sie sanft hinein.

Als sie drinnen Platz genommen hatten, sagte er: »Also gut, ich mache den Anfang. Weaver, meine Mutter und ich gehören zur *Guardia*, das ist eine durch Vererbung fortbestehende Dämonenbekämpfungs-Friedenstruppe mit übernatürlichen Kräften, die hier in *Dreamland* stationiert ist, um fünf Super-Dämonen zu bewachen, die ›Unberührbaren‹ genannt.«

»Ethan!«, rief Glenda zornig.

»Übernatürliche Kräfte?«, wiederholte Weaver ungläubig.

»Mom, Weaver gehört zu einer geheimen Elitetruppe der Regierung, die Dämonenrecherche betreibt und im Moment *Dreamland* wegen seines hohen Dämonenaufkommens überprüft.«

»So viel zu geheim«, knurrte Weaver.

»Elite?«, spottete Glenda und musterte Weaver von oben bis unten.

Ethan blickte von einer Frau zur anderen. »Seid ein bisschen nett zueinander.«

Glenda hob trotzig das Kinn und presste die Lippen aufeinander, da erklärte Weaver: »Na gut, dann fange ich an. Die Regierung ist an Dämonen genauso interessiert wie an anderen gewaltbereiten Kräften, nämlich als möglicher Bedrohung oder als möglicher Waffe. Mein Partner ist der Auffassung, dass es keine gute Idee ist, Dämonen als Waffe einzusetzen, weil er es für falsch hält, Lebewesen für Regierungszwecke zu missbrauchen, und ich bin der Meinung, dass es keine gute Idee ist, sie einzusetzen, weil es gemeine kleine Biester sind, die sich jederzeit gegen uns wenden können.«

»Außerdem hat sie für uns schon einen ganzen Haufen von ihnen weggeputzt«, fügte Ethan hinzu und hoffte, dass das Glenda besänftigen würde.

Glenda sagte gar nichts, und so fuhr Weaver fort: »Meine Chefin dagegen ist hin- und hergerissen. Sie glaubt nicht wirklich an Dämonen. Sie meint, das wäre ungefähr so wie mit Ufos und mein Partner und ich wären verrückt. Aber sollten sie sich als wirklich existent herausstellen und nutzbar gemacht werden können, dann würde sie das im Verteidigungsministerium ein ganzes Stück nach oben bringen.«

»Besonders wenn die Dämonen alle über ihr killen«, bemerkte Glenda und holte eine Zigarette hervor, was Ethan für ein gutes Zeichen hielt.

Weaver nickte. »Das Problem ist, dass sie mit jedem Bericht, den wir einreichen, mehr davon überzeugt ist, dass es die Dämonen wirklich gibt. Sie spricht schon davon, selbst hierherzukommen, und falls sie zu dem Schluss kommt, dass sie ihr nützlich sein könnten, wird sie versuchen, den Park im Namen der Regierung zu beschlagnahmen.«

»Nur über meine Leiche«, entgegnete Glenda. »Die hat keine Ahnung, worauf sie sich da einlässt.«

»Das denke ich auch«, stimmte Weaver zu. »Vor allem, da ich selbst keine Ahnung habe, worauf wir uns eingelassen haben. Und deswegen brauche ich mehr Informationen.« Sie lehnte sich zurück und wartete höflich.

»Sie hat mir das Leben gerettet, Mom«, fügte Ethan hinzu. »Mehr als ein Mal. Sprich mit ihr.«

»Es sind also *Minion*-Dämonen im Park«, begann Glenda. »Wie sind sie reingekommen?«

»Ray Brannigan bringt sie hierher«, antwortete Weaver.

»Aber warum?«, fragte Glenda und sah zum ersten Mal ratlos drein. »Er will doch den Park in seine Finger kriegen, nicht zerstören. Ich weiß, dass er uns alle hier weghaben möchte, aber er will nicht, dass der Park kaputtgeht.«

»Er bringt sie hierher, damit sie uns töten, Mom«, erklärte Ethan. »Sie haben Delpha umgebracht, sie haben vor Kurzem versucht, Gus umzubringen, und heute wollten sie Weaver und mich umbringen.«

Glenda entgegnete kopfschüttelnd: »Was hat denn Ray davon, wenn ihr beide tot seid? Mir ist klar, dass er hinter Mab her ist, weil er ihre zehn Prozent erben will, aber es bringt ihm doch nichts ein, dich und Weaver umzubringen. Er ist immer nur hinter Geld her, er würde seine Seele verkaufen, um …« Sie verstummte.

»Seine Seele verkaufen, um …«, wiederholte Ethan fragend.

Glenda lehnte sich zurück. »Mein Gott. Es war direkt vor meiner Nase, und ich habe es nicht gesehen.«

»Was denn?«, fragte Ethan.

»Er hat einen Pakt mit *Kharos* geschlossen, um den Park in die Finger zu kriegen.«

»Wer ist denn *Kharos*?«, fragte Weaver.

»Der Teufel«, antwortete Glenda. »Ray hat ihm seine Seele für Geld und Macht verpfändet. Schon vor vierzig Jahren. Warum habe ich das nie erkannt?«

»Ich verstehe nicht, wie hättest du denn das erkennen sollen«, meinte Ethan. »Ich verstehe nicht mal, woran du das jetzt erkennst.«

»Augenblick mal«, mischte Weaver sich ein und richtete sich auf ihrem Stuhl auf. »*Der Teufel?*«

Glenda beachtete sie nicht, sondern wandte sich an Ethan.

»Vor vierzig Jahren war Ray Brannigan ein schmächtiger, dummer Teenager. Einige Zeit nach dem Wochenende, an dem *Kharos* und *Vanth* entkamen, begann er, sich zu verändern. Er wurde kräftiger, schlauer, Himmel noch mal, sogar sein *Haar* wurde voller, fast von einem Tag auf den anderen. Alles lief bei ihm nach Wunsch. Die Ausbildung zum Offizier in *West Point*, dann die *Army Rangers*, später dann erfolgreiche Investmentgeschäfte, das Bürgermeisteramt ...« Glenda klopfte ärgerlich mit der Zigarette auf den Tisch. »Und ich habe damals nicht darauf geachtet, weil dein Vater gerade gestorben war und ich mit dir schwanger war und ... o Gott, Ethan, er hat seit vierzig Jahren geplant, *Kharos* diesen Park zu übergeben.«

»Aber warum nach einer so langen Zeit?«, fragte Ethan.

»Ich weiß es nicht, das musst du Ray fragen.« Glenda zerdrückte die Zigarette ungeraucht. »Das ist schlimm. Ray hat überall Zutritt. Er ...«

»Ja, ja, aber *der Teufel*«, unterbrach Weaver, deren Selbstbeherrschung schwand. »Der *echte Teufel*? Den gibt es *wirklich*?«

»Ein Teufel«, erwiderte Glenda. »Ein großer. Und, ja, es gibt ihn wirklich, diesen Hurenbock.« Sie schauderte, als wäre jemand über ihr Grab getrampelt oder hätte es gerade geschaufelt. »*Kharos* will heraus, er will, dass alle Unberührbaren herauskommen, und wenn sie alle zusammen frei sind, können sie ihre wahre Form annehmen, und dann sind sie so mächtig, dass wir sie nicht mehr ...«

»Wir brauchen Weaver auf unserer Seite, Mom«, unterbrach Ethan sie beschwörend, als ihre Stimme sich voller Panik in die Höhe schraubte.

Glenda schluckte. »Also gut.« Sie nickte Weaver zu. »Gut, Sie können uns helfen. Aber mischen Sie sich nicht bei der Gefangennahme eines Unberührbaren ein. Mit den *Minions* können Sie machen, was Sie wollen, aber die Unberührbaren müssen Sie uns überlassen.«

»Und der Teufel ist einer der Unberührbaren?«, fragte Weaver.

»Ja«, erwiderte Glenda. »Es sind insgesamt fünf: der Teufel, seine Frau, seine rechte Hand, eine sexbesessene Meerjungfrau und ein Trickspieler.«

Mit großen Augen nahm Weaver das nickend zur Kenntnis. »Also gut.«

»Und Sie müssen die Regierung da raushalten«, verlangte Glenda.

»Ich werde Ursula raushalten«, versprach Weaver. »Aber mein Partner muss es erfahren. Dann werden wir zusammen entscheiden, wie wir unsere Berichte abfassen. Mein Partner ist gegen das Töten, aber ich glaube, dass sogar er zugeben muss, dass man beim Teufel den Daumen draufhalten sollte. Wir haben noch immer einen Auftrag zu erfüllen und können unsere Arbeit nicht einfach abbrechen, aber wir können dabei helfen, das Böse zu besiegen.«

»Auch ich habe einen Auftrag«, entgegnete Glenda. »Und ich mache Sie einen Kopf kürzer, wenn Sie mir dabei in die Quere kommen.«

»Das ist nur fair«, meinte Weaver. »Vor allem, wenn wir's mit dem *Teufel* zu tun haben.« Sie schüttelte den Kopf, fassungslos, ein wenig blass im Gesicht.

Glenda sah sie erstaunt an, und Ethan erklärte: »Ihr Dad war Prediger. Und jetzt zu unserem ersten Problem. Wir wurden von Piraten angegriffen...«

»Von Piraten?«, rief Glenda verständnislos.

»Die vom Piratenschiff«, erklärte Ethan. »Sie waren von *Minions* besessen. Wir haben sie alle vernichtet, aber ich bin mir sicher, dass es noch mehr Angriffe geben wird, denn *Kharos* versucht, uns alle zu töten. Deswegen...«

»Ihr habt sie vernichtet?«, fuhr Glenda auf. »Aber dann haben wir keine Piratenschiff-Rundfahrt mehr.«

Ethan sah sie verblüfft an. »Na ja, die haben versucht, uns umzubringen.«

»Ich weiß, aber jetzt haben wir eine Rundfahrt weniger«, entgegnete Glenda. »Das verringert die Einnahmen.«

»Ein Dutzend *Minion*-besessener Piraten würden das auch«, argumentierte Weaver.

»Tja, stimmt«, gab Glenda stirnrunzelnd zu. »Na gut, vergessen wir die Piraten, wir müssen die Piraten-Rundfahrt eben schließen. Und jetzt müssen wir *Tura* wieder in ihre Urne stecken.«

»*Tura*?«, fragte Weaver, die versuchte zu verstehen.

»Die sexbesessene Meerjungfrau. Bringt alle um, die fremdgehen«, erklärte Ethan.

Glenda nickte. »Und sobald *Fufluns'* Urne repariert ist, müssen wir ihn auch wieder einfangen.«

»Urne?«, fragte Weaver.

»Altertümliches hölzernes Gefäß mit Deckel, in dem man Unberührbare gefangen hält«, erklärte Ethan. »Und *Fufluns* ist der Trickspieler-Dämon.«

»Aha«, sagte Weaver.

Glenda fuhr fort: »Und haltet Ray auf, wenn er etwas unternimmt, aber verratet ihm nicht, dass wir über seinen Pakt mit *Kharos* Bescheid wissen. Sobald *Kharos* das erfährt, ersetzt er Ray durch einen anderen Trottel, und dann wissen wir wieder nicht, wer es ist.« Sie überdachte ihre Anweisungen und nickte dann. »Das sind die unmittelbaren Ziele. Danach können wir die *Minion*-Dämonen erledigen.« Sie erhob sich. »Ich werde Gus warnen, dass *Minions* hinter ihm her sind. Er ist jetzt wahrscheinlich bei der Drachenbahn. Ihr warnt Mab. Sie ist in Delphas Zelt und weissagt den Leuten die Zukunft, also ist sie im Moment wohl in Sicherheit. Aber sie muss es erfahren.«

Ethan nickte. »Also sage ich einfach zu ihr: ›Mab, dein Onkel hat einen Pakt mit dem Teufel geschlossen, und er versucht, dich zu töten‹, ja?«

»Ja.«

»Mab ist Rays Nichte?«, mischte Weaver sich ein. »Können wir ihr trauen?«

»Ja«, erwiderte Ethan. »Sie ist eine *Guardia*, deswegen kann sie uns nichts antun. *Guardia* können anderen *Guardia* keinen Schaden zufügen.«

»Keinen Schaden«, wiederholte Weaver. »Ist das nur körperlich gemeint, oder heißt es auch, sie können euch nicht betrügen und verraten?«

»Das würde Mab nie tun«, stellte Glenda entschieden fest. »Delpha hat ihr getraut. Und Delpha hat sich nie geirrt.«

»Also gehen wir und warnen Mab.« Weaver erhob sich. »Vielen Dank, dass Sie mich jetzt akzeptieren, Mrs Wayne.«

Sie streckte ihre Hand aus, und Glenda ergriff sie nach einem Moment des Zögerns und schüttelte sie.

»Haltet Ray auf«, meinte sie beschwörend, und die beiden verließen den Wohnwagen.

»Ich finde, wir sollten ihn erschießen«, sagte Weaver. »Dieser bösartige Mistkerl versucht, den Teufel auf Erden zu entfesseln.«

»Du hast doch gehört, was Mom sagte. Über Ray wissen wir wenigstens Bescheid. Wir nehmen uns erst die Dämonen vor. Apropos, kriege ich jetzt endlich ein D-Gewehr?«

»Vielleicht«, erwiderte Weaver.

Nun ja, zum Glück sprachen seine Mutter und Weaver jetzt miteinander, dachte Ethan. Ob das allerdings ein Glück war, das hing davon ab, was sie miteinander besprachen.

»Du mochtest meine Mutter nicht besonders, oder?«, fragte er, während er Weaver den Pfad hinunter zum Hauptweg folgte.

Vier Stunden nach ihrer ersten Kundschaft hatte Mab ihre Sinne so sehr geschärft, dass sie Bilder und Wörter empfing, als ob jemand in ihrem Kopf flüsterte, und dazu all die Gefühle, die ihre Kunden bewegten. In ihnen allen brodelten Gefühle, meistens in Bezug auf Beziehungen. Zuerst dachte sie, dass sie es zufällig mit leicht erregbaren Leuten zu tun hatte, aber im Laufe des Tages wurde ihr klar, dass in jedem Menschen Gefühle wie Gummibälle hin und her sprangen, selbst wenn man glaubte, man sei ruhig. Sogar der Gang zu einem für das Übersinnliche empfänglichen Wahrsager ließ die Leute nicht ruhiger werden; viele von ihnen dachten: *Denke nicht daran*, in der Hoffnung, sie würde dann ihre geheimsten, tiefsten Wünsche nicht entdecken.

Es war sehr anstrengend.

»Ich weiß nicht, wie du das ausgehalten hast«, sagte sie zu der Urne, und dann kam schon der nächste Kunde herein, ein Mann, der mitten in einem Vergnügungspark Anzug und Krawatte trug. »Ich habe eine berufliche Frage«, sagte er und nahm Platz.

»Ach wirklich«, erwiderte Mab. »Das kostet einen Zehner.«

»Das ist aber viel Geld.«

»Sie können's wieder einstecken, wenn Sie nicht überzeugt sind, dass ich Ihnen die Wahrheit sage«, erwiderte Mab und sah gierige Berechnung in seinen Augen aufblitzen.

Oben auf dem Dachbalken krächzte Frankie und spreizte seine Flügel.

»Das nenne ich fair«, meinte der Mann und legte zwei Fünfer auf den Tisch. »Was können Sie mir über meine Geschäfte sagen?«

»Ich kann Ihnen sagen, dass Sie vorhaben, mir zu sagen, dass Sie mir nicht glauben, selbst wenn Sie's tun, damit Sie Ihre zehn Mäuse wieder mitnehmen können.«

Der Kerl fuhr ein wenig zurück. »Sagen Ihnen das Ihre übersinnlichen Kräfte?«, fragte er mit einem Schnarren in der Stimme.

»Nein, das sagt mir meine große Erfahrung mit der menschlichen Natur.« Mab streckte die Hand aus. »Geben Sie mir Ihre Hand.«

Er streckte ihr die rechte hin, und sie sagte: »Die andere«, und er gehorchte.

Sie sah ... nichts. Gähnende Leere. »Ha, könnte sein, dass Sie Ihre zehn Mäuse ganz legitim zurückkriegen. Aber lassen Sie's mich mit der anderen versuchen.«

Der Kerl blickte gen Himmel und streckte ihr die rechte Hand hin. Und plötzlich drängte ihr ein Schwall von Emotionen entgegen, brodelnde Ängste, Niedertracht und Hinterlist, massive Gier, und dann eine Vision von ihm, wie er drei anderen Männern die Hand schüttelte ... »Sie betrügen Ihre Geschäftspartner.« Sie blickte zu ihm auf. »Sollte man nicht meinen, dass die Leute allmählich klüger werden?«

»Das können Sie gar nicht wissen«, wehrte er ab und wollte seine Hand zurückziehen.

Mab hielt sie fest. »Nein, aber Sie wissen es, und genau das fühle ich, genau das, was Sie wissen. Wie lautete Ihre Frage?«

Er hörte auf, sich gegen ihren Griff zu wehren. »Ich will einfach nur wissen, ob meine Geschäfte in Zukunft erfolgreich laufen.«

»In Zukunft«, erwiderte Mab. »Nun ja, die Zukunft ist so eine Sache. Viele Gelegenheiten, sich so oder so zu entscheiden. Aber wenn die Dinge weiter so laufen, wie sie jetzt laufen ...« Sie hatte eine blitzartige Vorstellung von ihm in einem Mercedes, selbstbewusst und arrogant. »... werden Sie einen Mercedes fahren.«

Der Mann entspannte sich. »Aha, gut zu wissen. Nicht, dass ich an diesen Quatsch glaube.« Er strotzte vor Selbstzufriedenheit, zeigte keinerlei Schuldgefühle, und Mab fuhr fort: »Das betrifft natürlich dieses Leben.«

»Was?«

»Nach Ihrem Tod werden Sie in die Hölle gehen, weil Sie ein unehrliches Arschloch sind, und dort werden Sie in alle Ewigkeit brennen.«

Der Kerl riss seine Hand zurück. »Ich glaube nicht an die Hölle.«

»Das tun die meisten Leute nicht. Bis sie dort landen.« Mab lächelte ihn an. »Allerdings, wenn Sie aufhören damit, andere zu belügen und zu betrügen, dann könnten Sie wahrscheinlich erlöst werden. Wenn nicht, lassen Sie sich ein paar Grillwürstchen mit in den Sarg legen. Man muss an allem die positive Seite sehen, sage ich immer.«

»Das ist doch der größte Quatsch, den ich je gehört habe«, schimpfte der Mann und wandte sich zum Gehen. Dann drehte er sich noch einmal um und wollte nach den beiden Fünfern auf dem Tisch greifen.

»Sie glauben mir nicht?«, fragte Mab und sah ihn verächtlich an. »Vergessen Sie nicht, wohin dauerndes Lügen Sie bringen kann, Sie Würstchen.«

Er wollte die Geldscheine wirklich an sich nehmen, das konnte Mab ihm ansehen, aber dann zog er seine Hand zurück und marschierte hinaus.

»Das mit der Hölle habe ich erfunden«, erklärte Mab zu Frankie gewandt, nachdem der Kerl die Schiebetüren hinter sich geschlossen hatte. »Aber ich bin mir ziemlich sicher, dass ich trotzdem recht hatte.«

Die Türen öffneten sich wieder, und Ray kam herein, einen Styroporbecher mit Deckel in der Hand, eine Zigarre zwischen den Zähnen. Frankie krächzte warnend.

»Wenn man vom Teufel spricht«, murmelte Mab etwas erschreckt. »Willst du, dass ich dir die Zukunft weissage?«

»Nein.« Er lächelte auf sie hinunter. »Na, ich nehme an, du hast deine Meinung über den Verkauf deiner zehn Prozent nicht geändert?«

»Nein.« Mab betrachtete ihn blinzelnd. »Gehen dir die Haare aus?«

»Nein«, erwiderte Ray fest entschlossen. »Das liegt nur an der miesen Beleuchtung hier. Hast du das Testament schon unterschrieben?«

»Ray, ich nehme Delphas Erbe nicht an, also hinterlasse ich auch nichts. Ein Testament wäre völlig sinnlos.«

Er nickte, als überraschte ihn das nicht. Dann blickte er auf seine Hand und schien sich wieder zu erinnern, was er mitgebracht hatte. »Hätt ich fast vergessen. Cindy schickt dir etwas Tee.«

»Danke.« Mab nahm den Becher entgegen. Sie öffnete den Deckel und schnüffelte daran. Es roch seltsam. Sie schnitt eine Grimasse.

»Irgend so ein Kräutermix«, quetschte Ray neben seiner Zigarre hervor. »Sie sagte, es wären lauter Vitamine, damit du hier draußen in der Kälte nicht krank wirst.«

»Okay.« Mab drückte den Deckel wieder auf den Becher und stellte ihn zur Seite. »Setz dich, ich lese dir aus der Hand. Ich sage dir, wie deine Geschäfte in Zukunft laufen.«

»Sehr witzig. Trink deinen Tee.«

»Nein, glaube mir, ich habe gemerkt, dass ich das wirklich kann.« Mab streckte ihm ihre Hand entgegen. »Gib mir deine Hand, dann lese ich dir deine Zukunft.«

»Nein.« Er zögerte, nahm dann die Zigarre aus dem Mund und fügte hinzu: »Du bist ein gutes Mädchen, Mab«, und ging hinaus.

»Was meinst du damit?«, rief sie ihm nach, doch da kam eine Frau durch die offen stehenden Türen herein, einen Zehn-Dollar-Schein in der Hand.

»Ich möchte etwas über meinen Lebensgefährten erfahren«, bat sie und nahm Platz.

»Na, so eine Überraschung«, murmelte Mab und zog den Becher Tee zu sich heran. »Setzen Sie sich und …«

Ethan klopfte an die Seite des Zeltes und trat ein, und Frankie gab von oben ein heiseres Krächzen von sich und erschreckte damit die Frau, die ihn noch nicht bemerkt hatte.

»Ich bin hier gerade mitten in einer Sitzung«, erklärte Mab abweisend.

»Wir müssen Sie dringend sprechen«, beharrte er, während Weaver hinter ihm erschien.

»Ach«, seufzte Mab, »hallo Weaver.«

Weaver verschränkte die Arme. »Kampf-Barbie?«

Mab erwiderte das kalte Lächeln. »Ich bin sicher, Sie haben sich für mich was Schlimmeres ausgedacht. Und jetzt, wie Sie sehen, würde diese freundliche Dame hier gern ihre Zukunft …«

Ethan bedachte die Frau mit einem Nicken. »Parksicherheitsdienst, Ma'am. Wenn Sie uns bitte einen Augenblick entschuldigen würden.«

Die Frau blickte Mab an. »Drogen, oder?«

»Nein, sie benimmt sich nur, als wäre sie auf Drogen«, verbesserte Ethan, und die Frau erhob sich rasch und verschwand.

»Wie gut, dass ich von dem Job hier nicht leben muss«, meinte Mab und griff nach dem Becher. »Sonst wäre ich jetzt *stinksauer*.«

Frankie schwebte in einer Kurve herab und im Tiefflug über den Tisch, packte dabei den Becher mit seinen Krallen und verschüttete die heiße Flüssigkeit.

»Frankie!«, schimpfte Mab und riss ihren Schal hastig aus der Gefahrenzone. »Verdammt.«

»Woher haben Sie den Tee?«, fragte Ethan.

»Ray hat ihn mir gebracht ...« Mabs Stimme erstarb beim Anblick seines Gesichtsausdrucks.

»Ihr Onkel versucht, Sie umzubringen«, erklärte Ethan. »Hat er Ihnen sonst noch etwas gegeben? Was ist in dem Eimer?«

»Eimer?« Mab blickte auf die Urne. »Das ist Delpha. Und warum sollte Ray versuchen, mich umzubringen?«

Ethan blickte die Urne mit gerunzelten Brauen an. »Er versucht, uns alle umzubringen. Er hat einen Pakt mit dem Teufel geschlossen, mit *Kharos*, und dazu gehört es, uns umzubringen.«

»Aha«, sagte Mab und verbot sich den Gedanken *Sind Sie verrückt geworden?*, um ehrlich darüber nachzudenken, denn in der vergangenen Woche hatte sich das meiste von dem, was sie für vernünftig gehalten hatte, in Schall und Rauch aufgelöst. »Der Teufel. Ha.« Sie sah den Becher an, den Frankie auf den Boden hatte fallen lassen.

»Dieser Vogel ist klüger als Sie«, meinte Weaver.

»Wahrscheinlich.« Mab blickte zu den Dachsparren auf. »Entschuldige, dass ich dich angeschrien habe. Und danke, dass du mir das Leben gerettet hast.«

Frankie spreizte die Flügel und trippelte ein paarmal von einem Fuß auf den anderen, dann plusterte er sich auf und machte es sich wieder gemütlich.

»Seien Sie vorsichtig«, warnte Ethan Mab. »Wandern Sie nicht mehr in der Dunkelheit im Park herum. Und gehen Sie nirgends mehr allein hin. Verriegeln Sie nachts Tür und Fenster ...«

»Ist es so schlimm?«, fragte Mab, die sah, dass er es ernst meinte. »Ist er hinter uns allen her? Sie wissen ja, dass er bei den *Army Rangers* war. Wahrscheinlich kann er einen Menschen mit dem kleinen Finger umbringen oder so was.«

»Er schickt *Minion*-Dämonen«, erklärte Weaver. »Das sind

gemeine kleine Biester, die in alles hineinfahren können, also achten Sie immer auf Ihre Umgebung.«

»Ach, es gibt mehr als eine Art von Dämonen?«, erkundigte sich Mab.

»O ja«, erwiderte Weaver. »Es gibt *Incubi, Succubae*, die marschierenden Horden der Hölle ...«

»Sind Sie Expertin für Dämonen?«, fragte Mab ungläubig.

»Ich habe gründlich recherchiert.«

»Recherchiert?« Für einen Augenblick war Mab fast sprachlos bei dem Gedanken, dass jemand diese Arbeit vielleicht schon für sie getan hatte. »Darf ich mir die Rechercheergebnisse mal ansehen?«

Weaver blickte Ethan fragend an, der nickte. »Na ja, sicher. Aber mein Partner ist der wirkliche Forscher. Ich werde Sie miteinander bekannt machen.«

»Ich entschuldige mich für die Kampf-Barbie«, erwiderte Mab.

»Seien Sie vor allem *vorsichtig*«, mahnte Ethan, bevor sie gingen, und Mab hätte am liebsten erwidert: »Halt, bleiben Sie hier, lassen Sie mich nicht allein«, was für sie ein gänzlich neues Bedürfnis Ethan gegenüber war, und erst recht Weaver gegenüber.

Wieder trat eine junge Frau ein und setzte sich.

»Hallo«, grüßte Mab zerstreut, noch immer mit dem Gedanken beschäftigt, dass sie bei Dämonen und bei ihrem Onkel auf der Todesliste stand. »Äh, Sie möchten etwas über Ihren Lebensgefährten wissen?«

»Ja«, erwiderte die Frau beunruhigt. »Woher wissen Sie das?«

»Telepathie«, antwortete Mab. »Geben Sie mir Ihre Hand.«

Als Weaver gegen sechs Uhr wieder erschien, brachte sie Ethan ein D-Gewehr mit.

»Danke«, sagte er. »Munni?«

Sie reichte ihm einen schweren Beutel hinüber, und er nahm ihn.

»Gehört dir. Kannst du behalten. Pfeif auf Ursula.«

»Vielen Dank«, sagte Ethan.

»Ich möchte heute Nacht bei der Dämonenjagd dabei sein«, fuhr sie fort. »Ich werde mich nicht einmischen, aber ich möchte sehen, was mit den Unberührbaren passiert.«

Ethan zögerte, denn Glenda würde darüber nicht begeistert sein, dann blickte er auf den Sack Munition. Sie hatte ihn wirklich reichlich versorgt, aber ... »Keine D-Brille?«

Sie schüttelte den Kopf.

»Okay.« Er prüfte die Balance des Gewehres in seiner Hand. Es fühlte sich gut an. »Komm, ich zeige dir unseren Plan.«

Er führte sie auf den Personalweg im Hintergrund des Liebestunnels, bis sie das Schaubild mit Antonius und Cleopatra erreicht hatten, wartete dort, bis das letzte Boot vorbeigeschaukelt war, und zeigte ihr dann, wie man durch den Schlitz in dem Kulissennetz zwischen die Figuren des Schaubilds gelangte.

»Ich bin hier auch schon gewesen, weißt du«, stellte sie fest, »und habe deinen Arsch gerettet.«

»Richtig«, erwiderte Ethan. »Also, wir warten hier. Young Fred hat sich schon in den untreuen Idioten verwandelt, den *Tura* hier reinlotst und an seiner Stelle eingeschmuggelt. Sobald sie hier vorbeifahren, verwandelt sich Fred wieder zurück, erschreckt den Geist damit und sagt: *Frustro*, und der Geist fährt aus dem besessenen Körper heraus.«

»*Frustro?*« Weaver runzelte die Stirn. »Ich enttäusche?«

»Bestimmt nicht«, widersprach Ethan.

»Ich täusche, ich betrüge, ich halte dich zum Narren ...«

»Das ist es, zum Narren halten. Dann sollte Mab den Geist erstarren lassen, indem sie *Specto* sagt ...«

»Ich sehe dich?«, fragte Weaver mit einem Schnauben.

»Aber da sie nicht dabei ist, werde ich versuchen, *Tura* auch ohne das zu packen. Bei *Selvans* ist es mir gelungen, aber der bewegt sich langsam. *Tura* ist schnell.« Er erinnerte sich, wie sie das letzte Mal wie ein Blitz in ihn gefahren war und nach seinem Herzen gegriffen hatte. »Dann zwingt Glenda sie in die Urne hinein, und Gus versiegelt sie, und damit hätten wir's geschafft.«

»Ohne einen Schuss?«, fragte Weaver.

»Genau. Wir machen das auf die klassische, gebildete Art. Wir sprechen lateinisch und nageln sie in Holzgefäßen fest.«

»Und warum erschießt ihr sie nicht einfach?«

»Weil man Unberührbare nicht töten kann.«

»Habt ihr's *versucht*?«

Ethan sah die Frau an, die mit ziemlicher Sicherheit seine Lebensgefährtin werden würde. »Nein, aber du. Du hast auf *Tura* geschossen, als du mir den Arsch gerettet hast. Aber es hat nicht funktioniert. Sie ist nur aus dem Wirtskörper entwichen.«

»Lass es mich noch einmal versuchen«, bat Weaver grimmig.

»Nicht heute Nacht, Liebes«, lehnte Ethan ab und führte sie durch den Tunnel zum Eingang zurück.

Als sie wieder ins Freie und auf den Hauptweg traten, war der Park bereits ziemlich bevölkert. Es waren noch nicht so viele Besucher, wie zu der großen *Halloween*-Feier am nächsten Tag kommen würden, aber immerhin genug, um das *Dreamland*-Bankkonto bis Mitternacht ordentlich anschwellen zu lassen. Sie begegneten einigen beunruhigten Blicken von Parkbesuchern, die wohl niemanden in kugelsicheren Westen und mit Dämonengewehren erwartet hatten. »Parksicherheitsdienst«, erklärte Ethan jedem, der erschreckt dreinblickte, und das machte Eindruck. »An *Halloween* denken die meisten sowieso, dass wir nur kostümiert sind«, sagte Ethan zu Weaver. »Das macht's leichter.«

»Für die Dämonen aber auch«, erwiderte sie.

Sie gingen den Hauptweg entlang bis in die Nähe des Teufelsflugs, da verlangsamte Ethan seinen Schritt. Auf der Bank neben der Teufelsstatue saß Ray, eine Zigarre rauchend, und sah nicht besonders glücklich drein. Als er sie erblickte, erschrak er, aber damit unterschied er sich kaum von allen anderen, deswegen beachtete Ethan es nicht weiter.

Weaver schob den Gewehrriemen von der Schulter und nahm das Gewehr in die Hand, starr vor Zorn. »Sie sitzen hier einfach so herum, Ray? Und halten ein Schwätzchen mit *dem Teufel*?«

Ray lächelte. »Wie bitte? Ich bin allein hier.«

Weaver machte eine Geste zu der Statue neben Ray. »Mit *dem da*.«

»Ah.« Ray zuckte die Schultern und verschränkte die Arme vor der Brust. »Der ist mir eine gute Gesellschaft. Redet nicht viel. Passt zu mir.«

»Scheint mir auch so«, erwiderte Weaver und trat näher an die Statue heran, steif, als müsste sie sich dazu überwinden.

Rays Gesicht rötete sich, und er richtete sich auf. »Was tun Sie hier überhaupt?«

»Parksicherheitsdienst«, sagte Ethan wieder und blickte an Ray vorbei zu der über zwei Meter hohen Teufelsstatue. Die roten Augen schienen lebendig vor Energie, und zum ersten Mal kamen ihm Zweifel an seinem Plan.

Ray starrte Weaver an. »Ich erinnere mich nicht, Frauen für den Sicherheitsdienst angeheuert zu haben.«

»Glenda hat mich eingestellt«, erwiderte Weaver und starrte weiter die Teufelsstatue an. »Ganz offiziell.«

»Sie sind gefeuert«, blökte Ray.

Weaver beachtete ihn nicht. Sie war blass geworden, vollkommen auf die Statue konzentriert, und gerade als Ethan etwas sagen wollte, drehte sie sich um und ging davon, den Pfad hinauf in Richtung Bier-Pavillon.

»Kein Respekt«, beschwerte Ray sich bei Ethan. »Die weiß nicht, wer hier der Boss ist. Schmeißen Sie sie raus. Sie wirkt psychisch labil.«

»Während Sie sich lediglich mit einer Teufelsstatue unterhalten«, sagte Ethan und ging ebenfalls den Pfad hinauf, der am Bier-Pavillon vorbei und zu den Wohnwagen führte, darum bemüht, Weaver einzuholen.

»Ich würde ihn am liebsten erschießen«, erklärte sie.

»Ich auch«, erwiderte Ethan. »Glaub mir, ich habe daran gedacht.«

Sie verließ den Pfad, und er folgte ihr zwischen den Bäumen hindurch und durch das Unterholz bis zu seiner Lagerstelle. »Tja«, sagte er und wusste nicht recht, wohin sie als Nächstes gehen sollten, obwohl er genau wusste, was er am liebsten getan hätte.

»Ich habe eine ganze Menge Dämonen besiegt«, begann Weaver bebend.

»Ja, das hast du«, stimmte Ethan besänftigend zu.

»Aber das war nichts gegen das, was da in dieser Statue ist.«

»Weaver ...«

Sie zitterte heftiger. »Mein Vater hat mir früher immer gesagt, jeden verdammten Morgen, bevor ich in die Schule ging, hat er mir gesagt: ›Sei wachsam, denn dein Feind, der Teufel, geht umher wie ein brüllender Löwe und sucht sich diejenigen, die er verschlingen kann‹. Und jetzt ist der Teufel *hier*, ich habe ihn *gefühlt*, Ethan. Es ist das *Böse*, es steckt *da drin*, und es ist kein Löwe, sondern es ist Schmerz und Verzweiflung und Tod, und dieses Arschloch Ray will es *befreien* ...«

Er legte seine Arme um sie, um sie zu beruhigen, aber sie wich zurück.

»Ich hasse es, Angst zu haben«, stieß sie hervor. »Mein Vater hat mir damit die schlimmsten Alpträume verursacht. Er hat bei seinen Predigten immer geschrien, dass der Teufel überall sei und alle im *Höllenfeuer* schmoren lassen will ...«

»Weaver ...«

»Und jetzt ist es *Wirklichkeit*.« Es schüttelte sie. »Ich hasse die verdammten Dämonen, diese bösartigen, kleinen Kreaturen, aber dieses Ding da in der Statue, das ist nicht nur einfach bösartig, das ist ... das Böse schlechthin. Die Apokalypse.«

»Ja, aber die *Guardia* ist hier bei dir«, entgegnete Ethan aufmunternd. »Wir haben ihm schon einmal den Arsch versohlt, und wir werden es wieder tun.«

»Ja? Also gut. Tut mir leid. Ich wollte mich nicht wie eine Heulsuse aufführen. Vergessen wir das, ja? Hilfst du mir dabei?«

»Da kannst du drauf wetten«, erwiderte er, zog sie mit sich auf seinen Schlafsack hinab und hielt sie eng umschlungen, da sie noch immer zitterte.

»Autsch«, entfuhr es ihr, und in einem Versuch, sich zu beruhigen, fuhr sie fort: »Wann nimmst du endlich diesen verdammten Stein da weg?«

»Entschuldige.« Er zerrte ihn unter dem Schlafsack hervor und warf ihn in die Büsche.

»Von jetzt an gehen wir in einen der Wohnwagen. Keine Steine mehr.«

Ihre Stimme war noch immer zu hoch und voller Anspannung, und Ethan stützte sich auf einen Ellbogen und meinte: »Glenda hat Hanks Wohnwagen für mich vorbereitet. Wir können jetzt sofort dorthin gehen, wenn du dich dann sicherer fühlst.«

»Nein«, erwiderte sie und sah ihm in die Augen. »Ich will es gleich jetzt und hier mit dir.«

»Bei mir bist du sicher«, versprach er. »Das schwöre ich.

Sollte der Teufel dir zu nahe kommen, schicke ich ihn zur Hölle.«

»Also gut, ich glaube dir«, erwiderte sie und zog ihn zu sich hinunter, und er tat sein Bestes, um sie ihre Horrorvorstellungen vergessen zu lassen.

»Dieses Miststück«, fauchte Ray, als Ethan und Weaver gegangen waren. »Mich wie ein Nichts zu behandeln. Mich einfach Ray zu nennen, als hätte ich es ihr erlaubt. Für dich heißt es immer noch *Mayor Brannigan*, du Aas.«

SIE IST UNWICHTIG.

»Na ja, sie mag unwichtig sein, aber sie weiß, dass ich mit dir spreche. Meine Tarnung ist aufgeflogen.«

DIE MINION-DÄMONEN WERDEN SIE TÖTEN.

»Da habe ich schlechte Nachrichten für dich«, erwiderte Ray. »Sie sollten nämlich eigentlich schon tot sein. Ich hatte gehört, wie Ethan sagte, er wollte in den Wachturm gehen, und da habe ich die *Minions* hingeschickt, um ihnen dort aufzulauern, aber die beiden sind immer noch sehr lebendig. Deswegen befürchte ich, dass wir wieder ein Dutzend von den kleinen Mistviechern verloren haben.«

Kharos dachte an mehrere qualvolle, langsame Todesarten für Ray. DU MACHST DEINE SACHE SCHLECHT.

»Ich doch nicht, sondern die *Minions*«, rief Ray. »Ich habe versucht, sie zu organisieren. Hab sie zum Wachturm gebracht, hab ihnen einen Plan erklärt, hab einen von ihnen zum Anführer ernannt ...«

WAS?

»... und die haben den einfach gekillt. Haben ihren eigenen Anführer geschreddert.«

STELLE NIE EINEN ÜBER DIE ANDEREN. SIE HASSEN JEDEN, DER ÜBER IHNEN STEHT.

»Herrje, über denen steht doch jeder«, entgegnete Ray.

»Das ist wahrscheinlich der Grund, warum sie die ganze Zeit so fuchsteufelswild sind. So was kann einen schon verrückt machen. Also gut. Die *Minions* nicht mehr organisieren. Ich werde ihnen nur noch … die Ziele vorgeben. Und ihnen klarmachen, dass die Befehle von dir kommen. Die haben eine Höllenangst vor dir.« Es klang etwas verdrießlich.

IST DEINE NICHTE TOT?

»Wahrscheinlich. Ich habe sie gerade vergiftet.« Ray drückte seine Zigarre auf der Bank aus. »Das ist gar nicht so leicht. Ich werde heute Nacht bestimmt nicht gut schlafen.« Er erhob sich. »Kann's kaum noch erwarten, dass *Halloween* endlich vorbei ist.«

SUCHE FUFLUNS UND TURA. ER WIRD DORT SEIN, WO LEUTE LACHEN. SIE WIRD VON MÄNNERN UMGEBEN SEIN …

»Ich sag dir doch, ich *habe* nach ihnen gesucht«, erwiderte Ray ärgerlich.

Die Asche an seiner Zigarre fiel herab.

Ray wischte sie von seiner Hose und starrte seine gekappte, kalt gewordene Zigarre an. »Sicher, sicher«, beeilte er sich zu sagen. »Ich werde deine Honigblüte und deinen Spaßmacher suchen. Hab ja *sonst nichts* zu tun.«

Er warf seine Zigarre angewidert fort und marschierte über den Hauptweg davon.

Kharos wurde bewusst, dass er eines mit Ray gemeinsam hatte.

Auch er konnte es kaum noch erwarten, bis *Halloween* endlich vorbei war.

Kapitel 14

Als die zwanzigste Frau ins Zelt gekommen und wegen ihrer Liebesbeziehung nachgefragt hatte, war Mab mit den Nerven am Ende. Nicht weil es ihnen allen um das Gleiche ging, nein, das konnte sie ihnen nachfühlen; sie selbst hätte bei dieser Frage ja auch gern mehr gewusst. Aber es klang alles so deprimierend ähnlich: Immer Zweifel daran, ob man wirklich verliebt war, ob man geliebt wurde, ob man *diese* Liebe wollte; manche sehnten sich mehr nach einem Baby als nach dem Mann, manche fürchteten, ein Baby zu bekommen, und alle waren voller Angst und suchten verzweifelt nach Antworten.

Es war, als sähe man den gleichen Film immer wieder, nur das Ende blieb offen, denn das hing, wie sie ihnen immer wieder erklärte, davon ab, was sie wirklich wollten und was sie dafür zu tun bereit waren. Außer bei drei Frauen, denen sie kurz und bündig empfahl: »Der Kerl ist ein Drecksack. Laufen Sie ihm davon, so schnell Sie können.«

»Woher wollen Sie das wissen?«, empörte sich die letzte dieser Frauen.

»Ich muss gar nichts wissen, Sie selbst wissen es«, erwiderte Mab. »Ich habe es in Ihren Gedanken gehört, deswegen weiß ich es.«

Die Frau erhob sich wütend und verließ das Zelt, aber sie ließ ihren Zehner liegen.

Die nächste Frau, die hereinkam, war Glenda.

»Vor dem Zelt stehen sie Schlange«, meinte sie und setzte sich, von Frankie heiser begrüßt.

»Tja, keine Ahnung, warum«, erwiderte Mab. »Ich sage ihnen nur, was sie selbst schon wissen. Das hat doch nichts mit in die Zukunft sehen zu tun.«

Glenda lächelte schwach. »Natürlich nicht.«

»Also geben Sie mir Ihre Hand«, verlangte Mab.

»Wir müssen heute Abend *Tura* einfangen, Mab. Die *Guardia* brauchen Sie.«

Mab fühlte, wie Ärger in ihr aufstieg. »Das hatten wir doch schon. Nein. Tausendmal *nein*.«

Glenda überlegte, dann griff sie in ihre Jeanstasche und zog ein paar Banknoten hervor. Sie blätterte zehn auf den Tisch und stopfte den Rest wieder in ihre Hosentasche. »Okay.« Sie streckte eine Hand aus.

»Die zehn Eier brauche ich nicht«, meinte Mab und schob sie ihr zu. »Berufsehre. Sie kriegen's umsonst.«

Glenda schob sie wieder zurück. »Ich will ein echtes Handlesen, nicht eins unter Freunden.«

»Wo ist denn da der Unterschied?«

»Wenn ich zahle, müssen Sie mir die Wahrheit sagen.«

»Ich würde Ihnen sowieso die Wahrheit sagen«, erwiderte Mab.

Glenda streckte ihre rechte Hand über den Tisch.

»Die andere.«

»Die linke ist für die Liebe«, stellte Glenda fest. »Meine Frage betrifft aber das Berufliche. Also rechte Hand.«

»Das wusste ich nicht«, gab Mab zu. »Wollen Sie was über den Park erfahren?« Sie legte ihre Hand auf Glendas rechte Hand und hätte sie beinahe wieder zurückgezogen, so viel Energie sandte Glenda aus. Und dann …

Bilder diesmal: Dunkelheit, der Park ruiniert, der Teufelsflug umgefallen, die Drachenbahn zersplittert im See, das Karussell zusammengebrochen, zerstörte Holzpferdchen lagen überall herum …

Mab riss ihre Hand zurück.

»Was ist?«, fragte Glenda.

»Wie lautet Ihre Frage?«, stieß Mab hervor und versuchte, den Gedanken an diese Verwüstung zu verdrängen. »Ich weiß, wovor Sie Angst haben, aber das wird nicht passieren. Das würde niemand dem Park antun.«

Glenda blinzelte verständnislos. »Was denn dem Park antun?«

»Wie lautet Ihre Frage?«, fragte Mab wieder, und ihr Herz klopfte heftig.

»Diese Weaver«, begann Glenda.

»Ich weiß. Tarnkleidung und genagelte Stiefelsohlen.« Mab entspannte sich ein wenig. »Aber wenigstens scheint sie auf Ethans Seite zu sein, was immer das auch wert ist. Und sie kennt sich mit Dämonen aus.«

»Sie ist dieser ›Mann-in-Schwarz‹, der ihn angeschossen hat«, berichtete Glenda.

»Für Ethan ist es die wahre Liebe.«

»Er will sie heute Abend bei der Jagd auf *Tura* mitnehmen. Sie hat ein Dämonengewehr und eine Dämonenbrille ...«

»Eine Dämonenbrille?«

»... und er will diese Hightech-Ausrüstung für die Jagd. Er hält davon mehr als von den alten Methoden. Ich habe Nein gesagt, aber Sie kennen ja Ethan. Sie wird mit dabei sein.«

»Wenn sie wirklich auf Ethan geschossen hat, dann kann sie wohl von Nutzen sein. Wovor haben Sie Angst?«

»Die Dämonenjagd, das hat nichts mit Hightech zu tun, das ist Magie, Mab. Ich finde nicht, dass es gut ist, diese beiden Sachen zu ... Ich weiß, Sie werden nicht mit uns kommen, also sind wir, was unsere magischen Kräfte betrifft, im Hintertreffen, und dann noch dieses technische Zeug ... Ich habe das Gefühl, dass es schlimm enden wird. Aber Sie können in die Zukunft sehen, das steht fest. Nur kurze Bilder, und Sie müssen selbst herausfinden, was die zu bedeuten haben. Das hat Delpha oft verrückt gemacht. Aber ich könnte die Zukunft ändern, wenn ich unser Vorgehen ändere. Ich möchte wissen, was heute Nacht geschehen wird, damit ich, wenn es sein muss, unseren Plan ändere.«

»Ich kann nicht in die Zukunft blicken«, entgegnete Mab.

Glenda streckte ihre rechte Hand wieder aus. »Dann fühlen Sie einfach meine Hand.«

Mab zögerte und legte dann ihre Hand wieder auf Glendas. Gefühle diesmal: Verwirrung, Angst, eine gehörige Portion Ärger Mab gegenüber, bedeutend mehr Ärger Weaver gegenüber, Entsetzen darüber, die Kontrolle über die Dinge zu verlieren, ein lähmendes Gefühl der Verantwortung ...

»Sie machen die Hölle durch«, konstatierte Mab schuldbewusst.

»Sagen Sie mir etwas, was ich noch nicht weiß«, erwiderte Glenda. »Blicken Sie tiefer.«

Mab schloss die Augen und konzentrierte sich mit aller Kraft, strebte nach Orten, an denen sie noch nie war. Schreckliche Emotionen, der Schmerz verlorener Liebe, Todesangst um einen Sohn, der in den Krieg zog, nagende Sorgen um den Park und seine Bewohner ...

Mab zog ihre Hand zurück. »Ach du lieber Gott, Sie brauchen dringend Erholung.«

»Es funktioniert nicht, oder?«, fragte Glenda. »Können Sie die kommende Nacht nicht sehen?«

»Nein«, meinte Mab und überlegte. »Vielleicht habe ich mich zu sehr angestrengt.« Sie blickte hinauf zu Frankie, der auf dem Dachsparren hockte, und seine Ruhe senkte sich auf sie herab. »Vielleicht ...«

Sie legte ihre Hand wieder auf Glendas, ohne zu denken und ohne Druck, offen für alles, was da kommen mochte, und die Bilder trafen sie wie Geschosse: Weaver mit einem Gewehr,

Glenda, die stürzte, ein schwarzer Helikopter, Gus, der schrie, blaugrüner Nebel überall, wieder Glenda, die in einem Tunnel lag und mit blicklosen Augen nach oben starrte ...

Mab zog ihre Hand zurück. »Mein Gott.«

»*Was?*«, drängte Glenda.

Mab schob ihr die zehn Dollar wieder zu. »Sie haben gewonnen. Ich komme heute Abend mit Ihnen.«

Frankie krächzte Zustimmung.

Glenda schluckte. »Ist es so schlimm?«

»Nicht, wenn ich es verhindern kann«, erwiderte Mab.

Um sechs Uhr entließ Mab ihren letzten Kunden und rief den Wartenden zu: »Schluss für heute, Herrschaften. Tut mir leid!« Dann zögerte sie, denn Joe trat aus der Warteschlange und fragte: »Und wie wär's mit mir?«

»Du darfst herein«, erwiderte Mab lächelnd.

»Hey«, beschwerte sich der Erste in der Schlange, doch Joe rief ihm nur zu: »Nur die Ruhe, ich bin ihr fester Freund«, und zog Mab mit sich ins Zelt.

»Mein fester Freund?«, wiederholte Mab und unterdrückte ein Kichern. Sie neigte eigentlich nicht dazu zu kichern, aber mit Joe zusammen schien alles lustig zu sein.

»Liebhaber kam mir zu informativ vor«, erklärte Joe und küsste sie, und sie lehnte sich an ihn und erwiderte seinen Kuss. »Also, wegen heute Abend ...«

»Könnten wir uns später treffen?«, unterbrach sie ihn und verfluchte Glenda dafür, dass sie sie herumgekriegt hatte. »So gegen Mitternacht? Ich habe Glenda versprochen, dass ich ihr bei etwas helfe.«

»Sicher.« Er lächelte zu ihr hinunter. »Wobei hilfst du ihr denn?«

»Einen Dämon einzufangen.« Mab schüttelte den Kopf, noch immer nicht ganz sicher, ob sie das alles glauben sollte.

»Dämon einfangen, ja? Brauchst du Hilfe?«

»Ich glaube, Glenda will das lieber auf ihre Weise erledigen.«

»Wollen wir das nicht alle?«, sagte Joe und küsste sie wieder, und sie musste lachen und meinte: »Komm, du kannst mich zum *Dream Cream* begleiten«, und sie nahm seine Hand fest in ihre ...

... gelbes Licht, ein gut aussehender Mann mit lockigem Haar und kleinen Hörnern, Ziegenhufen und einem schiefen Lächeln, der eine Meerjungfrau küsste, in ein Meer von Türkis taumelte, etwas rief ... eine Urne ... Dunkelheit ...

»Was ist?«, fragte Joe, und Mab blickte tiefer und sah jemanden in seinem Inneren ruhen, da drinnen waren zwei Seelen, die eine ein Mensch, die andere eine gelbe Flamme ...

Frankie flatterte herab, um sich auf ihre Schulter zu setzen, als hätte er mit ihren Augen gesehen, was sie gerade erkannt hatte, und Mab ließ Joes Hand los und wich mit angehaltenem Atem einen Schritt vor ihm zurück. »Du hast mich belogen.«

»Meinst du die Sache mit dem Dämonenjäger?«, fragte er. »Sieh mal, du hättest mir nicht geglaubt ...«

»Du bist kein Dämonenjäger.«

»Na ja«, erwiderte Joe vorsichtig.

Sie wich weiter zurück, bis sie hinter ihrem Stuhl stand. »Du bist ein Dämon. Du bist *Fufluns*.«

»Mab«, flehte er und trat einen Schritt näher. »Ich kann es dir erklären.«

»Wirklich?«, entgegnete Mab. »Wie denn?«

»Na ja«, stammelte er und runzelte die Stirn. »Tja, ich kann's nicht erklären. Da hast du mich erwischt.«

»Ich will dich aber nicht«, wehrte Mab ab. »Raus hier. *Sofort* raus hier!«

Frankie krächzte, schlug mit den Flügeln und starrte Joe – nein: *Fufluns* – unheilvoll an.

»Du verstehst nicht«, versuchte er es noch einmal. »Mit

dir bin ich anders. Du bist die Einzige, mit der ich in diesem Körper geschlafen habe, seit ich wieder frei bin.«

Mab stieß den Atem aus. »In diesem Körper.«

»Na ja, weißt du«, erwiderte *Fufluns*. »Dave.«

»Ach herrje.« Mab sank auf den Stuhl. »Ich habe mit Suffkopf Dave geschlafen.«

»Nein, nein«, protestierte *Fufluns* und trat näher an den Tisch heran, der zwischen ihnen stand. »Der ist überhaupt nicht dabei. Der hat keine Ahnung. Na ja, er hat eine kleine Ahnung, aber nur, was ich ihm gesagt habe.«

»Du hast ihm gesagt ...« Mab blickte fassungslos zu dem Mann auf, den sie liebte. »O Gott, o Gott.«

»Er hatte nicht das Geringste dagegen. Sein Leben ist viel besser geworden, seit er von mir besessen ist.« Er wollte um den Tisch herum zu ihr gehen.

Sie erhob sich rasch und wich aus, sodass der Tisch zwischen ihnen war. »O Gott.«

»Er säuft sich nicht mehr jeden Abend ins Koma, er wacht ausgeruht auf, er trägt saubere Kleidung, und er macht seinen Job tadellos ...«

»Ich kann's einfach nicht glauben«, ächzte sie, den Tisch weiterhin zwischen sich und ihm, und Frankie krächzte zustimmend.

»... kommt bei den Frauen besser an, sein Haar ist lockiger, er ist viel glücklicher, wirklich, es geht ihm gut dabei.«

»Mir nicht.« Sie betrachtete ihn, versuchte, den Dämon und den Mann voneinander zu trennen, aber sie fühlte sich von beiden abgestoßen und sehnte sich nach der Kombination. »O Gott«, stöhnte sie wieder, »*verschwinde* doch endlich.«

»Mab, ich liebe dich«, beschwor er sie und versuchte, sie mit einem Richtungswechsel um den Tisch herum zu erreichen, doch sie wich rückwärts zur Tür aus, und Frankie machte einen Höllenspektakel, als *Fufluns* ihr folgte.

»Du hast mit anderen Frauen geschlafen«, rief sie über Frankies Gekrächze hinweg und tastete nach der Kante der Schiebetüren.

»Nicht in diesem Körper ...«

»Das zählt nicht«, gab Mab scharf zurück. »Außerdem ist das sowieso bedeutungslos, weil du ein *Dämon* bist.«

»Sei doch nicht päpstlicher als der Papst.«

»Ich muss gehen.« Sie schob die Tür auf, und er versuchte, sie zu erreichen, doch da stieß Frankie einen Schrei aus, der das Blut in den Adern gerinnen ließ, spreizte die Flügel und machte sich fertig zum Angriff. »Leg dich ja nicht mit meinem Vogel an, sonst verliert Dave ein Auge.«

Sie brachte sich auf dem Hauptweg in Sicherheit, und er sah ihr von der Tür aus traurig nach, zum ersten Mal traurig, seit sie ihn kennengelernt hatte.

»Nein«, sagte sie noch einmal, wandte sich um und rannte, und Frankie flog hinter ihr her.

Mab marschierte durch das *Dream Cream*, an Cindy vorbei, die in der voll besetzten Gaststube in einem Höllentempo Eiscremeportionen austeilte, und hinauf in Cindys Wohnzimmer. Sie ließ sich bebend auf der Couch nieder, und Frankie bedachte sie von ihrer Schulter aus mit seiner persönlichen Version eines tröstenden »Rukuu«. Tja, Joe war also ein Dämon, und da er *Fufluns,* der Trickspieler, war, hatte er wahrscheinlich mit ihr gespielt und liebte sie kein bisschen, *ha*, und ...

An dieser Stelle begann sie zu weinen.

»Was ist los?«, fragte Cindy und schloss die Tür hinter sich. »Du siehst furchtbar aus.«

Mab schluckte Tränen hinunter. »Nicht mein Tag.«

Cindy lehnte sich gegen das Fensterbrett. »Möchtest du darüber sprechen?«

Mab hob den Kopf und versuchte zu erkennen, ob Cindy nur pflichtbewusst oder wirklich mitfühlend war. »Hast du unten nicht alle Hände voll zu tun?«

»Dazu sind ja die Studenten-Aushilfen da. Und du siehst aus, als wäre dein Hund gestorben.«

»Ist er auch«, erwiderte Mab mit zitternder Unterlippe. »Der elende Hundesohn.«

Cindy setzte sich neben sie. »Komm, spuck's schon aus.«

»Ich habe gerade herausgefunden, dass Joe in Wirklichkeit Dave ist, der von einem Dämon besessen ist. Ich habe also die ganze Woche über mit einem Suffkopf geschlafen. Joe, der in Wirklichkeit ein Dämon namens *Fufluns* ist, hat die ganze Zeit andere Leute besessen und mit anderen Frauen geschlafen, und damit ist meine wunderbare Liebesaffäre dahin. Zweitens hat Delpha mir zusammen mit ihrem Vogel ihr zweites Gesicht vererbt, ganz echt, nur hab ich's nicht unter Kontrolle – das Gesicht meine ich, nicht den Vogel –, und dadurch sehe ich Dinge, die ich nicht sehen sollte und nicht sehen will. Meistens sind das scheußliche Dinge, die ich sehe und die ich den Leuten sagen muss. Und so habe ich auch alles über Joe rausgefunden. Er wollte mich zum Abendessen abholen, und ich nahm seine Hand und sah ... alles. Und ich liebe diesen verdammten Mistkerl immer noch, also wie blöd bin ich eigentlich?« Sie unterdrückte ein Schluchzen. »Ach ja, drittens glaube ich, mein Onkel hat heute versucht, mich zu vergiften, außer du hast mir durch ihn Kräutertee bringen lassen.«

»Nein, hab ich nicht«, erwiderte Cindy.

Mab nickte. »Wirklich nicht mein Tag heute.«

»*Wow.*«

»Tja. Ich glaub's ja selbst nicht.«

»Also, ich glaube es schon.«

Mab wandte sich ihr zu und sah sie im Dämmerlicht scharf an. »Was?«

»Na ja, Joe hat Dave wirklich sehr ähnlich gesehen, aber es war nicht Suffkopf Dave, also ist die Dämonenbesessenheit eine gute Erklärung. Ja, und Delpha hatte wirklich das zweite Gesicht, und sie hat dir alles hinterlassen, also macht es Sinn, dass auch dieses zweite Gesicht auf dich übergehen würde. Dass Joe dich betrügt, ist zum Kotzen. Ich dachte, er wäre anders und besser, aber wenn er ein Dämon ist, dann kann man wohl nichts machen. Was noch? Ach ja, Ray. Also, der war mir immer schon irgendwie unheimlich, aber ich hätte ihn nie für einen Mörder gehalten.«

»Ray will meinen Anteil am Park erben«, erklärte Mab. »Allerdings, um fair zu sein, er hat zuerst versucht, ihn mir abzukaufen. Weißt du, er hat recht. Ich sollte ein Testament machen. Ich werde alles dir vermachen. Dann hört er vielleicht auf, mir nach dem Leben zu trachten. Wusstest du, dass der Park ein Dämonengefängnis ist?«

»Ein was?«

»Ein Gefängnis für Dämonen. Es werden fünf Dämonen hier gefangen gehalten. Wurden gefangen gehalten. Zwei sind rausgekommen.«

»Nein, das wusste ich nicht«, antwortete Cindy verblüfft. »Wieso ist mir das nicht aufgefallen?«

»Sie waren in den letzten vierzig Jahren nicht frei. Da konnte dir nichts auffallen.« Sie runzelte die Stirn. »Obwohl ich glaube, dass *Fufluns* hin und wieder freikommt. Das sähe ihm ähnlich.« Und kopfschüttelnd: »Und jetzt ist auch noch *Tura* draußen. Und dazu wimmelt es im Park von diesen widerlichen kleinen *Minion*-Dämonen. Weißt du, wie man die fünf großen Dämonen nennt? Die Unberührbaren. *Und ich habe einen berührt.*«

Frankie krächzte und trippelte hin und her, wobei er sich leicht in ihre Schulter krallte.

»Okay, also beruhigen wir uns erst mal wieder«, meinte

Cindy. »Du fängst langsam an, wie diese durchgedrehte Frau zu klingen, die früher am Eingang immer Streikposten stand.«

»Das war meine Mutter.«

»Aha, dann lass uns mal weitersehen.« Cindy wiegte den Kopf. »Delpha ist tot. Das heißt: ein Dämonenwächter zu wenig, stimmt's?«

»Ja. Das heißt, ich soll an ihre Stelle treten.«

»Und das willst du nicht?«

Mab wollte sagen: *Ich will einfach nur normal sein*, aber dann zögerte sie. Vielleicht wollte sie das gar nicht. Der heutige Tag war schrecklich, die ganze Woche war schrecklich gewesen, aber wenn jemand zu ihr sagen würde: »Na gut, du kannst das Ganze jetzt jemand anderem übergeben«, würde sie dann wirklich Frankie und das zweite Gesicht aufgeben? *Dreamland* aufgeben?

»Ich weiß nicht.«

»Doch, du weißt es.« Cindy legte einen Arm um sie. »Wenn du's nicht weißt, dann weißt du's. Denn: Wenn du es nicht wolltest, dann würdest du sagen ›Ich will das nicht‹. Du bist dir sonst immer so sicher. Also, wenn du jetzt nicht sicher bist ...«

»Ach, verdammt.« Mab barg ihr Gesicht in den Händen. »Da draußen ist noch mehr im Argen. Joe weiß etwas, was er mir nicht sagt. Nein, *Fufluns* weiß Dinge, die er mir nicht sagt. Ich bin davongerannt, aber ... ich hätte noch bleiben sollen. Ich hätte ein paar Antworten aus ihm herausquetschen sollen.« Sie schnüffelte. »Allerdings *lügt* er wie gedruckt.«

»Macht Sinn. Schließlich ist er ein Dämon.«

»Ja, aber er ist *mein* Dämon, der Bastard. Und er schuldet mir ein paar Antworten.«

»Also, dann hole sie dir.« Cindy richtete sich auf. »Außer du hast Angst vor ihm. Na ja, du weißt ja, *Dämon* und so.«

»Ich habe keine Angst vor ihm«, erwiderte Mab. »Ich

fürchte mich davor, was er mir erzählen wird. In letzter Zeit haben mir die Leute eine Menge erzählt, und nichts davon war gut.«

»Ja«, stimmte Cindy zu. »Ich beneide dich nicht mehr besonders. Im Augenblick kommt einem Normalität fast verlockend vor.«

Mab nickte. »Jetzt, wo ich weiß, was Liebe wirklich anrichten kann, beneide ich mich selbst auch nicht mehr.«

»Also, was willst du jetzt tun?«

»Ich werde ihn fragen, was er mir verheimlicht«, antwortete Mab und eilte zur Tür. Frankie klammerte sich protestierend an ihre Schulter.

Da es mehr als wahrscheinlich war, dass *Fufluns* sich dort aufhielt, wo sich die Leute amüsierten, eilte Mab zum Bier-Pavillon und blickte sich um, bis sie Joe entdeckte, der sich mit Laura Riesenrad unterhielt. Frankie flatterte in die Höhe und setzte sich auf die Dachkante, und Mab ging auf Joe zu, bis sie an der Art, wie er sich bewegte, erkannte, dass es nicht Joe war, sondern nur noch Suffkopf Dave, ganz ohne Dämon.

Du hast mit mir ein paar wunderschöne Stunden erlebt, an die du dich nie erinnern wirst, Dave, dachte Mab. Da blickte Dave auf, sah, dass sie ihn betrachtete, und winkte ihr versuchsweise zu, und sie erkannte, dass er nüchtern war und nur ein Sodawasser vor sich stehen hatte.

Gratuliere, dachte Mab und sah sich weiter unter den Leuten um. Es schien unmöglich, nein, wie sollte sie *Fufluns* je finden …

Aber dann war er da, in einem dunkelhaarigen Mann mit blau gestreiftem Parkpersonalhemd, an einem Tisch, und beugte sich zu einem dunkelhaarigen, kichernden Mädchen vor. Mab wusste nicht genau, woran sie ihn erkannt hatte – vielleicht an seiner Kopfhaltung, an der Art, wie er sich bewegte, vielleicht einfach, weil *er* es war –, und als sie hinging und vor ihm stand, erkannte sie den Mann, der von ihm besessen war: Sam, der Parkpfleger vom Eingangstor.

Er blickte mit seinem schiefen Lächeln auf, und als er Mab sah, leuchtete sein Gesicht vor Freude auf.

»Mab!«

»Ich muss mit dir reden«, erklärte Mab und unterdrückte jedes Glückgefühl darüber, dass er sich freute, sie zu sehen. »Unter vier Augen.«

Er erhob sich so rasch, dass das kichernde Mädchen ein wenig zurückschrak.

»Hey«, stieß sie hervor, nicht mehr kichernd, und starrte Mab an.

»Keine Sorge, er kommt gleich wieder«, meinte Mab knapp, wandte sich ab, ging durch den Raum und hinaus, und Joe – oder nicht Joe – folgte ihr. Als er an der Musikbox vorbeikam, begann sie *What Love Can Do* zu spielen.

Lustig, dachte Mab. *Wirklich verflucht lustig.*

Als sie ins Freie kam, fiel die Temperatur um zehn Grad. *Gut, passt*, dachte sie und wandte sich zu ihm um.

»Bitte lass dich auf ein Bier einladen«, begann er, »dann können wir …«

»Nein. Ich bin nicht zum Spaß hier. Verdammt, ich weiß nicht mal, wie ich dich nennen soll.«

»Joe tut's für mich.«

Er kam näher, und sie wollte einen Schritt zurücktreten, aber er strahlte Wärme aus, und der Abend war kalt, also wich sie nicht zurück, obwohl Frankie eine Warnung krächzte.

»Für mich nicht. Du bist nicht Joe. Joe war eine Lüge. Du bist nicht mal Sam. Als er neulich zu der *FunFun*-Statue kam, das warst du, nicht wahr? Das war nicht Sam, sondern es war Sam, der von dir besessen war.«

»Also gut, dann nenne mich eben *Fun*. So hast du mich

genannt, als ich dich zum ersten Mal sah. Als du kamst, um meine Statue zu reparieren.« Er lächelte zu ihr hinunter. »Da habe ich …«

»*Fun*«, fiel Mab ihm ins Wort. »Wunderbar. Hör mal, du Dreckdämon, du hast *Tura* freigelassen. Glenda hat mir gesagt, du hättest sie herausgelassen.«

Er lachte. »Ach, *Tura* will sich auch mal amüsieren.«

»*Sie hat Karl den Toten umgebracht.*«

»Na und? Den vermisst doch keiner. Der war ein Lügner und Betrüger.«

»*Du auch.*«

»Ja«, meinte *Fun* geduldig. »Aber mich würden die Leute vermissen.«

Mab unterdrückte den Impuls zu erwidern: ›Ich nicht‹. Es wäre gelogen, und es hatte schon genug Lügen gegeben. Ja, die Leute würden ihn vermissen; der Bastard strahlte Freude und Glück aus, und er …

»Ich will dich nicht verlieren, Mab«, sagte er, und es klang so, als meinte er es ehrlich, auch wenn es nicht so war. »Ich finde …«

»Was hast du dir eigentlich dabei gedacht?«, fuhr sie fort und wünschte, sie würde nicht so verletzt klingen. »Wie konntest du mir nur all die Lügen auftischen?«

Er seufzte. »Weil es mir nicht günstig schien, mich dir vorzustellen mit: ›Hallo, ich bin ein Dämon, und ich bin verrückt nach dir, seit du eine ganze Woche lang jeden Zentimeter meines Körpers angestrichen hast‹.«

»Aber ›Hallo, ich bin Daves Cousin Joe, der Dämonenjäger‹, das schien dir günstig?«

»Es hat funktioniert.«

»Nicht sehr lange.«

»Ich plane nicht lange voraus«, erwiderte *Fun*. »Allerdings habe ich nicht gedacht, dass du es so schnell herausfindest.«

»Ich werde dich bald einfangen müssen ...«, warnte Mab, und ihre Stimme brach.

»Liebes, ich laufe vor dir nicht weg«, meinte *Fun* mit ausgebreiteten Armen.

Frankie stieß ein Keckern aus, und Mab fuhr fort: »... und dich in diese verdammte Urne einsperren. Ich soll deine Urne reparieren und dich dann wieder hineinsperren.«

»Darüber sollten wir noch mal reden ...«

Er versuchte, den Arm um sie zu legen, da flatterte Frankie auf ihre Schulter herab, und gleichzeitig tat sie einen Schritt zurück und erkannte erschüttert, wie schwer ihr dieser Schritt fiel.

»Du bist ein Dämon«, entgegnete sie. »Ich habe das Glühen in deinen Augen gesehen. Ich dachte zuerst, es wären Lichtreflexe, aber ich sehe es auch jetzt, und ich weiß, du bist ein Dämon.«

Frustriert verschränkte er die Arme. »Na und, ich habe auch in deinen Augen das Glühen gesehen, meine Liebe, und ich verurteile dich nicht.«

Mab sah ihn finster an. »Wovon redest du?«

Er überlegte, dann löste er seine Arme und lächelte sie an, und sie dachte: *Jetzt kommt eine Lüge.*

»Ich habe dir in die Augen geblickt und dort die Glut der Liebe gesehen«, antwortete *Fun*, und dahinter konnte sie hören, wie er dachte: *Sag's ihr nicht, sag's ihr nicht.*

Mab trat näher, Zorn stieg in ihr auf. Frankie flatterte von ihrer Schulter hoch und hinauf zum Rand des Daches, wie ein Wilder kreischend. »Wenn du willst, dass ich dich für immer verabscheue, dann lüge mich nur weiter an. Lügner sind selbstsüchtige, arrogante, feige Mistkerle, die jeden anderen hintergehen und ausnutzen, um zu kriegen, was sie wollen. Sie tun den anderen immer nur weh.«

»Aber ich bin ein *Dämon*«, wandte *Fun* ein.

»Du warst auch mein Freund und Liebhaber, und ich hab was Besseres verdient.« Sie schniefte und hasste sich selbst dafür.

»Ach verdammt, Mab«, stöhnte *Fun* und ließ sich an der Außenwand des Pavillons hinuntergleiten, bis er auf dem kalten Boden saß. »Musst du alles immer so ernst nehmen?«

»Ja«, erwiderte Mab. »Meine ganze Welt steht auf dem Kopf, ich weiß nicht mehr, was richtig ist und was nicht, ich muss wieder festen Boden unter die Füße kriegen. Und dazu muss ich die Wahrheit herausfinden, die ganze Wahrheit, und wenn du etwas weißt, dann ist es selbstsüchtig von dir, mir nichts davon zu sagen. Ich will nichts von dir als die Wahrheit. Ich will dich nicht mal in deine Kiste einsperren. Allerdings werde ich Ethan dabei helfen, wenn du noch einen von den anderen herauslässt, das schwöre ich dir bei Gott.«

»Ich will nicht, dass noch einer rauskommt«, erwiderte *Fun*. »*Vanth* und *Selvans* würden nur diesen Psychopathen *Kharos* befreien, und dann wären die schönen Zeiten endgültig vorbei.«

»Wie kommst du darauf, dass *Tura Kharos* nicht befreien will?«, erkundigte sich Mab.

»*Tura* hat ihre eigenen Pläne.« *Fun* sah zu ihr auf. »Weißt du, *Tura* und du, ihr solltet euch eigentlich gut verstehen. Sie hasst Lügner und Betrüger genau wie du.«

»Sie *bringt sie um*«, entgegnete Mab. »Und sie schaut auch nicht so genau hin, wen sie sich dafür aussucht. Sie hat versucht, Ethan zu töten, dabei war der gar nicht mit jemandem zusammen. Die muss wieder zurück in die Kiste.«

»Ich werde euch nicht daran hindern.« *Fun* hob die Hand, als Mab weitersprechen wollte. »Und ich werde sie auch nicht mehr herauslassen. Sie wird von Jahrhundert zu Jahrhundert verrückter.«

»Aha, na, danke, dass du das bemerkst«, sagte Mab. »Und

was, zum Teufel, hast du vorhin mit diesem Glühen gemeint, das du gesehen hast?«

»Denk nicht mehr dran, Mab«, meinte *Fun* ernst.

Mab schluckte. »Warum weichst du mir aus? Was war das denn Schlimmes?«

Einen Augenblick lang saß *Fun* schweigend da, dann antwortete er: »Ich habe ein Dämonenglühen gesehen.« Und als sie die Stirn runzelte, fuhr er fort: »Das, was man in den Augen von Besessenen sieht, es zeigt, dass einer von uns in ihnen steckt. Ich habe ein Glühen in deinen Augen gesehen.«

Mab fuhr zurück. »War ich *besessen*?«

»Nein, das hätte ich gemerkt.« *Fun* stand auf. »Nur das Glühen, sonst nichts. Mach dir keine Sorgen. Du bist kein Dämon, und du bist nicht besessen, also was soll's?« Seine Stimme wurde weich. »Es tut mir leid, dass ich gelogen habe. Allerdings kann ich dir nicht versprechen, dass es nicht wieder geschieht. Aber ich werde verdammt aufpassen, dass ich dir nicht noch einmal wehtue. Lass uns ein Bier trinken und uns aussprechen ...«

»Und dann Versöhnungssex? Nein«, lehnte Mab ab, obwohl es absolut verlockend klang. »Wenn ich nicht besessen war, warum haben dann meine Augen geglüht?«

»Ich weiß nicht«, erwiderte *Fun*. »Ich schätze, du bist zum Teil Mensch und zum Teil Rock 'n' Roll.«

»Was?«

»Halb Mensch, halb Dämon. Erinnerst du dich noch, wie du zu mir gesagt hast, du hättest in mir endlich einen Gleichgesinnten gefunden? Na ja, vielleicht stimmt das, Dämonen-Girl.« Er grinste sie an. »Willkommen auf der dunklen Seite.«

»Ich glaub's nicht«, stöhnte Mab, aber sie wich nicht zurück. *Dämonen-Girl. Dämonenbalg.*

»Doch, tust du«, entgegnete *Fun,* und in seiner Stimme lag Mitgefühl. »Du willst es nur nicht glauben. Aber es ändert gar nichts, Mab. Du bist noch immer du. Wenn es so ist, dann warst du schon dein Leben lang zu einem Teil Dämon. Der einzige Unterschied ist, dass du es jetzt weißt.«

»O Gott«, ächzte Mab, als ihr diese Wahrheit dämmerte. »Sie alle hatten recht. Ich bin wirklich abartig.«

»Du bist eine faszinierende Frau, Mary Alice.« *Fun* trat einen Schritt näher, und nach einem Augenblick legte er die Arme um sie. »Du wusstest nur nicht, *wie* faszinierend.«

»Welche Art Glühen war das?«, fragte Mab, an seiner Brust murmelnd. Sie brauchte seinen Trost wirklich, auch wenn Frankie über ihnen wie verrückt keckerte. »Ich weiß, dass sie unterschiedliche Farben haben. Welche war es?«

»Blau, glaube ich. Ich bin nicht sicher, weil in Daves Gehirn nicht mehr viel Blut war und es mir schwerfiel, mich zu konzentrieren.«

»Blau«, wiederholte Mab.

»Wenn du wütend bist, wird es rot«, ergänzte *Fun*.

Mab löste sich erschreckt von ihm. »Rot. Das ist *nicht wahr*.«

»Aber ja doch«, entgegnete *Fun*. »Akzeptiere es einfach, und lerne, es für dich zu nutzen. Du hast eine Menge Kraft in dir, weißt du. Es wäre dumm, das zu ignorieren, nur weil es dir nicht gefällt, woher sie stammt.«

»*Von Dämonen?*«

»Genau wie du, Liebes. Und wenn du jetzt nicht wieder ein fröhlicheres Gesicht machst, dann habe ich noch eine Brünette glücklich zu machen.«

Autsch, dachte sie, aber es sollte ihr egal sein, sie war fertig mit ihm, denn es war alles eine Lüge gewesen und hatte alles nichts zu bedeuten.

Autsch, autsch. AUTSCH.

Er zögerte ein wenig. »Ich sag dir was. Versöhnungsgeschenk. Siehst du die Platinblonde da drüben?« Er deutete mit dem Zeigefinger.

Da stand eine langbeinige Frau in engen Jeans im Bogendurchgang, umringt von Bewunderern, unter ihnen Ray. Es schien ihr nicht sonderlich zu gefallen, was er zu ihr sagte.

»Das ist *Turas* Wahl für heute Nacht. Keine Sorge, sie wird nichts unternehmen, bevor der Park geleert ist, möglichst kurz vor Mitternacht. Es ist ihr lieber, wenn die Leichen erst gefunden werden, wenn sie schon weit weg ist.« Er küsste sie auf die Wange. »Ruf mich an, wenn du lachen möchtest.«

»Eher friert die Hölle zu.«

»Das würde mir gefallen«, erwiderte er und ging zurück in den Pavillon zu der Brünetten, und Mab stand draußen in der Kälte und der Dunkelheit und dachte *Nein, nein, nein*, und ihre Augen füllten sich mit Tränen.

Er würde eine andere Frau lieben. Ihre große Liebesaffäre war aus und vorbei. Sie war zur Hälfte ein Dämon, und ihre Mutter hatte recht gehabt.

Ich brauche einen Drink, dachte sie und ging ebenfalls in den Pavillon und auf die Bar zu. Sie konnte *Tura* beobachten und sich gleichzeitig volllaufen lassen. Praktisch.

Ist mir doch egal, was er treibt. Und ich bin kein Dämon.

Sie bestellte ein Bier.

Weaver hatte den Park verlassen, zufrieden durch den Sex und durch eine Ampulle mit Ethans Blut. Das eine hatte er ihr gern geliefert, das andere weniger gern. »Jetzt weiß ich, dass du mir vertraust«, meinte sie und ging so glücklich davon, wie er sie noch nie gesehen hatte, und da fand er, dass es ein kleiner Preis dafür war, je nachdem, was sie damit tat. Er ging dann im Park Patrouille, bis er um zehn Uhr einen Anruf von Glenda bekam. Als er ihren Wohnwagen betrat, reichte sie ihm ein Fläschchen und wies ihn an: »Geh, und hole Mab. Gus hat gerade angerufen, sie sitzt im Pavillon und betrinkt sich.« Als er in den Pavillon kam, hatte Mab bereits fünf leere

Becher vor sich aufgereiht und kippte sich gerade das nächste Bier hinter die Binde.

»Nochnbia«, stieß Mab hervor, und Shannon hinter der Theke blickte an ihr vorbei Ethan an, der den Kopf schüttelte.

Shannon wandte sich ab.

»Heee!«, protestierte Mab und reckte den Hals, um zu sehen, wohin sie ging.

Ethan ließ sich neben ihr nieder.

»Also«, begann er mit einem Blick auf die leeren Becher. »Das ist nicht gut.«

»Ich er-tränke mei-ne Sor-gen«, erklärte Mab und artikulierte überdeutlich.

»Und wie funktioniert das?«

»Nich' besonders gut.« Traurig blickte sie die Becher an. »Die blöden Mistviecher sin' höllisch penetrant.«

»Gar nicht gut«, erwiderte Ethan. »Glenda sagt, du gehörst jetzt zu uns und kommst heute Nacht mit auf Dämonenjagd. Dann wäre es besser, wenn du nüchtern bist.«

Mab musterte ihn. »Du has' da 'ne Flasche, ja?«

Ethan erhob sich. »Komm mit.«

»Okee.« Mab rutschte vom Hocker, aber ihre Knie gaben nach, und Ethan fing sie auf, bevor sie zu Boden sackte. »Schhtimmt, gaa' nich' gut.«

»Tja.« Ethan schob sie, ohne Aufsehen zu erregen, durch die Menge – nur ein Kerl mit Brille blickte ihnen nach –, durch einen der Pavillonbögen in die frostige Dunkelheit hinaus und um die Ecke zu dem blau gestrichenen Zementhäuschen, in dem die Herrentoilette untergebracht war, und Frankie flog schimpfend hinterher und schimpfte dann von dem niedrigen Dach aus weiter, wahrscheinlich weil Mab betrunken war.

»Kommen Sie in mein Büro«, meinte Ethan und öffnete die blaue Tür.

»Das is' dein Büro? Das ist doch's Herr'nkloo.« Mab ließ sich von ihm hineinführen und sah sich dann mit verschwommenem Blick um. »Also echt, ich hab ja alles versucht, aber 's sieht imma noch aus wie 'n Herr'nkloo.«

»Tja, weil's eben das Herrenklo ist.« Ethan nahm ein Holzschild, auf dem *Geschlossen* stand, von der Wand, hängte es außen an die Tür und verschloss dann die Tür von innen. »So. Und jetzt, was ist passiert, dass Sie so was« – er sah sie angewidert an – »tun? Reden Sie.«

»Die Flasch'«, forderte Mab und streckte die Hand aus.

Ethan zog Glendas Fläschchen hervor und hielt sie ihr hin. »Sie ist von Glenda. Vielleicht sollten Sie etwas vorsichtig damit sein.«

Mab schnipste mit den Fingern. »Ich krieg alles runter, was Glenda runterkriegt.«

»Na, dann mal los«, meinte Ethan, und sie schraubte das Fläschchen auf, hob es an die Lippen und nahm einen ausgiebigen Schluck davon.

Sie schaffte es kaum noch bis in eine der Toilettenkabinen, bevor alles wieder hochkam, und Ethan krümmte sich innerlich, als er sie würgen hörte.

Als sie wieder erschien, sah sie wüst aus, das rote Haar klebte ihr wirr an den Schläfen. Sie reichte ihm das Fläschchen mit einer Hand und wischte sich mit der anderen über den Mund. »Was für'n Zeug iss'n das, Herrgott noch mal?«

»Glendas Spezialrezept zum Ausnüchtern.« Ethan schraubte den Deckel wieder auf und steckte die Flasche weg. »Also, rede.«

Mab ging zum Waschbecken und hielt die Hände unter das laufende Wasser. Sie trank und spuckte wieder aus. Schließlich drehte sie den Hahn zu, wobei sie sich mit einer Hand an der Wand abstützte. »Herrje, herrje.« Sie blickte sich in dem Raum um. »Hier kann man sich nirgends setzen. Na ja, außer auf's ...« Sie blickte ihn stirnrunzelnd an. »Warum sind wir hier?«

»Die Wände sind eisenbewehrt. Hält die Dämonen ab. Hab das heute von Gus erfahren. Das haben sie wahrscheinlich als Dämonenschutzbunker für Notfälle gebaut, falls Dämonen im Park wüten. Ziemlich schlau.«

»Aha.« Mab schnüffelte. »Aber von wegen Dämonenschutz, stimmt nicht.«

Ihre Lippe zitterte, und er sah, wie sich ihre Augen mit Tränen füllten.

»*Keine Tränen*«, wehrte Ethan erschrocken ab. »Nur reden.«

»Okee, nur'n Augenblick. Ich muss emo-emotional werden, um dir das zu zeigen.« Mab schloss die Augen und schnitt eine Grimasse. »Ich bin wütend«, sprach sie zu sich selbst. »Ich bin richtig wüütend.«

Dann verzerrte sich ihr Gesicht, Tränen liefen ihr über die Wangen, und Ethan dachte: *Na toll*. Jede Sekunde mit Mab zeigte ihm deutlicher, was er an Weaver hatte.

Das sollte er Weaver vielleicht einmal sagen.

»Ich liebe ihn«, begann Mab, wischte die Tränen weg und weinte nur noch stärker. »Ich weiß ja, es ist idiotisch, jemanden zu lieben, den man erst seit einer Woche kennt, und ich habe ihn eigentlich überhaupt nicht gekannt, aber ich liebe ihn und sehne mich nach ihm, obwohl ich ihn nicht geschenkt zurückhaben will ...«

»Ach, also geht's um Joe«, meinte Ethan hilfreich und dachte: *Das macht mich fertig.*

»Dabei war ich so *glücklich* mit ihm«, fuhr Mab fort und ließ den Tränen freien Lauf. »Endlich hatte ich jemanden, zu dem ich gehöre, und er hat mich wirklich verstanden. Und dann ...« Sie hob hilflos die Hände und weinte noch stärker, am Boden zerstört. »Und jetzt ist alles *aaus* ...«

»Äh, das tut mir leid«, stammelte Ethan. »Hör mal, Mädchen ...«

»Nein«, hickste sie und holte schluchzend Luft. »*Mir* tut's leid.« Sie lehnte sich gegen den Spiegel und weinte wieder. »Mir tut's so leid, ich war so dumm, und jetzt sitz ich in der Patsche, und ich wollte wütend werden, damit du's in meinen Augen siehst, aber ich bin nicht gut mit Emo... Gefühlen, und daran ist auch er schuld, weil ich vorher gar keine Gefühle hatte, und jetzt fühl ich mich so *elend* ...«

Heftig schluchzend öffnete sie die Augen, und Ethan wich einen Schritt zurück.

Ihre Augen glühten blau, übernatürlich blau, in dem Blau der *Kinder der Verdammten*.

»Was ist los?«, fragte Mab und zwinkerte Tränen fort.

Ach verflucht, dachte er und wusste, was er zu tun hatte.

Kapitel 15

»*Was?*«, fragte Mab noch einmal.

Ethan wies auf den Spiegel, und sie drehte sich um und sah, was er sah: dichtes, rotes Haar, tränenüberströmte Wangen, blau glühende Augen …

»Ha«, stieß sie hervor und betrachtete sich mit geneigtem Kopf. Die Tränen versiegten.

Es war nur die Iris, erkannte Ethan. Wirklich horrormäßig hätte es gewirkt, wenn auch das Weiße blau geworden wäre, aber dieses radioaktive Glühen genügte ihm schon.

»Du bist besessen«, stellte er mit erzwungen ruhiger Stimme fest. »Aber keine Panik, das kriegen wir wieder hin.«

»Nein, bin ich nicht«, entgegnete Mab und schluchzte auf.

Ethan näherte sich ihr, in der Hoffnung, dass er den Dämon festhalten könnte, wenn er ihn in sich hineinzwang. »*Capio!*«

»Ich bin nicht besessen.«

»*Capio!*«

»Nein, also wirklich.«

»*Capio, verdammt noch mal!*«

Sie blickte ihn ärgerlich an und sah, abgesehen von den schmutzigen Tränenspuren im Gesicht, fast wieder normal aus. »Ethan, ich bin ganz allein in mir. Nur ich. Hör auf, mich anzuschreien, der Tag war sowieso schon schlimm genug für mich.«

»Was, zum Teufel, ist das dann in deinen Augen?«

»Tja, das ist die Frage.« Sie schluckte schwer. »Es könnte sein, dass ich zur Hälfte ein Dämon bin.«

Zur Hälfte ein Dämon. Aha. »Nein, das bist du nicht. Aber du hast recht, du kannst nicht besessen sein, da du in eine eisenbewehrte Männertoilette gehen kannst. Tut mir leid wegen des *Capio*. Ich musste es versuchen.« Er blickte sie mit gerunzelten Brauen an und überlegte, mit was sie es wohl zu tun hatten. »Hör auf zu schniefen. Du bist kein Dämon.«

»Na ja, aber was ist das dann?« Sie wandte sich dem Spiegel zu und bemerkte, dass ihre Augen wieder braun wurden. »Was war das? Ich glaube, es ist der Geist eines Dämons. Und es ist meiner. Also bin ich ein Dämon.« Sie schnüffelte. »Meine Mutter hat immer gesagt, ich wäre ein Dämonenbalg.«

»Deine Mutter hatte einen Sprung in der Schüssel. Wann ist das denn passiert?«

»Ich weiß nicht.« Mab schnüffelte wieder. »Ich habe es gerade erst herausgefunden, aber andere Leute haben es auch bemerkt.«

»Welche anderen Leute?«

»Joe.«

»Joe.« Ethan nickte. »Und er fand das nicht seltsam?« *Vielleicht ist er deswegen davongerannt.*

»Joe ist nicht einfach Joe. Joe ist Suffkopf Dave, der von *Fufluns* besessen ist. Oder war. *Fufluns* steckt jetzt in Sam.«

»Was?« Ethan wandte sich der Tür zu, seine Gedanken überschlugen sich. »Wo ist er denn jetzt?«

»Im Pavillon, flirtet mit irgendeiner Tussi. Und *Tura* ist auch da draußen. Steckt in dieser blonden Tussi mit einer Traube von Männern um sich herum.« Mab schnüffelte wieder. »Ich finde, für so 'ne kleine Stadt gibt's hier einen Haufen Tussis.«

»Vergessen wir die Tussis«, entgegnete Ethan gereizt. »Wir müssen die Dämonen wieder einfangen. Angefangen mit *Fufluns*.«

»Wie denn?«, fragte Mab. »Muss dazu nicht erst seine Urne repariert sein?«

»Stimmt«, gab Ethan ärgerlich zu.

»Na ja, Gus hat mir die fehlenden Teile noch nicht gegeben. Also bleibt *Fun* noch eine Weile draußen.« Mab wischte sich die letzten Tränen von den Wangen. »Aber er bringt niemanden um. Er treibt's nur einfach mit fast jeder.« Die Tränen flossen erneut. »Der Mistkerl.«

Hör auf zu weinen, um Himmels willen. »Also hast du mit dem Dämon geschlafen und dir dabei dieses Glühen eingefangen?«

Mabs Kopf fuhr hoch, rotes Licht blitzte aus ihren Augen. »Das ist keine Syphilis oder so was, Ethan. Ich hab' mir keinen Dämonentripper eingefangen. Das ist ein Teil von *mir*.«

Rotes Glühen. Das konnte nichts Gutes bedeuten. »Fühlst du dich anders?«

»Was meinst du, *anders*?«, fragte Mab. »Mir ist unheimlich zumute, weil meine Augen blau glühen.«

»Ich meine, verspürst du irgendeinen ... Drang?«

»Drang?« Mab blickte ihn ungläubig an, und das rote Glühen in ihren Augen verstärkte sich. »Was, zum Beispiel? Kleine Kinder zu fressen? Oder dir die Leber rauszureißen? Nein, keinerlei Drang.« Sie stieß zornig den Atem aus. »Obwohl ich dir im Augenblick gern eine Tracht Prügel verpassen würde für diese *bescheuerten Fragen*.«

Ethan nahm das nickend zur Kenntnis. Besser als weinen. Ein bisschen. Auf das rote Glühen hätte er verzichten können. »Du fühlst also im Augenblick nichts Böses?«

Die Iris ihrer Augen wurden tiefrot. *»Natürlich nicht. Was hast du nur?«*

»Wenn du richtig wütend wirst, dann werden deine Augen rot«, erklärte Ethan. »Sieht genauso aus wie das Glühen, das ich in *Turas* Augen gesehen habe. Andere Farbe. Warum erscheinen bei dir zwei verschiedene Farben?«

»Ich weiß es nicht, Ethan«, fuhr Mab ihn an. »Vielleicht bin ich einfach ein *launischer Mensch*. Und du hast mir die gute Laune *gründlich verhagelt*!«

»Das dachte ich auch«, erwiderte Ethan. »Rot für Wut. Nicht besonders originell.«

»Sagst du das, um mich wütend zu machen oder weil du auch noch taktlos bist?«

»Fragen wir uns lieber, was mit dir los ist«, entgegnete Ethan. »Wenn da keiner in dir drin ist und du auch kein Dämon bist, was, zum Teufel, hat es dann damit auf sich?«

»Ich weiß es doch nicht«, wimmerte Mab und verzog ihr Gesicht.

»Schon gut, schon gut«, murmelte Ethan, legte dann etwas unsicher einen Arm um sie und tätschelte sie. »Das finden wir schon noch raus. Du bist jedenfalls kein Dämon. Du hast den Männerklo-Test einwandfrei bestanden. Du bist einfach ... etwas Besonderes.«

»Etwas Besonderes«, wiederholte Mab und klammerte sich an sein T-Shirt, das von Minute zu Minute feuchter wurde. »Das ist freundlich ausgedrückt für abnormal, oder?«

Ethan tätschelte sie stärker. »Wir werden es herausfinden und in Ordnung bringen. Vielleicht hat ja Glenda eine Idee.«

»Glenda wird mich in eine Kiste stecken«, heulte Mab.

»Niemand wird dich in eine Kiste stecken«, meinte Ethan und bemühte sich, seine Stimme nicht gereizt klingen zu lassen. »Allerdings dieses Arschloch, mit dem du geschlafen hast, der kriegt eins auf die Nuss.«

»Kein guter Themenwechsel«, sagte Mab. »Mir wird schlecht.«

»Wenn du noch mal kotzen musst, sind wir hier richtig«, meinte Ethan und tätschelte weiter.

»Ich liebe ihn wirklich.« Ihre Unterlippe zitterte. »Das ist es, was Liebe anrichten kann. Bringt einen so weit, dass man kotzen muss.«

»Du wirst schon über ihn wegkommen«, beruhigte Ethan. »Du wirst einen Besseren kennenlernen. Kannst du nicht in die Zukunft sehen?«

»Nicht so was«, erwidert Mab. »Ich sehe ein paar Kerle, die auf eine schnelle Nummer aus sind, aber ich kann nicht meine zweite wahre Liebe auf mich zukommen sehen. Außerdem hat Delpha mir gesagt, dass Joe meine wahre Liebe sei, und sie hat sich nie geirrt. Ich bin dazu verdammt, ihn *für immer zu lieben.*«

»Ja, ja, ja.« Ethan gab ihrer Schulter einen letzten Klaps und schob sie dann zur Tür. »Komm schon, lass uns gehen und *Tura* einfangen, dann fühlst du dich gleich besser. Und solltest du diesen Dreckskerl *Fufluns* unterwegs sichten, lass es mich wissen, dann *capio* ich seinen Arsch.«

»Du hast aber nichts, wo du ihn einsperren kannst«, entgegnete Mab, während er die Tür öffnete.

»Glenda hat ein paar Tupperware-Gefäße«, knurrte Ethan. »Da kann er es sich zusammen mit einem Rest Thunfisch gemütlich machen, bis Gus die fehlenden Teile seiner Kiste findet.«

»Er mag Fisch«, sinnierte Mab. »Zumindest mag er diese verdammte Meerjungfrau. Ich hasse Meerjungfrauen. Die reinsten Killer-Weiber.«

»Gut zu wissen«, meinte Ethan, hinter ihr die Augen verdrehend, und schob sie durch die Tür ins Freie.

Ethan versammelte seine Kampftruppe hinter dem Kettenkarussell, war sich aber nicht sicher, ob sie wirklich funktionieren würde. Weaver war hellwach und in Alarmzustand; Glenda war angespannt; Gus war erregt und besorgt zugleich und fummelte mit der Urne herum; Young Fred trank immer wieder aus einer Bierflasche, die er unter seinem Mantel versteckt hielt; und Mab, jetzt ohne Tränen und wenigstens halbwegs nüchtern, beobachtete alles und jeden und erinnerte ihn damit sehr an Delpha, vor allem, da sie sich außerdem in deren blauen Schal gewickelt hatte und Frankie auf ihrer Schulter saß.

Eine Stunde später war Weaver noch immer in Alarmzustand, Glenda war etwas entspannter, Gus war eingeschlafen, und Young Fred betrachtete bekümmert seine leere Flasche.

Mab beobachtete noch immer jeden.

»Bist du so weit okay?«, fragte Ethan sie.

»Nein«, antwortete sie. »Du etwa?«

»Nein.«

»Na also.«

Er war fast geneigt, für diesen Abend Schluss zu machen. Der Park hatte bereits geschlossen, es war also kaum noch jemand zu sehen, der Liebestunnel hatte vor zwanzig Minuten zugemacht – weit und breit kein Anzeichen von *Tura* in der Gestalt der Blonden –, und seine Truppe war nicht gerade in Kampfstimmung. Vielleicht tat ihnen ja eine Atempause gut, um noch einen Trainingstag einzulegen …

Da hallte das Lachen einer Frau durch die Dunkelheit, und in einem orangefarbenen Lichtkegel erschienen zwei Gestalten, die vom Teufelsflug herkamen.

»Irgendwas auszumachen?«, fragte er Weaver, und sie nickte.

»Ich sehe eine Francium-Spur«, antwortete sie.

»Eine was?«, erkundigte sich Mab.

»Francium.« Weaver lächelte sie nicht gerade herzlich an. »Daraus bestehen Dämonen. Die Brille filtert alles außer Francium aus, das heißt, ich kann Dämonen sehen.«

»Wie nett für Sie«, meinte Mab und trat ein wenig beiseite, sodass sie hinter Glenda stand.

»*Tura* ist eine Unberührbare«, warf Glenda ein. »Funktioniert Ihre Technik auch bei denen?«

»Unserer Erfahrung nach bestehen alle Dämonen so ziemlich aus demselben Stoff«, erwiderte Weaver. »Francium und das Böse bilden ihre Grundstruktur, deswegen kann man sie mit Eisen, dem stabilsten Element, zerstören ...«

»Schhhhh«, machte Ethan.

Die beiden Gestalten schwankten, einander umarmend, an ihnen vorbei. Die große Blonde und ein kleinerer, untersetzter Kerl.

»Erkennst du sie?«, erkundigte sich Ethan flüsternd bei Glenda.

»Ach Mist«, flüsterte Glenda bekümmert, »das ist Laura Riesenrad.«

Weaver blickte Ethan stirnrunzelnd an. »Laura Riesenrad?«

»Ihre Familie ist für das Riesenrad zuständig.«

»Sie ist ein anständiges Mädchen«, fügte Glenda hinzu.

»Im Moment nicht«, entgegnete Ethan, der beobachtete, wie Laura Riesenrad den Mann zum Liebestunnel führte.

»Erkennst du den Kerl?«, fragte Ethan.

»Irgendein blöder Trottel, der auf einen Seitensprung aus ist«, erwiderte Glenda müde. »So sind sie immer.«

Die Außenbeleuchtung der Liebestunnelbahn ging an, ohne dass jemand in der Steuerkabine war. Der Trottel schien es nicht zu bemerken, als *Tura* ihn die Stufen zum Einstiegssteg hinauf und zu dem vordersten Schwanenboot führte.

»Also gut«, sagte Ethan. »Genau nach Plan. Wir gehen rein.«

»Nicht mit Weaver.« Glenda stellte sich vor ihn. »Ethan, es ist falsch, Nicht-*Guardia* bei so etwas mitzunehmen. Es ist *gefährlich*.«

Weaver hob ihr Dämonengewehr hoch. »Geben Sie mir doch eine Chance. Ich komme Ihnen nicht in die Quere, solange ich nicht gebraucht werde, aber mit mir als Rückendeckung sind Sie besser dran.«

Glenda und Mab tauschten Blicke, und Weaver verdrehte die Augen und wandte sich Ethan zu.

Na toll, dachte Ethan. *Weiberkrieg.*

Tura und der Trottel stiegen in das Boot, und Ethan hörte das laute, widerhallende Klacken, als der Haken einrastete und das Boot sich in Bewegung setzte.

»Gehen wir«, befahl er, und sie eilten alle um die rechte Seite des hässlichen rosafarbenen Betonklotzes herum. Ethan riss die Seitentür für das Personal auf und führte seine Truppe hinter den Schaubildern entlang bis zu Antonius und Cleopatra, wo Frankie in das Schaubild flog und versuchte, eine Weintraube von Cleopatras Tisch zu essen.

»Das ist kein Augapfel«, flüsterte Mab ihm zu.

Gus hielt *Turas* Urne in die Höhe und erklärte: »Ich bin bereit«, und Young Fred nickte, und sein Gesicht begann zu beben und sich zu verändern.

Der Schwan kam um die erste Biegung herum in Sicht. *Tura* hing dem Kerl am Hals, befingerte ihn und flüsterte ihm ins Ohr.

Young Freds Gesicht nahm das Aussehen von Karl dem Toten an, und er trat an die Kante der Wasserstrecke. *Tura* blickte auf, und sein Anblick traf sie wie ein Schock, in ihren Augen blitzte es blaugrün auf.

»*Frusto!*«, rief Young Fred laut, und Mab sagte: »Äh, *Specto.*«

O verflucht, schoss es Ethan durch den Kopf, als das Blaugrün in *Turas* Augen stärker glühte.

»Was, zum Teufel, soll das?«, krächzte der Trottel im Boot und blickte von dem Schaubild zu seiner Begleiterin, während der Schwan vorbeiglitt.

»*Specto!*«, rief Mab lauter und schleuderte die Faust in Richtung der glühenden Augen, doch *Tura* stieß ein unirdisches Lachen aus.

Der Kerl neben ihr fuhr zurück. »Was, zum *Teufel*?«

»Ich kenne dich«, rief *Tura* verächtlich und sah Mab an. »Dämonenliebchen.«

Mab rannte hinter dem davongleitenden Boot her, erreichte es und schnarrte voller Wut: »*Specto!*, habe ich gesagt, *du Miststück*!« Sie stieß die Hand wie einen Speer nach vorn und wies direkt auf das Glühen in *Tura*, und im gleichen Moment feuerte Weaver. Das glühende Licht zuckte aus Laura heraus, nur den Bruchteil einer Sekunde, bevor Weavers Kugel sie traf. Das glühende Licht breitete sich aus und nahm die Gestalt einer Meerjungfrau an, volle Lippen, lange Haare und üppige Formen, die vor Überraschung erstarrte, während das Schwanenboot weiterglitt und eine bewusstlose, verwundete Laura und einen vor Entsetzen erstarrten Trottel um die nächste Biegung davontrug.

»Was, zum Teufel, tun Sie da?«, schrie Mab Weaver an, während Ethan vortrat und »*Capio!*« rief und die blaugrüne Meerjungfrau in sich einsaugte. Diesmal wusste er, wie er sie festhalten musste. Er fühlte, wie *Tura* kreischend nach seinem Herzen griff, der Schmerz war schrecklich, aber er packte sie, hielt sie, überwältigte sie, fühlte sogar die Kugel nicht mehr in sich, und dann wandte er sich wie in Zeitlupe zu Gus um, der die Urne bereithielt.

Glenda legte ihm die Hand auf die Schulter und sprach: »*Redimio*«, und er fühlte mit unendlicher Erleichterung, wie *Tura* aus ihm herausströmte und zur Urne floss.

Gus hob den Deckel, doch plötzlich schlug der Dämon einen Haken und schoss in Glenda hinein, die von der Macht dieses plötzlichen Angriffs vom Steg gefegt wurde und im Wasser versank.

Im nächsten Augenblick schoss das Blaugrün wieder aus dem Wasser, und Mab schrie: »SPECTO!«, und die Meerjungfrau nahm wieder Gestalt an, sich windend vor Wut, und

Ethan schrie: »*Capio!*« und nahm sie in sich auf. Diesmal hielt er sich an Gus fest und kämpfte darum, den Dämon selbst aus sich herauszureißen, als sie nach seinem Herzen greifen wollte.

»*Glenda!*«, rief Mab, aber Weaver hatte sie bereits aus dem Wasser gefischt, beide tropfnass, und begann mit Herzmassage. Mab warf einen Blick auf Ethan und sah den wutschnaubenden Geist in ihm kämpfen, umschlungen von etwas anderem, etwas, das rot und heiß und machtvoll war. Da unterbrach Weaver die Herzmassage, und Mab beugte sich hinunter und atmete zweimal in Glendas Mund, versuchte, ihr mehr als nur Atem zu spenden.

»Ich glaube, sie ist tot«, sagte Weaver mit belegter Stimme.

»Nein«, stieß Mab hervor. »*Glenda!*« Sie schüttelte sie, wobei Glendas Kopf zurückfiel und ihre Augen blicklos zum Dach des Tunnels emporstarrten. »Nein, nein, *nein!*« Mab begann zu pumpen, da rief Weaver: »Lassen Sie mich ran«, und sie begann wieder mit professioneller Herzmassage, während Mab sich über Glenda beugte und sie beschwor: »Du bist nicht tot. *Du* – bist – *nicht* – *tot*.«

Frankie kam herabgeflattert und setzte sich auf den Ast einer Baumattrappe über Mab, und für einen Augenblick hatte sie eine Art doppelte Vision, indem sie Glenda ansah und zugleich sich selbst sah, wie sie Glenda ansah. Sie schüttelte den Kopf, um ihn wieder klar zu bekommen, und dachte: *Delpha sagte, dass ich Dinge sehen kann, die man eigentlich nicht sehen kann*. Sie starrte in Glendas tote Augen, ging instinktiv tiefer, suchte nach einem Funken, einer Erinnerung, irgendetwas, das noch am Leben war, und fand etwas, eine kleine Stelle der Anspannung, als hielte sich Glendas Geist an etwas fest, obwohl ihr Körper praktisch schon tot war.

Mab packte diesen Funken. *Komm schon, Glenda, komm*

schon, du willst nicht sterben, du bist noch nicht bereit zu sterben, komm schon, du hast so vieles, wofür du leben musst ...

Dann kniete Ethan neben ihnen, stieß zwei Atemzüge in den Mund seiner Mutter und übernahm dann die Herzmassage, während Weaver sich zurückzog, aber er sah krank aus.

Vielleicht weil er wusste, dass sie tot war.

Mab beugte sich zu Glendas Ohr hinab. »Du kommst sofort wieder hierher zurück«, flüsterte sie, »denn wenn du das nicht tust, wird Weaver die *Guardia* für immer ins Chaos stürzen.«

Das Pünktchen Anspannung schien ein wenig fester zu werden, als ob Glendas Geist die Faust ballte.

Ethan pumpte immer weiter.

Mab flüsterte wieder. »Sie wird Ethan wieder zum Militär zerren, und sie werden Dämonenexperimente mit ihm veranstalten.«

Das Pünktchen wurde zu einem Knoten, der zu glühen begann.

»Und sie wird wahrscheinlich die Mutter deiner Enkel. Stell dir vor, was für grässliche *Militärmonster* sie aus denen machen wird.«

Der Knoten explodierte, Glenda stieß ein Keuchen aus und setzte sich auf, zitternd, die Augen aufgerissen, und Ethan ließ sich zurückfallen.

»Tu das nie mehr«, beschwor Mab sie, Tränen in den Augen, und hielt sie in ihren Armen. »Du hast uns *zu Tode* erschreckt.«

»Der Medi-Chopper ist unterwegs«, verkündete Weaver hinter ihnen, dann veränderte sich ihre Stimme: »Sie *lebt*?«

»Chopper?«, fragte Mab.

»O Gott sei Dank«, stieß Weaver hervor. »Wir werden sie in unser Spezialhospital bringen. Absolute Priorität ...«

»*Nein!*«, wehrte Glenda ab, und Ethan legte einen Arm um sie und beschwor sie: »Beruhige dich, Mom, du brauchst ...«

Sie stieß ihn weg. »Ich gehe nicht ins Hospital, und ich gehe todsicher nicht in ein Militärhospital.« Sie starrte Weaver an. »Ich weiß, was Sie vorhaben. Das Gleiche, was Sie auch mit Ethan tun wollen. Aber Sie kriegen mich nicht in so ein Versuchslabor in der Abteilung zweiundfünfzig.«

»Abteilung einundfünfzig«, verbesserte Weaver betroffen. »Und ich wollte nicht ...«

»*Nein*«, wiederholte Glenda, und Mab fühlte, wie ihr Geist dabei zitterte.

»So, und jetzt Schluss damit.« Mab erhob sich. »Glenda, beruhige dich. Weaver hat alles getan, um dein Leben zu retten, sie ist auf unserer Seite. Und Weaver, lassen Sie's gut sein. Glenda wird in keinem Helikopter irgendwohin gebracht. Es ist ein schwarzer Helikopter, oder?«

»Ja«, antwortete Weaver gereizt. »Was, zum Teufel, hat das denn damit zu tun?«

»Nur eine kleine Bestätigung für mich.« Mab streckte ihre Hand Glenda entgegen und half ihr auf die Füße. »Du hättest mich wenigstens die Ambulanz rufen lassen sollen. Du bist eben *beinahe gestorben*, herrje.«

Glenda stützte sich zitternd und mit bleichem Gesicht auf Mab. »Kein Helikopter. Kein Militär.« Sie blickte Ethan an. »Was ist mit *Tura*?«

»Wir haben sie«, antwortete Ethan, und hinter ihm hielt Gus die Urne in die Höhe und sah selbst höllisch aus. »Ich weiß nicht, wie, aber es ist vorbei, und sie hat den Trottel nicht getötet. Wir müssen nur noch nachsehen, ob mit Laura alles in Ordnung ist.«

»Ich kümmere mich darum.« Gus schob die Urne in Ethans Hände und eilte aus dem Tunnel.

Glenda sackte gegen Mab.

»Also gut«, meinte Mab und hielt sie aufrecht. »Dann gehen wir zurück zu den Wohnwagen. Fred?«

Young Fred trat hinter Weaver hervor. Er wirkte mitgenommen.

»Geh, und hole ein Golfwägelchen. Wir müssen Glenda nach Hause bringen.«

»Na klar«, erwiderte er und rannte durch den Tunnel davon.

Er kam jedoch gleich wieder zurück und rief: »Da draußen ist ein Helikopter.«

»Sag ihnen, sie sollen den Abflug machen«, wies Mab ihn an, und Weaver meinte ungläubig: »Euch ist ein Golfkarren lieber als der Medikopter? Was ist nur mit euch los, Leute?«, und ging durch den Tunnel davon.

»Reizende Dame«, sagte Mab zu Ethan.

»Sie hat nicht ganz unrecht«, erwiderte Ethan mit einem besorgten Blick auf seine Mutter, die Urne unter den Arm geklemmt. »Du solltest ins Krankenhaus gehen«, mahnte er. »Du solltest …«

»Ich will Mab«, fiel Glenda ihm ins Wort. »Sie wird es wissen.« Sie wandte sich von ihm ab und streckte ihre rechte Hand aus. »Sag's mir. Werde ich sterben?«

»Irgendwann einmal«, erwiderte Mab. »Mach nicht ein solches Drama daraus. Ein einziges Mal knapp am Tod vorbei, und schon führst du dich auf wie eine Diva.«

Glenda warf ihr den vertrauten *Leg-dich-nicht-mit-mir-an*-Blick zu.

»Willkommen zurück im Leben, Glenda«, stellte Mab fest, sehr erleichtert bei dem direkten Blick aus Glendas Augen. »Linke Hand. Es geht schließlich um das Herz, nicht?«

Glenda streckte die linke aus, und Mab legte ihre Hand darauf.

Flatternder Herzschlag, der allmählich kräftiger wurde, Sonnenschein, Glenda lachend vor der Freiheitsstatue.

»Ha«, sagte Mab.

»Schaffe ich es?«, fragte Glenda.

»Sofern es im Himmel keine Freiheitsstatuen gibt, ja.«

»Dann will ich jetzt in meinen Wohnwagen«, erklärte Glenda, und im gleichen Augenblick kam Young Fred zurück und verkündete: »Ich habe ein Golfwägelchen hier.«

Glenda machte einen unsicheren Schritt auf ihn zu, und er legte stützend einen Arm um sie. »Na komm schon, alte Dame, noch bist du nicht tot.«

»Nenn mich noch mal eine alte Dame, dann bist du's«, meinte Glenda, aber sie stützte sich trotzdem auf ihn.

»Ich werde über Nacht bei ihr bleiben«, sagte Mab zu Ethan, »aber dann müssen wir reden. Da liegt vieles im Argen ...«

»Ich bleibe über Nacht bei ihr«, erwiderte Ethan, und nach kurzem Zögern nickte sie. »Das Hightech-Zeug kann schon helfen«, fuhr er fort, »wir müssen nur herausfinden, wie.«

»Der Hightech-Kram ist Quatsch«, entgegnete Mab und ging in die kühle Nacht hinaus.

Als sie den Hauptweg erreichte, hob gerade ein Nighthawk-Helikopter vom Boden ab, und Weaver stand da und blickte ihm fuchsteufelswild nach, während Glenda in das Golfwägelchen kletterte.

Ethan ging zu Weaver hinüber und legte ihr eine Hand auf die Schulter, und als sie sich ihm mit wütendem Gesicht zuwandte, sagte er: »Ich fahre mit Glenda. Wir reden später.«

Dann stieg er zu seiner Mutter in das Golfwägelchen und fuhr davon, den Hauptweg hinunter, während Weaver ihm mit steinerner Miene nachblickte.

»Ich kenne ihn nicht besonders gut«, sagte Mab zu ihr, »aber ich glaube, er ist ein guter Kerl. Heute Nacht, das war einfach rundherum eine Katastrophe, aber er tut sein Bestes ...«

»Er will, dass ich alles gebe, er aber gibt nichts«, entgegnete Weaver. »Mein Job hier kommt ihm sehr gelegen, denn er braucht meine Ausrüstung, aber …«

»Geben Sie ihm eine Chance«, unterbrach Mab sie. »Wir haben hier noch eine harte Nuss zu knacken, aber ihr beide scheint wirklich gut zusammenzupassen …«

Weaver wandte sich ab, und Mab sah ihr nach, wie sie, das Gewehr in der Hand, in der Dunkelheit verschwand.

»Machen Sie das nicht kaputt«, rief sie ihr nach. »Er ist wirklich ein guter Kerl.«

Ganz anders als dieser ungetreue Mistdämon, in den ich mich verlieben musste.

Andererseits: Glenda war am Leben. Und jetzt, wo sie aufgehört hatte, sich dagegen zu wehren, erschien ihr die Aussicht, für den Rest ihres Lebens in *Dreamland* zu leben, gar nicht so übel. Schließlich hatte sie ja *Fun* nicht geheiratet oder sonst etwas Irreparables getan, sie hatte ihn überhaupt erst vor einer Woche kennengelernt, also konnte es nicht so schlimm werden …

Frankie flatterte herab und ließ sich auf Mabs Schulter nieder.

»Ich würde ihn trotzdem wiederhaben wollen«, erklärte sie dem Raben. »Wenn er kein Dämon wäre, würde ich ihn wiederhaben wollen.«

Frankies Miene kam einem Augenrollen so nahe, wie sie es je bei einem Vogel gesehen hatte.

»Richtig. Und morgen ziehen wir in Delphas Wohnwagen um, damit wir Gus und Glenda im Auge behalten können. Dann bist du wieder in deinem alten Nest.«

Frankie krächzte, rau wie ein Reibeisen, mit dem man über eine rostige Eisenstange scheuerte, und Mab lächelte bei diesem wunderbaren liebevollen und zustimmenden Klang.

»Ja, ich finde auch, dass das das Richtige ist«, antwortete sie und machte sich auf den Weg zum *Dream Cream*.

Ray ließ sich auf der Bank nieder und berichtete: »Ich habe *Tura* gefunden und ihr gesagt, was du willst, und sie war nicht besonders erbaut davon, aber sie hat sich von der *Guardia* einfangen lassen und sitzt wieder in ihrer Urne.«

BRING SIE IN DEN *Wachturm*, BEVOR SIE WIEDER ENTKOMMT.

»*Tura* hat Glenda getötet.«

GLENDA.

»Aber Mab hat sie wieder zurückgeholt.«

MAB IST DEINE NICHTE.

»Ja. Die lebt auch noch. Ich glaube, sie ist der Ersatz für Delpha.«

Zu viele junge *Guardia*. Zu viel zäher Kampfesmut. Nicht genügend Verzweiflung. BRINGE MEHR MINIONS HER.

»Tja, vielleicht ist dir das entgangen, aber die *Minions* sind nicht besonders wirksam.«

SCHICKE SIE AUS, DIE GUARDIA BIS HALLOWEEN IN ATEM ZU HALTEN. UND AN HALLOWEEN DANN, EINE MINUTE NACH MITTERNACHT, TEILE SIE IN FÜNF GRUPPEN AUF, DIE ZUR GLEICHEN ZEIT JEWEILS EINEN GUARDIA TÖTEN SOLLEN.

»Das bedeutet aber eine Menge *Minions*.«

Der vordere Bereich von Rays Haarpracht fiel ihm in den Schoß und hinterließ eine hohe kahle Stirn.

»Klar doch«, meinte Ray resigniert. »Die *Minions* sollen die ganze Woche über die Fünf zermürben, dann Freitagnacht nach Mitternacht alle umbringen. Also beschützen wir Glenda nicht mehr?«

GLENDA IST KEINE GUARDIA MEHR. *Kharos* hielt inne und bedauerte einen Augenblick lang den Verlust all dieser wundervollen Macht. Sie war ... köstlich gewesen.

»Verstanden«, fuhr Ray fort. »Die Dämonen machen ab Samstag null Uhr eins die *Guardia* fertig ...«

STÜRZT SIE INS CHAOS. ÜBERWÄLTIGT SIE MIT KUMMER ÜBER IHRE VERLUSTE, DASS SIE WIE STAUB WERDEN.

»Sicher. Ach ja, ich habe herausgefunden, dass Mab *Fufluns* Urne reparieren soll, damit sie ihn wieder gefangen nehmen können. Allerdings nicht mit oberster Priorität. Ethan macht sich mehr Sorgen um Glenda, dass sie sterben könnte, als um *Fufluns*.«

Kharos starrte auf Ray hinunter. Er hatte in kürzester Zeit eine Menge wertvoller Informationen über die *Guardia* bekommen. Woher bekam Ray diese?

Ray erhob sich. »Also, dann werde ich jetzt die *Minions* holen ...«

SCHICKE DEINEN PARTNER ZU MIR.

»Was?«, fragte Ray vorsichtig.

ICH WILL DEN VERRÄTER KENNENLERNEN, DER DIR HILFT. JEMAND VERRÄT DIR DINGE, DIE NUR DIE GUARDIA WISSEN KÖNNEN. DU HAST EINEN SPION UNTER IHNEN.

»Na ja«, murmelte Ray.

SCHICKE DIESEN VERRÄTER ZU MIR.

»Das wird ihm nicht gefallen. Er tut das nur, weil er sich zurückziehen will, nicht weil er die *Guardia* hasst. Und ehrlich gesagt kann er mir nicht das Wasser reichen. Du wirst enttäuscht sein, wenn du ihn kennenlernst ...«

RUFE IHN HER.

»Klar«, meinte Ray und holte sein Handy hervor.

Zehn Minuten später starrte *Kharos* auf einen Grünschnabel nieder.

DU WILLST DICH ZURÜCKZIEHEN?

»Ich will nur raus aus allem«, antwortete Young Fred unsicher. »Du willst frei sein, wir wollen frei sein, oder? Ich befreie dich, und niemand kommt zu Schaden, richtig?«

IHR ALLE WERDET STERBEN, dachte *Kharos*, aber er erwiderte: RICHTIG.

Hinter Young Freds Rücken verdrehte Ray die Augen.

DAZU MUSST DU FOLGENDES TUN, fuhr *Kharos* fort.

Kapitel 16

»Du ruhst dich erst mal aus«, ermahnte Ethan Glenda, als sie in ihrem Wohnwagen angekommen waren. »Setz dich … einfach hin.«

Glenda sank auf ihre rote Bank, immer noch etwas zittrig, und Ethan holte ihren Scotch aus dem Schrank, goss einen reichlichen Schluck in ein Glas und trank.

Dann blickte er seine Mutter an. »Du hast mich zu Tode erschreckt.«

Glenda nickte benommen. »Ich habe mich selbst zu Tode erschreckt.« Sie fummelte ihre Zigarettenschachtel hervor, nahm eine heraus und starrte sie dann nur an. »Der Tod. Da fängt man an nachzudenken.«

Ethan nahm mit Flasche und Glas ihr gegenüber Platz. »Das war alles zu knapp. Zu knapp dran, dich zu verlieren, zu knapp dran, *Tura* nicht zu schnappen. Das müssen wir in Zukunft besser machen.« Er goss sich noch einen Schluck ein.

»Nicht ›wir‹«, betonte Glenda. »Ich glaube, ich bin keine *Guardia* mehr.«

Ethans Hand mit dem Glas verharrte auf halber Höhe zum Mund. »Was?«

Glenda spreizte die Finger und konzentrierte sich. »Na los, brennt«, befahl sie, aber es blieben einfach Finger, keine kleinen Flämmchen an den Fingerspitzen, und sie faltete ihre Hände wieder und blickte leicht verwirrt, aber nicht unglücklich drein. »Ich glaube, ich war kurzzeitig gestorben, und jemand anderer wurde berufen.« Sie lächelte und sah plötzlich trotz ihrer Erschütterung zwanzig Jahre jünger aus. »Ich fühle mich ... anders. Erleichtert.« Sie deutete auf Ethans Glas. »Abgesehen davon. Das deprimiert mich sehr.«

Ethan schloss resigniert die Augen.

»Du musst mit dem Trinken aufhören«, beschwor sie ihn, und als er zurückwich, fuhr sie fort: »Ethan, das Leben ist zu kurz, um es zu verschwenden. Du musst aufhören, immer den Weg des geringsten Widerstandes zu gehen. Deswegen hast du Weaver mit hereingebracht: dickes Gewehr, dicker Helikopter – als wenn wir das nötig hätten, noch mehr verdammtes *Metall* –, alles, um es dir leichter zu machen, weil dein Leben so verdammt hart war. Deswegen trinkst du auch, damit du das Leben nicht mehr fühlst. Nur noch Selbstmitleid. Der einsame Überlebende.« Ihre Stimme wurde rau. »Na ja, besser, der Überlebende zu sein als tot.«

Sie brach ab, und Ethan bemerkte, dass sie nach Atem rang.

»He, he, beruhige dich«, mahnte er.

Glenda schüttelte den Kopf. »Gus ist jetzt der einzige Erfahrene in der *Guardia*. Dabei schwindet sein Gehör immer mehr, und er wird alt. Erstaunlich, dass er überhaupt noch jeden Morgen den Park abgehen und jeden Abend die Drachenbahn laufen lassen kann. Du hast eine unerfahrene Mannschaft, die du noch nicht wirklich versucht hast zusammenzuschweißen, und du hast keine Ahnung, wie man die Unberührbaren einfängt, weil du nicht darüber nachdenken willst, weil es *unangenehm* ist.«

Ethan schob das Glas beiseite. Sie hatte unrecht, aber er war dankbar dafür, dass er sie, nachdem sie praktisch gestorben war, überhaupt wiederhatte, auch wenn sie ihn beschimpfte.

Sie erhob sich und stützte sich dabei mit den Händen auf die Tischplatte. »Na ja, jetzt liegt alles bei dir, du kannst tun, was immer du willst, und wenn es nicht funktioniert, dann kannst du natürlich einfach einen kippen und nicht mehr daran denken. Die Welt um dich herum wird die Hölle werden, aber du sitzt sicher in deiner Flasche.«

Ethan hob die hölzerne Urne in die Höhe. Sie war noch immer warm, und er fühlte *Turas* vibrierende Gegenwart darin. »Hey, wir haben sie gekriegt, das haben wir richtig gemacht. Und *Selvans* haben wir auch gekriegt.« Mit einem dumpfen Schlag stellte er die Urne auf den Tisch. »Und *Fufluns* wird niemanden umbringen, nicht wahr?«

»Schon allein die Tatsache, dass er frei ist, bringt uns in Gefahr. Mit jedem Unberührbaren, der aus seiner Urne freikommt, wird *Kharos*' Macht größer. Sie stärken ihn. Und wenn *Fufluns* die Chance dazu hat, lässt er *Tura* wieder heraus. Wenn alle Fünf frei sind, können sie ihre eigene Form annehmen und müssen niemanden mehr besetzen, und dann gewinnen sie ihre volle Macht zurück. Das dürfen wir nicht zulassen.«

»Siehst du, das hast du mir nie gesagt«, meinte Ethan und hob sein Glas wieder an die Lippen.

»Du hast mir nur nicht zugehört.« Glenda atmete tief und zitternd ein, und Ethan fühlte sich schuldbewusst.

Sie ging zu dem Schrank über dem Kühlschrank hinüber, holte ein kleines Holzkästchen hervor, öffnete den Deckel und nahm einen Bund mit einem eisernen Schlüssel in der Form eines Pfeils und einem kleineren Schlüssel aus Stahl heraus. Sie reichte ihn Ethan mit den Worten: »Der kleine Schlüssel ist der von Hanks Wohnwagen. Ich habe ihn für dich vorbereitet, falls du dich irgendwann entscheidest, wieder wie ein Mensch leben zu wollen.« Sie beugte sich vor, gab ihm einen Kuss auf die Stirn und legte ihm eine zittrige Hand auf die Schulter. »Danke, dass du mein Leben gerettet hast. Jetzt sieh zu, dass du nüchtern wirst, und rette die Welt.«

Sie ging durch den schmalen Gang davon und verschwand in ihrem Schlafraum, und Ethan blieb allein auf der Bank zurück, die Flasche, die Urne und die Schlüssel vor sich auf dem Tisch.

Rette die Welt.

Tja, nicht in dieser Nacht.

Er trank sein Glas leer und ging dann in den Wald hinaus, um seinen Schlafsack zu holen. Als er zurückkam, lauschte er an Glendas Tür. Sie schnarchte. Sie lebte.

Er entrollte den Schlafsack in dem engen Gang vor ihrer Tür und streckte sich darauf aus. Er konnte zwar in dieser Nacht nicht die Welt retten, aber er konnte seine Mutter beschützen.

Ethan erwachte noch vor der Morgendämmerung. Er hatte nicht gut geschlafen, wieder einmal davon geträumt, wie er angeschossen wurde, den brennenden Schmerz in der Brust gefühlt, die Schreie seines Anführers gehört, und er brauchte einige Sekunden, um sich zu orientieren. Fast hätte er *Turas* Urne umgestoßen, die neben ihm stand, als er sich aufsetzte und nach seiner Pistole griff.

Die Schmerzen in seiner Brust würden ihn noch umbringen. Er schob eine Hand unter Weste und Hemd bis zu der Narbe, wo ihn die Kugel getroffen hatte, und fühlte einen harten Knoten. *Was war das jetzt wieder?* Er schälte sich aus der Weste und zog das Hemd aus. Er konnte den Knoten sehen, direkt unter der narbigen Haut, und zuerst dachte er, dass es eine alte Naht war, aber dafür war es zu groß und zu hart.

Viel zu groß. Eher so groß wie ... eine Kugel.

Ethan zog das Messer seines Vaters heraus. Er tastete mit der Spitze, ritzte dann die Haut ein und hebelte eine leicht verformte AK-47-Kugel heraus. *Die* Kugel. Ethan betrachtete das blutige Stück Blei in seiner Hand und nahm das Blut auf seiner Brust kaum zur Kenntnis. Die Kugel hatte so nahe an seinem Herzen gesessen, dass die Ärzte nicht gewagt hatten, sie herauszuholen. Wie war es möglich ...

Er hatte bemerkt, dass der Schmerz sich veränderte, weniger wurde, je länger er im Park weilte, je mehr er sich seiner Mutter und ihrem Team annäherte. Irgendetwas hatte bewirkt, dass die Kugel sich von seinem Herzen entfernte, irgendetwas, das wünschte, dass er stark war, um die Dämonen zu besiegen. Glenda hatte recht, die *Guardia* hatte ihm sein Leben zurückgegeben.

Plötzlich riss er den Kopf herum und lauschte. Jemand näherte sich, obwohl es noch eine Stunde vor Sonnenaufgang war. Kein Dämon. *Woher, zum Teufel, wusste er das?* Er blickte auf seine Brust hinunter. Die Narbe sah aus wie vorher. Kopfschüttelnd schlüpfte er in sein Hemd und in die Kampfweste und schob die Pistole in das Halfter. Er schob die AK-47-Kugel in die Tasche und klemmte sich die Urne unter den Arm.

Er stieg aus dem Wohnwagen und erkannte eine schlanke Gestalt, die sich aus der Richtung des Bier-Pavillons näherte. Weaver. Sie hatte ihr Dämonengewehr über der Schulter hängen und trug ihre Spezialbrille.

»Hast du ein bisschen geschlafen?«, fragte Ethan und bemühte sich, ein Lachen zu unterdrücken. Er würde nicht sterben. Sein ganzes Leben lag wieder vor ihm und eine neue Mission, die zu erfüllen war. Eine, bei der er sich endlich gut fühlen konnte. Eine, die Menschenleben rettete.

»Nein.« Sie zog sich die Brille vom Kopf und blickte ihn ohne Wärme an. »Woher wusstest du, dass ich es bin?«

»Hab dich unter den Bäumen gesehen.« Eine Mission mit Weaver an seiner Seite. Ethan lächelte.

Weaver blickte prüfend über die Schulter zurück. »Keine Chance, dass du mich dort sehen konntest.«

»Ich glaube, das gehört zu meinem neuen Dasein als Dämonenjäger.«

»Na toll«, erwiderte Weaver. »Jetzt wird Ursula unbedingt wollen, dass ich dich mitnehme.«

Ethan schlug sich die Gedanken an seine Zukunft aus dem Kopf – es genügte, dass er überhaupt eine hatte – und bemerkte, dass sie wütend war. »Was ist denn los?«

»Sie war nicht gerade erfreut, einen Undercover-Nighthawk anzufordern, und das für nichts und wieder nichts. Sie war auch nicht erfreut, dass ich ein zusätzliches D-Gewehr mitgenommen habe und dass ich nicht mehr als nur dein Blut mitgebracht habe. Was übrigens, wie dir nicht gefallen wird, Francium enthält.«

»Du siehst selbst auch nicht gerade glücklich aus«, gab Ethan zurück.

Weaver lächelte ihn mit schmalen Lippen an. »Wie geht's Glenda?«

Das verhieß nichts Gutes. »Schläft noch. Was ist los?«

Weaver hob trotzig das Kinn. »Nichts, gar nichts, Ethan. Nur dass ich meine Karriere für dich auf's Spiel gesetzt habe und dann von dir ein lässiges ›Nein danke, wir halten's lieber mit unseren Zauberkräften‹ höre. Wenn du mich nicht einsetzen wolltest, warum hast du mich dann mitgenommen?«

»Weil du unbedingt wolltest«, antwortete Ethan, verärgert darüber, dass sie ihm ständig mit der Vergangenheit kam, wo doch seine Zukunft vor ihm lag. »Und weil ich dachte, dass das D-Gewehr eventuell von Nutzen sein könnte. Ich hatte mich geirrt.«

»Macht nichts«, meinte Weaver, eine glatte Lüge. »Dein Problem ist Ursula. Sie wird heute zum Park kommen. Will dich treffen.«

»Nein«, lehnte Ethan ab, der im Augenblick schon genügend Probleme mit Frauen hatte.

»Sie glaubt, das Ganze wäre Quatsch, aber sie ist sich nicht mehr sicher. Also will sie's herausfinden.«

»Pfeif auf Ursula.« Er wechselte die Position der Urne, stieß mit ihr gegen die alte Wunde und zuckte aus Gewohnheit zusammen, aber da war kein Schmerz. Die Kugel war fort, und er hatte wieder eine Zukunft, und er hatte keine Lust, über Ursula zu reden. »Tut mir leid, wenn ich deinen Einsatz gestern Abend nicht gewürdigt habe.«

»Wenn?«

»Tut mir leid, *dass* ich deinen Einsatz gestern Abend nicht gewürdigt habe.« Er wog die Urne in den Händen. »Ich muss das hier im Wachturm einschließen. Willst du mitkommen und mich vor allem, was da draußen eventuell herumkriecht, beschützen?«

Sie sah ihn an, als läge ihr eine heftige Erwiderung auf der Zunge – wahrscheinlich: *Leck mich* –, aber dann meinte sie nur seufzend: »Sicher.«

Das war nicht gut. Er wollte, dass sie glücklich war, sich auf die Zukunft freute. Vielleicht auf eine Zukunft mit ihm.

Ich habe eine Zukunft, dachte er, noch immer überwältigt von diesem Gedanken. Vielleicht war es an der Zeit, darüber nachzudenken, was er damit anfangen wollte.

»Glenda hat Hanks Wohnwagen rundherum vorbereitet, wieder bezugsfertig gemacht.« Er holte tief Luft. »Ich finde, du solltest hierherziehen. Wäre leichter für dich, den Park zu beobachten, wenn du hierbleiben kannst, anstatt in der Stadt zu übernachten.«

Weaver blickte skeptisch drein. »Möchte Glenda das?«

»Ich möchte das«, erwiderte Ethan.

Sie zuckte die Schultern. »Okay. Sicher. Für meinen Auftrag wäre es besser, immer hier draußen zu sein.«

»Und dann, wenn du eingezogen bist, dann … reden wir«, fuhr Ethan fort und betete innerlich, dass sie das nicht wollte.

»Wie du willst«, erwiderte Weaver, wandte sich ab und ging den Pfad hinunter zum Hauptweg.

»Na großartig«, murmelte Ethan und fragte sich, wie lange sie wohl noch sauer sein würde. Dann fiel ihm ein, dass er eine Zukunft hatte. Es machte nichts, wenn sie noch eine Weile lang sauer war, denn er war nicht mehr in Gefahr, jede Sekunde sterben zu können, er hatte eine Zukunft. Es traf ihn, jedes Mal wenn er daran dachte, wie ein Schock, und es würde noch dauern, bis er sich daran gewöhnt hatte, aber na und. »Großartig«, sagte er noch einmal und ging dann rasch hinter Weaver her, um sie einzuholen.

Mabs Vorhaben, früh aufzustehen und in Delphas Wohnwagen umzuziehen, scheiterte, als sie erwachte und sich sofort zur Seite rollen musste, um sich in den Abfallkorb zu übergeben. »O Gott«, stöhnte sie und taumelte ins Badezimmer.

Frankie gab sein raues Rabengurren von sich, was zwar tröstlich, aber wenig hilfreich war.

»Grippe«, erklärte sie Cindy, als sie mit Frankie auf der Schulter herunterkam. »Oder ich muss noch von diesem Zeug, das mir Ethan gestern Abend gegeben hat, kotzen. Jedenfalls fühle ich mich scheußlich.«

»Aha«, machte Cindy nur, den Blick weiter zum Ende der Theke gerichtet, wo der Colaflaschen-Brillen-Kerl neben einer Frau mittleren Alters mit streng zurückgekämmtem, dunklem Haar saß, die ein teures pulverblaues Kostüm und einen unangenehmen Ausdruck im Gesicht trug. Abgesehen von einer Mutter mit ein paar kleinen Kindern waren die beiden die einzigen Gäste.

»Was ist denn los?«, fragte Mab. »Warum sind nur so wenige Gäste hier?«

Gleichzeitig rüttelte jemand an der Tür, und Mab sah, dass Cindy das Schild »Geschlossen« an die Tür gehängt hatte.

»Cindy, es ist Samstag, du musst doch ...«, begann sie und bemerkte dann den Gesichtsausdruck ihrer Wohngefährtin.

Eindeutig Panik.

»Ist alles in Ordnung mit dir?«, erkundigte Mab sich in Flüsterton.

»Das ist ein *Vogel*«, rief die Frau vom Ende der Theke Mab zu. »Vögel sind unhygienisch.«

»Vielen Dank für die Information«, rief Mab zurück, während Frankie die Frau von Mabs Schulter aus starr ansah. Dann wandte sie sich wieder Cindy zu. »Also, ich hatte gestern einen schlimmen Abend, und jetzt ist mir übel, und ich brauche eine große Portion Aufmunterungseiscreme und was du sonst noch an Eiscreme hast, die gegen Grippe wirkt, aber zuerst mal: Was ist mit dir los?«

»Ich sagte«, rief die Frau vom Ende der Theke lauter, »dieser Vogel ist unhygienisch!«

Cindy verdrehte die Augen, als konzentrierte sie sich angestrengt darauf, nicht hinzuhören.

Mab flüsterte: »Wer ist denn diese Zicke?«

»Hat was mit der Regierung zu tun«, antwortete Cindy. »Sie hat mir lauter Fragen über den Park gestellt.«

»Regierung«, wiederholte Mab und dachte an schwarze Helikopter. »Nicht gut.« Sie warf einen Blick die Theke entlang. Diese Frau sah ganz so aus, als würde sie schwarze Helikopter für eine gute Idee halten.

»Sie müssen diesen Vogel aus der Gaststube entfernen«, verlangte die Frau lautstark. »Dieser Vogel ist ein Verstoß gegen die Vorschriften der Gesundheitsbehörde.« Sie wandte sich an Cindy. »Sie führen den Laden hier. Sie tragen die Verantwortung.«

Cindy blickte die Frau an, ohne ein Wort zu sagen. Ihr ganzer Körper war steif vor Anspannung.

»Bist du okay?«, fragte Mab.

»Ja.« Cindy wandte ihre Aufmerksamkeit Mab zu. »Sagtest du, du hättest einen schlimmen Abend gehabt?«

»Ja. Glenda ist gestorben.«

»*Was?*«

»Wir haben sie wieder zurückgeholt. Aber lustig war das nicht.«

Jetzt war Cindy voll konzentriert. »Ist sie wieder okay?«

»Sie war noch ziemlich zittrig, als ich sie zum letzten Mal sah, aber ich glaube, sie erholt sich wieder. Kriege ich ein Frühstück, oder müssen wir erst der Regierung etwas antun?«

Die Frau richtete sich auf ihrem Hocker auf, wahrscheinlich, um wirkungsvollere Drohungen ausstoßen zu können. »Ich werde beim Gesundheitsministerium eine schriftliche Beschwerde wegen dieses Vogels einreichen.«

Frankie krächzte sie böse an, was auch nicht gerade hilfreich war, und Cindy starrte wieder an die Decke.

»Also jetzt machst du mir wirklich Angst«, meinte Mab. »Und das ist nach all dem, was ich in den letzten Tagen erlebt habe, gar nicht so leicht. Was ist denn nur los mit dir?«

»Ich habe mich schon beim Aufwachen so komisch gefühlt«, sagte Cindy zwischen den Zähnen hindurch.

»Wie, komisch?«, erkundigte sich Mab.

»Es passieren so komische Sachen.«

»Was für Sachen?«

»Hören Sie mir überhaupt zu?«, fragte die Frau scharf. Sie wandte sich dem Kerl mit der dicken Brille zu. »Hören Sie auf, dieses verdammte Waffeleis zu essen, und tun Sie etwas gegen diesen Keimträger.«

Der Mann hob den Kopf und erwiderte: »Der Vogel ist ganz in Ordnung.« Dann wurden seine Brillengläser zu runden, blitzenden Augen, und sein Körper begann, länger zu werden, die Frau neben ihm zu überragen, und mit einem raschelnden Geräusch verwandelte sich der Nadelstreifenanzug in ein Schuppenkleid, und die Rockschöße schossen in die Länge und wurden zu einem langen, kraftvollen, schillernden …

»Drachen«, stieß Mab fasziniert hervor.

… Schweif, besetzt mit grünen Filzhüten, und als er den Mund öffnete, waren Reihen von scharfen Zähnen zu sehen.

»Sie andererseits«, sagte der Drache gefährlich ruhig, »Sie sind eine Nervensäge.«

Die Frau erstarrte, glotzte ihn an und sackte dann ohnmächtig von dem Barhocker herab auf den gekachelten Boden.

»Ich kann das nicht mehr abstellen«, flüsterte Cindy Mab zu.

»Aha«, sagte Mab und starrte immer noch voll Bewunderung den Drachen an, die wunderschön schillernden Schuppen, unter denen sich seine Muskeln bewegten, die graziöse Art, wie er den Kopf auf dem langen, starken Hals drehte, um sie anzusehen, die Hitze in den scharfen grauen Augen.

Dann war er verschwunden, und der Kerl mit den flaschenglasdicken Brillengläsern saß wieder da. Er wandte den Blick von Mab ab und der Frau auf dem Boden zu.

»Was ist jetzt wieder los?«, fragte er, ihrem bewusstlosen Körper zugewandt.

»Ich glaube, ich verliere den Verstand«, wisperte Cindy Mab zu. »Da drüben die beiden Knirpse haben vorhin herumgeplärrt, während ihre Mutter sich am Handy unterhielt. Und plötzlich verwandelten sich die Marshmallows in ihrem Kakao in kleine Drachen, die sangen: ›Ich bin euer Freund‹. Aber ziemlich falsch. Anscheinend sind Marshmallows unmusikalisch.«

»Und wer konnte das sehen?«, fragte Mab, bemüht, den Brillen-Kerl nicht länger anzustarren. Er war ein schöner Drache gewesen.

»Tja, eben. Die Mutter nicht. Nur die Knirpse und ich. Ich glaube, diese Drachen können nur von mir und von denen, über die ich mich ärgere, gesehen werden.«

»Ich habe ihn auch gesehen«, entgegnete Mab, die sich wünschte, dass der Drache wieder erschiene.

»Na ja, du bist eben eine *Seherin*«, meinte Cindy.

»Richtig.« Mab gab die Hoffnung auf den Drachen auf und wandte sich Cindy zu.

In Cindys Augen stand wieder Panik. »Mab, was geschieht mit mir?«

»Du schaffst Illusionen für die Leute«, stellte Mab fest, nachdem es ihr plötzlich wie Schuppen von den Augen gefallen war. »Genau wie Young Fred. Nein, warte, das stimmt nicht, du verwandelst dich nicht in jemand anderen, sondern …« Sie dachte eine Minute lang nach. »Es ist wie mit deiner Eiscreme. Die Eiscreme ist wirklich gut, aber wenn die Leute sie hier in *Dreamland* in deiner Nähe essen, ist das für sie wie ein Marienwunder. Du schaffst die Illusion, diese Eiscreme sei etwas Überirdisches.«

Cindy sah sie nur verwirrt blinzelnd an, und Mab versuchte es anders.

»Du bewirkst, dass die Leute glauben, was sie glauben sollen. Wie Glenda.« Mab hielt die Luft an. »Ja, ja, das ist es. Du hast gestern um Mitternacht, als Glenda kurz tot war, einen Sprung die Zaubererleiter hinauf getan.« Mab warf einen Blick auf die bewusstlose Frau, noch immer voller Staunen. »*Wow.*«

»Um Mitternacht war ich im Bett«, entgegnete Cindy. »Ich bin nicht gesprungen.«

»Doch, bist du. Glenda starb, und eine neue Zauberin wurde berufen. Du. Du hast schon dein ganzes Leben lang dafür geübt, ihre Nachfolgerin zu werden, und jetzt, wo sie den Stab an dich weitergereicht hat, erzeugst du Illusionen. Über deine Wundereiscremes hinaus. Drachen. Oh, *wow*, das ist wirklich toll.« Mab zog ihr Handy hervor und tippte Glendas Nummer ein.

Die Frau auf dem Boden am Ende der Theke rührte sich und versuchte, sich aufzusetzen. »Ich habe einen Drachen gesehen.«

Der Brillen-Mensch nahm seine Brille ab und half ihr auf. »Sicher haben Sie das, Ursula.«

Ohne Brille sah er ganz anders aus, fand Mab überrascht. Schärfere Gesichtszüge, schärfer blickende Augen, alles schärfer. Und außerdem war er ein *fantastischer* Drache gewesen.

Er setzte die hässliche Brille wieder auf, und Ursula wiederholte: »Da war ein Drache.«

»Ich will keinen Stab«, flüsterte Cindy Mab zu. »Glenda ist nicht mehr tot. Sie kann ihren Stab zurückhaben.«

Mab vernahm Glendas »Hallo?« aus dem Handy und sprach hinein: »Hier ist Mab. Wie fühlst du dich?«

»Lebendig, dank dir«, antwortete Glenda. »Was kann ich für dich tun?«

Mab sagte leise: »Komm ins *Dream Cream* und bläue deiner Nachfolgerin Vernunft ein. Sie produziert jetzt Drachen anstatt Eiscreme.«

»Ach, es ist Cindy?« Glenda lachte, und Mab hatte noch nie einen so entspannten Ton von ihr gehört. »Ja natürlich, Cindy ist es. Bin schon unterwegs.«

»Vielen Dank für die Eiscreme«, rief der Brillen-Kerl und führte die erschütterte Ursula zur Tür. »Ich komme wieder.«

»Nein, nein«, rief Cindy hinter ihm her. »Wir schließen. Saisonschluss. Kommen Sie nächsten Mai wieder.«

»*Halloween* verpassen?«, entgegnete der Kerl, und Mab begegnete seinem scharfen Blick und erkannte, dass Ursula vielleicht nicht die größte Gefahr war.

»Ich dachte, ich hätte einen Drachen gesehen«, murmelte Ursula, noch immer wie benebelt, und er führte sie durch die Tür hinaus.

»Das ist gar nicht gut«, meinte Mab und setzte sich.

»Bitte lass den Drachen nicht wiederkommen«, flehte Cindy und umklammerte die Thekenkante.

»Und die kleinen, singenden Marshmallows«, fügte Mab nickend hinzu.

»Ach, die Marshmallows sind nett«, meinte Cindy, »aber der Drache ist gefährlich.«

»Ich weiß«, erwiderte Mab und dachte an die Macht, die sich da entfaltet hatte. »Ich weiß.«

Turas Urne unter dem Arm, holte Ethan Weaver bald ein. »Hör mal, ich versteh ja, dass du wegen gestern Nacht wütend bist, aber wir haben einfach getan, was wir tun mussten.«

»Ich weiß.«

»Ich glaube, das D-Gewehr ist hier durchaus nützlich, wir werden es noch brauchen. Und dich auch. Dein Können.«

»Vielen Dank.«

Nun ja, es war herrlich, dass er eine Zukunft hatte, aber lieber würde er sie nicht gänzlich damit zubringen, Weaver ihr beleidigtes Getue wieder auszureden. »Wie lang willst du noch sauer auf mich sein?«

Weaver blieb stehen und wandte sich ihm zu. »Du meinst, du wüsstest alles. Aber das tust du nicht. Du weißt nicht mal, was du bist.«

Ethan hob besänftigend eine Hand. »Aber ich bin gerade dabei, dahinterzukommen. Die Sache mit dem Jäger, was ich da tun muss, das kriege ich auch noch raus. Heute Morgen …«

»Nicht die Sache mit dem Jäger.« Weaver kaute auf ihrer Lippe, als müsste sie eine Entscheidung treffen. »Du zeigst deine Gefühle nicht. Aber beim Sex …«

O Gott nein, bloß nicht so was, dachte Ethan.

»… da glühen deine Augen. Rot. Beim ersten Mal bin ich erschrocken, aber wir waren gerade mittendrin, und dann dachte ich, ich hätte es mir vielleicht nur eingebildet, aber dann passierte es wieder. Da wusste ich dann schon, dass du kein Dämon bist, aber ... normal ist das nicht.«

»Na großartig«, murmelte Ethan und versuchte, diese Neuigkeit zu verarbeiten. Also seine Augen glühten rot. Vielleicht sollte er sie in Zukunft beim Sex geschlossen halten.

Weaver blickte ihn stirnrunzelnd an und meinte gereizt: »Das scheint dich nicht zu überraschen.«

»Doch, es überrascht mich. Aber ich habe auch Mabs Augen rot glühen sehen ...«

»*Du hast mit Mab geschlafen?*«

»Nein, nein.« *O Gott, Frauen!* Er sah, wie sie die Augen verengte, und fuhr rasch fort: »Nein, nein. Würde ich nie. Ihre Augen glühen, wenn sie wütend wird. Fast wie bei einem Menschen, der von einem Dämon besessen ist. Aber sie ist kein Dämon. Und ich auch nicht.« *Aber ich bin anders*, dachte er.

»Also, was bist du dann?«, verlangte Weaver zu wissen. »Und übrigens ist das noch etwas, was ich Ursula nicht gesagt habe, aber geschenkt. Doch du musst zugeben: Dämonen hinter verschlossenen Türen zu spüren, in der Dunkelheit sehen, Francium im Blut, rot glühende Augen ... Auf der Skala der Nicht-Dämonen stehst du nicht gerade hoch im Kurs. Ich glaube an dich, aber ich weiß nicht, wer sonst dir das alles durchgehen lassen würde.«

Sie traten nahe beim Turmsee auf den Hauptweg hinaus. »Das ist schon in Ordnung«, meinte Ethan. »Ich glaube, es ist wie meine Fähigkeit, Dämonen zu spüren und in der Dunkelheit besser sehen zu können ... Teil davon, dass ich zur *Guardia* gehöre. Vielleicht sind *Guardia* Anti-Dämonen. Yin und Yang, du weißt schon. Kleine Abweichung von der Norm.«

»Klein? Glühen Glendas Augen auch? Du hast sie doch bestimmt schon tausendmal wütend gesehen.«

Das machte Ethan nachdenklich. »Hab ich nie an ihr gesehen.«

»Bei Gus? Delpha? Young Fred?«

»Nein, aber ... Na ja, okay, vielleicht hat es nichts mit der *Guardia* zu tun.«

Es herrschte lange Schweigen, und Ethan ging automatisch weiter.

»Ich muss dich mitnehmen«, verkündete Weaver schließlich.

»Nein.«

»Hör mal, Ursula spielt gnadenlos unfair. Sie droht damit, deine Identität auszulöschen, wenn du nicht kooperierst. Dann verlierst du deine Kriegsinvalidenrente. Keinerlei Aufzeichnung über deinen Dienst in der Armee. Keine Aufzeichnung über dich. Das ist, als würdest du nicht mehr existieren.«

»Hat sie denn die Macht dazu?«

»Sie will diese Macht«, antwortete Weaver. »Ob sie sie hat, bleibt abzuwarten. Ich will einfach nicht zusehen, wie du zu einem Nichts gemacht wirst.«

»Ist mir egal. Ich bin ein *Guardia*. Alles andere zählt nicht. Sieh mal.« Er ging langsamer und zog die AK-47-Kugel aus der Tasche. »Das ist die Kugel, die sie mir nicht entfernen konnten, weil sie zu nahe am Herzen saß. Diese Kugel war mein Damoklesschwert, sie konnte mich jederzeit umbringen. Und heute Morgen war sie so weit herausgewandert, dass sie direkt unter der Haut steckte. Hab sie einfach rausgeholt. Und die Wunde war kurz danach verheilt. Ich habe mein Leben zurückbekommen. Glaub mir, ich schere mich einen Dreck um Ursula.«

Weaver starrte die Kugel an. »Dieses Ding hattest du in dir drin? Dicht am Herzen? *Und du hast mir nichts gesagt?*«

»Äh«, sagte Ethan, der das nicht erwartet hatte.

»Du ... *Idiot*«, fauchte Weaver. »Du hättest *sterben* können!«

»Ich weiß«, erwiderte Ethan vorsichtig. »Aber sie ist raus. Jetzt ist alles in Ordnung ...«

»Nein, ist es *nicht*. Das versuche ich dir gerade klarzumachen. Ursula ist gefährlich. Sie ist ehrgeizig wie der Teufel, und sollte sie beweisen können, dass es wahrhaftig Dämonen gibt – und dass diese Kräfte, die die *Guardia* besitzen, echt sind –, dann wird sie das alles ausnutzen, um noch mehr Macht zu erringen. Sie hat schon Muskelmänner eingeschleust, um dich zu ergreifen, wann immer sie es will. Und wenn du dich gegen sie stellst, ihr in die Quere kommst ...« Sie schluckte. »Dann könnte das Leben, das dir gerade zurückgegeben wurde, schneller vorbei sein, als du denkst.«

Ethan zuckte die Achseln. »Soll sie es nur versuchen.« Er verlangsamte den Schritt, als sie die Abfalltonne neben dem Karussell erreichten. »Gestern Nacht starb meine Mutter, aber wir haben sie zurückgeholt. Heute habe ich mir mein Todesurteil aus der Brust geschnitten. Irgendjemand da oben ist auf unserer Seite, und ich werde alles tun, damit das so bleibt. Zur Hölle mit Ursula und ihren Muskelmännern.« Er schob die Abfalltonne zur Seite und öffnete die Falltür zu den Tunnelgängen. »Bist du auf meiner Seite?«

Weaver zögerte.

»Schon gut«, meinte Ethan. »Ich habe nie von dir erwartet, deine Karriere für das hier aufs Spiel zu setzen.«

»Ich bin auf deiner Seite«, erklärte sie und kletterte hinunter in den Tunnelgang.

»Danach brachte Ethan Glenda nach Hause, und Frankie und ich kamen hierher, um zu packen«, berichtete Mab, Waffeleis im Mund, während Frankie auf dem Boden Pistazien knackte. Mab aß vorsichtig und langsam, und bisher hatte ihr Magen noch nicht protestiert. »Wir ziehen heute noch zu den Wohnwagen hinaus, dann hast du dein Gästezimmer wieder zur Verfügung.«

»Oh«, machte Cindy. »Na ja, hm ... gut. Also diese Sache mit der *Guardia*, ist das nicht schlimm?«

»Wir hatten ein paar Probleme«, erwiderte Mab, und als sie bemerkte, dass Cindy sich wieder verkrampfte, fuhr sie fort: »Nichts, mit dem wir nicht fertigwurden, alles ging gut, und du kannst das auch. Es ging nur ein bisschen drunter und drüber, weil Ethan darauf bestand, Weaver mitzunehmen ...«

»Er hat seine Flamme zu einem Kampf mit Dämonen mitgenommen?«, rief Cindy. »Nein warte, bei Ethan ist das was anderes, der nimmt natürlich eine Flamme zu einem Dämonenkampf mit.«

»Nicht eine Flamme. Erinnerst du dich an den ›Mann-in-Schwarz‹, der immer wieder auf ihn geschossen hat? Der ›Mann-in-Schwarz‹, das war Weaver.«

»Und ich dachte, es wäre Johnny Cash.«

Glenda rüttelte an der Tür, und Mab ging hin, um sie hereinzulassen.

»Du musst das *Dream Cream* öffnen«, ermahnte Glenda Cindy. »Die Leute brauchen deine Eiscreme.«

»Mach ich auch«, sagte Cindy. »Sobald du mir erklärst, wie ich aufhören kann, Drachen zu produzieren.«

Glenda sah Mab an.

Mab lächelte und ignorierte ihren murrenden Magen. »Ethan hat mir erzählt, dass du als Zauberin Illusionen produzierst. Na ja, unsere Cindy hier, wenn sie sich ärgert, dann produziert sie eine Illusion, die den Menschen abschreckt, der sie ärgert. Und offensichtlich äußert sich ihr Unterbewusstsein in Drachen.«

Glenda sah Cindy an. »Ich wusste nicht, dass du dich überhaupt ärgerst. Du wirkst immer so ... fröhlich.«

»Ich unterdrücke vieles«, erklärte Cindy.

»Ach.« Glenda ließ sich auf einem Barhocker nieder. »Also, dann fangen wir mal beim Anfang an. Du gehörst jetzt zur *Guardia*. Die *Guardia* ist eine ...«

»Ja, Mab hat mir das schon erzählt. Ich bin die Zauberin, ich schreie *Redimio*, und die Dämonen verschwinden in Urnen. So retten wir die Welt. Sie hat allerdings nichts von Drachen gesagt oder davon, was meine Kräfte sonst noch bewirken oder wie ich sie kontrollieren kann.«

»Kontrollieren?« Glenda blickte verständnislos drein. »Wenn ich will, dass etwas geschieht, dann konzentriere ich mich darauf, und es geschieht. Ich kann mich nicht erinnern, dass sie je außer Kontrolle geraten.«

»Auch nicht, wenn du ärgerlich wirst?«, fragte Mab. »Ich erinnere mich an einige Male, als du ziemlich wütend warst. Da musst du doch ... etwas *gedacht* haben.«

»Ja«, bestätigte Glenda, »aber es wurden nie Drachen daraus. Das ist neu.«

»Na wunderbar«, schnappte Cindy, und Mab fuhr überrascht ein wenig zurück.

»Ich verstehe, warum du ... dich aufregst«, begann Glenda.

»*Aufregst?*«, wiederholte Cindy, und der Serviettenhalter auf der Theke verwandelte sich in einen mehr als einen halben Meter hohen silbernen Drachen und begann, Servietten zu speien.

»Oh«, sagte Glenda bei diesem Anblick. »Tja, das ist tatsächlich ein Problem. Vielleicht musst du einfach ... äh ... versuchen, dich in den Griff zu ...«

»Habt ihr denn keine Bedienungsanleitung oder so was?«, fragte Cindy. »Mit einem Anhang zur Fehlerbeseitigung? Jemanden, den man *anrufen* kann?«

»Es gibt da ein paar alte Bücher im Wachturm«, meinte Glenda. »Mab könnte sich mal umsehen.«

»Sicher.« Mab nahm einen unvorsichtig großen Bissen von der Waffel. »Ich könnte ...«

Ihr Magen rebellierte, und sie rannte zur Toilette und gab alles wieder von sich. Dann spritzte sie sich Wasser ins Gesicht, spülte sich den Mund aus und dachte: *Das hat mir gerade noch gefehlt, eine Grippe.* Als sie wieder hinter die Theke zurückkehrte, begegnete sie einem prüfenden Blick beider Frauen.

»Was ist?«, erkundigte sie sich.

»Cindy sagt, du hättest die Grippe«, meinte Glenda. »Aber es geht zur Zeit keine Grippe um.«

»Na ja, irgendwas habe ich jedenfalls«, erwiderte Mab. »Vielleicht kommt es auch von dem Zeug aus deiner Flasche, das Ethan mir gestern zum Ausnüchtern gab. Das war grässlich.«

Cindy nickte und wirkte für einen Moment wieder so fröhlich wie eh und je. »Ja, ja. Und du benutzt neuerdings Kondome ... Könnte da etwas schiefgelaufen sein?«

»Nein ... *was? Nein.* Hör mal, ich habe *aufgepasst.*«

»Leg eine Hand auf deinen Bauch«, verlangte Glenda.

Mab sah sie misstrauisch an. »Warum?«

»Leg eine Hand auf deinen Bauch, und warte ab, was du siehst«, riet Glenda.

Mab holte tief Luft und legte eine Hand auf ihren Bauch. Nichts. »Ich glaube nicht, dass diese Seher-Sache so funktioniert ...«

Eine kleine Göre mit rotem Lockenhaar stand da und grinste schief zu ihr hinauf, ein spitzbübisches Kleinkindglitzern in den grünen Augen, und ein grünes Malachit-Kaninchen in den Patschhändchen.

Mab stockte der Atem, aber Frankie stieß sein raues Gurren aus, und das Kleinkind lachte glucksend.

»Tja«, sagte Glenda, die offensichtlich Mabs Gesichtsausdruck richtig interpretierte. »Mädchen oder Junge?«

»Mädchen«, antwortete Mab schwächlich, und das Kind wackelte davon, durch die Tür und hinaus auf das Kopfsteinpflaster. Immer noch glucksend.

Ein glückliches kleines Mädchen mit einem Malachit-Kaninchen, das Böses abwehrte, ein Geschenk ihrer hellsichtigen Tante Delpha.

Mab sah ihr nach, bis sie außer Sicht war, und ihr Verstand bemühte sich, diesen Gedanken zu fassen. Baby. Sie würde ein Baby bekommen. Ein Baby. Ein Baby.

»Und wer ist der Vater?«, erkundigte sich Glenda.

»*Fun. O Gott*. Mein Kind hat einen Dämon als Vater.« Mab setzte sich, noch immer wie betäubt von der Vorstellung, dass sie ein Kind bekommen würde, noch dazu ein Kind, das zum Teil ein Dämon war. »Das darf doch wohl nicht wahr sein.«

Cindy stellte einen Becher Tee vor sie hin. »Pfefferminztee. Kein Koffein. Keine Drachen.«

Mab blickte den Becher an. »Ich war gestern Abend ziemlich blau. Und Ethan gab mir dieses Zeug zu trinken, was mich alles rauskotzen ließ. Dadurch könnte das Baby Schaden ge…«

»Hat sie geschädigt ausgesehen?«, fragte Glenda.

»Nein, aber …«

»Dann also zurück zu unserem aktuellen Problem«, schnitt Glenda ihr das Wort ab und wandte sich Cindy zu. »Vielleicht solltest du es mit Meditation …«

»*Hey*«, rief Mab, »ich bin *schwanger*. Ich werde ein *Baby* bekommen.«

»Erst in neun Monaten«, erwiderte Glenda. »Cindy aber hat jetzt und hier mit Drachen zu kämpfen. Reiß dich zusammen.« Sie lächelte Cindy an. »Also, Mab wird zum Wachturm gehen und nach den Büchern suchen, und … dann sehen wir weiter. Gleich nachdem sie mit dem Wahrsagen heute Nachmittag fertig ist.«

»Wahrsagen?«, stieß Mab hervor. »Ach, verdammt, das Orakelzelt. Hab ich ganz vergessen.« *Na ja, kein Wunder, mit dem Baby und so.*

»Und nachdem du Eiscreme verkauft hast«, fuhr Glenda an Cindy gewandt fort. »Schließlich ist das hier auch noch ein Vergnügungspark. Also, an die Arbeit, alle beide.« Sie warf einen Blick auf die Eiskarte. »Ich will etwas nach dem Motto: *Ich wäre fast gestorben, und jetzt bin ich frei.* Was hast du in dieser Richtung?«

»Schokolade«, erwiderte Cindy und machte sich daran, ihr ein Frühstück zuzubereiten.

»War das wirklich wahr, was ich da gesehen habe?«, fragte Mab Glenda. »Das kleine Mädchen?«

»Schwer zu sagen«, meinte Glenda. »Vielleicht ist es auch nur das, was du dir wünschst.«

»Na klar, weil ich ja der ausgesprochen mütterliche Typ bin«, erwiderte Mab, nahm ihren Teebecher und marschierte durch die Tür hinaus, ihren Raben auf der Schulter und ein Baby an Bord.

»Tja«, sagte sie zu Frankie, als sie auf dem Hauptweg angekommen waren. »Hast du dich schon mal als Babysitter betätigt?«

Sie blickte ihm direkt ins Auge. Er schien nicht gerade begeistert.

»Na, du wirst es schon lernen«, meinte sie und machte sich auf den Weg zur Orakelbude.

Kapitel 17

Als Ethan und Weaver im Turm angelangt waren, stiegen sie bis zur Restaurantebene hinauf, wo Ethan innehielt. Das kleine Türchen in der Zugbrücke stand offen. Als er hindurchblickte, sah er, dass eines der Ruderboote draußen angebunden war.

Er zog sein Schießeisen und stieg vor Weaver zum obersten Raum des Turms hinauf. Er spürte keine Dämonen in der Nähe, doch das beruhigte ihn nicht. Er blickte zu der Falltür am oberen Ende der Stufen hinauf, durch die man zum Dach mit den Zinnen gelangte, und sah, dass sie ebenfalls offen stand. Er stellte *Turas* Urne auf dem sechseckigen Tisch ab, bedeutete Weaver, ihm Deckung zu geben, und schlich dann hinauf, die Pistole schussbereit.

Als er den Kopf über die Schwelle schob, entdeckte er Ray Brannigan, der eine Zigarre rauchte und auf *Dreamland* hinabblickte wie der König auf sein Reich.

Ray fuhr herum und schob seine Hand reaktionsschnell in seinen teuren Mantel, als er Ethan auf das Dach hinaustreten hörte. Als er erkannte, dass Ethan ihm beim Ziehen der Waffe zuvorgekommen war, erstarrte er und streckte dann beide Hände in die Höhe.

Aus irgendeinem Grunde konnte Ethan, seit er wieder eine Zukunft hatte, Ray noch weniger ausstehen. Er hob seine Pistole höher.

»He, ich bin's nur«, rief Ray. »Besitzer des halben Parks, wissen Sie noch? Ich darf hier oben sein.« Er lächelte wölfisch.

Denk daran, er ist der Teufel, den wir kennen, ermahnte Ethan sich selbst. *Erschieß ihn nicht.*

»Wobei mir wieder einfällt«, fuhr Ray fort, »Sie besitzen zwanzig Prozent vom Park. Ich gebe Ihnen eine halbe Million dafür.« Sein Blick richtete sich an Ethan vorbei auf Weaver, die gerade das Dach betrat, und sein Lächeln verschwand. »Ich dachte, ich hätte Ihnen gesagt, Sie sollten sie loswerden.«

»*Du* gibst mir *deinen* Anteil am Park, du Drecksack«, erwiderte Ethan. »Und dann verschwindest du. Ich weiß, dass du draußen vor Delphas Wohnwagen standest, während sie umgebracht wurde; ich weiß, dass du Dämonen auf Gus gehetzt hast, und ich weiß, dass du einen Pakt mit dem Teufel geschlossen hast, was zeigt, wie blöd du bist.«

»Hör mal, du Armleuchter«, kreischte Ray, »ich bin der Bürgermeister von Parkersburg, und mir gehört der halbe Park, und so hast du *nicht* mit mir zu reden.« Er tat drohend einen Schritt vorwärts, und im nächsten Augenblick ging das D-Gewehr mit einem dumpfen Plopp los, und Ray taumelte zurück, getroffen von einer Dämonenkugel, die in die linke Seite seines Mantels fuhr. Ethan bewegte sich rasch vorwärts und beförderte ihn mit einem gezielten Sprung zu Boden. Er pflückte die Kugel aus dem Mantel und klappte den Mantel zurück. Da wurde sichtbar, dass die Kugel von einem Lederhalfter mit einer riesengroßen Pistole darin gestoppt worden war. Ethan riss die Pistole heraus und reichte sie an Weaver weiter.

»Na, haben wir was zu kompensieren, Ray?«, fragte Weaver und wog das schwere Schießeisen in der Hand. »Kaliber fünfzig? Sind Sie verrückt?«

Ray versuchte, sich aufzurichten, aber Ethan stieß ihn zurück und drückte ihn zu Boden, zog ihm einen eisernen Schlüsselring aus einer Innentasche und schob ihn in eine seiner eigenen Taschen.

Ray kam fluchend auf die Füße. »Sie sind doch die Verrückte. Sie haben hier letzte Nacht eine Nighthawk landen lassen, oder? Sie sind von der Regierung, na und? Dies hier ist Privatgrund. Haben Sie einen Durchsuchungsbeschluss?«

»Ich brauche keinen Durchsuchungsbeschluss«, erwiderte Weaver ruhig, schob Rays Pistole in ihre Weste und lud dann die leere Kammer ihres D-Gewehrs nach. »Ich begleite Ethan. Schließlich ist das hier sein Turm. Und Sie haben uns angegriffen.«

»Gib mir meine Pistole und meine Schlüssel zurück«, schnarrte Ray Ethan an, »und schmeiß diese Kuh endlich raus!«

»Ich könnte dich hier vom Turm hinabwerfen«, entgegnete Ethan und dachte einen Augenblick lang ernsthaft daran. »Schließlich hast du in letzter Zeit an schweren Depressionen gelitten. Das haben wir alle bemerkt.«

Weaver stieß einen Laut der Ungeduld aus. »Wirf ihn einfach vom Dach. Keiner wird sich darüber beschweren.« Sie zog Rays Pistole wieder heraus und zielte damit auf ihn. »Oder lass mich ihn erschießen. Nie lässt du mich jemanden erschießen. Wir könnten es als Selbstmord deklarieren, schließlich ist es seine eigene Pistole.« Ethan hörte an ihrer Stimme, dass sie es ernst meinte.

An Rays Stirn pulsierte eine Ader. »Ich bin der *Bürgermeister*. Mir gehört die *Hälfte des Parks* ...«

»Und ich habe hundert Prozent von Ihrer Pistole«, sagte Weaver heiter.

»Verfluchtes Biest«, stieß Ray hervor und rannte zur Treppe.

Ethan folgte ihm hinunter, während Weaver seinen Rücken deckte.

Vor dem nächsten Treppenabsatz blieb Ray stehen und starrte *Turas* Urne an, die auf dem sechseckigen Tisch stand. »Was ist das?«

»Raus hier«, befahl Ethan kurz. »Du hast hier nichts mehr zu suchen.«

Ray glotzte ihn wütend an. »Wir sind noch nicht fertig miteinander. So behandelst du ungestraft keinen Brannigan.«

»Was Besseres fällt Ihnen nicht ein?«, fragte Weaver. »Hat Ihnen selbst der Pakt mit dem Teufel nicht mehr Witz und Mut eingebracht?«

Ray biss die Zähne zusammen und verschwand über die Treppe. Ethan ging hinüber zu einem der kleinen Fensterchen und blickte aufmerksam hinaus. Eine Minute später erschien unten Ray, hochrot im Gesicht vor Wut, und ruderte in dem Boot über den See davon.

»Woher wusstest du, dass die Dämonenkugel von seinem Schießeisen aufgefangen wird?«, wandte sich Ethan an Weaver.

»Wusste ich nicht«, antwortete sie, während sie Rays Pistole bewundernd betrachtete. »Ich mag's einfach nicht, wenn Kerle mich nicht ernst nehmen.«

»Gut zu wissen.«

»Na gut, ich hab die Beherrschung verloren. Tut mir leid. Na ja, eigentlich nicht wirklich ...«

»Tu das bitte nie mehr wieder.« Ethan begutachtete den Raum nochmals und nickte dann. »Ja, das hier ist es.«

»Was denn?«, fragte Weaver.

»Unsere Rückzugsstellung. Der vor Dämonen sicherste Ort im Park. Umgeben von Wasser.«

»Aber es ist kein fließendes Wasser«, wandte Weaver ein.

»Da lässt sich vielleicht auch noch was machen«, meinte Ethan. »Und hier sind wir von Eisen umgeben. Wir haben die Schlüssel zu beiden Türen. Auch mit Eisen geschützt. Draußen sind wir überall angreifbar, aber in diesem Turm, in diesem Raum hier können wir unsere Stellung halten, wenn es sein muss. Hier ist unser Fort Alamo.«

»In Alamo sind alle krepiert. Und der Hauptweg, was ist das? Das Little Big Horn?«

Ethan blickte sie ärgerlich an.

Sie zuckte die Achseln. »Ich will nur sagen: Wenn du den Truppen Mut zusprechen willst, dann erwähne Alamo lieber nicht.«

»Na gut«, resümierte Ethan. »Wir haben eine Woche, um uns bereitzumachen, und dies hier wird das Zentrum unserer Verteidigungsstellung, unsere Kommandozentrale. Ich werde die *Guardia* hier für den Sonntag nach Schließen des Parks zusammenrufen. Wir werden alle Urnen hierher zur sicheren Aufbewahrung bringen, werden einen Plan ausarbeiten und für Halloween trainieren.«

»Ursula halten wir damit aber nicht fern«, gab Weaver zu bedenken.

»Ursula ist das letzte unserer Probleme«, erwiderte Ethan und ging, um *Turas* Urne in den Schrank einzuschließen.

»Das mag sein, aber trotzdem ist sie ein Problem«, beharrte Weaver.

Ethan verriegelte die Schranktür. »Ich krieg sie schon in den Griff.« *Jetzt kann ich alles in den Griff kriegen.*

»Ich bin froh, dass du nicht sterben musst«, stellte Weaver fest. »Ich meine ... meinen Glückwunsch. Zur Befreiung von deiner Damokles-Kugel.«

»Danke«, erwiderte Ethan. »Gibt's dafür gedruckte Glückwunschkarten?«

»Ich schreibe keine Karten«, erwiderte Weaver etwas unsicher und ging zur Tür.

»Na, es gibt eine bessere Art für uns, das zu feiern«, erklärte Ethan und folgte ihr die Treppe hinunter.

Mab brachte ihre beiden Reisetaschen hinaus in Delphas Wohnwagen und stellte Delphas Urne oben auf das Sims neben Frankies Nest. Das schien ihm zu gefallen. Dann ging sie zurück zu den Bahnen und Ständen, wobei ihr Weaver begegnete, die ihre Tasche gerade in Hanks Wohnwagen trug. Den ganzen Nachmittag über las Mab in den Herzen und Handflächen von Besuchern, die sich mit Liebesproblemen herumschlugen, bis sie um sechs Uhr schließlich das *Geschlossen*-Schild vor das Zelt hängte und sich zum Wachturm auf die Suche nach einem Handbuch für *Guardia* begab. Sie nahm ihre schwere Taschenlampe mit, ruderte in einem der Boote über den Turmsee und gelangte mit Hilfe des Schlüssels, den Glenda ihr gegeben hatte, hinein. Sie kümmerte sich nicht um das Kellergeschoss, denn sie wusste, dass sich da unten keine Bücher befanden, sondern ging sofort hinauf in den obersten Raum. Sie schloss die Tür hinter sich und schaute sich zunächst einmal um.

Es sah ziemlich genau so aus, wie sie den Raum von ihrer ersten Inspektion im April in Erinnerung hatte. Da gab es einen fünfseitigen Tisch mit fünf abgewetzten Holzstühlen, eine Wand voller Waffen, die ganz danach aussahen, als könnten sie Ethan und Weaver feuchte Träume bescheren, und dann ein mächtiger, vernarbter Holzschrank, der voller Bücher, Journale und verschnürter Papierbündel war. Neu war nur eine hölzerne Urne, die sie erkannte.

»Hallo, *Tura*«, sagte sie, schob die Urne zur Seite und öffnete eines der Bücher. »Tja«, meinte sie zu Frankie, »das wird langweilig. Keine Bilder.«

Sie fand einen Lichtschalter und betätigte ihn, was die Beleuchtung im Raum ein wenig verbesserte, denn das durch die Fenster hereinfallende Tageslicht schwand bereits. Sie machte sich daran, den gesamten Schrankinhalt zu sichten, wobei sie alles in ihrem Notizbuch katalogisierte und systematisch auf dem Boden stapelte. Als sie damit fertig war, war der Boden von Stapeln bedeckt; auf dem Tisch hatte sie nur vier Dinge ausgebreitet, die so aussahen, als könnten sie Aufschluss über die *Guardia* geben. Gerade hatte sie begonnen, alles andere wieder in den Schrank zu räumen, als die Tür geöffnet wurde.

Sie fuhr herum, das Herz klopfte ihr im Hals, aber dann erkannte sie Ethan, der mit einer Waffe auf sie zielte.

»Hey!«, protestierte sie, und er ließ die Waffe sinken.

»Tut mir leid«, sagte er, »wir haben Licht im Fenster gesehen.« Mit gerunzelter Stirn betrachtete er das Chaos auf dem Boden. »Was treibst du da?«

»Ich suche nach einem *Guardia*-Handbuch.« Sie hob einen Stapel Bücher auf und ordnete sie in einer Reihe auf dem Schrankboden.

»Und? Hast du eines gefunden?«, erkundigte er sich, während er zum Fenster ging. Er öffnete das Fenster, beugte sich hinaus und winkte, wahrscheinlich um Weaver davon abzuhalten, heraufzustürmen und Mab über den Haufen zu schießen. Dann schloss er das Fenster wieder und kam zum Tisch zurück. »Was ist das für Zeug?«

Mab nahm ein in Leder gebundenes Notizbuch in die Hand. »Das hier ist das Tagebuch einer Zauberin aus dem achtzehnten Jahrhundert. Darin stehen Rezepte und vermutlich gute Ratschläge, soweit ich es verstehe. Es ist in Italienisch geschrieben, und mein Italienisch ist nicht gut.«

»Wie soll Cindy es dann lesen können?«

»Um neue Rezepte und Tipps über den Umgang mit Drachen zu erfahren, lernt Cindy auch Italienisch.«

»Drachen?«

Mab nahm das zweite Buch auf, das in schwarzes Leder gebunden war. »Dies hier ist ein Buch über Waffen aus dem dreizehnten Jahrhundert. Es enthält viele Handzeichnungen und handgeschriebene Anmerkungen ...«

Ethan nahm es ihr aus der Hand.

»... und es ist lateinisch geschrieben, aber ich nehme an, dass die Zeichnungen euch genügen.«

»Weaver wird begeistert sein«, meinte Ethan und blätterte es fasziniert durch.

»Tja, das ist die perfekte Gute-Nacht-Lektüre für euch beide«, stimmte Mab zu. »Jetzt, wo ihr ein gemütliches Bett kriegt.«

Ethan blickte sie verwirrt an.

»Ich habe gesehen, wie Weaver in Hanks Wohnwagen eingezogen ist«, erklärte Mab. »Na, egal. Außerdem habe ich das hier gefunden.« Sie hielt ein in Satin gebundenes Buch in die Höhe. »Es ist eine Geschichte der *Guardia*, geschrieben vom ersten amerikanischen Seher. In Englisch. Das nehme ich mit.«

»Ja, ja«, meinte Ethan und blätterte noch immer in dem Waffenbuch.

»Und *das hier* ...«, fügte sie etwas lauter hinzu, um seine Aufmerksamkeit auf sich zu lenken. Als er schließlich aufblickte, entrollte sie eine Karte. »Dies ist die erste Karte von *Dreamland*. Die Originalzeichnung. Ich hatte noch keine Zeit, sie mir genauer anzusehen, aber sie zeigt ...«

Er nahm sie ihr aus den Händen und betrachtete sie näher. »Äußerst detailliert.«

»Ja«, stimmte Mab zu. »Sie steckte zwischen einem Bündel Notizblätter, sonst hätte ich sie schon bei meiner ersten Inspektion hier im April gefunden. Da sind sogar die schmiedeeisernen Zäune eingezeichnet, und ich glaube, diese schwach gepunkteten Linien sind die Tunnelgänge ...«

»Herrgott«, stieß Ethan hervor, »das können wir gut gebrauchen.«

»Bitte sehr, gern«, sagte Mab.

»Was? Ach, Entschuldigung.« Er rollte die Karte zusammen und legte sie auf das Waffenbuch. »Hier. Ich trage dir das alles runter. Du hast noch deine Tasche zu schleppen ...«

»Schon gut, ich kann das selbst tragen ...«

Frankie krächzte von oben vom Bücherschrank hinunter, und sie hielt inne und fragte sich, was er wohl hatte.

Ethan blickte zu Frankie hinauf. »Er will nicht, dass du das alles trägst?«

»Ach«, sagte Mab, »reg dich ab, Vogel, es sind noch achteinhalb Monate.«

»Bis?«, fragte Ethan verständnislos.

»Bis ich ein Dämonenbalg auf die Welt bringe«, antwortete Mab nur halb scherzend.

»Du bist *schwanger*?«

»Ja, Ethan, ich bin schwanger.«

»Von Joe ...«

»Ja«, antwortete Mab. »Ich wurde von einem Dämon in dem Körper eines stadtbekannten Säufers geschwängert. Na los, gib nur deine Kommentare ab, damit ich mich noch mieser fühle, als ich's sowieso schon tue.«

»Woher weißt du, dass das Baby nicht ein Mensch ist? Ich meine, nicht ein hundertprozentiger Mensch? Du weißt schon, was ich meine.«

»Was würdest du denn darauf wetten?«, fragte Mab zurück.

»Ich weiß nicht. Ich weiß nicht mal, wie wir dazu kamen, ich meine ... Dämonenbalg.«

»Wir?«, fragte Mab. »Wer wir? Batman?«

»Du und ich. Mit dem Rot in den Augen.«

»Ach, deine Augen machen das auch?«

»Das behauptet jedenfalls Weaver.«

»Na, die sollte es wissen«, sagte Mab. »Und was meint Glenda dazu? Erinnert sie sich an Dämonenbesessenheiten?«

»Ich hab sie noch nicht gefragt.«

»Warum denn nicht?«

Ethan zog die Augenbrauen hoch. »Keine leichte Sache, seine Mutter so was zu fragen.«

»Wieso denn? Du fragst einfach: ›Als du mich produziert hast, war da noch jemand in dir drin …‹ Äh. Na egal, dann frage eben ich sie.«

»Das mach ich schon. Aber sag mal, du …« Er gestikulierte hilflos. »Du hast nicht plötzlich Appetit auf rohes Fleisch oder so?«

»Nein«, erwiderte Mab. »Es gelüstet mich auch nicht danach, das Blut von jemandem zu trinken. Allerdings würde ich dir wie immer am liebsten den Hals umdrehen.«

»Nimm dich zusammen«, empfahl Ethan ihr. Draußen begannen die ersten Feuerwerke zu krachen, die das Schließen des Parks ankündigten, und er nahm die Bücher auf. »Ich gehe runter und mache mit Weaver den letzten Kontrollgang, achte bei der Drachenbahn auf Gus, und dann begleiten wir dich zum Wohnwagen. Geh nicht allein. Wir wissen noch immer nicht, was da draußen auf uns wartet.«

»Das dauert ja bis nach *Mitternacht*.«

»Jetzt ist es elf Uhr«, erwiderte Ethan verständnislos. »Kannst du nicht bis dahin in diesem Tagebuch-Dings lesen?«

»Oh«, sagte Mab. »Nachdem ich mich schon fünf Stunden lang mit dem Zeug beschäftigt habe? Na gut, okay, ich werde am Ruderbootsteg auf euch warten. Um Mitternacht.«

Er nickte, dann zögerte er. »Wegen dem Baby …«

Mab wappnete sich gegen jeglichen taktlosen Kommentar, der da kommen mochte.

»Du weißt doch, dass ich hinter dir stehe, oder?«

Sie blinzelte ihn verwirrt an. Er war ihr seltsam erschienen, seit er den Raum betreten hatte, irgendwie erleichtert, nicht mehr so sehr der grimmige Rambo im Tarnanzug. Aber das …

»Du stehst nicht allein da. Was immer du brauchst …« Er überlegte, eindeutig unsicher, wenn es darum ging, jemanden einfühlsam aufzumuntern. »Nur weil Joe nicht bei dir sein wird, heißt das nicht, dass du allein bist.«

Mab schluckte gerührt. »Danke.«

Er wollte noch etwas sagen, nickte aber dann nur nachdrücklich und ging.

»Herrje«, murmelte Mab zu Frankie gewandt und blinzelte die Tränen fort. Ihr Baby würde Rückendeckung haben. Ethan hatte es gesagt.

Ich werde ein Baby bekommen.

Also gut, sie würde lernen, eine Mutter zu sein, eine bessere als ihre Mutter. Nichts von all dem Mist über Dämonen …

Ach, verdammt.

Aber Glenda würde eine gute Großmutter sein. Und Ethan würde einen guten, zuverlässigen, Schutz bietenden Onkel abgeben. Und Cindy würde sich köstliche, wunderbare Eiscreme für den kleinen Dämonenbalg ausdenken …

Das Kind braucht einen Namen.

Sie legte die Papiere in den Schrank zurück, schloss die Tür und schaltete das Licht aus. Es wurde dunkel im Raum. Der Lichterglanz draußen zog sie zum Fenster, und sie lehnte sich gegen den Rahmen und blickte hinaus auf all die Farben, als der letzte Feuerwerkskörper am Himmel zerbarst, genau wie damals vor dreißig Jahren, als sie sich im Dachkämmerchen an das Fenster gelehnt und sich sehnsüchtig gefragt hatte, wie es wohl in *Dreamland* war. Goldene Funken explodierten hoch in der Luft, und Blau und Weiß und Rot, und die gelb-orangefarbenen Lichter des Doppel-Riesenrades drehten sich vor ihren Augen, und sie hörte den warmen, glucksenden Klang des Karussells, dessen goldene und türkisfarbene Lichter unter ihr blitzten, und die Drachenbahn jagte mit ihren grünen Lichtern die letzte Steigung hinauf und dann hinunter in die orange-rauchige Tiefe des von dem Nebelautomaten in Nebelschwaden gehüllten Hauptweges.

Es war ein so schöner Anblick, dass es ihr die Kehle zuschnürte. Und das alles war nun auch ihres, sie war jetzt selbst im Park, war ein Teil davon. Und noch besser, ihr Baby würde hier aufwachsen und dabei von Lichtern und Farben und Gelächter und Liebe umgeben sein.

Sie musste dafür sorgen, dass ihr Baby sicher war. Sie hatte noch nie so empfunden, aber nun musste sie für jemanden sorgen. Und die Menschen um sie herum würden ihr dabei helfen. Ethan würde jedes Kind verprügeln, das auf dem Spielplatz gemein zu ihrem kleinen Dämonenmädchen war. Weaver würde jeden Jungen abschießen, der ihr das Herz brach. Ihr Kind war umsorgt.

Eines nach dem anderen gingen die Lichter aus, die Drachenbahn kam zum Stehen, die Karussellmusik wurde langsamer und verstummte, die Zwillingskreise des Riesenrades verschwanden aus dem Nachthimmel. Schließlich war der Park dunkel, und nur die mit orangefarbenem Zellophan verkleideten Straßenlaternen beleuchteten noch die sich rasch auflösenden Nebelschwaden. Mab schloss das Fenster und ging die Treppen hinunter, wobei Frankie vor ihr herflatterte und Delphas Malachit-Kaninchen an einem Band hüpfte, das sie an ihrer Arbeitstasche befestigt hatte.

»Ich glaube, ich werde das Baby Delphie nennen«, rief Mab Frankie zu, und er krächzte zustimmend.

Mab und Delphie und Frankie. Und Glenda und Ethan. Und Cindy. Und Gus. Und Weaver. Ihre Familie.

Sie legte die Taschenlampe in ihre Arbeitstasche und trat ins Freie, um zurück zum Steg zu rudern.

»Ein Friedensangebot«, erklärte Ethan und hielt Weaver das lateinische Buch über Waffen entgegen, als er ihr in der beißend kalten Abendluft auf dem Hauptweg begegnete.

Sie hatte ihr D-Gewehr schussbereit über der Schulter hängen und die Dämonenbrille griffbereit auf die Stirn geschoben, aber sie nahm das Buch und blätterte ein wenig darin.

»Nett. Lauter Waffen, um gegen die Kreuzritter zu kämpfen.«

»Das sind Waffen gegen Dämonen«, erklärte Ethan. »Und wahrscheinlich auch Kampftaktiken. Müsste erst mal übersetzt werden. Schließlich wird auch ›Die Kunst des Krieges‹ von Sun Tzu heute noch gelesen, weißt du.« Dann nickte er zur Drachenbahn hinüber. »In einer Stunde müssen wir Gus während der Mitternachtskontrolle Rückendeckung geben. Dann treffen wir Mab beim Ruderbootsteg und begleiten sie zu ihrem Wohnwagen. Und dann können wir ... äh ...«

»In Hanks Wohnwagen miteinander reden.«

»Klar«, erwiderte Ethan und dachte: *Reden?*

Sie patrouillierten durch den Park, bis die Lichter der Drachen-Achterbahn wieder eingeschaltet wurden. »Siehst du irgendwas?«, erkundigte sich Ethan, während Weaver die unmittelbare Umgebung um Gus herum prüfte.

»Nichts.«

»Da drüben beim Piratenschiff ist jemand.«

Weaver blickte in die angegebene Richtung. »Ein Mensch. Kein Dämon. Ach, verflixt.«

»Was ist?«

»Es ist Ursula.«

Ursula trat aus dem Schatten des Piratenschiffs, mit einer Dämonenbrille schief auf dem Kopf und einem D-Gewehr, das sie ungeschickt in den Händen hielt. Die Bewaffnung passte nicht zu dem maßgeschneiderten pulverblauen Kostüm, das sie ganz offensichtlich nicht ausreichend wärmte. Sie zitterte vor Kälte und blickte vielleicht deswegen so bissig drein.

»Master Sergeant Wayne«, rief Ursula laut.

Ethan reagierte nicht, sondern setzte seinen Weg zur Drachenbahn fort.

Nach kurzem Zögern folgte Weaver ihm.

»*Agent Weaver*«, rief Ursula, und ihr Tonfall wurde noch giftiger.

»Wir hatten vergangene Nacht einen Dämonenangriff bei der Drachenbahn«, rief Weaver über die Schulter zurück. »Wir wollen sichergehen, dass sich das nicht wiederholt.«

»Das stand nicht in Ihrem Bericht«, rief Ursula, beeilte sich aber, die beiden einzuholen, wobei sie immer wieder stolperte, da sie die eingeschränkte Tiefensicht der Spezialbrille nicht gewöhnt war.

Ethan hielt in der Nähe der Piratenversteck-Spielbuden an, nahe genug, um Gus mit Weavers D-Gewehr Rückendeckung geben zu können. Sein Blick fiel auf die orangefarbene Ringerstatue, und er fühlte *Selvans* Vibrationen. Kein Wunder, dass Gus immer in Alarmzustand war.

»Master Sergeant Wayne«, begann Ursula erneut.

»Ich bin nicht mehr in der Armee.«

»Ich muss Sie zu Testzwecken mitnehmen«, verkündete Ursula.

»Nein.«

Mit einem Rattern setzte sich die Drachenbahn in Bewegung.

»Das dort ist mein Freund Gus«, erklärte Ethan. »Wenn ich mit Ihnen ginge, wären er und alle anderen in diesem Park hilflos den Dämonenangriffen ausgesetzt. Deswegen: nein.«

»Was das betrifft«, fuhr Ursula fort, »hätten wir gern auch einen oder zwei von Ihren sogenannten Dämonen, um sie zu untersuchen. Agent Weaver sagt, sie wären mächtiger als die, denen sie angeblich bisher begegnet ist. Wir haben natürlich nur ihr Wort als Beweis dafür.«

Ethan blickte Weaver an. Er hatte den Eindruck, als verdrehte sie hinter ihrer Brille die Augen.

»Und deswegen«, redete Ursula weiter, »nehme ich Sie

mit. Ihr Blut ist das einzige handfeste Beweisstück, das Agent Weaver uns bisher gebracht hat.«

»Ma'am«, mischte Weaver sich ein, »hier ist im Augenblick viel mehr im Gange, als Sie sich vorstellen können. Ethan muss diese eine Woche unbedingt hierbleiben. Er kann den Park jetzt nicht verlassen.«

»*Ethan*? Verlieren Sie Ihre Objektivität, Agent Weaver?«

Die Drachenbahn fuhr heulend nach unten, und Ethan hörte das Rattern. Viermal.

»Was, zum Teufel, tun Sie hier?«, erklang Rays Stimme hinter ihnen.

Ursula wandte sich um. »Wer sind Sie?«

Ethan behielt weiter Gus im Blick. Die Drachenbahn kam zum Stillstand, und die Lichter gingen aus. Keine *Minions*.

»Ich bin der Besitzer des Parks«, erwiderte Ray und kam, fest in seinen Burberry-Mantel eingewickelt und die Zigarre im Mundwinkel, näher, bis er vor Ursula aufragte.

Weaver holte Luft, wahrscheinlich um die Behauptung »Ich bin der Besitzer des Parks« zu bestreiten, doch Ethan schüttelte abwehrend den Kopf. Wenn Ray sich mit Ursula anlegen wollte, sollte er das ruhig tun.

Ray blickte, finster die Stirn runzelnd, auf Ursula hinab. »Und wer sind *Sie*?«

»Senior Agent Ursula Borden. Ministerium für Heimatschutz.« Ursula hob das Kinn, wahrscheinlich um bedeutungsvoller zu wirken, aber mit ihrer vor Kälte rot angelaufenen Nase wirkte sie nur jammervoll.

»Haben Sie einen Durchsuchungsbeschluss für meinen Grund und Boden?«, fragte Ray.

»Ich habe einen vertretbaren Grund, hier zu sein«, entgegnete Ursula.

Ethan bemerkte, dass Gus – gesund und munter – auf dem Weg zu seinem Wohnwagen war. Es wurde Zeit, Mab abzuholen und sie nach Hause zu begleiten, und dann, Gott helfe ihm, ein Gespräch mit Weaver zu führen. »Es wartet noch jemand auf uns, Agent Borden, aber ich bin sicher, der gute Ray wird Ihnen gern behilflich sein. Entschuldigen Sie uns.« Er machte sich auf den Weg zum Ruderbootsteg.

»Warten Sie mal«, rief Ursula hinter ihm her.

Ethan ging weiter, Weaver folgte ihm. Er konnte hinter seinem Rücken hören, wie Ray unhöflich mit Ursula sprach.

»Sollten wir die beiden wirklich allein lassen?«, fragte Weaver, als sie ihn eingeholt hatte.

»Wir müssen Mab abholen«, erwiderte er. »Und wenn du mich fragst: Ray und Ursula haben einander verdient.«

Weaver warf einen Blick zurück. »Ja, aber haben wir verdient, was die beiden zusammen aushecken könnten?«

Ethan verlangsamte seinen Schritt.

Der Ruderbootsteg war leer.

»Verdammt«, rief er und begann zu rennen.

Mab hatte den Ruderbootsteg erreicht und kletterte, vor Kälte zitternd, aus dem Boot, während Frankie über ihr Kreise flog. Sie sah sich um, konnte aber Ethan und Weaver nicht entdecken. Wahrscheinlich irgendwo in eine Diskussion über die beste Methode, den Gegner allein mit dem Daumen zu töten, vertieft.

Das war etwas, was Joe, nein, *Fun* und sie nie getan hatten – über ihre Arbeit zu sprechen. Nun ja, wahrscheinlich, weil er ein Dämon war. Es war schwierig, eine ernsthafte Beziehung mit einem Dämon zu haben.

Keine Tränen, befahl sie sich selbst, während sie den Steg entlangging und zum Schutz gegen die frostige Luft ihren Kittel um sich wickelte. Sie freute sich ja für Ethan und Weaver, die beiden schienen wie für einander geschaffen. Sollten sie doch glücklich werden …

Sie blieb stehen und blinzelte in die Dunkelheit.

Da drüben auf dem Pfad neben der Meerjungfrau-Kreuzfahrt war ein Kind.

»Hallo?«, rief sie. »Bist du verloren gegangen? Wo sind denn deine Mama und dein Daddy?« Sie trat vom Steg hinunter und ging zu dem Kind, wobei sie in Gedanken die Eltern verfluchte, die so dumm waren, ihr Kind mitten in einem Vergnügungspark zu verlieren. *Davon kriegen die Kleinen doch jahrelang Alpträume*, dachte sie, während Frankie über ihr seine Missbilligung ebenfalls herabkreischte. »Hallo«, sagte sie, als sie nahe genug war, um nicht mehr schreien zu müssen, und da wandte sich das Kind um, und sie sah gemalte Augen und ein breites, gemaltes Lächeln unter einer schwarzen Baskenmütze …

Etwas traf sie von hinten, und sie stürzte so schwer zu Boden, dass ihr die Luft wegblieb, und dann war sie von Holzpuppen in Baskenmützen und anderen in Lederhosen und in geblümten Hemden umgeben, die ihr Papierblumen in den Mund stopften, als sie versuchte, nach Luft zu schnappen und um Hilfe zu schreien. Kleine hölzerne Hände gruben sich in ihre Arme und Beine und zerrten sie über das Kopfsteinpflaster, während sie nach ihnen trat. Ihr Fuß traf mit aller Kraft auf Holz und etwas ließ von ihr ab, aber da war schon der Nächste, es waren zu viele; sie versuchte, ihren Arm loszureißen, und hätte sich fast die Schulter ausgerenkt, versuchte, die verdammten Papierblumen aus ihrem Mund zu kriegen, um nach Ethan zu schreien, aber die Puppen schubsten sie vorwärts und über eine Kante, und sie fiel mit dem Gesicht voran zwischen zwei Kreuzfahrtbooten in eiskaltes Wasser. Sie spuckte Papier aus und bemühte sich, auf die Beine zu kommen, doch sie hingen bereits wieder auf ihr, überraschend schwere kleine Biester, dämonenschwer, ein halbes Dutzend, und sie packten ihren Kittel und zogen sie mit ihrem Gewicht hinunter auf den

Grund des fast einen Meter tiefen Beckens, bis Panik in ihr aufkam – sie würde ertrinken, ihr Baby würde ertrinken, sie würde sterben, ihre Lungen schienen zu platzen …

Doch plötzlich erhob sich in ihrem Inneren etwas Rotes und schrie: *Ihr verfluchten Minions werdet meinen kleinen Dämonenbalg nicht töten,* und sie wand sich aus ihrem Kittel heraus, schoss vorwärts unter dem nächsten Boot hindurch und tauchte dahinter auf, fand sich in dem dunklen Tunnel wieder, nach Atem ringend, außer sich vor Wut und zitternd vor Kälte. Mit klappernden Zähnen griff sie nach dem Rand des Beckens und versuchte, sich hinaufzuwuchten, aber da stürzten sie sich schon wieder auf sie, zerrten sie hinunter, und sie schlug wild um sich und schrie sie an, und im nächsten Augenblick packte eine starke Hand ihren Arm, zog sie aus dem Wasser und stellte sie in dem unbeleuchteten Schaubild Frankreichs auf die Füße.

»Loslassen«, schrie sie wild, aber eine Stimme erwiderte: »*Ich will Sie retten, Sie Dummchen.*« Mit einem Fußtritt katapultierte er einen der Dämonen weg, der versucht hatte, ihr zu folgen, und in dem düsteren Licht sah sie schwarz gerahmte Brillengläser aufblitzen, dick wie Colaflaschenglas. Sie hörte auf zu kämpfen.

»Da hinauf«, rief er, mit dem Zeigefinger deutend, und sie kletterte über das schmiedeeiserne Geländer in den oberen Teil des Schaubildes – den Eiffelturm – hinauf, während er zwei weitere Puppen ins Wasser zurückwarf und ihr dann folgte. »Hinter mich«, befahl er und zog ein Schießeisen, das Weavers Dämonengewehr sehr ähnlich sah, also gehorchte sie mit vor Kälte klappernden Zähnen; sie hatte ein Gefühl, als bildete ihre Kleidung eine Eishülle um sie.

»Was machen Sie hier?«, fragte sie, und es schüttelte sie buchstäblich vor Kälte, während sie sich an seinen Rücken lehnte, mehr der Wärme als des Schutzes wegen.

»Ihr Vogel schrie so laut, da kam ich her, um nachzusehen, was los ist«, erklärte er mit ruhiger Stimme und beobachtete dabei den Tunnel. »Was treiben *die* da?«

»Ein paar von ihnen ersäufen noch immer meinen Malerkittel, und ein paar von ihnen haben versucht, mich zu ersäufen«, antwortete Mab. Da kletterte eines der Biester aus dem Wasser, und der Brillen-Mann schoss darauf und fegte es wieder in die Brühe.

Die Puppe wird schwer zu reparieren sein, dachte sie und krümmte sich schaudernd vor Kälte zusammen. Während er zwei weitere Dämonen vom Servicepfad schoss, bemühte sie sich, sich aufzurichten, doch ihr Zittern verwandelte sich allmählich in krampfartiges Schütteln.

Der Brillen-Mann sah sich zu ihr um, stieß ein »*Verdammt*« hervor und legte das Gewehr beiseite.

»Nein, nein«, rief Mab, »*behalten Sie das Gewehr in der Hand*«, aber er zog seine dicke Jacke aus und legte sie Mab um die Schultern, sodass sie dankbar jeden Protest aufgab, denn sie fror für zwei, und es war eine Daunenjacke.

Er nahm das Gewehr wieder auf und meinte: »Ich warte nicht gern darauf, von einem Haufen kleiner Bestien abgemurkst zu werden. Gibt's hier einen Hinterausgang?«

»Ja, ein Stück weiter im Tunnel, hinter den Netzen«, antwortete Mab, und die Krämpfe ließen ein wenig nach. »Sie sind ...«

Da kamen sie plötzlich vom Tunneleingang her zu einem Generalangriff angestürmt, einige rannten den Servicepfad entlang, andere paddelten in einem Kreuzfahrtboot heran, und sie strömten um den Eiffelturm herum, Franzosen, Deutsche und Hawaiianer, alle mit hasserfüllt glühenden Dämonenaugen zu ihnen hinaufstarrend. Brillen-Mann hob das Gewehr und schoss auf den Ersten, der gegen die nächsten zwei geschleudert wurde. Er feuerte nochmals und schoss einen aus dem Boot. Wieder zielte er, doch gleichzeitig erhob sich der Erste und rannte wieder auf sie zu.

»Was, zum Teufel?«, rief er, als alle auf sie zustürmten, kurzzeitig von dem D-Gewehr zurückgeworfen wurden und dann erneut losstürmten. »Ich dachte, dieses Gewehr bringt sie um?« Er lud nach, aber es war nur ein Klicken zu hören. »Herrgott.« Er riss das leer geschossene Magazin heraus, stieß ein neues hinein und feuerte wieder. »Wie viele sind es?«

»Achtzehn, glaube ich«, erwiderte Mab. »Sechs Puppen für jedes Land; Frankreich, Deutschland und Hawaii haben's auf uns abgesehen.«

»Hawaii ist ein Land?«, wunderte er sich und schoss unentwegt weiter, aber nicht rasch genug.

Da erhob sich Mab hinter ihm und schrie: »*Specto!*«, wobei sie die Faust gegen den nächsten Angreifer stieß, der mitten im Sprung erstarrte. Das beruhigte sie sehr, denn sie war sich nicht sicher gewesen, ob sie ohne die *Guardia* dazu fähig war.

Brillen-Mann beförderte ihn mit einem Fußtritt ins Wasser und schoss noch einige hinter ihm ab. Dann zog er das Trommelmagazin heraus und lud es aus einer Tasche an seiner Hüfte nach. »Das war ein netter kleiner Trick von Ihnen.«

»Danke«, erwiderte Mab. »Ich glaube, wir sollten hier weg.«

»In dieser Richtung?«, fragte er und wies mit dem Kinn weiter in den Tunnel hinein.

»Nein«, wehrte Mab zitternd ab. »In diesem Tunnel sind zwölf Länder, und es sieht so aus, als wären sie alle besessen. Was, wenn da noch andere auf uns warten?«

»Wenn es Chinesen sind, dann lassen sie sich zu einem Kuhhandel überreden.«

»*Gar nicht witzig!*«, knurrte Mab, deren Körper vor Kälte schmerzte.

»Tut mir leid.« Er hockte sich auf die Fersen zurück. »Man

hat mir versichert, dass dieses Gewehr Dämonen tötet, aber es scheint nicht zu funktionieren. Und ich habe nur noch sechs Kugeln.«

»Ich glaube, es liegt daran, dass Sie nur das Holz treffen«, erwiderte Mab, »und nicht die Dämonen innen drin. Wir müssen die Holzkörper zerbrechen.«

»Gut, arbeiten Sie daran, ja?«, meinte er und stieß eines der Biester hinunter, als es versuchte, um den Zaun herumzukriechen. »Denn das kann nicht mehr ...«

Seine Stimme erstarb, und er richtete sich auf.

»Das Holz zerbrechen, ja?«, wiederholte er und legte das Gewehr beiseite.

»*Behalten Sie das Gewehr!*«, schrie Mab, als wieder eine Kreatur heranstürmte, aber Brillen-Mann packte die Puppe und schleuderte sie mit großer Kraft auf das Geländer unter ihnen, wo sie auseinanderbrach und etwas, das wie vergammelte dunkelrote Marmelade aussah, über den ganzen Pfad spritzte.

Sie drängten noch immer heran, aber er war ein guter Werfer, und Mab lähmte so viele, wie sie konnte, mit ihrem Kriegsruf »*Specto!*«, und nachdem weitere vier auf dem Geländer zersplittert waren, zogen sich die anderen zurück, um zu beraten, wobei sie kleine, zwitschernde Laute von sich gaben, bei denen es Mab kalt den Rücken hinunterlief. Oder war das noch immer die Kälte?

»Ich schlage Folgendes vor«, wandte sich der Brillen-Mann an sie. »Wir sehen zu, dass wir nach vorn durch den Eingang rauskommen, und dann nehmen wir die Beine in die Hand.«

»Sie sind kein kampfwütiger Krieger«, meinte sie. »Das gefällt mir an einem Mann.«

»Halten Sie sich hinter mir«, empfahl er und reichte ihr die Waffe.

»Was soll ich denn damit?«

»Versuchen Sie, sie nicht fallen zu lassen.« Er kletterte vorsichtig hinunter bis zum Zaun und rüttelte ein wenig daran, dann beugte er sich vor. »Ich will verdammt sein«, stieß er hervor, und im nächsten Augenblick sprang ein kleiner Hawaiianer auf seinen Rücken, und Mab hob das Gewehr und schoss auf die Puppe, wobei beide in den Zaun geworfen wurden.

»*Autsch*«, knurrte Brille. Er packte die Puppe, die von ihm herabgefallen war, und schmetterte sie gegen das Geländer, dann beugte er sich wieder vor und hebelte einen der schmiedeeisernen Zaunpfähle frei. »Weiter«, rief er Mab zu, »und feuern Sie nie mehr mit diesem verdammten Gewehr auf mich.«

»Entschuldigung.« Mab hielt sich hinter ihm, während sie am Zaun entlangschlichen. Sein Körper schirmte sie vor dem scharfen Wind ab, der in den Tunnel hineinblies. Beim Eingang blieb er einen Augenblick lang schweigend und nach allen Seiten sichernd stehen, und sie blickte hinunter auf den Zaun, um zu sehen, was ihm diesen Fluch entlockt hatte.

Der Fuß der speerförmigen Eisenpfähle sah seltsam aus.

Sie beugte sich hinunter und rüttelte mit vor Kälte steifer Hand an einem davon, der sich leicht aus einer Art Klammer lösen ließ. Er war nicht festgeschmiedet. Sie richtete sich wieder auf und rüttelte oben daran, und er löste sich auch oben aus einer Klammer. Sie erkannte, dass es kein Zaunpfahl war, sondern ein echter eiserner Speer. Alle Zaunpfähle waren Speere, die entlang des schmiedeeisernen Geländers in Klammern gelagert waren.

»Dieser Zaun läuft durch den gesamten Park«, flüsterte sie. »Das bedeutet, diese Pfähle ...«

Plötzlich wurden sie wieder attackiert, und Mab stieß und schlug mit dem Speer um sich, bis Brille sie mit sich durch den Eingang hinaus auf die Einstiegsrampe zog und sie dabei abschirmte, während er gleichzeitig mit der anderen Hand kurze, wirksame Speerstöße gegen die Hälse der Puppen führte.

Hälse mit Gelenk, erinnerte sich Mab; er hatte ihre Schwachstellen herausgefunden.

»Wollen Sie nicht endlich *wegrennen*?«, befahl er ihr scharf, aber sie entgegnete: »Nein«, und begann ebenfalls, ihren Speer in Puppenhälse zu stoßen.

»Verdammt.« Er wandte sich wieder den angreifenden Puppen zu, zeigte auf eine von ihnen und schrie: »Erledigen Sie den da, der ist der Anführer!«

»Was?«, fragte Mab, aber im gleichen Augenblick stoppten die Dämonen ihre Attacken, wandten sich zu dem französischen Dämon um und begannen zu zwitschern, während der eine zurückwich, die Baskenmütze schief auf dem Kopf.

Mab wollte vorstürzen, aber Brille packte ihren Arm, und so blieb sie stehen, noch immer zitternd vor Kälte.

Plötzlich erhob sich ein ohrenbetäubendes Kreischen, und alle Puppen stürzten sich auf die eine französische. Brille rief: »*Jetzt*«, und sie flüchteten von der Meerjungfraubahn hinunter auf den Hauptweg und rannten in Richtung des Riesenrades. Von dort kamen ihnen Ethan und Weaver entgegen, begleitet von Frankie, der über ihnen flatterte und Mab ankrächzte, was so klang wie: *Wie konntest du nur so dumm sein?*

»Was, zum *Teufel*?«, stieß Weaver hervor, als Brille vor ihr abstoppte, sodass Mab in ihn hineinrannte.

»Dieser Trick mit dem Anführer hat funktioniert«, sagte er zu Weaver, kaum außer Atem. »Sie stecken alle in der Meerjungfrau-Kreuzfahrt und machen einen von ihnen fertig.« Dann nahm er Mab beim Arm. »Sie ist kurz vor dem Erfrieren, also wenn ihr mich nicht dabei braucht ...«

»Bringen Sie sie ins Warme«, meinte Ethan. »Wir haben das schon im Griff.«

Brille nahm Mab das D-Gewehr aus der Hand und reichte es Ethan. »Das hier funktioniert nicht, wenn sie in Holzfiguren stecken. Aber die Zaunpfähle des schmiedeeisernen Zauns sind Speere. Stoßt sie ihnen in das Halsgelenk, damit erledigt ihr sie.«

»Gut«, erwiderte Weaver und rannte schon auf die Meerjungfraubahn zu, dicht gefolgt von Ethan.

Der Brillen-Mann ging hinüber zum Ruderbootsteg und hob Mabs Arbeitstasche auf, die sie bei dem plötzlichen Angriff fallen lassen hatte. Er schob sie ihr in die Arme und meinte: »Wenn wir uns beeilen, werden Sie bald wieder warm.«

»Wer *sind Sie*?«, fragte sie, während sie in der Dunkelheit zitternd ihre Tasche an sich nahm.

Er wandte sich ihr zu, und seine dunkel gerahmte, Colaflaschen-dicke Brille funkelte in dem trüben Licht der zellophanverkleideten Straßenlaternen auf. »Ich heiße Oliver.«

»Hallo, Oliver«, lächelte Mab und ließ sich von ihm über den Hauptweg in Richtung der Wohnwagen ziehen, wobei sie rennen musste, um mit ihm Schritt zu halten; Frankie flatterte wachsam über ihnen.

Kapitel 18

Ethan und Weaver entdeckten im Eingang zur Kreuzfahrt einige Puppen, die herumlagen, während sich ihr Dämonenschleim durch das Holz fraß, und im Tunnel eine Puppe in bayrischen Lederhosen, die in Stücke gerissen war und aus der es purpurrot ins Wasser tropfte.

»So eine Schweinerei«, kommentierte Ethan, während er vor Weaver in den dunklen Tunnel ging und den Weg mit seinem chemischen Licht ausleuchtete. »Erinnere mich daran, dass ich Glenda sage, sie soll diese Rundfahrt schließen, damit wir nicht erklären müssen, wer Frankreich und Deutschland und Hawaii ausgelöscht hat. Oder warum das Wasser wie eine Schlachtbrühe aussieht.«

»Hawaii ist ein Land?«, fragte Weaver, während sie auf das Gemetzel neben dem Zaun starrte.

»Als diese Rundfahrt gebaut wurde, war es ein Territorium«, erklärte Ethan. »Also, dieser Kerl ist dein Partner?«

»Jawohl. Heißt Oliver.«

»Was hat er mit Mab zu schaffen?«

»Beschattet sie.«

»Warum denn?«

»Aus dem gleichen Grund, aus dem ich dich beschattet habe. Sie hat eine deutliche Francium-Ausstrahlung.«

»Ja, aber er hat nicht auf sie geschossen.«

»Weil sie nicht versucht hat, Gus unter den Drachen zu stoßen. Ich glaube nicht, dass irgendwelche Dämonen in ihr stecken.«

Ethan blieb stehen. »Ich habe auch nicht versucht, Gus unter den Drachen zu stoßen.«

»Na ja, es sah so aus, als wolltest du es tun.« Weaver ging weiter, an China vorbei. »Er hätte sowieso nicht auf sie geschossen. Hat was gegen Schießen. Ich musste ihm versprechen, dass ich keinen Dämon erschieße, außer er greift jemanden an. Er sagt, es wäre die einzige Möglichkeit, dass ihm noch welche für seine Studien erhalten bleiben.«

»Klingt, als hättet ihr eine gute Partnerschaft«, meinte Ethan.

»Eine sehr gute«, erwiderte Weaver. Dann schwiegen sie, bis sie das Ende der Rundfahrt erreichten, Weaver, weil sie aufmerksam um sich blickte, Ethan, weil er plötzlich entdeckte, dass er etwas empfand, was er noch nie zuvor gefühlt hatte.

Eifersucht.

Als sie wieder im Freien standen, begann Ethan: »Also, hast du je mit ihm …«

»Jawohl«, antwortete Weaver. »Danach sagte er nur: ›Das war okay.‹ Ich glaube, wir waren einfach schon zu lange Partner.«

»Ach. Also bist du jetzt nicht mehr …«

»Nein, Ethan, jetzt bin ich mit dir zusammen. In Hanks Wohnwagen.«

»Ach. Äh, gut.« Ethan ließ seine Blicke im Park umherschweifen und versuchte, ein anderes Gesprächsthema zu finden, nun, da seine Zukunft allmählich immer heller wurde. Irgendein Gesprächsthema. Es war dunkel, abgesehen von dem blinkenden Warnlicht oben auf dem Teufelsflug und ein paar gedämmten Notlampen hier und da. »Sie werden nicht einfach aufhören anzugreifen.«

»Nein.«

»Wir brauchen einen Plan.«

»Gute Idee.«

»Morgen werde ich die *Guardia* zusammenrufen müssen. Eine Strategie entwerfen.«

»Gut«, meinte Weaver. »Danke, dass du eifersüchtig warst.«

Ethan hätte beinahe entgegnet: Ich war nicht eifersüchtig, aber dann zuckte er die Achseln. »Sicher«, erwiderte er, und sie gingen zurück zu den Wohnwagen und diskutierten dabei über den Plan.

Seine Zukunft hatte noch nie besser ausgesehen.

Als sie endlich bei Delphas Wohnwagen angekommen waren, schien Mabs Haar bereits zu gefrieren, und sie zitterte trotz Olivers Daunenjacke heftig. Er öffnete die Tür und schob sie hinein, während Frankie über sie hinwegzischte und auf seinem Nest über der Küche landete. Oliver betrat hinter ihr den Wohnwagen, ging an ihr vorbei durch den kurzen Gang zur Badezimmertür, öffnete sie und griff hinein. Sie hörte, wie das Wasser in der Dusche zu prasseln begann, und konnte noch immer nicht aufhören zu zittern, da kam er zu ihr zurück und schälte sie aus der Daunenjacke.

»Hopp, unter die Dusche«, drängte er. »Sie können sich unter der Dusche immer noch ausziehen, aber erst einmal schnell unter das heiße Wasser.« Sie gehorchte, und er schloss die Tür hinter ihr.

Sie stellte sich unter den warmen Wasserstrahl, dachte: *Noch mehr Tage wie diesen halte ich nicht aus*, lehnte den Kopf gegen die Duschenwand und weinte vor Erschöpfung und weil alles einfach zu viel war: Sie hatte dem Tod ins Auge geblickt, und die Schwangerschaft, und dann das allgemeine Durcheinander.

Das Wasser wurde heißer und ihre Kleidung schwerer, also streifte sie alles ab und stand nackt unter dem heißen Strahl, ließ sich von der wunderbaren Wärme umspülen und kam allmählich wieder zu sich.

Die Kälte hatte ihr wahrhaftig fast alle Energie geraubt.

Jemand hatte ihr Seife und Shampoo bereitgelegt – nicht Oliver, dazu hatte er keine Zeit gehabt. Sie wusch sich die letzten Reste des Kreuzfahrtwassers vom Körper und dachte: *Gut, und was ist jetzt mit ihm?* Es war alles so geheimnisvoll, der Brillen-Mann, der sie vor den Dämonen gerettet hatte und Weaver kannte, aber sie war so schrecklich *müde* ...

Sie drehte das Wasser ab und überlegte, woher sie ein Handtuch nehmen sollte, aber da hing bereits eines griffbereit. Jemand hatte ihre Sachen ausgepackt und den Wohnwagen für sie hergerichtet. Jemand hatte sich um sie gekümmert. Sie fühlte, wie ihr wieder die Tränen kamen, und wischte sie mit dem Handtuch ab. Dann schlüpfte sie in ihr altes, blaues, übergroßes T-Shirt aus Frotteesamt mit den Enten darauf und trat aus dem kleinen Badezimmer in den Gang.

»Hier«, rief Oliver aus dem Schlafraum, und als sie eintrat, deutete er auf das Bett, das schon bezogen und mit Decken überhäuft war. »Schnell ins Bett«, mahnte er, und als sie gehorchte, zog er die Decken über sie und stand dann etwas unsicher da, während sie unter den Decken noch immer zitterte.

»Noch ein bisschen kalt, das Bett«, murmelte sie in dem Versuch, ihre erbärmliche Schwäche zu kaschieren.

»Also gut«, erwiderte er, »rutschen Sie rüber«, und schlüpfte neben ihr ins Bett, wobei er ihr die Decke über den Kopf zog, um ihr nasses Haar vor der Luft zu schützen.

Sie kuschelte sich an ihn, zuerst vorsichtig, dann enger – er strahlte Hitze aus wie ein Ofen, was auch Sinn machte, schließlich war er ein Drache gewesen –, und dann legte er beide Arme um sie, und sie kuschelte sich noch enger an seine angenehm feste Brust und vergrub ihr Gesicht in seinem Hemd. Es roch nach Seife und Wärme und nach ihm, auf eine unbestimmte Art angenehm und richtig, und ihr lief ein Schauer den Rücken hinunter. *Das ist gut*, dachte sie und wusste, dass ihr Gehirn vor Erschöpfung und Kälte unzurechnungsfähig war. *Das ist wirklich gut.*

Er rieb ihr über den Rücken. »Schlafen Sie, jetzt ist alles in Ordnung.«

Er kümmerte sich um sie. Mab fühlte wieder Tränen aufsteigen. Allmählich wurde sie eine richtige Heulsuse. *Reiß dich zusammen. Benimm dich.* Sie schniefte kurz und murmelte: »Also Sie sind Weavers Partner?«

Er griff hinter sich zum Nachtkästchen und gab ihr ein Kleenex. »Hier. Ja, ich bin Weavers Partner. Schlafen Sie.«

Gute Idee. Sie schnäuzte sich, stopfte dann das Kleenex unter ihr Kopfkissen und kuschelte sich tiefer ins Bett, enger an ihn, genoss seine Wärme, entspannte sich in seinen Armen, bis sie sich wie eine knochenlose Masse fühlte. Sie war wieder warm und trocken und schlief mit einem Drachen. »Sie waren ein *wunderbarer* Drache.«

»Was?«

Da war noch etwas, was sie fast vergessen hatte, etwas, das an ihr nagte, während schon der Schlaf ihr Gehirn umnebelte. Dann fiel es ihr wieder ein, und sie wachte wieder auf. »Sie sollten Ihre Frau noch anrufen.«

Er runzelte die Stirn. »Ich bin nicht verheiratet.« Er legte ihr eine Hand auf die Stirn. »Fiebern Sie?«

»Nein. Wer ist dann Ursula?«

»Meine Chefin.«

»Ach so.«

Seine kühlen grauen Augen sahen sie warm an, sein Gesicht war ganz nah. Er hatte einen wunderbaren Mund. Einen wunderbaren, unverheirateten Mund.

»Gut«, murmelte sie. Sie kuschelte sich wieder eng an ihn, fühlte sich sicher in seinen Armen und seufzte erschöpft.

Sein unverheirateter Mund bebte ein wenig. »Warum ist das gut?«

»Weil ich nicht mit verheirateten Männern schlafe«, erklärte Mab und schlief ein.

Als Ethan und Weaver zu Hanks Wohnwagen kamen, zögerte Ethan. »Ich gehe dann später in den Wald zum Schlafen.«

»Klar«, meinte Weaver und schloss die Tür auf, und er folgte ihr hinein und durch den kurzen Gang zum Schlafraum, wo sie ihren Mantel auszog. Dort zögerte er beim Anblick des Bettes, das nun adrett mit einer schlichten schwarzen Tagesdecke bedeckt war, auf der ein achtzig Zentimeter großer, ausgestopfter, grün und purpurfarbener Plüschdrache mit Gold an Schwingen und Brust saß.

»Was ist?«, fragte Weaver und zog sich den Rollkragenpullover über den Kopf.

»Du hast den Drachen mit hierhergenommen.«

»Beemer? Natürlich habe ich Beemer mitgenommen.« Weaver schlüpfte aus ihren Jeans. »Er liegt ›in den Schatten, versteckt im Schilfrohr und im Sumpf‹, nicht wahr, Baby? Das hier ist der richtige Ort für ihn.«

»Aha«, meinte Ethan, der noch immer den Drachen anstarrte. »Soll er uns etwa zusehen?«

Weaver streifte ihre Unterwäsche ab und stieg ins Bett. Sie tätschelte Beemer, und ihre Brüste schaukelten ein wenig, als sie zur Seite rückte, um ihm Platz zu machen. »Na klar.«

»Nein, das wird er nicht«, entgegnete Ethan und setzte den Drachen vor die Schlafraumtür.

»Na ja, ist vielleicht auch besser so.« Weaver zog die Decke bis an ihr Kinn hinauf. »Wir wollen ihn ja nicht traumatisieren.«

»Werden wir denn etwas tun, was ihn traumatisieren könnte?«, erkundigte sich Ethan ein wenig fröhlicher und streifte seine Kleidung und die kugelsichere Weste ab.

»O ja«, antwortete Weaver, und Ethan seufzte und kroch zum ersten Mal seit langer Zeit in ein weiches Bett.

Die Zivilisation hatte auch ihre guten Seiten.

Während *Kharos* auf Ray wartete, vertrieb er sich die Zeit, indem er an die verschiedenen Foltern dachte, die er einer Seele antun konnte, sobald sie sein war. Es gab da einiges, und alles war höchst befriedigend.

»Tut mir leid, dass ich so spät komme«, stieß Ray hervor, während er sich auf die Bank fallen ließ. »Wir haben eine Regierungsagentin im Park. Die Vorgesetzte der Frau mit dem Gewehr, das Dämonen töten kann. Also ich muss dir ehrlich sagen, das Ganze wird ziemlich kompliziert. Ich finde, wir sollten lieber bis zum nächsten Halloween warten. Oder bis zum übernächsten.«

WAS WILL SIE?

»Ethan. Behauptet, es wäre etwas Merkwürdiges an ihm. Ich hatte den Eindruck, dass sie ihn für einen Dämon oder so was hielt.«

GLENDAS SOHN? DER NEUE JÄGER?

»Ja.«

Kharos überlegte. GLENDAS SOHN.

Ray rutschte nervös herum. »Ich werde noch mehr *Minions* für den Angriff nächsten Freitag brauchen. Die gute Neuigkeit ist, dass *Turas* Urne schon im Wachturm ist. Ethan hat sie hingebracht.«

WARUM BRAUCHST DU MEHR MINIONS?

»Ein paar von ihnen haben Mab angegriffen. Aber das ist ihnen nicht gut bekommen.«

WARUM HAST DU SIE AUSGESANDT, DEINE NICHTE ANZUGREIFEN?

»Weil ich den Park will«, antwortete Ray ungeduldig.

ICH SAGTE, DER PARK WIRD DEIN SEIN.

»Na ja, er gehört mir aber immer noch nicht, und die Zeit läuft mir davon.« Ray erhob sich. »Die Leute widersprechen mir, drohen mir, nehmen mir meine Pistole weg ... Das darf nicht sein. Es dauert mir alles viel zu lang. Ich muss den Park *jetzt* haben ...«

Ein Büschel von seinem Haar fiel aus.

»Ach, *komm schon.*«

ÜBERLASSE ETHAN DER REGIERUNGSAGENTIN.

»Aber ...«

SAG IHR, SIE SOLL IHN TÖTEN. DANACH SCHICKE YOUNG FRED ZU MIR.

»Ach weißt du, er will den *Guardia* gar nicht wehtun«, wandte Ray ein, rot im Gesicht. »Er will nur, dass das Ganze aufhört, damit er hier wegkann. Er hat keine Ahnung, was du vorhast. Also wenn du glaubst, dass er mich ersetzen könnte ...«

DAS GEHT DICH NICHTS AN.

»Na toll«, murmelte Ray. »Du weißt, dass ich alles getan habe, was du mir gesagt hast. Ich habe was Besseres verdient, als ...«

BALD WIRST DU ALLES BEKOMMEN, WAS DU VERDIENST.

»Oh«, meinte Ray und sah jetzt beunruhigt drein. »Ich, äh, ich kümmere mich um diese Sache mit der Regierungsagentin.«

Er marschierte rascher davon als sonst und sah sich dabei ein Mal um.

Nicht so dumm, wie *Kharos* gedacht hatte.

Aber noch immer dumm genug.

Kharos wandte sich dem neuen Problem zu.

Glendas Sohn – zum Teil Dämon.

DAS KANN NICHT SEIN, dachte *Kharos*, aber wenn es wahr war ...

Frauen. Zweitausendfünfhundert Jahre lang immer Ärger.

Er dachte daran, wie *Vanth* sich an ihn gedrückt hatte, Glenda unter seinen Händen, voller Leidenschaft …

Frauen. Sie waren den Ärger wert, den sie verursachten.

Aber sie waren es nicht wert, alles für sie aufzugeben.

Glenda und ihr Sohn würden sterben.

Mab wachte am Sonntagmorgen allein auf, was sie eigentlich gewöhnt war und was ihr normalerweise auch lieber war. Aber heute …

Natürlich ist er nicht geblieben, hielt sie sich selbst vor. *Er kennt dich ja nicht einmal.*

Sie kroch aus dem Bett und stellte fest, dass ihre Kleidung schon ausgepackt und verstaut worden war. Also schlüpfte sie rasch in ihre Jeans und in ein langärmeliges *Dreamland*-Thermo-T-Shirt. Darüber schloss sie den Reißverschluss einer Sweatshirt-Jacke.

Gestern Abend war ihr so kalt gewesen, dass sie für den Rest ihres Lebens genug hatte.

Als sie die Tür öffnete und durch den kurzen Gang nach vorn blickte, sah sie Oliver mit aufgekrempelten Hemdsärmeln an ihrem Malachittisch sitzen, das blonde Haar im hereinfallenden Sonnenlicht glänzend. Er las in ihren Recherchen, während Frankie wachsam auf dem Tisch vor ihm saß.

Er ist noch hier, dachte sie mit klopfendem Herzen, dann schalt sie sich selbst. Er las *ihre Arbeit*. Nur weil er so gut aussah, wie er dasaß, war das noch kein Grund, nicht wütend darüber zu sein. Oder so.

»Hallo?«, begann sie und wollte hinzufügen: Was, zum Teufel, tun Sie da?, doch er blickte auf und sagte: »Es ist Kaffee da, aber lieber nicht für Sie. Tee ist auf der Arbeitsplatte, heißes Wasser auf dem Herd.« Dann las er weiter.

Mab tappte durch den kurzen Gang und fand eine Schachtel mit Pfefferminzteebeuteln auf der Arbeitsplatte und einen Zettel daran geheftet, was sie am Vorabend in ihrer Eile, in die Dusche zu kommen, übersehen hatte. Auf dem Zettel stand: »Willkommen zu Hause, Mab. Alles Liebe, Glenda.« Fast kamen ihr wieder die Tränen, weil Glenda alles für sie ausgepackt und sie so liebevoll in ihrem neuen Heim willkommen geheißen hatte, aber Oliver saß direkt daneben.

Also holte sie sich nur eine von Delphas schönen, großen weißen Porzellantassen aus dem Schränkchen, hängte einen von Glendas Teebeuteln hinein und goss etwas von dem Wasser, das Oliver für sie heiß gemacht hatte, darüber. *Menschen*, dachte sie dabei. Plötzlich waren Menschen in ihrem Leben.

Sie nahm die Tasse in die Hand und drehte sich, um Oliver anzusehen, dessen graue Augen ernsthaft auf ihre Arbeit gerichtet waren. Menschen. Gar nicht so übel.

Sie setzte sich in den breiten Ebenholzstuhl ihm gegenüber, und Frankie kam über die Papiere herangetrippelt und stieß seinen Kopf zärtlich gegen ihre Hand. »Hey, Baby«, murmelte sie und kraulte ihm mit einem Finger den Kopf. Dann sah sie wieder Oliver an. »Was tun Sie da?«

»Herausfinden, was Sie gesucht haben«, antwortete er, ohne von den Papieren aufzusehen. »Offensichtlich sind Sie so rein wie frisch gefallener Schnee.«

»Rein?«, wiederholte Mab verwundert.

»Ich kann hierin nichts anderes entdecken als Recherchen für die Restaurierung des Parks.«

»Weil ich den Park restauriert habe«, erwiderte Mab verwirrt. »Was haben Sie denn gedacht, was ich getan habe?«

»Wir wussten es nicht.« Oliver legte die Papiere ordentlich wieder in ihre Sammelmappe – ordentlicher, als sie selbst sie darin verstaut hatte – und klappte sie zu, dann sah er sie an. Sein Blick war sehr direkt und ohne die dicken Brillengläser ein wenig beunruhigend. Sie sah seine Wangenknochen jetzt deutlich. Schön geformte Wangenknochen. »Sie sind

Ray Brannigans Nichte, und Sie haben eine starke Francium-Ausstrahlung. Deswegen habe ich Sie beobachtet.«

»Das ist ja unheimlich.« Mab nippte an ihrem Tee. Als er in ihrem Magen angekommen war, sagte der: *Hallo?*, aber sie saß ganz still, bis der Drang, den Tee wieder von sich zu geben, vergangen war.

»Morgendliche Übelkeit«, erkundigte Oliver sich.

»Kann denn hier niemand ein Geheimnis bei sich behalten?«, beschwerte Mab sich und stellte ärgerlich die Tasse ab. »Wer hat Ihnen das verraten?«

Er hob seine Jacke auf, griff in die Tasche und reichte Mab dann seine Brille. Sie nahm sie und setzte sie auf, nicht ganz sicher, was er von ihr erwartete. Durch die Brille sah die Welt seltsam aus, ein wenig verschwommen, aber nicht wirklich überraschend, bis sie die Hand hob, um sie abzunehmen.

Ihre Hand war von einem blauen Glühen umgeben.

»Ach«, stieß sie hervor.

»Sie macht Francium sichtbar«, erklärte Oliver.

Mab blickte hinunter auf ihren Bauch. Da entdeckte sie einen winzigen, grün leuchtenden Punkt, kaum sichtbar, aber er war eindeutig da.

Sie nahm die Brille ab und reichte sie ihm zurück.

»Das macht mir Angst«, gestand sie.

»Wovor denn?«

»Davor, was dieses Baby ist. Was ich bin.« Es war so eine große Erleichterung, das einmal jemandem zu sagen, dass sie aufseufzte.

»Sie sind ein Mensch«, erwiderte Oliver. »Sie haben nur ein paar mutierte Gene.«

»Mutiert«, stöhnte Mab. »So was wie Akte-X-Mutanten?«

»Na ja, es ist allgemein bekannt, dass ein Fötus durch Strahlen oder Umwelteinflüsse verändert werden kann«, stellte Oliver fest, und es klang wie eine Science-Fiction-Dokumentation. »Bei Ihrer Empfängnis war Ihre Mutter, wie sie mehrfach angegeben hatte, von einem Dämon besessen. Und dadurch wurden Sie einer Francium-Strahlung ausgesetzt. Desgleichen Ihr Baby, da der Mann, der es zeugte, währenddessen von einem Dämon besessen war.«

Suffkopf Dave. »O Gott«, stöhnte Mab und hielt sich an ihrer Tasse fest.

»Aber trotzdem ein Menschenbaby, von zwei Menschen geschaffen«, fuhr Oliver fort. »Machen Sie sich keine Sorgen. Sie wird wie Sie. Einfach ein wenig anders.«

»Ich will nicht anders sein«, entgegnete Mab mit zugeschnürter Kehle. »Und ich will nicht, dass *sie* anders wird ...«

»Warum denn nicht?«, fragte Oliver. »Warum würden Sie lieber wie jedermann sein, wenn Sie doch ...«

»Ein Dämon sein könnten?«

»Nein, begabt«, korrigierte Oliver. »Ich bewundere Sie sehr, Mary Alice. Sie haben wunderschöne Arbeit in Ihrem Leben gemacht, Dinge gerettet, die sonst für immer verloren wären. Denken Sie nur, wozu Ihr Sohn vielleicht fähig sein wird.«

»Tochter«, berichtigte Mab. »Delphie.«

Er nickte. »Lassen Sie uns zum *Dream Cream* gehen, frühstücken. Delphie braucht Waffeln.«

Mab musste zu ihrer eigenen Überraschung lachen, und sie holte ihren Mantel, während Oliver nachsah, ob Herd und Kaffeeautomat ausgeschaltet waren, und ihr dann hinausfolgte; Frankie flog voraus und ließ sich begeistert von Aufwärtswinden tragen. »Sie haben mich also beschattet. Und warum?«, wollte sie wissen, während sie dem Hauptweg zustrebten, und er erwiderte: »Hauptsächlich, damit Weaver Sie nicht über den Haufen ballert.« Und wieder musste sie lachen und war glücklich, dass sie lebte.

Ethan wachte in einem komfortablen Bett und mit Weaver in seinen Armen auf. Das allein war schon aufregend genug. Dann erinnerte er sich daran, dass die lebensbedrohliche Kugel fort war, und dann daran, dass Mab ein Baby bekommen würde und dass Glenda fast gestorben wäre und …

Weaver regte sich und kuschelte sich enger an ihn.

… und dass Weaver die ganze Nacht über in seinen Armen geschlafen hatte. Sein Leben hatte sich vollkommen verändert. Er würde sich auch ändern müssen, um damit Schritt zu halten.

Er ließ Weaver weiterschlafen, legte Beemer neben ihr ins Bett und ging hinüber zu Glendas Wohnwagen. Im gleichen Augenblick kamen Mab und Oliver daran vorbei, und Mab rief zu Glenda hinüber: »Vielen Dank, dass du für mich ausgepackt hast, das war lieb von dir. Und der Tee ist köstlich.«

Glenda winkte ihr von ihrem Liegestuhl aus zu, auf dem sie in Decken gewickelt lag, eine riesige Sonnenbrille auf der Nase, einen Longdrink mit Schirmchen in der Hand und einen Roman auf dem Schoß.

Jetzt fehlte ihr nur noch ein Diener mit Fächer. Ethan bemühte sich, diesen Gedanken nicht weiterzuverfolgen. »Guten Morgen. Ich habe Neuigkeiten für dich.«

»Du bist mit Kampf-Barbie verlobt.« Glenda nickte. »Soll mir recht sein. Sie wird mir kräftige Enkel schenken, die mir Rückendeckung geben, wenn ich älter werde.«

»Die Kugel ist raus.«

Glenda zog sich die Sonnenbrille vom Gesicht und blickte ihn scharf an. »Was?«

»Du hattest recht, ich meine wegen der *Guardia*, dass ich nicht sterben würde. Die Kugel ist nach draußen gewandert.«

Er wühlte in der Tasche danach und reichte sie ihr. »Ich werde nicht sterben.«

»Natürlich nicht, das hab ich dir doch gesagt«, erwiderte

Glenda, aber ihre Stimme schwankte, und sie betrachtete die Kugel und schluckte schwer, bevor sie fortfuhr: »Aber danke, dass du's mir gesagt hast.« Ihr Gesicht verzog sich. »Ach, Ethan, ich bin ja so froh.«

»Ich auch, Mom«, erwiderte Ethan, bevor sie sich in Tränen auflösen konnte. »Hast du immer noch dieses Gebräu?«

Glenda blinzelte die Tränen weg. »Welches Gebräu?«

»Dieses grauenhafte Zeug, mit dem du mich neulich Abend fast umgebracht hättest.«

Sie schob sich ihre Brille wieder auf die Nase. »Sei nicht so empfindlich. Ich wollte dich nicht umbringen, sondern retten. Aber jetzt kannst du ja machen, was du willst, also leugne nur die Wahrheit, wenn du ...«

»Hör auf mit dem Quatsch, Mom. Wir haben schon fast den Gefrierpunkt erreicht, und du führst dich auf wie eine Rentnerin in Miami Beach.«

»Ich bin Rentnerin«, erwiderte Glenda fröhlich. »Ich genieße jetzt meine goldenen Jahre. Mit meinem Sohn. Der nicht sterben wird.« Lächelnd hob sie ihren Drink und verdarb dann ihre Vorstellung, indem sie kurz aufschluchzte.

»Und ich will dafür sorgen, dass alles sicher ist, damit du das auch kannst«, erklärte Ethan.

Glenda leerte ihren Schirmchen-Drink und nahm die Sonnenbrille ab. »Meinst du das ernst?«

»Ja.« Er holte tief Luft. »Ich meine es sehr ernst. Ich habe noch ein ganzes Leben vor mir. Es wird Zeit, dass ich es endlich mal richtig mache.«

Glenda setzte sich die Sonnenbrille wieder auf, nahm ihr Glas und hielt es ihm entgegen. »Gießt du mir bitte noch mal ein?«

»Glenda, ich muss ...«

»Diese große Plastikkanne, in der ich dir früher immer Limonade gemacht habe, ist voll mit Daiquiri. Neben dem

Kühlschrank steht dein Flachmann. Da ist dein« – sie wedelte mit der Hand – »Gebräu drin.«

Ethan sah sie überrascht an. »Du hast das schon für mich gemacht?«

»Tja, ich bin schließlich deine Mutter.«

»Allerdings.« Ethan ging hinein, füllte Glendas Drink nach und nahm seinen Flachmann an sich. Dann kehrte er zu ihr zurück und reichte ihr den Drink. »Du bleibst hier.«

»Auf alle Fälle«, versicherte Glenda.

Ethan zögerte. »Darf ich dich etwas fragen?«

»Natürlich.«

»Haben deine Augen je geglüht?«

Glenda saß reglos da. »Was meinst du damit?«

»Ich dachte, glühende Augen sind ein Zeichen für Dämonen«, meinte Ethan langsam. »Sind sie auch ein Zeichen für *Guardia*?«

»Nein. Geh außer Hörweite, wenn du das Zeug trinkst, ja?«

Ethan überließ Glenda ihrem neuen Rentnerdasein und ging in den Wald, weit außer Hörweite. Er zog den Flachmann hervor, schraubte den Deckel ab, zögerte einen Augenblick und nahm dann einen großen Schluck.

Sofort brach er auf die Knie nieder und übergab sich heftig. Er blieb auf den Knien und nahm einen zweiten Schluck, zwang die Flüssigkeit hinunter. Es fühlte sich an wie Feuer, das durch seine Adern schoss, wie Säure, die in seinem Magen tobte. Er trank den Flachmann leer bis auf den letzten Tropfen und schwemmte jede Spur von Alkohol aus seinem System. Von seiner schweißnassen Haut stieg Dampf auf.

Schließlich schraubte Ethan mit bebenden Händen den Deckel wieder auf und erhob sich. So. Ein neues Leben. Nun musste er es nur noch dämonenfrei machen.

Es war Mittag, und Ethan stand hinter seinem Stuhl an dem sechseckigen Tisch im obersten Stockwerk des Wachturms. »Also gut«, begann er und sah Mab, Cindy, Gus und Young Fred an, die um den Tisch herum Platz genommen hatten, »fangen wir an.«

Er warf einen raschen Blick hinüber zu Oliver und Weaver, die an der Wand saßen, Weaver in das Buch über die *Guardia*-Waffen vertieft und sich zu Oliver beugend, um ihm ein Wort zu zeigen, das er ihr übersetzen sollte, und Oliver schweigend und aufmerksam. Glenda saß neben ihnen und betrachtete Ethan, voller Stolz lächelnd. Ihr Sohn, der *Guardia*-Captain.

Die Stille war ohrenbetäubend.

»Unsere Aufgabe«, begann er nun, »ist es, die Unberührbaren hinter Schloss und Riegel zu halten, damit die Welt vor ihnen sicher ist. An Halloween um Mitternacht ist die Gefahr am größten, weil dann die Grenzen zwischen dem Natürlichen und dem Übernatürlichen schwächer werden. Ist das so richtig, Mom?«

»So ziemlich«, erwiderte Glenda. »Aber die meisten Halloween-Nächte sind ereignislos verlaufen. Die letzte wirklich schlimme Nacht war vor vierzig Jahren.«

»Nun ja, diesmal wird etwas geschehen«, stellte Ethan fest. »Wir haben *Minion*-Dämonen hier, die versuchen, uns umzubringen. Das ist neu, oder?«

»Na ja, nicht ganz«, antwortete Glenda. »Es tauchen immer mal wieder ein paar von ihnen hier auf. Sie kommen mit Touristen über den Fluss, die nicht merken, dass irgendetwas, was sie mit sich führen, besessen ist. Aber *Minions* sind nicht besonders schlau, deswegen ...«

»Diesmal sind sie organisiert«, fiel Ethan ihr ins Wort. »Da steckt ein größerer Plan dahinter.«

Mab blickte ungeduldig drein, deswegen wandte er sich an sie: »Was ist?«

»Wenn wir wissen, dass die Unberührbaren in ihren Urnen gefangen sind«, begann sie, »warum können wir sie dann nicht einfach in einer Fuhre Zement begraben?«

»Weil sie, falls die Urne im Zement zerbricht, herauskönnen«, antwortete Glenda. »Und dann haben wir die Urne nicht mehr, um sie wieder einzufangen, weil sie zerbrochen unter dem Zement liegt. Wir halten die Urnen in eisernen Statuen verschlossen, damit die *Minions* nicht an sie herankommen, und die Schlüssel an einem anderen Ort. Das ist das Beste, was wir tun können.«

»Was wollen die eigentlich?«, erkundigte sich Cindy. »Ich weiß, ich bin neu hier, aber wenn wir wüssten, worauf sie aus sind, könnten wir uns dann nicht irgendwie mit ihnen einigen oder so was?«

»Wollen Sie sich mit dem Teufel einigen?«, rief Weaver von hinten. »Ganz und gar keine gute Idee. Er ist ›der Vater der Lüge‹. Niemand kann ihm trauen. Niemals.«

»Ich finde, Cindy hat recht, wir müssen wissen, warum sie sich so verhalten«, meinte Mab.

Ethan verdrehte die Augen. »Weil sie Dämonen sind. Sie verhalten sich wie Dämonen, weil sie Dämonen sind.«

»Nein«, widersprach Mab. »Es muss etwas geben, was sie wollen. Wenn wir wüssten …«

»Verzweiflung«, erwiderte Glenda. »Davon zehren sie. Sie terrorisieren Menschen, zerstören Hoffnungen und ziehen Kraft aus deren Schmerz. Sie …«

»Nein.« Mab schüttelte den Kopf. »Das stimmt nicht. *Fun* hat nichts getan, damit ich in Verzweiflung gerate.«

»He, was war das neulich in der Herrentoilette«, mischte Ethan sich ein. »Da warst du verzweifelt.«

»Ich war bekümmert«, korrigierte Mab. »Und er war nicht dabei. Wenn er von meinem Kummer hätte zehren wollen, dann wäre er geblieben. Ich wurde ärgerlich, und er ging zurück in den Pavillon. Damals dachte ich, er täte es, weil er eben ein Mann ist, aber jetzt glaube ich, dass er vielleicht Kummer nicht ertragen kann.«

»Wir werden ihm einen Psychotherapeuten besorgen, wenn wir ihn erst wieder im Kasten haben«, erklärte Ethan. »Jetzt müssen wir ...«

»Augenblick mal«, mischte Oliver sich von hinten ein, und Ethan drehte sich ärgerlich zu ihm um. »Ich glaube, sie hat recht. *Fufluns* war nicht immer ein Dämon, er war ursprünglich der Gott des Genusses und wurde dann relegiert. Ich wette, er nährt sich von Glück.«

»Genau«, stimmte Mab zu und richtete sich auf. »Deswegen bringt er die Leute immer zum Lachen. Nicht dass er es braucht, dass alle ihn mögen, aber er nährt sich von Glück, um zu überleben, um stark zu sein. Deswegen hat er ...« Sie brach ab, offensichtlich in der Erinnerung an etwas, was sie mit niemandem teilen wollte.

»Falls *Fufluns* sich von Glück nährt«, fuhr Oliver fort, als sie nichts weiter sagte, »dann ist er ein natürlicher Feind von *Kharos*, der sich eindeutig von Verzweiflung nährt. Das kann man vielleicht ausnutzen.«

»Was ist dann mit den anderen?«, fragte Weaver. »Könnten wir sonst noch einen umdrehen?«

»Ich weiß nicht.« Glenda blickte zweifelnd drein. »*Tura* ist verrückt, völlig unberechenbar, und ich glaube auch nicht, dass sie sich gegen *Kharos* wenden würde. *Selvans* ist sein völlig ergebener Sklave, ein hoffnungsloser Fall. Und *Vanth* liebt ihn ...«

»Aber sie nährt sich nicht von Verzweiflung«, wandte Mab ein. »Ich habe viel Zeit mit ihr verbracht, habe mit ihr geredet, und sie wollte mich nie verzweifelt machen. Schuldbewusst, aber nicht verzweifelt.«

»Schuldbewusst?«, fragte Oliver.

»Du solltest einen Wintermantel anziehen, es ist kalt draußen, du weißt doch, welche Sorgen ich mir mache«, zitierte Mab. »Wo warst du nur, du kommst so spät, sonst fängst du doch immer um zehn Uhr mit der Arbeit an, du weißt doch, welche Sorgen ich mir mache. Bist du sicher, dass du mit ihm zusammen sein willst, er ist nicht gut genug für dich, und du weißt doch, dass ich mir Sorgen mache. Allerdings, um fair zu sein, das Letzte betraf *Fun*, und da hatte sie recht ...«

»Mutterfigur«, meinte Oliver. »Das heißt, sie nährt sich von Schuldgefühlen?«

»Das glaube ich nicht«, entgegnete Mab. »Ich glaube, es ist mehr. Sie will, dass ich ...« Sie biss sich auf die Lippe. »... dass ich bei ihr bin? Dass ich sie brauche?«

»Dass du sie liebst«, sagte Glenda. »Sie nährt sich von Liebe, darauf wette ich. Wahrscheinlich schenkt sie keine Liebe, aber sie muss Liebe wecken.«

»Also auch nichts in Richtung Verzweiflung«, schloss Oliver. »Ich glaube, da haben Sie Ihre Geheimwaffe. Setzen Sie *Fufluns* und *Vanth* gegen *Kharos* ein, denn die Verzweiflung, die er zum Leben braucht, ist das absolute Gegenteil von Glück und Liebe, die sie brauchen.«

»Damit kommen sie mir fast wie die Guten vor«, meinte Cindy.

»Nein«, riefen Weaver und Mab gleichzeitig, und Weaver sah Mab überrascht an.

»Sie kennen keine ... Bindung«, erklärte Mab. »Sie sind nicht gefühlsmäßig beteiligt. Als *Fun* mich nicht glücklich machen konnte, verließ er mich, weil nichts mehr für ihn zu holen war. Er möchte zu mir zurückkommen, weil er sicher ist, dass er mich zum Lachen bringen kann, aber wenn ich nicht lache, geht er und sucht sich jemand anderen. Er tut alles für sich selbst, nicht für mich. Und *Vanth* ist genauso. Falls ich sie zurückweise, hört sie auf, mich zu lieben, kehrt mir den Rücken zu und sucht sich jemand anderen, von dem sie zehren kann. Ich halte sie nicht für böse, aber sie sind auch nicht gut. Sie sind eben Dämonen. Und ich glaube, sie sind alle gefährlich, weil sie alle von jemandem zehren müssen, um zu überleben. Sie sind Parasiten. Wir müssen sie wieder einsperren.«

»Ja, da stimme ich vollkommen zu«, meinte Ethan. »Also versuchen wir, sie gegeneinanderzuhetzen, und dann fangen wir sie mit ...«

Young Fred stöhnte auf. »Warum können wir sie denn nicht einfach rauslassen, damit wir selbst wieder *leben* können. Die tun doch niemandem was. Die nähren sich von Gefühlen, nicht von den Gehirnen von Menschen. Das sind doch keine Zombies. Also lassen wir sie doch einfach frei.«

»Nein«, widersprachen Glenda und Gus zugleich, Mab aber meinte: »Wartet mal.«

»Nicht schon wieder«, stöhnte Ethan.

Mab winkte ab. »Was würde geschehen, wenn wir sie rauslassen? Ich will damit nicht sagen, dass wir es tun sollen, vor allem nicht bei *Kharos* und *Tura*, ich möchte einfach wissen, was passiert, wenn sie alle draußen sind.«

»Je mehr von ihnen frei sind, umso stärker werden sie«, antwortete Glenda. »Wenn alle fünf draußen sind, nehmen sie ihre eigene Gestalt wieder an. Und dann geschieht das, was immer sie wollen. Ich bin mir nicht mal sicher, ob ihr sie gegeneinanderhetzen könnt. Sie gehorchen alle *Kharos*. Sie müssen es, denn er ist ihr Herrscher, der Herrscher der Unterwelt, der Teufel. Wir können sie unmöglich freilassen.«

»Also«, nahm Ethan seinen Faden wieder auf, »unsere Aufgabe ist es, sie in den Urnen zu verwahren. Ich schlage einen Plan in zwei Teilen vor. Teil eins besteht darin, alle Urnen hierherzubringen. Der Turm ist mit Eisen bewehrt und von Wasser umgeben ...«

»Aber kein fließendes«, wandte Weaver von hinten ein.

»Wir können die Pumpen wieder einschalten«, stellte Gus fest, »dann fließt das Wasser. Dann können die Dämonen nicht hier hereinkommen, außer die Zugbrücke ist herabgelassen oder die Tür zum Keller ist geöffnet.«

»Also verriegeln und verbarrikadieren wir diese Tür«, erklärte Ethan, »und kontrollieren die Zugbrücke, sodass dies ein sicherer Aufbewahrungsort für die Urnen ist, zumindest bis Halloween vorbei ist. Und selbst wenn sie aus den Urnen freikommen, können sie nicht aus dem verschlossenen Turm heraus. Richtig, Mom?«

Glenda nickte. »Auch ein echter Unberührbarer kann nicht durch Eisen hindurch.«

»Also bringen wir in dieser Woche die Urnen hierher«, beschloss Ethan. »Hier ist unser Alamo.«

»Alamo?«, wiederholte Mab erschreckt.

»Nicht das Alamo«, verbesserte Ethan sich hastig, während Weaver die Augen verdrehte. »Eine Festung. Unsere Festung, unsere Rückzugsstellung. Ein Gefängnis innerhalb des Gefängnisses.« Wieder verdrehte Weaver die Augen, und er fuhr rasch fort: »Der am besten zu verteidigende, sicherste Ort. Und die Urnen ...« Er sah Mab fragend an. »Wie steht es mit *Fufluns'* Urne?«

»Ich brauche noch immer die beiden fehlenden ...«, begann sie, doch da zog Gus zwei kleine Holzstücke aus seiner Tasche und reichte sie ihr.

»Eines war im Boden der Clownstatue, das andere auf dem Tunnelgrund«, berichtete Gus. »Hab deinen Malerkittel auch aus dem Wasserbehälter gefischt, aber der Dämonenschleim hat sich durch alles durchgefress...«

»Den Kittel brauche ich nicht mehr«, erwiderte Mab. »Danke für die Urnenstücke. Ich repariere die Urne noch heute. Was die anderen betrifft, glaube ich, dass Ray die

Schlüssel hat. Er hat mir die Panflöte gegeben, und vor zwei Wochen habe ich die Taube in seinem Wohnmobil gefunden. Welche Schlüssel brauchen wir sonst noch? *Funs* Panflöte ist immer noch oben auf dem Karussell festgeklebt, aber da seine Clownstatue zerstört ist, ist der Schlüssel sowieso wertlos. *Turas* Urne haben wir schon hier oben. Also brauchen wir noch die Schlüssel für *Vanth*, für die Ringerstatue und für den Teufel.« Sie hielt stirnrunzelnd inne. »Wissen wir denn überhaupt, wie die anderen Schlüssel beschaffen sind?«

»Wir haben *Selvans'* Schlüssel, es ist das grüne diamantene Drachenauge«, begann Glenda.

»Du hast das Drachenauge?«, rief Mab und richtete sich auf. »Das ist ja wunderbar, dann kann ich den Drachen zu Ende ... ach, nein, kann ich nicht. Es ist ja ein Schlüssel.« Sie sank enttäuscht zurück.

»Also können wir *Selvans'* Urne jederzeit holen, wann immer wir wollen«, fuhr Glenda fort. »*Vanths* Schlüssel ist eine Kristallkugel, die oben auf das Orakelzelt gesteckt werden muss.«

»Da liegt eine in dem Wahrsager-Automaten«, berichtete Mab, aber Glenda schüttelte den Kopf.

»Das ist nur ein Stück Glas. Der echte Schlüssel ist größer und besteht aus echtem Kristall. Und *Kharos'* Schlüssel ist ein silberner Dreizack, der oben auf den Teufelsflug gesteckt werden muss. Den haben wir auch nicht.« Bei diesen Worten sah sie elend aus, und Gus blickte sie besorgt und mitleidig an.

»Also nehmen wir uns zuerst Rays Wohnmobil vor«, stellte Ethan fest, »und suchen nach der Kugel und dem Dreizack.« Er sah Weaver fragend an. »Bist du bereit?«

»Aber ja.«

»Gut.« Ethan richtete sich auf. »Hat jemand noch etwas zu Teil eins des Plans zu sagen, oder können wir weitermachen?«

»Ich«, meldete sich Mab mit erhobener Hand. »Warum hat man die Urnen nicht immer schon hier aufbewahrt?«

Ethan blickte sie mit ärgerlich gerunzelter Stirn an.

»Na ja«, meinte sie, »es klingt wirklich nach einer guten Idee. Warum sind wir in mehr als achtzig Jahren die Ersten, die daran denken?«

»Weil wir jetzt an der Reihe sind«, knurrte Ethan.

»Weil der Wachturm immer ein sicheres Gebäude war«, erklärte Glenda. »Es stimmt, dass sie nicht herauskönnen, wenn wir sie hier drin aufbewahren, aber wenn sie da draußen freikommen und wir sind hier drin, dann können sie auch nicht herein. Der Turm war ursprünglich dazu gedacht, sie draußen zu halten, nicht drinnen.«

»Also hat vorher einfach noch nie jemand daran gedacht«, resümierte Mab. »Das kommt mir sehr komisch vor.«

»Teil zwei des Plans«, sagte Ethan laut und deutlich, »betrifft uns. Die meisten von uns sind neu dabei, und abgesehen von Gus sind wir noch unerfahren. Wir müssen herausfinden, worin die Stärke der *Guardia* liegt, müssen aus uns eine richtige Kampfeinheit machen.«

»Wir wissen, wie wir kämpfen müssen«, stellte Gus fest.

»Aber wir könnten es besser machen«, sagte Ethan. »Gestern Abend haben wir beide *Tura* in ihre Urne gesteckt, ohne dass Glenda sie gebunden hat. Ich weiß nicht, wie, aber sie hat einfach aufgegeben und ist hineingeschlüpft, und ich finde, wir müssen in Erfahrung bringen, wie wir das zustande gebracht haben und wie wir *Selvans* ohne Mab herausgeholt haben. Wir müssen genau wissen, wie weit unsere Kräfte reichen und wie wir sie am vorteilhaftesten einsetzen. Und wir ...«

»Wir brauchen ein Handbuch«, meinte Cindy. »Mit genauen Zeichnungen.«

»Oh.« Mab grub das Tagebuch der Zauberin aus ihrer Arbeitstasche. »Hatte ich ganz vergessen. Das ist für dich. In Italienisch geschrieben.«

»Aaaach«, meinte Cindy und nahm es entgegen. »In Italienisch. Ich kann nicht Italienisch.«

»Wir besorgen dir ein Wörterbuch«, mischte Ethan sich ein. »Und jetzt zu *unserem Plan*.«

Mab seufzte, Young Fred verdrehte die Augen, Gus blickte unwirsch drein, und Cindy war in ihr Buch versunken. Er blickte hinüber zu Weaver, die ihm ein aufmunterndes Zeichen mit erhobenem Daumen machte, und zu Oliver, der mit ausdruckslosem Gesicht alle beobachtete.

Oliver, dachte Ethan. *Der denkt da drüben wahrscheinlich, er könnte alles besser.* »Haben Sie noch irgendwas dazu zu sagen, Oliver?«

Oliver dachte einen Augenblick nach. »Ich glaube, Ihre Dämonen werden allmählich schlauer. Jedes Mal wenn sie rauskommen lernen sie etwas mehr über Menschen. Und wenn sie schon seit zweitausendfünfhundert Jahren immer wieder mal rausgekommen sind, müssen sie einiges Wissen über menschliches Verhalten gesammelt haben. Hat die *Guardia* in dieser ganzen Zeit ihre Methode des Einfangens je geändert?«

»Nein«, antwortete Glenda, nervös geworden.

»Dann schlage ich vor, Sie tun, was Ethan sagt, und denken ein wenig außerhalb der gewohnten Bahnen.«

Oliver, dachte Ethan. *Guter Mann.* »Also, ich denke Folgendes: Wir müssen schneller werden, und wir müssen fähig sein zu improvisieren, sodass jeder auch die Aufgabe des anderen übernehmen kann, wenn es sein muss.«

Cindy blickte auf. »Ich kenne nicht mal meine eigene Aufgabe.«

»Das wirst du bald«, beruhigte Ethan sie. »Wir werden das alles nämlich üben. Es sind immer noch *Minion*-Dämonen im

Park, mindestens ein halbes Dutzend. Die sind gestern Nacht entwischt, nachdem sie versucht haben, Mab umzubringen. Also werden wir sie jede Nacht jagen und in Kisten packen, und dabei üben wir alle möglichen Variationen, auch das Einfangen, wenn einer von uns fehlt, und das Austauschen der einzelnen Aufgaben. Und wir werden das Tempo steigern, es darf kein Zögern mehr geben.«

»Ja, tut mir leid deswegen«, warf Mab ein.

»Und wir üben, wütend zu werden«, fuhr Ethan fort und bemerkte, dass Cindy ihn mit gerunzelter Stirn ansah. »Was ist?«

»Wenn ich wütend werde, verwandelt sich plötzlich alles Mögliche in Drachen.«

»Gut«, erwiderte Ethan beifällig, »nette Ablenkung. Starke Gefühle stärken unsere magischen Kräfte. Wenn ihr ein *Minion* entdeckt, denkt nicht an Angst. Denkt daran, dass sie Delpha niedergemetzelt haben.«

Der Raum schien plötzlich kälter zu werden, selbst Cindy blickte grimmig drein.

»Gut so«, bekräftigte Ethan. »Denkt daran, dass sie versucht haben, Gus unter seine eigene Achterbahn zu stoßen und Mab und ihr Baby zu ertränken. Sie sind nicht das abstrakte Böse, nein, sie sind ganz real hinter uns her, hinter ...«

»... der Familie«, vollendete Glenda. »Und mit der Familie legt sich keiner an.« Sie nickte Weaver und Oliver zu. »Ihr könnt Cousins zweiten Grades sein. Ihr gehört mit zu uns.«

Sie sahen sich an, und Ethan dachte: *Cousins zweiten Grades? Was Besseres fällt dir nicht ein, Mom?* Er schüttelte den Kopf und fuhr fort: »Also treffen wir uns in dieser Woche immer um Mitternacht und gehen auf Dämonenjagd. Wir üben. Wir *trainieren*. Und tagsüber bringen wir alle Urnen hierher. In der Halloween-Nacht verschanzen wir uns hier und sitzen alles, was diese Ratten vorhaben, aus.«

»Na ja, das ist ein Plan«, meinte Mab zweifelnd.

»Vielleicht wollen sie einfach nur frei sein«, versuchte Young Fred es noch einmal. »Vielleicht sind sie gar nicht nur böse.« Er sah Oliver an. »Oder?«

»Nein«, widersprach Weaver. »Alle Dämonen sind böse.«

»Es ist gut möglich, dass sie nicht nur böse sind«, stellte Oliver fest und erntete ein Schnauben von seiner Partnerin. »Und es ist eine harte und sture Vorgehensweise, alles abzuschießen, was sich regt. Aber wenn es wie hier um den Teufel selbst geht, dann werden wir hart sein müssen. Ich glaube, in diesem Fall stimme ich Ethan zu.«

Oliver, dachte Ethan. *Großartiger Kerl.* »Also, Mab recherchiert, und wir treffen uns um Mitternacht bei der Drachenbahn. Noch irgendwelche Fragen?«

»Die Piraten sind alle zerstört, und das Piratenschiff ist geschlossen«, stellte Mab fest. »Außerdem ist der Wasserbehälter der Kreuzfahrt mit rotem Dämonenbrei besudelt, also ist die auch außer Betrieb. Könnten wir versuchen, nicht noch mehr Rundfahrten zu zerstören? Ich kann das nämlich nicht alles so schnell wieder reparieren. Und Halloween soll doch das Park-Bankkonto sanieren.«

»Na klar«, erwiderte Ethan sauer. »Von jetzt an werden wir bei einem Dämonenangriff zuerst die Bahnen schützen.«

»Sie hat aber recht, Ethan«, mischte Glenda sich ein. »Wir müssen *Dreamland* in Betrieb halten, sonst können wir auch das Dämonengefängnis nicht halten. Das schlechte Geschäft hat es Ray überhaupt erst ermöglicht, sich in den Park einzukaufen. Wenn es sich vermeiden lässt, eine Vergnügungsbahn zu beschädigen, dann solltet ihr das tun.« Sie nickte Mab zu. »Ich werde mit den Familien reden, die das Piratenschiff und die Meerjungfrau-Kreuzfahrt betreiben, ihnen erklären, dass sie im Augenblick nicht laufen, dass du sie aber bis zum nächsten Frühling wieder repariert hast.«

Mab blickte überrascht drein und nickte dann.

Na toll, dachte Ethan. »Also schont die Bahnen, Leute«, knurrte er. »Na, also dann bis heute Abend um Mitternacht.«

Sie erhoben sich, keiner war begeistert und manche – vor allem Young Fred – eindeutig skeptisch.

Schwierige Sache.

Sie würden ein Team werden müssen, auch wenn es sie umbrachte. Denn das war der einzige Weg, wie er verhindern konnte, dass sie alle starben.

Mab tätschelte ihm beim Hinausgehen den Arm. »Gute Arbeit, Häuptling.«

Weaver tätschelte ihm nicht den Arm. »Du brauchst einen besseren Plan als ›Wir müssen alles anders machen‹. Du musst …«

»Ich weiß«, knurrte Ethan. »Schmökere einfach weiter in diesem verdammten Buch, während ich mir etwas ausdenke.«

Kapitel 19

Draußen vor dem Wachturm wartete Mab auf Glenda, und Frankie trippelte nervös auf ihrer Schulter herum. »Kann ich dich kurz sprechen?«, fragte sie, als Glenda herauskam.

»Aber sicher.« Glenda setzte ihre Sonnenbrille auf. »Ich habe alle Zeit der Welt. Wohin gehst du jetzt?«

»Ich muss mit *Vanth* sprechen«, erwiderte Mab. »Oliver machte heute Morgen so eine Bemerkung.«

»Soll ich mit dir gehen? Kein Problem. Meine Daiquiris halten sich.«

»Junge, Junge, es tut dir wirklich gut, aus der *Guardia* ausgeschieden zu sein«, meinte Mab.

»Man ist nie aus der *Guardia* ausgeschieden«, entgegnete Glenda. »Aber manchmal hat man Glück und ist nicht mehr *verantwortlich* für die *Guardia*.« Sie blickte Mab reuig an. »Jetzt hast leider du den Schwarzen Peter.«

»Ich glaube eher, Ethan hat ihn«, erwiderte Mab.

»Nein«, widersprach Glenda. »Er braucht dich als Gegengewicht. Es liegt bei euch beiden. Wolltest du, dass ich mit dir zu *Vanth* gehe?«

»Nein, mit *Vanth* komme ich schon zurecht.« Mab zögerte. »Aber ich hätte eine Bitte an dich. Könntest du vielleicht Old Freds Wohnwagen in Ordnung bringen?«

Glenda sah sie verwirrt an. »Möchtest du in Old Freds Wohnwagen ziehen? Schätzchen, das ist nicht gut. Lieber soll Young Fred hinein, dann kannst du die Wohnung über dem Ruderbootsteg haben. Viel besser für das Baby.«

»Nein, nein«, wehrte Mab ab. »Mir gefällt es in Delphas Wohnwagen.«

Frankie krächzte zustimmend.

»Außerdem sind es noch fast neun Monate, bis Delphie auf die Welt kommt, und …«

»Delphie?« Glendas Augen strahlten plötzlich. »Du willst sie Delphie nennen? Ach Mab, das ist wunderbar.«

Mab nickte und ging weiter, bevor Glenda in Tränen ausbrechen konnte. »Ich dachte nur, Old Freds Wohnwagen wäre vielleicht praktisch für … Gäste.«

»Für Gäste?«

»Na ja, Oliver. Er ist auf unserer Seite, und ich könnte bei meinen Recherchen Hilfe gebrauchen. Außerdem, je mehr Leute wir hier im Park haben, umso sicherer sind wir. Er übernachtet noch in dieser Pension in der Stadt, mit Teddybären auf allen Betten …«

»Natürlich«, stimmte Glenda entschlossen zu. »Da müssen wir ihn herausholen. Ich werde den Wohnwagen noch heute sauber machen, dann kann er heute Abend einziehen.«

»Hm, vielleicht will er auch gar nicht«, überlegte Mab.

»Er wird wollen«, erwiderte Glenda und setzte sich ihre Sonnenbrille wieder auf.

Dann ging sie flott über den Hauptweg davon, und Mab meinte zu Frankie: »Wir müssen gut auf sie aufpassen. Endlich ist sie glücklich, und wir müssen aufpassen, dass ihr nichts passiert.«

Frankie stieß sich von ihrer Schulter ab und flatterte in die Höhe, und Mab schaute ihm einen Augenblick lang zu und blickte dann wieder Glenda nach, sah, wie die Sonne ihr platinblondes Haar zum Glitzern brachte, während sie über das Kopfsteinpflaster schritt, nichts Bedrohliches in der Nähe …

Mab blinzelte verwirrt, plötzlich desorientiert. Wie konnte

sie denn die Pflastersteine sehen, und auch Glendas Kopf von oben wie *aus der Vogelperspektive* ...

Frankie kreiste, und die Welt kreiste um Mab, dann schwebte Frankie in einer Kurve herab, landete auf ihrer Schulter, und die Welt saß wieder in den Fugen.

Frankie trippelte von einem Fuß auf den anderen und plusterte sich vor Stolz auf.

Mab blickte ihren Vogel vorsichtig an. »Aha, also ich habe gesagt, wir müssten aufpassen, dass ihr nichts passiert, und deswegen bist du hinaufgeflogen, um ... nach Feinden Ausschau zu halten?«

Frankie ruckte, höchst zufrieden mit sich, mehrmals mit dem Kopf auf und ab.

»*Gute Arbeit*, Vogel«, lobte Mab und dachte: *Damit ist die letzte Hoffnung dahin, ich könnte mich als mehr oder weniger normal ausgeben.*

Frankie rieb seinen Kopf an ihrer Wange.

»Normalsein wird, glaube ich, überbewertet«, erklärte sie ihm und machte sich dann auf den Weg zu *Vanth*.

Ethan klopfte an die Tür von Rays Wohnmobil hinter dem *Dream Cream*. Er wartete einen Augenblick, dann klopfte er noch einmal.

»Wahrscheinlich ist er unterwegs, um dem Teufel eine Limo zu besorgen.« Weaver zog Rays mächtige Pistole und richtete sie auf das Schloss. »Ich schieß die Tür auf.«

»Warte mal.« Ethan zog den Schlüsselring heraus, den er Ray abgenommen hatte. Zwischen all den alten eisernen Schlüsseln fand er einen kleinen modernen. Er steckte ihn in das Türschloss und drehte ihn. »Siehst du, es geht auch leichter.«

»Ja, ja, typisch für dich.«

Drinnen war alles sauber und ordentlich, eindeutig als

Büro eingerichtet. An einer Wand hing eine Fotografie von einer Gruppe von Männern im Tarnanzug, unter ihnen Ray, die irgendwo in der Wüste vor einem Blackhawk-Helikopter standen und stolz die Waffen präsentierten – die übliche »Ich war dabei«-Protzerei.

»Lass uns hier alles ein bisschen kaputtschlagen«, drängte Weaver.

»Was bist du, eine unreife Göre?«

»Schließlich ist er ein Handlanger des Teufels«, meinte Weaver.

»Wir suchen nach den Schlüsseln. Kristallkugel. Dreizack. Halte dich an unsere Aufgabe.«

Weaver begann zu suchen, wobei sie nicht sehr sanft mit dem Mobiliar umsprang, und Ethan fand, dass er ihr gestatten sollte, bei Rays Sachen etwas Dampf abzulassen. Der Wagen war nicht sehr groß, und es gab nicht viele Plätze, um etwas zu verstecken, und so brauchte Ethan nur fünf Minuten, um in dem Gehäuse der Klimaanlage einen verschlossenen Kasten zu entdecken.

»Überlass den mir«, bat Weaver.

Ethan stellte den Kasten auf den Tisch, und Weaver zerschmetterte ihn mit dem Griff von Rays Pistole, wobei sie haarscharf die fünfzehn Zentimeter dicke Glaskugel verfehlte, die darin lag.

»Das ist *Vanths* Schlüssel aus Kristall«, stellte Ethan fest. »Aber wo ist der Dreizack?«

Die Tür des Wohnmobils wurde geöffnet, und Ray kam herein. »*Was, in drei Teufels Namen, macht ihr hier?*«

»Wo ist der Dreizack?«, fragte Ethan zurück.

»Das hier ist *mein Wohnwagen*«, erwiderte Ray scharf. »*Mein Büro.* Ihr habt kein Recht, in mein Büro einzudringen. *Ich rufe die Polizei …*«

»Als wenn Sie jemals die Bullen hierherholen würden«,

meinte Weaver verächtlich. »Außerdem« – sie hielt ihm ihre Marke entgegen – »ich bin die Polizei.«

»Gewesen! Ich rufe Ihre Chefin an und lasse Sie feuern«, drohte Ray.

»Wo ist der Dreizack?«, wiederholte Ethan.

Ray blickte ihn voller Wut an. »Verpiss dich, du hast hier nichts verloren.«

Ethan hob die Kugel in die Höhe. »Wir haben das hier gefunden, du Arschloch. Was immer du planst, es wird nicht funktionieren.«

»Raus hier«, krächzte Ray. »Und kommt *ja nicht wieder*.«

Ethan verließ den Wagen, zögernd gefolgt von Weaver, und Ray knallte die Tür hinter ihnen ins Schloss.

»Was soll das, zum Teufel«, protestierte sie, während sie davongingen. »Der hat den verdammten Dreizack.«

»Ja, das ist seine große Trumpfkarte, und er hat ihn in der Nähe«, stimmte Ethan zu. »Aber nicht im Wohnmobil. Sein Blick ist nirgendwohin gewandert, als ich ihn danach fragte, und er wird uns nicht verraten, wo er ihn versteckt hat, also wäre es Zeitverschwendung, jetzt darauf zu bestehen.«

»Wir könnten ihn foltern, um es aus ihm herauszuholen.«

»Foltern hilft da gar nichts.«

»Also lässt du ihn sein Ding einfach durchziehen?«

»Nein«, erwiderte Ethan. »Ich werde ihn vernichten. Aber erinnere dich daran, was Glenda gesagt hat. Wenn wir ihn jetzt fertigmachen, sucht *Kharos* sich einen anderen Verbündeten, und dann wissen wir nicht, wer es ist.«

»Die ganze Sache stinkt«, meinte Weaver.

»Ja. Ray. Nach Halloween nehme ich mich seiner an.« Er wog die Kristallkugel in der Hand. »Ich suche jetzt eine Leiter, setze den Schlüssel ein und hole *Vanth*. Kommst du mit?«

»Kann nicht«, erwiderte Weaver. »Muss Ursula Bericht erstatten.« Sie runzelte die Stirn. »Ich hab nachgedacht. Könnte es sein, dass sie und Ray sich schon vor gestern Abend kannten? Irgendjemand hier in *Dreamland* versorgt sie nämlich mit Informationen. Mit Insiderinformationen, die Oliver und ich ihr nicht gegeben haben.«

»Hier ist alles möglich«, meinte Ethan. »Schließlich ist das hier *Dreamland*.«

Dann eilte er davon, um eine Kristallkugel auf einem Orakelzelt zu befestigen, damit er einen Dämon einsammeln und in einen Wachturm stecken konnte.

Mab blieb vor dem Wahrsager-Automaten stehen. Die Fensterscheibe war jetzt kristallklar, und sie konnte *Vanth* drinnen sitzen sehen – wie lebendig.

Sie trat näher an das Fenster heran. »Bist du meine Mutter?«

Pause.

WAS?

»Meine Mutter. Meine menschliche Mutter hielt mich für einen Dämon. Wo warst du vor neununddreißig, nein, vor vierzig Jahren in der Halloween-Nacht? Hast du damals meine Mutter besetzt?«

Der Automat schwieg lange, und Mab dachte: *Wage es nicht, mich zu verarschen*, und sie versetzte der sorgfältig angestrichenen Vorderseite einen Fußtritt. »*Rede mit mir*. Ich muss das wissen. Ich stecke in Schwierigkeiten, und ich muss wissen …«

TRITT NICHT GEGEN DEN KASTEN.

»Kasten? Zur *Hölle* mit dem Kasten. Ich will wissen, was du vor vierzig Jahren getrieben hast!«

Mab schlug plötzlich wütend mit der Faust gegen die Fensterscheibe. Schon wieder eine Mutter, die sie nicht respektierte, die sie zurückwies. »Bist du meine Mutter? Bist du's? Antworte mir!« Sie hob erneut die Faust, um zuzuschlagen, und nahm im gleichen Augenblick ihr Spiegelbild wahr.

Blau glühende Augen.

DEINE AUGEN.

»Ich weiß«, erwiderte Mab. »Und ich will wissen, was das bedeutet.«

ES BEDEUTET, DU BIST VON MIR. ABER WIE KOMMT DAS?

»Ich weiß es nicht«, erwiderte Mab, und ihre Wut erlosch ganz plötzlich. »Ich bin mir ja nicht einmal sicher, ob du …«

VOR VIERZIG JAHREN. SO LANGE HER? DANN WAR ICH ES. WIR WAREN ES. WIR WAREN SO LANGE EINGESPERRT GEWESEN, UND DANN KAMEN WIR FREI, UND WIR SAHEN SIE IN DEN LIEBESTUNNEL GEHEN, UND ICH SAGTE: ›DIE DA‹, UND ER LACHTE, UND WIR BESASSEN SIE, UND ES WAR SO WUNDERBAR …

»Das ist zu viel auf einmal«, ächzte Mab und wich zurück.

… UND DABEI HABEN WIR DICH GEMACHT! WIR HATTEN JA KEINE AHNUNG. WAS FÜR EIN WUNDER!

»Ja, ja«, sagte Mab besänftigend, die nicht recht wusste, was sie von einem Wahrsager-Automaten halten sollte, der sie plötzlich als seinen Sprössling beanspruchte. Sie hatte es sich gewünscht, aber …

Vielleicht hätte sie zuerst genauer darüber nachdenken sollen. *Sie nährt sich von Liebe*, hatte Glenda gesagt.

ACH MEIN LIEBLING, ICH BIN SO GLÜCKLICH.

»Gut«, meinte Mab, jetzt wirklich beunruhigt.

DU BIST NICHT DIE TOCHTER DIESER ELENDEN, KLEINEN FRAU, DU BIST MEINE.

»Eigentlich bin ich inzwischen schon erwachsen«, entgegnete Mab und wich einen Schritt zurück. »Wahrscheinlich brauche ich gar keine Mutter mehr …«

WIR HABEN SO VIELES ZU BESPRECHEN.

»Na, da hast du sicher recht«, meinte Mab.

ICH BIN SO GLÜCKLICH, DASS DU UNSERE TOCHTER BIST …

»Hm, also, dieses *unsere*, das soll wohl heißen: deine und *Kharos'*?«

NATÜRLICH, MEIN SCHATZ. ER WIRD BEGEISTERT SEIN, WENN ER ES ERFÄHRT.

»Also bin ich die Tochter des Teufels«, stellte Mab fest und sah dem ins Auge, was sie seit ihrer Unterhaltung mit Oliver verfolgt hatte.

IST DAS NICHT WUNDERVOLL?

»Fabelhaft«, erwiderte Mab.

ALSO DANN LÄSST DU UNS JETZT FREI.

»Das kann ich nicht.« Mab trat noch einen Schritt zurück. »Tut mir leid, aber *Kharos* bringt Menschen um.«

ER IST MIT DEN NERVEN HERUNTER. WIR SIND JETZT SCHON SO LANGE GEFANGEN.

»Ich weiß, und das ist hart«, erwiderte Mab, die sich bemühte, die Sache vom Dämonenstandpunkt aus zu sehen. »Aber er bringt Menschen um. Und *Tura* auch.«

TURA WAR SCHON IMMER UNBEHERRSCHT.

»Na ja, eben typisch Dämon«, stellte Mab fest.

LASS UNS RAUS, SCHÄTZCHEN, DANN SIND WIR EINE FAMILIE!

»Das kann ich nicht«, entgegnete Mab. »Ich bin bei der *Guardia*. Ich habe einen Schwur geleistet, euch hinter Schloss und Riegel zu halten.«

STELLST DU ETWA DEINE KARRIERE ÜBER DIE FAMILIE?

»Nun ja, in gewisser Weise lebe ich für meine Arbeit«, antwortete Mab. »Sieh nur, wie schön ich deinen Automaten wieder hingekriegt habe.«

MEIN GEFÄNGNIS.

»Mach mir jetzt bloß kein schlechtes Gewissen«, wehrte Mab ab. »Ich hab schon wegen *Fufluns* genügend Kummer.«

WAS HAT ER DIR ANGETAN?

»Er hat mich verführt ...«

ICH HAB SCHON GEHÖRT, DASS ER SICH ZURZEIT AMÜSIERT.

»... und geschwängert«, fuhr Mab fort.

DU WIRST EIN BABY BEKOMMEN?

»So sieht's aus.«

DAS IST JA WUNDERVOLL! UND WIR WERDEN ALLE ZUSAMMEN SEIN! LASS UNS RAUS!

»Jetzt hör mal, das werde ich nicht tun. Aber ich werde dir das Baby in neun Monaten vorbeibringen, damit du es sehen kannst ...«

NEIN! LASS UNS RAUS!

Mab wich noch einen Schritt zurück. Die Fensterscheibe schien zu beschlagen. »*Vanth* ...«

MUTTER!

»Mutter, beruhige dich doch.«

ICH BIN RUHIG! MEINE TOCHTER HÄLT MICH IN EINEM WAHRSAGER-AUTOMATEN GEFANGEN!

»Ja, das sollten wir überall ausposaunen«, erwiderte Mab. »Komm schon, du bist jetzt seit fast einem Jahrhundert da drin. Was kann ich dafür, wenn ...«

LASS UNS RAUS.

»Nein«, erklärte Mab und entfernte sich ein Stück, bevor der Kasten schmelzen oder zersplittern konnte oder was auch immer mit Dämonengefängniszellen geschah, wenn die Insassen durchdrehten. Der Kasten bockte ein wenig, aber im Grunde saß *Vanth* darin fest, solange der Automat verschlossen war.

Falls natürlich irgendjemand sie je herausließe ...

Frankie segelte herab und landete auf ihrer Schulter.

»Ich glaube, ich habe gerade einen taktischen Fehler gemacht«, bekannte sie.

Er krächzte, und sie sah Ethan auf sich zukommen, eine Leiter über der Schulter.

»Wir haben den Schlüssel«, rief er ihr zu. »Ich hole *Vanth*.«

»Sei vorsichtig«, riet Mab. »Sie ist nicht gut aufgelegt.«

Er stellte die Leiter vor Delphas Orakelzelt auf, kletterte hinauf, steckte die Kugel mit einem hörbaren Klicken auf dessen Spitze und drehte sie dann.

Im Inneren des Wahrsager-Automatenen öffnete sich mit einer Drehung das Rückenteil von *Vanths* kleiner Statue und schlug gegen die Rückseite des Kastens.

LASST IHR UNS HERAUS? OH, DANKE!

»Nein, nein«, entgegnete Mab, während Ethan die Leiter herunterstieg, zu dem Automaten ging, seine Rückseite öffnete und die Urne aus der Statue herauszog. »Wir bringen dich nur an einen sicheren Ort.«

»Mit wem sprichst du?«, fragte Ethan.

»Mit *Vanth*«, antwortete Mab. »Meine Mutter, der Dämon.«

»Was?«

»Na, denk an unsere Dämonenaugen! Die haben wir von einer *ZibZ*, Zeugung in besessenem Zustand. *Vanth* ist meine Mutter. Na ja, eine von den beiden. Und rate mal, von wem ich die roten Wut-Augen geerbt habe.«

»Du kannst mit ihr sprechen?«, Ethan staunte und hielt die Urne in sicherem Griff.

»Tja. Ich höre ihre Stimme in meinem Kopf.«

Ethan warf über die Schulter einen Blick zum Teufelsflug hinüber, und sie wusste, woran er dachte.

»Willst du auf ein Wörtchen zu Dad? Ganz schlechte Idee«, meinte sie, als er sich wieder auf den Hauptweg und in Richtung des Wachturms wandte. »Hey!«

»Was ist?« Ethan drehte sich um.

»Wir haben den gleichen verdammten Vater. Delpha hat einmal gesagt, du wärst mein Bruder, aber ich dachte nicht, dass sie es wortwörtlich meinte …«

»Delpha hat sich nie geirrt«, erwiderte Ethan.

Einen Augenblick lang starrten sie einander an, verblüfft und sprachlos über ihre neu entdeckte Verwandtschaft.

»Wir sind also so was wie Luke und Leia der Hölle«, kommentierte Mab. »Daran muss man sich erst mal gewöhnen.«

Ethan hob die Urne hoch. »Ich sollte das hier sofort in den Turm bringen. Muss auch noch *Selvans'* Topf holen.«

WAS GEHT HIER VOR? WOVON SPRICHT ER?

»Nichts, Mom, nichts«, antwortete Mab und sah ihrem Bruder hinterher, der ihre Mutter in einer Holzschüssel davontrug.

Dann öffnete sie ihre Arbeitstasche, nahm den zerbrochenen Urnendeckel heraus und begann, die Gefängniszelle für den Vater ihrer Tochter zu reparieren.

Später an diesem Abend folgte Ethan Gus, der den Wartungssteig der Drachenbahn entlangging, mit einer Sicherungsleine am Außengeländer eingehakt. Ungefähr alle fünf Meter klopfte er mit einem Holzhammer gegen die Schienen, um zu prüfen, ob die Teile in Ordnung waren, wobei er sich dicht über die Spur beugte. Trotz seines Alters und seiner Arthritis gelang es Gus noch aus eigener Kraft, sich auch die steilste Neigung der Bahn hinaufzuziehen.

Als sie ganz oben angekommen waren, blickten sie über den Park hinweg. Über den Fluss zogen tiefe Nebelschwaden, und die Bäume hatten all ihr Laub verloren und ließen die Landschaft öde erscheinen. Über dem Land hingen graue Wolken, und eine steife Brise verstärkte die Kälte. Das Blinklicht oben auf dem Teufelsflug befand sich noch etwas höher und blitzte in der frühen Dämmerung. Ethan lief ein Schauer über den Rücken.

»Der Dreizack gehört auf die Spitze des Teufelsflugs, nicht?«, fragte er Gus.

Der alte Mann atmete schwer, nickte aber. »Ja. Schlüssel immer ganz oben hin. Karussell, Meerjungfrau, Wahrsager, Drachen und Teufelsflug.«

»Dort ist doch mein Vater gestorben.«

Gus nickte nur.

»Erzähl mir davon«, bat Ethan.

Gus seufzte, zögerte, wandte den Blick ab.

»Ich muss das wissen«, erklärte Ethan. »Meine Augen glühen. Glenda wollte mir nichts sagen. Aber ich verdiene es, die Wahrheit von einem *Guardia*-Kameraden zu erfahren.«

»Vor vierzig Jahren, die Nacht vor Halloween«, begann Gus schließlich, »da waren die Unberührbaren das letzte Mal draußen. Unsere Zauberin, Glendas Vorgängerin, war krank. Richtig krank. Keiner von uns wusste es – irgendwie Ironie des Schicksals, dass die Zauberin sich nicht selbst heilen konnte, aber wir sind eben auch nur Menschen. *Kharos* hat ihr Gesundheit und Leben versprochen. Hat sie sozusagen korrumpiert. Alle Schlüssel waren im Turm – wir wussten, das war der sicherste Ort. *Kharos* wusste das auch, und er wusste, dass er da ohne Hilfe nicht drankam. Also sagte er ihr, sie sollte die fünf Schlüssel holen und sie alle befreien und die Zugbrücke runterlassen.

Na ja, sie war korrumpiert, aber nicht blöd. Sie holte die Schlüssel, aber sie schloss den Turm sicher ab. Kurz vor Mitternacht ließ sie ihren Lover auf den Teufelsflug klettern und den Dreizack oben hineinstecken, und sie wartete unten neben der Teufelsstatue. Sie öffnete die Statue und nahm *Kharos'* Urne raus. Und öffnete diese. Er fuhr sofort in ihren Lover und verlangte die anderen Schlüssel. Sie hat dann wohl versucht zu verhandeln, wollte, dass er sie heilt. *Kharos*« – Gus schüttelte den Kopf – »das hätte sie wirklich besser wissen können, aber keiner von uns hat vorher je einen der Unsichtbaren zu Gesicht gekriegt. Er hat sie getötet.«

»Und so wurde Glenda berufen«, stellte Ethan fest.

Gus scharrte mit den Füßen und starrte blicklos über die kahle Landschaft. »Ja. Sie wusste nicht, wie ihr geschah. Man weiß nicht Bescheid, wenn man berufen wird. Das ist ziemlich verwirrend.«

Ethan erinnerte sich an das Chaos in Afghanistan. Die Ereignisse dort überschlugen sich, sodass es in all dem Wirrwarr unterging, als er berufen wurde, aber es hatte ihm das Leben gerettet.

»Sie war mit deinem Vater, unserem Jäger, in ihrem Wohnwagen. Wachte auf. Hatte plötzlich unerklärliche Angst. Er verstand nicht, was mit ihr geschehen war. Er hielt sie in den Armen, und, na ja …«

»Dabei entstand ich«, vollendete Ethan.

»Es war mehr daran als das«, meinte Gus. »*Kharos* fuhr in …« Er brach ab.

»… in meinen Vater.«

Gus nickte. »Weder deine Mom noch dein Vater haben es gemerkt. Es ging zu schnell. Und *Kharos* nutzte die Gelegenheit. Er war vorher sehr lange eingeschlossen gewesen.«

»Also wurde ich gezeugt, während mein Vater besessen war.«

»Ja.«

»Woher wussten sie es dann überhaupt?«

»Deine Mutter sah das Glühen in den Augen deines Vaters.«

Ethan nickte. »Aha.«

»Und dann kehrte *Kharos* in den anderen Körper zurück. Ließ *Vanth* frei. Und als ich um Mitternacht kam, um die Drachenbahn zu checken, hatte er gerade *Selvans'* Schlüssel hier reingesteckt. War mit der Bahn hinaufgefahren. Ich hörte nur zweimal Rattern, und dann fuhr *Kharos* in den armen Kerl, der aus der Bahn stieg. Und plötzlich war *Selvans* neben ihm, weil *Kharos* seinen Schlüssel reingesteckt hatte.«

»Und was hast du da getan?«, fragte Ethan.

»Bin weggerannt«, erwiderte Gus durch zusammengebissene Zähne. »*Kharos* ist'n anderes Kaliber als *Fufluns* oder *Tura*. Der Schlimmste von der ganzen Bagage.«

»Na, ich würde auch wegrennen, wenn ich allein zwei Unberührbaren gegenüberstünde«, meinte Ethan. Doch er hatte das Gefühl, Gus glaubte ihm nicht.

»*Kharos* hat sie alle rausgelassen. Dein Vater brachte uns zum Wachturm und organisierte uns. Delpha, Glenda, Old Fred und mich. Wir überstanden dort die Nacht, und am nächsten Morgen führte dein Vater uns raus. Er war 'n richtig guter Anführer.

Tura erwischten wir gleich wieder, sie zischte vor dem Liebestunnel herum, fand niemanden, den sie besetzen konnte. *Fufluns* hat auch ziemlich schnell aufgegeben. Wir mussten den Park wegen Halloween öffnen, aber wir haben sie gleichzeitig gejagt. Es war ziemlich schwierig, weil sie dauernd die Menschen wechselten, besetzten immer wieder andere Leute ...«

»Mabs Eltern«, warf Ethan ein.

Gus blickte überrascht auf. »Was?«

»*Vanth* und *Kharos* sind wohl irgendwann an Halloween im Liebestunnel in Mabs Eltern gefahren.«

»Das muss schon früh gewesen sein«, meinte Gus, »weil wir *Vanth* kurz nach Einbruch der Dunkelheit bereits wieder eingefangen hatten. Und dann waren nur noch die beiden schlimmsten frei. Wir fanden *Kharos* in einem jungen Burschen. Ziemlich schlau, versuchte, andere Leute dazu zu überreden, den Turm zu öffnen, die Brücke runterzulassen. Wir jagten hinter ihm her bis zum Teufelsflug. Er kletterte hoch. Wir hinterher.«

Gus schwieg, und Ethan fühlte, wie ein kalter Wind über den Park strich.

»Oben haben wir ihn eingeholt«, fuhr Gus schließlich fort. »Die *Guardia*. Glenda war fantastisch. Wir machten das Ritual, dein Vater hielt *Kharos* lange genug für uns fest, dass wir ihn in seine Urne stecken konnten. Wir hatten gewonnen.«

»Blieb noch *Selvans*«, meinte Ethan.

Gus nickte. »Er war uns gefolgt, in Geistform. Und er fuhr in den Burschen, den wir gerade befreit hatten. Dein Dad wusste es sofort. Also machten wir's noch mal. Aber wir waren alle schon ziemlich müde. Deine Mutter brauchte 'n Augenblick, bis sie kapierte, und dein Vater musste *Selvans* sehr lange in sich festhalten. Du weißt ja, da wirkt sich jede Sekunde aus.

Na ja, wir kriegten ihn. Aber als ich gerade die Urne versiegelte, rutschte der Bursche, der zweimal besessen gewesen war, ab und wäre gefallen. Dein Vater sprang hin und packte ihn und schob ihn Old Fred zu, aber dann verlor dein Vater selbst das Gleichgewicht und stürzte ab.«

»Also hat *Selvans* meinen Vater umgebracht.«

»Nein«, entgegnete Gus. »Das waren *Kharos* und die anderen zusammen. Sie sind zu fünft, und wir sind zu fünft.«

Lange war kein Geräusch außer dem Wind zu hören, der durch die Streben der Drachenbahn heulte. Schließlich regte sich Ethan. »Lass uns *Selvans* holen und dann für heute Schluss machen.«

»Einverstanden«, meinte Gus.

Der hölzerne Hohlkörper, der den Drachen darstellte, war am obersten Punkt der Drachenbahn in Parkstellung verriegelt. Ethan vergewisserte sich, dass seine Sicherungsleine korrekt befestigt war, und kletterte dann über den eisernen Rahmen hinauf, bis er einen Arm um den Nacken des Drachen schlingen und die leere Augenhöhle erreichen konnte. Das kristallene Auge sprang ihm aus der Hand, als es sich seinem Platz näherte, und rastete mit einem kräftigen Klicken in seine Fassung ein. Ethan fühlte einen Schauder durch seinen Körper jagen.

Er kletterte wieder auf den Wartungssteig hinunter und folgte Gus, der den Rest der Strecke prüfte. Dann gingen sie beide zur Ringerstatue hinüber. Ein Paneel in der Rückseite hatte sich geöffnet, und Ethan griff hinein und zog *Selvans'* Urne hervor.

Sie war schwerer als die anderen, und sie pulsierte in einer Art dumpfem, ziellosem Zorn.

»Bösartiges, brutales Monster«, knurrte Gus.

Ethan nahm die Urne unter den Arm. »Ich bringe ihn zu den anderen in den Turm. Alles in Ordnung mit dir?«

»Klar«, erwiderte Gus, aber es klang nicht danach.

»Schon gut«, meinte Ethan. »Diesmal werden die Guten siegen.« Er klopfte dem alten Mann auf die Schulter und wandte sich zum Gehen.

»Ich will nur, dass es endlich vorbei ist«, murmelte Gus und betrat die Steuerkabine.

Mab stand vor dem leeren Wahrsager-Automaten und bemühte sich zu verstehen, warum sie sich so alleingelassen fühlte. Sie grub einen Penny aus ihrer Tasche, steckte ihn in den Geldschlitz des Automaten und betätigte den Hebel. Eine Karte glitt in die Auffangschale. Eine wirkliche Karte.

Sie nahm sie.

Dir stehen viele interessante Abenteuer bevor.

»Das tröstet mich irgendwie nicht«, sagte sie zu dem Kasten, aber *Vanth* war fort, und sie sprach nur mit einer leeren Statue. Allein. »Früher war ich immer gern allein«, erzählte sie der Statue. »Was, zum Teufel, ist mir da eigentlich passiert?«

»Das Glück«, sprach *Fun* hinter ihr, und als sie sich umdrehte, sah sie im kalten Sonnenschein Joe dastehen, warmherzig und wirklich, und er lächelte sie an.

»Weiß Dave, dass du ihn wieder als Vehikel benutzt?«, erkundigte sich Mab.

»Er wollte es selbst.« *Fun* kam näher, und Mab stählte sich innerlich, um nicht zurückzuweichen. »Wenn ich eine Stunde pro Tag in ihm bin, bleibt sein Haar lockig. Die Frauen lieben das.«

»Kann er denn nicht eine Brennschere benutzen?«

»Dave? Der würde sich ein Auge damit ausstechen.« *Fun* lächelte auf sie herab, so warmherzig und so real und so hinterlistig.

»Hör mal, ich weiß ja, dass du sauer auf mich bist, aber halte mir doch auch ein bisschen was zugute. Du bist doch viel glücklicher, seit du mich kennst, du bist ...«

»Schwanger«, fiel Mab ihm ins Wort, und *Funs* Lächeln erstarb. »Tja, wir sind Dämonenbalg zwei, die zweite Generation. Und du bist Daddy geworden, du Held. Willst du mir immer noch erzählen, wie gut du mir getan hast?«

»Du bekommst ein Baby?«, murmelte *Fun* verdutzt. »Aber es ist von Dave, nicht von mir.«

»Wieder falsch.« Mab lächelte ihn an und empfand eine gewisse Befriedigung darin, einmal die Überlegene zu sein. »*ZibZ*. Zeugung in besessenem Zustand. Da du in Dave stecktest, als er in mir steckte, bist du auch der Vater. Und sie hat definitiv deine Dämonen-Gene, zusammen mit meinen.«

»Sie?«, wiederholte *Fun*, immer noch verblüfft.

»Delphie. Kleines Mädchen. Rotschopf. Grüne Augen. Schiefes Grinsen. Grünes Glühen. Dämonenbalg.«

Fun ließ sich auf dem kalten, harten Boden nieder, als hätten seine Beine versagt.

»Na ja, wenn sie erst mal geboren ist, sitzt du natürlich längst wieder in deiner Urne«, fuhr Mab fort. »Du bist fein raus, keine Alimente, nichts. Aber das macht gar nichts, ich habe hier eine *Familie*.« Sie hielt inne, ein wenig verwundert darüber, wie leicht ihr dieses Wort über die Lippen kam, dann aber sprach sie weiter. »Glenda wird eine Wucht von einer Großmutter, Ethan wird ein Onkel, wie ihn jedes Kind haben sollte, und Cindy wird die beste Tante, die es gibt, mit ihrer Eiscreme und ihren Drachen, und ich bin sicher, Weaver wird ihr beibringen, wie man Feinde zermalmt.«

»Ich werde Vater«, sagte *Fun* wie in Trance.

»Aha. Jetzt hör mir mal zu: Hier *geht's nicht um dich*. Hier geht's darum, dass dem Baby nichts passiert, dass es glücklich wird und … möglichst lange undämonisch bleibt. Also wirst du nicht in dem Sinne Vater, dass du mit ihr spielst, sie von der Schule abholst, auf ihrer Hochzeit den ersten Tanz mit ihr tanzt, kapiert? Du bleibst in deiner *Urne*.«

»Sieht sie mir ähnlich?«, fragte *Fun*. »Du hast sie doch gesehen, oder? In der Zukunft?«

»Sie hat dein Lächeln«, antwortete Mab zögernd. »Allerdings bin ich mir nicht sicher, ob …«

Er erhob sich mit todernstem Gesicht. »Ich werde mich darum kümmern. Ich werde mich um dich kümmern.«

»Nein«, rief Mab erschrocken aus. »Nein, nein, ich habe schon Unterstützung, wirklich, bitte lass …«

Doch *Fun* marschierte bereits den Hauptweg hinunter zur Rückseite des Parks, und seine Haltung drückte höchste Entschlossenheit aus.

Frankie kam auf Mabs Schulter heruntergeflattert.

Mab biss sich auf die Lippe. »Flieg ihm nach«, bat sie ihn nach einem Augenblick. »Schau nach, wohin er geht.«

Frankie ruckte mit dem Kopf auf und ab und warf sich dann in die Luft.

»Das alles ist einfach viel zu kompliziert«, sagte Mab zu niemand Besonderem und machte sich auf die Suche nach Oliver.

Ein wenig Recherche würde ihr helfen. Und wenn nicht, würde Oliver es ziemlich sicher tun.

Kharos fühlte sich gestört durch die Seele, die sich neben ihn setzte, ein junger Mann in einem blauen, gestreiften Park-T-Shirt, der sich auf die Bank lümmelte, als bedeutete es gar nichts, neben dem Teufel persönlich zu sitzen …

DU WOLLTEST MICH SPRECHEN?, sagte *Fufluns*.

Kharos erschrak. Das war keine Seele, das war ein Unberührbarer. Wie hatte ihm das entgehen können?

ICH HAB NOCH ANDERES ZU TUN, fuhr *Fufluns* fort. LEUTE TREFFEN. ALSO SEHEN WIR ZU, DASS WIR WEITERKOMMEN.

Kharos betrachtete ihn näher und begriff. *Fufluns* hatte sich schon zu lange in *Dreamland* herumgetrieben und so viele menschliche Gefühle, menschliche Gedanken in sich aufgesogen, dass der Dämon in ihm in den Hintergrund rückte.

Das konnte ein Problem werden, vor allem, wenn er diesen menschlichen Virus des Ungehorsams gegenüber Vorgesetzten aufgeschnappt hatte.

ICH BRAUCHE DICH AN HALLOWEEN IM TURM. KOMME UNTER ALLEN UMSTÄNDEN DORTHIN.

SICHER, erwiderte *Fufluns*. UNTER EINER BEDINGUNG.

Kharos erstarrte. Niemand stellte ihm Bedingungen, schon gar nicht dieser von Menschen verseuchte Schnösel von Exgott.

MAB DARF NICHTS GESCHEHEN, verlangte *Fufluns*.

Mab. Rays Nichte.

WENN DU IHR IRGENDWAS ANTUST, IST UNSERE ABMACHUNG GESTORBEN.

Kharos verfluchte das Schicksal, das diesen Clown zu einem der Unberührbaren gemacht hatte.

GILT DIE ABMACHUNG?, fragte *Fufluns*.

NATÜRLICH, log *Kharos*.

WIE KOMMT ES, DASS ICH DIR NICHT GLAUBE?

NA UND? WAS KANNST DU SCHON GEGEN MICH AUSRICHTEN?

Fufluns lächelte zu ihm hinauf. ICH KANN GEGEN DICH AR-

BEITEN, WENN DU ALLE FÜNF BRAUCHST, UM WIEDER UNBERÜHRBAR ZU WERDEN. DU BRAUCHST MICH, KHAROS, UND ICH WILL MAB GESUND UND MUNTER. WENN SICH ALSO DEIN NATÜRLICHER ZERSTÖRUNGSTRIEB AUF SIE RICHTET, DANN DENKE DARAN, DASS DU DÄMONENSELBSTMORD BEGEHST, WENN DU IHM NACHGIBST.

Kharos schäumte innerlich vor Wut, denn er wusste, dass *Fufluns* es ernst meinte. Aber er wusste auch, dass *Fufluns*, wenn er von dem menschlichen Vieh infiziert war, einige ihrer Schwächen haben musste. Er hatte diese Abmachung getroffen, weil er Angst hatte.

Fufluns erhob sich. SIE IST MEINE DEMARKATIONSLINIE. ÜBERSCHREITE SIE, UND DU BIST TOT. LASS SIE IN RUHE, DANN KOMME ICH ZU DIR IN DEN TURM.

Er wandte sich ab und ging davon, ohne auf eine Antwort zu warten.

WAS HEISST DEMARKATION, UND WELCHE LINIE?, fragte sich *Kharos* verwirrt und begann, darüber zu brüten, wie er diese Mab-Frau in Jammer und Verzweiflung stürzen könnte, ohne *Fufluns'* Preis zu bezahlen.

Die restliche Woche über konzentrierte sich Ethan darauf, seine Mannschaft zu drillen und in den freien Stunden nach *Kharos'* Schlüssel, dem letzten Puzzlestückchen, zu suchen. Der Mannschaftsdrill verlief erfolgreicher als die Puzzlesuche. *Minion*-Dämonen waren viel leichter zu fangen als Unberührbare, und nach etlichen Gefangennahmen jede Nacht hatten die *Guardia* bereits eine ganze Sammlung von Dämonen, die in Tupperware-Dosen, Geldbeuteln, Jack-Daniels-Flaschen, leeren Milchkartons, Plastiktüten mit Haftverschluss und wiederverschließbaren Blechbüchsen gefangen saßen. Sobald etwas einen Verschluss besaß, konnten die *Guardia* einen *Minion* hineinstecken. Einige der *Minions* sahen das Ganze optimistischer als andere – der Dämon in der nicht ganz geleerten Jack-Daniels-Flasche wirkte glücklicher als alle anderen –, aber gefangen wurden sie alle, wie auch immer die Fünf ihre Prozedur variierten. Die einzige wirkliche Uneinigkeit bestand darin, dass Weaver alle Dämonen töten wollte, während Oliver sie zu Studienzwecken am Leben lassen wollte. Ethan überließ es ihnen, das unter sich auszumachen, und beschränkte sich auf das Hauptziel: Halloween lebend zu überstehen.

Nebenher erledigte Ethan noch einige praktische Dinge. Er reparierte den äußeren Zaun, bereitete den Wachturm für die Abwehr jeglichen Angriffs vor, brachte überall im Park eiserne Waffen griffbereit an, zusätzlich zu den allgegenwärtigen Speeren in den schmiedeeisernen Geländern, und ging jeden Abend mit Weaver an seiner Seite auf Patrouille. Und stahl sich ein paar Stunden Schlaf mit ihr in Hanks Wohnwagen, der in den Tagen bis zum Freitag irgendwie ihr Heim geworden war. Ethan wusste nicht so genau, wie er in diese feste Beziehung mit einer Frau hineingeschlittert war, aber da es geschehen war, fand er es gar nicht so übel. Zumindest empfand er keinerlei Bedürfnis, in den Wald und zu dem Stein unter seinem Schlafsack zurückzukehren. Und es ging ihm nicht nur um Weaver. Er empfand gegenüber der *Guardia* die gleiche Verantwortung und Loyalität wie früher für sein Team in Afghanistan, auch wenn sie hier keine professionellen Kämpfer waren. Er war verantwortlich für sie, auch wenn sie selbst nicht alle begeistert waren, zu seinem Team zu gehören. Vor allem Cindy, die mehr verwirrt als engagiert schien; dennoch *redimio*-te sie wie ein Weltmeister, sobald sie an der Reihe war.

Verantwortlich zu sein empfand er als normal, so sollte es sein, manchmal aber wachte er mitten in der Nacht auf, von kaltem Schweiß bedeckt, weil Erinnerungen an all die Gräuel, die er in Afghanistan erlebt hatte, ihn im Schlaf quälten. Verantwortung brachte auch Risiken mit sich. Er konnte nicht auch noch in seinen Träumen Geister ertragen.

So stand er Freitagmorgen früh auf, legte Beemer an seiner Stelle in das warme Bett, ging hinunter zum *Dream Cream* und ließ sich an der Theke nieder.

Cindy kam und stellte einen Kaffeebecher vor ihn hin.

»Hey, Boss.«

»Nicht Boss«, entgegnete Ethan. »Wir sind alle gleichgestellt.«

»Gut. Willst du Frühstück?«

»Nein, ich möchte sicher sein, dass du mit der ganzen Chose hier wirklich klarkommst.« Ethan versuchte, seine warmherzige, mitfühlende, verständnisvolle Seite hervorzukehren, und erkannte dann, dass er keine besaß. »Du bist unsere Neueste, und bei unserem Treffen im Turm hast du nicht besonders gut aufgepasst. Ich …«

»Doch, habe ich«, entgegnete Cindy einfach. »Und ich habe mich viel mit dem Buch beschäftigt, das Mab mir gegeben hat. Es geht nur langsam vorwärts, aber ich habe schon vieles gelernt. Auch, wie man die Drachen unter Kontrolle kriegt. Die meisten. Wirklich, ich habe meinen Horizont schon stark erweitert, wie Mab sagen würde.«

»Hm, das ist gut«, meinte Ethan. Da wurde die Tür geöffnet, und ein Teenager kam herein, schlaksig und fröhlich grinsend, und setzte sich auf den Hocker daneben.

»Bin gleich zurück«, rief Cindy und bereitete eine Waffel vor.

Dann nahm sie die Schüssel mit hinaus in den Lagerraum und kam mit einem Berg orangefarbener Eiscreme auf der Waffel wieder zurück. Sie stellte sie vor den Jungen hin.

»Du siehst aus wie jemand, der was für ein Eiscreme-Experiment übrighat«, meinte sie und strahlte ihn an. »Zimt-Überraschung. Geht auf's Haus.«

»Super!«, rief der Junge und grub den Löffel in die Eiscreme, während Cindy zu Ethan zurückging.

»Tja also, gut, dass du, äh, viel lernst«, begann Ethan. »Aber wir brauchen ...«

»Zum Beispiel nicht nur Zaubersprüche, obwohl mir Glenda auch ein paar verraten hat. Sie meint, ich wäre ein Naturtalent«, erklärte Cindy und beobachtete den Jungen beim Eisessen.

»Das ist gut«, meinte Ethan noch einmal. »Aber wir brauchen auch praktische Fähigkeiten ...«

Der Junge ließ den Löffel klappernd auf die Theke fallen und begann zu würgen.

»Zum Beispiel kann ich jetzt einen Dämon erkennen, sobald er zur Tür hereinkommt«, fuhr Cindy fort. Sie beugte sich über die Theke zu dem Jungen und sagte zu ihm: »Das ist dafür, dass du Mab belogen und geschwängert hast.«

Ethan sah das gelbe Glühen in den Augen des Jungen, packte ihn beim Genick und schleifte ihn zur Tür, während Cindy die Eiscremeschüssel in den Abfalleimer leerte. Alle in der Gaststube erstarrten und glotzten sie an. Da rief Cindy: »Es ist alles *bestens*!«, und es klang genau wie Glendas übertrieben aufgekratztes »Es-ist-überhaupt-nichts-passiert«-Trillern, und alle begannen wieder zu essen und sich zu unterhalten.

Ethan zerrte *Fun* hinter das Gebäude und knallte ihn gegen die Holzvertäfelung.

»Hey, langsam«, ächzte *Fun*, der noch immer nach Atem rang. »Ich kriege keine Luft.«

»Solange es nur du bist und nicht dein Wirtsmensch, ist mir das egal«, erwiderte Ethan, und im nächsten Augenblick gesellte sich Cindy zu ihnen und sah fast wie ein Western-Girl aus mit ihren rosa Streifen und den Pailletten auf ihrer türkisfarbenen Jacke, die in der Oktobersonne glitzerten, als sie gegen die Kälte die Arme um sich schlang.

»Was war denn in dem Eis?«, röchelte *Fun*.

»Eisenrost«, antwortete Cindy. »Sieht genauso aus wie Zimt. Und ich habe *Kübel* voll davon.«

»Wisst ihr, was«, begann *Fun* und lächelte, obwohl er immer noch ächzte. »Ich habe von dem Baby erfahren, und ich finde das großartig. Ich hatte noch nie ein Kind ...«

»Und du wirst auch jetzt keines kriegen«, erwiderte Ethan und versetzte ihm einen Kinnhaken, der ihn zu Boden warf. »Du hast meine Schwester geschwängert, du Bastard.«

»Bring ihn nicht um«, mahnte Cindy. »Das ist Jerry Riesenrad.«

»Tja, eine schlimme Woche für die Riesenrads.« Ethan hob den bewusstlosen Teenager hoch. »Ich bringe ihn zum Turm, du rufst Mab an, sie soll die Urne mitbringen, und alarmiere auch die anderen.«

»Ich komme mit dir«, erklärte Cindy und erledigte die Anrufe, während sie neben Ethan herging, der *Fun* über der Schulter trug. Sie begegneten ein paar erschrockenen Besuchern, aber Cindy lächelte jedes Mal dieses unglaubliche Lächeln und rief: »Alles in Ordnung, danke«, und die Besucher nickten dann und setzten ihren Weg fort.

»Also gut«, meinte Ethan, nachdem er *Fun* in eines der Ruderboote gelegt hatte. »Ich entschuldige mich dafür, dass ich deine neuen Fähigkeiten angezweifelt habe.«

»Das war noch gar nichts«, stellte Cindy fest und stieg zu ihm ins Boot.

Mab hatte es sich in ihrem Wohnwagen gerade auf der mit Samt bezogenen Bank gemütlich gemacht, eine Schüssel Gemüsesuppe vor sich, da klopfte es laut an den Wagen. Sie glitt hinter dem Malachittisch hervor und öffnete die Tür.

Draußen stand Weaver mit einem bemüht freundlichen Gesichtsausdruck.

»Sie müssen mir nichts vormachen«, meinte Mab. »Ich komme mit offener Feindseligkeit gut zurecht.«

Weavers verkrampftes Lächeln löste sich in einen Seufzer auf. »Ich bin nicht feindselig. Sie sind feindselig. Ich bin ... ärgerlich.«

»Na, dann kommen Sie mal ärgerlich rein«, forderte Mab sie auf und trat zurück.

»O Mann.« Weaver betrachtete die mit goldenen Sternen bedeckten Wände und das Zweiggeflecht an der Decke, Frankies Nest und daneben Delphas Urne. »Das ist ja ...«

»Delpha«, sagte Mab und setzte sich wieder. »Oh, fast hätte ich's vergessen, kann ich Ihnen was anbieten? Kaffee, Cola Light, Gemüsesuppe« – sie blickte zu Frankie hinauf – »Sonnenblumenkerne?«

»Nein, danke«, erwiderte Weaver. »Ich bin hier wegen einer äh ... Wahrsagersitzung.«

»Hui.« Mab lehnte sich zurück. »Also wollen Sie sich entweder wirklich mit mir vertragen, oder Sie haben wirklich ein Problem.«

Weaver zog sich den Stuhl hervor und setzte sich. »Hören Sie, Sie und ich, wir verstehen uns eben nicht, was nicht weiter schlimm ist. Aber wenn wir zusammenarbeiten sollen, um die Dämonen zu bezwingen, dann müssen wir uns wenigstens gegenseitig respektieren. Und Oliver scheint zu glauben, dass Sie schwer in Ordnung sind.«

»Wirklich?« Mab unterdrückte ein Lächeln. »Aber wir arbeiten erst seit einer Woche zusammen. Er kennt mich eigentlich überhaupt nicht.«

»Richtig«, meinte Weaver knapp. »Also möchte ich jetzt, dass Sie mir wahrsagen. Sie wissen, was ich mache. Und ich möchte jetzt sehen, was Sie tun.«

»Zehn Mäuse«, verlangte Mab und aß einen Löffel Suppe.

Weaver sah sie an wie vor den Kopf gestoßen.

»Das ist der Preis«, erklärte Mab.

Weaver zog eine Geldbörse aus ihrer Tasche und nahm einen Zehner heraus. »Also gut«, sagte sie und schob ihn über den Tisch. »Hier.«

Mab nickte. »Wenn Sie glauben, dass meine Wahrsagerei nicht echt ist, können Sie ihn zurückhaben.« Sie schob ihre Schüssel mit der Suppe zur Seite. »Was haben Sie für eine Frage?«

»Frage?«

»Worüber wollen Sie etwas erfahren? Herzensangelegenheit oder Kopfsache?«

»Kopf«, antwortete Weaver fest.

»Die rechte Hand, bitte.«

Weaver streckte ihre rechte Hand aus, und Mab nahm sie. »Nette, lange Lebenslinie. Das Militär kostet Sie ganz offensichtlich nicht so bald Ihr Leben.«

»Ich bin nicht beim Militär.«

»Ach, wirklich? Ich fand, dieser schwarze Helikopter sah sehr Ethan-mäßig aus. Na, egal.« Mab atmete tief durch. »Haben Sie eine spezielle Frage?«

»Nein, ich wollte nur ...«

»Nur sehen, ob Oliver recht hatte, ob ich schwer in Ordnung wäre«, beendete Mab den Satz für sie. »Das weiß Gott allein.« Sie legte ihre Hand flach auf Weavers und schloss die Augen.

Bilder rasten vorbei, Gedanken sogar noch schneller: Dämonen, Ethan, Gewehre, Oliver, Training, Ursula, Gewehre, Ethan ... Weaver war offensichtlich auf hundertachtzig.

»Sie müssen sich ein bisschen beruhigen«, mahnte Mab. »Ich werde hier regelrecht bombardiert.«

»Womit?«, fragte Weaver.

»Ursula ist eine Nervensäge, aber sie macht Ihnen auch Angst; Oliver möchte Sie daran hindern, Dämonen zu erschießen; Sie fragen sich, ob Sie das Dämonengewehr auch bei Unberührbaren anwenden können; Sie glauben, dass Ethan Ihnen vielleicht helfen kann ... huuuu ...« Mab zog ihre Hand zurück.

»Was ist?«, fragte Weaver, diesmal mit aufgerissenen Augen.

»Diese Erinnerung von Ihnen und Ethan im Bett hätte ich jetzt nicht gebraucht«, knurrte Mab mit zusammengezogenen Brauen. »Konzentrieren Sie sich bitte auf's Geschäft.«

»Oh.« Weaver räusperte sich verlegen. »Können Sie Gedanken lesen?«

»Nein«, erwiderte Mab. »Das wäre zu einfach. Ich empfange Bruchstücke, außer derjenige konzentriert sich auf eine Frage. Dann kann ich sehen, was er oder sie denkt, und daraus Schlüsse ziehen. Aber Sie stellen ja keine Frage.«

»Also gut«, gab Weaver nach und streckte wieder ihre Hand aus. »Kann ich der *Guardia* eine Hilfe sein?«

»Gute Frage.« Mab legte ihre Hand auf Weavers und konzentrierte sich; die Bilderflut wurde langsamer; Weaver, die sich als Beschützerin der *Guardia* sah, Weaver, die sich selbst sah, wie sie gegen etwas kämpfte, das wie die Teufelsstatue aussah, Weaver, die mit dem Team zusammen standhielt ...

»Na, also, auf alle Fälle glauben Sie, dass Sie es können.« Mab änderte ihre Haltung leicht und bewegte dabei ihre Hand auf Weavers Hand. »Und ...«

Ein neues Bild, diesmal von Weaver, die einen Deckel auf eine Urne knallte und »*Servo*« schrie, und die Urne versiegelte sich ...

»O Gott.«

»Was?« stieß Weaver hervor. »Was ist passiert?«

»Sie werden *selbst* eine *Guardia* sein.« Mab drückte ihre Hand fester auf Weavers, aber es geschah nichts. Sie zog ihre Hand zurück. »Sie werden die *Wächterin* sein.« Sie blickte

Weaver in die Augen. »Sie werden für immer hierbleiben. Es ist bedeutungslos, dass Ursula eine Nervensäge ist und dass Oliver Ihren Stil kritisiert, denn Sie werden den Dienst quittieren und zu uns kommen. Hoffen wir nur, dass Gus sich zurückziehen kann und nicht sterben muss.«

»Nein«, widersprach Weaver entschlossen. »Ich werde nicht zur *Guardia* gehen. Von mir aus werde ich die *Wächterin* sein, wenn es denn sein muss, aber ich werde nicht meinen Dienst quitt...«

»Was glauben Sie wohl, was geschieht, wenn Sie Ursula sagen, dass es Dämonen wirklich gibt und dass die fünf schlimmsten hier gefangen sind?«, fragte Mab. »Was wird sie wohl mit dem Park machen? Ihn in die Luft sprengen? Oder herkommen und den Betrieb schließen, vielleicht eine neue Abteilung zweiundfünfzig hier einrichten?«

»Na ja«, meinte Weaver, »das würde Sinn machen. Und es ist Abteilung einundfünfzig.«

»Nein«, entgegnete Mab. »Das wäre sehr, sehr schlecht. Sie werden sich entscheiden müssen. Entweder Sie sind auf unserer Seite oder auf deren Seite. Beides zusammen geht nicht.« Sie runzelte die Stirn. »Haben Sie irgendjemandem von den Unberührbaren erzählt?«

»Oliver«, antwortete Weaver.

»Ach«, sagte Mab. »Und will er aus *Dreamland* eine Abteilung einundfünfzig B machen?«

»Er findet, es müsste genau untersucht werden. Meinen Sie, ob er es Ursula gesagt hat? Nein, hat er nicht. Er denkt darüber nach. Oliver verbringt die meiste Zeit mit Nachdenken.«

»Und Sie verbringen die meiste Zeit mit Handeln.« Mab nickte. »Gutes Team. Sie werden sich zwischen ihm und uns entscheiden müssen.«

Weavers Gesicht zeigte seinen gelegentlichen maultierstörrischen Ausdruck. »Nein.«

»Tja, dann werden wir unter allen Umständen Gus am Leben erhalten müssen. Dafür wäre ich sowieso.«

Weaver zog ihre Hand zurück und stand auf. »Wissen Sie, Sie könnten sich das Ganze auch ausgedacht haben.«

»Stimmt.« Mab schob den Zehner über den Tisch zurück. »Hier, bitte sehr.«

Weaver blickte darauf hinab. »Behalten Sie's. Schließlich haben Sie dafür gearbeitet.«

»Und deswegen sind Sie eigentlich auch hergekommen«, stellte Mab fest und war sich plötzlich ganz sicher. »Sie wollten herausfinden, dass die ganze Geschichte mit den übernatürlichen Kräften nur ein Trick war.«

»Leicht zu erraten«, sagte Weaver.

»Und jetzt schulden Sie Ethan zwanzig Mäuse, weil er mit Ihnen gewettet hat, dass es echt ist«, fuhr Mab fort. »Sie waren sich völlig sicher, dass ich alles nur vortäusche.«

»Und ich bin mir nicht sicher, ob das nicht auch stimmt.«

»Ist Weaver Ihr Vorname oder Ihr Nachname?«

»Nachname«, antwortete Weaver. »Warum?«

»Wie lautet Ihr Vorname?«

»Geht Sie nichts an«, erwiderte Weaver scharf.

»Ach du lieber Gott«, entfuhr es Mab, die ihren Gedanken las. »*Bathseba*? Heilige Mutter Gottes. Das ist ja Kindesmisshandlung.«

»Wie konnten Sie …« Weaver presste die Lippen zusammen.

»Stellt man jemandem eine Frage, denkt er die Antwort«, erklärte Mab. »Ich lese in Ihren Gedanken. Und das habe ich bestimmt nicht erwartet.«

Weaver blieb für einen Augenblick stumm. Dann bat sie: »Bitte erzählen Sie es niemandem.«

»Auf gar keinen Fall«, versicherte Mab. »Ihr Geheimnis ist bei mir sicher.« Sie zog ihre Suppenschüssel wieder zu sich heran. »Sie haben einen netten ...« Ihr Handy klingelte, und sie hob es ans Ohr. »Ja?«

»Wir haben *Fun*«, verkündete Cindy. »Komm zum Turm, damit wir ihn in seine Urne zurückbefördern können.«

»Oh«, meinte Mab.

»Wir könnten es auch ohne dich versuch...«

»Ich komme«, erwiderte Mab und legte auf.

»Ärger?«, erkundigte sich Weaver.

»Nein«, meinte Mab wie betäubt. »Der Ärger ist vorbei.«

Dann erhob sie sich und machte sich auf den Weg zum Wachturm, um ihren Exlover gefangen zu nehmen.

»Bist du sicher, dass du das kannst?«, fragte Ethan Mab, als sie im obersten Stockwerk des Turms erschien.

»Ja«, antwortete sie, aber sie sah traurig aus.

»Dann lasst uns anfangen«, meinte Ethan und tätschelte Jerry Riesenrad etwas unsanft die Wange, bis er sich regte und langsam zu sich kam.

Young Fred sagte: »Tut mir leid, Kumpel, *Frustro*«, und *Fun* schoss aus Jerry Riesenrad heraus und stand vor ihnen, Lockenhaar, Ziegenhörner und eine sonnengelb schimmernde Aureole. Er rief: »*Moment!*«, aber Mab trat vor und sprach: »*Specto*«, und Ethan rief: »*Capio!*« und zog ihn in sich hinein.

Ethan wappnete sich gegen den schmerzhaften Druck auf sein Herz, doch stattdessen war er plötzlich von Sonnenschein erfüllt, der ihn wärmte, und es wurde ihm leicht ums Herz, fast glückli...

»*Redimio!*«, sprach Cindy, und der Sonnenschein verließ ihn und sprang in die Urne, und Gus klappte den Deckel darauf und sprach: »*Servo*«. *Fun* saß wieder im Kasten.

Gus stellte die Urne neben die anderen drei und schloss die Türen des Schranks.

»Also gut«, meinte Mab abschließend und sah dabei gar

nicht gut aus. »Das ist ja glattgegangen. Wir bekommen Übung ...«

Jerry Riesenrad, der noch auf dem Boden lag, regte sich, und Ethan half ihm auf.

»Äh, du bist in Ohnmacht gefallen«, sagte Ethan und hoffte, dass einer der anderen Jerry erklären konnte, wie er in den Turm hinaufgekommen war.

»Verdammter Dämon«, stöhnte der Junge und betastete sein schmerzendes Kinn. »Habt ihr ihn gekriegt?«

»Äh, ja«, erwiderte Ethan.

»Gut«, sagte der Junge und machte sich eilig aus dem Staub.

»Wir haben jetzt alle bis auf *Kharos*«, stellte Mab fest und betrachtete den Schrank besorgt. »Wisst ihr, ich bin mir nur nicht sicher ...«

»Aber ich«, fiel Ethan ihr ins Wort. »In sechsunddreißig Stunden von jetzt an ist der ganze Zirkus vorbei. Zumindest sind wir auf bestem Wege dazu.«

Mab zögerte und sagte dann: »Okay«, und Ethan fühlte, wie die Spannung von ihm abfiel. Da vibrierte sein Handy, und er klappte es auf. »Ja?«

»Ethan, hier ist Ray. Ich möchte einen Handel mit Ihnen machen.«

»Wieso?«

»Um meinen Arsch zu retten«, antwortete Ray, was Ethan irgendwie einleuchtete. »Ich gebe Ihnen den Dreizack, und Sie geben mir die Hälfte von Ihrem Anteil am Park.«

»Das rettet deinen Arsch nicht, Ray.«

»Na kommen Sie schon«, krächzte Ray. »Ich versuche, vernünftig zu sein.«

»Du weißt gar nicht, was ›vernünftig‹ bedeutet.«

»Hör mal, du bl...« Ray brach ab, und nach einem Augenblick sprach er mit freundlicher Stimme weiter. »Wie wär's, ich gebe Ihnen den Dreizack, und Sie halten mir die Regierung vom Hals. Sie sagen dieser ... Sie sagen Weaver, sie soll ihre Chefin beruhigen.«

»Wäre vielleicht machbar«, erwiderte Ethan, dem Rays Wünsche scheißegal waren.

»Also gut. Treffen wir uns in zehn Minuten am OK Corral, ohne Begleitung.«

»Hört sich ganz wie 'ne beschissene Falle an.«

»Was?«

»Nichts. Gut, ich komme. Sagen wir lieber fünfzehn Minuten. Hab noch was zu erledigen.«

»Wer war das?«, erkundigte sich Mab.

»Ray.«

»Du lässt dich auf einen Handel mit Ray ein? Ganz und gar keine gute Idee.«

»Bleib du bei deinen Recherchen«, sagte Ethan und eilte bereits zur Tür. »Ich kümmere mich um Ray.«

»Na gut«, rief Mab hinter ihm her. »Aber wenn ich dich nie mehr wiedersehe, denk daran, was ich dir gesagt habe.«

In seinem Wohnwagen überprüfte Ethan seine MK-23, vergewisserte sich, dass eine Kugel in der Kammer und dass die Pistole gesichert war. Er wünschte, Weaver wäre da und könnte ihm Rückendeckung geben – Ursula hatte sie zu sich gerufen –, da er das von keinem der anderen *Guardia* verlangen konnte. Gus war zu alt; und Mab und Cindy hatten es nicht mit Schießereien; und Young Fred war die Unzuverlässigkeit in Person. Er hätte Doc Holiday gebraucht.

Ethan ging am Teufelsflug vorbei, starrte die Teufelsstatue an und fühlte dabei *Kharos'* böse Ausstrahlung. Dann marschierte er auf die drei Buden zu, aus denen die Spiele des OK Corral bestanden. Er ging zur Schießbude und stellte sich seitlich daneben, während er die Frontklappe aus Palisanderholz herunterklappte.

Keine Schüsse drangen heraus, und so spähte er um die Ecke, die Mündung der MK-23 schussbereit. Hinter dem Ladentisch stand Ray zwischen den beiden Clanton-Brüdern, den beiden McLaury-Brüdern und Billy the Kid. Wenigstens stimmten in *Dreamland* manche historischen Fakten, dachte Ethan und beobachtete, wie Ray seine leeren Hände hob.

»Bist du allein?«, rief Ray.

»Klar. Und du?«

»Nee, ich bin doch nicht blöd.«

Ethan wirbelte herum. In sieben Metern Abstand hinter ihm stand ein Mann und feuerte einen Elektroschock-Taser ab, dessen metallener Stift Ethan am Bein traf.

Ein Stromschlag zuckte durch seinen Körper, bewirkte, dass sich alle Muskeln verkrampften und Ethan zu Boden stürzte. Ray lachte. Ein zweiter Mann erschien und zog Ethan eine schwarze Hülle über den Kopf, und dann fühlte Ethan durch den Schmerz hindurch einen Nadelstich in seinem Arm, und er fiel ins Nichts.

Ethan erwachte in Dunkelheit. Er lag waagrecht und war mit vielen Riemen gefesselt, die um seinen Körper liefen. Die Luft war dumpf und feucht, und Ethan roch den Gestank von etwas Bösem, von dem der Raum geschwängert war, in dem er lag. Er hatte so etwas schon früher gerochen, in Kabul, als er einen hochkarätigen Gefangenen, den sein Team gemacht hatte, bei der CIA abliefern musste, auf deren Spezialgelände in der Nähe des Flugfeldes. Er hatte sich verdammt beeilt, dort möglichst rasch wieder wegzukommen.

Er wusste, dass er aus diesem dunklen Raum nicht so bald entkommen würde.

Als er den Kopf hob, sah er ein kleines rotes Licht, das anzeigte, dass er durch eine Infrarotkamera überwacht wurde. Ein schmaler Lichtstrahl drang in den Raum, als die Tür geöffnet wurde. Ethan blinzelte und versuchte, seine Augen zu koordinieren. Das wurde noch schwieriger, als plötzlich ein Flutlicht, das eineinhalb Meter über ihm hing, eingeschaltet wurde und ihn in grelles Licht tauchte.

»Master Sergeant Ethan John Wayne«, erklang die Stimme einer Frau aus dem Dunkel, das den Lichtkegel umgab.

Ethan schloss die Augen und blieb stumm.

»Aber Sie sind ja gar kein Master Sergeant mehr. Sie haben nie in der Armee gedient. Nie den Silberstern-Orden verliehen bekommen. Sie wurden überhaupt nicht geboren. Sie existieren gar nicht. Sollten Sie diesen Raum nicht mehr lebend verlassen, dann kräht kein Hahn danach.«

»Hey Ursula«, sagte Ethan. Er konnte zwei Gestalten hinter ihr in der Tür ausmachen.

»Eigentlich glauben wir sogar, dass Sie mit hoher Wahrscheinlichkeit nicht mal ein Mensch sind, angesichts Ihrer Blutwerte. Wussten Sie, dass es auf der ganzen Erdkruste schätzungsweise weniger als eine Unze Francium gibt? Und dass es radioaktiv ist und schnell zerfällt? Sie aber haben es in Ihrem Blut.«

Ursula trat ins Licht. Links und rechts von ihr erschienen zwei Männer, der eine groß und dürr, der andere klein und dick, Dick und Doof.

»Ich glaube nicht an Dämonen«, fuhr Ursula fort, »trotz all der absonderlichen Berichte von Agent Weaver aus dem Vergnügungspark *Dreamland*. Trotzdem, in diesem Park gehen sehr seltsame Dinge vor sich, also warum sagen Sie mir nicht, was da los ist? Ich habe Sie neulich freundlich gefragt, aber Sie haben mich links liegen lassen.«

»Sie haben nicht freundlich gefragt.«

»Für meine Begriffe war das freundlich«, erwiderte sie ernst. »Hier geht's um die nationale Sicherheit. Haben Sie überhaupt kein Pflichtgefühl gegenüber Ihrem Land?«

Ethan blinzelte. »Sie haben mir gerade gesagt, dass ich nicht existiere. Wessen Pflichtgefühl wem gegenüber?«

Ursula tippte sich mit der Fingerspitze gegen die Oberlippe, als versuchte sie zu enträtseln, was er meinte. Ethan bemerkte, dass ihr Fingernagel abgeknabbert war. »Ich muss wissen, ob dieser Park mir nützlich sein kann. Und Sie werden reden.«

»Man kann jeden zum Reden bringen«, erwiderte Ethan. »Die Frage ist nur, ob man das Gerede auch glauben kann.«

»Gibt es wirklich Dämonen in diesem Park?«, fragte Ursula. »Kann man sie für den Nahkampf verwenden? Als eigenständige Kräfte oder bewaffnet?«

Ursula, die Dämonen bewaffnen wollte. Ethan schloss die Augen. Die Folgen wären katastrophal, vor allem, da der Vorrat an *Minions* unbegrenzt schien. *Mein Name ist Legion*, hatte Weaver zitiert, und Ethan stellte sich Legionen von *Minions* vor, die über das Schlachtfeld schwärmten, sich an Schmerz und Verzweiflung nährten, immer stärker wurden, außer Kontrolle gerieten ...

»Nein«, antwortete er.

Ursula wandte sich dem Dürren zu. »Er gehört euch.«

»Tja, also da hätten wir verschiedene Möglichkeiten, Ma'am«, begann der Dürre. »Zum Beispiel mit der Zange Zähne ausreißen. Oder Fingernägel. Grillspieß ins Auge ist hässlich, aber sehr wirkungsvoll, vor allem, wenn das andere Auge ihn kommen sieht. Dann gibt's den Zahnbohrer, wie in *Marathon Man*, aber die Ausrüstung ist 'n bisschen lästig zu beschaffen. Strom wirkt auch gut.«

Der Dicke deutete auf die feuchten Wände.

»Stimmt, hier drin nicht«, gab der Dürre zu. »Also ich persönlich, ich bevorzuge tägliche Prügel mit dem guten, alten Telefonbuch, nichts Übertriebenes, gute Handarbeit, das hat doch was Persönliches, wenn Sie wissen, was ich meine. Und außerdem hinterlässt es keine Spuren.« Er blickte über Ursula hinweg seinen Partner an. »Weißt du, was ich glaube, Quentin? Ich glaube, man muss sich auf's Ergebnis konzentrieren, nicht auf dramatische Effekte. Tja, das is' meine Meinung. Ich sage: Telefonbuch.«

»*Waterboarding*«, entgegnete Quentin.

»Na gut«, erwiderte der Dürre.

»Macht es einfach«, fuhr Ursula sie scharf an.

Sie verschwanden durch die offene Tür und kamen wieder herein. Der eine trug einen Eimer, der andere ein Stück Tuch.

Ethan wurde es mulmig, seine Muskeln verkrampften sich.

»Keiner hält das länger als zwanzig Sekunden aus«, stellte Ursula fest. Sie warf einen Blick auf ihre Uhr. »Ich nehme die Zeit.«

»Im SERE steht der Rekord bei zweiundfünfzig Sekunden«, entgegnete Ethan.

»SERE?«, fragte Ursula.

»Überlebenstraining in Fort Bragg. Survival, Evasion, Resistance, Escape«, erklärte Ethan in einem Versuch, Zeit zu gewinnen.

»Ach wirklich? Und wer hält den Rekord?«

»Ich.« Und nun wusste er endlich auch, warum er ihn hielt. Und warum er in Afghanistan überlebt hatte. Er war ein *Guardia*.

»Beeindruckend.« Sie lächelte kalt. »Ich glaube, eine Minute kann ich erübrigen.«

Sie nickte den Männern zu und ging, und der Dürre kurbelte mit irgendetwas unter dem Holzgestell, auf das Ethan gefesselt war, sodass es kippte und sein Kopf dreißig Zentimeter tiefer hing als die Füße. Quentin legte das Tuch über Ethans Gesicht und bedeckte es vollständig.

»Ihr wisst, dass das heute ungesetzlich ist«, sagte Ethan mit dumpfer Stimme durch das Tuch. »Neue Regierungsgesetze und so.«

Er bemerkte, dass er hyperventilierte, und versuchte, sich zu entspannen. Tief im Inneren fand er einen ruhigen Punkt, den er noch nie zuvor empfunden hatte. Sein Atem verlangsamte sich, sogar als er fühlte, dass Quentin den Eimer hob. Ethan schloss die Augen und den Mund unter dem Tuch. Verschloss sich ganz und gar.

Wasser drang in das Tuch, in seine Nase.

Und stoppte. Er atmete nicht, und dennoch empfand er keinen Sauerstoffmangel. Es war nichts zu hören außer dem Geräusch des Wassers, das langsam auf das Tuch und auf sein Gesicht gegossen wurde. Es klang sanft, fand Ethan, wie ein Sommerregen. Seine Gedanken strömten davon, tauchten in Erinnerungen an seine Kindheit in *Dreamland* ein.

Ethan blinzelte Wasser aus den Augen, als das Tuch von seinem Gesicht gezogen wurde und grelles Licht ihn blendete.

»Was, zum Teufel, bist du für einer?«, fragte Ursula heftig.

»Dreiundfünfzig Sekunden?«, fragte Ethan.

»Eine halbe Stunde. Du hast aufgehört zu atmen. Aber du bist immer noch am Leben.« Ursula sah aus, als würde sie im nächsten Augenblick einen Herzanfall bekommen oder ihm einen Pflock durch das Herz treiben. Dick und Doof stritten sich in der Nähe der Tür leise. Nun ja, der Dürre redete, Quentin stand einfach nur da.

»Was, zur Hölle, bist du für einer?«, schrie Ursula ihn an.

Ethan triumphierte innerlich. Er war nicht aufzuhalten. Er spannte die Muskeln gegen die Fesseln und erwartete, dass sie platzten, sodass er ...

Nichts.

So viel zu übernatürlichen Kräften, dachte er. Das gehörte wohl nicht zum Dasein als Jäger. Aber eine halbe Stunde lang die Luft anzuhalten war schließlich auch nicht übel.

Der Dürre tauchte neben Ursula auf, während Quentin durch die Tür verschwand.

»Quentin holt mir ein Telefonbuch. Lassen wir mal andere Saiten klingen, das wird ihn schnell zum Singen bringen ...«

»Was, zur Hölle, quasselst du da?«, schrie Ursula ihn entnervt an.

Der Dürre blinzelte. »Na ja, Ma'am, ich sag Ihnen nur, was ich denke ...«

»Du denkst gar nichts«, fuhr Ursula ihn scharf an. »Ich besorge das Denken. Ich habe von euch nur etwas Einfaches verlangt, aber das habt ihr nicht hingekriegt.«

»Na also, wir haben das richtig gemacht, ganz wie es sich gehört. Man kippt einfach nur Wasser durch ein Tuch auf ein Gesicht. Nichts Übertriebenes. Nicht unsere Schuld, dass der Kerl hier die Luft so lange anhalten kann wie 'n Zauberer. Aber mit dem Telefonbuch ... Schmerzen sind schließlich Schmerzen ... und ich persönlich ...«

»Halt's Maul.«

»Wer hat Sie auf diese Idee gebracht?«, fragte Ethan. »Ray Brannigan?«

»Ray ist ein Patriot«, sagte Ursula ohne Überzeugung.

»Ray arbeitet für einen Dämon – für den Teufel. Man hat Sie benutzt, und wenn Sie Ihren verdammten Schädel weiter in den Sand stecken, dann haben Sie hier bald die Hölle auf Erden, Opfer Nummer zwei für *Kharos*, gleich nach Ray.« Er sah ein Aufflackern von Erkennen in ihren Augen.

Quentin kam mit leeren Händen zurück.

»Kein Telefonbuch?«, fragte der Dürre enttäuscht.

Ursula wandte sich ihren Handlangern zu. »Bringt ihn um.«

Der Dürre nickte. »Tja, normalerweise würde ich ihn ja einfach ersticken, sieht nach einem natürlichen Tod aus. Aber so wie der Kerl da unter Wasser noch weitergelebt hat, glaube ich ...«

Ein Geräusch draußen vor der Tür ließ ihn verstummen. Er

wechselte einen Blick mit Quentin und fuhr dann fort: »Wir überprüfen das schnell mal.«

Quentin öffnete vorsichtig die Tür und nickte dann, und die beiden schlüpften hinaus.

Ursula beugte sich über Ethan. »Sag mir, was hier vor sich geht, dann lasse ich dich nicht von ihnen töten ...«

Es gab einen scharfen Knall, und die Tür zu der Zelle flog auf. Eine Gestalt in Schwarz mit Kampfbrille vor dem Gesicht kam herein und rammte Ursula die Mündung eines D-Gewehrs unter das Kinn. »Gib mir nur einen klitzekleinen Grund.« Die Stimme und die Drohung waren unmissverständlich.

»Weaver!«, rief Ursula mit überschnappender Stimme, da sich die Mündung in ihren Gaumen bohrte. »Sind Sie verrückt geworden? Denken Sie an Ihre staatliche Altersversorgung.«

Weaver stieß die Mündung noch ein wenig höher und erwiderte: »Denk du an dein Gesicht.« Gleichzeitig zog sie ein Messer aus dem Gürtel und zerschnitt rasch die Riemen, die Ethan gefangen hielten.

Ethan wälzte sich zur Seite und streckte einen Fuß zu Boden. Dann stand er taumelnd und wäre fast gefallen, und sie zogen sich aus dem Raum zurück, wobei Weaver ihm Deckung gab.

Ethan stieg über die bewusstlosen Körper von Dick und Doof und tappte dann einen Tunnelgang hinunter, wo Gus wartete und eine schwere eisenbeschlagene Tür offen hielt. Dann waren sie in vertrautem Territorium, wie Ethan an dem Ziegelsteintunnel erkannte.

»Wo war ich da eben?«

»Im Maschinenraum unter dem Teufelsflug«, erwiderte Weaver und schob ihre Brille auf die Stirn. »Die konnten dich nicht aus dem Park bringen wegen der vielen Besucher, und

Frankie hat sie entdeckt, wie sie dich hier runterschleiften. Wir wären ja schon früher gekommen, aber Mab ist die Einzige, die Rabisch spricht, und wir mussten sie erst suchen.« Sie hastete den Tunnel entlang. Dann blieb sie bei den Leitersprossen stehen und begann hinaufzuklettern. Ethan folgte ihr, und Gus bildete das Schlusslicht.

Es war schon dunkel, und Ethan hörte Geräusche von vielen Menschen. »Wie lange war ich verschwunden?«

»Ungefähr fünf Stunden«, antwortete Weaver. »Der *Screamland*-Freitag ist fast vorbei.«

»Ich glaube, jetzt fängt es erst richtig an«, meinte Ethan.

Kapitel 20

Die Besucherströme erregten *Kharos*. In weniger als vierundzwanzig Stunden würde er all diese Seelen peinigen können.

Leider war er von Unfähigen umgeben.

DU SOLLTEST DEN JÄGER TÖTEN.

»Ist das er, der da spricht?«, fragte die Frau namens Ursula. »Klingt so merkwürdig.«

»Weil es in Ihrem Kopf ist«, erwiderte Ray.

»Und er ist wirklich ein Dämon?« Die Frau trat an die Statue heran. »Hören Sie, wenn Sie irgendein Spiel mit mir treiben, dann legen Sie sich mit der Regierung der Vereinigten Staaten an, und mit der Regierung der Vereinigten Staaten legt sich niemand an!«

Wenn er frei wäre, würde *Kharos* ihr zeigen, was ein Dämon war. Er korrigierte sich – er würde ihr zeigen, was ein Dämon war. Bald. Sehr bald. Aber im Augenblick ...

WIR MÜSSEN DIE GUARDIA IN DIE ENGE TREIBEN.

»Die *Minions*«, gab Ray zu bedenken, »die werden den Park in Einzelteile zerlegen, dabei haben wir noch einen ganzen *Screamland-Show*-Abend vor uns. Wir brauchen das Geld.«

AUCH DU WIRST MORGEN ABEND SCHREIEN, dachte *Kharos*.

»Vergessen Sie den Park«, forderte Ursula. »Ich rede von der *nationalen Sicherheit*. Und ich rede von *meiner Zukunft*.« Sie schüttelte den Kopf. »Wenn ich nicht bald aus der Spinner-Abteilung wegbefördert werde, ist meine Rente später mal minimal. Ich muss ...«

UNTERSTÜTZE RAY. LASS DEINE LEUTE DIE MINION-MORD-KOMMANDOS FÜHREN. SIE SOLLEN DEN MINIONS SAGEN, DASS SIE IHRE ANFÜHRER SIND.

Ray, der hinter ihr stand, sackte das Kinn herab. Schockiert klappte er den Mund wieder zu.

SIE WERDEN EINE MINUTE NACH MITTERNACHT AN HALLOWEEN ANGREIFEN.

»He«, stieß Ursula hervor. »Ich nehme keine Befehle von einer Statue entgegen. Ich erteile hier die Befehle. Ich will, dass Sie jemanden für mich umbringen. Einer meiner Leute ist ein Verräter, hat mir ein Gewehr an den Kopf gehalten. *Mir*. Sie hält sich hier im Park auf. Schläft in einem dieser schäbigen Wohnwagen bei Ethan Wayne.«

DER JÄGER, DESSEN TÖTUNG DIR NICHT GELUNGEN IST.

»Wie auch immer«, meinte Ursula. »Sie macht jedenfalls auch dir Probleme. Ich will, dass sie beseitigt wird.«

NATÜRLICH.

Ursula nickte Ray zu und sprach leise, als könnte *Kharos* sie dann nicht hören. »Ganz willig, der Bursche. Das könnte funktionieren.«

Ray verdrehte die Augen. »Tja, er ist ein richtig guter Kumpel.«

BEGINNT DIE ANGRIFFE AUF DIE GUARDIA EINE MINUTE NACH MITTERNACHT.

»Hab ich schon *kapiert*«, gab Ray zurück.

»Was ist mit Weaver?«, fragte Ursula.

REIHT SIE UNTER DIE ANGRIFFSZIELE EIN.

»Können wir zusehen?«, fragte Ursula. »Nur zu Forschungszwecken natürlich?«

Kharos betrachtete das Glitzern in ihren Augen.

NATÜRLICH.

Ursula nickte zufrieden und erklärte: »Gut. Ich werde mich darum kümmern, dass Sie dafür belohnt werden.«

UND ICH TUE DAS GLEICHE FÜR DICH.

Ray warf ihm einen scharfen Blick zu und wandte sich dann ab, als wollte er damit nichts zu tun haben. »Bis Mitternacht«, sagte er und ging.

»Er hat nicht wirklich das Herz dafür«, meinte Ursula in verächtlichem Ton.

MORGEN WIRST DU KEIN HERZ MEHR HABEN, dachte *Kharos* und schwieg, bis die Frau gegangen war.

Ethan gab Gus Rückendeckung, während er die letzten Betrunkenen aus dem Park scheuchte und das Haupttor abschloss. Es war kurz vor Mitternacht, und der Mond stand hoch über ihnen und warf kurze Schatten.

»Nur noch eine Nacht«, murmelte Gus, als er über den Dammweg draußen zurückging.

Eine steife Brise wehte vom Wasser her, und die Kälte kroch Ethan unter seine Kleidung und die Kampfweste. Der Wind trieb Eintrittstickets und sonstigen Abfall über den Boden, als sie den Park wieder betraten.

»Lass uns die Mitternachtskontrollfahrt machen«, meinte Ethan, »und dann zum Turm gehen. Weaver ist schon dort, hält Wache. Und hole bitte auch Glenda dazu, während ich die letzte Patrouille gehe.

»Vielleicht mag sie nicht mitkommen.«

»Überrede sie auf alle Fälle«, drängte Ethan. Er sah die Lichter vom *Dream Cream* herüberfunkeln und beschloss, nach der Kontrollfahrt nach Cindy zu sehen.

Gus zog seinen langen, abgetragenen Mantel enger um seine schmale Gestalt. »Gute Idee.«

Sie kamen am Riesenrad vorbei, und dann ragte die Drachen-Achterbahn vor ihnen auf, und Ethan blieb stehen. »Dein Job, Gus.«

Gus stieg zur Steuerkabine hinauf.

Ethan zog sich die Dämonenbrille vor die Augen und überprüfte die Umgebung. Alles war ruhig.

Da vibrierte sein Handy.

»Ja?«

»Ich hab hier etliche Punkte auf dem Radar«, meldete sich Weaver.

»Wo?«, fragte Ethan.

»Überall. Eine Meute bewegt sich aufs *Dream Cream* zu. Zweite Meute unterwegs zu den Wohnwagen. Die dritte zum Bootshaus, zu Young Fred. Eine ganze Armee rückt auf Gus und dich vor, bei der Drachenbahn.«

»Die wollen uns alle gleichzeitig im Handstreich überwältigen.«

»Ich komme zu dir«, rief Weaver. »Ihr werdet sonst ...«

»Negativ«, befahl Ethan. »Bring Glenda in Sicherheit, dann gib Young Fred beim Bootshaus Rückendeckung. Ich erledige das hier und gehe dann zum *Dream Cream*.«

»Es sind aber *wirklich viele*«, warnte Weaver.

»Und ich habe *wirklich viele* Kugeln.« Ethan rannte zur Steuerkabine des Drachen hinauf, wo Gus auf seine Uhr blickte. »Wir kriegen Gesellschaft«, warnte er den alten Mann und wandte sich wachsam dem Park zu.

Mab hatte bis elf Uhr im Orakelzelt Kunden abgefertigt. Dann machte sie Schluss und zog das Tagebuch der Seherin hervor, das sie die ganze Woche über studiert hatte. Sie ging noch einmal ihre Notizen durch. Wenn Ethan sie alle im Wachtturm versammeln wollte, dann konnte sie die Gelegenheit nutzen und ihm ein paar Fragen über Dinge stellen, die sie in dem Buch gefunden hatte. Diese Seherin schien ein wenig exzentrisch gewesen zu sein, und so war es schwierig zu unterscheiden, was von ihren Notizen Wahrheit war und was nur wilde Fantasie. Aber faszinierend war alles, selbst wenn es nur zum Teil wahr wäre, wie zum Beispiel Delphas Überzeugung, dass Dämonen die Eigenschaften des von ihnen besessenen Gegenstandes annahmen, wenn sie nur lange genug in ihm verweilten, denn das bedeutete, dass Dämonen, die Menschen besetzten, allmählich ... menschlicher wurden.

Das gab zu denken.

Ebenso die Vorstellung, dass unbelebte Gegenstände fähig waren, Gefühle der Menschen um sie herum anzunehmen, wie zum Beispiel Stofftiere, die von einem Kind geliebt wurden, oder Kunstgegenstände, die viel bewundert wurden; und dass Dämonen, die solche Gegenstände besetzten, oft selbst diese Gefühle annahmen ...

In seinem Zweiggeflecht kreischte Frankie plötzlich auf und flatterte hinunter auf Mabs Schulter, und sie knallte das Buch zu und stand auf.

Sie hatte inzwischen gelernt, dass Frankie niemals grundlos Lärm machte.

Sie verschloss das Orakelzelt und ging hinaus auf den Hauptweg, langsam und vorsichtig in alle Richtungen blickend, bevor sie auf die Pflastersteine trat. Frankie kollerte noch immer, und so sagte sie zu ihm: »Zeig es mir«, und er flatterte in die Höhe ...

»Du und der Vogel, ihr seid schon 'n Pärchen«, sagte *Fun* hinter ihr, und sie fuhr herum. »Wahrscheinlich der einzige echte Freund, den du hast.«

Er steckte wieder in Suffkopf Dave, aber offensichtlich hatte Dave sogar noch mehr getrunken als sonst, denn er schwankte und sprach mit schwerer Zunge. *Wie, zum Teufel, bist du aus deiner Urne entkommen?*, fragte sie sich, und als er einen Schritt näher kam, wich sie zurück.

Frankie spielte oben über den Bäumen schier verrückt, aber sie konnte sich jetzt nicht auf ihn konzentrieren, denn mit *Fun* stimmte etwas ganz und gar nicht ...

»Du blöde Kuh«, nuschelte *Fun*. »Was musst du auch schwanger werden. Weißt du, was das für 'ne Kröte wird? Hörner und 'n Schwanz und Hufe ... Die wird am Spielplatz später *gesteinigt*, un' du kannst nix dagegen machen.«

»Hör auf«, rief Mab und wich noch einen Schritt zurück. »Was ist los mit dir?«

»Die wird dich genauso hassen, wie du deine Mom hasst«, fuhr *Fun* fort. »Die wird auf dich spucken, jeden Tag, den sie lebt.«

»Ich hasse meine Mutter nicht«, widersprach Mab und erkannte überrascht, dass sie die Wahrheit sagte. »Sie hat ihr Bestmögliches getan.«

»Die war reif für die Insel, total verrückt, und du bist 'n Dämon und reif für die Insel, und dein Kind is 'n Antichrist, geboren, um die Hölle auf Erden zu schaffen.« *Fun* schwankte auf sie zu, und sie wich in Richtung *Dream Cream* zurück, bereit loszurennen, sobald er stolperte und fiel. »'n mutierter Bastard, Satansbraten ...«

Er sprach all die Dinge aus, die ihre schlimmsten Alpträume waren, aus denen sie mitten in der Nacht zitternd aufschreckte, aber das machte keinen Sinn, denn er würde nie so etwas sagen, da stimmte etwas ganz und gar nicht ...

»Du bist nicht *Fun*«, stieß sie hervor, während sie auf dem Kopfsteinpflaster des Hauptweges vor ihm zurückwich. »Ich weiß nicht, was du bist, aber ich kenne den Vater meines Kindes, und du bist nicht er.«

Das Ding verharrte einen Moment, und offene Dummheit zeigte sich auf Suffkopf Daves schlaffem Gesicht. Sie überlegte, wie sie ihn unschädlich machen konnte. Falls es ein Dämon war, würde Eisen ihn töten, aber es würde auch Suffkopf Dave töten, wenn sie es ihm an der falschen Stelle in den Leib stieß. Sie wich weiter über das Kopfsteinpflaster zurück, bis sie gegen den schmiedeeisernen Zaun stieß. Da drehte sie sich um, riss einen der Zaunpfahlspeere heraus und drehte sich sofort wieder zu dem Ding zurück.

»Ich bin *Fun*!«, brüllte das Ding sie an, torkelte auf das Kopfsteinpflaster und fiel flach auf Suffkopf Daves Gesicht.

»Nein«, erwiderte Mab und stach mit dem Zaunpfahl in Suffkopf Daves Arm.

Das Ding kreischte auf, und der Dämon fuhr heraus, eine dunkelrote Beule mit Spinnenbeinen, und sie stieß den Speer mitten hinein und sprang dann schnell zurück, als es platzte und rings umher auf das Kopfsteinpflaster spritzte.

Daneben stöhnte Suffkopf Dave.

»*Hau ab hier*«, herrschte sie ihn an.

Dave fiel in Ohnmacht.

»Ach, verdammt«, murmelte Mab und trat zu ihm, um ihm zu helfen, aber da kreischte Frankie wieder, und sie lauschte und konzentrierte sich auf ihn und sah, was er sah: Skelette, die hintereinander ins *Dream Cream* eindrangen, Quentin und der Dürre hinter ihnen. »Du musst allein zurechtkommen«, rief sie Suffkopf Dave zu und stürmte wie eine Besessene zum *Dream Cream*.

Ethan wusste, dass die Dämonen da draußen waren, er konnte sie fühlen, aber selbst durch die Brille sah der Park leer aus.

»Die haben's auf uns beide abgesehen«, stellte Gus fest und griff sich aus der Steuerkabine einen Speer mit Eisenspitze. »Wenn wir uns trennen, haben wir mehr Chancen. Ich locke alle, die hinter mir her sind, von hier fort.«

»Nein«, widersprach Ethan, »wir bleiben …« In diesem Augenblick flog einer von Mabs Leintuchgeistern auf ihn zu, ohne ausgelöst worden zu sein, und er dachte *verflucht* und zerschoss ihn, doch da kam bereits ein halbes Dutzend herangeflogen und krachten gegen ihn, bevor er Zeit fand zu schießen, und so schlug er stattdessen mit dem Gewehr nach ihnen. Sie wichen kurz zurück und umkreisten ihn.

Ethan blinzelte verwirrt, als sich der Schädel eines Geistes in einen Kopf verwandelte, dessen Gesicht ihm vertraut war. Er zögerte, als es weniger als drei Meter vor ihm schwamm.

»Captain Martin?« Ethans Mund wurde trocken. Er wusste, dass das nicht wahr sein konnte, aber dieses Gesicht war zweifellos das seines Teamleiters. Hinter dieser Erscheinung zeigten vier weitere Geister die Gesichter seiner Teamkameraden.

Ethan wich einen Schritt zurück, als sie sich auf ihn zubewegten.

Du hast uns im Stich gelassen.

Die Worte hallten in seinem Kopf wider.

»Ich habe getan, was ich konnte.« Er sprach mit Mabs Geistern. Verrückt.

Du hast uns im Stich gelassen.

Die Mündung des Dämonengewehrs senkte sich, die Worte hämmerten in seinem Kopf.

Dann stürzte sich derjenige, der aussah wie sein Teamleiter, nach vorn und warf ihm ein Leinentuch über, und im nächsten Augenblick schwärmten sie alle um ihn herum, und er konnte nicht mehr atmen.

Du hast uns im Stich gelassen.

Ethan ging in die Knie, gab auf, ließ sich von ihnen überwältigen. Er musste zu seinem Team zurück. Nur so konnte er Abbitte leisten.

Du hast uns im Stich gelassen.

Aber er musste gar nicht atmen.

Das Leintuch straffte sich um seinen Mund, um seinen Hals, aber es konnte ihm nichts anhaben. Er war ein *Guardia*.

Er hatte sein Team nicht im Stich gelassen, weder dieses Team oder sein neues. Er war ein *Guardia*, und deswegen hatte er überlebt, als die anderen starben. Er hatte überlebt, weil sein Team hier ihn brauchte. Er hatte überlebt, weil er eine Aufgabe hatte ...

Da riss er sein Jägermesser heraus, zerteilte das Leintuch und drosch wild um sich, wieder und wieder, und Dämonenschlamm spritzte in alle Richtungen, bis keine Geister mehr übrig waren.

Dann stand er auf, frei und von Wut erfüllt. Jemand benutzte Dämonen, um Gedankenspiele zu spielen, da war jemand, der ...

Er hörte einen Schrei, wandte sich um und sah Gus, der dem Wurm entgegenblickte, der sich aus seiner Berg- und Talbahn neben dem Liebestunnel befreit hatte und nun über den Hauptweg ratternd auf ihn zukam, wobei sich seine aneinanderhängenden Wägelchen bewegten, als seien sie besessen.

»Nein«, schrie Ethan, als Gus die Bedienhebel des Drachen herumriss und dann in die Drachenbahn sprang. Der Wurm sang: »Feigling, Feigling, du lässt ihn sterben« und sprang hinauf auf die Drachenschiene, um ihm zu folgen. Die Drachenbahn hatte sich in Bewegung gesetzt, und der Wurm begann, der Schiene in die entgegengesetzte Richtung zu folgen, um dem alten Mann, der mit seinem Eisenspeer im vordersten Wagen stand, frontal zu begegnen.

»Verdammt, Gus, spring da wieder raus!«, schrie Ethan und rannte auf die Drachenbahn zu.

Er erreichte die Steuerkabine und schrie wieder: »Spring raus, Gus!«, wobei er versuchte, die Wagen zu stoppen, aber Gus senkte nur seinen Eisenspeer, sodass er über die Vorderkante des ersten Wagens nach vorn ragte. Die Wagen wurden immer schneller, und der Wurm erhob sich mit geöffnetem Maul, und sein »Feigling«-Gesang wurde noch lauter, während er die Schienen in den Himmel hinaufkroch, um dort Gus zu begegnen.

Ethan feuerte auf den Wurm, aber die metallenen Wägelchen ließen die Eisenkugeln abprallen, also riss er einen eisernen Pfahlspeer aus dem Zaun und begann, den Wartungssteig hinaufzuhasten, hinter dem Wurm her, in der Hoffnung, dass der an der Steigung langsamer würde, sodass er ihn einholen konnte. Aber die Dämonen beschleunigten die Wägelchen, und alle fuhren in die Höhe, um oben aufeinanderzutreffen. Ethan starrte vom Wartungssteig aus ungläubig hinauf, als Gus hoch aufgerichtet aus dem Drachentunnel herausschoss, direkt auf den Wurm zu, das hintere Ende des Speers an seine Brust gepresst und nach vorn aufgerichtet, direkt auf den Wurm. Dann trafen sie aufeinander. Die Speerspitze bohrte sich kreischend in den Rachen des Wurms, dann krachten die Wagen in den Wurmkörper, und Gus verschwand in dem zersplitternden Wrack. Dämonenschlamm und Teile des Wurmkörpers flogen umher, bis der Drache an dessen Ende wieder herauskam und seine letzte Abwärtsfahrt in das seichte Wasser antrat.

Ethan stürmte den Steig wieder hinunter, während der Drache an der Einstiegsplattform zum Halten kam.

Gus lag auf dem vordersten Sitz, die Hände noch immer um den hölzernen Griff des Speers geklammert. Er war einen halben Meter vor seinen Händen abgebrochen.

»Gus?« Ethan sprang in den Wagen und fühlte nach seinem Puls. Er war sehr schwach.

Gus' Augenlider flatterten. »Hab ich ihn erwischt?«

»Du hast ihn erwischt«, antwortete Ethan und wühlte nach seinem Handy, um die Ambulanz zu rufen. »Hab noch nie so etwas gesehen. Du hast sie alle erledigt ...«

Gus nickte und ächzte mit leiser Stimme: »Ich bin kein Feigling.«

»Natürlich nicht«, erwiderte Ethan. »Du ...«

Gus' Hand fummelte in seinem Mantel, und er zog seine

Taschenuhr hervor, die bei dem Kampf zerschmettert worden war. »Für den Wächter.«
»*Gus!*«, rief Ethan.
Dann starb Gus.

Mab rannte um das *Dream Cream* herum zur Rückseite und betrat den kleinen Flur, wo sie an der Tür zum Gastraum stehen blieb. Sie hörte von drinnen den Singsang von Dämonen, so etwas wie *Hunger, Hunger, du kriegst uns nicht satt*, und sie dachte: *Ach, zur Hölle, Cindys schlimmster Alptraum*, und stieß die Tür auf.
Da waren zwölf Skelette mit purpurnen Dämonenaugen, und hinter ihnen der Dürre und Quentin, die in der offenen Tür warteten, die Gewehre schussbereit, und das Ganze beobachteten wie eine Theatervorstellung.
Die Gewehre würden ein Problem werden, erkannte Mab.
»Warum singen die das?«, fragte Cindy mit hoher Stimme, und Mab gesellte sich vorsichtig zu ihr.
»Das sind deine schlimmsten Ängste, Süße«, erklärte sie und überlegte, ob es besser war, zur Hintertür zu laufen oder sich im Lagerraum zu verschanzen.
»Nein, im Moment nicht«, erwiderte Cindy und starrte entsetzt auf die Skelette, die langsam vorrückten.
»Na los, holt sie euch!«, schrie der Dürre und stieß die Faust in die Höhe. »Macht sie fertig!«
Danke, dachte Mab und rief laut: »Der Kerl da, der ist ihr Anführer, sie gehorchen seinen Befehlen!«
»Ach nein«, murmelte Cindy, aber die Skelette verharrten einen Augenblick verwirrt.
Na los, fallt ihn an, dachte Mab und erkannte dann, dass diese *Minions* schlauer waren. Wenn sie die schlimmsten Ängste ihrer Opfer als Waffe einsetzen konnten, dann waren sie sogar *viel* schlauer, und sie würden erkennen …

»Worauf wartet ihr, zum Teufel?«, schrie der Dürre. »*Packt sie*! Ich bin euer Boss, und ich sage euch ...«

Die Skelette drehten sich um und fielen den Dürren an, und Quentin feuerte in das Gewimmel, um sie sich vom Leib zu halten, aber er hatte normale Kugeln, unter denen die Dämonen nicht einmal zusammenzuckten.

Der Dürre brüllte auf.

»Hier entlang«, rief Mab und wollte Cindy zur Hintertür zerren, doch Quentin feuerte auf sie, dass Splitter aus dem Türrahmen flogen.

»*Hier* entlang«, rief Cindy, stieß die Lagerraumtür auf und rannte hinein, während Quentin wieder feuerte; normale Kugeln pfiffen über sie hinweg, als sie sich zu Boden warfen und die Tür hinter sich zuknallten.

Das Gebrüll des Dürren steigerte sich und brach auf dem Höhepunkt plötzlich ab.

»Zack und aus«, bemerkte Cindy. »In meinem hübschen, sauberen Eiscafé.«

»Lieber er als wir«, erwiderte Mab und sah sich nach einem Ausweg um. »Warum gibt's hier keine Fenster?«

»Weil das ein Lagerraum ist«, antwortete Cindy. »Aber ich werde welche einsetzen lassen, wenn ...«

Wieder erklang Gewehrfeuer, und die Tür begann zu splittern.

»Ach, *verdammt*«, rief Mab und versuchte zu überlegen, wie sie Menschen mit Gewehren stoppen konnte. Sie hatte sich die ganze Zeit auf Dämonen konzentriert und darüber vergessen, dass Menschen noch schlimmer waren.

Das Schloss splitterte, und Quentin rammte die Tür auf, das Gesicht vor Wut verzerrt.

»*Specto!*«, rief Mab und hoffte auf ein Wunder, da hob Quentin sein Gewehr und richtete es auf sie.

»Tut mir leid wegen des Babys«, schnarrte er, und Mab

hörte einen Schuss und erwartete die Kugel, aber dann sah sie Quentin nach vorn auf sein Gesicht fallen, und hinter ihm stand Oliver mit einem Gewehr und einem höllisch grimmigen Gesichtsausdruck.

»›Tut mir leid wegen des Babys‹ ... Drecksack«, knurrte er, und Mab stieß einen tiefen Seufzer der Erleichterung aus. »Ihr Vogel regt sich wieder auf«, rief er dann Mab zu, und sie konzentrierte sich darauf zu sehen, was Frankie sah.

Riesenspinnen, die Young Fred attackierten, Cowboys, die Glendas Wohnwagen angriffen, Liebespaare aus dem Liebestunnel, die Weavers Wohnwagen stürmten, und draußen bei der Drachenbahn ...

»O nein!«, rief sie und rannte bereits zum Hauptweg.

Ethan rannte den Hauptweg entlang in Richtung *Dream Cream* und stoppte dann, um ein halbes Dutzend große Spinnen abzuschießen, die Young Fred umzingelt hatten und »*Verräter!*« sangen, während Young Fred schrie: »*Nein, nein!*«

»Komm mit!«, forderte Ethan ihn auf, doch Young Fred brach mitten zwischen Pappmaché-Spinnenteilen und Dämonenschlamm zusammen und schrie weiter. »Tja, dann nicht«, meinte Ethan und setzte eilig seinen Weg zum *Dream Cream* fort, nur um auf Mab, Cindy und Oliver zu treffen, die in entgegengesetzter Richtung rannten.

»Die Wohnwagen«, schrie Mab ihm zu, »Frankie sieht dort Dämonen«, und Ethan machte kehrt und rannte hinter ihnen her. Bei Glendas Wohnwagen holte er sie ein, und sie starrten auf dämonenschlammbespritzte hölzerne Cowboys vom OK Corral, die überall herumlagen, von Armbrustpfeilen mit Eisenspitzen durchbohrt, und auf Glenda, die rauchend auf den Wohnwagenstufen saß, einen Daiquiri in der Hand.

»Weaver hatte ein bisschen Mühe«, rief sie und trank einen

Schluck Daiquiri. Cindy lief zu ihr, um zu sehen, ob sie Hilfe brauchte, während die anderen weiterrannten.

Vor Hanks Wohnwagen erwartete sie ein ähnlicher Anblick, nur dass die herumliegenden Körper diesmal die Liebespaare aus dem Liebestunnel waren, von einem Dämonengewehr zerschossen, und Purpurschlamm aus ihnen tröpfelte; die Wohnwagentür stand offen, und niemand saß davor.

Mab blieb stehen und überblickte nach Luft ringend das Gemetzel. »Sieht aus, als hätte sie wirklich Beziehungsprobleme.«

»*Wo ist sie?*«, stieß Ethan hervor, und sein Herz klopfte zum Zerspringen, als er sich der Tür näherte.

Weaver saß drinnen, schwer atmend, und starrte Beemer an, der auf dem Tisch vor ihr saß und mit purpurn glühenden Dämonenaugen zurückstarrte.

Ethan hob sein Gewehr, um den kleinen Dreckskerl wegzublasen, doch Weaver rief: »Nein!«, und schirmte ihn mit der Hand ab.

»Dieses Ding ist besessen«, erwiderte Ethan und versuchte, ihre Hand beiseitezuschieben, doch da sprang sie auf und stieß ihn so heftig zurück, dass er nach hinten taumelte und über die Stufen hinunter auf seinen Hintern fiel.

»Vielleicht sollte ich es einmal versuchen«, meinte Mab mit einem Blick auf ihn. Sie stieg die Stufen hinauf, spähte hinein und sagte: »Na, was haben wir denn hier?«

»Das ist Beemer«, hörte Ethan Weaver antworten.

»Ja, das ist er«, stimmte Mab zu. »Aber da ist noch was in ihm drin.«

»Das ist auch Beemer«, erwiderte Weaver, und Ethan dachte: *Oh, Scheiße, sie hat durchgedreht.*

Er kletterte wieder in den Wohnwagen und bat Mab: »Geh raus, ich kümmere mich darum.«

»Nein.« Weavers Augen waren aufgerissen, aber nicht verrückt, und sie starrte Beemer an, als versuchte sie, etwas zu begreifen. »Das ist Beemer. Ich weiß, dass er ein Dämon ist, aber er ist nicht ... nicht böse.«

Ethan und Mab blickten in Beemers wilde purpurne Dämonenaugen und sahen sich dann an, da kam Oliver herein und stellte sich neben sie.

»Er ist nicht böse«, sagte Weaver zu Oliver. »Du hast gesagt, dass Dämonen vielleicht auch gut sein könnten.«

»Ja, habe ich«, gab Oliver zu und starrte Beemer an. »Was für einen Beweis hast du, dass Beemer ... gut ist?«

»Ich weiß es einfach.«

»Hat er Sie vor den anderen Dämonen gerettet?«, fragte Mab.

»Nein.« Weaver runzelte die Stirn. »Ich glaube, er war in dem Romeo, und als ich ihn zerlegte, fuhr er in Beemer.«

»Also hat er dich angegriffen«, schloss Ethan.

»Nur bis er in Beemer fuhr«, erwiderte Weaver. »Dann bremste er. Er ... er hat Beemer absorbiert.«

Ethan wandte sich Mab zu. »Raus hier. Ich kümmere mich um Beemer.«

»Warte.« Mab glitt sachte neben Weaver auf die Sitzbank, wobei sie ein Auge auf Beemer hielt, der innerlich vor sich hin zu brüten schien. »Er hat Beemer absorbiert. Sie meinen, Beemers Persönlichkeit?«

»Ja«, antwortete Weaver angespannt.

»Es ist doch nur ein Plüschtier«, wandte Ethan ein.

»Halt den Mund, Ethan«, sagte Mab, ohne den Blick von Weaver zu nehmen. »Also, Sie haben seit dem Abend, als Ethan ihn Ihnen schenkte, viel mit Beemer gesprochen, nicht?«

»Ich bin *nicht* verrückt«, erklärte Weaver, als spräche sie zu sich selbst.

»Ich weiß. Aber Sie *haben* doch mit diesem Drachen gesprochen, nicht? Sie haben ihn schon ein, zwei Wochen lang. Und Sie sprechen jeden Tag mit ihm?«

»Ja«, antwortete Weaver. »Aber ich wusste, dass er nur ein Plüschdrache ist. *Ich bin nicht verrückt.*«

»Lass mich bitte nur den Dämon da rausholen«, flehte Ethan. »Ich steche ihn ab ... irgendwo an einer Naht oder so, dann kann Mab ihn wieder zunähen ...«

»Nein«, entgegnete Weaver.

Ethan blickte Mab an.

»Ich habe gerade von so etwas gelesen«, erklärte Mab. »In dem Tagebuch der Seherin. Sie war der Meinung, dass sich in nicht lebenden Gegenständen starke Gefühle aufbauen können, wenn sie ständig damit gefüttert werden. Deswegen strahlen auch leer stehende Gefängnisse danach immer noch Hass aus, und Stofftiere ...«

»Das ist doch ein Scherz«, meinte Ethan.

»Nein. Die Seherin schrieb über einen Dämon, der in einen Kunstgegenstand fuhr, in eine Statue, mit der eine Frau jeden Tag sprach, und die Statue veränderte den Dämon ...« Ihre Stimme versiegte.

»Eine Statue?«

»Entschuldigt«, sagte Mab. »Mir ist da gerade ein Gedanke gekommen. Na egal, dieser Dämon hier hat jedenfalls die Gefühle aufgesaugt, die Weaver in Beemer gesteckt hat, und das heißt ... der Dämon ist jetzt Beemer.«

»Aber es ist noch immer ein Dämon«, entgegnete Ethan in dem Bemühen, seinen Standpunkt zu verteidigen.

»Aber er ist emotional an Weaver gebunden«, fuhr Oliver fort und betrachtete den Drachen jetzt mit viel größerem Interesse. »Und sie beschützt ihn, was die Bande noch weiter stärkt.«

»Er guckt, als wollte er ihre Leber zum Frühstück verspeisen«, meinte Ethan.

»Tja, so was ist natürlich immer drin«, stimmte Oliver zu.

»Ich behalte ihn«, erklärte Weaver.

»Er ist *kein Schoßhündchen*«, warnte Ethan. »Er ist dir nicht aus dem Tierheim zugelaufen, sondern er ist ein *Dämon*.«

»Sei nicht so stur, Ethan«, ermahnte Mab ihn. »Weaver ist schon ein großes Mädchen, und wenn sie einen Dämon als Haustier will, dann kriegt sie ihn auch.«

»Danke«, sagte Weaver.

»Sollte er Ihnen allerdings im Schlaf das Herz rausreißen, dann werden Ihnen alle mit ›Ich hab's doch gleich gesagt‹ die Hölle heiß machen«, fügte Mab hinzu.

»Nein, ist schon in Ordnung.« Weaver holte tief Luft. »Ich habe ihm in die Augen geblickt und gefühlt, wie ich selbst anders wurde. Wir gehören zusammen.«

»Das lag nicht an Beemer, sondern an Gus«, erklärte Ethan, und Weavers Kopf fuhr hoch.

»Gus?«

»Er ist tot. Du bist unsere neue Wächterin.«

»O nein«, stöhnte Weaver. »O nein, nicht Gus.«

Beemer kroch über den Tisch und stupste sie mit seinem Kopf an, und sie legte automatisch ihren Arm um ihn; seine Augen glühten vor dämonischem Mitgefühl. Oder sonst etwas Dämonischem.

Ethan griff in seine Tasche und zog die Uhr heraus. »Gus wollte, dass du das hier bekommst.«

»Oh«, sagte Weaver und schluckte schwer, als sie sie entgegennahm.

Ethan trat wieder zurück, unsicher, was er von einer von Gefühlen überwältigten Weaver halten sollte. Oder von einem dämonausgestopften Drachen. »Wir gehen jetzt sofort zum Wachturm. Wir alle. Mir reicht's jetzt mit den Toten.«

»Ich hab noch eine Leiche zu entsorgen«, meinte Oliver. »Ich komme später nach.«

»Eine Leiche?«, fragte Ethan.

»Der Dürre teilt Quentin gerade seine Meinung über die Hölle mit«, berichtete Oliver. »In der Hölle.«

»Ist mir sehr recht«, erklärte Ethan.

»Was ist mit *Kharos*?«, erkundigte sich Mab.

»Den hole ich, wenn ihr alle im Turm seid.« Ethan blickte Weaver an, die ihren Arm um einen Dämon-Drachen geschlungen hielt. »Wir werden den Drachen für die Nacht hierlassen.«

Beemer knurrte ihn an, und Weaver tätschelte ihm beruhigend die olivgrüne, plüschige Schulter. »Schon gut, Baby, du kommst mit mir.«

»Also dann auf zum Turm«, rief Mab aufmunternd und erhob sich. »Da haben wir viel mehr Platz.« Sie ging an Ethan vorbei und murmelte ihm zu: »Und viel mehr Waffen, falls das Ding sie anfällt. Wir passen gut auf.«

»Okay«, gab Ethan sich geschlagen und trat zurück, um Weaver und ihren Drachen hinauszulassen, wobei er sich fragte, was Beemer wohl empfand. Schließlich hatte er ihn eine Woche lang jede Nacht vor die Tür in den Gang gesetzt. Das konnte einen Drachen schon sauer machen. »Du wirst ihn aber nicht mit ins Bett nehmen, oder?«, fragte er Weaver, als sie ins Freie traten.

Beemer blickte ihn über Weavers Schulter hinweg mit purpurn glühenden Augen an.

»Na toll«, meinte Ethan und folgte ihnen zum Hauptweg.

Als es dämmerte, ging Ethan hinauf zu den Zinnen und blickte über *Dreamland*, das jetzt mit Wurmteilen und zerplatzten Riesenspinnen und toten Cowboys und Liebespaaren übersät war, der Park war fast vollkommen zerstört, Gus war für immer von ihnen gegangen …

»Geht's dir gut?«

Ethan warf einen Blick über die Schulter und sah Mab auf's Dach treten. »Nein.«

Sie blieb neben ihm stehen. »Es tut mir so leid wegen Gus. Er war ein großartiger Kerl.«

Ethan blickte wieder auf den Park.

»Wenigstens ist er im Kampf gestorben«, fuhr Mab fort. »Das hat ihm sicher gefallen. Es muss wirklich spektakulär gewesen sein.«

»Das war es«, erwiderte Ethan. »Aber am Leben bleiben wäre besser.« Zorn stieg in ihm auf und verdrängte seinen Kummer. »Was, zur Hölle, ist da gerade passiert? Was waren das für Bestien, die uns alle angegriffen haben? Sie *wussten* etwas über uns, sie haben ...«

»*Minion*-Dämonen«, antwortete Mab. »Einfach nur *Minion*-Dämonen. Aber wir haben jetzt Halloween, und da ist das Übernatürliche stärker. Oliver meint, dass sie schlauer geworden sind und unsere eigenen Ängste auf uns zurückreflektieren, um uns zur Verzweiflung zu treiben. Das ist es, was *Kharos* will: Schmerz, Verzweiflung, Schuldgefühle. Davon nährt er sich.«

»Ich werde *Kharos* jetzt holen«, erklärte Ethan. »Und dann verschanzen wir uns hier und warten Mitternacht ab.« Er blickte sie an. »Außer es gibt etwas, was ich übersehen habe?«

»*Kharos*' Plan«, meinte Mab und blickte ebenfalls über die Zinnen hinaus. »Diese Angriffe auf uns sollten uns demoralisieren, nicht ihn befreien. Er muss den dringenden Wunsch haben freizukommen, aber er tut nichts dafür. Worauf wartet er?«

»Das ist mir egal«, erwiderte Ethan. »Ich packe ihn und stecke ihn zusammen mit seiner ganzen Mafia hier in den Schrank, und dann werde ich mir etwas ausdenken, wie man ihn für immer hinter Schloss und Riegel setzen kann. Dieses Affentheater werden wir nicht jedes Jahr an Halloween durchmachen.«

»Ja«, stimmte Mab zu und starrte noch immer über den Park, und Ethan wusste, dass sie die Zerstörung ihres Werks betrauerte, genauso wie sie Gus betrauerte. »Ich repariere das alles wieder«, sagte sie. »Ich werde es noch schöner machen, als es vorher war.«

»Ich weiß«, erwiderte Ethan, und sie standen nebeneinander und betrachteten das verwüstete *Dreamland* unter den orange gefärbten Laternen.

Kapitel 21

Mab war den ganzen Vormittag über mit Aufräumtrupps unterwegs, bis der Park dann am Mittag geöffnet wurde. Sofort strömten die Besucher herein, die meisten in Halloween-Verkleidung, und der Park erwachte zum Leben. Das *Dream Cream* war gestopft voll, als Mab es betrat. Die Tür zum Lagerraum stand offen; sie ging hinein und fuhr mit den Fingern über die Löcher, die Quentins Kugeln in die Tür geschlagen hatten.

»Wir wären beinahe draufgegangen«, sagte sie zu Cindy, die über ihren Arbeitstisch gebeugt in dem Buch der Zauberin las. »Da sieht man doch manches anders.«

»Sehr gut«, erwiderte Cindy und richtete sich auf. »Vor allem, wenn du dieses Arschloch *Fun* anders siehst. Ich kann dir gar nicht sagen, wie ich es genossen habe, ihn mit Rost zu vergiften.« Sie sah Mab scharf an. »Hängst du immer noch an ihm?«

»Nicht direkt«, meinte Mab.

»Nicht die Antwort, die ich hören will«, erwiderte Cindy brüsk. »Wenn man herausfindet, dass einer 'n lügnerischer Dämon ist, lässt man ihn fallen.«

»Na ja, ich bin ihm aber auch dankbar.« Mab zog eine Schüssel mit Schokoraspeln heran und nahm sich eine Handvoll. »Er hat mein Leben ganz neu in Gang gebracht. Er hat mich wirklich glücklich gemacht.«

»Ja, damit er sich davon nähren konnte.« Cindy verschränkte die Arme. »Er hat dich benutzt.«

»Ja, aber er hat mich auch geliebt. Er konnte mich nur nicht sehr lieben. Deswegen war das mit dem Sex auch nie so ganz ... obwohl alles ... funktionierte. Es ging ihm nicht um mich, sondern um das Glück, dass ich fühlte, aber ich war wirklich glücklich, und ...«

Cindy sah sie, warnend den Kopf schüttelnd, an.

»Was ist?«

»Nichts«, winkte Cindy ab und wandte sich wieder ihrem Buch zu. »Also, wie sieht der Plan für heute aus?«

Mab dachte noch immer über *Fun* nach. »Also, ich habe darüber nachgedacht, und ich finde nicht, dass es ein Kapitalverbrechen ist, wenn er mich so zum Höhepunkt bringt, dass ich fast den Verstand verliere, damit er sich an dem Glück berauschen kann.«

»Also wären wir gestern Nacht beinahe draufgegangen«, sagte Cindy laut. »Wir sollten darüber reden.«

»Was ist los mit dir?«, fragte Mab. »Du bist doch sonst ganz wild darauf, Beziehungskram zu bequatschen.«

»Ich sage ja nur, dass wir beinahe *draufgegangen* wären«, betonte Cindy und hob die Augenbrauen.

»Wobei ›beinahe‹ das Schlüsselwort ist«, sagte Oliver, und Mab fuhr herum und sah ihn mit einem Topf voll Holzspachtelmasse hinter der Tür stehen, um die Löcher von der Innenseite aus zuzuspachteln.

»Hallo«, stieß Mab hervor und bedachte Cindy mit einem vorwurfsvollen Blick.

Cindy beugte sich zu ihr vor und wisperte: »Ich wollte, dass er hört, wie du sagst, dass du über *Fun* weg bist, nicht, wie du anfängst, vom Sex zu schwärmen.«

»Na, das hast du mir aber *nicht gesagt*«, wisperte Mab zurück und wandte sich dann wieder Oliver zu. Vielleicht konnten sie so tun, als wäre er taub ... »Also, hat Glenda Ihnen schon gesagt, dass Old Freds Wohnwagen ...«

»Bin gestern Abend noch eingezogen«, sagte er, den Blick auf die Tür gerichtet. »Sehr aufmerksam von Ihnen, daran zu denken.«

Cindy stieß ein Schnauben aus.

»Was Interessantes?«, fragte Mab und ging zu ihr, um ihr gegen das Schienbein zu treten.

»Autsch«, stieß Cindy hervor. »Tja, anscheinend machen die Zauberinnen bei der *Guardia* die Drecksarbeit. Unglaublich, was diese Frau alles für wirklich wahr hält.«

»Na ja, ich bin in den letzten Tagen auch offener für die Wirklichkeit geworden.« Mab blickte mit zusammengekniffenen Augen in das Buch. »Verstehst du Italienisch?«

»Nein«, erwiderte Cindy, »aber ich kann trotzdem das meiste von dem hier lesen. Und Oliver, der Italienisch beherrscht, kann das hier nicht lesen.«

»Magie«, meinte Mab.

»Tja, Drecksarbeit. Aber gute Rezepte.« Cindy richtete sich auf. »Also, wie sieht der Plan für heute Abend aus? Heute Abend ist doch das letzte Mal, oder? Ab morgen ist alles wieder normal, oder?«

»Sicher«, erwiderte Mab. »Als wenn gar nichts passiert wäre. Außer dass ich immer noch schwanger bin und du immer noch Drachen produzierst und Glenda immer noch so tut, als läge *Dreamland* in Florida, und Weaver immer noch den einzigen grünen Plüschdämon in Gefangenschaft besitzt. Abgesehen davon ist alles vollkommen normal.«

»Ich meinte, keine Dämonen, die uns umbringen wollen«, erwiderte Cindy. »Meine Messlatte dafür, was normal ist, hängt viel niedriger als deine.«

»Eine niedrig hängende Latte tut jedem gut«, meinte Oliver fröhlich und begann, die Löcher auf der anderen Türseite zuzuspachteln.

»Aber wir haben doch einen Plan, oder?«, beharrte Cindy.

»Wir bewachen abwechselnd die Urnen. Weaver hat die erste Schicht, dann Glenda, dann Young Fred, dann Ethan. Du und ich, wir halten das *Dream Cream* und das Orakel für die Kundschaft offen, und nach Ladenschluss übernehmen wir die letzte Wache.«

»Okay«, meinte Cindy. »Aber ich würde mich viel besser fühlen, wenn wir noch eine Art magischen Supertrick in der Hinterhand hätten.«

»Also, dann lies weiter«, empfahl Mab ihr und machte sich auf den Weg zum Orakelzelt, wobei sie im Vorbeigehen zu Oliver sagte: »Gute Arbeit da an der Tür.«

Er blickte auf, ernst wie immer, wirkte aber ohne die Brille anders. »Wenn man Weaver als Partner hat, dann lernt man's, Kugellöcher zu stopfen.«

»Kann ich mir vorstellen.« Mab zögerte, überlegte, wie sie sich ausdrücken sollte, ohne dumm zu klingen. »Wir sind wirklich sehr froh über Ihre Hilfe, vor allem, wie Sie uns gestern den Arsch gerettet haben. Ich weiß ja, Sie sind nicht dafür, auf Menschen zu schießen ...«

»Im Allgemeinen nicht«, erwiderte Oliver. »Aber das ist kein Grundsatz, auf dem ich steif und fest beharre.«

»... und Sie haben am Park auch keine persönlichen Interessen, deswegen sind wir Ihnen doppelt dankbar.«

»Ich habe ein persönliches Interesse«, entgegnete er, weiterspachtelnd.

Cindy schnaubte.

»Ich muss jetzt gehen, das Orakelzelt aufmachen«, verkündete Mab und eilte davon, das Missgeschick verfluchend, das ihr *Fun* als ihre einzige wahre Liebe beschert hatte, anstatt ... nun ja ...

Frankie kam auf ihre Schulter herabgeflattert.

»Delpha hatte immer recht, oder?«, fragte sie ihn. »Wenn sie sagt, Joe ist derjenige, dann ist er es, oder?«

Er ruckte mit dem Kopf.

»Vielleicht hat sie sich diesmal geirrt«, meinte Mab und strebte dem Orakelzelt zu.

Die Dunkelheit brach herein, und *Kharos* wurde immer ungeduldiger. Er war so nahe dran ...

Ray kam unter den Bäumen hervor, begleitet von der Regierungsfrau.

»Heute wurde ich den ganzen Tag über auf Trab gehalten«, klagte er, kaum hatte er die Teufelsstatue erreicht.

NATÜRLICH.

Ray blickte über die Schulter zurück. »Bist du sicher, dass alles funktioniert?«

JA.

Ursula hatte ein Klemmbrett in der einen Hand, eine Videokamera in der anderen und einen Beutel über ihrer Schulter hängen. Sie wirkte amtlich und selbstgefällig.

Ray war der Schlauere. Er wirkte unsicher und besorgt.

Auf dem Hauptweg kam Ethan auf sie zu.

BEGINNT JETZT.

Ray ging hinüber zu einem der Standbeine der Teufelsflugkonstruktion und begann hinaufzuklettern.

»Macht es Ihnen was aus, wenn ich Ihnen ein paar Fragen stelle?«, erkundigte sich Ursula. »Nur für meinen Bericht.«

JA, erwiderte *Kharos* und konzentrierte sich dann auf Ethan.

Ethan und Weaver erblickten Ursula neben der Teufelsstatue und Rays stämmigen Körper auf halber Höhe an der Teufelsflugkonstruktion.

Weaver rief: »Hey Ursula!«

Ursula wandte sich überrascht um, und Weaver zielte mit Rays großer Pistole auf sie. »Nur eine verdächtige Bewegung«, sagte Weaver drohend, »bitte.«

Ursula stand so reglos wie die Statue, bis plötzlich Beemer aus dem Himmel herabfiel und mit einem absoluten Mangel an aerodynamischer Eleganz auf dem Kopf der Statue landete, sodass Ursula unwillkürlich aufschrie und dann, als sie sah, was er war, die Stirn runzelte.

»Das ist ja ein Plüschdrache«, krächzte sie.

»Nein, nein«, erwiderte Weaver. »Das ist ein kleiner Liebesvogel. Streck die Hand danach aus, und du hast einen Arm weniger.«

Ethan blickte in die Höhe und sah Rays dicken Hintern verschwinden, als er die Spitze der eiffelturmartigen Konstruktion erreicht hatte.

»Weg von der Statue«, befahl Ethan Ursula. »Erschieße sie nicht«, ermahnte er Weaver.

Ursula bewegte sich schlurfend ein paar Schritte zur Seite, Beemer dabei im Blick behaltend, der sie mit zwitschernden Lauten beschimpfte und damit die kleine *Minion*-Seele in dem Plüsch verriet.

»Ich hab's!«, schallte Rays Stimme von der Spitze des Teufelsflugs herab.

Ein Paneel an der Rückseite der Statue drehte sich, und Ethan fühlte eine Welle des Bösen über ihn hinwegfegen, als er an Ursula vorbeiging und die Urne herausholte.

Beemers Zwitscherlaute verstärkten sich.

»Da sind *Minions* unter den Bäumen«, warnte Weaver, die durch ihre Brille die Umgebung prüfte.

»Dann rennen wir«, entschied Ethan und startete zum Hauptweg durch, Weaver hinter ihm, während Ray von der Spitze des Teufelsflugs Flüche hinter ihnen herschrie und mit einer neuen Pistole wirkungslos auf sie schoss. Beemer warf sich von der leeren Teufelsstatue aus in die Luft und schraubte sich dann etwas mühevoll in die Höhe, bis er Ray im Sturzflug angreifen konnte, sodass sie unbehelligt aus seiner Reichweite laufen konnten. Nicht dass Rays Schießkünste ihnen Sorgen bereitet hätten.

Und das war merkwürdig, überlegte Ethan, während er in vollem Lauf dem Turm zustrebte. Schließlich war der Kerl ein Ranger. Er hätte problemlos in der Lage sein müssen, sie abzuschießen.

Glenda und Young Fred warteten auf der anderen Seite der Zugbrücke, und sobald Weaver und Ethan über die Brücke rannten, begannen sie, diese in die Höhe zu ziehen. Kurz bevor sie oben anschlug, kam Beemer durch den Spalt hereingezischt und fiel dann wie ein Sack Kartoffeln auf den Steinboden.

»Damit haben wir den Letzten«, erklärte Ethan und hob *Kharos'* Urne hoch.

»Ich würde gern Ray erledigen«, knurrte Weaver, während Beemer an ihr hinaufkletterte und sich auf ihre Schulter setzte, von wo er die Urne unbeeindruckt betrachtete, drachencool.

»Schließe sie weg«, bat Glenda und wich einen Schritt zurück.

Ethan rannte die Treppe hinauf, immer zwei Stufen auf einmal nehmend, und öffnete den Schrank. Er stellte *Kharos* in die Mitte zwischen die anderen vier Urnen und verschloss dann die Türen. So. Alle beieinander. Der Park war in Sicherheit.

Warum hatte Ray danebengeschossen?

Er kam die Treppe wieder herunter. »Ray ist noch da draußen, mit Ursula. Und ein paar *Minions*. Der hat irgendwas vor.«

»Kann ich *jetzt endlich* Ray abschießen?«, fragte Weaver.

Ethan nickte. »Ja, lass uns gehen und ihn uns schnappen. Ihn und Ursula und die *Minions*.« Er wandte sich den anderen zu. »Schließt hinter uns ab, und lasst niemanden außer *Guardia* herein.«

»Wir haben's kapiert«, erwiderte Glenda.

»Okay«, sagte Ethan, aber er war immer noch beunruhigt. Ray hätte ihn mit Leichtigkeit abschießen können.

Mab hatte das Orakelzelt um sechs Uhr geschlossen und wollte durch den langsam dunkler werdenden Park gehen, da stieß sie auch schon auf Oliver, kaum war sie auf den Hauptweg getreten. Oliver trug wieder seine Brille, was es leichter machte, mit ihm zu reden, aber zugleich auch eine Enttäuschung war.

Du bist ein hoffnungsloser Fall, sagte sie sich. *Erst verliebst du dich in einen Dämon und jetzt in einen Regierungsagenten mit scheußlicher Brille, der sich in einen Drachen verwandelt.*

»Hallo«, sagte sie und passte sich seinem Schritt an. »Irgendwas zu sehen?«

»*Minions*. Halten sich noch bedeckt.«

»Wie viele?«

»Vielleicht ein halbes Dutzend bis jetzt. Es könnte natürlich auch ein Paar sein, das von einem Wirt zum nächsten wechselt. Ich glaube, die tun das Gleiche wie wir.«

»Und zwar …?«

»Beobachten«, meinte Oliver. »Den ganzen Tag über ist nichts passiert. Weaver hat angerufen und berichtet, dass sie *Kharos'* Urne im Turm eingeschlossen haben. Ohne die Brille würde ich sagen, die Dämonen sind fort.«

»Die warten auf etwas«, vermutete Mab. »Auf Ethans Mitternacht.«

»Ich werde mich erst sicherer fühlen, wenn wir alle im Turm verschanzt sind, zusammen mit diesen verdammten Urnen.«

»Ich nicht unbedingt«, entgegnete Mab. »Aber wenn ich morgen die Sonne aufgehen sehe und niemand, an dem mir was liegt, ums Leben gekommen ist, dann ist das ein guter Tag.«

Oliver blickte auf seine Uhr. »Wir haben noch zwölf Stunden bis Sonnenaufgang. Wir sollten noch einen Pfannkuchen essen.«

Sie wanderten durch den Park, aßen schreckliches Zeug, das nach Sommer schmeckte, und sprachen über Dämonen und Delphie und Geburtsvorsorge. »Sind Sie Arzt?«, fragte Mab. »Komisch, wieso klingt das wie ein Stichwort?« Sie errötete, denn wozu brauchte er bei ihr denn ein Stichwort? Der Mond ging auf, während sie sich unterhielten und dahinwanderten, nach Dämonen Ausschau hielten und näher aneinanderrückten, als es kälter wurde. Die Feuer in den Tonnen entlang des Hauptweges, zusammen mit der orangefarbenen Beleuchtung, verwandelten *Dreamland* in eine Fantasiehölle, überall Geschrei und Gelächter, Feuer und Pfannkuchen, Liebespärchen und Dämonen.

»Ich liebe diesen Park«, stellte Mab fest, und Frankie krächzte seine Billigung von ihrer Schulter herab.

»Ich weiß«, stimmte Oliver zu. »Er wächst einem ans Herz.« Er lächelte zu ihr hinab, dieses kurze Aufblitzen eines Lächelns, das ihr den Atem raubte, so wie *Funs* schiefes Grinsen es nie vermocht hatte.

Fun hat mich glücklich gemacht, dachte sie. *Oliver macht mich heiß. Und das zum ungünstigsten Zeitpunkt, den es geben kann.*

Sieh zu, dass du von ihm wegkommst.

»Ich muss zum Wohnwagen zurück. Frankie braucht … Pistazienkerne.«

Frankie krächzte seine Zustimmung zu diesem Plan.

»Also wir treffen uns dann am Turm«, fuhr sie fort, doch er widersprach: »Nein, Sie sollten nicht allein gehen. Ich begleite Sie.«

»Gut«, erwiderte Mab und versuchte, kühle Gedanken zu hegen, als sie auf die Bäume zuschritten.

Und betete, dass Oliver seine scheußliche Brille aufbehalten würde.

Kharos fühlte, wie sich der Deckel auf seiner Urne löste, und dann …

Dehnung.

Er streckte die Arme aus, als er aus seinem Gefängnis aus Holz und Eisen ausbrach, hob den Kopf und lachte im Wohlgefühl seiner Macht laut auf.

In dem runden Raum oben im Wachturm kauerte vor ihm Young Fred, der *Guardia*-Verräter.

BEFREIE SIE ALLE, befahl er, und Young Fred beeilte sich, dem nachzukommen: zuerst *Vanth*, die in blauem Rauch aufstieg, das Gesicht freudestrahlend über ihrem wunderschönen, freien Körper; dann *Selvans*, kraftvoll, orange, zornig; dann *Tura*, die sich in blaugrüner Pracht schlängelte und mit dem wunderbaren, langen, muskulösen Schwanz schlug, um frei durch die Luft zu schwimmen; und zum Schluss *Fufluns*.

Fufluns. Fast zweieinhalb Meter groß – sie alle gewannen mit jedem, der freikam, an Größe und Stärke, und das war der einzige Grund, *Fufluns* freizulassen, dachte *Kharos* – goldene Hörner, goldene Augen … und eine Nervensäge.

AHA, AHA, meinte *Fufluns*. DIE GANZE BANDE BEIEINANDER. Er verschränkte die Arme und starrte verächtlich auf Young Fred hinunter. VERSCHWINDE, DU KRÖTE.

»Ich will doch nur, dass alle frei sind«, wimmerte Young Fred, machte sich aber trotzdem aus dem Staub.

JETZT SIND WIR EINS, erklärte *Kharos*.

O JA, spottete *Fufluns*. ICH FÜHLE DIE BANDE.

HEUTE IST HALLOWEEN, fuhr *Kharos* fort und überhörte das. DER TAG, AN DEM DIE GRENZEN ZWISCHEN UNSERER WELT UND DER WELT DES SEELENVIEHS SCHWACH SIND. HEUTE IST UNSERE MACHT AM GRÖSSTEN. HEUTE NACHT WERDEN WIR DIE WELT BEHERRSCHEN.

DAS IST WUNDERVOLL, LIEBLING, hauchte *Vanth*, glitt zu

ihm hinauf und schlang einen Arm um seine Taille. ENDLICH KÖNNEN WIR WIEDER GLÜCKLICH SEIN.

Sie streckte sich und küsste ihn, und die Wärme ihrer Umarmung, ihr Körper, ihr Mund, es durchströmte ihn, sodass er einen Augenblick den Faden verlor. VANTH …

UND WIE WERDEN WIR DAS BEWERKSTELLIGEN?, erkundigte sich *Fufluns*.

Kharos wuchs in die Höhe, größer als der Trickspieler-Dämon, immer noch *Vanth* im Arm haltend. WIR WERDEN DAS HÖLLENTOR ÖFFNEN.

Selvans nickte in grimmiger Zustimmung; *Tura* lächelte etwas verwirrt, und *Fufluns* schloss die Augen und schüttelte den Kopf.

Kharos starrte ihn an. WIR WERDEN DAS HÖLLENTOR ÖFFNEN.

NA FEIN, erwiderte *Fufluns*. WAS IMMER DICH GLÜCKLICH MACHT.

ES GEHT NICHT DARUM, GLÜCKLICH ZU SEIN, schnarrte *Kharos*. ES GEHT UM MACHT. SICH AN DEN SEELEN ZU NÄHREN. VON ALL DER VERZWEIFLUNG ZU ZEHREN. SICH AN IHRER HOFFUNGSLOSIGKEIT ZU LABEN. Und als *Vanth* dabei die Stirn runzelte und sich von ihm löste, fügte er hinzu: WAS IST?

WIR GEHEN DOCH ZURÜCK IN DIE HÖLLE, ODER?, fragte sie.

NEIN, erwiderte *Kharos*. WIR SCHICKEN DAS SEELENVIEH ZUR HÖLLE. WIR ABER BLEIBEN HIER, WIR BEHERRSCHEN DREAMLAND, FANGEN NOCH MEHR SEELEN EIN, LABEN UNS AN IHRER VERZWEIFLUNG, BIS DIE GANZE WELT UNS GEHÖRT!

STELL DIR DIE HÖLLE WIE EINE RIESIGE GEFRIERTRUHE VOR, sagte *Fufluns* zu *Vanth*. ANGEFÜLLT MIT UNGLÜCKLICHEN ABENDESSEN.

Vanth wandte sich bekümmert *Kharos* zu. ABER WER KÜMMERT SICH DENN DANN UM DIE SEELEN IN DER HÖLLE?

Kharos starrte sie an. WEN SCHERT DAS SCHON? Doch als sie

vor ihm zurückschrak, zwang er sich zu einem Lächeln. WIR WERDEN HIER ALLE ZUSAMMEN SEIN. WIR WERDEN HIER ZUSAMMEN HERRSCHEN.

ABER WIR TRAGEN DOCH VERANTWORTUNG, wandte *Vanth* ein.

WIR TUN, WAS UNS GEFÄLLT!

TJA, GENAUSO IST ES LETZTES MAL AUCH DEN BACH RUNTERGEGANGEN, warf *Fufluns* ein. DIE LEUTE HÖREN AUF, DICH ANZUBETEN, WENN DU IHNEN NICHTS BIETEST, UND DANN VERLIERST DU DEINE MACHT. GLAUB MIR, DA KENNE ICH MICH AUS.

NA UND?, schnarrte *Kharos*. ICH BRAUCHE KEINE ANBETER, ICH BRAUCHE NAHRUNG. DIE VERZWEIFLUNG, DIE MIR DAS HÖLLENTOR LIEFERT, MACHT MICH MÄCHTIG ÜBER ALLE MA...

SO VIEL ZU: WIR ALLE ZUSAMMEN, höhnte *Fufluns*. ES GEHT NUR UM DICH, STIMMT'S?

Kharos betrachtete ihn grollend. Ray erschien ihm von Minute zu Minute annehmbarer.

DANN WERDEN WIR ALSO IN DREAMLAND BLEIBEN?, mischte *Tura* sich ein. DAS GEFÄLLT MIR. Sie schlug einmal mit dem Schwanz, schwamm durch die Luft zu *Fufluns* und legte ihren Arm um ihn. DAS GEFÄLLT DIR DOCH AUCH, ODER, LIEBLING?

UND WIE, knurrte *Fufluns*, verschränkte die Arme und erwiderte *Kharos'* Starren.

WIR SOLLTEN ZURÜCK IN DIE HÖLLE, erklärte *Selvans* hinter ihnen. UNS AN DIE TRADITION HALTEN.

DU SOLLTEST ZURÜCK IN DIE HÖLLE, erwiderte *Fufluns*. MANCHEN VON UNS GEFÄLLT DAS TAGESLICHT.

DU BIST NICHT LOYAL, knurrte *Selvans* ihn an.

ICH WAR MAL EIN GOTT, entgegnete *Fufluns*. LOYALITÄT GEHÖRT NICHT ZU MEINEM AUFGABENBEREICH.

GENUG DAMIT! *Kharos* wartete, bis alle ihn ansahen. WIR ÖFFNEN JETZT DAS HÖLLENTOR UND WERDEN ES MIT SEELEN FÜTTERN. RAY UND DIE REGIERUNGSFRAU SAMMELN ALLE, DIE

EINMAL BESESSEN WAREN, DENN SIE HABEN EIN WENIG DÄMO-
NENNATUR IN SICH UND WERDEN ZUM HÖLLENTOR STREBEN.
DANACH …

WARTE MAL, unterbrach ihn *Fufluns* mit finsterem Gesicht.
NICHT ALLE, DIE EINMAL BESESSEN WAREN. MAB NICHT. DAS
WAR ABGEMACHT.

NICHT ALLE BESESSENEN SEELEN, stimmte *Kharos* aalglatt
zu und dachte dabei: UND DIESE DEINE FRAU DA WIRD DIE
ERSTE SEIN.

Fufluns sah nicht aus, als sei er beruhigt.

WIR GEHEN JETZT IN DEN KELLER DES TURMS, befahl *Kharos*,
UND ÖFFNEN DAS HÖLLENTOR. RAY BRINGT DIE SEELEN DURCH
DIE TUNNELGÄNGE HEREIN, UND WIR WERDEN SIE IN DEN HÖL-
LENSCHLUND WERFEN UND IHREN SCHRECKEN TRINKEN, UNS
AN IHRER VERZWEIFLUNG LABEN …

SO WAS MACHE ICH NICHT, erklärte *Fufluns*. ICH BIN EHE-
MALIGER GOTT DES GLÜCKS, SCHON VERGESSEN? MICH AN VER-
ZWEIFLUNG LABEN, DAVON KRIEG ICH BLÄHUNGEN.

Kharos knirschte mit den Zähnen. … UND UNSERE MACHT
WIRD UNBESIEGBAR SEIN …

ALSO, ICH WEISS NICHT, meinte *Vanth* zögernd. MIR GE-
FÄLLT ES NICHT, SIE DA DRUNTEN ALLEIN ZU LASSEN. ICH BIN
DOCH IHRE FÜHRERIN, WEISST DU. SIE LIEBEN MICH. ICH …

DIE WERDEN DA UNTEN SCHON ALLEIN ZURECHTKOMMEN,
entgegnete *Kharos* scharf.

NA KLAR, warf *Fufluns* ein. KALTE VERZWEIFLUNG UND EWI-
GES, HOFFNUNGSLOSES GRAUEN. DIE WERDEN GANZ BEGEIS-
TERT SEIN.

Selvans stapfte mit finsterer Miene auf *Fufluns* zu und hob
die Faust. DU UNVERSCHÄMTER!

NA KOMM SCHON, DU FLEISCHKLOPS, säuselte *Fufluns*. ALS
DU DEINEN LETZTEN KAMPF GEWONNEN HAST, STAND EIN
STERN IM OSTEN.

Selvans blieb verwirrt stehen. WARUM SAGT ER SOLCHE SACHEN?

ER HAT ZU LANGE DEN MENSCHEN ZUGEHÖRT, erklärte *Kharos*.

ICH KOMME VIEL MEHR RAUS ALS DU, erläuterte *Fufluns*. DU BIST DER ETRUSKISCHE HULK, NUR NICHT SO LEICHTFÜSSIG.

Selvans startete einen Schwinger, und *Fufluns* lehnte sich ein wenig zurück, sodass die mächtige Faust vor ihm durch die Luft fuhr.

SIEHST DU, WAS ICH MEINE? *Fufluns* lächelte.

GENUG JETZT!, rief *Kharos* und bemerkte ärgerlich, dass er sich wiederholte.

ALSO, ICH WEISS NICHT, meinte *Vanth*.

Kharos sah sie gereizt an.

SEI NICHT BELEIDIGT, LIEBLING, fuhr sie fort. ES HÖRT SICH JA WIRKLICH NACH EINER GUTEN IDEE AN; ABER ICH FRAGE MICH, WARUM HABEN WIR DAS BISHER NOCH NIE GEMACHT?

WEIL JETZT DER RICHTIGE ZEITPUNKT DAFÜR IST, knirschte *Kharos*, nicht in der Stimmung für eine Diskussion über die Konjunkturen der kosmischen Mächte. Er wandte sich den anderen zu. WIR ÖFFNEN DAS HÖLLENTOR, INDEM WIR TIEF UNTEN IM TURM EINEN KREIS BILDEN. UND WÄHREND WIR DAS TOR ANRUFEN, SICH ZU ÖFFNEN, WERDEN WIR ...

DAUERT DAS NOCH LANGE?, fragte *Tura* vom Fenster her. DA SIND NÄMLICH LEUTE IM PARK. ICH WILL MIT IHNEN SPIELEN.

ICH SCHLAGE VOR, WIR MACHEN EINE PAUSE. Damit gesellte *Fufluns* sich zu ihr, legte ihr einen Arm um die Schulter und deutete durchs Fenster hinaus. SIEHST DU DEN KERL DA UNTEN IN DEM AEROSMITH-T-SHIRT? VERHEIRATET. UND DAS DANEBEN IST NICHT SEINE FRAU.

OOOOH, meinte *Tura* und beugte sich vor. DER GEHÖRT MIR.

DAS FUNKTIONIERT SO NICHT, dachte *Kharos* und betrachtete sie der Reihe nach. Der Versuch, sie zusammenzuschweißen, war eine dumme Idee gewesen. Er brauchte ihre Zustimmung nicht, er war der Teufel, und sie mussten ihm gehorchen oder würden zusammen mit dem Seelenvieh in die Hölle wandern. Denn er würde sich seine Nahrung holen, ob sie nun kooperierten oder nicht.

WIR GEHEN JETZT, befahl er und öffnete die Tür zur Treppe.

OH, NA GUT, meinte *Tura* und schwamm an ihm vorbei die Treppe hinunter, gefolgt von *Selvans*, der hinter ihr herschwankte.

Vanth tätschelte im Vorbeigehen seinen Arm. ICH FINDE ES HERRLICH, WENN DU DIESEN KOMMANDOTON ANSCHLÄGST, LIEBLING.

Fufluns tätschelte ihm nicht den Arm. DU WEISST, DASS DIE GUARDIA UNS BALD IM NACKEN SITZEN WIRD.

SCHEISS AUF DIE GUARDIA, erwiderte *Kharos*. SOLLEN SIE MIT DEM SEELENVIEH ZUR HÖLLE FAHREN. DER PARK GEHÖRT JETZT MIR.

SCHEISS AUF DIE GUARDIA?, wiederholte *Fufluns* lachend. WER IST JETZT DURCH BESESSENHEIT VERMENSCHLICHT? DU BIST SCHON MENSCHLICHER, ALS DU GLAUBST, DU SUPERMANN. SCHON MAL NACHGEDACHT, WAS DAS FÜR DICH BEDEUTET?

JA, erwiderte *Kharos*. DIE MENSCHEN SIND EGOISTISCH, GRAUSAM UND SKRUPELLOS, BRINGEN SICH SOGAR GEGENSEITIG UM. DAS MACHT MICH ZU EINEM SCHLIMMEREN BASTARD ALS ALLE ANDEREN DÄMONEN IN DER GESCHICHTE DER MENSCHHEIT.

Fufluns' Lachen erstarb.

UND JETZT BEWEG DEINEN ARSCH DA RUNTER IN DEN KELLER, UND HILF MIT, DAS HÖLLENTOR ZU ÖFFNEN, drohte *Kharos*, SONST WIRST DU DER EHEMALIGE GOTT DES GLÜCKS IN DER HÖLLE SEIN.

Fufluns zögerte und stieg dann die Treppe hinunter.

VERFLUCHTE DISZIPLINLOSIGKEIT, schimpfte *Kharos* und folgte ihm.

Mab und Oliver überließen Frankie in Delphas Wohnwagen seiner Pistazienorgie und gingen weiter zu Old Freds Wohnwagen, wo Oliver sein Dämonengewehr lud, während Mab Munitionsvorrat in seinen Beutel steckte. Er hatte die Brille abgenommen, und Mab versuchte, sich von ihrer Libido abzulenken, indem sie sich daran erinnerte, dass in Kürze die Apokalypse über sie hereinbrechen würde.

Das hatte die gewünschte Wirkung.

»Ich komme mir schon vor wie am OK Corral«, bemerkte sie. »Allerdings haben wir eigentlich kein OK Corral mehr.« Sie verschloss den Beutel dann, als vom Pavillon die Klänge von *Alcohol* herüberwehten. Halb elf Uhr. Die Zeit wurde knapp. Was immer *Kharos* vorhatte ...

Oliver sicherte das Gewehr und nahm ihr den Beutel ab. »Haben Sie keine Angst.«

»Keine Angst?« Mab hörte, wie ihre Stimme sich in die Höhe schraubte, und atmete tief durch. »Wir könnten heute Nacht alle sterben.«

»Nein.« Oliver stellte Beutel und Gewehr neben der Tür bereit und drehte sich wieder zu ihr um, verschränkte die Arme und lehnte sich gegen den Tisch. »Wir werden gewinnen.«

»Und warum? Weil wir die Guten sind? Das ist hier kein Film, sondern Realität, und wir haben's mit dem Teufel zu tun.«

»Weil das Universum sich zur Gerechtigkeit hinneigt.«

Seine grauen Augen ruhten auf ihr, seine Stimme klang entspannt, und sein Bizeps drückte sich durch den Hemdsärmel; Mab dachte: *Ich drehe fast durch vor Angst, und trotzdem bin ich scharf auf ihn.* »Das klingt unsinnig«, entgegnete sie, aber da stand er, groß und breitschultrig, ruhig und kraftvoll und klug, so klug und sich dessen immer sicher, was er tat, und ...

»Alles in Ordnung?«, fragte Oliver.

... er war ein wunderbarer Drache gewesen. Nun ja, das war eine Illusion gewesen, aber sie war Seherin, und sie sah immer die Wahrheit ...

»Mab?«

»Das Universum neigt sich wohin?«, fragte sie in einem Versuch, ihre Libido unter Kontrolle zu behalten. Es war ja auch nur, weil sie heute Nacht sterben würde. Adrenalin. Oder so.

»Der Bogen des Universums ist sehr lang, aber er neigt sich zur Gerechtigkeit hin«, erläuterte Oliver. »Das hat mal ein Minister gesagt. Mir gefällt es.«

Er lächelte sie an, kein charmantes, schiefes Lächeln, kein Versuch, sie einzuwickeln oder ihr etwas vorzumachen, nur dieses gelegentliche Aufblitzen eines Lächelns, während er ihr in die Augen blickte, und sie bekam kaum noch Luft.

»Es bedeutet, das Universum ist auf unserer Seite«, fuhr Oliver mit freundlicher, aber bestimmter Stimme fort. »Wenn wir dafür kämpfen, woran wir glauben, dann legt das Universum einen Finger auf unsere Waagschale.«

Sie liebte seine Stimme, wurde ihr bewusst. Es war kein Schwanken darin, kein Lachen, sondern eine ruhige, tiefe Stimme, die die Wahrheit sagte. Und ihr dann bis in die Knochen fuhr und dort summte.

»Wir überstehen das«, sagte er beruhigend, als sie nicht antwortete.

Wir alle könnten heute Nacht sterben, sagte sie sich, und: *Und dann werde ich nie erfahren, wie es ist, einen Drachen zu lieben.*

»Mab?«

Er beugte sich vor, um ihr in die Augen zu blicken, und da

machte sie einen Schritt vorwärts und küsste ihn, die Augen geschlossen, eine Hand auf seiner Brust, und er zog sie an sich und erwiderte den Kuss, wissend und kraftvoll und ...

Er nahm ihre Lippe zwischen die Zähne, und als sie aufkeuchte, tastete sich seine Zunge zwischen ihre Lippen, und er drückte sie gegen die Wand; sein Körper hob ihren in die Höhe, als sie sich an ihn klammerte, atemlos und außer sich. Dann unterbrach er den Kuss, sah sie leidenschaftlich an und sagte schwer atmend: »Du hast recht, wir könnten heute Nacht sterben, deswegen sollten wir für den Augenblick leben.« Er küsste sie erneut; und sie schlang die Arme um seinen Nacken, presste sich an ihn, wollte ihm so nahe wie möglich sein, zu viele Kleider ...

Er hob sie mit Schwung auf seine Hüften, und sie schlang die Beine um seine Taille, und so trug er sie durch den kurzen Gang in den kleinen Schlafraum, wo er sich mit ihr auf das Bett hinabließ, ohne den Kuss zu unterbrechen. *Das*, dachte sie, *ist das Richtige*. Dann fiel ihr ein, dass Delpha gesagt hatte, Joe sei ihre wahre Liebe. Sie verharrte einen Augenblick still und blickte in Olivers graue Augen auf, die leidenschaftlich auf ihr Gesicht gerichtet waren, die Pupillen riesengroß. »Ist mir ganz egal«, sagte sie laut. »Du bist es, den ich will.« Er küsste sie wieder, und seine Zunge begann, ihren Mund zu erforschen, während er ihr T-Shirt nach oben schob und dabei ihren BH mitnahm, sodass er sie mit einer einzigen sanften Bewegung von der Taille aufwärts nackt auszog, und sie keuchte auf. Dann waren seine Lippen auf ihrer Brust, und sie wölbte sich ihm entgegen, tief in sich ein Ziehen, und zerrte an seinem Hemd und wollte seine Haut auf ihrer fühlen, also steifte er auch das ab, wobei sie ihm mit den Fingerspitzen über seine Brust fuhr, was ihn erschauern ließ. »Ganz nackt«, keuchte sie, aber er war bereits dabei, seine Jeans abzustreifen, und sie trat ihre mit den Füßen fort. Dann warf er sich auf sie.

Er packte sie kraftvoll, drückte sie nieder, während sein Mund über sie wanderte, seine Zähne an ihrer Haut knabberten, kleine, leidenschaftliche, fast schmerzhafte Bisse, unter denen sie erzitterte und immer wilder wurde, je weiter er über ihren Körper hinabwanderte, zwischen ihre Beine, dann leckte er sie, und als sie begann, sich zu winden, hielten seine kraftvollen Hände sie, und die Hitze breitete sich in ihr aus, prickelte unter der Haut und wuchs in ihr, bis sie laut aufschrie und kam. Er bewegte sich über ihren Körper wieder nach oben, und sie küsste ihn wild, umschlang ihn, biss ihn in die Schulter, fuhr ihm mit ihren Händen über den Körper, bis er heftig bebte, und erforschte ihn, wie er sie erforscht hatte, genoss es, wie er unter ihren Liebkosungen stöhnte und die Liebkosungen erwiderte, bis auch sie stöhnte. Und als sie schließlich keuchte: »Ich halt's nicht mehr länger aus, jetzt, komm in mich«, da griff er nach seiner Jeans und zog ein Kondom heraus, denn natürlich hatte Oliver ein Kondom bereit, und sie küsste ihn, weil er Oliver war und weil sie wusste, dass er immer für sie da sein würde.

Dann rollte er sie auf den Rücken, und sie fühlte ihn kraftvoll auf ihrem Körper und dann ebenso kraftvoll in sich, und das Beben und Erschauern begann von Neuem. Er blickte ihr in die Augen und musste dort das blaue Glühen gesehen haben, aber er zuckte um keinen Millimeter zurück, und da gab sie sich ihm vollkommen hin, bewegte sich mit ihm, ließ das Beben immer heftiger werden, als sie immer mehr miteinander verschmolzen. Sie biss ihm in die Schulter, und er schob seine Finger in ihre Haare und zog ihren Kopf zurück, sodass er sie wieder küssen konnte, schier endlos, bewegte sich wild in ihr, bis die Hitze ihren Siedepunkt erreichte und sie aufschrie und es sie schüttelte, wieder und wieder, während sie sich an ihn klammerte. Dann beruhigte sie sich langsam, noch immer keuchend, und er kam zu seinem Höhepunkt und grub dabei seine Finger in sie, bis er schließlich zusammenbrach; und sie schlang die Arme um ihn, während er sich auf den Rücken rollte, sodass er sie mit sich nahm und ihr Gesicht an seinem Hals vergraben lag. Ein paar Minuten lang atmeten sie zusammen, dann ließ Oliver seinen Kopf zurücksinken, und sie sah vollkommene Entspannung auf seinem Gesicht, und Erschöpfung nach der Intensität, mit der er sie geliebt hatte.

Er wandte ihr das Gesicht zu und lächelte und meinte: »Wir werden heute Nacht nicht sterben.«

»Ach wirklich?« Mab atmete tief durch. »Und warum nicht?«

»Weil das Universum will, dass wir das wiederholen«, erwiderte Oliver, küsste sie und zog sie enger an sich, fordernd und stark und leidenschaftlich.

Drachen-Lover, dachte sie und erwiderte seinen Kuss.

Ethan und Weaver trafen gegen elf Uhr dreißig, als der Park geschlossen hatte, beim Bootssteg auf Mab und Oliver.

»Aha, halloo«, sagte Weaver lachend zu Oliver, und er erwiderte: »Du musst gerade reden«, und wieder lachte sie.

»Ist mir da irgendwas entgangen?«, erkundigte sich Ethan.

»Nein«, antwortete Mab mit vorgestrecktem Kinn, und Oliver blickte sie an und grinste; und Ethan dachte: *Ach, um Himmels willen.*

Das Ende der Welt kam auf sie zu, und Mab turtelte herum. *Höchste Zeit, sich auf die Schlacht zu konzentrieren*, dachte er, aber dann kam ihm der willkommene Gedanke, dass Mab, wenn sie jetzt mit Oliver herumzog, vielleicht weniger Bedenken hatte, *Fun* in seine Büchse zurückzubeamen, wenn es an der Zeit war.

Guter Mann, dieser Oliver.

Kein Anzeichen von Ray, Ursula oder den *Minions*, und nun, da sie auf dem Steg standen, auch kein Anzeichen von irgendeiner Bewegung im Inneren der Festung; die Zugbrücke war nach wie vor hochgezogen.

»Wir sind gerade erst hergekommen«, berichtete Mab. »Young Fred reagiert nicht auf Anrufe.«

»Das ist nicht gut.« Ethan blickte auf seine Uhr und stieß dann erleichtert den Atem aus, als die Zugbrücke ächzend begann, sich abzusenken, und sich dann langsam auf den Steg legte.

Young Fred kam herausgerannt, als sei der Teufel selbst hinter ihm her, und Ethan und Weaver griffen ihn sich, als er versuchte, an ihnen vorbeizurennen.

»Was ist passiert?«, fragte Ethan.

»Sie sind rausgekommen«, keuchte Young Fred, wie von Sinnen vor Entsetzen.

»Wie das?«

»Ich *weiß nicht*, sie sind einfach … *rausgekommen*.«

»Wo ist Glenda?«

»Ich *weiß nicht*!«

Ethan verpasste Young Fred einen Schlag auf den Hinterkopf, der ihn stolpern ließ. »*Kein Problem*. Wir gehen einfach alle rein und *stecken sie wieder in ihre Töpfe*.«

»Nein.« Young Fred schüttelte den Kopf und stieß bei seinem Versuch zu entschlüpfen gegen Weaver. »Die sind alle frei. Und *riesig*. Und *böse*.«

»Vorwärts.« Weaver stieß ihm ihr Dämonengewehr in den Rücken, und sie trotteten über die Brücke zum Turm, wobei Young Fred sich immer wieder über die Schulter umblickte, verzweifelt auf eine Fluchtmöglichkeit sinnend.

Sie betraten den leeren Restaurantraum, und Ethan schubste Young Fred zu Weaver hin und befahl: »Bleibt hier und passt auf ihn auf.«

Dann rannte er die Treppen hinauf, die Waffe schussbereit. Der Schrank stand offen, und auf dem Brett darin entdeckte er fünf geöffnete, leere Urnen. Von der Tür am oberen Ende der Treppe, die auf das Zinnendach führte, ertönte heftiges Pochen, und Ethan rannte die Stufen hinauf, schob den Riegel zurück und stieß die Tür auf. Glenda und Cindy hoben sich vor dem Sternenhimmel ab.

»Was ist passiert?«, fragte Ethan.

»Young Fred hat uns hier heraufgelockt und dann die Tür verriegelt«, berichtete Glenda, während sie hinter Ethan die Stufen hinabkletterten. »Aber jetzt kriegt er eine Standpauke von mir, denn an Halloween spielt man in *Dreamland* keine Streiche.«

»Es war kein Streich, den er euch gespielt hat.«

Glenda erstarrte, als sie den offenen Schrank und die leeren Urnen erblickte. »Sie sind *raus*?« Sie sah Ethan an, Verzweiflung im Blick. »Ein *Guardia* hat sie rausgelassen?«

»Wir werden das wieder in Ordnung bringen«, versprach Ethan.

Glenda sank auf einen der Stühle. »Du hast keine Ahnung, was das bedeutet.«

»Na ja, das werde ich gleich sehen«, meinte Ethan. »Du bleibst hier.« Er nahm zwei der Urnen und reichte sie Cindy. »Bereit für den Höhepunkt aller Dämonenschlachten?«

»Nein«, erwiderte Cindy, aber sie nahm die Urnen.

»Pech«, meinte Ethan und nahm die anderen drei Urnen. »Lass uns gehen und den Dämonen in den Arsch treten.«

Fünf Minuten später schlich Mab leise hinter Ethan die Stufen hinunter in das abgedunkelte Kellergeschoss des Turms, sich mit einer Hand an der Wand entlangtastend, in der anderen die leere Urne, die er ihr gegeben hatte. Cindy und Weaver folgten ihnen mit den übrigen Urnen, Young Fred zwischen sich, und Oliver bildete das Schlusslicht, sein Dämonengewehr in der Hand. Auf halbem Weg die Treppe hinunter verlangsamte Mab ihren Schritt, als sie in einem seltsamen purpurnen Lichtschein, der in der Mitte des Kellerraums glühte, wahrnahm, dass all das Gerümpel von dort weggeblasen worden war, als wäre in der Mitte des Fußbodens etwas explodiert und hätte alles gegen die Wände geschleudert. Das merkwürdige Licht in der Mitte verbarg den Rest des Raums in Schatten, Schatten, die dunkler waren als alles, was Mab je gesehen hatte, doch in der Mitte standen in einem Kreis die Unberührbaren, nach zweitausendfünfhundert Jahren wieder vereint: ein mächtiger, orangefarbener Krieger, der in seinen riesigen Pranken ein Schwert trug; eine wunderschöne blaue Madonna, gekleidet wie eine römische Jägerin; eine rauchäugige Meerjungfrau mit vollen Lippen, vollen Brüsten und vollen Hüften, in schimmerndem Blaugrün schwimmend; und ein geißfüßiger goldener Knabe mit kleinen, runden Hörnern zwischen seinem goldblonden, gelockten Haar. Und sie alle wurden beherrscht von einem lackroten Teufel mit kohlenschwarzen Augen und obszön schwellenden Muskeln, dessen Haupt von gebogenen, spitz zulaufenden Hörnern gekrönt war. Sie waren alle über zwei Meter groß, *Kharos* war sogar noch größer, und er stand da mit triumphierend erhobenen Armen über einem glänzenden, öligen Pool mit einer Farbe, die dem bösartigen, toten Pupurrot von Dämonenschlamm ähnelte, der Quelle des ungesunden Lichts in dem Raum.

UND NUN BEGINNT ES!, sprach *Kharos* mit tiefer Stimme, und die anderen blickten unterschiedlich begeistert auf den Pool unter ihnen.

HEISSA, sagte *Fun* mit ausdrucksloser Stimme.

Kharos ignorierte ihn. BRINGT SIE HERBEI.

Ursula trat in das Licht am Rande des Pools, bleich in dem purpurnen Glühen, ihr eifriges kleines Gesicht über dem Klemmbrett. »Wir brauchen einen Bericht über das alles, falls man von oben nachfragen sollte.«

»Sie machen wohl Witze«, ertönte Rays Stimme aus den Schatten, und seine Position war an dem Aufglühen seiner Zigarrenspitze zu erkennen.

»Ich muss feststellen, ob das hier für militärische Zwecke geeignet ist«, teilte Ursula ihm mit. »Wir könnten einen Ort, wo man Leute loswerden kann, ohne dass sie je wieder auftauchen, gut gebrauchen. Und außerdem haben sie vielleicht Dinge bei sich, die sie nie mehr brauchen.«

»Ah.« Ray zog an seiner Zigarre. »Ein Punkt für Sie.«

»Verdammt«, sagte Ethan leise, und Mab blickte in die Dunkelheit hinter Ursula hinein und erkannte, wovon sie sprachen.

Menschen. Menschen von *Dreamland*. Ashley, Suffkopf Dave, Carl *Whack-a-mole*, Sam, Laura Riesenrad und ihr Bruder Jerry und noch mehr, alle mit leeren Augen, offenen Mündern und vor Entsetzen schlotternd, hintereinander in einer Reihe, die durch die Tür zum Tunnelgang hinausführte. Und hinter ihnen sah Mab noch mehr von ihnen, sie füllten einen ganzen Tunnelgang, und alle totenbleich vor Entsetzen, manche schwitzten, manche weinten, kämpften gegen etwas an, das sie zu diesem bösartigen, purpurnen Todespool zog.

»Was ist das für Zeug?«, fragte Ethan leise, als sie im Schutz dieser schrecklichen Dunkelheit den Fuß der Treppe erreicht hatten.

Mab schüttelte nur den Kopf, während Oliver hinter ihr zum Stehen kam, Weaver neben Ethan und Cindy, Young Fred fest im Griff, hinter Weaver.

Ethan stellte *Kharos'* Urne auf den Boden und näherte dann seinen Mund Mabs Ohr.

»Erst holen wir die Leute raus. Keine Kollateralschäden.«

Mab nickte und stellte sich auf die Zehenspitzen, um an Olivers Ohr heranzukommen. »Da sind noch mehr Menschen im Tunnelgang. Schleicht euch hin, und holt sie da raus,

raus aus dem Park.« Er nickte und wollte sich abwenden, da packte sie seinen Arm. »Seid vorsichtig, es könnten *Minions* unterwegs sein«, wisperte sie, und er hob kurz sein Gewehr und schlich sich dann in Richtung Tunneleingang davon, sich in der Dunkelheit mit der Hand an der Wand orientierend, Weaver dicht hinter ihm.

ICH BIN DAGEGEN, wandte *Fufluns* sich gegen *Kharos* und rieb sich dabei über seine kurzen Hörner. WIR HABEN DIESE LEUTE SCHON GENUG BENUTZT. DAVE IST FÜR MICH WIE EIN BRUDER. Er warf einen Blick auf Dave, der vor Entsetzen starr war. EIN BISSCHEN DUMM UND OFT BETRUNKEN, ABER ICH BIN DAGEGEN, IHN IN DIE HÖLLE ZU SCHICKEN.

In die Hölle?, dachte Mab, gerade als Oliver seine Hand von hinten über Jerry Riesenrads Mund schob und ihn in der Dunkelheit zum Tunneleingang zurückzerrte. Weaver folgte mit Laura, und Cindy holte Sam, und keiner wehrte sich. Dann wandte Mab ihren Blick wieder den Unberührbaren zu, um zu sehen, ob sie bemerkten, dass in der undurchdringlichen Dunkelheit hinter ihnen etwas vorging, während sie sich stritten.

Ethan wisperte ihr wieder ins Ohr: »Wir werden ins Licht treten müssen, um Ashley und Dave zu holen«, und sie nickte in dem Wissen, dass das schlimm werden würde, dass sie aber keine Wahl hatten.

Oliver war zurück und zog Carl *Whack-a-mole* am Rande des Lichtscheins fort, und Mab hielt den Atem an, weil sie das doch bemerken mussten; da trat Ethan vor und stellte sich hinter Dave.

DAVE HAT SEINE FREUNDIN BETROGEN, sagte *Tura* in diesem Augenblick mit honigsüßer, vibrierender Stimme, WERFT IHN HINUNTER. ABER ASHLEY NICHT. SIE IST NICHT SCHLECHT.

BRINGT SIE ALLE, befahl *Kharos*. WIR WERDEN UNS AN IHNEN ALLEN LABEN.

»Das war nicht ausgemacht«, rief plötzlich Young Fred und trat aus der Dunkelheit ins Licht, mit bebender, aber rebellisch klingender Stimme. »Du hast gesagt, dass wir alle frei sein würden. Du hast nichts davon gesagt, dass du Leute in die Hölle schicken willst. Ich habe meinen Teil erledigt, du bist frei, jetzt lass sie gehen ...«

ICH WERDE DICH VERSCHONEN, KNABE, WENN DU SOFORT VERSCHWINDEST, erwiderte *Kharos*. WENN DU BLEIBST, WIRST DU MIT DEN ANDEREN STERBEN. Er hob wieder die Arme. UND JETZT BEGINNT DER FESTSCHMAUS!

NEIN, widersprach *Fun*, und *Kharos* fuhr zurück. NUR FÜR DICH, NICHT FÜR UNS. DU BIST DER EINZIGE, FÜR DEN VERZWEIFLUNG EIN GENUSS IST. ICH DAGEGEN MAG ES, WENN SIE GLÜCKLICH SIND. ICH STIMME GEGEN DICH.

Dein Glück, dachte Mab.

Kharos wuchs über *Fun* und Young Fred hinaus, wurde immer größer, röter und zorniger. HIER GIBT'S KEINE ABSTIMMUNG.

Young Fred wich in die Dunkelheit zurück, doch *Fun* blickte weiter trotzig in die Höhe, während Mab hinter Ethan schlich und sich umwandte und erkannte, dass Cindy dicht hinter ihr war, die *Guardia* die neue Spitze der alten Reihe bildete.

Das wird eine böse Überraschung, dachte sie und fühlte sich dabei ein wenig besser, obwohl sie fest entschlossen war, Young Fred eine gehörige Abreibung zu verpassen, wenn sie das alles überstanden hatten.

Falls sie das alles überstanden.

IHR WERDET MIR GEHORCHEN!, tobte *Kharos*.

ACH, NA GUT, ALSO DANN NIMM ASHLEY, gab *Tura* verdrießlich nach, und ihr starker Schwanz peitschte die Luft, während sie die Arme verschränkte. SCHADE DRUM. ICH HAB MICH IN IHR WIRKLICH WOHLGEFÜHLT.

VIELLEICHT KÖNNTE ICH MIT DEN SEELEN RUNTERGEHEN, schlug *Vanth* vor und trat an *Kharos* heran. MICH UM SIE KÜMMERN, IHNEN DEN WEG ZEIGEN. SIE LIEBEN MICH, WENN ICH BEI IHNEN BIN.

NEIN, knurrte *Kharos*, und *Vanth* wich stirnrunzelnd vor ihm zurück.

DEN WEG WOHIN?, fragte *Fufluns* sie. HAST DU DIE HÖLLE VERGESSEN? DA UNTEN GIBT'S NICHTS ALS KALTE VERZWEIFLUNG.

»Kalt?«, stieß Ursula hervor und klickte nervös mit ihrem Kugelschreiber. »Ich dachte, in der Hölle ist es heiß, offene Feuer und so.«

DU WÜRDEST DA UNTEN UM FEUER BETTELN, erwiderte *Fufluns*, und seine Stimme hörte sich trostlos an.

ES KOMMT MIR GRAUSAM VOR, SIE OHNE UNS DA HINUNTERZUSCHICKEN, beharrte *Vanth*. WIR SIND IHRE GÖTTER. ICH BIN IHRE FÜHRERIN.

WIR SIND IHRE DÄMONEN, korrigierte *Fufluns*. IHRE SCHLIMMSTEN ALPTRÄUME. DU GLAUBST, ES WÄRE BESSER, WENN DU SIE DURCH DIE HOFFNUNGSLOSIGKEIT FÜHRST?

DAS IST MEIN BESTREBEN, antwortete *Vanth* selbstgefällig.

ES GEHT NICHT UM DICH!, fuhr *Fufluns* sie an, und *Vanth* schrak zurück und blickte ihn dann finster an, während Mab dachte: *Ich vergebe dir noch nicht ganz, aber du bist auf dem besten Wege.*

GENUG JETZT. *Kharos* breitete die Arme aus. BRINGT SIE, DAMIT DAS FEST BEGINNT.

Ursula steckte ihren Kugelschreiber an das Klemmbrett und legte es ab. Dann nahm sie ein Nummernhalsband aus ihrem Beutel und streifte es Ashley über den Kopf, sich nicht um Ashleys Schluchzen kümmernd. »Na los«, befahl sie, doch Ashley versuchte zurückzuweichen, das Gesicht vor Angst verzerrt. »Ich nehme nur noch Ihre Tasche an mich«, erklärte Ursula formell und griff dabei nach der Tasche, die Ashley über ihrer Schulter hängen hatte, »und die Ausweise, die Sie bei sich haben. Keine Sorge, die Regierung der Vereinigten Staaten wird ganz genau darüber informiert sein, wo Sie sich aufhalten.«

Ashley verschränkte die Arme vor der Brust, zu sehr in Panik, um loszulassen.

Ursula zog an der Tasche. »Geben Sie mir die Tasche. Als Regierungsbeauftragte befehle ich Ihnen *loszulassen*!«

Ethan bewegte sich vorwärts, und Mab folgte ihm ins Licht. Er packte Dave am Genick, schleuderte ihn hinter sich und nahm seinen Platz ein, und Mab schob ihn weiter zurück, wo Cindy ihn packte und an Weaver weiterreichte, woraufhin er in der Dunkelheit verschwand. Gleichzeitig zog Ethan sein Messer und trat hinter Ashley, die jetzt wild schluchzte.

»Bitte«, schluchzte sie, »bitte lassen Sie mich gehen. Was immer ich verbrochen habe, es tut mir leid, aber bitte lassen Sie mich gehen, *bitte* ...«

»*Gib – diese – Tasche – her*!«, befahl Ursula scharf, Gier in den Augen, die Lippen über die Zähne zurückgezogen. Dann riss sie noch einmal mit aller Kraft an Ashleys Tasche, und im selben Moment zerschnitt Ethan den Riemen mit einer einzigen glatten Bewegung.

Ursula stolperte einen Schritt zurück, die plötzlich befreite Tasche an die Brust gedrückt, ihr Mund ein rundes O, dann noch einen taumelnden Schritt zurück, und dann den finalen Schritt in den Pool hinein, wo sie wie durch eine Vakuumröhre senkrecht hinuntersauste, eingesaugt in die tödlich-purpurne Antimaterie der Hölle, und man hörte nur noch ihren Schreckensschrei, der endlos widerhallte, während Ethan Ashley in Mabs Arme stieß, Mab sie an Cindy weitergab und dann hinter Ethan Stellung bezog.

Ursulas Schrei hallte noch immer schauerlich, als befände

sie sich in endlosem Fall, davon abgesehen jedoch herrschte im Kellerraum Schweigen, als *Kharos* über das Tor zur Hölle hinweg Ethan fixierte.

DU, sprach *Kharos*.

»Tja, ich«, entgegnete Ethan. »Also, wir können das jetzt auf die harte oder auf die weiche Tour durchziehen.«

»*Was?*«, flüsterte Mab hinter ihm.

»Das habe ich immer schon mal sagen wollen«, gab Ethan über die Schulter zurück.

WAS?, brüllte *Kharos*.

Ethan breitete die Arme aus, das Messer noch immer in der Hand. »Es ist doch so: Du kannst entweder freiwillig wieder in deine Kiste kriechen, oder wir befördern dich mit einem Arschtritt wieder hinein. Du hast die Wahl.«

»*Bist du übergeschnappt?*«, flüsterte Mab hinter ihm. »*Das ist der* TEUFEL.«

Kharos fletschte die Zähne und schleuderte seine Hand gegen Ethan, und sogar Mab, die hinter Ethan stand, fühlte die Gewalt des Schlags.

Ethan stieß gegen sie, dann fing er sich wieder. »Mehr hast du nicht zu bieten?«

Aber Mab hatte gefühlt, wie er unter dem Stoß erbebte, und seine Stimme klang zitterig, als hätte ihm der Stoß alle Kraft geraubt.

Wieder hob *Kharos* die Hand, da rief Mab: »Einen Augenblick mal«, und bewegte sich um Ethan herum, bis sie vor ihm stand. »Ich finde, wenn wir über das alles *reden würden* …«

»*Verdammt*, Mab«, stieß Ethan hervor und versuchte, sie hinter sich zu ziehen.

Mab stieß ihn beiseite. »… dann könnten wir bestimmt einen für alle annehmbaren Kompromiss finden …«

In den Tiefen des Pools schrie Ursula, wobei ihre Stimme immer hohler und schwächer klang, je weiter sie hinabstürzte, die Unberührbaren aber beachteten das nicht, sondern rückten über dem Pool näher zusammen und starrten Mab an.

SCHÄTZCHEN, ließ *Vanth* sich vernehmen, DU SOLLTEST DICH DA NICHT EINMISCHEN. DAS IST MÄNNERSACHE.

WER BIST DU?, fragte *Kharos* und wandte dann den Blick *Vanth* zu. WAS MEINST DU MIT SCHÄTZCHEN?

»Ich bin Mab«, erwiderte Mab. »Und es geht um Folgendes: Wir werden nicht zulassen, dass du sonst noch jemanden da runterwirfst. In *Dreamland* kommen keine Seelen in die Hölle.« Sie warf einen vorsichtigen Blick auf den Pool, aus dem noch immer Schreie gellten. »Abgesehen von Ursula. Die kannst du behalten.«

Kharos hob die Hand, um ihr einen Schlag zu versetzen, doch *Fun* rief: HALT! WIR HABEN EINE ABMACHUNG.

ABMACHUNGEN INTERESSIEREN MICH NICHT, schnarrte *Kharos* und schleuderte seine Hand auf Mab, und im gleichen Augenblick trat *Fun* vor sie.

Ein roter Blitz fuhr in *Fun*, ließ die goldenen Locken auf seiner Brust flattern, und er fing ihn auf, zurücktaumelnd bis an den Rand der Dunkelheit, wo er gegen Young Fred stieß. Der duckte sich schutzsuchend hinter ihm. *Du Feigling*, dachte Mab, und *Kharos* schleuderte einen weiteren Blitz, doch *Fun* verwandelte sich in einen goldenen Nebel und verschwand, sodass der Blitz in Young Fred fuhr.

Er stürzte ohne einen Laut zu Boden.

»*Nein!*«, schrie Mab auf, dann kniete bereits Oliver neben ihm, und sie kniete sich daneben.

»Er atmet«, murmelte Oliver ihr zu und schenkte dem mörderischen Dämon und dem Höllentor keine Beachtung, konzentrierte sich auf seinen Patienten. »Aber er reagiert nicht. Ist er noch da drin?«

Mab fühlte in Young Fred hinein und spürte nur Leere und ein totes Gehirn. *Nein*, dachte sie und suchte tiefer nach einem Funken und hörte gleichzeitig Weaver rufen: »*Nein*«, und als sie aufblickte, sah sie, wie Ethan sich auf *Kharos* zubewegte. *Ich hoffe, er weiß, was er tut*, dachte sie, beugte sich dann tiefer über Young Fred und konzentrierte sich darauf, irgendeinen Funken zu finden, der helfen würde, Young Fred wieder zurückzuholen.

Ich habe keine Ahnung, was ich da eigentlich tue, dachte Ethan, und *Kharos* brüllte: SCHICKT SIE ALLE IN DIE HÖLLE!, doch *Vanth* widersprach: ABER NICHT MAB, SIE IST DIE UNSERE. DIE ANDEREN, VON MIR AUS ...

ALLE!

Vanth stemmte die Hände in die Hüften. NEIN. Sie ging auf ihn zu, und ihre blau glühenden Umrisse flirrten in der kalten Luft. Sie neigte sich ihm lächelnd zu. MAB IST DIE UNSERE, LIEBLING. WIR HABEN SIE GEMACHT. SIE LIEBT UNS!

Kharos brach mitten im Gebrüll ab, und Ethan dachte: *Das ist nicht gut*, und in diesem Augenblick hob sich Young Freds Brust in einem tiefen Atemzug, und er versuchte, sich aufzusetzen. Ethan hörte Olivers Stimme: »Du bleibst unten, du mieser, kleiner Verräter«, und dann fühlte Ethan, dass Mab wieder hinter ihm stand, und dachte: *Viel besser*.

Wenn er sich schon seiner Familie aus der Hölle stellen musste, dann war es von Vorteil, eine Schwester an seiner Seite zu haben.

Weaver mit einem Dämonengewehr wäre noch besser gewesen.

WOVON SPRICHST DU?, fragte *Kharos Vanth*, und Ethan erkannte, dass *Vanth Kharos'* schwacher Punkt war.

MAB IST UNSERE TOCHTER, erklärte *Vanth* verzückt, IST DAS NICHT WUNDERVOLL?

NEIN, entgegnete *Kharos*, jetzt wirklich aus dem Konzept gebracht. SIE IST NICHT ...

»Augenblick mal«, schaltete Ray sich ein und trat wutentbrannt in das purpurne Licht. »Wir hatten eine Abmachung. Ich kriege den Park. Wenn Mab am Leben bleibt, kriege ich den Park nicht. Also zur Hölle mit ihr. Oder noch besser: Töte sie einfach, damit der Leichenbestatter es als natürlichen Tod bestätigen kann. Ich muss eine Leiche vorweisen.« Er blickte in den Pool, wo Ursula noch immer fiel, ihre Schreie immer weiter entfernt und hohl vor Verzweiflung. »Wenn du sie da reinwirfst, muss ich sieben Jahre warten, bis ihr Tod offiziell erklärt wird.«

»Du *Dreckskerl*«, stieß Mab hervor und versuchte, um Ethan herumzublicken.

NEIN, widersprach *Vanth*, NICHT MAB ...

»Hören Sie, Lady, ich hab nicht ewig Zeit, da Ihr Gatte sich meine Seele jederzeit, wenn ihm danach ist, als Snack holen kann, also muss Mab jetzt sofort sterben. Sie ist ja selbst schuld, sie hätte mir den Park geben sollen, als ich es ihr anbot ...«

NEIN, erklärte *Vanth*.

Ray winkte ab. »Ach, zur Hölle damit, dann werft eben alle *Guardia* rein. Mab zuerst. Ich hab noch was anderes zu tun.«

Vanth wuchs in die Höhe, ein Turm blauen Zornes.

»Was ist jetzt wieder?«, fragte Ray und nahm die Zigarre aus dem Mund. Sie streckte die Arme in die Höhe, und es erhob sich ein starker Wind im Raum. Ray rief: »Halt, Moment mal.« Sie warf die volle Kraft des Sturms gegen ihn. Er schrie auf, als sein Haar zurückgeblasen und dann fortgerissen wurde, seine Haut straff nach hinten gezerrt wie in einem Windkanal. Seine Schreie wurden schrill, und es gab ein reißendes Geräusch, Blut spritzte, und dann stand nur sein Skelett da und zerlegte sich eine Sekunde später in Einzelteile, die klappernd gegen die Wand flogen.

Vanth sog den Sturm wieder ein. DAS IST FÜR MEINE TOCHter, du minion, sprach sie dorthin, wo Ray gestanden hatte, und wandte sich dann wieder *Kharos* zu.

Mab stand starr da, den Mund vor Entsetzen offen.

»Bist du okay?«, fragte Ethan, der sich selbst alles andere als gut fühlte.

»Das ist meine *Mutter*«, sagte Mab hohl.

Mit einem Klicken wurden die Lampen eingeschaltet und beleuchteten den gesamten Kellerraum, mit Ausnahme des Pools, der jegliches fremde Licht zurückwies.

Vier der Unberührbaren standen da, noch immer größer als Menschen, aber sie wirkten ein wenig schäbig und zerfleddert, als hätten sie die Schatten nötig, um Eindruck zu machen.

»Bei dieser Dunkelheit krieg ich eine Gänsehaut«, erklärte Cindy drüben bei den Lichtschaltern. »Hab ich was verpasst? Was hatte denn das Geschrei zu bedeuten?«

»Ray ist tot«, klärte Weaver sie auf. »Mabs Mutter hat ihn auseinandergenommen.«

Mab rückte näher zu Ethan. »Und was jetzt?«

»Wir stecken zuerst mal die Einfacheren in ihre Urnen«, erwiderte er und fühlte sich weniger zuversichtlich, als er klang.

Wutentbrannt trat *Kharos* vor. ihr habt das seelenvieh geraubt, und ihr glaubt, das hält uns auf? dich, knabe, werden wir als ersten ...

»*Kharos!*«, rief Glenda von der Tür oben am Treppenanfang. »Ethan ist dein Sohn!«

»Ach, verdammter *Mist*«, stieß Ethan hervor. »Mom, *geh nach Hause.*«

nein, sagte *Vanth*, trat näher an *Kharos* heran und starrte zu Glenda hinauf. mab ist die unsere, aber nicht dieser mann.

»Mab ist von dir und *Kharos*«, bestätigte Glenda und schritt die Treppe herab, und während Mab sie beobachtete, wurde sie mit jedem Schritt jünger, bis sie den Boden erreicht hatte, da war sie wieder zwanzig Jahre alt, mit einem engelhaften Gesicht und einem umwerfenden Körper, und sie blickte *Vanth* mit rasiermesserscharfem Lächeln an. »Ethan ist von *Kharos* und … mir.«

Sie hat keine Zauberkraft mehr, wie hat sie das gemacht?, fragte sich Mab, dann fiel ihr Blick auf Cindy, die sich mit aller Kraft konzentrierte.

GLENDA?, stieß *Kharos* hervor und wirkte fast menschlich, wie er sie fassungslos anstarrte.

WAS?, donnerte *Vanth*, und ihr Blick schnellte zwischen ihnen hin und her.

DU HAST SIE BETROGEN?, rief *Tura*, die mit peitschendem Schwanz näher heranschwamm.

Kharos blinzelte, als die beiden weiblichen Dämonen näher rückten. ICH BIN KHAROS! ICH NEHME MIR, WAS ICH WILL!

WIE KONNTEST DU NUR?, fragte *Vanth* mit brechender Stimme und wich vor ihm zurück.

MACHST DU WITZE? SO'NE HEISSE BIENE, entfuhr es *Kharos*, dann klappte er den Mund zu, verblüfft über sich selbst.

OH!, stieß *Vanth* hervor und wandte sich mit einem vor Wut und Schmerz verzerrten Gesicht von ihm ab.

DU BETRÜGER, fauchte *Tura* ihn an und schwamm vor sein Gesicht.

»Zurück in deine Kiste, du Bastard«, rief Glenda scharf, nahm die Urne aus Cindys Hand und hielt sie in die Höhe.

Selvans trat vor und wollte danach greifen, doch Cindy fuhr ihn an: »Nein!«, und die Urne verwandelte sich in einen hölzernen Drachen, der nach ihm schnappte und dann hinauf zu den Deckenträgern flog.

»Na gut, aber die brauchen wir noch«, erinnerte Glenda Cindy, und in diesem Augenblick trat Weaver hinter *Selvans* und knallte ihm seine Urne auf den Rücken.

»*Frustro*, du Riesenorange«, sagte Glenda, und er wandte sich um, packte sie am Hals und hob sie in die Höhe.

»Nein!«, schrie Ethan, doch im gleichen Augenblick warf sich ein Fünfundsiebzig-Dollar-Plüsch-Dämonendrache vom Treppenabsatz in die Luft und rauschte zwitschernd im Sturzflug auf *Selvans* nieder, gefolgt von einem Viertelpfund zorniger Rabe, der anfeuernd krächzte. Verwirrt blickte der Dämon auf, während er Weaver würgte.

WEICHE, MINION, SIE IST MEIN, befahl *Selvans* dem Drachen und wandte sich Weaver wieder zu, nur um im nächsten Augenblick unter dem Gewicht Beemers, der ihm wie ein Mehlsack ins Genick sauste, zu taumeln. Als Oliver auf ihn schoss, lockerte er den Griff, und als dann Frankie sich auf seine Augen stürzte, musste er Weaver fallen lassen, um nach dem Raben zu schlagen.

Weaver stürzte auf den Steinboden und sog keuchend Luft in ihre Lungen, und Beemer drehte ab, machte dann eine Kehrtwendung und schoss wieder auf *Selvans* zu, zwitschernd vor Wut.

MINION, ICH BEFEHLE DIR ZU STOPPEN, DENN ICH BIN DEIN HERR!, rief *Selvans*.

Beemers Augen glühten purpurrot auf, er stieß direkt in *Selvans'* Gesicht vor und ließ ihn geblendet zurücktaumeln. Wieder schoss Oliver, und *Selvans* schrie auf. Da erhob sich Young Fred und rief: »*Frustro*, Fleischklops«, und Mab rief: »*Specto!*«, mit einer Stimme so scharf wie eine Peitsche, und Ethan rief: »*Capio!*« und nahm all die orangefarbene Wut in sich auf.

Wieder dieser zornige orangefarbene Schlamm, der alles um ihn her verlangsamte und zäh werden ließ und ihn hinunter in eine lähmende Dummheit zerrte, bis Cindy »*Redimio!*« rief und damit den Schlamm aus ihm herauszog und in die Urne bannte, die Weaver bereithielt. Weaver klappte den

Deckel darauf und rief mit heiserer Stimme: »*Servo*«, und die Urne versiegelte sich.

Weaver stellte sie auf den Boden.

Der kleine hölzerne Drache kam von den Deckenbalken herab in Cindys Arme geflogen und verwandelte sich wieder in eine Urne, und Weaver murmelte: »Braver Junge«, als Beemer ebenfalls herabgeflogen kam und versuchte, seinen Kopf unter ihren Arm zu stecken.

Das alles hatte nicht länger als zehn Sekunden gedauert.

Kharos hob den Blick über *Vanths* und *Turas* Köpfe und rief: NEIN! und versuchte, die Hand gegen die *Guardia* zu schleudern und sie zu vernichten, aber er fand sich von zwei weiblichen Dämonen gestellt, die ihn anschrien, und ihre Wut wallte in einem blaugrünen Nebel um ihn herum, der ihn einen Augenblick lang blind machte.

Frauen, dachte Ethan.

Sie wirkten jetzt alle kleiner, und Ethan erkannte, dass sie mit dem Verlust von *Selvans'* Macht ungefähr fünfzehn Zentimeter geschrumpft waren.

GENUG!, rief *Kharos*. GEBT MIR DIESE URNE!

DU HAST OHNE MICH MIT IHR GESCHLAFEN, schrie *Vanth* ihn an und stürmte davon, zur anderen Seite des Pools, wo sie beleidigt die Arme vor der Brust verschränkte.

Kharos blickte verwirrt drein, und Ethan empfand fast so etwas wie Mitgefühl.

Dann sagte *Kharos* laut: TURA IST SOWIESO BESSER IM BETT ALS DU, und Ethan glaubte, seinen Ohren nicht zu trauen.

Vanth fuhr zu der Meerjungfrau herum, das Gesicht wutverzerrt. TURA!

WAR ICH NICHT, rief *Tura* bestürzt und wich zurück. WAR ICH NICHT! WÜRDE ICH NIE MACHEN!

»*Frustro!*«, sprach Young Fred, und zugleich rief *Kharos*: DAS WAR NICHT ICH, DU DUMMKOPF, DAS WAR DER TRICKSPIEler!, aber Mab hatte *Tura* schon ge*spect*ot und an die Steinwand des Kellers genagelt, und Ethan rief: »*Capio*« und nahm sie in sich auf, all das blaugrüne Geschrei, das er nun schon kannte, bis Cindy wieder »*Redimio*« sprach und *Tura* in ihre Urne bannte und Weaver dem Ganzen den Deckel aufsetzte.

Turas Urne wurde neben *Selvans'* gestellt, und *Kharos* schrumpfte wieder um fünfzehn Zentimeter.

GEBT MIR DIESE URNEN, verlangte er und näherte sich ihnen, und Ethan dachte: *Verdammt*, und machte sich bereit für einen Zusammenstoß mit dem Vater aller Ödipuskonflikte.

Mab packte die beiden abgefüllten Urnen und schob sie Glenda zu. »Hinauf damit!«, raunte sie, und Glenda verschwand mit ihnen.

Also gut, dachte Ethan, wenn sie *Kharos* jetzt erwischen konnten, während er so wütend und verwirrt war, würde *Vanth* sich wahrscheinlich ruhig in ihr Schicksal ergeben, denn dann gab es nichts mehr, worum sie kämpfen musste. Er wappnete sich für den Angriff des Teufels, aber er würde es nicht allein schaffen …

»Also, jetzt lass uns mal offen reden, Dad«, begann Ethan, als *Kharos* versuchte, sich mit seinen fünfzehn Zentimetern Vorteil, die er noch besaß, über ihn zu erheben. »Deine Zeit ist um. Du gehst jetzt freiwillig wieder in deine Urne zurück, oder wir versohlen dir den Hintern. Wenn du meinst, du musst …«

Kharos packte ihn an der Kehle und hob ihn vom Boden hoch. Mab sah, dass Ethan noch immer sein Messer in der Hand hatte.

Wenn das aus Eisen ist, dachte sie, aber es nützte Ethan nichts, denn *Kharos* hielt ihn zu weit von sich weg, und sie konnte nicht länger abwarten, ob Ethan noch einen anderen Plan hatte, als ein offenes Wort mit Daddy zu sprechen.

Also schlich sie sich um den Höllentorpfuhl herum, kam von hinten und tippte *Kharos* auf die Schulter.

Als er sich umdrehte und Ethan, der schon blau anlief, dabei an sich drückte, lächelte sie. »Hallo, Dad«, sagte sie, und Ethan stieß ihm das Messer zwischen die Rippen.

Mit einem Grunzen warf *Kharos* Ethan gegen die Wand. Dann packte er den eisernen Griff des Messers, wobei seine Hand um das Eisen herum rauchte, riss es mit einem Lachen heraus und ließ es fallen. Der Abdruck des Jägerpfeilsymbols auf dem Griff hatte sich in seine Handfläche gebrannt.

Ethan kam nur langsam auf die Füße, taumelte, und Mab dachte: *Dann muss ich es tun.* Sie starrte in *Kharos'* Augen und versuchte zu sehen, was in ihnen war, wo sein schwacher Punkt war, was er fürchtete, *irgendetwas*. Als er nach ihr griff, strahlte er Wut aus, und sie sog es in sich ein, voller Wut auf ihn, ließ ihre Wut auf seine Wut treffen, fühlte, wie ihre Augen rot glühten.

Er erstarrte und sah ihr in die Augen.

»*Frustro!*«, rief sie, als der rote Nebel um sie wallte, »*Specto* ... CAPIO ...«

Er wehrte sich, aber sie zog ihn in sich hinein und fiel dann auf die Knie, als all der mörderische, rote, bösartige, unmenschliche Hass sich um ihr Herz schlang und zudrückte. Sie fühlte Olivers Hände, die sie stützten, hörte Cindy schreien: »*Redimio!*«, aber *Kharos* krallte sich in ihr fest, drückte stärker, sein Gelächter in ihrem Kopf, alles schwirrte davon, ihr letzter Gedanke: *Zumindest beherrscht Oliver Mund-zu-Mund-Beatmung ...*

Aber dann war Ethan da, flüsterte »*Capio*« in ihr Ohr, und sie fühlte, wie *Kharos* sie verließ, aus ihr herausgesaugt wurde, während Oliver sie auffing, und ihr Herz bekam wieder Raum zum Schlagen. Zugleich schnarrte Cindy: »*Redimio*, verdammt noch mal, *raus* mit dir aus ihm«, und hielt die Urne bereit, und Ethan bäumte sich auf, als *Kharos* aus ihm heraus und in die Urne fuhr. Weaver klappte den Deckel darauf und rief: »*Servo*, du verfluchter Hurensohn.«

Mab lag in Olivers Armen, erschöpft, aber triumphierend. »Du hattest recht, wir haben gewonnen«, sagte sie und blickte zu ihm auf, er aber starrte über den Pool hinweg.

»Noch nicht ganz«, erwiderte er.

DAS WAR SEHR FALSCH VON EUCH, sprach *Vanth*, und Mab blickte sie an und sah die kriegerische Madonna in der schönen blauen Jägerin, die Madonna, die Ray in Einzelteile zerlegt hatte. GEBT MIR DIESE URNE, schnarrte *Vanth* und hob ihre Arme.

»Ach, zur Hölle«, stieß Ethan hervor, als der Wind begann, durch den Raum zu fegen.

Ethan wusste, dass er es mit *Vanth* nicht aufnehmen konnte. Ihre Wut ließ *Kharos'* Zorn wie ein Maienlüftchen erscheinen.

DU HAST MIR MEINEN MANN WEGGENOMMEN, fauchte sie und kam näher, die Augen in blauer Wut glühend, und der Wind begann, machtvoll um ihn herumzubrausen. GIB IHN MIR ZURÜCK.

Weaver trat mit schussbereitem Dämonengewehr dazwischen.

DAS KANN MICH NICHT AUFHALTEN, warnte *Vanth*.

»Dieser Mann ist meiner«, rief Weaver. »Ich verstehe ja deinen Zorn, aber du kriegst ihn nicht.«

»Geh beiseite«, drängte Ethan und versuchte, Weaver zur Seite zu schieben.

»Und er ist mein Bruder«, rief Mab und bezog neben Weaver Stellung. »Du weißt doch, wie wichtig die Familie ist, Mom. Ich darf es nicht zulassen, dass du ihm etwas tust.«

Vanth hielt inne. Sie war noch immer wütend, aber sie hörte zu, und die Windböen umspielten sie, rissen aber niemandem den Kopf ab.

»Das Problem mit Dad«, begann Mab und trat lächelnd auf *Vanth* zu, »ist, dass er uns töten will. Ich weiß, in der Mythologie ist das mehr oder weniger normal, aber wir sind Menschen, und da sollte man seine Kinder nicht umbringen.«

ICH WEISS, erwiderte *Vanth* fast entschuldigend, ABER IHR MÜSST IHN WIEDER FREILASSEN. ER IST DOCH KHAROS!

»Ja, eben, genau deswegen mussten wir ihn einsperren«, erklärte Mab.

Vanths Gesicht verfinsterte sich, und sie hob die Arme, und der Wind wurde stärker.

»Denn wenn er mich tötet«, fuhr Mab fort, »dann kriegst du keine Enkel.«

Vanth hielt wieder inne, die Arme noch in der Luft. Mab tat noch einen Schritt vor und blickte hinauf in *Vanths* Gesicht. »Ein kleines Mädchen, Mom. Sie soll einmal Delpha Vanth Delphie heißen. Ist das nicht schön? Wir können sie DVD rufen ...«

»DELPHA VANTH?«, wiederholte *Vanth* unzufrieden.

»Oder Vanth Delpha«, verbesserte Mab eilig. »Dann könnten wir sie ...«

Sag es nicht, flehte Ethan innerlich, der sich mit Entsetzen an diese grässliche Vampir-Fernsehserie erinnerte, und Mab, der gerade noch einfiel, wie dann die Initialen ihrer Tochter lauten würden, vollendete hastig: »... Vanth nennen!«

Vanths Gesicht war steinern, aber auch nachdenklich.

»Little Vanth?«, schlug Mab vor.

Vanth schüttelte den Kopf. TUT MIR LEID, SCHÄTZCHEN, ABER ICH MUSS DEINEN VATER WIEDERHABEN. ICH BIN SICHER, WENN WIR IHM ERKLÄREN ...

»Mutter«, sagte Mab mit Nachdruck, »er wird mich töten. Und Delphie ... Vanth auch.«

NEIN. *Vanth* hob die Arme, und der Wind begann, an ihnen zu reißen.

Weaver feuerte ihr Dämonengewehr ab und traf *Vanth* mitten in den Körper, sodass sie aufschrie, und der Wind wurde noch stärker, schmerzhaft, und alle drängten sich schutzsuchend zusammen. Beemer und Frankie stürzten sich vom Treppenabsatz aus in den Kampf, nur um von dem Sturm erfasst und gegen die Wände geschleudert zu werden. Ethan trat einen Schritt vor, bereit, eine Unberührbare zu Boden zu schlagen, war sich aber ziemlich sicher, dass es für ihn nicht gut ausgehen würde, doch da stand Mab bereits vor ihm, ihr wildes rotes Haar elektrisch im Sturm, und sie schirmte die anderen vor *Vanths* Zorn ab.

Oliver rief mit lauter Stimme: »Zeig ihr das Baby«, und Mab überlegte, dann hob sie die Arme in perfekter Nachahmung ihrer Mutter, schloss die Augen und runzelte die Stirn voller Konzentration, und mitten in dem leeren Raum zwischen ihnen begann ein kleines grünes Licht zu glühen, erweiterte sich zu einer Art Auge im Hurrikan, schwebte höher und nahm die Form eines Kindes mit wildem rotem Haar an, das furchtlos und neugierig dastand und zu *Vanth* aufblickte.

Vanth blickte hinunter und erstarrte. Sie blickte in die blauen Augen ihrer Enkelin.

»Er wird uns töten«, flüsterte Mab ihr zu.

Vanth ließ die Arme sinken, und der Sturm verschwand, das Baby verschwand, und sie waren wieder im Keller des Wachturms, windzerzaust und erschöpft.

SIE WAR WUNDERSCHÖN, flüsterte *Vanth*.

»Sie ist deine Enkelin«, erwiderte Mab. »Und wenn du neun Monate wartest, kannst du sie wieder sehen.«

DARF ICH SIE IM ARM HALTEN?, fragte *Vanth*.

»Nur wenn du versprichst, Dad nicht herauszulassen«, erklärte Mab.

ICH WOLLTE NICHT, DASS DU IN DIE HÖLLE KOMMST, sagte

Vanth in abbittendem Ton. NIEMAND SOLLTE OHNE MICH DA UNTEN SEIN.

»Ich weiß, Mom.«

UND ER HAT MICH BETROGEN, erinnerte *Vanth* sich mit gerunzelter Stirn.

»Geschieht ihm ganz recht, in dieser Urne rumhocken zu müssen«, meinte Mab bekräftigend. »Da drin kann er nicht betrügen.«

Young Fred trat hinter *Vanth*, doch er sagte nichts, und in seinem Blick lag Mitleid.

»Du musst wieder in deine Urne zurück«, fuhr Mab fort, »aber ich verspreche dir: Wenn du schwörst, dass du *Kharos* nicht herauslässt, werde ich dich freilassen, sobald das Baby geboren ist, damit du sie im Arm halten kannst. Das schwöre ich dir bei meinem Leben.«

»*Warte mal*«, stieß Ethan hervor.

»Halt dich da raus«, murmelte Mab durch den Mundwinkel nach hinten, und Weaver stieß ihn an und zischte: »Halt – die – Klappe.«

ES IST NUR IMMER SO EINSAM IN DIESER WAHRSAGERMASCHINE, klagte *Vanth*. DAS HALBE JAHR ÜBER KOMMT NIEMAND VORBEI.

»Wir könnten den Kasten ins *Dream Cream* stellen«, schlug Mab vor.

»Äh«, meinte Cindy.

»Da hast du das ganze Jahr über Leute um dich herum. Fröhliche Leute«, erklärte Mab. »Die werden dich *lieben*.«

WIRKLICH?

Mab nickte bekräftigend. »Wirklich. Und die werden Pennys in den Kasten stecken und wollen etwas über ihre Zukunft hören. Du kannst ihnen alles erzählen, was du willst.«

Vanth dachte darüber nach, und Mab hielt den Atem an.

ALSO GUT, sagte sie schließlich. ICH GLAUBE AN DICH.

Mab musste die Tränen zurückdrängen. »Ich glaube auch an dich, Mom.« Sie trat näher zu *Vanth* und legte ihren Arm um all das strahlende Blau, und *Vanths* Arme legten sich um Mab.

»Das ist gar nicht gut«, murmelte Ethan, der eine Katastrophe voraussah.

»Ach, *Klappe*«, raunzte Weaver, und Ethan hörte, wie Cindy hinter ihm schnüffelte.

»Also weißt du, wir sind Dämonen-*Bekämpfer*«, murrte er, und Weaver und Cindy zischten beide: »*Halt die Klappe, Ethan*«, und da hielt er die Klappe.

Dann trat Mab wieder zurück und sagte: »In neun Monaten, ich verspreche es dir«, und *Vanth* nickte, dann sagte sie: WARTE!

»Ich wusste es doch«, murmelte Ethan, aber *Vanth* ging hinüber zu dem Höllentor, hob die Arme darüber und sprach: TERMINO, wobei sie die Hände zusammenlegte.

Das Höllentor schloss sich, Ursulas Schreie verhallten, und der Boden war wieder fester Stein.

Vanth wandte sich Mab zu. DAS WÄRE SEHR GEFÄHRLICH FÜR DAS BABY.

»Ja, das wäre es«, stimmte Mab aus vollem Herzen zu.

ALSO GUT, ICH BIN BEREIT, erklärte *Vanth* resigniert.

Young Fred trat vor sie. Er blickte ihr in die Augen und sagte sehr sanft: »*Frustro*«, und sie sah ihn verblüfft an. Dann sprach Mab seufzend: »*Specto*, Mom«, und Ethan sagte leicht verunsichert: »*Capio*« und fühlte dann all das herrliche Blau in sich hineinströmen, fühlte, wie es ihn ausfüllte. Dann sprach eine mütterliche Stimme in ihm: »Du trinkst zu viel. Du solltest damit aufhören, bevor meine Enkelin geboren wird, sonst bist du ihr ein schlechtes Beispiel. Und zieh endlich diese dumme Kampfweste aus. Du bist hier in Ohio.«

Turas Geschrei wäre mir lieber gewesen, dachte er, und

dann sprach Cindy sehr sanft: »*Redimio, Vanth*«, und *Vanth* strömte in die Urne, Weaver legte den Deckel darauf und sagte »*Servo, Vanth*. Bis zum nächsten Juli.«

»Wir werden sie doch nicht wirklich rauslassen, oder?«, fragte Ethan, und drei Frauen wandten sich ihm zu und erklärten unisono: »*Natürlich tun wir das.*«

»Gib es auf, Kamerad«, riet Oliver.

»Das ist diese Mutter-Tochter-Geschichte«, stimmte Young Fred zu. »Da sollte man sich nicht einmischen.«

»Und jetzt zu dir«, wandte Ethan sich zu ihm um, froh, jemanden zu haben, an dem er seinen Unmut auslassen konnte.

»Es tut mir leid, ich weiß nicht, was ich mir dabei gedacht habe«, rief Young Fred und wich einen Schritt zurück. »Ich bin eben noch jung und mache Fehler. Ich dachte, ich könnte helfen, aber ich lerne es schon noch. Und ihr braucht mich. Ich bin euer Trickspieler!« Er grinste Ethan schief an.

»Du bist *Fufluns*«, erwiderte Ethan. »Und ich packe dich gleich am Arsch.«

»Schon gut«, rief *Fun*. »Du bist zwar nicht mein Typ, aber ich bin da offen …«

»Warte mal«, mischte Cindy sich ein und betrachtete Young Fred zum ersten Mal genauer bei Licht. »Ach du lieber Gott, du bist ja wirklich *Fufluns*.«

»Mach dich bloß nicht lustig über Ethan«, riet Mab ihm. »Der wartet nur auf einen Grund, dich wieder in deine Kiste zu stecken …«

»Ich *habe* einen Grund«, betonte Ethan. »Er ist ein *Dämon*.«

Fun lächelte ihn an. »Und hier kommt der Clou: Ihr braucht mich. Ich bin euer Trickspieler. Und – ich habe euch vor *Kharos* gerettet. Ihr schuldet mir etwas.«

Ethan schüttelte den Kopf. »Kann dir nicht trauen. Kann's einfach nicht. Tut mir leid.« Er hob die leere Urne hoch. »Du musst wieder da rein.«

»Das könnte schwieriger werden, als ihr denkt«, entgegnete *Fufluns* sorglos.

Ethan sah Mab an. »Kannst du ihn ohne einen Trickspieler fassen?«

»Ja«, erwiderte Mab. »Ich werde immer wissen, wo sein Geist ist. Ich liebe diesen vermaledeiten Kerl.«

Ethan wurde ungeduldig. »Tust du's?«

Mab nickte und sprach: »*Spec...*«, der Rest blieb ihr in der Kehle stecken. Sie hustete und sagte wieder: »*Spec...*« und würgte dann.

»Was ist los?«, fragte Ethan.

»Ich kann nicht«, erwiderte Mab. »Das Wort will nicht raus.«

»Na, ich kann aber«, sagte Ethan und ging *Fufluns* an die Kehle. »*Cap...*«, begann er und musste ebenfalls husten, und seine Hand erstarrte wenige Zentimeter vor *Fufluns'* Hals.

»Bevor ihr euch selbst wehtut«, meinte *Fufluns*, »darf ich euch daran erinnern, dass Young Fred ein *Guardia* ist.«

»Young Fred ist tot«, entgegnete Ethan.

»Tja, der Teil, der wirklich Young Fred war, ist von uns gegangen«, stimmte *Fufluns* zu. »Aber dieser Körper? Er atmet noch und ist noch immer ein *Guardia*, und keiner von euch kann ihm etwas antun. Also bin ich grundsätzlich sicher vor euch. Außerdem bin ich auch euer Trickspieler, und das ist eine ganz neue Perspektive für mich, aber ich komme schon klar damit. Ich finde, wir haben heute ganze Arbeit geleistet.«

»Aber wir können dir nicht trauen«, brachte Cindy etwas verwirrt vor und kam näher.

»Natürlich nicht.« *Fufluns* lächelte. »Aber ihr konntet auch Young Fred nicht trauen. Wir sind eben Trickspieler. So sind wir.«

»Du wirst diesen Körper irgendwann mal verlassen müssen«, meinte Ethan.

»Tja, aber Young Fred ist ungefähr zwanzig Jahre jünger als ihr«, erwiderte *Fufluns*. »Wollen wir wetten, wer von uns seine irdische Hülle zuerst aufgibt?« Er betrachtete Ethan von oben bis unten. »Vor allem du siehst jetzt schon aus wie ausgekotzt.«

Ethan wollte ihn wieder packen, fühlte, wie seine Bewegung blockiert wurde, und gab es auf. »Mir reicht's«, knurrte er und hob *Vanths* Urne auf. »Wir schließen die jetzt alle in den Schrank und machen den Wachturm dicht, und dann sehen wir zu, dass wir ins Bett kommen. Halloween ist nämlich vorbei. Wir haben gesiegt.«

Das Letzte, was er auf dem Weg zur Treppe hörte, war *Fun*, der zu Mab sagte: »So, und jetzt zu uns«, und Mab, die erwiderte: »Nicht in diesem Leben.«

Das heiterte Ethan ein wenig auf. Er mochte vielleicht nicht in der Lage sein, *Fun*-den-*Guardia* zu erwürgen, aber Mab konnte diesem Clown in die Parade fahren, indem sie ihn abblitzen ließ. Und wenn sie das nicht besorgte, dann würde ihm sicherlich der gute alte Nicht-*Guardia* Oliver einen Tritt in den Arsch verpassen.

Die Zukunft sah schon viel rosiger aus.

Eine Woche später saß Mab auf dem Karusselldach zwischen zwei Clowns und betrachtete im morgendlichen Sonnenlicht ihr Werk. Vieles war zerstört.

Das Piratenschiff besaß keine Piraten mehr, und nun war es halb piraten-schwarz und halb arche-rot gestrichen. Es sah schrecklich aus, aber wenn der Frühling kam, würde es eine wunderschöne Arche Noah werden, voller Farbe und Leben, nicht nur mit Elefanten und Pferden, sondern auch mit Affen und Lamas und Drachen, herrlich wundersame Tiere, die Delphie gefallen würden. Der Liebestunnel hatte seine Tauben und Blumen und Liebespaare verloren und hockte wie ein unförmiger pinkfarbener Klumpen neben der Wurmbahn, die nun wurmlos war, aber auch die würde sie wieder hinkriegen. Sie stellte sich den Tunnel mit Schmetterlingen und vielen grünen Weinreben vor. Delphie Vanth würden die Schmetterlinge gefallen. Und das Grün. Die Meerjungfrau-Kreuzfahrt war im Trockendock, das Wasser abgelassen, sodass die Reste des Dämonenschlamms neutralisiert werden konnten. Die Schießbuden waren ausgeräumt, und die Gewehre zeigten auf eine frisch geweißte Wand, die später einmal mit Pappdämonen als Zielscheiben versehen würden, an Stelle der OK-Corral-Schießwütigen, die versucht hatten, Glenda umzubringen.

»Ich bin einverstanden mit Dämonen als Zielscheiben«, hatte Mab zu ihr gesagt.

»Ich auch«, erwiderte Glenda, die wieder zu ihrem alten Ich zurückgefunden hatte. Und so waren nun Sam und ein paar frisch angeheuerte Schüler-Hilfskräfte damit beschäftigt, das Dämonen-Schießstand-Schild »Schieße einen Dämon ab – Rette eine Seele« an Stelle des alten OK-Corral-Schildes aufzuhängen.

Im hinteren Teil des Parks arbeiteten sich mit Seilen gesicherte Anstreicher am Teufelsflug in die Höhe, strichen die fünfseitige Turmkonstruktion blau an und befestigten große, weiße, hölzerne Wolken daran. Die neue Tafel »Fallschirmflug« hing bereits an der Vorderseite, und kein Teufel war weit und breit zu sehen.

Sämtliche Skelette, Geister und Riesenspinnen waren verschwunden, alle orangefarbenen Zellophantüten waren von den Straßenlaternen abgenommen, und vor allem: Das Riesenrad, die Drachenbahn, das Kettenkarussell und das Karussell, auf dessen Dach sie saßen, waren, so schön wie immer, unversehrt aus dem Dämonenkrieg hervorgegangen.

Dreamland wurde wieder schön.

»Es gefällt mir«, sagte sie zu dem Clown zu ihrer Rechten, der wie Young Fred aussah und immer wieder versuchte, seinen Arm um sie zu legen.

»Ein Großteil deiner Arbeit ist zerstört«, meinte *Fun*.

»Das wirklich gute Zeug ist noch da«, stellte Mab fest und tätschelte den erhobenen Arm des Clowns zu ihrer Linken. »Und das Unnötige hat sich geändert. Manche Veränderungen sind eben gut. Diese kleinen Monster von der Kreuzfahrt wollte ich sowieso nie wiedersehen. Die fand ich schon immer gruselig, sogar schon bevor sie versucht haben, mich umzubringen.«

»Woher kommt eigentlich das Geld für das alles?«, wollte *Fun* wissen.

»Machst du dir um Geld Sorgen?«, fragte Mab. »Das sieht dir gar nicht ähnlich.«

»Hier wird meine Kleine einmal aufwachsen«, erklärte *Fun*. »Ich will, dass ihr Zuhause gesichert ist.«

»Das Geld kommt von Ray«, sagte Mab. »Er hat mir alles hinterlassen, und sein Anwalt wickelt alles problemlos ab, nachdem Oliver als behandelnder Arzt einen ... äh ... Herzinfarkt bescheinigt hat. Niemand kam, um die Leiche sehen zu wollen. Und das Gute daran ist: Ray war ein wirklich reicher Drecksack. Wir werden keine finanziellen Probleme mehr haben.«

Sie wandte sich ihm zu und betrachtete ihn im hellen Sonnenlicht, noch immer ein wenig aus der Fassung, da er jetzt Young Fred war, obwohl der echte *Fun* bereits ein wenig sichtbar wurde, die Nase wurde schmaler und neigte ein wenig zur Hakennase, das Haar wurde lockiger, das Grinsen schiefer. Irgendwann würde aus Young Fred ... nun ja, ein *Fun* Young Fred geworden sein. Das hätte ihm vielleicht sogar gefallen.

Drunten hievte Glenda die letzte Reisetasche in Rays Wohnmobil, stieg ein und drückte auf die Hupe.

»Ich muss mich verabschieden«, stellte Mab fest und erhob sich. »Vor mir liegen viele neue Abenteuer.«

»Bist du auch in Ordnung?«, erkundigte sich *Fun*. »Ich meine, du weißt schon, das Baby?«

»Delphie Vanth ist ganz in Ordnung. Obwohl Gott allein weiß, wie sie einmal wird.«

»Sie wird immer für eine Überraschung gut und fleißig sein, für Scherze zu haben und sehr intelligent«, versicherte *Fun*. »Womöglich wird die Welt noch nicht auf sie vorbereitet sein.« Er klang wie ein stolzer Vater.

»Na ja, die Welt hat noch achteinhalb Monate Zeit, um sich zu wappnen.«

»Aber ich bin der Vater der Kleinen, stimmt's?«, fragte *Fun*. »Ich meine, du wirst ihr doch sagen, dass ich es bin.«

»Ja«, erwiderte Mab, »ich werde es ihr sagen.« *Und dann werde ich ihr sagen, sie soll auf Ethan und Oliver zählen, nicht auf dich. Du wirst sie so sehr lieben, wie du kannst, aber ...*

»Ich werde für sie da sein«, versprach er, als hätte er ihre Gedanken gelesen. »Ich mag *Dreamland*.« Er lehnte sich ein wenig zurück, um sie anzulächeln. »Bist du sicher, dass du uns nicht noch eine Chance geben willst? Ich kann diesen Körper nicht verlassen, ohne dass er stirbt, also ...«

»Ganz sicher«, erwiderte Mab. »Du bist ein Lügner, und du wirst immer einer sein. Das ist deine Natur. Aber Lügen töten die Liebe ab, fressen sie auf wie Säure.« Sie blickte ihm ins Gesicht, und sie liebte ihn so sehr, dass sie nur eines für ihn tun konnte: nicht die Hände nach ihm ausstrecken. »Wenn ich mit dir zusammenbleibe, dann wirst du mir alles wieder nehmen, was du mir gegeben hast, das Glück, das Vertrauen, die Freude. Deswegen ziehe ich einen Schlussstrich.«

Sein Lächeln verschwand. »Ich kann mich ändern.«

»Nein, das kannst du nicht«, entgegnete Mab. »Und das willst du auch nicht. Und ich will nicht, dass du anfängst, mich zu hassen, genauso wenig wie ich will, dass ich anfange, dich zu hassen. Lass es sein, *Fun*. Die Welt ist voller schöner Frauen, die begeistert wären, ein Wochenende lang mit dir zusammen zu sein.«

»Aber die sind nicht wie du«, entgegnete *Fun*.

»Ich bin auch nicht mehr die, die du kennengelernt hast«, sagte Mab. »Ich verlange jetzt Liebe und Ehrlichkeit und Respekt und eine verlässliche Bindung. Das brauche ich. Und mit ein bisschen Glück werde ich das auch kriegen.«

»Oliver, stimmt's?«

»Vielleicht«, antwortete Mab und lächelte, als sie sich daran erinnerte, wie Cindy gefragt hatte: »Also ist Oliver ein Dämon im Bett?«, und welchen Gesichtsausdruck sie zeigte, als Mab geantwortet hatte: »Nein, er ist ein Drache.« Sie blickte *Fun* an und schüttelte den Kopf. »Das hat nichts mit Oliver zu tun. Ich liebe dich wirklich, aber du kannst mir nicht das geben, was ich brauche.« Sie holte tief Luft. »Und jetzt bin ich frei.«

Fun, in ihrem Schatten sitzend, lächelte zu ihr auf und wirkte nicht mehr so sicher wie einst. »Kann ich irgendetwas für dich tun, bevor du fährst?«

»Sag Ethan, dass wir fortgefahren sind«, bat Mab. »Wir haben uns gestern Abend spontan dazu entschlossen. Glendas Idee. Ich hab's ihm noch nicht gesagt, denn du kennst ja Ethan. Muss immer den Beschützer spielen.«

»Ah ja, vielen Dank«, sagte *Fun*. »Hey, Ethan, ich habe eine gute und eine schlechte Nachricht. Die schlechte Nachricht lautet: Deine Schwester ist gerade mit deiner Mutter auf eine längere Fahrt ins Blaue abgedüst. Die gute Nachricht: Sie hat auch die Krähe mitgenommen.«

»Den Raben.« Mab tätschelte ihm den Arm. »Sag ihm einfach, er soll das Fledermaussignal setzen, wenn er Hilfe braucht. Und dir wünsche ich viel Spaß mit Ashley.«

Fun grinste. »Das lässt dich nicht mehr los, was? Natürlich nicht.« Er erhob sich ebenfalls. »Aber es wird nicht dasselbe sein.«

»Das hoffe ich doch, bei allen Höllenteufeln«, erwiderte Mab und versuchte, an ihm vorbeizukommen.

Da beugte er sich vor und küsste sie rasch, und sie erwiderte den Kuss für einen langen Augenblick, weil es gut war und weil sie ihn liebte, auch wenn er ein lügender, betrügender, trickreicher Dämonenclown war, aber sie hielt die Augen geschlossen, weil er noch viel zu sehr wie Young Fred aussah.

Dann tätschelte sie ihm nochmals den Arm und kletterte über die Leiter hinab zum Wohnmobil, froh, ihn hinter sich lassen zu können.

»Was passiert in Abteilung einundfünfzig?«, fragte Ethan, während er vom Dach des Wachturms aus über *Dreamland* hinwegblickte und ein Auge auf seine Schwester und ihren dämonischen Exlover hatte. »Warum ist Oliver nicht hier?«

»Steckt im Moment fest«, berichtete Weaver. »Er hat Ursulas Job gekriegt, weil sie verschwunden ist und niemand sonst in der Abteilung Bescheid weiß. Er wird uns decken. Er will noch immer Dämonenrecherche betreiben, aber er hält es für das Beste, keine Informationen die Kommandokette hinaufzuschicken, sonst kommt womöglich jemand wie Ursula auf dumme Gedanken.«

»Ausgezeichnet.« Er blickte über die Verwüstungen in seinem Park hinweg und dachte: *Verdammt.* Aber insgesamt war der Park noch glimpflich davongekommen, und Mab hatte schon große Pläne für seine Zukunft und wahrscheinlich auch für ihre, wenn Oliver sich von Abteilung einundfünfzig freimachen und wieder zurückkommen würde. »Und was ist mit dir?«

»Was soll mit mir sein?«, fragte Weaver.

»Du arbeitest auch für die Regierung.«

»Nicht mehr«, erwiderte Weaver und wandte sich ihm zu. »Ich existiere gar nicht mehr. Oliver hat das für mich geregelt.«

»Aber deine Karriere …«

»Ich bin bei der *Guardia*.« Weaver legte die Arme um ihn. »Das ist mehr als genug.« Sie runzelte die Stirn und klopfte auf seine Brust. »Wo ist deine Weste?«

Ethan zog sie eng an sich. »Ich bin hier in Ohio, und die Dämonen sind alle fort. Wofür brauche ich also noch eine kugelsichere Weste?«

Er beugte sich vor und küsste sie, und im nächsten Augenblick flatterte Beemer herab, landete auf Weavers Schulter und machte sich dort breit, nach einer Woche Flugpraxis schon viel leichter geworden, aber noch immer ein aufgeplusterter Plüschdrachendämon.

»Na ja, nicht alle Dämonen sind fort«, erwiderte Weaver und tätschelte Beemers Goldlamee-Brust.

Ethan starrte Beemer an, und Beemer starrte zurück. Dann schlang der Drache seinen Schwanz um Weavers Nacken und duckte seinen Kopf zur Seite, wobei er Ethan Platz machte, um Weaver küssen zu können.

Dreamland, dachte Ethan. *Hier ist alles möglich.*

Und er küsste Weaver.

Die purpurne, plüschbesetzte Drachenklaue in seinem Ohr störte ihn dabei überhaupt nicht.

»Es gefällt mir gar nicht, wenn du Dämonen küsst«, rief Glenda durchs Fenster nach hinten, als Mab ihren Koffer in das Wohnmobil hievte. »Hast du Ethan gesagt, dass wir wegfahren?«

»Nein, ich habe dem Dämon aufgetragen, es ihm zu sagen.« Mab knallte die hintere Tür zu, ging nach vorn und blickte durch Glendas Fenster auf den Rücksitz. »Alles angeschnallt?«

Delphas Asche in der Messing-Drachenurne lag gesichert

auf dem Rücksitz hinter dem Fahrer. Frankie hockte auf der Kopfstütze darüber und blickte vage interessiert um sich. Auf der anderen Seite, hinter Glenda, war *Vanths* Kasten festgeklemmt.

»Fertig, Mom?«, erkundigte sich Mab.

Es gab ein Surren, und eine Karte ploppte heraus.

Glenda nahm sie. »Sie findet, wir sollten deinen Vater auch mitnehmen.«

»Ich bin noch nicht darüber hinweg, dass er uns umbringen wollte«, rief Mab zu *Vanth*. »Da bin ich nachtragend. Aber du wirst sehen, dir wird die Freiheitsstatue auch ohne ihn gefallen.«

»Die Freiheitsstatue wird uns allen gefallen«, meinte Glenda und wies dann mit dem Kinn nach vorn. »Mab, da will dich jemand sprechen.«

Mab wandte sich nach vorn und sah Oliver vor dem *Dream Cream* stehen, die Hände in den Taschen, den Blick verwirrt auf das Wohnmobil gerichtet, und ging zu ihm hinüber. »Ah, hallo, Fremder«, begrüßte sie ihn. »Du rufst nie an, du schreibst nie …«

»Ich habe dich jeden Abend angerufen«, erwiderte er, beugte sich vor und küsste sie flüchtig, und sie lächelte an seinem Mund.

»Das ist nicht genug«, murmelte sie.

»Jetzt bin ich hier, und ich habe das ganze Wochenende frei«, meinte er tröstend und wies dann zum Wohnmobil hinüber. »Warum verursacht mir das Bauchgrimmen?«

»Weil ich wegfahre, eine Fahrt ins Blaue«, erklärte sie. »Meine neuerworbenen Mütter sind in den letzten vierzig Jahren nicht aus *Dreamland* herausgekommen, deswegen zeige ich ihnen jetzt die Freiheitsstatue.«

Er nickte feierlich. »Gute Idee. Wie lange werdet ihr fort sein?«

»Ein paar Wochen«, antwortete sie, und er schloss die Augen. »Wir sind auf alle Fälle spätestens bis zum Erntedankfest wieder zurück. Glenda und Cindy planen eine große Erntedank-Party. Du wirst doch kommen, oder?«

Er nickte. »Natürlich komme ich. Bis dahin sollte ich auch in meinem Job alles so weit organisiert haben, dass ich dann wirklich hierbleiben und arbeiten kann. Keine Telefonanrufe mehr.«

»Deine Arbeit. Ich wette, sie werden dich alle lieben«, behauptete Mab, blickte zu seinem Gesicht auf und dachte: *Delpha hat sich geirrt.* Dieser Kerl war ihr bestimmt, er musste es einfach sein …

»Ich finde, Liebe könnte es fördern«, erwiderte Oliver. »Zumindest scheinen sie dankbar für ein wenig Vernunft zu sein.«

»Ich bin auch dankbar für ein wenig Vernunft.« Mab seufzte.

»Beeil dich, und komm schnell zurück, Mab«, bat er und blickte ihr tief in die Augen.

Fun hätte sie angelächelt. Oliver sah sie an, als würde er sie jetzt schon vermissen.

»Das tue ich«, versicherte Mab ihm. »Ich will dich doch viel besser kennenlernen.« Sie lachte auf. »Ich kenne noch nicht mal deinen Familiennamen.«

»Der ist Oliver.«

Sie blinzelte ihn verwirrt an. »Dann heißt du Oliver Oliver?«

»Nein, ich heiße Joe Oliver.«

»Also heißt du Joe«, ächzte Mab und hörte Delpha sagen »Sein Name ist Joe«, und der Park schwirrte einmal um sie herum.

»Ich mag den Namen Joe nicht besonders«, meinte Oliver. »Nenn mich einfach, wie du willst.«

Da lachte sie im Sonnenlicht vor dem *Dream Cream* und sagte betont: »*Joe.*«

»Habe ich da etwas verpasst?«, fragte er.

Sie lächelte ihn an. »Es freut mich *sehr*, dich kennenzulernen, Joe«, hauchte sie glücklich, und er beugte sich zu ihr vor und küsste sie, und sie stemmte ihre Hände gegen seine starken Arme, denn dieser Kuss war geeignet, ihren Entschluss ins Wanken zu bringen: stark und voller Gewissheit und leidenschaftlich, der Drache ihrer Träume, ihre einzige wahre Liebe.

Delpha hatte sich nicht geirrt.

»Komm schnell zurück«, murmelte er an ihrem Mund, und sie lachte leise, und dann ging sie um das Wohnmobil herum und kletterte auf den Fahrersitz.

»Es gefällt mir, wenn du diesen netten Jungen küsst«, meinte Glenda.

»Mir auch«, erwiderte Mab und hämmerte auf die Wiedergabetaste von Rays Kassettenrekorder, bis *What Love Can Do* ertönte. Dann winkte sie Oliver zum Abschied zu, setzte das Wohnmobil in Bewegung und verließ *Dreamland* über die Dammstraße, frei und unbeschwert von allen Sorgen.

Sie hatte gesehen, wohin sie gingen, und es war gut.

Danksagung

Unser Dank gilt
unseren Beta-Lesern, Brooke Brannon, Heidi Cullinan,
Lani Diane Rich und Anne Stuart,

Debbie – dafür, dass sie Bobs bessere Hälfte ist,

Kennywood dafür, dass es uns einen Ort beschert hat, an dem wir anfingen, über *Dreamland* nachzudenken,

Joss Whedon für *Buffy*,

den Argh-Leuten, die Brainstorming-Sitzungen für die Wahrsager-Weisheiten veranstalteten, vor allem Carolyn T. (»Jemand, der dir nahesteht, birgt ein Geheimnis«), McB (»In dem Look hast du keine guten Aussichten«, »Erst wird es schlimmer, bevor es besser wird«) und Karen F. (»Er liebt dich, so sehr er kann, aber er kann dich nicht sehr lieben«),

Mollie Smith dafür, dass sie sich mit uns zusammengerauft und die Crusie-Mayer-Website auf die Beine gestellt hat,

Amy Berkower und Jody Reamer von Writer's House und Meg Ruley von der Jane Rotrosen Agency dafür, dass sie sich ebenfalls mit uns zusammengerauft haben, und Jennifer Enderlin, der besten Lektorin, die man sich nur wünschen kann.

„Voller Situationskomik, witziger Dialoge und Lacher auf jeder Seite!" USA Today

192 Seiten
ISBN 978-3-442-54671-8

„Das perfekte Valentinstags-Bonbon!"
Booklist

192 Seiten
ISBN 978-3-442-54672-5

„Stephanie-Plum-Romane haben denselben Suchteffekt wie Kartoffelchips!"
People

www.goldmann-verlag.de
www.facebook.com/goldmannverlag

Auftakt zur zauberhaften neuen Serie von Janet Evanovich!

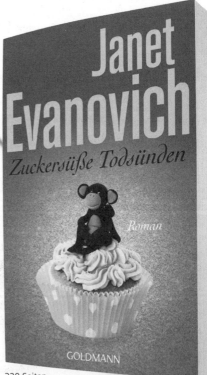

Ein Schuss Magie, eine Prise Humor – willkommen in der Welt von Lizzy und Diesel!

„Ein tolles Lesevergnügen: völlig verückt und einfach nur hinreißend."
Booklist

320 Seiten
ISBN 978-3-442-47760-9

www.goldmann-verlag.de
www.facebook.com/goldmannverlag

Das unerlässliche Überlebens-Handbuch!

Die Zombies sind längst unter uns, ein Grund mehr, vorbereitet zu sein!

„Die ultimative Parodie auf einen Überlebens-Ratgeber!"
Publishers Weekly

320 Seiten
ISBN 978-3-442-47423-3

www.goldmann-verlag.de
www.facebook.com/goldmannverlag

Um die ganze Welt des
GOLDMANN Verlages
kennenzulernen, besuchen Sie uns doch
im Internet unter:

www.goldmann-verlag.de

Dort können Sie
nach weiteren interessanten Büchern *stöbern*,
Näheres über unsere *Autoren* erfahren,
in *Leseproben* blättern, alle *Termine* zu Lesungen und
Events finden und den *Newsletter* mit interessanten
Neuigkeiten, Gewinnspielen etc. abonnieren.

Ein *Gesamtverzeichnis* aller Goldmann Bücher finden
Sie dort ebenfalls.

Sehen Sie sich auch unsere *Videos* auf YouTube an und
werden Sie ein *Facebook*-Fan des Goldmann Verlags!

www.goldmann-verlag.de
www.facebook.com/goldmannverlag